HEINRICH
THIES

Alma
und der Gesang
der Wolken

HEINRICH THIES, geboren 1953 als Bauernsohn in Hademstorf in der Lüneburger Heide, studierte Germanistik, Politik, Philosophie und Journalistik, war von 1989 bis 2015 Redakteur bei der Hannoverschen Allgemeinen Zeitung und trat als Autor von Biographien, Romanen, Sach- und Kinderbüchern hervor. 1991 wurde er mit dem Theodor-Wolff-Preis ausgezeichnet.
Im Aufbau Taschenbuch liegt ebenfalls sein Buch »Die verlorene Schwester – Elfriede und Erich Maria Remarque. Die Doppelbiographie« vor.

Als der Zweite Weltkrieg die Lüneburger Heide erreicht und Almas Bruder eingezogen wird, stehen der Bäuerin drei Kriegsgefangene zur Seite, darunter der Franzose Robert. Er verliebt sich in Alma, und bald erwartet sie ein Kind von ihm. Mit dem Ende des Krieges kehrt Robert nach Frankreich zurück, und Almas Bruder kommt aus der französischen Kriegsgefangenschaft nach Hause. Er beansprucht den Hof wieder für sich, doch so leicht lässt Alma sich nicht mehr in ihre alte Rolle zurückdrängen – und insgeheim hofft sie, dass Robert den Weg zu ihr zurückfindet. Aber dann hält das Leben eine Überraschung für sie bereit.

HEINRICH THIES

Alma und der Gesang der Wolken

ROMAN

aufbau taschenbuch

ISBN 978-3-7466-3953-6

Aufbau Taschenbuch ist eine Marke
der Aufbau Verlage GmbH & Co. KG

2. Auflage 2022
© Aufbau Verlage GmbH & Co. KG, Berlin 2022
Umschlaggestaltung www.buerosued.de, München
unter Verwendung eines Bildes von
© akg/mauritius images/Cornelius
Satz Greiner & Reichel, Köln
Druck und Binden CPI books GmbH, Leck, Germany
Printed in Germany

www.aufbau-verlage.de

Prolog

Die Insel verlor sich im Dunst. Die Dünen waren nur noch zu erahnen. Der Strand von Langeoog war das Letzte, was sie erkennen konnte. Dann war dieser Streifen Deutschland nur noch eine ferne Nebelbank am Horizont. So unwirklich wie die anderen ostfriesischen Inseln, an denen das Schiff schon vorbeigezogen war: Wangerooge mit seinem hohen Westturm, Spiekeroog und eben jetzt Langeoog. Sie kannte die Namen noch aus dem Erdkundeunterricht. Nun steuerte das Schiff auf für sie unbekannte Gestade zu, pflügte durch die hohen Nordseewellen, nahm Kurs auf den Ärmelkanal, auf den Nordatlantik, auf Amerika, New York. Ein Ort, der ihr so fremd war wie der Mond.

Das ganze Deck vibrierte, so dass sich die Vibrationen auf ihren Körper übertrugen und sie in ein beständiges Beben versetzten. Schwerölgeruch stieg ihr in die Nase. Die salzige Nordseeluft mischte sich mit Abgaswolken, die zu ihr von den Turbinen herüberwehten.

Nicht mehr viele standen mit ihr auf der Backbordseite des Achterdecks, um noch einen letzten Blick auf die Heimat zu erhaschen. Die meisten waren schon dabei, das große Schiff zu erkunden.

Dicht neben ihr stand ein junger Mann in Zimmermannskluft an der Reling, der ihr schon am Kai aufgefallen war. Der großgewachsene stämmige Kerl hatte außergewöhnlich viel gelacht, während er sich von seinen Eltern und Freunden, mit Umarmungen und Schulterklopfen verabschiedet hatte. Geradezu übermütig war ihr der Mann vorgekommen mit seinem Lachen inmitten der zumeist bedrückten Menschen in den letzten Minuten des Abschieds. Jetzt wirkte er vollkommen still, geradezu in sich versunken unter dem großen Hut, den er tief ins Gesicht gezogen hatte. Was wohl in ihm vorging?

Die Frage lenkte sie ein wenig ab von ihren eigenen Gefühlen, von dem Tosen in ihrem Innern, das sich in erträglichen Momenten aufzulösen schien in das Schwanken, bisweilen auch sanfte Wiegen des Schiffes. Dann wieder fragte sie sich, was sie auf diesem Schiff überhaupt verloren habe. Warum sie ihrem bisherigen Leben Adieu gesagt hatte und nach neuen Ufern strebte. Warum sie sich in dieses Abenteuer des Ungewissen stürzte, das ihr vor allem Angst machte. Unsagbare Angst, die ihr die Kehle zuschnürte. Am liebsten wäre sie über Bord gesprungen und zurückgeschwommen. Aber sie konnte ja nicht mal schwimmen.

So klammerte sie sich an ihre Handtasche, griff nach dem Hut, der ihr immer vom Kopf zu wehen drohte, und starrte in Richtung Heimat, von der sie sich gerade entfernte. Wie durch einen Nebel drangen die Lautsprecherdurchsagen zu ihr vor, die auf die verschiedenen Orientierungspunkte hingewiesen hatten: den Leuchtturm Roter Sand, den Übergang von der Außenweser in die Nordsee.

Die Strahlen der späten Oktobersonne glitzerten auf den Wellen. Bald schon würde die Sonne untergehen und das Wasser in die schönsten Rot- und Goldtöne tauchen. Das wollte sie auf jeden Fall noch abwarten. Sie beugte sich über die Reling und blickte in das aufgewühlte Wasser.

Als sie sich aufrichtete, fiel ihr Blick wieder auf den Zimmermann neben ihr. Jetzt bemerkte sie, dass er am ganzen Körper zuckte, als würde er gegen einen Krampf ankämpfen. Mit der einen Hand hielt er sich den Hut, mit der anderen wischte er sich etwas aus dem Gesicht. Tränen vermutlich. Kein Zweifel: Der Mann, der sich am Kai noch so stark und gutgelaunt gegeben hatte, weinte – weinte zitternd in sich hinein. Es war, als hätten sich alle Schleusen in ihm geöffnet. Wie zum Hohn gackerten die Möwen, die das Schiff begleiteten.

Am liebsten hätte sie dem Mann eine Hand auf die Schulter gelegt, aber es war nicht zu übersehen, dass er sich seiner Tränen schämte. So tat sie, als gäbe es den Kerl mit seinem Abschiedsschmerz gar nicht, und irgendwie erfüllte sie die Hoffnung, dass es gut für ihn war, endlich seinen Tränen freien Lauf zu lassen. Bald schon, davon war sie überzeugt, bald würde die Welt für den Jungen wieder in fröhlichen Farben leuchten. Wie ein Sommerhimmel nach einem Gewitter. Vielleicht würde es bei ihr selbst ja ähnlich sein. Plötzlich konnte sie wie innerlich gestärkt durchatmen.

Ein langgezogenes Tuten riss sie aus ihren Grübeleien. Als sie aufblickte, sah sie, dass in nicht allzu weiter Ferne ein großer Frachter vorbeizog, offenbar in entgegengesetzter Richtung auf dem Weg zu einem deutschen Hafen. Das Passagierschiff erwiderte den Gruß mit einem noch lauteren Hornsignal, das jetzt auch den Zimmermann aus seiner Versenkung riss. Nachdem er sich mit dem Handrücken über die Wangen gewischt hatte, blickte er nun sogar in Almas Richtung, und blinzelte mit tapferem Lächeln die letzten Tränen weg. »Tut-tuuut«, wiederholte er. »So begrüßen sich alte Pötte auf großer Fahrt.«

»Das können wir auch«, erwiderte sie keck. »Ich bin Alma. Und wer bist du?«

Teil I

Die Heide im Krieg

April 1943 – April 1945

1. Kapitel

Irgendwo tief im Dorf krähte ein Hahn, die ersten Vögel stimmten ihren Morgengesang an. Es war noch dunkel, als er den Kuhstall ansteuerte. Müde, aber zielstrebig ging er seinen gewohnten Gang, zog die Streichhölzer aus der Hosentasche und zündete die Petroleumlampe an. Doch viel heller wurde es nicht. Immerhin konnte er erkennen, wie die Kühe schlaftrunken die Köpfe reckten. Die wussten, dass es zu fressen gab. Schrot und Heu. Wie jeden Morgen. Sie schnauften, zerrten an ihren Ketten, ruckelten an den Stangen, erhoben sich schwerfällig von ihrem Strohlager und begannen ungeduldig zu muhen. Franz Wiese enttäuschte seine sieben Schwarzbunten nicht. Er schüttete ihnen Schrot in die langgezogenen Tröge, holte mit der Schubkarre Heu aus der Scheune und verteilte es in der jetzt schon blankgeleckten Futterrinne. Auch die Rinder in den Nachbarställen vergaß er nicht.

Friedliches Wiederkäuen vereinte das Vieh, während die Hühner von ihrem Zwischenboden herabtrippelten, die Schwarzdrossel zu flöten begann und der Morgen graute.

Oft schon war er dieser Arbeit nachgegangen, eine Ewigkeit, wie es schien; mit traumwandlerischer Selbstverständlichkeit. Das morgendliche Füttern hatte ihm immer ein Gefühl von Geborgenheit vermittelt, innere Ruhe.

An diesem Montagmorgen war er davon weit entfernt. Ein beständiges Beben durchrieselte seinen Körper, Unruhe und Abschiedsschmerz wühlten in seinen Gedärmen. Ihm war, als sähe er sich zu bei der Arbeit; er meinte, selbst die Kühe würden ihn mit ihren großen Augen anglotzen, ihn anders betrachten als sonst – irgendwie mitleidig, schwermütig.

Er selbst starrte meist ins Leere, so dass er die Katze übersah, die seinen Weg kreuzte, und stolperte. Fluchend stand er gleich wieder auf und schleppte sich weiter.

Es war der 19. April 1943, der Beginn der Karwoche. Es war aber auch der Tag, an dem er einrücken musste. Schon um acht Uhr ging der Zug, der ihn nach Celle befördern sollte – zu seiner Ausbildungseinheit beim Grenadier-Ersatzbataillon 590 in der Heidekaserne, seiner Stammkompanie. In den nächsten Wochen sollte er dort schießen, kämpfen, kriechen, marschieren und das ABC der Kriegsführung lernen, und dann – dann würde es ernst werden, richtig ernst, dann ging es an die Front, wo die auch immer sein mochte. Der Krieg hatte sich mittlerweile von der Sahara bis zum Nordkap ausgeweitet und den ganzen Globus mit seinen Blutlinien und Schlachtfeldern überzogen.

Mit Bangen hatte er in den vergangenen Wochen verfolgt, wie die Stimmung umschlug. Obwohl die Zeitungen immer noch Siege bejubelten und Parolen der Zuversicht nachbeteten, war zwischen den Zeilen zu lesen, dass die deutschen Truppen plötzlich von allen Seiten unter Beschuss gerieten. Der Russland-Feldzug war gestoppt, Zehntausende hatten schon in der Schlacht um Stalingrad ihr Leben verloren, und von Frankreich her griffen die Amerikaner in den Krieg ein. Mütter und Väter weinten um ihre Söhne, Ehefrauen um ihre Männer, und über vielen Familien lastete die Ungewissheit, was aus vermissten Angehörigen geworden war.

Von seinem Bruder Karl hatte er schon seit zwölf Wochen keine Nachricht mehr erhalten. Keine Karte, keinen Feldpostbrief. Da auch Karl am Russlandfeldzug teilgenommen hatte, musste mit dem Schlimmsten gerechnet werden. Dabei war er noch so jung – erst neunzehn war er gewesen, als sie ihn im September 1939 eingezogen hatten. Eine Frohnatur mit den besten Aussichten: klug, witzig, gut aussehend und, anders als sein älterer Bruder Franz, gesellig und trinkfest. Und weil er Pferde liebte und gut reiten konnte, hatte er sich beim Celler Landgestüt beworben – und war genommen worden. Als Reiter bei der Hengstparade! Franz und seine Schwestern waren stolz auf ihn. In den zurückliegenden Wochen dagegen hatten sie gefürchtet, dass sie wie schon andere im Dorf auch so eine Nachricht bekommen würden, in der von »Heldentod« und »Vaterland« die Rede war. Das zumindest war ihnen noch erspart geblieben. Jeden Tag, wenn die Briefträgerin kam, hofften sie, dass doch noch endlich eine Karte oder ein Brief von Karl dabei sein würde. Aber sie hofften vergebens.

Schon im Ersten Weltkrieg hatte es die Wieses hart getroffen. Gleich zwei Söhne hatten auf den Schlachtfeldern Flanderns und Frankreichs den Tod gefunden: Wilhelm und Heinrich – beide älter als Franz, dem damit das Hoferbe zugefallen war. Mit auf dem Hof lebte zwar seine zwei Jahre jüngere Schwester Alma, aber die war eben jünger und kam als Frau sowieso nicht infrage.

Seine Mutter Margarete Luise war schon vor vierzehn Jahren an den Folgen einer Lungenentzündung gestorben, sein Vater Heinrich Karl zwei Jahre später – beim Holzhacken hatte er sich mit der Axt ins Bein gehauen, die Wunde war vereitert und hatte eine Blutvergiftung nach sich gezogen. Nur sechsundsechzig Jahre alt war Heinrich Karl Wiese geworden.

Nach dem frühen Tod seiner Eltern hatte Franz Wiese schon mit fünfundzwanzig den Hof übernehmen müssen, als Vertreter des Reichsnährstandes, wie das inzwischen hieß. Darum hatte er gehofft, vom Wehrdienst befreit zu werden – schließlich hatten ja schon zwei seiner Brüder ihr Leben dem Vaterland geopfert, und der Jüngste war vielleicht auch bereits tot. Aber je mehr Menschenleben der Krieg fraß, desto größer wurde der Bedarf an menschlichem Nachschub. Da war es egal, ob einer Bauer war oder Baumeister.

Ob er seine Mundharmonika mitnehmen konnte? Vielleicht ein kleiner Trost, wenn er in der Fremde die vertrauten

Lieder darauf spielte. Aber wahrscheinlich würde er sich bei den Kameraden nur lächerlich machen.

Als er aus dem Kuhstall ins Freie trottete, sah er, wie eine Taube mit dünnen Zweigen im Schnabel in Richtung Scheune flog. Wahrscheinlich würde die wieder versuchen, auf einem der vorstehenden Dachbalken ein Nest zu bauen, obwohl ihr das schon etliche Male misslungen war. Aber Tauben waren einfach zu blöde – unbelehrbar, dumm und hässlich. Nur alles vollscheißen konnten sie. Eigentlich gar keine richtigen Vögel, dieses ewige Gurren konnte man ja wohl nicht als Singen bezeichnen. Rucke di gu, Rucke di gu, Blut ist im Schuh, Blut ist im Schuh. Dabei hatte so eine Taube mit Ölzweig im Schnabel Noah einst auf seiner Arche angekündigt, dass die Sintflut überstanden war. Aber das hier war keine Friedenstaube, und Land war noch lange nicht in Sicht.

Zu allem Überfluss trippelte eine zweite über den Scheunenvorplatz und machte in einem fort ruckartige Kopfbewegungen, so sinnlos hektisch, als hätte sie den Rest ihres Verstands verloren. Aber was gingen ihn diese komischen Tauben an? Bald würden ihm Bomben um die Ohren fliegen.

Er starrte auf das Leichentuch des trüben Morgenhimmels und atmete tief ein, um wieder zur Ruhe zu kommen. Aber er spürte, dass er zitterte.

Als er in die große Küche kam, hatte Alma den Kaffee, natürlich Muckefuck, schon gekocht und den Frühstückstisch gedeckt. Auch für die beiden Kriegsgefangenen, den Franzosen Robert und den Russen Alexei, der strenggenommen kein Kriegsgefangener, sondern ein sogenannter Ostarbeiter war. Alexei, der auf dem Wiese-Hof der Einfachheit halber Alex genannt wurde, war wie so viele seiner Landsleute während des Russlands-Feldzugs als Zivilist von den Deutschen gefangen genommen und zur Zwangsarbeit nach Deutschland deportiert worden. Im Unterschied zu den echten Kriegsgefangenen durfte er darum auf dem Hof übernachten. Im alltäglichen Sprachgebrauch spielten solche Feinheiten aber keine Rolle. Auch über manche Vorschriften setzte man sich bei den Wieses großzügig hinweg. Alex und Robert saßen zum Beispiel mit an der großen Tafel, obwohl eigentlich vorgeschrieben war, dass Kriegsgefangene und Ostarbeiter an einem gesonderten Tisch zu sitzen hatten – deutlich getrennt von der Bauernfamilie. Aber damit nahm man es nicht so genau. Wenn man zusammen arbeitete, konnte man wohl auch zusammen essen.

Alle blickten mit ernsten Gesichtern auf Franz. Sie spürten, was in dem fast festlich gekleideten Bauern vorging, der sich beim Rasieren offenbar geschnitten hatte, wie ein Pflaster im Gesicht verriet. Das Scharren eines Stuhls nahm sich in der beklemmenden Stille aus wie Donnergrollen.

Alma durchbrach das Schweigen, indem sie einen harten Alltagston anschlug: »Du bist ja wohl mit deinem Anzug nicht im Kuhstall gewesen! Was sollen deine Kameraden denken, wenn du nach Kuhscheiße stinkst?«

»Ist doch egal. Hauptsache die Kühe haben was zu fressen.«

»Die Kühe hätte Alex füttern können. Das muss er jetzt sowieso machen.«

Franz ließ die Bemerkung unbeantwortet und fläzte sich wie üblich ächzend auf seinen Stuhl an der Stirnseite mit Blick auf die Straße. Achtlos schnitt er sich einige Scheiben von der Mettwurst ab und legte sie sich aufs Butterbrot. Alma hatte die Mettwurst eigens für ihn aus dem Räucherschrank geholt. Doch er schmeckte gar nicht, was er kaute. Minutenlang sagte er kein einziges Wort. Aber sein Schweigen sprach Bände.

Stumm stand Alma auf, schob ein Holzscheit in den Herd und rührte mit einem Schürhaken in der aschebedeckten Glut, bis wieder kleine Flammen aufzüngelten.

Plötzlich stand die kleine Marie in der Küche. Der Sechsjährigen, die alle nur Mariechen nannten, war anzusehen, dass sie gerade erst aus dem Bett geklettert war. Sie trug noch ihr Nachtkleid und rieb sich die Augen, bevor sie sich neben ihre Mutter auf den Stuhl setzte.

Alma goss ihr Milch in die Tasse. »Schon utslopen?«

Marie schüttelte gähnend den Kopf. »Ich wollte Onkel Franz Wiedersehen sagen. Der zieht doch heute in den Krieg.«

Niemand lächelte über die Wortwahl. Fast schien es, als würde Franz dem Mädchen die deutlichen Worte übelnehmen.

»Erst mal kommt Onkel Franz zur Ausbildung nach Celle«, entgegnete Alma. »Vielleicht ist der Krieg schon vorbei, wenn er mit der Ausbildung fertig ist.«

»Hoffentlich«, erwiderte Marie. »Aber Ostern darf er bestimmt nach Hause kommen.«

»Mol kieken«, antwortete ihre Mutter nachdenklich. »Is jo nich mehr lang hen.«

Der gusseiserne Wasserkessel auf dem Herd stieß, getrieben von seinem köchelnden Inhalt, heisere Pfeiflaute aus. Es klang wie ein wimmerndes Tier.

Franz versetzte die Vorstellung, die Ostertage in der Kaserne verbringen zu müssen, wieder in dumpfes Brüten. Davor lag aber noch der Karfreitag, und die Leiden Jesu standen ihm in diesen Apriltagen näher als dessen Auferstehung von den Toten.

An diesem 19. April 1943 begann auch die jüdische Festwoche Pessah, gewidmet der Befreiung der Israeliten aus Ägypten. Die Menschen im Warschauer Getto hatten in diesen Tagen wenig Grund zum Feiern. Von den deutschen Besatzern hinter hohen Mauern eingesperrt, drangsaliert und gedemütigt, litten sie Hunger, hausten zerlumpt und zusammengepfercht in viel zu engen Wohnungen. Vor allem aber lebten sie in ständiger Angst, von der SS zusammengetrieben und ins Vernichtungslager Treblinka deportiert zu werden wie viele vor ihnen schon. An diesem Tag hatte die SS das Getto bereits um drei Uhr in der Frühe umstellt, um sechs Uhr marschierten achthundertfünfzig SS-Männer in den jüdischen Wohnbezirk ein, um weitere Bewohner in die Gaskammern zu befördern oder einfach auf der Straße zu ermorden. Aber sie kamen nicht weit. Sie wurden von jüdischen Widerstandskämpfern beschossen – und sie mussten sich zurückziehen. Auch der zweite Versuch der Deutschen, das Lager einzunehmen, scheiterte. Mit Molotowcocktails und nur wenigen Pistolen gelang es den Widerstandskämpfern, die schwer bewaffneten SS-Leute und Wehrmachtssoldaten in die Flucht zu schlagen. Am Abend hissten sie im Getto die polnische Fahne und die Flagge mit dem Davidstern. Am 19. April 1943 begann der verzweifelte Aufstand im Warschauer Getto.

Im Vergleich dazu herrschte in Hademstorf tiefer Frieden. »Gut, dass sie uns wenigstens die Pferde nicht weggenommen haben«, sagte Franz, als wollte er seine trüben Gedanken niederkämpfen.

Tatsächlich hatte ihn die Wehrbereichsverwaltung in der vergangenen Woche aufgefordert, ein, zwei Pferde für den »Heimatdienst« abzutreten. Vor allem ging es wohl um den Transport der vielen russischen Kriegsgefangenen, wie der Bürgermeister gesagt hatte. Aber dagegen hatte Franz sich aufgebäumt, ins Feld geführt, dass ohne seine drei Pferde die Arbeit auf dem Hof nicht zu schaffen sei – wo schon der Bauer fehle. Mit Erfolg.

Eher konnte er sich vorstellen, selbst ein Pferd mitzunehmen, wenn er denn schon einrücken musste. Aber Alma hatte nur den Kopf geschüttelt, als er die Idee geäußert hatte. »Auf deine Ackergäule haben die gerade noch gewartet. Die sind doch gar nicht schussfest.«

Er hing an seinen drei Pferden. Seine Hannoveraner spannte er gelegentlich auch vor die Kutsche, die in der Remise stand. Das schwarz lackierte Gefährt mit den roten Samtpolstern diente bei Beerdigungen im Dorf als Leichenwagen und kam in der Familie bei besonderen Anlässen wie

Hochzeiten, Taufen oder akuten Krankheitsfällen zu Ehren. Manchmal fuhr Franz damit in den Nachbarort, um Besorgungen zu machen. Gleich beide Hannoveraner spannte er dann vor sein Luxusgefährt, das sogar richtige Glasfenster hatte. Wie ein großer Herr mit prächtiger Kutsche und ebenso prächtig geschirrten Pferden. Mit zwei Pferden! Ja, er war stolz auf seine Rösser, zu denen auch noch ein Norweger gehörte.

Nach dem Frühstück ging er denn auch gleich noch mal in den Pferdestall, um den Tieren Hafer und Heu vorzugeben und sie ein letztes Mal zu striegeln. Ein weiterer stummer Abschied, der ihm die Brust zusammenschnürte. Ihm war, als sähe er all die vertrauten Dinge auf dem Hof zum letzten Mal. Ein Abschied vom Leben.

Mit ihm ging der letzte Wiese-Bauer vom Hof, kein männlicher Hoferbe blieb zurück. Sein altes Bauerngeschlecht war damit dem Untergang geweiht.

Eine halbe Stunde später saß er im Zug, neben sich auf der Holzbank sein abgestoßener Holzkoffer mit Wechselsachen, Rasierzeug und etwas Proviant. Alma hatte ihm Butterbrote geschmiert, eine halbe Mettwurst, eine Flasche Apfelsaft und eine Tüte Kekse mitgegeben. Die »Marschverpflegung« steckte mit seinem Ausweis und dem Einberufungsbefehl in seinem alten Lederbeutel. Der Koffer war noch von seinem Bruder Heinrich, einen eigenen besaß er nicht. Wozu auch? Er war ja bisher nie auf Reisen gegangen. Sein Dorf hatte er nur verlassen, um die Ackerbauschule im achtzehn Kilometer entfernten Walsrode zu besuchen.

Als der Zug über die Allerbrücke ratterte, ließ er seinen Blick über die Marschwiesen schweifen. Wie verödet dösten die unter einem wolkenverhangenen Himmel. Nicht weit entfernt war auch eine seiner Wiesen. Bald kamen die Kühe auf die Weide. Alma würde sie hinaustreiben und unter freiem Himmel melken. Aber wer reparierte die Zäune? Wer mähte das Gras? Die Kriegsgefangenen? Auch die Kartoffeln und Rüben mussten noch gepflanzt werden. Wie das wohl gehen sollte? Immerhin hatte er es noch geschafft, den Sommerroggen zu drillen und Mist und Jauche auszubringen.

Als er in Schwarmstedt umstieg, fiel Sprühregen. Es war mild, etwa zwölf Grad; trotzdem behielt er seinen dunkelgrünen Lodenmantel an.

Ein leicht bekleideter Mann mit Lederkoffer trat auf ihn zu. »Na, auch auf dem Weg an die Front?«

Franz schrak zusammen. »Erst mal nach Celle in die Kaserne.«

Der Mann lächelte. »Da haben wir ja denselben Weg.«

Kurze Zeit später saßen die beiden im Zug, der zwischen Verden und Celle verkehrte. Franz ließ sich von seinem Reisebegleiter ein Zigarillo schenken. Da er das Rauchen nicht gewohnt war, musste er husten, bis ihm Tränen in die Augen traten. Sein Begleiter, der sich als Helmut vorgestellt hatte, klopfte ihm kameradschaftlich auf den Rücken und lachte.

»Wohl nichts Gutes gewöhnt? Immer bloß gearbeitet, was? Da ist es vielleicht ganz gut, dass du mal rauskommst und was anderes siehst.«

»Ick wör leiber tohuus bleeben.«

Ganz unwillkürlich war Franz zum Plattdeutsch übergegangen, zu der Sprache, die ihm vertraut war – die er mit seiner Schwester und fast allen im Dorf sprach. Zu seiner Freude stieg sein Banknachbar darauf ein, wenngleich dessen Plattdeutsch etwas vornehmer klang. Hannöversch. Helmut war Landwirt wie er, und so tauschten sich beide bald über ihre Höfe, die Bodenqualität und die Frühjahrsbestellung aus, als gäbe es gar keinen Krieg.

Der Regen wurde stärker. Die dicken Tropfen schlugen gegen das Zugfenster und liefen in Schlieren herab, so dass die vorbeifliegende Landschaft verschwamm und immer entrückter, geheimnisvoller anmutete – wie auf einem dieser komischen Ölgemälde.

Als sie sich dem Zielort näherten, erzählte Franz von seinem Bruder Karl, der in Celle beim Landgestüt gewesen war und jetzt vielleicht schon im fernen Russland unter der Erde lag.

»Hoffentlich schicken sie uns da nicht auch noch hin.«

Er nickte und starrte seufzend aus dem regenverschleierten Fenster.

Auf einmal verlangsamte der Zug sein Tempo und blieb ruckartig auf offener Strecke stehen. In Windeseile ging ein Wispern durchs Abteil: »Fliegeralarm.«

Wenig später sah Franz auch schon die silbernen Silhouetten der Kampfbomber, die sich dem Zug näherten.

2. Kapitel

Es war warm geworden, richtig heiß. Nur wenige weiße Wolken schwebten vor dem blauen Himmel. Das Thermometer zeigte neunundzwanzig Grad. Dabei war es erst Mitte Mai. Ein Sonnabend. Alma wischte sich den Schweiß von der Stirn, griff in ihren Drahtkorb, um eine weitere Kartoffel einzusetzen. Die schnurgerade Furche, die Alexei gerade mit der Norwegerstute Wilma und dem einscharigen Hunspflug gezogen hatte, schien endlos. Vom ständigen Bücken schmerzte ihr der Rücken, ihre Kehle war wie ausgedörrt, trotzdem war sie zufrieden, fast sogar glücklich. Die Arbeit ging voran. Zwei Felder waren schon mit Kartoffeln bepflanzt; wenn sie mit diesem Acker fertig war, würden alle Kartoffeln in der Erde sein. Es war das erste Mal, dass sie diese schwierige Feldarbeit ohne ihren Bruder bewältigen musste. Aber immerhin hatte Franz ihr in mehreren Briefen von seiner Ausbildungskompanie in Celle geschrieben, was sie zu tun hatte. Zuerst musste der Boden gedüngt werden. Mist hatte er zum Glück noch selbst gestreut, aber auch etwas Kunstdünger musste noch auf den kargen Sandboden. Das hatten die beiden Kriegsgefangenen für sie übernommen, Alex und Robert. Sie hatten die Felder auch noch mal geeggt, wie Franz es verlangt hatte.

Ohne die beiden wäre all das nicht zu schaffen gewesen. Auch Hans, der fünfzehn Jahre als Knecht auf dem Hof gearbeitet hatte, war ja schon eingezogen worden; die älteren Brüder waren gefallen, die andern im Krieg, und Almas Schwester Ida, die früher mitgeholfen hatte, war verheiratet und lebte jetzt mit ihren beiden Töchtern in Stöckse, einem knapp zwanzig Kilometer entfernten Dorf. Ja, der Russe und der Franzose waren für Alma unverzichtbar. Von morgens bis abends standen ihr die beiden zur Seite. Allein hätte sie es nie geschafft, die Ställe auszumisten oder die schweren Kartoffelsäcke aus dem Keller zu schleppen und auf den Ackerwagen zu wuchten. Besonders das Pflügen und Eggen wäre ihr schwergefallen.

Alexei schien es sogar Spaß zu machen, mit den Pferden zu arbeiten. Ein Lächeln lag auf seinem Gesicht, wenn er die Ackergäule striegelte, ihnen auf den Hals klopfte oder Zaumzeug anlegte. Der Russe war neben der Schweineküche in dem früheren Knechtszimmer untergebracht und fütterte auch die Schweine. Der stämmige Bauernsohn kam aus einem Dorf an der Wolga und hatte in einem Kolchosbetrieb gearbeitet. Robert dagegen war eigentlich eher ein Kopfmensch und hatte zwei linke Hände, wie er selbst sagte. Ein Lehrer aus der Bretagne, der mit Ackerbau und Viehzucht vor dem Krieg nicht das Geringste zu tun gehabt hatte. Aber der jungenhafte Franzose ersetzte seine fehlende Erfahrung durch Fleiß und Einfallsreichtum – und er lachte viel und heiterte auch die anderen durch seine Scherze auf. Verteilt auf mehrere Bauernhöfe arbeiteten insgesamt sechzehn französische Kriegsgefangene in Hademstorf in der Landwirtschaft. Abends hatte sich Robert im »Herzog von Celle« einzufinden, der besseren der beiden Hademstorfer Gaststätten. Im Saal war für die französischen Kriegsgefangenen ein Nachtlager eingerichtet worden, das von einem SS-Mann überwacht wurde. Strenggenommen musste Robert spätestens um zweiundzwanzig Uhr dort sein, aber an diesen langen Arbeitstagen im Mai und Juni nahm niemand Anstoß daran, wenn es später wurde. Alma war selig, wenn Robert nach Feierabend noch zur Mundharmonika griff und seine schönen Lieder spielte. Die Mundharmonika gehörte eigentlich Franz, aber die nahm ja keinen Schaden dadurch, dass jemand anders auf ihr blies, außerdem war es seine alte, die er selbst kaum mehr benutzt hatte.

Jetzt schritt Robert wie Alma eine Furche mit einem Drahtkorb ab, um Kartoffeln einzusetzen. Das war zwar eigentlich Frauenarbeit, aber dem Franzosen war das egal. Wegen der Hitze war er nur mit einem Unterhemd bekleidet, so dass Alma sehen konnte, wie sich die Muskeln seiner Oberarme spannten, wenn er von dem Ackerwagen einen weiteren Kartoffelsack hob, um für Nachschub zu sorgen. Wenn er sie mit seinen braunen Augen ansah, ging es ihr durch und durch. Ihr gefiel sein Deutsch mit französischem Zungenschlag, es hörte sich an, als würde er singen. Dass er überhaupt Deutsch sprach, war ja schon was Besonderes.

»Du bist sehr schön. Jolie femme«, hatte er neulich mal gesagt, als er hereingekommen war, während sie im Unterrock vor dem großen Waschbecken in der Küche gestanden und sich eingeseift hatte. Sie hatte ihm mit dem Zeigefinger gedroht, dabei aber gelacht.

»Du bist hier nicht in Frankreich. Und ich weiß, dass ich keine schöne Madame bin. Treib also keine Scherze mit einer Bauersfrau.«

»Kein Scherz«, hatte er geantwortet. »Und du bist auch nicht nur irgendeine Bauersfrau. Du bist schön, Alma. Wie eine kleine Madonna. Und du kannst noch schöner sein, wenn du andere Kleider ausführst.«

»Kleider ausführst! Wie du immer redest. Kleider anziehst, heißt das.«

Eigentlich hätte sie gar nicht so mit dem Franzosen sprechen dürfen. Offiziell war jeder Privatkontakt mit den Kriegsgefangenen untersagt. Wenn es intim wurde, drohten sogar Gefängnisstrafen. Aber wenn man den ganzen Tag miteinander arbeitete, blieb es ja wohl nicht aus, dass man auch mal ein persönliches Wort wechselte, und zu Robert, wie sie den Franzosen in deutscher Aussprache nannte, fühlte sie sich hingezogen, auch wenn ihr klar war, dass sie sein Gerede nicht allzu ernst nehmen durfte. Trotzdem betrachtete sie sich neuerdings öfter im Spiegel und überlegte manchmal schon, ob sie anstelle ihres Dutts nicht lieber Dauerwelle tragen sollte wie die eleganten Frauen im Dorf.

Schminken musste sie sich nicht. Ihr Gesicht war von der Sonne bronzefarben gebräunt, anders als ihre rotgesichtigen Schwestern musste sie keinen Sonnenbrand fürchten. Ihr dunkler Teint, ihre Gesichtszüge, das schwarze Haar verliehen ihr ein fast südländisches Aussehen, so dass sich manch einer im Dorf schon hinter ihrem Rücken gefragt hatte, ob sie wirklich die Tochter von Heidebauern war. Aber im Alltag spielte das keine Rolle. Sie wurde als Einheimische akzeptiert und genoss jetzt sogar die Stellung einer Bäuerin. Natürlich, sie hätte mehr aus sich machen können. Aber wozu? Sie hatte keine Zeit, zum Schützenfest zu gehen. Tanzen war was für andere. Sie schaffte es nicht mal sonntags zum Kirchgang, obwohl sie durchaus religiös war und hin und wieder auch betete. Ihre christliche Moral ließ sich in einem Satz von Wilhelm Busch zusammenfassen, ihrem Lieblingsdichter: »Das Gute – dieser Satz steht fest – ist stets das Böse, das man lässt.«

Nein, auf die Kirche konnte sie gut verzichten. Ihr Gottesdienst spielte sich in der freien Natur ab. Was gab es Erhabeneres als den Himmel? Das Schauspiel eines heraufziehenden Gewitters. Das Feuerwerk der aufgehenden Sonne. Die Abenddämmerung in ihren zarten Pastelltönen.

Sie musste nicht in Ausstellungen, Theater oder Konzerte

gehen, und sie hatte auch gar keine Zeit dazu. Um Himmels willen, nein! Die Arbeit fraß ihre Tage, und gerade jetzt im Mai waren sie besonders lang. Wenn sie kurz vor Sonnenuntergang vom Kartoffelpflanzen nach Hause kam, musste sie noch die Kühe melken, die morgens auf die Weide getrieben, abends aber wieder in den Stall geholt wurden. Meist von Robert, der oft die kleine Marie zum Kühetreiben mitnahm.

Jetzt baute Mariechen am Waldrand Häuser aus bunten Steinen, die sie auf dem Feld gesammelt hatte. Sie langweilte sich. Ihre größte Freude war es, wenn Alex oder Robert sie Huckepack nahmen oder – besser noch – aufs Pferd setzten. Im nächsten Jahr würde sie zur Schule kommen. Wenn der Krieg das zuließ. Es machte ihr Angst, wenn die Sirenen heulten und alle sich im Keller verkriechen mussten. Alma hatte ihr erzählt, dass die Flieger, die dann über das Dorf donnerten, manchmal auch Bomben abschmissen und Häuser kaputt machten und sogar unvorsichtige Menschen trafen. Zum Glück war Hademstorf bisher verschont geblieben.

Hier gaben die Bauern seit jeher den Takt an, der Rhythmus von Aussaat und Ernte beherrschte auch den Rhythmus des Dorflebens mit seinen Arbeits- und Ruhephasen, seinem Alltag, seinen Festen. Für die Schulkinder war klar, dass sie ihren Eltern in den Sommerferien bei der Heuernte helfen mussten und in den Herbstferien bei den Kartoffeln, und die Alten starben vorzugsweise im Herbst und Winter, weil ihre Angehörigen dann Zeit hatten, sie unter die Erde zu bringen und zu beweinen. Zu Beginn des Krieges im Jahre 1939 zählte Hademstorf exakt vierhundertdreizehn Einwohner. Während des Krieges verringerte sich anfangs die Einwohnerzahl aufgrund der Gefallenen, stieg dann aber mit dem Zustrom der Flüchtlinge wieder stark an.

An diesem Mainachmittag schien der Krieg weit weg zu sein. Kein Kampfbomber donnerte über das Dorf, die Bienen blieben ungestört mit ihrem Summen, und von morgens bis abends war die Luft erfüllt vom ewigen Trillern der Feldlerchen. Aber dieses durchgängige Gezwitscher der unsichtbaren Feldbewohner gehörte so selbstverständlich zu den Frühlingstagen, dass man es gar nicht mehr hörte.

So ähnlich war es auch mit dem gleichförmigen Stampfen der Fördertürme, die seit einigen Jahren Öl aus dem Marschboden pumpten. Eine richtige kleine Siedlung war da westlich des Bauerndorfes entstanden – mit Werkstätten, Büros für die Verwaltung und Baracken für die Arbeitskräfte. Da die Männer im wehrfähigen Alter eingezogen worden waren, hatte jetzt der Reichsarbeitsdienst seine Leute geschickt – junge Männer und Frauen, sogenannte Arbeitsmänner und Arbeitsmaiden, die gerade die Schule verlassen hatten. »Vakuum« wurde die Erdöl-Siedlung genannt, nach der Firma, die die Bohrtürme aufgestellt hatte, die »Deutsche Vacuum Öl AG«.

Die Gemeinde profitierte von der Ölförderung durch einen stattlichen Förderzins. Die Bauern erhielten eine Art Standgebühr für die Türme, die auf ihren Wiesen errichtet worden waren. Immerhin. Um diese Dinge hatte Franz sich immer gekümmert. Alma wusste gar nicht, welche Summe ihr da von der »Vacuum« zufloss, mit der sie auch sonst nichts zu tun hatte. Der Bauernhof war ihre Welt, dort spielte sich ihr gesamtes Leben ab.

Vor dem Krieg war das anders gewesen. Da hatte sie sich mit anderen Frauen in der kalten Jahreszeit zum Spinnen und Weben getroffen und war auch mal zum Tanzen gegangen. Und wie es so ging, hatte sie sich sogar verliebt – in Willi, einen Bauernsohn aus dem Nachbardorf. Als sie dann schwanger geworden war, hatte Willi sich eine andere gesucht. Neun Monate später hatte sie Mariechen zur Welt gebracht. Eine Entbindung zwischen Melken und Ausmisten an einem kühlen Märztag. Aber Alma war dankbar für ihre Tochter, die sie auch ohne Vater durchbringen konnte, wenngleich sie nicht viel Zeit für das Kind hatte. Nur an den langen Winterabenden schaffte sie es, Mariechen Märchen vorzulesen. Sie genoss es, wenn das Mädchen an ihren Lippen hing.

Am folgenden Tag war Muttertag, »Gedenk- und Ehrentag der deutschen Mütter«, wie die Nationalsozialisten diesen Tag jetzt nannten, an dem sie ihre »Mutterkreuze« verliehen. Aber was sollte der Quatsch? Alma legte darauf keinen Wert. Vielleicht schenkte Marie ihr einen Strauß Feldblumen, Margeriten mochte sie besonders gern.

Am 16. Mai 1943 wurde nicht nur Muttertag gefeiert, es war auch der Tag, an dem der Aufstand im Warschauer Getto nach vier Wochen endgültig niedergeschlagen wurde. Gegen zwanzig Uhr fünfzehn sprengte die SS die Große Synagoge und erklärte damit die Erhebung für beendet. Die meisten Aufständischen waren vorher schon erschossen worden. Viele nahmen sich das Leben, die meisten starben, als die Deutschen Gas in den Bunker leiteten. Mindestens hundertzwanzig jüdische Widerstandskämpfer verloren dabei ihr Leben. Nur einigen wenigen gelang es, aus dem Bunker zu flüchten. Insgesamt starben bei den Kämpfen mehr als zehntausend Menschen, weitere dreißigtausend wurden später erschossen. Nach dem Aufstand begannen die Deutschen mit der systematischen Zerstörung des jüdischen Wohnbezirks. Die einstigen Bewohner deportierten sie in die Vernichtungslager von Treblinka und Auschwitz. Manche kamen auch in die Heide, in das Konzentrationslager Bergen-Belsen – rund dreißig Kilometer von Hademstorf entfernt.

Von all dem bekam Alma nicht viel mit. Sie hatte aber von Alexei erfahren, was den russischen Kriegsgefangenen blühte, die in Bergen-Belsen oder im nahegelegenen Oerbke interniert waren. Zu Tausenden waren diese armen Menschen an Hunger, Typhus und Entkräftung gestorben. Auch Alexei war anfangs in so einem Lager gewesen; er dankte Gott, dass er als Ostarbeiter auf einen Bauernhof entsandt und so der

Hölle entronnen war. Vielen seiner Kameraden war das nicht vergönnt gewesen.

Alma musste vor allem an ihre beiden Brüder denken, wenn vom Krieg die Rede war – an Karl, von dem sie jetzt schon seit drei Monaten kein Lebenszeichen mehr erhalten hatten, und an Franz. Der sollte in zwei Tagen an die Front verlegt werden. Es war noch unklar, ob es in Richtung Osten oder nach Westen ging. Auf jeden Fall zweifelte er stark daran, dass er lebend zurückkommen würde. Als kleinen Trost wollte sie ihm am nächsten Tag schreiben, dass die Kartoffeln jetzt drin waren – die Post würde er ja irgendwann kriegen, auch wenn er noch keine Feldpostnummer hatte.

Dabei würde sie selbst jemanden brauchen, der ihr Mut zuspräch. Wenn sie an die Zukunft dachte, wurde ihr angst und bange. Bald begann die Heuernte, dann musste das Korn gemäht und eingefahren werden. Wie sollte sie das alles schaffen?

3. Kapitel

Aus der Küche stieg Bratenduft. Ein Duft, der einem das Wasser im Mund zusammenlaufen ließ. Vor dem Herd mit den glühenden Eisenringen stand Ida und wendete Kartoffelscheiben, die zusammen mit Zwiebeln und Speckstückchen in der Pfanne brutzelten. Almas drei Jahre ältere Schwester war heimgekehrt auf den elterlichen Hof – zusammen mit ihren beiden Töchtern Emma und Hilde. Der Vater der Kinder war wie fast alle anderen Männer im wehrfähigen Alter im Krieg, und weil auf dem Hof jetzt jede Hand gebraucht wurde und hier zumindest an Grundnahrungsmitteln kein Mangel herrschte, war Ida nach Hademstorf zurückgekommen. Sie war mit ihren Töchtern in das frühere Backhaus eingezogen. Das kleine, aus rotem Ziegelstein gemauerte Nebengebäude, das an den Schweinestall grenzte, hatte lange leer gestanden und musste darum gründlich geputzt und wohnlich gemacht werden. Ein älterer Zimmermann aus dem Dorf hatte gemeinsam mit Alex und Robert eine ganze Woche lang Hand angelegt, und jetzt war es hier fast gemütlicher als im großen Wohnhaus. Die wenigen Möbel, die in den beiden Zimmern und der kleinen Küche Platz fanden, hatte Alma ihrer Schwester überlassen. An Betten und anderem Mobiliar herrschte im Hauptgebäude ja kein Mangel, denn die Schlafzimmer der gefallenen Brüder und verstorbenen Eltern standen schon lange leer. Ida hatte ihre eigenen Möbel darum einstweilen noch in ihrem früheren Wohnort zurückgelassen.

Jetzt schlug sie drei Eier auf, verrührte sie in einer Schüssel mit etwas Milch und goss das Rührei über die Bratkartoffeln. Dadurch nahm der Bratengeruch ein noch verführerischeres Aroma an. Der Duft stieg auch der kleinen Marie in die Nase, die an diesem Juliabend mit ihren Cousinen vor dem Haus Hinkeln spielte. Sie war geschickt darin, den kleinen Stein von einem Kästchen ins andere zu kicken – Kästchen, die nur mit Strichen in die Erde geritzt waren.

Ihre Mutter war noch mit den beiden Kriegsgefangenen dabei, das Fuder Heu abzuladen, das sie gerade geholt hatten. Alma stand mit Robert in der Scheune und beförderte das trockene Gras weiter, das Alex vom Wagen aus mit der Forke durch die Luke warf. Robert hatte die Aufgabe, es im hinteren Teil der Scheune zu verstauen und festzutreten, damit weitere Fuder hineinpassten. Alle schwitzten. Obwohl es schon auf sieben Uhr zuging, zeigte das Thermometer noch vierundzwanzig Grad. Der lange Tag der Heuernte hatte alle erschöpft, trotzdem wurde hin und wieder gelacht, wenn jemand einen Scherz machte.

»Gut für die Liebe«, hatte Alex gerade mit seiner kräftigen Stimme gerufen. »Besser als ein Bett.«

»Schweinkram«, hatte Alma erwidert und Robert erklärt,

worauf ihre Bemerkung bezogen war; denn der Franzose im hintersten Winkel der Scheune konnte nicht verstehen, was draußen auf dem Heuwagen gesprochen wurde. Daraufhin hatte Robert ihr einen seiner eindringlichen Blicke zugeworfen und erwidert: »Alex hat recht. Ein Bett im Heu ist besser als ein Bett im Haus – weich und duftend. Formidable.«

Als Alma mit gespielter Entrüstung lächelnd den Kopf schüttelte, warf er ihr eine Kusshand zu. Fast hätte sie die kecke Geste erwidert, aber sie war schließlich die Chefin. In diesem Moment spürte sie wieder, wie sie den Franzosen ins Herz geschlossen hatte, und prickelndes Verlangen durchströmte sie. Schon dieser schöne Akzent. Dass er kein »H« sagen konnte, trotz seiner großen Sprachbegabung und aller Bemühungen nicht, sondern von Eu sprach und Ademstorf sagte, wenn er Hademstorf meinte. Das klang in ihren Ohren irgendwie vornehm.

Das Heu duftete nach getrocknetem Ruchgras, und dieser betörende Geruch versetzte Alma in Wallung. Weiter entfernt quakten Frösche, untermalt von dem monotonen Stampfen der Fördertürme, die unermüdlich das schwarze Gold aus dem Marschboden pumpten.

Die Abendsonne fiel schräg durch die Ritzen der Scheunenwände, und ihre Strahlen bildeten in der dunklen Scheune leuchtende Schneisen; zwischen Staubpartikeln tanzten auf dieser Straße aus Licht winzige Mücken in der Gesellschaft von Motten und kleinen Faltern. Luftgeister, die sonst wie so vieles dem menschlichen Auge verborgen blieben.

Der Krieg schien immer noch weit weg. Aber das täuschte, und manchmal bekam das Bild des ländlichen Friedens Risse, und die Sicherheit erwies sich als trügerisch. Das Sirenengeheul und das Sirren der herannahenden Kampfbomber versetzten Alma immer wieder in Angst und Schrecken; nicht mal im Keller, in dem ein Raum mit Tisch und Stühlen als Behelfsbunker eingerichtet war, fühlte sie sich sicher. Doch jetzt war es schon einige Wochen ruhig geblieben, und an die abendliche Verdunkelung hatte sie sich längst gewöhnt. Im Sommer spielte das sowieso keine Rolle. Wenn sie spätabends mit dem Rad vom Melken nach Hause kam, fiel sie gleich wie tot ins Bett. Gut, dass Ida jetzt wieder da war und sich auch um Marie kümmern konnte. Während der Erntezeit hätte Alma dafür gar keine Zeit gehabt.

Traurig war, dass sich eine langgehegte Befürchtung allmählich zur Gewissheit verdichtete: Mariechen hatte ihren Vater verloren. Willi galt zwar nach der Schlacht um Stalingrad immer noch als vermisst, seine Mutter im Nachbarort Eickeloh konnte aber kaum mehr daran glauben, dass er noch lebte. Schon länger als ein halbes Jahr wartete die Bäuerin auf einen Brief ihres Ältesten. Vergebens. Alma hatte zwar schon vor dem Krieg mit Willi abgeschlossen, aber um die kleine Marie tat es ihr leid. Doch selbstverständlich sprach sie mit ihrer Tochter nicht über diese Dinge. Immerhin hielt Willis Mutter Kontakt. Nie vergaß sie, ihrer Enkeltochter in Hademstorf zum Geburtstag oder zu Weihnachten ein Geschenk zu bringen. Das Mädchen wusste, dass ihr unsichtbarer Vater wie die Väter anderer Kinder im Krieg war, aber da sie ihn nie kennengelernt hatte, vermisste sie ihn auch nicht.

Eher schon vermisste sie ihren Onkel. Franz. Der immerhin schrieb noch Briefe – zuletzt aus Südfrankreich. Darin beteuerte er meist, dass die Lage ruhig sei, berichtete aber auch von gelegentlichen Partisanenanschlägen. Vor allem wollte er wissen, wie es auf dem Hof weiterging, und gab seiner Schwester Ratschläge und manchmal auch Anweisungen. Zwischen den Zeilen war herauszulesen, dass er Heimweh hatte.

Es war deutlich, wie er seinen Hof, seine Wiesen und Felder, seine Pferde, Kühe und die vertrauten Menschen vermisste. Weniger Sehnsucht verspürte er offenbar nach dem

Dorfleben. Er war immer schon ein Außenseiter gewesen. Ein Sonderling, wie gesagt wurde.

Auch Alma hielt sich von aller Geselligkeit im Dorf fern – abgesehen davon, dass ihr dafür die Zeit fehlte, fehlte ihr auch der innere Drang, sich einem Verein anzuschließen oder die klassischen Dorffeste wie Schützen- oder Erntefest zu besuchen. Die Geburtstage und anderen Feiern ihrer Schwestern und Schwesternkinder reichten ihr vollkommen. Sie war auch nicht der NS-Frauenschaft beigetreten, die ständig irgendwelche Sammlungen für die deutschen Soldaten im Krieg veranstaltete oder dem Führer huldigte, indem sie an seinem Geburtstag vaterländische Lieder sangen oder Fahrten zu seinen umjubelten Auftritten veranstalteten. Nein, darüber konnte sie nur den Kopf schütteln. Nicht mehr als ein spöttisches Lächeln entrang ihr auch die sogenannte »Heldenpforte«, die der Bund deutscher Mädels mit den Arbeitsmaiden auf dem Dorfplatz errichtet hatte, ein großer Torbogen aus Eisenstangen bekränzt mit Blumen der Saison, Efeu oder immergrünen Tannenzweigen sowie einer Schnur mit Fähnchen. Dahinter wehte die Hakenkreuzfahne.

Hademstorf bestand in jenen Tagen aus drei, vier Dutzend Großfamilien, die sich innerhalb der Gemeindegrenzen verzweigt und wieder miteinander vermischt hatten. Frisches Blut kam selten in die Kirchengemeinde, und kaum jemand musste die Dorfgrenzen verlassen, um seiner Arbeit nachzugehen. Bevor Ende 1941 die Vacuum damit begann, Öl aus den Tiefen des Hademstorfer Marschlandes zu fördern, und Mitarbeiter in die Siedlung am Hansadamm lockte, bevölkerten fast ausschließlich Bauern und Handwerker das Dorf. Schuster, Schneider, Schlachter und Tischler bildeten neben den kleinen und großen Landwirten die Säulen des Dorflebens. Der Pastor der Kirchengemeinde residierte im Nachbarort Eickeloh, wo auch die große Backsteinkirche stand und die Toten begraben wurden. Nur der Schulmeister, der alle acht Jahrgänge gleichzeitig in dem einzigen

Klassenraum der Dorfschule unterrichtete, hob sich durch seinen Bildungsstand von den praktisch tätigen Dorfbewohnern ab. Aber der Lehrer hielt ebenso wie alle übrigen Dorfbewohner Hühner, Schweine und Kaninchen und erntete in seinem Schulgarten eigene Gurken, Erbsen, Bohnen, Möhren und Radieschen – natürlich fehlten auch die dorfüblichen Johannis- und Stachelbeeren nicht. Im Laufe des Krieges war eine Lehrerin ins Schulhaus eingezogen, die einen Volksempfänger angeschafft hatte. Auf diese Weise konnte sie frühzeitig erfahren, wenn Fliegerangriffe drohten, und die Kinder vorsorglich nach Hause schicken.

Ein Laden, Kolonialwarenhandlung genannt, versorgte die Dorfbewohner mit den Dingen, die sie nicht selbst erzeugten. Während des Krieges war das Angebot immer knapper geworden. Ob Mehl, Stoffe, Schnaps oder Kohle – fast alles war rationiert und nur noch mit Bezugsscheinen, sogenannten Marken, zu haben. Da war es gut, an der Quelle zu sitzen. Auf Almas Hof jedenfalls musste keiner hungern. Frei verfügen allerdings konnte die Bäuerin über ihre Erträge auch nicht. Alles wurde genau erfasst, und der Großteil der Ernteerträge musste zu einem staatlich festgelegten Preis abgeführt werden – Korn und Kartoffeln ebenso wie Fleisch, Milch und Butter. Natürlich konnte man das eine oder andere abzweigen und als Handwerkerlohn oder Vorrat für noch schlechtere Zeiten zurückbehalten. Darüber hatte eigentlich der Ortsbauernführer zu wachen. Aber Franz Wiechmann, der auch als Bürgermeister amtierte, war selbst Bauer und drückte bei seinen Berufskollegen in der Regel ein Auge zu. Der Bürgermeister repräsentierte die Partei im Dorf gemeinsam mit seinem Nachbarn, Schneidermeister Beike, der als Schriftführer amtierte und die männlichen Dorfbewohner mit braunen SA-Uniformen ausstattete. Auch Franz Wiese war Mitte der dreißiger Jahre wie die anderen Bauern der SA beigetreten, weniger aus Überzeugung als dem Bestreben, nicht noch mehr aus der Reihe zu tanzen. Die SA-Uniform hatte für ihn keine größere Bedeutung als die Schützenfestjacke. Sie hing eingemottet im Kleiderschrank.

Endlich war das Heufuder abgeladen. Alma eilte schnell ins Haus, um das Abendessen auf den Tisch zu bringen. Dazu rief sie auch Marie. Aber die hatte schon mit ihrer Tante und den beiden Cousinen im Backhaus gegessen, war längst satt und freute sich darauf, dass Ida gleich das abendliche Märchen vorlesen würde.

Alma war das recht. Sie musste ja noch zum Melken und war froh, dass ihre Schwester auf Mariechen achtgab. Gut möglich, dass es doch noch wieder einen Tieffliegeralarm gab oder ein Trupp Soldaten sich im Dorf einquartierte.

4. Kapitel

Der Himmel war an diesem letzten Junitag wie ein nasses Blechdach; die Sonne, wenn sie sich überhaupt einmal sehen ließ, bleich wie ein Fischbauch. Es regnete von morgens bis abends an diesem kühlen Sommertag, leichter, aber beharrlicher Nieselregen. Das bereits gemähte Gras auf der Wiese wurde davon so nass, dass es erst trocknen musste, bevor es eingefahren werden konnte. Aber die Sonne versteckte sich hinter den grauen Wolken. Alma und ihre Leute nutzten den Regentag, um Kartoffeln zu hacken und Rüben zu verziehen, außerdem war jetzt endlich Zeit, die Schweineställe auszumisten. Alexei, der die Aufgabe übernommen hatte, roch nach vier Ställen schon selbst wie ein Schwein. Am Abend warteten wie jeden Tag die Kühe auf der Weide darauf, gemolken zu werden.

Als Alma gegen halb elf mit Alexei und Robert vom Melken nach Hause kam und ihr Rad in die Scheune schob, hörte sie, dass es im Heu raschelte. Eine Igelfamilie? Eine Eule? Mäuse oder Ratten? Sie horchte in die Dunkelheit.

Zuerst wurde es still, gespenstisch still, dann hörte sie diesen schweren, röchelnden Atem, der wie unterdrücktes Seufzen klang. »Hallo, ist da einer?«, stieß sie ängstlich hervor. Aber sie erhielt keine Antwort. Sie wagte es nicht, länger nach dem unsichtbaren Besucher zu forschen, lief hinaus und bat Alex, nach dem Rechten zu sehen.

Es dauerte fast eine halbe Stunde, bis der wieder aus der Scheune zurückkam. Alma sah ihm an, dass er bedrückt war und einen inneren Kampf mit sich ausfocht. Ungeduldig stellte sie ihn zur Rede.

»Was ist denn los? Hat sich einer in die Scheune geschlichen?«

Alexei stammelte etwas von einem »armen Menschen«, einem russischen Landsmann offenbar, und da erinnerte sich Alma sofort an den Trupp der Kriegsgefangenen, der durchs Dorf gezogen war – irgend so ein Arbeitskommando. Jetzt fiel ihr auch ein, dass sie einen gesucht hatten. Da war offenbar jemand geflüchtet. Um Himmels willen! Was sollte sie bloß machen? Sie konnte den Kerl doch nicht auf dem Hof verstecken. Das wurde schwer bestraft. Aber konnte sie den armen Teufel der SS ausliefern? Sicher bedeutete das sein Todesurteil.

Trotzdem ließ sie ihrer Angst freien Lauf und machte Alex Vorwürfe, dass der sich für den Kerl einsetzte. »Du stürzt uns alle noch ins Verderben. Das geht doch nicht. Ich muss doch auch an den Hof und Mariechen denken, mein Gott noch mal.«

Alexei flehte sie an, die Ruhe zu bewahren. Er werde alle Schuld auf sich nehmen, falls jemand den Mann entdeckte. Erst einmal müsse der Kerl etwas zu essen und zu trinken bekommen, sonst würde er die Nacht vielleicht schon nicht mehr überleben. Alma rief sich die Bilder der ausgemergelten Männer ins Gedächtnis, die vor wenigen Tagen über die Landstraße getrieben worden waren, und stimmte widerstrebend zu. »Aber ich weiß nichts davon, hörst du, Alex?«

Nach einer unruhigen Nacht ging sie am Morgen in die Scheune und sah, wie der Russe im Heu schlief. Abgemagert, bleich und zerlumpt, aber doch ganz friedlich. Sie atmete tief durch und beschloss, noch einmal ein ernstes Wort mit Alex zu sprechen. Vielleicht konnte man den Mann noch einige Tage dabehalten und so weit mit Essen und Trinken aufpäppeln, dass er wieder zu Kräften kam, um sich anderswo vor seinen Verfolgern zu verkriechen.

Der Russe hieß Viktor. Alexei überließ dem erschöpften Mann sein Bett in der Knechtskammer am Rande des Schweinestalls. Nachdem er sich halbwegs satt gegessen hatte, schlief er fast zwei Tage durch. Alexei verbrachte die kurzen Sommernächte auf einem Sofa im Wohnhaus. Das war zwar verboten, aber darauf kam es jetzt auch nicht mehr an.

Die kleine Marie gruselte sich vor dem spindeldürren, blassen Kerl in der Knechtskammer, wenn sie durchs Fenster spähte. Der Russe mit den tiefliegenden Augenhöhlen und vorstehenden Wangenknochen, der auf so heimliche Art auf den Hof gekommen war, machte ihr schon deshalb Angst, weil er nur Russisch sprach. Sie verstand gerade mal, dass es »ja« hieß, wenn er »da« sagte – meistens »da, da«. Aber sonst blieb ihr diese Sprache fremd.

Alma dagegen gewöhnte sich allmählich an die Anwesenheit des Schattenmannes, und nach einer Woche saß Viktor schon mit am Tisch. Alexei übersetzte in seinem gebrochenen Deutsch, was Viktor im Lager in Wietzendorf erlebt hatte. »Wir haben in Erdhöhlen gehaust und Gras gegessen. So groß war der Hunger. Die Bäume im Lager hatten alle keine Rinde mehr, weil die Menschen sie abgerissen und aufgegessen haben. Man glaubt ja nicht, was man alles ...«

Seine brüchige Stimme erstarb, er schüttelte den Kopf und hielt sich die Hände vor die Augen. »Sogar unsere Gürtel haben wir aufgegessen, Hosengürtel, wissen Sie. Ledergürtel. Ekelhafter Geschmack, scheußlich, aber es half gegen diesen schrecklichen Hunger, verstehen Sie.«

»Ja, in der Not frisst der Teufel fliegen«, warf Alma lakonisch ein, um ihrer Beklemmung irgendwie Ausdruck zu verleihen.

»Ganz schlimm war es im Winter«, fuhr Viktor fort. »Kälter sind wohl die Winter auch in Sibirien nicht, alles gefroren. Ganz steif vor Kälte waren wir, wenn wir wieder eine Nacht überstanden hatten und uns frühmorgens auf dem Appellplatz versammeln mussten. Jeden Tag sind einige gestorben. Manche lagen tagelang tot auf ihren Pritschen oder irgendwo auf der kalten Erde, bis man sie auf Karren geladen und zu dem großen Friedhof gebracht hat. Uns allen war klar, dass wir die nächsten sein konnten. Zu dem Hunger, dem Durst und der Kälte kamen ja noch die Seuchen. Typhus und Ruhr, wissen Sie. Viele hatten Fieber, hohes Fieber, der kalte Schweiß brach ihnen aus, und weil wir alle so kraftlos waren, hatten wir der Krankheit nichts mehr entgegenzusetzen. Auch ich hatte dieses Fieber, aber irgendwie habe ich es überstanden. Wie durch ein Wunder. Vielleicht haben meine Gebete geholfen.«

Er starrte ins Leere, als würde er dort seinen unsichtbaren Retter erspähen, er atmete schwer und schwieg. Alle schwiegen, bis er allmählich in seinem schleppenden Russisch fortfuhr. »Auch andere haben gebetet, aber vergebens. Kameraden, die es nicht mehr schafften, aus eigener Kraft hochzukommen, wurden einfach von den Wachleuten erschossen. Einfach abgeknallt, wissen Sie? Wie Vieh haben sie uns behandelt, nein, schlimmer.«

In den vergangenen Monaten sei es etwas besser geworden, weil die Kriegsgefangenen zu Arbeitseinsätzen in der Umgebung gebracht wurden. Zum Bunkerbau, in unterirdischen Munitionsfabriken, aber eben auch in der Landwirtschaft. Wer dafür ausgewählt wurde, genoss den ungeheuren Vorzug, wenigstens eine warme Suppe am Tag zu bekommen – wie dünn die auch immer sein mochte. Die Arbeit aber war so hart, dass die Kraftreserven schnell aufgebraucht waren.

Viktor erzählte von einem Kameraden, mit dem er bei Wegebauarbeiten in der Nähe eingesetzt gewesen war. Der Mann mit den fiebrigen Augen habe sich nach fünf, sechs Stunden schon nicht mehr auf den Beinen halten können, sei vor Erschöpfung immer wieder gestürzt und schließlich gar nicht mehr hochgekommen. Als ihn die Wachleute als faulen Hund beschimpften und mit der Peitsche schlugen, flehte er sie an, ihn zu erschießen. »Gnade«, habe er auf Deutsch hervorgestoßen. »Gnade. Ich kann nicht mehr.« Irgendwann hätten sie ihm dann wirklich den Gefallen getan und ihn abgeknallt.

Alma stockte der Atem. Was sie hörte, überstieg ihre Vorstellungskraft. Je länger sie Viktor zuhörte, desto fester formte sich ihr Entschluss, ihn auf dem Hof zu behalten. Man konnte diesen armen Mann doch nicht einfach wieder fortjagen und neuen Qualen aussetzen. Nein, der sollte ruhig dableiben. Den würde man auch noch satt kriegen, außerdem war es jetzt ja in der Erntezeit gut, noch eine Arbeitskraft mehr zu haben. Bei der bevorstehenden Kornernte war doch jede zusätzliche Hand Gold wert. Und bei den vielen Kriegsgefangenen und Ostarbeitern im Dorf fiel es sicher nicht auf, wenn ein weiterer Russe bei ihr auf dem Feld stand. Zusätzlich bestätigt sah sie sich in ihrem Entschluss, als Alex ihr sagte, dass sein Landsmann Ingenieur war und bestimmt die eine oder andere Maschine reparieren konnte, die ausfiel. In diesen Kriegstagen war es fast unmöglich, Landmaschinen auf reguläre Weise instand setzen zu lassen. Auch der Schmied aus dem Nachbarort war im Krieg.

Sie erlaubte Viktor, sich am großen Waschbecken in der Küche zu waschen, und gab ihm Kleidung von Karl – die Größe musste wohl ungefähr hinkommen. Da der Russe bis auf die Knochen abgemagert war, rutschte ihm die Hose zwar anfangs noch, aber wozu gab es Hosenträger? Alma musste unwillkürlich schlucken, als sie Viktor in dem Arbeitszeug ihres jüngsten Bruders sah – der Manchesterhose, dem karierten Baumwollhemd, der dunkelgrünen Lodenjacke. Was, wenn Karl doch noch aus dem Krieg heimkehrte? Egal, ganz egal. Auch wenn dieser unwahrscheinliche Fall eintrat, ging sicher die Welt nicht unter, wenn er den Russen in seiner Arbeitskleidung sah. Der hatte nie viel Aufheben von solchen Dingen gemacht. Franz war da anders. Der hatte schon Einspruch erhoben, als Alma den beiden Kriegsgefangenen die Sachen von Heinrich und Wilhelm geben wollte – dabei waren die schon ein Vierteljahrhundert tot. Unsinn! Wie zum Trotz gegen ihren abwesenden Bruder holte sie dessen Gummistiefel aus dem Keller und forderte Viktor auf, sie anzuprobieren. Tatsächlich: Die Stiefel passten. Wie angegossen.

Drei Brüder hatte ihr der Krieg genommen, drei Männer hatte er ihr zurückgegeben. Manchmal kam ihr schon der Gedanke, wie es wohl wäre, wenn auch noch Franz fallen würde. War es dann nicht ihr gutes Recht, den Mann zum Bauern zu machen, der ihr am nächsten stand?

5. Kapitel

Irgendwo in Südfrankreich. Ein milder Oktobertag des Jahres 1943. Nebel lag noch über dem Land, gerade erst war die Sonne aufgegangen. Gras und Sträucher waren bereits vom langen Sommer ausgebleicht, einzelne Blätter segelten durch die Luft. Auch die alten Eichen verloren schon ihr Laub, wie Franz wehmütig bemerkte. Eichen. Eichen, die etwas anders aussahen als die Eichen in Hademstorf. Knorriger, mit hellerem Stamm.

Vieles war hier anders als in Hademstorf. Die Landschaft war nicht flach wie in der Heide, sondern hügelig, und Franz trug nicht seine abgewetzte Manchesterhose und seinen zerschlissenen dunkelgrünen Baumwollpullover mit der Drillichjacke obendrüber, sondern Uniform. Graue Kampfuniform, Lederstiefel statt Gummistiefel. Der Stahlhelm immerhin blieb ihm erspart. Ein feindlicher Angriff war nicht zu erwarten – zumindest drohte nicht die Gefahr einer militärischen Offensive. Aber der Tod lauerte im Verborgenen. Schüsse aus dem Hinterhalt waren jederzeit möglich. In den Wäldern der Umgebung, hieß es, hielten sich französische Partisanen verschanzt, die jede Gelegenheit nutzen, die verhassten Besatzer abzumurksen. Erst am Vortag hatte es einen Kameraden aus Pommern erwischt, den Gefreiten Otto Baum. Beim Morgenappell wurde seiner in Ehren gedacht.

Am Nachmittag schon wurde er begraben. Da kein Militärgeistlicher in der Nähe war, leitete der Hauptmann die Trauerzeremonie. Dazu las er Gebete aus der Miniaturausgabe des Gesangbuchs, das alle Soldaten bekommen hatten. Franz faltete die Hände und sang innbrünstig mit.

Damit war die Sache nicht abgetan. Das Oberkommando der Wehrmacht hatte einen Sühnebefehl erlassen. Wenn der Täter nicht ermittelt werden konnte, wurden Geiseln erschossen – für einen getöteten deutschen Soldaten mindestens fünf Franzosen. Jetzt warteten zehn französische Männer auf ihre Hinrichtung – zur Hälfte gefangene Partisanen, zur anderen Hälfte Zivilisten aus einem der Dörfer in der Umgebung. Wehrmachtssoldaten hatten sie am Abend aus ihren Häusern geholt, darunter ein Junge, der kaum fünfzehn sein dürfte, wie Franz schätzte.

Zum Glück war er diesmal nicht dem Erschießungskommando zugeteilt worden. Seine Aufgabe war es, die zehn Männer gemeinsam mit Kameraden aus ihrem Drahtverhau zu holen und zum achthundert Meter entfernten Exekutionsplatz in einer Waldlichtung zu führen.

»Aufstehen. Abmarsch.«

Die Kommandos überließ er anderen, aber er musste die Franzosen mit vorgehaltener Maschinenpistole dazu bringen, den Aufforderungen Folge zu leisten. Notfalls mit Tritten oder Schlägen mit dem Gewehrlauf. Es sollte ihnen nicht weh tun, aber klarmachen, dass er seine Aufgabe ernst nahm, als braver Soldat seine Pflicht tat.

Das fiel ihm an diesem Morgen nicht leicht. Die Augen der Geiseln drückten Angst und Entsetzen aus, vielleicht sogar ein verzweifeltes, verstohlenes Flehen um Gnade.

Aber Gnade war etwas für den Sonntagsgottesdienst, hier ging es um Rache, um Abschreckung – um die ehernen Gesetze der Kriegsführung.

Nach anfänglicher Weigerung ging bald alle von selbst, schicksalsergeben, apathisch, vielleicht auch in der heimlichen Hoffnung, die Deutschen durch ihren Gehorsam doch noch milde stimmen zu können.

Aber der Exekutionsbefehl war unumstößlich. Gegen seinen Willen sah Franz einem der Geiseln in die Augen, ausgerechnet dem Jungen. Tränen glitzerten darin, man sah, wie der Junge dagegen ankämpfte, tapfer erscheinen möchte. Dabei war er eigentlich noch ein Kind. Woran er wohl gerade dachte? An seine Mutter? Oder an sein Gegenüber in der deutschen Uniform? Ganz sicher flammte Hass in dem Jungen auf, der nie ins heiratsfähige Alter kommen würde – zumindest Wut, hilflose Wut.

Als der Trupp sein Ziel erreicht hatte, erhielten die Geiseln Spaten, wurden aufgefordert, eine Grube auszuheben. Es war ihnen anzusehen: Sie ahnten, was das bedeutete, zogen es aber dennoch vor, den Spaten in die Hand zu nehmen und zu graben, anstatt sich noch einmal treten oder schlagen zu lassen.

Als die Grube schließlich tief genug war, erteilte ein Oberstleutnant ein neues Kommando: »Aufstellen. Alle der Reihe nach am Grubenrand aufstellen!«

Da kaum einer das deutsche Kommando verstand, legten Wehrmachtssoldaten Hand an die Geiseln, indem sie sie unsanft zu der geforderten Reihe ausrichteten. Unterdessen hatte schon das Erschießungskommando Aufstellung genommen – zehn Wehrmachtssoldaten mit Maschinengewehren im Anschlag. Darunter Franz. Und auf einen kaum hörbaren Befehl hin erschütterte im nächsten Moment schon das Getacker der vielen gleichzeitigen Schüsse die herbstliche Waldlichtung, und die Geiseln stürzten von der Wucht der Einschläge in die Vertiefung. Manche rissen noch beim Sturz die Arme hoch.

Wie bei der letzten Geiselerschießung war Franz wieder wie erstarrt, wie innerlich vereist vor Entsetzen, obwohl er im letzten Moment die Augen geschlossen hatte. Aber ebenso stark wie das Mitleid mit den Exekutierten kämpfte in ihm das Bestreben, sich nichts anmerken zu lassen. Bloß keine Schwäche zeigen und als Waschlappen auffallen! Der Spott seiner Kameraden, die ihn für keinen richtigen Soldaten hielten, machte ihm ohnehin schon zu schaffen. Er war froh, dass er dabei helfen konnte, die Leichen der Erschossenen mit Erde zu bedecken.

Zum Abschluss der »Aktion« erhielt jeder der Beteiligten eine Schachtel Zigaretten, und obwohl Franz eigentlich gar kein Raucher war, ließ er sich Feuer geben. Währenddessen verstärkte sich das Geschrei von Wildgänsen, die über das Feldlager hinweg in Richtung Süden flogen. Vielleicht, ging es Franz durch den Kopf, vielleicht kommen die ja aus der Lüneburger Heide – aus unserer Marsch.

Am Abend schaffte er es nach einer Patrouille endlich mal, für eine halbe Stunde allein an einem See zu sitzen. Das ständige Zusammensein mit den Kameraden, das Fehlen von Rückzugsmöglichkeiten war für ihn fast das Schlimmste seines Soldatenalltags. In Hademstorf war er es ja gewohnt, allein zu arbeiten, von Geselligkeiten und dem dörflichen Vereinsleben hatte er sich ferngehalten. Nur für sich hatte er manchmal, wenn er nach den Rindern auf der Sommerwiese gesehen hatte, am Flussufer Mundharmonika gespielt. Die Mundharmonika zog er auch jetzt aus der Tasche, und während vor seinem inneren Auge die Bilder der Erschießung vorbeihuschten, spielte er »Jesu geh voran, auf der Lebensbahn«.

Der lange Finger eines Scheinwerfers glitt über den Himmel, tastete die Wolken ab und entfernte sich wieder.

Er spielte ein neues Lied auf seiner Mundharmonika: »Großer Gott, wir loben dich«. Bald war er so in sein Spiel versunken, dass er gar nicht merkte, dass sich hinter ihm jemand anschlich.

6. Kapitel

Im Kessel der Schweineküche brodelte das Wasser. Ida hatte schon um fünf Uhr Feuer in dem großen Herd gemacht, damit er richtig heiß wurde. Jetzt ging es auf halb sieben zu und war immer noch nicht ganz hell Alma molk schon seit einer Stunde wieder ihre Kühe. Zum Glück musste sie dafür nicht mehr auf die Wiese fahren. Nach den ersten Nachtfrösten waren die Kühe Anfang November in den Stall geholt worden.

Auch Alexei und Viktor waren schon auf den Beinen. Sie trugen den schweren Eichentisch aus dem Wohnhaus und stellten ihn in die leergeräumte Knechtskammer neben der Schweineküche, holten Töpfe und Schalen und schrubbten sie so gründlich, dass sie nach Scheuerpulver rochen, und sie schärften auch die Messer, denn an diesem Novembertag sollte ein Schwein geschlachtet werden. Den Schlachtetrog hatten sie schon aus dem Schuppen geschleift und vor dem Schweinestall aufgebaut. Wenn Alma mit dem Melken fertig und auch Robert endlich da war, konnte es losgehen. Beim Schlachten wurde jede Hand gebraucht. Zwei Männer zum Strickhalten, eine Frau zum Wasserschleppen, eine Frau zum Blutrühren – und natürlich einer zum Totmachen. Das war Alexeis Aufgabe. Der russische Bauer hatte auf dem kleinen

Hof seiner Eltern schon als Junge beim Schlachten geholfen. Und natürlich wusste Alexei auch, wie man ein Schwein zerlegte und verwurstete. Aber erst mal musste die Sau getötet werden – so geräuschlos wie irgend möglich. Denn Alma hatte die Schlachtung beim Ortsbauernführer nicht angemeldet, und das war eigentlich vorgeschrieben. Laut Erlass war das Schwein vor dem Schlachten zu wiegen, und die Hälfte des anfallenden Fleisches und der Wurst war abzuführen. Der Krieg hatte den freien Markt außer Kraft gesetzt und eine Kommandowirtschaft mit Abführzwang und Bezugsscheinen nach sich gezogen. Die deutschen Soldaten sollten wenigstens genug zu essen haben, wenn sie schon den Kopf für Volk und Führer hinhielten.

Alma aber musste vor allem daran denken, ihre Leute auf dem Hof satt zu kriegen – immerhin fünf Erwachsene und drei Kinder. Außerdem waren Wurst und Speck in diesen Kriegstagen zu einer Art Ersatzwährung geworden, mit der auch Kaffee und Waschpulver, Schuhe und Kleider zu bekommen waren – Dinge, die es sonst nur in sparsamer Zuteilung »auf Marken« gab. Wenn überhaupt. Aber man musste auf der Hut sein. Schwarzschlachten wurde hart geahndet. Das Geschäft eines Schwarmstedter Schlachters war schon im März vergangenen Jahres »wegen fortgesetzter Verstöße gegen Kriegswirtschaftsverordnungen« vom Landrat geschlossen worden, wie die Walsroder Zeitung geschrieben hatte. Den Walsroder Schlachtermeister Heinrich Lüders hatten sie sogar ins Zuchthaus gesteckt, seine Frau ebenso.

Manche bliesen Posaune, damit man das Schweinequieken nicht hörte, andere legten Platten mit Marschmusik auf. Alexei hatte eine andere Methode: Er band den Schweinen einfach einen Stricks ums Maul, damit sie nicht losbrüllten. Aber dazu musste man das Tier erst einmal in der Gewalt haben. Auch dafür waren Helfer nötig.

Schließlich war Alma mit dem Melken fertig, und Robert war vom »Herzog von Celle« eingetroffen. Alexei klopfte seinem Landsmann Viktor aufmunternd auf die Schulter. »Auf geht's.«

Viktor war das erste Mal beim Schlachten dabei und hatte Angst, dass ihm dabei schlecht würde. Er könne kein Blut sehen, hatte er Alexei anvertraut, damit aber nur gutmütiges Gelächter geerntet. Auch Alma, die selbst schon so manches Huhn geköpft hatte, konnte die Sorge des Russen nicht recht ernst nehmen.

Viktor mühte sich denn auch, sich nichts anmerken zu lassen und seinen Mann zu stehen. Gemeinsam mit Robert drängte er das Schlachtschwein in die hintere Stallecke, damit Alexei dem Tier das Maul zubinden konnte – ganz behutsam, unterstützt durch leichte Schläge mit der Hand aufs Hinterteil. Leider aber schien das Schwein zu ahnen, was ihm bevorstand. Es sträubte sich wild grunzend mit aller Kraft gegen die Freiheitsberaubung, brach in schrilles Quieken aus. Aber damit war es vorbei, als Alexei seinen Strick strammzog und zusammenknotete. Während der Russe das Schwein mit aller Macht gegen die Stallwand drückte, konnten Robert und Viktor dem Tier ihre Stricke an die Vorder- und Hinterläufe binden. Unter Schieben, Drücken und Schlägen mit der flachen Hand trieben die Männer die Sau schließlich ins Freie, wo bereits Alma und Ida warteten und sich auch – in sicherer Entfernung – die drei Mädchen als Zuschauerinnen mit angehaltenem Atem versammelt hatten.

Wie erhofft, ging alles ziemlich ruhig vonstatten. Das Schwein wehrte sich zwar gegen die Fesseln, blieb aber abgesehen von grunzendem Röcheln notgedrungen stumm. Alexei griff also zum bereitliegenden Beil und holte aus. Ein kräftiger Schlag mit der stumpfen Axtseite sollte das Tier betäuben und damit außer Gefecht setzen. Aber es kam anders. Das Schwein wandte den Kopf im letzten Moment ruckartig zur Seite, so dass die Axt ihr Ziel verfehlte und den Schweinekopf nur streifte. Zu allem Überfluss löste sich dabei auch noch die Maulfessel, so dass das Tier in panisches Quieken ausbrach. Viktor war von dem Anblick so schockiert, dass er ins Taumeln geriet und seinen Strick losließ. Damit gab es für das Schwein kein Halten mehr. Mit einem gewaltigen Satz und lautem Gebrüll befreite es sich aus seiner Zwangslage und rannte um sein Leben. Die drei Kinder waren wie vom Donner gerührt und verfolgten das Spektakel mit offenen Mündern und schreckgeweiteten Augen. Auch Alma war entsetzt. Wie würde sich die Schlachtung jetzt noch geheim halten lassen?

Alexei war jedoch geistesgegenwärtig genug, dem Schwein zu folgen und einen der Stricke zu packen, die über den Boden schleiften. In der einen Hand das Beil, in der anderen den Strick forderte er Viktor und Robert lautstark auf, endlich das ihre zu tun, um die Sache zum Abschluss zu bringen. Jetzt stürzte sich auch Viktor auf das quiekende Schwein, um den zweiten Strick zu ergreifen. Im nächsten Moment ließ Alexei bereits sein Beil auf den Schweineschädel sausen, und endlich war Ruhe. Das Tier lag am Boden.

In einem weiteren Kraftakt zogen die drei Männer das Schwein zwanzig, dreißig Meter zurück zum Schlachtetrog, wo Alma mit der großen Blechschale wartete, um beim Abstechen das Blut aufzufangen. Viktor blickte stoisch in eine andere Richtung, hielt den Strick aber diesmal fest. Denn solange das Blut lief, war noch Leben in dem Schwein. Er war fast erleichtert, als das tote Tier im Trog lag und mit heißem Wasser abgebrüht wurde. Jetzt scheute er sich auch nicht, die scharfkantige »Glocke« in die Hand zu nehmen, um dem Tier die Borsten abzuschrubben, wie er es bei den anderen beiden sah.

Als das aufgeschnittene Schwein an der Leiter hing, schenkte Alma ihren drei Männern zum Dank einen Schnaps ein. Dabei überlegte sie sich schon, was sie sagen würde, wenn sie auf das Quieken angesprochen werden sollte.

Es gab so viel, worüber nicht offen geredet werden konnte. Dazu zählte auch Viktor. In den ersten Wochen hatte sie ihn noch auf dem Hof versteckt gehalten, ihn nur für Stallarbeiten und beim Strohabladen oder Korndreschen in der Scheune eingesetzt. Aber dann hatte ihre Schwester Ida den zweiten Russen auf dem Hof bemerkt, und Alma hatte ihr erzählt, der Mann sei ihr vom Kreisbauernführer zugeteilt worden. Sie hatte gehört, dass das gelegentlich vorkam, und Ida war mit der Erklärung auch sofort zufrieden gewesen. Aber das war natürlich eine Lüge, und wenn herauskommen sollte, dass sie den geflüchteten Gefangenen auf dem Hof versteckt hatte, konnte sie in Teufels Küche kommen. Sie nahm sich vor, bei nächster Gelegenheit mit Franz Wiechmann zu sprechen, dem Ortsbauernführer. Sie war mit Franz zusammen aufgewachsen, mit ihm zusammen zur Schule gegangen und konfirmiert worden, hatte mit ihm gefeiert und manchen Plausch gehalten, Freud und Leid geteilt, wie man so sagte. Da würde er sie ja wohl nicht anzeigen, sondern Verständnis für ihre Lage haben. Sorgen machte ihr dagegen, dass seit einigen Monaten ein SS-Mann mit seiner Familie in Hademstorf lebte, der in erster Linie Zwangsarbeiter in einem nahegelegenen Waldstück beaufsichtige, aber auch die Aufgabe hatte, ein Auge auf die französischen Kriegsgefangenen zu werfen – ein eher kleiner Mann von gedrungener Statur namens Helmut Melder, dem man es anhörte, dass er aus dem Ruhrgebiet stammte. Die Kinder im Dorf nannten ihn »Menschenfresser« – auch weil er die Angewohnheit hatte, beim Essen das Messer abzulecken. Unter seiner Nase spross ein schmaler Schnauzbart, mit dem er sich schon äußerlich als Gefolgsmann seines großen Idols zu erkennen gab. Melder kam ohne Voranmeldung ins Haus, um zum Beispiel zu kontrollieren, ob die Kriegsgefangenen wirklich nicht mit der Bauernfamilie zusammen speisten, sondern getrennt von den anderen saßen. Darum musste zumindest eine Art Katzentisch für die Kriegsgefangenen bereitstehen. Es hieß, der neue Aufseher sei viel strenger und härter als sein Vorgänger. Einen der Gefangenen habe er wegen einer Kleinigkeit so zusammengeschlagen, dass er geblutet und überall blaue Flecken bekommen habe und mehrere Tage nicht arbeiten konnte. Ja, vor diesem Melder musste sie sich in Acht nehmen.

Auch wegen Robert. Es durfte keinesfalls bekannt werden, dass der für sie mehr als nur eine kostenlose Arbeitskraft war. Dass er sie »Alma« nannte und ihr Koseworte ins Ohr flüsterte, dass er sie auch schon mal heimlich gestreichelt und geküsst hatte. Nein, das durfte keiner wissen. Was deutschen Frauen blühte, die sich mit französischen Kriegsgefangenen einließen, hatte sie vor gar nicht so langer Zeit erst in der Walsroder Zeitung gelesen. Ganz in der Nähe hatte sich die Geschichte zugetragen.

7. Kapitel

Am Morgen des 20. Januar 1943 erhält die Haushälterin Elli Müller Besuch, der nichts Gutes verheißt: Zwei Gestapo-Beamte erscheinen an ihrer Arbeitsstelle, dem Hof des Landwirts von Hörsten in Benzen bei Walsrode, um die dreiunddreißig Jahre alte Mutter von vier Kindern zu ihrer Beziehung zu dem französischen Kriegsgefangenen Martin Jean Marty zu befragen. Sie soll Briefe mit dem französischen Bauern gewechselt haben. Liebesbriefe. Damit steht sie in Verdacht, gegen das Gesetz verstoßen zu haben.

Ausgelöst wurden die Ermittlungen durch einen Telefonanruf des Ortsgruppenleiters der NSDAP in Buchholz an der Aller bei der Gestapo in Fallingbostel. Dieser teilte mit, der Bauer Friedrich Feddeler aus dem benachbarten Marklendorf habe ihm einen Brief gebracht, der ihm »verdächtig« vorkomme. Ein französischer Kriegsgefangener habe das Schreiben einem vierzehnjährigen Polen übergeben, dessen Vater auf seinem Hof beschäftigt sei. Der Junge habe den

Brief für den Franzosen zur Post bringen sollen. Er sei an eine Frau in Benzen gerichtet gewesen, an eine Elli Müller. Feddeler habe bemerkt, dass der Absender fehlte, und daher Verdacht geschöpft. Der Bauer habe den Brief an sich genommen und plane jetzt, ihn der Polizei zu übergeben.

Der Landwirt bestätigte die Angaben bei einer Vernehmung und informierte den Gestapo-Beamten zudem darüber, dass er einen französischen Kriegsgefangenen in Verdacht habe, der auf dem Nachbarhof bei dem Landwirt Fritz Meinheit tätig sei. Der Mann sei bereits von einer deutschen Frau besucht worden.

Elli Müller bestreitet die Vorhaltungen zunächst, doch bei der Durchsuchung ihrer Kammer entdecken die Gestapo-Beamten verdächtige Briefe: dreizehn mit Bleistift geschriebene Liebesbriefe, die Martin Marty ihr geschickt hat.

In den Briefen reiht sich eine Liebesbeteuerung an die nächste – in gebrochenem Deutsch, aber anrührender Diktion. In den Briefen beschwört Marty seine Elli stets, ihre Trübsal mithilfe ihrer Liebe zu überwinden – gesteht aber, auch selbst nicht frei von niederdrückenden Gedanken zu sein. Zum Beispiel am 8. November 1942:

Wenn Du mein Frau, alles viel besser, aber wann! Heute ich zu viel denk an Dir, an mein gut Elli, meine Liebe für immer. Wenn gut Wetter, Du kommen am 19. November, Du kommen, Du gut ... Wenn Du zu viel Trübsal, denk an Deine Liebe. Sonntag Dich sehen in Bahnhof – mein gut Elli, Du gut für mich, immer gut, wenn Du kommen, Du weißt, ich viel Sehnsucht für Dir, mein Elli. Meine Liebe für immer.

Elli Müller gesteht, dass sie in den Absender dieser Briefe verliebt ist – und fest entschlossen, den Franzosen zu heiraten, sowie die Möglichkeit besteht.

Ihr deutscher Mann hat sich ein Jahr zuvor das Leben genommen. Der Landwirt Wilhelm Müller war zur Wehrmacht eingezogen worden und zuletzt als Oberschütze in Warschau stationiert. Was den Soldaten zu dem Suizid bewogen hat, liegt im Dunkeln. »Über den Anlass zum Selbstmord des Ehemannes der Müller ließ sich aus angestellten Ermittlungen nichts Sachdienliches feststellen«, teilt am 26. Januar 1943 ein Gestapo-Beamter aus Fallingbostel seiner vorgesetzten Behörde mit. Nicht einmal Müllers Warschauer Kompaniechef kann sich den Suizid seines Soldaten erklären. In einem Brief an Elli Müller spricht der Offizier von einem »Schwermutsanfall«. Denkbar ist, dass der Bauer aus der Heide unter den Grausamkeiten gelitten hat, in die er als Soldat der Wehrmacht in Warschau verstrickt war, wo Tausende von Menschen willkürlich ermordet wurden, nur weil sie Juden waren. Wilhelm muss täglich miterlebt haben, wie die Warschauer Juden von den deutschen Besatzern gequält wurden, vielleicht war er sogar selbst an Erschießungen beteiligt.

Doch bald kommen andere Spekulationen ins Spiel. Wilhelm Müller hat offenbar aus seinem Dorf einen anonymen Brief erhalten, worin jemand seine Frau beschuldigt, ein Verhältnis mit einem französischen Kriegsgefangenen zu haben. Wilhelm Müller deutet dies in Abschiedsbriefen an seine Frau und seine Eltern an. Die beiden Briefe sind anfangs noch beschlagnahmt worden, werden aber schließlich freigegeben.

Damit lastet auf Elli Müller der Vorwurf, ihren Mann in den Tod getrieben zu haben. Doch bei ihrer Vernehmung durch die Gestapo beteuert die Witwe immer wieder, dass der Vorwurf ungerecht sei. Zu Lebzeiten ihres Mannes habe sie mit dem Franzosen einen lediglich freundschaftlichen Umgang gepflegt.

Bei ihrer Vernehmung sagt Elli Müller aus, dass sie den Hof ihres Mannes im August 1943 verließ und eine Stelle als Haushälterin bei einem Bauern antrat. Ihre Kinder blieben zunächst bei ihren Großeltern in Kettenburg. Das Gerede im Dorf über die Gründe, die angeblich ihren Mann zum Selbstmord veranlassten, hatte auch die Beziehung zu ihren Schwiegereltern eingetrübt. Elli Müller stand daher unter einem starken seelischen Druck. Von der Familie ihres Mannes verachtet, fühlte sie sich umso mehr zu Martin Marty hingezogen, der ihr half, über ihren Trübsinn hinwegzukommen.

Auch der Franzose wird von der Gestapo vernommen. Er gesteht laut Vernehmungsprotokoll freimütig: »Ich habe der Frau Müller versprochen, sie nach dem Krieg zu heiraten und ihre vier Kinder zu erziehen. Diese Absicht habe ich auch heute noch.«

Damit bringt er sich in Schwierigkeiten. Marty wird festgenommen und vor ein Militärgericht in Hannover gestellt.

Auch Elli Müller muss in Haft – für die Bauersfrau aus der Heide, die immerhin Mitglied der NS-Frauenschaft in ihrem Dorf war, eine weitere Stufe der Demütigung und Ausgrenzung. Im folgenden Prozess räumt die Witwe ein, dass sie Martin Marty bei den späteren Spaziergängen geküsst und ihm ihr Foto geschenkt hat, bestreitet aber, dass sie Geschlechtsverkehr mit dem Franzosen hatte. Der Richter lässt indessen die Liebesbriefe Martys verlesen und äußert Zweifel an den Aussagen der Angeklagten.

Am Ende wird Elli Müller wegen verbotenen Umgangs mit Kriegsgefangenen zu einer Zuchthausstrafe von einem Jahr und sechs Monaten verurteilt. Entscheidend für die Härte der Strafe ist, dass der Angeklagten eine Mitschuld am Selbstmord ihres Mannes gegeben wird.

Im Mai 1943 wird Elli Müller in das Frauen-Zuchthaus Anrath am Niederrhein überführt. Ihre Kinder werden vom Wohlfahrtsamt des Landkreises Fallingbostel in einem Kinderheim untergebracht. Außerdem setzt sich das Wohlfahrtsamt dafür ein, dass der »Rechtsbrecherin« die Witwenrente gestrichen wird.

Elli Müller muss ihre Haftstrafe in voller Länge absitzen. Den Antrag ihres Stiefvaters, sie vor allem wegen der Kinder vorzeitig aus der Haft zu entlassen, lehnt das Zuchthaus ab. Begründet wird die Ablehnung mit der »Würdelosigkeit der Tat«.

Martin Marty muss ebenfalls für die verbotene Beziehung büßen. Das Divisionsgericht in Hannover verurteilt den Franzosen zu drei Jahren Gefängnis. Diese Strafe aber muss der Verurteilte nicht in voller Länge absitzen. Denn schon zwei Jahre nach dem Urteilsspruch ändern sich die politischen Voraussetzungen grundlegend.

8. Kapitel

Dumpfe Schläge hallten vom Nachbarhof auf der anderen Straßenseite herüber, gefolgt von Schmerzensschreien, jämmerlichen, halb erstickten Lauten, die in flehentliches Wimmern übergingen, das so viel wie »Aufhören, bitte, aufhören« bedeuten mochte. Aber es ging weiter, immer weiter. Neue Schläge, neue Schreie, begleitet von Beschimpfungen wie »Faules Aas, du« oder »Stinkender Polacke«.

Alma war aufgewühlt von ihrem inneren Zorn, als sie eine letzte Karre Heu über den Hof schob. Graumann war wieder dabei, seine Polen zu traktieren. Der Kleinbauer schlug die Kriegsgefangenen, darunter auch ein Russe, fast jeden Tag. Mal mit der Peitsche, mal mit dem Strick, mal mit einer Holzlatte. Er nahm, was er gerade zur Hand hatte. Und wenn sie zusammenbrachen und sich blutend am Boden krümmten, trat er noch auf sie ein. Als sie das erste Mal darauf zugekommen war, hatte sie noch versucht, auf ihn einzureden.

»Watt mokst du denn doar«, hatte sie ihn in ihrem Heideplatt gefragt. »Wutt du den armen Jungen dotslohn?«

»Armen Jungen?«, hatte er zurückgefragt. »Dat is 'n Verbrecher. De hat sick Kartoffeln klaut und roh verputzt. Wie so 'n Swien.«

»De ist jo uck half verhungert«, hatte Alma erwidert, damit aber Graumann erst recht gereizt. Unvermittelt wechselte er jetzt vom Platt zum Hochdeutschen, als würde er irgendwelche Parteiparolen herunterleiern.

»Die sind ja auch nicht hier, damit wir sie mästen. Die sind zum Arbeiten hier und weiter nichts.«

Alma bemerkte, wie der Pole sie aus seinen tiefen Augenhöhlen hilfesuchend anstarrte, das Gesicht von blutigen Striemen entstellt. »Aber Menschenskind noch mal, wenn du sie so schlägst und hungern lässt, dann können sie auch nicht mehr arbeiten«, sagte sie.

»Können die schon. Die wollen bloß nicht, die faulen Hunde.«

»Faule Hunde! Das sind doch Menschen.«

»Menschen?«, wiederholte Graumann höhnisch. »Tiere sind das. Untermenschen. Wenn die könnten, dann würden die uns in Stücke hauen. Menschen! Hast du schon vergessen, was sie mit euerm Karl gemacht haben?«

»Ich weiß nicht, was mit Karl passiert ist.«

»Stell dich man nicht so dumm. Ich weiß genau, was das da bei Euch drüben für 'ne Wirtschaft ist. Wenn das rauskommt, dann holen sie dich ab. Da kannste aber Gift drauf nehmen.«

»Wenn was rauskommt?«

»Ach, tu doch nicht so. Verschwinde und kümmer dich um deinen eigenen Kram.«

Alma wusste, dass es sinnlos war, weiter mit diesem verstockten Kerl zu reden, der auch seine Jagdhunde und dürren Pferde schlug. Außerdem war ihr die Drohung nicht entgangen. Sie spürte, dass sie auf der Hut sein musste, und unterließ es künftig, dem jähzornigen Kerl ihre Meinung zu sagen. Fast jeden Abend sah sie ihn mit umgehängtem Gewehr, wenn er mit seinem Rad zur Jagd fuhr. Oft kam er mit einem Hasen, manchmal einem erlegten Reh zurück. Es hieß, dass er auf alles schoss, was ihm vor den Lauf kam – ohne

Rücksicht auf Schonzeiten. Und seine Beute verscherbelte er neuerdings für viel Geld an ausgebombte Städter. Natürlich schwarz. Vielleicht könnte sie ihn damit mal ein bisschen unter Druck setzen, wenn er sich weiter so aufführte. Aber die Gefahr war groß, dass der Schuss nach hinten losging. Denn der Kerl hatte gute Beziehungen zur Partei. Besser also den Mund halten, auch wenn sie jedes Mal mitlitt, wenn er auf die armen Menschen einprügelte.

So schob sie ihre Karre weiter und war froh, als sie von den Schlägen nichts mehr hörte.

Überall aus den Schornsteinen im Dorf kräuselte sich Rauch in den Winterhimmel. Weihnachten stand vor der Tür. Weihnachten 1943. Auf dem Adventskranz brannte schon die vierte Kerze. In vier Tagen war Heiligabend. Die Temperaturen gingen nachts bis auf null Grad zurück, so dass am Morgen Raureif über Wiesen und Feldern glitzerte. Weihnachtlicher Glanz. Weihnachtsstimmung aber wollte nicht aufkommen. Die Bombenangriffe nahmen an Schärfe zu. Die umliegenden Städte lagen schon in Trümmern. In den vergangenen Tagen hagelte es vor allem in Bremen Bomben. Hannover hatte es im Oktober getroffen, Hamburg bereits im August – mehr als fünfunddreißigtausend Menschen waren in der Hansestadt bei den Fliegerangriffen ums Leben gekommen, Hunderttausende hatten ihre Wohnung verloren und Zuflucht auf dem Land gesucht. Auch in Hademstorf waren evakuierte Städter untergekommen. Dabei war es hier längst nicht mehr sicher. Bauer Reinhold Leseberg war während eines Fliegerangriffs beim Pflügen von einem Granatsplitter am Oberarm getroffen worden. Der Splitter konnte zwar herausoperiert werden, die Schmerzen blieben.

Da es schon um vier Uhr am Nachmittag dunkel wurde, hielten sich die Dorfbewohner meistens in ihren Häusern auf, deren Fenster so dicht verdunkelt werden mussten, dass kein Lichtstrahl nach außen drang.

Eine Stunde später hatten sich auf dem Wiese-Hof alle um den großen Abendbrottisch versammelt. Es war seltsam still. Die Männer hatten tagsüber im Wald gearbeitet, Kiefern gefällt, entastet, zersägt und mit Hilfe der Pferde auf den Langwagen gewuchtet. Alle waren müde und erschöpft von der harten Arbeit. Aber die Arbeit war es nicht allein.

Schweigend verteilte Alma die Bratkartoffeln und legte jedem ein Spiegelei auf den Teller. Ein Luxusessen in diesen Zeiten – vor allem für Kriegsgefangene. Die drei bedankten sich stumm und hingen ihren Gedanken nach. Wieder ein Weihnachtsfest, das sie fern ihrer Familien verleben mussten. Robert hatte es noch vergleichsweise gut. Der Franzose durfte mit seinen Lieben in der Bretagne Briefe wechseln, er hatte sogar ein Paket mit Keksen und Schokolade geschickt bekommen. Alexei und Viktor dagegen hatten schon seit zwei Jahren keinen Kontakt mehr zu ihren Familien in der Sowjetunion, sie wussten nicht mal, ob ihre Angehörigen noch lebten. Dazu kam die Sorge, was mit ihnen geschehen würde, wenn der Krieg endlich vorbei war. Denn für Stalin waren alle Russen, die den Deutschen unverletzt in die Hände fielen, nicht mehr als Vaterlandsverräter. Für Alexei und Viktor war es daher ungewiss, ob sie jemals in ihre Heimat zurückkehren konnten – und wenn, ob als freie Menschen oder als Gefangene.

Die Wanduhr in der guten Stube schlug zur sechsten Stunde. Im nächsten Moment heulte die Sirene. Die kleine Marie sprang auf und setzte sich Robert schutzsuchend auf den Schoß. Obwohl das Warnsignal mittlerweile zum Alltag gehörte, machten ihr die gespenstisch auf- und abschwellenden Heultöne immer noch Angst. Doch es beruhigte sie, dass Robert besänftigend seine Arme um sie schloss.

Alma starrte zu den verdunkelten Fenstern.

»Hört dat denn goar nich up?«

Doch als die Tischgenossen Messer und Gabel sinken ließen und sie unschlüssig anblickten, entschied sie: »Wir essen weiter. Wird schon gut gehen. Weglaufen können wir vor den Bomben ja doch nicht.«

Kurz darauf war das Brummen der herannahenden Kampfbomber zu hören, verbunden mit dem Widerhall ferner Detonationen. »Comme un orage. Wie beim Gewitter«, kommentierte Robert. »Der Donner wird immer lauter.«

Tatsächlich kam das Krachen der Explosionen näher. Damit sah auch Alma keine andere Möglichkeit mehr, als die Mahlzeit abzubrechen und Zuflucht im Keller zu suchen. Sie ging als Erste die steile Kellertreppe hinunter, um dort unten die Petroleumlampen anzuzünden. Da es im Keller kalt war, suchte sie einige Wolldecken im Haus zusammen. Als nächstes stieg Robert die Kellertreppe hinunter, Marie folgte ihm mit ihrer großen nackten Puppe im Arm.

Ein weiteres Kampfbombergeschwader donnerte über das Dorf, eine gewaltige Detonation ganz in der Nähe ließ die Hauswände beben. Marie erschrak davon so, dass sie eine Stufe verpasste, den Halt verlor und die Treppe herabstürzte. Sie fiel so unglücklich, dass sie mit dem Kopf einen Regalpfosten streifte und zwei Einweggläser herunterriss, die auf dem Boden zerbarsten. Zu allem Überfluss stürzte sie mit den Knien in die Scherben und fügte sich Schnittverletzungen zu, die sofort bluteten. Nach einer Schrecksekunde brach das Mädchen in lautes Weinen aus. Robert eilte ihr zu Hilfe. Er nahm sie auf den Arm, sprach ihr Trostworte zu und versuchte, Splitter aus dem Bein zu entfernen. Jetzt wurde Verbandszeug benötigt, aber Alma hatte nur ein paar Pflaster im Haus.

»Dann müssen wir uns eben selbst eine Binde machen«, sagte Robert und forderte Alma auf, ein Geschirrtuch und eine Schere zu holen. Wenige Minuten später hatte der Franzose das Leinentuch schon in Streifen geschnitten und dem weinenden Kind das Knie verbunden.

»Guter Vater«, scherzte Alexei, senkte aber gleich traurig den Kopf, weil er daran denken musste, dass auch er Vater war – und einen kleinen Sohn hatte, den er vielleicht nie mehr sehen würde.

Während Maries Weinen langsam in stoßhaftes Schluchzen überging und schließlich ganz verebbte, wurde Alma ganz warm ums Herz. Es war nicht nur das Bild ihrer Tochter auf Roberts Schoß, es war das Gefühl, im Kreise dieser drei Kriegsgefangenen eine Ersatzfamilie gefunden zu haben. Die drei Männer, die alle aus dem Feindesland gekommen waren, standen ihr in diesem Moment näher als die meisten Dorfbewohner. Alma, die im Dorfleben eher als Außenseiterin galt, war mit den vor kurzem noch ganz fremden Männern zu einer verschworenen Gemeinschaft zusammengewachsen. Die Bedrohung, die stets hinter der merkwürdigen Hausgemeinschaft lauerte, förderte den Zusammenhalt zusätzlich. Da war es vollkommen natürlich, dass sie mit Robert, Viktor und Alexei Plattdeutsch sprach. Schweine waren in der Sprache der drei Kriegsgefangenen so selbstverständlich Swiene, eine Flasche hieß Buddel und die Sonne war die Sünn'. Alma brachte ihren Gästen sogar ein plattdeutsches Gedicht bei, das sie in der Schule gelernt hatte. Am vierten Advent sprachen sie es im Chor – drei Männer, eine Frau und ein sechsjähriges Mädchen:

Över de stillen Straten,
geiht kloar de Glockenslag,
God Nacht, dien Hart mut slapen
Morgen is uck een Dag ...

Am Heiligen Abend kam auch Ida mit ihren beiden Töchtern zu den andern in die gute Stube, und Marie trug das Gedicht jetzt allein vor. Nur einmal blieb sie stecken. Alle klatschten, als sie sich am Ende stolz verbeugte.

Nach dem Gedicht griff Robert zur Mundharmonika und spielte ein französisches Weihnachtslied, »Les anges dans nos campagnes«, »Die Engel auf unserem Land«. Auf Almas

Wunsch ließ er die vertrauten Klänge von »Stille Nacht, heilige Nacht« folgen. Alma, Ida und die drei Mädchen sangen dazu den Text, und die beiden Russen summten mit. Tatsächlich blieb diese heilige Nacht still. Doch weitere Bombennächte sollten bald folgen.

9. Kapitel

Der 20. März 1944 war ein Montag mit kaltem Wind und Schneeregen. Die Rote Armee eroberte die Stadt Winniza in der Ukraine, und in Italien brach – nach siebzig Jahren – erstmals wieder der Vesuv aus und begrub zwei Dörfer unter seinen Lavamassen. Im Hause Wiese ging es an diesem Tag ruhiger zu. Obwohl kein Sonn- oder Feiertag war, schmückte eine weiße Decke den Küchentisch. In der Mitte stand eine zweistöckige Sahnetorte, obendrauf eine »7« aus eingemachten Erdbeeren – etwas matschig zwar, aber rot. Eine Geburtstagstorte, gebacken von Tante Ida zu Maries siebtem Geburtstag.

Das Geburtstagskind strahlte, als es den festlich gedeckten Tisch mit der Torte erblickte und alle Versammelten ihr ein Ständchen sangen. Die Kriegszeit erlaubte es zwar nicht, viele Gäste einzuladen, aber die erweiterte Familie war auch ganz schön: Mutter Alma, Tante Ida, ihre Cousinen Emma und Hilde und natürlich Robert, Viktor und Alexei. Alle hatten kleine Geschenke für sie. Das Präsent ihrer Mutter hatte sie schon am Morgen bekommen: ein gelbes Sommerkleid. Es passte zwar nicht zu diesem winterlichen Frühlingstag, aber Marie hatte es gleich anprobiert und anbehalten. Ihre Cousinen hatten ihr ein Mensch-Ärger-Dich-Spiel geschenkt, Tante Ida ein paar selbstgestrickte Socken, und Robert überreichte ihr eine in buntem Papier eingewickelte Schokolade – eine Kostbarkeit in diesen Tagen; der Franzose hatte sie als

Liebesgabe von seiner Familie in der Bretagne geschickt bekommen. Mariechen wusste den Wert der Schokolade zu schätzen und war gerührt. Ebenso glücklich machten sie die Holzschnitzereien, die Viktor und Alexei ihr schenkten: ein Vogel mit ausgebreiteten Schwingen und eine verschnörkelte Schale mit Kerzenhalter und brennender Kerze. Zu allem Überfluss bekam sie als Zugabe von ihrer Mutter ein Märchenbuch mit bunten Bildern und dem Versprechen, ihr jeden Sonntag daraus vorzulesen. »Bald kannst du die Geschichten selbst lesen«, sagte Alma. »Dauert ja nicht mehr lange, bis du in die Schule kommst. Dann liest du uns was vor.«

Eigentlich hätte sie schon nach Ostern eingeschult werden müssen, wegen des Krieges war die Einschulung aber einstweilen verschoben worden.

Zum Kaffeetrinken gab es außer der Torte auch Butterkuchen, der gerade erst aus dem Backofen kam und darum besonders gut schmeckte. Natürlich saßen die drei Kriegsgefangenen mit an der Kaffeetafel. Sie gehörten ja zur Familie.

Tante Dora allerdings sah das anders. Ganz anders. Ihr sowieso schon steifes Lächeln gefror, als sie am späten Nachmittag dazukam und die drei Männer am Küchentisch sah. Anstatt sich dazuzusetzen, machte sie gleich wieder kehrt und sagte in scharfem Ton: »Wisst ihr nicht, dass das verboten ist?«

Alma sprang auf und bemühte sich, ihre fünfzehn Jahre ältere Schwester zu besänftigen. »Nu reg dich nicht so auf. Die tun doch keinem was, und schließlich ist es Mariechens Geburtstag.«

»Darum bin ich auch bloß gekommen.« Im nächsten Moment zog Dora ein flaches Paket aus ihrer Handtasche und reichte es Marie. »Datt is for die, mien Deern. Alles Gaue taun Geburtstag.«

Marie sprang auf und nahm das Geschenk mit einem Knicks entgegen. Tante Dora, die in ihrer fast immer in schwarz gehaltenen Kleidung wie eine zerrupfte Krähe aussah, war ihre Patentante und achtete auf die Einhaltung der

Anstandsregeln, wie Marie wusste. Als sie das Geschenk ausgepackt hatte, musste sie sich jedoch zu einem »Dankeschön« zwingen – einem Dank, in dem unüberhörbar Enttäuschung mitschwang, denn Tante Dora hatte ihr wie schon zu Weihnachten wieder drei handgewebte Leinen-Geschirrtücher geschenkt. Immerhin mit den eingestickten Initialen *MW*.

»Für die Aussteuer«, fügte Dora mit bittersüßer Miene an, wohl auch in dem vagen Bewusstsein, dass sie dem Kind keine große Freude damit machte. Doch Einfühlungsvermögen zählte nicht zu ihren hervorstechendsten Eigenschaften, noch weniger Weitsicht oder Originalität. Aber gerade dieser Stumpfsinn befreite sie von lästigen Hemmungen oder Rücksichten und machte sie zu einer allgemein geachteten Größe des Dorflebens, niemals in der Gefahr, durch riskante Pioniertaten oder couragierte Eigeninitiative ins Abseits zu geraten, gesegnet durch Familiensinn, Geschäftstüchtigkeit und Selbstbewusstsein.

»Setz dich doch noch 'n bisschen«, forderte Alma ihre Schwester auf. Aber Dora wandte sich gleich wieder um. »Ich hab keine Zeit. Bei uns ist das Haus voll. Drei Ausgebombte aus Hannover müssen wir jetzt noch mit durchfüttern.«

Alma spürte, dass hinter der herablassenden Eile noch etwas anderes stecken musste, und begleitete sie zur Tür. Kaum war sie mit Dora in die Diele getreten, brach es auch schon aus der kleinen verhärmten Frau heraus: »Dass du dich nicht schämst«, begann sie. »Weißt doch genau, dass sich das nicht gehört. Als ob die Leute nicht schon genug über dich herziehen.«

»Die Leute? Was reden denn die Leute?«

»Tu man nicht so, Alma. Kannst du dir wohl denken.«

»Ich kann mir manches denken. Aber jetzt weiß ich wirklich nicht, was du meinst.«

»Hör bloß auf! Wissen doch alle, wie das hier bei euch zugeht.«

»Also wirklich, jetzt …«

»Denkst du, ich bin blöd? Sieht doch jeder, dass du euerm Franzosen hier schöne Augen machst. Dabei hast du schon ein Kind von einem, mit dem du nicht verheiratet bist – und der hält für Deutschland seinen Kopf hin. Wenn er nicht schon gefallen ist.«

»Willst du mich runterputzen oder was?«

»Ich will dich nicht runterputzen, ich will bloß, dass du zur Vernunft kommst. Ist schließlich auch mein Elternhaus, das hier in den Schmutz gezogen wird.«

»Hier wird nichts in den Schmutz gezogen. Gar nichts!«

»Nicht zu glauben, wie starrsinnig du bist. Hast schon vergessen, dass die Franzosen zwei von unsern Brüdern umgebracht haben. Und jetzt treibst du es hier mit einem von diesem Mörderpack. Dass du dich nicht in Grund und Boden schämst!«

»Ich muss mich nicht schämen. Das müssen andere. Die hohen Herren, die unsere Brüder und die auf der andern Seite in den Krieg gehetzt haben.«

»Ich merk schon: Du bist unbelehrbar, aber wirst schon noch sehen, was du von deinem Starrsinn hast. Kannst froh sein, dass sie dich nicht längst abgeholt haben.«

»Mich abholen? Das wird ja immer schöner.«

»Hast doch wohl in der Zeitung gelesen, dass sie diese ehrlose Frau aus Benzen ins Zuchthaus gesteckt haben, weil sie mit dem Franzosen rumgemacht hat.«

»Aber die war ja auch verheiratet.«

»Ja, bis der arme Mann sich in Polen das Leben genommen hat.« Mit einem tiefen Seufzer deutete sie an, welch schwere Schuld die verurteilte Frau auf sich geladen hatte. Damit ließ sie es nicht bewenden. Sie holte noch einmal neu aus. »Jetzt sitzt sie im Zuchthaus, und nicht mal mehr ihre Kinder wollen was von ihr wissen.«

»Wer sagt das denn?«

»Das kann man sich wohl denken. Hast wohl noch Mitleid mit dem Franzosenflittchen?«

»Dora, jetzt ist aber ...«

»Dir ergeht es noch genauso, glaub mir. Das Schlimme ist ja, dass du es immer doller treibst.«

»Was soll denn das schon wieder heißen?«

»Na was wohl? Wo ist denn euer zweiter Russe auf einmal hergekommen?«

Bei allem Ärger über die unverschämten Vorhaltungen fuhr Alma nun doch der Schreck in die Glieder. »Viktor?«

»Ist doch egal, wie der heißt, ob Alex, Iwan oder meinetwegen Viktor. Auf jeden Fall stimmt mit dem was nicht. Keiner weiß, wie der Iwan zu euch auf den Hof gekommen ist. Wiechmanns Franz jedenfalls sagt, dass er euch den Kerl nicht geschickt hat.«

»Ich hab doch gesagt, dass das direkt über die Kreisleitung gelaufen ist.«

»Da weiß auch keiner was von.«

»Wie kannst du so was sagen! Das hat schon alles seine Richtigkeit, das kannst du mir glauben.«

»Glaubst du ja selbst nicht! Ida hat es mir doch gebeichtet: Der Russe ist geflüchtet, und du hast ihn bei euch versteckt.«

»Also, das ist ja wirklich ...«

»Hör auf! Die ganze Lügerei macht es bloß noch schlimmer. Weißt du, was darauf steht? Weißt du das?«

»Und ist dir klar, was sie mit dem Russen machen würden, wenn sie den erwischen? Der hat schon genug durchgemacht.«

»Das ist ja wohl die Höhe! Du gibst es also zu. Hast noch Mitleid mit diesen russischen Bestien, die unsere Männer abschlachten. Hast du nicht gelesen, was die Walsroder Zeitung geschrieben hat? ›Wir werden die Straßen mit euren Köpfen pflastern.‹ Das soll einer von denen wortwörtlich gesagt haben! Und solche Unholde sitzen bei euch mit am Kaffeetisch.«

»Ist doch alles Propaganda. Das sind Menschen wie wir.«

Dora zischte höhnisch. »Das glaub man. Aber so kann es nicht weitergehen. Am Ende ziehst du uns auch noch mit rein, weil wir alles gewusst, aber nicht gemeldet haben. Nein, jetzt ist Schluss. Menschenskind noch mal, Alma, komm mal langsam zur Besinnung!«

Alma war sprachlos. Eng und warmherzig war sie mit ihrer Schwester nie verbunden gewesen. Dora hatte immer schon getan, als sei sie etwas Besseres. Als sei es ihr peinlich, als Ehefrau der größten Bauern im Dorf von dem nur mittelprächtigen und zudem heruntergekommenen Hof der Wieses abzustammen. Aber jetzt ließ sie Alma nicht nur ihre Verachtung spüren, jetzt drohte sie ihr unverhohlen.

»Willst du mich anzeigen oder was?«

Dora drückte die Türklinke hinunter und trat hinaus. Im Weggehen drehte sie sich noch einmal um. »Das muss ich wohl.«

Für Alma stand fest, dass es Zeit war, zum Gegenangriff überzugehen. »Das solltest du dir noch mal überlegen«, rief sie der Schwester nach. »Dann zeig ich dich auch an, darauf kannst du dich gefasst machen.«

»Mich anzeigen? Weswegen willst du mich denn anzeigen?«

»Da gibt es manches. Dass ihr auf eigene Rechnung Kartoffeln und Fleisch verkauft habt, pfeifen doch die Spatzen vom Dach.«

Dora presste die Lippen zusammen und steuerte mit ihrem rudernden, leicht schaukelnden Gang wütend auf die Gartenpforte zu.

10. Kapitel

Die Nacht war warm, fast schwül. Die Grillen zirpten. Der Mond schob sich unter einer Wolke hervor und leuchtete schließlich so hell, dass man die ganze Dorfstraße überblicken konnte. Dabei ging es auf drei Uhr zu. Noch mindestens zwei Stunden, bis der Morgen graute. Noch drei Stunden, bis es weiterging. Wohin? Das wusste scheinbar keiner so genau.

Franz lag mit seinen Kameraden in einer Scheune und wälzte sich im Heu, bedeckt nur von einer rauen Pferdedecke. Er konnte einfach nicht wieder einschlafen, seit er aus seinem Traum erwacht war – ein böser Traum war das. Er war mit seiner Leichenkutsche unterwegs gewesen, und dabei waren ihm die Pferde durchgegangen. Seine guten Hannoveraner. Weiß der Teufel, was in die gefahren war. Sie waren einfach nicht zu halten. Vollkommen unmöglich. Sie rasten auf eine Klippe zu, die steil in einen Abgrund abfiel. Eigentlich wollte er die Leiche seiner Mutter zum Friedhof bringen. Jetzt war es, als würde er gleich mit ihr zusammen in ein großes Grab stürzen. Er konnte absolut nichts mehr dagegen tun, hatte jede Kontrolle über die Pferde und seine Kutsche verloren.

Der Traum hallte nach dem Erwachen in ihm nach, erfüllte ihn mit Beklemmungen. Schon manches Mal war er in den vergangenen Wochen mit seiner Einheit an steilen Hängen vorbeigefahren – Berge waren ihm als Bewohner der norddeutschen Tiefebene ja bisher fremd gewesen und erst recht solche Abgründe. Jetzt bewegte sich sein Bataillon irgendwo in Zentralfrankreich zwischen Besançon und Lyon, St. Etienne und Marseille. Er konnte nur hin und wieder die Ortsschilder entziffern, doch sie sagten ihm nichts. Fest stand, dass sich die Lage verdüstert hatte, ernst geworden war. Sogar sehr ernst. Schon Anfang Juni waren in der Normandie, oben in Nordfrankreich, die Alliierten gelandet, Paris war gefallen, und jetzt strömten amerikanische Truppen auch vom Mittelmeer her aufs französische Festland. Eigentlich hatte seine Einheit den Auftrag gehabt, die Mittelmeerküste zu verteidigen, aber der Befehl war längst überholt. Nun lautete der Marschbefehl auf Rückzug. Ständig musste mit einem Angriff gerechnet werden – aus irgendeinem Hinterhalt oder aus der Luft.

Neben ihm schnarchte jemand so knarrend und röchelnd laut wie ein ganzes Sägewerk, unterbrochen von stoßweisem Pusten und Grunzen. Manchmal schien der Kerl regelrecht zu explodieren. Andere brabbelten im Schlaf, wimmerten und schrien ungehemmt um Hilfe, manche mit so hellen Stimmen, als wären sie wieder kleine Jungen. Franz hatte sich mit einem Schmied aus Schlesien angefreundet, der sich um seine Familie sorgte. Denn die Rote Armee kam immer näher.

Er musste oft daran denken, was aus seinem Hof in der Heide werden würde, wenn der Krieg verloren war und die Engländer anrückten – oder schlimmer noch die Russen. Würden sie alles in Schutt und Asche legen? Würden sie die Dorfbewohner vertreiben oder gar versklaven? Der Gedanke quälte ihn.

Aber dann tröstete er sich damit, dass auch die Wunden des letzten großen Krieges verheilt waren. Hauptsache, erst mal diesen ganzen Schlamassel überleben und heil zurückkommen! Einige seiner Kameraden waren schon gefallen, zuletzt hatte es einen noch ganz jungen Kerl beim Patrouillengang erwischt. Kopfschuss.

Sein anfängliches Heimweh hatte Franz immerhin einigermaßen überwunden. Die Herausforderungen und Gefahren, die täglich auf ihn einströmten, befreiten ihn von seinen Grübeleien, katapultierten ihn immer wieder ins Hier und Jetzt dieses ungewissen Kriegsalltags. Vor den schwermütigen Gefühlsaufwallungen schützte er sich auch, indem er sich zum Befehlsempfänger machte, pflichtgemäß alles tat, was von ihm, dem Gefreiten Franz Wiese, verlangt wurde. Auf diese Weise wurde er als Soldat anerkannt und konnte manchmal sogar mit den anderen lachen. So wurde er zum Rädchen im großen Getriebe, ohne allzu viel über sein Tun oder die Zukunft nachdenken zu müssen.

Das Einzige, was ihn hin und wieder herausriss aus diesem Kommisstrott, war seine Mundharmonika. Anfangs war es ihm peinlich gewesen, darauf zu spielen, wenn andere mithören konnten. Gebrochen war der Bann dann an jenem Oktoberabend an einem See in Südfrankreich, als er plötzlich ein Knacken hinter sich hörte und schon glaubte, die Partisanen würden ihm gleich eine Kugel durch den Rücken jagen. Aber ein Räuspern leitete die Entwarnung ein. Es war der Hauptfeldwebel.

»Spiel ruhig weiter, Franz«, sagte der großgewachsene Kerl, der im Zivilberuf Zimmermann war mit einer besänftigenden Handbewegung, als Franz abrupt aufhörte. »Ist doch sehr schön.« Bevor Franz etwas erwidern konnte, bekräftigte er: »Gefällt mir.«

Natürlich dachte Franz gar nicht daran, die Mundharmonika wieder anzusetzen. Er murmelte irgendetwas, um sich bei dem Vorgesetzten, der eigentlich als scharfer Hund galt, zu bedanken. Aber der war offenbar in einer sentimentalen Stimmung und wollte nichts davon hören. Stattdessen ermutigte er Franz, auch mal vor den Kameraden zu spielen – vielleicht sogar bei einer Beisetzung. »Wär doch viel feierlicher. Überleg dir das mal!«

Franz fühlte sich geehrt und überlegte tatsächlich, ob er nicht mal zur Mundharmonika greifen könnte, wenn wieder ein Kamerad unter die Erde gebracht werden musste. Eine Gelegenheit dazu fand sich schon wenige Tage später, und er musste nicht lange überlegen, was er spielen sollte: »Ich hatt' einen Kameraden, einen besseren find's du nicht.«

Das kam an. Die Kameraden waren im ersten Moment überrascht, aber dann summten einige leise mit, und anderen liefen Tränen über die Wangen. Einer lobte ihn danach sogar ausdrücklich und fragte ihn, ob er nicht öfter spielen wolle – nicht nur bei solch traurigen Anlässen.

»Weiß nicht«, wehrte Franz ab. »Damit mach ich mich doch bloß lächerlich.«

»Quatsch. Wieso denn?«

Damit war das Eis endgültig gebrochen, und er blies jetzt

öfter auf seinem kleinen Instrument, wenn ihm danach war – bestärkt durch das eine oder andere Kompliment. Es gab allerdings manche, die sich über ihn amüsierten und ihren Spott mit ihm trieben. »Unser Musikus«, nannten sie ihn und fragten, ob er nicht auch ein paar lustige Lieder auf Lager habe. Bei den Spötteleien kam auch die Frage auf, wie viele Frauen er denn schon mit seiner Mundharmonika rumgekriegt habe, aber da gestand er – dummerweise –, dass er noch gar keine Freundin gehabt hatte. Geschweige denn eine Frau. Das machte schnell die Runde. Schließlich sprach ihn auch der Hauptfeldwebel darauf an: »Geht mich ja nix an, aber bist du wirklich noch Jungfrau, Franz?«

Franz war wie vom Donner gerührt. Er stammelte etwas wie: »Hatte immer so viel Arbeit auf dem Hof, gar keine Zeit für Frauen.« Aber er sah dem Vorgesetzten an, dass der seine Zweifel hatte – möglicherweise sogar meinte, er sei »vom anderen Ufer«. Wahrscheinlich hatten sich auch die anderen schon so etwas gedacht.

Das Gefühl nagte weiter an ihm; er musste daran denken, dass sich ein Kamerad erschossen hatte, weil ihm nachgesagt worden war, dass er homosexuell sei. Nein, so weit wollte er es nicht kommen lassen!

Fortan vermied er alles, was ihn als »Weichei« erscheinen ließ, mimte den harten Knochen und griff nur noch zur Mundharmonika, wenn er allein war. Was sehr selten vorkam.

Er zog seine vergoldete Taschenuhr aus der Uniformjacke und sah in dem grauen Licht, dass es auf vier Uhr zuging. Im Dorf bellte ein Hund, ein anderer heulte jämmerlich. Was da bloß los war? Mitten in der Nacht?

Wie üblich hatte seine Kompanie in dem Ort ihre Wasservorräte aufgestockt und auch einiges an Milch und Kartoffeln requiriert. Viel hatten die Bauern selbst nicht mehr, und man wollte sich die Leute hier auch nicht unnötig zum

Feind machen. So waren die Gespräche mit den Dorfbewohnern ruhig verlaufen. Dennoch war für Franz unübersehbar, wie verhasst ihnen die deutschen Soldaten waren. Er hatte ja durchaus schon freundliche Begegnungen gehabt, sogar einige Brocken Französisch gelernt. Essen hieß *manger*, und das französische Wort für Bauer war *cultivateur*. Das klang doch viel vornehmer als Bauer, das wollte er sich merken: Cultivateur!

Er streckte sich aus, zog sich die Pferdedecke über den Kopf, versuchte wieder einzuschlafen. Aber daran war nicht mehr zu denken. Ein Leutnant stürmte in die Scheune und rief aufgeregt zum Abmarsch. »Aufstehen. Hopphopp, Leute! Wir müssen weg hier.«

Wenige Minuten später waren schon alle in die Stiefel gestiegen und hatten ihre Gewehre geschultert. Der Feind stehe unmittelbar vor der Gemeindegrenze, plane offenbar im Morgengrauen einen Großangriff mit schweren Geschützen, hieß es. Da auch mit Luftangriffen zu rechnen war, kam es nicht infrage, über die Landstraße zu marschieren oder gar zu fahren. Der Hauptmann befahl seiner Kompanie, Waldwege einzuschlagen, um aus der Gefahrenzone herauszukommen.

Verschlafen und schweigend setzte sich der Trupp in nordöstlicher Richtung in Bewegung; hoffend, irgendwann auf eine andere Wehrmachtseinheit zu stoßen, die besser mit Waffen und Munition ausgestattet war und vor allem Verbindung zum sicheren Hinterland hatte. Im Osten zeichnete sich bereits ein Lichtstreif ab, der Mond schien weiter so hell, dass Franz tief in den angrenzenden Kiefernwald blicken konnte, der fast so aussah wie sein Wald in Hademstorf. Er beobachtete, wie ein Reh über den Weg stob, wie Vögel aufflogen. Zu hören war nur das Stampfen der vielen Soldatenstiefel, Keuchen und gelegentliches Husten.

Plötzlich zerriss ein gewaltiges Krachen den morgendlichen Frieden. Franz blieb wie die anderen erstarrt stehen;

ihn durchfuhr ein Schauer, der vom Nacken den Rücken hinunterkroch.

»Deckung! In Deckung!«, brüllte der Leutnant. Aber da donnerte schon die zweite Detonationswelle über den Wald hinweg, und Franz sah, wie Granatsplitter Bäume zum Bersten brachten und Krater in den Boden rissen. In besinnungsloser Angst sprang er in den Wald und warf sich auf den Boden. Das Geschützfeuer ging weiter, er hörte Schmerzensschreie. Sanitäter wurden gerufen, aber niemand kam. Er grub sich tief in das Moos, sah, wie die Erde aufspritzte und dicke Zweige unter dem Beschuss niederbrachen.

»Weg hier!«, schrie jemand wild in Richtung eines dicht bewaldeten Hügels winkend. »Weiter zur Anhöhe da drüben!«

Franz zögerte, blieb liegen, fürchtete, sofort von einer Granate zerrissen zu werden, wenn er aufstand. Als er aber sah, dass andere dem Befehl gehorchend aufsprangen und in Richtung des Hügels rannten, stand auch er auf und stürmte den anderen hinterher. Schon nach zwanzig, dreißig Metern erschütterte ein weiteres Donnern den Wald, und im gleichen Moment spürte er an seiner Schulter einen Schlag, der ihn fast niederwarf. Er wusste, dass er getroffen war, griff mit der Hand nach der Schulter und sah, dass sie voller Blut war. Jetzt empfand er auch den stechenden Schmerz, der vom Oberarm in die Schulter schoss und die Beine lahmzulegen drohte. Er bäumte sich dagegen auf, rannte weiter. Immer den andern hinterher. Er keuchte, geriet ins Taumeln, ahnte, dass ihm gleich schwarz vor Augen werden würde; er stolperte und rappelte sich mühsam wieder auf. Dabei sah er im helleren Morgenlicht, wie blutverschmiert seine Uniformjacke schon war. Aber darüber wollte er jetzt nicht nachdenken. Er musste weiter, irgendwann musste doch diese verdammte Anhöhe erreicht sein. Er konnte hier ja nicht liegen bleiben und verbluten.

11. Kapitel

Die Front kam näher. Tag für Tag. Auch für die Menschen in Hademstorf war der Krieg längst nicht mehr etwas, das sich nur in fernen Ländern abspielte, sich in Feldpostbriefen und Todesbotschaften niederschlug, die Zeitungsschlagzeilen und Rundfunknachrichten beherrschte, Sirenen heulen ließ, in Gestalt von Kampfbombern durch den Himmel donnerte und die Städte in Schutt und Asche legte. Auch über die Dorfstraße polterten jetzt Panzer und Sturmgeschütze, über die sandigen Heidewege marschierten Soldaten; Fünfzehnjährige aus der Nachbarschaft wurden von der Schulbank weggeholt und zu Flakhelfern ausgebildet. Und die ersten Flüchtlinge aus dem Osten erzählten, was sie erlebt hatten, als die Russen gekommen waren und sie ihre Heimat verlassen mussten. Eine Gräuelgeschichte reihte sich an die andere.

Ende Oktober 1944 erlebte Alma das erste Mal selbst mit, was Krieg bedeutete. Sie war gerade mit den drei Männern beim Dreschen, als ein Militärfahrzeug auf den Hof brauste – so schnell, dass die Hühner, die gerade noch friedlich Würmer und Käfer aufgepickt hatten, kreischend auseinander stoben. Drei, vier Soldaten sprangen heraus und rannten grußlos mit vorgehaltenen Maschinenpistolen in Schuppen und Scheunen. Sie kam gar nicht dazu, nach dem Grund des Überfalls zu fragen. Einer der Soldaten stürmte auf sie los und brüllte ihr eine Frage zu, die mehr wie eine Anklage klang: »Habt ihr den Kerl gesehen?«

»Welchen Kerl denn?«

»Den Soldaten natürlich. Einer von den jungen Gefreiten ist getürmt. Scheinbar durchgedreht, der Knallkopp, der Feigling mit dem Milchgesicht.«

Die Dreschmaschine klapperte unterdessen mit ihrer Trommel und dem Schüttelrost weiter, so dass es nicht leicht war, sich bei dem Lärm zu verständigen. Alma begriff aber, dass es sich um einen Deserteur handeln musste; gleichzeitig kroch in ihr auch die Angst hoch, dass sie noch Ärger wegen Viktor kriegen könnte. Doras Drohung war nicht vergessen, der Ortsbauernführer war ihr zwar freundlich gesonnen, hatte aber neulich mit Blick auf ihre Helfer auf dem Hof Andeutungen gemacht, die ihr das Blut gefrieren ließen.

»Na, hast du dir schon wieder 'n neuen Russen angelacht, Alma?«, hatte er mit kaltem Lächeln gefragt. Daran musste sie auch jetzt denken. Hinzu kam ja noch ihre Beziehung zu Robert, die sich weiterentwickelt hatte.

An einem kalten Winterabend, als sie allein mit ihm in der Küche gewesen war, hatte er sie so zärtlich an sich gedrückt, dass sie es einfach nicht mehr aushielt. Leise, ganz leise war sie mit ihm ins Schlafzimmer geschlichen – und noch ehe sie einen klaren Gedanken fassen konnte, hatte sie schon nackt neben ihm im Bett gelegen, von seinen Liebkosungen in den siebten Himmel versetzt. Und als sich seine Beine um sie schlangen und er in sie eindrang, da war es, als würde sie mit diesem Franzosen verschmelzen, und es gab kein Halten mehr für sie, und ihr Stöhnen explodierte in einen Schrei der Lust, der auch den anderen im Haus nicht verborgen blieb. Als Marie sie am nächsten Morgen darauf ansprach, sagte Alma ihr, sie habe mal wieder einen dieser schrecklichen Krämpfe gehabt. Doch ihrer Schwester konnte sie natürlich nichts vormachen. Damit hatte sich die Gefahr erhöht, dass Ida sich doch noch mal verplapperte. Auch Robert war in Erklärungsnot geraten, als er verspätet ins Franzosenlager im »Herzog von Celle« gekommen war. Er hatte sich damit entschuldigt, dass noch eine Kuh gekalbt habe und er dabei helfen musste, das Kalb herauszuziehen. Dank dieser Notlüge war er zwar ohne Strafe davongekommen, aber niemand hatte es ihm so recht geglaubt. Was, wenn all das nach außen drang? Auch diese Angst schoss ihr jetzt durch den Kopf.

Doch es gelang ihr, sich nichts anmerken zu lassen.

»Wir haben hier keinen gesehen«, sagte sie in ruhigem Ton.

Der Soldat atmete, skeptisch um sich blickend, tief durch und verkündete gegen das Dreschmaschinengeklapper anbrüllend: »Na, dann wollen wir das mal glauben. Aber ihr wisst, dass ich euch sofort melden müsste, wenn hier einer auftaucht. Klar?«

Während Alma murmelnd nickte, machte der Uniformierte auch schon kehrt und forderte seine Leute im Kommandoton zur Weiterfahrt auf.

Nachdenklich nahm sie eine weitere Korngarbe und fuhr mit dem Dreschen fort.

Eine halbe Stunde später kam Marie aufgeregt angelaufen. Ein Soldat habe sich ins Haus geschlichen, sagte sie. Ein junger Soldat. »Und dann ist er in den Keller gegangen. Das hab ich genau gesehen.«

Alma war alarmiert. Das musste der Deserteur sein – der Kerl, den sie suchten. Auch die drei Kriegsgefangenen horchten auf. Kurzentschlossen bat sie Alex, ihr in den Keller zu folgen, und schon auf der obersten Treppenstufe sah sie, wie jemand in schmutziger Uniform auf einer Kartoffelkiste hockte, den Kopf auf beide Hände gestützt. Sie spürte, dass von diesem Mann keine Gefahr ausging, und sprach ihn an. »Menschenskind, was machst du denn hier?«

Der junge Soldat blickte erschrocken auf. »Ich bin weggelaufen, hab's nicht mehr ausgehalten«, begann er. »Die meisten von meinen Kameraden sind schon tot. Wir waren vorher in der Ukraine, und jetzt soll es weiter an die Westfront gehen. Aber ich will nicht mehr. Ich kann nicht mehr.«

Wie ein Sturzbach strömten die Worte aus ihm heraus. Alma verspürte sofort Mitleid mit diesem Mann mit dem dreckigen Gesicht und den verschwitzten Haaren, der vielleicht gerade zwanzig geworden war – wenn überhaupt. Trotzdem behagte es ihr gar nicht, dass sich der Deserteur ausgerechnet in ihrem Kartoffelkeller verkrochen hatte und sie in Gefahr brachte.

»Ich kann dich ja gut verstehen, Junge«, sagte sie daher so langsam und ruhig wie möglich. »Aber hier kannst du nicht bleiben. Ich komm in Teufels Küche, wenn die dich hier finden. Die waren vorher schon da und haben nach dir gesucht.«

»Dann kommen sie bestimmt nicht wieder. Nur eine Nacht, nur eine Nacht«, bettelte der junge Mann.

»Das sagt sich so leicht. Aber die kriegen uns alle ran, wenn sie dich hier finden.«

»Nur bis morgen. Morgen Abend. Wenn sie abgezogen sind, hau ich wieder ab.«

Alma wechselte einen Blick mit Alex, und als der mitfühlend nickte, gab auch sie sich geschlagen. »Na, gut. Weil du noch so jung bist. Aber wenn sie dich finden, weiß ich von nichts. Verstanden?«

»Danke.«

Als Alma sich zum Gehen wandte, hörte sie, wie der Junge schluchzte. Sie bat Alex, ihm Milch und einen Kanten Brot zu bringen, und ging zurück zum Dreschen. Sie hatte kein gutes Gefühl und war mit den Gedanken weiter bei dem jungen Mann im Keller. Worauf hatte sie sich da bloß eingelassen? Hoffentlich kehrte dieser Suchtrupp nicht zurück.

Doch es kam, wie befürchtet. Schon eine halbe Stunde später tuckerte der Kübelwagen ein zweites Mal auf den Hof, diesmal stürmte der Unteroffizier gleich wütend auf sie zu.

»Wir haben gehört, dass der hier auf den Hof gelaufen ist«, bellte er. »Wo habt ihr den Jungen versteckt? Wo, verdammt nochmal?«

»Wir haben keinen versteckt«, antwortete Alma so unaufgeregt, wie es ihre innere Unruhe erlaubte. »Wir waren hier die ganze Zeit beim Dreschen.«

»Wer's glaubt, wird selig. Aber gut, dann müssen wir hier eben alles genau durchflöhen – und zwar sehr viel gründlicher als beim letzten Mal. Ich garantiere dir, dass wir hier alles auf den Kopf stellen und jeden Kleiderschrank und jedes Bett filzen. Aber du willst es ja nicht anders.«

Alma schluckte. Sie hörte, wie der Offizier seinen Leuten die Anweisung erteilte, noch einmal Schuppen und Scheune zu durchstöbern und sich dann das Wohnhaus vorzunehmen. »Jedes Zimmer, jeden Kleiderschrank«, betonte er. »Und vergesst den Dachboden nicht.«

Alma war starr vor Angst. Trotzdem gab sie sich so gelassen und gleichgültig wie irgend möglich. Mit bekümmertem Blick wandte sie sich wieder der Dreschmaschine und den Korngarben zu. Doch auch die Arbeit konnte sie nicht mehr von ihrer Angst und Unruhe ablenken. Ihr Herz hämmerte wie wild, in einem fort horchte sie, was wohl draußen auf dem Hof vorging und ob sie schon im Haus waren. Immerhin hatte der Kerl nur vom Dachboden gesprochen. Vielleicht würden sie ja den Keller übersehen. Marie, die jetzt bei ihrer Tante und den Cousinen war, hatte sie beschworen, kein Sterbenswörtchen von dem Deserteur zu sagen – nicht einmal ihrer Tante. Hoffentlich verplapperte sich das Mädchen nicht.

Wie erwartet stürmten die Soldaten schon bald ins Haus. Alma fürchtete, dass sie alles durchwühlten und zerdepperten. Sie rechnete mit dem Schlimmsten. Schließlich war es Zeit, zur Kuhwiese zum Melken zu fahren. Sie bat Alexei und Viktor, schon mal das Pferd anzuschirren und Eimer und Kannen auf den Wagen zu stellen, während Robert die Roggensäcke auf den Dachboden bringen sollte. Sie selbst wollte noch mal im Haus nach dem Rechten sehen.

Aber dazu kam sie gar nicht. Als sie auf die Haustür zuging, stiefelten ihr die Soldaten schon entgegen, und ihr stockte der Atem, als sie sah, dass sie den jungen Deserteur vor sich herschoben.

»Wir sprechen uns noch«, rief ihr der Leutnant im Vorbeigehen zu.

Der Deserteur hielt seine Hände über dem Kopf gefaltet und warf ihr einen flüchtigen Blick zu, in dem sich Angst und Entsetzen, vielleicht auch ein Anflug von Enttäuschung spiegelten. Ob er glaubte, von ihr verraten worden zu sein? Als er stehen blieb, stieß ihn einer der Soldaten hinter ihm den Gewehrkolben in den Nacken und trieb ihn an weiterzugehen.

Wenig später hörte Alma, wie in dem dreihundert Meter entfernten Wäldchen zwei Schüsse fielen.

12. Kapitel

Fast alle gingen gebeugt, manche schleppten sich mit letzter Kraft. Wie schon in den zurückliegenden Wochen wurden an diesem Märztag des Jahres 1945 wieder ausgezehrte und zerlumpte Männer durchs Dorf getrieben, Männer mit vorstehenden Wangenknochen und tiefen Augenhöhlen. Ein halbes Dutzend Wachleute in SS-Uniformen trieb die Männer an wie eine Viehherde – mit herrischen Zurufen, aber auch mit Peitschenschlägen. Wer stürzte und nicht wieder aufstehen konnte, wurde auf einen Leiterwagen geworfen, auf dem zwischen Sterbenden bereits Tote lagen. Ein größerer Wagen wurde von zwei Ackergäulen gezogen, ein kleinerer von drei, vier der zerlumpten Männer mit den bleichen, verdreckten Gesichtern.

Sowjetische Kriegsgefangene. Ein Treck der Todgeweihten. Das Kriegsgefangenenlager in Bergen-Belsen war im Juni 1943 aufgelöst worden, nachdem Kälte und Hunger, Typhus und Ruhr die meisten schon hinweggerafft hatten. Die Überlebenden wurden nun auf andere Lager verteilt, zur Zwangsarbeit eingesetzt oder gleich erschossen.

Manche Hademstorfer sahen in den Russen nur den niedergerungenen Feind und blickten voller Hohn auf die Vorbeiziehenden, die haargenau dem Bild der Untermenschen zu entsprechen schienen, das die braune Propaganda vermittelte. Die meisten Dorfbewohner betrachteten die Züge dieser vermeintlich Todgeweihten dagegen mit Schaudern.

Auch Alma war entsetzt, als sie sah, wie die traurigen Gestalten am Hof vorbeizogen. Die abgemagerten, kranken Männer mit den slawischen Gesichtszügen taten ihr leid, doch gleichzeitig führten sie ihr vor Augen, was vermutlich mit ihrem Bruder Karl in Russland geschehen war. Wahrscheinlich war der auch nicht besser behandelt worden, wenn er nicht schon in einer dieser mörderischen Schlachten gefallen war. Besonders schockiert von dem Anblick war Alexei, denn der ahnte, was seine Landsleute auf der Landstraße durchgemacht hatten. Und dass ihr Leidensweg noch nicht zu Ende war.

In den nächsten Tagen rattern Sturmpanzer mit wuchtigen Kanonenrohren über die Dorfstraße, gefolgt von Kübel- und Mannschaftswagen, Radschleppern, Sanitätsfahrzeugen und einem Tanklastzug. Der Anblick ist den Hademstorfern vertraut. Schon oft sind Militärkonvois dieser Art durch das Dorf gedonnert. Aber diesmal fahren sie nicht durch, diesmal bleiben sie. Jede Scheune wird als Unterstand genutzt. Alma muss mit ansehen, wie zwei Jeeps und ein Lastwagen auch in ihre Scheune dieseln und auf dem Hof zwischen zwei Schuppen eine Zeltplane aufgeschlagen wird, im Schatten der großen Kastanie, die gerade grün zu werden beginnt. Bald schon wimmelt es auf dem Hof von Soldaten. Sie nehmen in Reih und Glied irgendwelche Kommandos entgegen, fassen Essen oder richten sich in Scheune und Schuppen ein Nachtquartier ein.

Die Einquartierung trifft Alma nicht unvorbereitet. Der Ortsbauernführer hat ihr vor drei Tagen mitgeteilt, dass die Wehrmacht in Hademstorf einziehen wird und jeder Bauernhof Abstellplätze für Militärfahrzeuge und Unterkünfte für die Soldaten bereitzustellen hat.

»Um Himmels willen«, hat sie eingewandt. »Dann werden wir ja auch zur Zielscheibe, dann bomben die bei uns auch noch alles in Grund und Boden.«

Aber der Ortsbauernführer lässt sich gar nicht darauf ein, sondern murmelt etwas von »Befehl von oben« und appelliert an ihr Gemeinschaftsgefühl. In der Not müssten jetzt alle zusammen stehen, da könne man »unsere Jungs« nicht allein lassen. Alma ist schnell klar, dass es keinen Sinn hat, sich dagegen aufzubäumen. Immerhin bleibt es ihr erspart, die Soldaten zu bekochen. Das übernehmen die jungen Frauen auf Höfen, die besser ausgestattet sind. Kartoffeln, Rüben und Dosenwurst aber hat auch sie beizusteuern.

Kaum ist das Militär eingezogen, beginnen die Soldaten, ihre Geschütze in Stellung zu bringen, Munitionskisten und Panzerfäuste zu schleppen und Bunker zu graben. Die Absicht ist klar: Der Vormarsch der Briten soll mit allen Mitteln gestoppt, das Dorf zur Festung ausgebaut werden.

Alma wird angst und bange bei dem Gedanken. Auf dem Nachbarhof ist schon vor einigen Tagen ein sogenannter Verbandsplatz eingerichtet worden, wo die Verwundeten mehr schlecht als recht verarztet werden. Wenn sie an dem Hof vorbeiradelt, kann sie manchmal hören, wie die armen Kerle vor Schmerzen schreien. Schlimm, hat sie gehört, sollen manche aussehen, die auf Tragen in die zum Operationssaal umfunktionierte Futterküche getragen werden. Manche mit verkrusteten Blutschlieren im Gesicht. Einem seien nach einem Bauchschuss die Eingeweide hervorgequollen, hieß es. Wahrscheinlich sei für den jede Hilfe zu spät gekommen. Da es an allem fehlte, müssten die Verwundeten, die nicht mehr transportfähig seien, auch schwerste Eingriffe wie Arm- und Beinamputationen über sich ergehen lassen, wird erzählt. Ohne Betäubung. Unvorstellbar!

Dabei sind viele Soldaten noch blutjung. Schon Fünfzehnjährige haben sie Ende vergangenen Jahres eingezogen. Kinder. Manche haben da den Ernst der Lage sicher noch gar nicht begriffen und ihren Einsatz als ein großes Abenteuer angesehen. Aber mittlerweile ist auch dem Letzten klargeworden, dass dieser Krieg kein Räuber-und-Gendarm-Spiel ist.

Einer der Jungs ist gerade zu Alma in die Küche gekommen und bittet um einen Liter Milch – so schüchtern und verschämt, dass sie ihn am liebsten in den Arm nehmen möchte. Sie spricht mit ihm wie mit einem Kind, halb Hochdeutsch, halb Platt. Wie er denn heiße?

»Gerhard«, sagt der Junge mit den gewellten, mittelblonden Haaren und dem feingeschnittenen Gesicht. Für sein Alter wirkt der Junge ungewöhnlich ernst und nachdenklich. Gerhard trägt eine Brille, so dass seine traurigen Augen betont werden. Gleichzeitig spürt Alma, dass der Junge in der Uniform des Reichsarbeitsdienstes alles tut, um tapfer zu erscheinen.

»Wo kommst du denn her?«, fragt sie ihn.

»Kiel«, lautet die knappe Antwort.

»So weit her. Da macht sich deine Mutter bestimmt große Sorgen um dich.«

Sie sieht, wie er schluckt, die Lippen zusammenpresst. »Wahrscheinlich.«

»Das würde ich auch, wenn ich so einen feinen Jungen hätte. Wie alt bist du denn?«

»Sechzehn, aber im Mai werde ich siebzehn.«

»So jung noch. Dann bist du ja gerade erst mit der Schule fertig geworden.«

»Ich bin noch zur Schule gegangen, als sie uns eingezogen haben – zur Oberschule, zehnte Klasse.«

»Zur Oberschule! Weißt du schon, was du mal werden willst?«

»Noch nicht so genau. Vielleicht Arzt, vielleicht auch Geiger.«

»O, du kannst Geige spielen? Das ist aber schön. Schade, dass ich hier keine Geige habe, sonst könntest du mir was vorspielen.«

»Ja, schade.« Er schluckt erneut, richtet seine Brille, als wollte er seinen Blick wieder auf die Gegenwart lenken, starrt aber nur verlegen auf den Boden.

»Ich glaube, ich muss jetzt zurück. Vielen Dank für die Milch.«

»Gern geschehen, mein Junge. Pass bloß auf, dass dir nichts passiert.«

Die Begegnung stimmte sie wehmütig. Was würde mit dem Jungen passieren, wenn die Engländer kämen und es hart auf hart ginge? Hoffentlich hielt er sich zurück.

Dass ihr das Schicksal des Jungen so nah ging, hatte vielleicht auch mit ihrem eigenen Zustand zu tun. Schon zum zweiten Mal war ihre Regel ausgeblieben. Alles deutete darauf hin, dass sie schwanger war. Schwanger von Robert. Sie nahm sich vor, es ihm zu sagen. Aber im Moment war nicht die richtige Zeit dafür. Robert grub im Garten zusammen mit Viktor und Alexei auf ihren Wunsch hin kleine Gruben, in die die Kisten mit den Mettwürsten und Schinken aus der Räucherkammer gelegt werden sollten, »verkuhlt«, wie es auf Platt heißt. Die Truhen mit dem Leinenzeug, Besteck und Geschirr trugen die Männer in den hintersten Winkel des Kellers, getarnt unter einer Schicht Kartoffeln.

Immer mehr deutete darauf hin, dass es nicht mehr lange dauern würde. Das Schießen kam näher. Tag für Tag. Die Engländer, sagten die Leute, standen kurz vor Schwarmstedt, keine zehn Kilometer entfernt.

Am nächsten Tag hieß es schon, das Dorf müsse geräumt werden. Damit war jetzt auch Alma gezwungen, sich auf ein Notquartier im Wald einzustellen und dort wie die anderen einen Erdbunker zu bauen. Da zu erwarten war, dass die Engländer von Süden über die Aller und dann über den Moorkanal kommen würden, entschied sie sich für das Bruch auf der nordöstlichen Seite des Dorfes.

Schon am nächsten Tag – es war der 3. April 1945 – fuhr sie mit Viktor, Alex und ihrer Schwester Ida mit einem Pferdegespann zu dem kleinen Wäldchen am Rande der Bruchwiese, um mit dem Bunkerbau zu beginnen. Robert war mit den Franzosen damit beschäftigt, ein anderes Erdloch auszuheben – einen eigenen Bunker für die französischen Kriegsgefangenen. Auch die Russen durften selbstverständlich nicht mit in die Erdhöhle der deutschen Bauernfamilien. Alexei und Viktor bauten sich daher zwanzig Meter von Alma und ihrer Familie entfernt einen eigenen kleinen Unterschlupf, der ebenso wie der große mit Balken und Brettern abgestützt und mit Säcken ausgelegt war. Alma nahm Matratzen, Bettzeug und Decken mit in den Wald, damit Marie und Idas kleine Familie nachts nicht frieren mussten, falls es ernst werden sollte.

In der Ferne bellte die Flak. Die Unruhe im Dorf wuchs. An die übliche Frühjahrsbestellung war nicht mehr zu denken. Überall wurde gepackt und gegraben, Pferdefuhrwerke zuckelten mit Lebensmitteln, Milchkannen, Bettzeug, Kindern und alten Leuten beladen in die Wälder der Umgebung, wo auch bereits Soldaten dabei waren, sich Schützenlöcher zu graben. Unter den Hademstorfern waren viele, die zum zweiten Mal ihre Behausungen verlassen mussten: die Ausgebombten aus den umliegenden Städten, aber vor allem die Flüchtlinge aus den deutschen Ostgebieten – aus Pommern, Ostpreußen, Schlesien. In jeder kleinen Dachkammer drängten sie sich, und es kamen immer mehr. Manche mit schweren Koffern und Taschen, andere, die es gerade geschafft hatten, nicht viel mehr als ihre nackte Haut zu retten. Eine Frau war Alma in Erinnerung geblieben. Sie trug ein schwarzes Festtagskleid mit einer Männerhose darunter, alles vollkommen verdreckt und zerrissen. Trotzdem umwehte ein Hauch von einstiger Eleganz die Flüchtlingsfrau, eine Dame ganz offenbar. Die Frau, aschfahl und ausgezehrt, starrte immer wieder auf einen Korb, den sie eng an ihren Körper presste. Bei näherem Hinsehen erkannte man, dass darin ein kleines Kind lag, das blau angelaufen war und sich nicht mehr regte. Kein Zweifel: Das Kind war tot. Trotzdem strich die Mutter dem Baby immer wieder über die kalten Wangen, als könne sie es so ins Leben zurückholen. Sie wolle nichts geschenkt, sagte die Frau, als Alma ihr ein Leberwurstbrot anbot. Nein, keine Almosen! Sie wolle arbeiten, sie sei sich auch für die härteste Arbeit auf dem Feld nicht zu schade. Aber Alma zweifelte daran, ob die Frau dazu noch in der Lage war.

Alle Flüchtlinge waren am Ende ihrer Kraft, wenn sie ins Dorf kamen und um ein Stück Brot, eine Tasse Milch oder eine Bleibe baten.

Auch Alma hatte Flüchtlingen Obdach gewährt, einem Ehepaar aus Schlesien. Sie hatte die alten Leute auf dem Sofa in der Stube schlafen lassen und mithilfe ihrer Schwester beköstigt, aber nach einigen Wochen waren sie plötzlich weitergezogen, weil sie hofften, irgendwo in der Nordheide eine versprengte Tochter wiederzufinden.

Es kamen immer neue nach. Und dann gab es auch wieder Tage, an denen andere über die Straße zogen – Menschen, die in der Sprachregelung der Nazis als »Untermenschen« galten. Sowjetische Kriegsgefangene auf dem Weg von einem Lager in ein anderes, dem Tode näher als dem Leben. Manchmal begegneten sich die Ströme der Elenden auf der Straße, und Flüchtlinge und Gefangene maßen sich mit dumpfen Blicken, alle viel zu kraftlos, um den anderen die Schuld für das eigene Elend zuzuschreien.

Strandgut des Krieges. Alma hatte das Gefühl, als seien diese armen Menschen die Boten eines Unheils, das bald über alle hereinbrechen würde. Solche Gedanken ließen sich am besten vertreiben, indem sie sich in die Arbeit stürzte, und daran herrschte kein Mangel. Denn neben den Evakuierungsvorbereitungen und dem Bunkerbau mussten noch die Kühe gemolken und das Vieh versorgt werden. Zum Glück nahm ihr Ida weiter das Kochen ab. Denn schon am dritten Tag der Einquartierung wurde sie aufgefordert, auch die Soldaten auf dem Hof mit warmem Essen zu versorgen.

Bei all dem dachte sie weiter darüber nach, ob sie Robert von ihrer Schwangerschaft erzählen sollte. Und wann.

13. Kapitel

Nur einzelne Wolken trübten den Aprilhimmel. Endlich schien die Sonne. In der Nacht hatte es zwar noch gefroren, aber tagsüber kletterten die Temperaturen auf sechs Grad, und die Lerchen auf den Feldern und die Kiebitze auf den Wiesen stimmten ihr übermütiges Frühlingsgezwitscher an. Im Dorf übertönte an diesem Sonnabend anderes den Vogelgesang. Das Gerassel von Panzerketten, das Tuckern und Aufheulen von Motoren, das Rumpeln von Lastwagen. Eine weitere Militärkolonne steuerte Hademstorf an. Das Marine-Füsilier-Bataillon 2 löste die Einheit des Reichsarbeitsdienstes ab, die gerade abgezogen war, einige Einsatzkräfte aber zurückgelassen hatte. Erst im Februar desselben Jahres waren die Marinesoldaten, die bisher auf Kriegsschiffen, U-Booten oder Marine-Stützpunkten gedient hatten, für diesen ungewohnten Landeinsatz ausgewählt worden. Einige waren zwei Wochen ausgebildet worden, andere gar nicht. Ihnen angeschlossen waren junge SS-Männer, die gerade noch in der Hitlerjugend marschiert waren; manche nicht älter als sechzehn, bewaffnet mit Maschinengewehren und Panzerfäusten. Hinzu kam die Panzerjägerabteilung 2 mit schweren Flugabwehrgeschützen Der insgesamt siebenhundert Mann starke Verband errichtete seinen Gefechtsstand mitten im Wald in der Nähe der Esseler Allerbrücke. Das Kommando lag bei Korvettenkapitän Josef Gördes, der zuvor Hafenkommandant der griechischen Mittelmeerinsel Salamis gewesen war und der Weihnachten 1944 noch etwas Kraft bei seiner Familie in Deutschland hatte tanken können.

»Uns gegenüber ließ er keinen Zweifel am Endsieg aufkommen«, sagte seine Frau später. »Er war durch und durch Soldat.«

Doch sein Einsatzbefehl zwischen dem Ostenholzer Moor

und der Allermarsch stellte ihn vor Herausforderungen, die es in seinem bisherigen Soldatenleben nicht gegeben hatte. Die Lage war unübersichtlich. Und nahezu hoffnungslos. Stündlich rückten die Briten näher, es schien so gut wie unmöglich, ihren Angriff zurückzuschlagen. Denn die Überlegenheit der Tommys war erdrückend. Zusätzlich zu ihren starken Bodentruppen verfügten sie über ein funktionsfähiges Luftgeschwader mit zahlreichen Jagdbombern.

Trotzdem wollte der Kapitän alles tun, um sie an der Überquerung der Aller zu hindern. Alles Menschenmögliche und militärisch Vertretbare. Zu diesem Zweck rückte an jenem 7. April 1945 auch ein Sprengkommando an und begann, Sprengladungen an allen strategisch wichtigen Brücken zu befestigen – an der Eisenbahn- und der Straßenbrücke, an den Flutbrücken und der kleinen Brücke über dem Moorkanal. Die hölzerne Brücke über einem Aller-Arm in der Marsch wurde mit Rohöl übergossen, das gerade erst aus den Tiefen des Marschlandes gepumpt worden war. Außerdem brachten die Soldaten an den Ortsrändern im Süden und Norden zwei Flugabwehrraketen in Stellung.

Alma graute vor dem, was sich da anbahnte. Natürlich würden die Engländer das Dorf unter Beschuss nehmen und mit Bomben bewerfen, wenn sie merkten, dass ihnen von dort Widerstand drohte. Eine Nachbarin hatte ihr schon erzählt, dass auch die Deutschen notfalls aufs Dorf schießen würden, wenn Engländer einmarschierten. Als sie am frühen Abend unter einer Kuh saß, schrak sie zusammen: Nicht weit entfernt krachte es; weitere Detonationen folgten. Es klang wie Donnergrollen und kam aus südwestlicher Richtung, wo immer die schweren Gewitter aufzogen. Hatten die Engländer etwa schon Schwarmstedt erobert? Alma war dafür bekannt, dass sie auch in schwierigsten Situationen die Ruhe bewahrte, aber jetzt bebten ihr die Hände. Dann war es wieder still. So gespenstisch still, dass nur das Schnaufen der Kühe den Stall erfüllte.

Wahrscheinlich, ging es ihr durch den Kopf, wahrscheinlich wird es nicht mehr lange dauern. Bald ist es vorbei – so oder so. Die Frage war nur, ob sie und ihre Familie das Ende erlebten.

Auch im günstigsten Fall veränderte sich die Lage grundlegend. Die Deutschen, so viel war klar, würden nicht mehr länger Herren in ihrem eigenen Land sein, und die Kriegsgefangenen kehrten in ihre Heimat zurück. Auch Robert. Was würde dann aus ihrem Kind werden? Müsste es ohne Vater aufwachsen wie die kleine Marie?

Sie wollte unbedingt mit Robert darüber sprechen, solange noch Zeit dafür war. Vielleicht würde er bei ihr bleiben. Er hatte ihr doch immer versichert, wie lieb er sie hatte, und sie liebte ihn ja auch. Dummerweise war er schon zu seinen Leuten in den Wald geradelt.

Kurz vor der drohenden Schlacht wurden noch einige Soldaten befördert. Aus Almas Sicht war das nicht mehr als ein lächerlicher Versuch, die Kampfmoral zu stärken. Die jungen Frauen, die sich in der NS-Frauenschaft zusammengetan hatten, nahmen die Beförderungen dagegen auch in dieser dramatischen Phase noch ernst – zumindest taten sie so. Als sie am Sonntagmittag, es war der 8. April 1945, hörten, dass sechs Soldaten zu Leutnants befördert worden waren, boten Ilse Hoffmann und Edith Beike gleich ihre Unterstützung an. Die jungen Frauen hatten in der Schule schon mit dem ABC gelernt, dass »der Führer« Deutschland in eine glorreiche Zukunft führte und alles getan werden musste, um die deutschen Soldaten in ihrem heldenhaften Kampf beizustehen – bestärkt von ihren Vätern, die beide der NSDAP angehörten. Edith und Ilse ließen sich die Uniformjacken der Männer geben und nähten in der Schneiderwerkstatt, die Ediths Vater betrieb, die neuen Achselstücke an. Die Soldaten waren davon so gerührt, dass sie die Frauen am Abend zu einer kleinen Feier einluden. Sogar drei Flaschen Sekt hatten sie aus einem Versteck hervorgezaubert.

Doch der Umtrunk wurde jäh unterbrochen: Gegen zweiundzwanzig Uhr erhielten die Soldaten Nachricht, dass sie gegen die Engländer Stellung zu beziehen hatten. Aus den nahen Wäldern waren bereits einzelne Schüsse und Maschinengewehrsalven zu hören. Kurze Zeit später heulten die Sirenen, und deutsche Flakscheinwerfer tasteten mit ihren Leuchtfingern den Nachthimmel ab. Die Hademstorfer verschanzten sich mit den Flüchtlingen in ihren Kellern und Erdbunkern.

Alma und ihre Familie suchten Zuflucht in ihrem Notquartier am Waldrand. Neben dem Bunker hatten sie die beiden Pferde angebunden, die jedes Mal wiehernd aufschreckten, wenn Jagdbomber über sie hinwegdonnerten. Marie sorgte sich um die Pferde, und sie hielt sich die Ohren zu, als sich die Kampfbomber näherten. An diesem Abend hatte sie seit langer Zeit mal wieder gebetet:

Ich bin klein, mein Herz ist rein, soll niemand drin wohnen als Jesus allein.

Ihre Mutter hatte ihr das Gebet beigebracht, als sie noch ganz klein gewesen war. Als sie größer geworden war, hatte sie ein anderes vorgezogen:

Lieber Gott, mach mich fromm, dass ich in den Himmel komm.

Aber das erschien ihr jetzt unpassend, denn so schnell wollte sie noch nicht in den Himmel kommen.

Als die ersten Bomben fielen, nahm Alma sie auf den Schoß und drückte sie an sich.

Die sechs beförderten Soldaten wurden nicht mehr im Dorf gesehen. Alles deutete darauf hin, dass sie ihre Beförderung nur um wenige Stunden überlebt hatten.

14. Kapitel

Als Alma am nächsten Morgen ins Dorf zurückradelte, um die Kühe zu melken, kam sie an zwei Jungen in Uniform vorbei, die sie mit »Heil Hitler« begrüßten. Einen der beiden kannte sie. Da sie den Hof schon fast erreicht hatte, stieg sie ab und sprach den Jungen mit der Brille an. Auf Plattdeutsch.

»Wi kennt uss doch. Gerhard, nich?«

Ein verstohlenes Lächeln huschte über das Jungengesicht. »Seh ich so aus?«

Alma lächelte ebenfalls und überging die kecke Widerrede. »Bist du immer noch hier? Ich dachte, deine Kompanie wär längst weitergezogen.«

»Ich bin mit ein paar anderen zurückgeblieben. Wir verstärken die Marine-Einheit.«

»Schöne Verstärkung«, kommentierte der andere mit herablassendem Ausdruck. Alma entdeckte am Revers des hoch aufgeschossenen Jungen das Abzeichen der Waffen-SS. Sie wusste, dass gerade die jüngsten SS-Leute besonders fanatisch und damit unberechenbar waren, hielt sich aber trotzdem nicht zurück.

»Geht bloß nach Hause! Das ist doch hier viel zu gefährlich für euch.«

»Wir sind Soldaten. Wir können nicht einfach nach Hause, wenn es gefährlich wird«, erwiderte der junge SS-Mann im Ton eines Altgedienten. »Wir sind doch keine Feiglinge.«

»Aber was wollt ihr denn machen?«

»Was wir hier machen sollen? Die Engländer aufhalten natürlich. Wir sind bewährte Panzerknacker, nicht wahr, Gerd?« Als wollte er seinem Kameraden Mut machen, schlug er ihm lachend auf die Schulter. Aber Gerhard, der sich von seinem Begleiter offenbar verhöhnt fühlte, blieb ernst, und Alma schüttelte seufzend den Kopf und schob ihr Fahrrad weiter.

Auf dem Hof drängten sich mehr Soldaten als zuvor. Angehörige unterschiedlicher Einheiten und Waffengattungen liefen mit erschöpften, teils geschwärzten Gesichtern hektisch umher und suchten Antworten, die ihnen anscheinend niemand mehr geben konnte. Als Alma einen fragte, was in der Nacht los gewesen war, erfuhr sie, dass die Engländer Schwarmstedt erobert hätten, praktisch also den Nachbarort.

Nach dem Melken kam Robert in den Stall, um den Kühen Heu vorzugeben. Da sie beide allein waren, nahm er sie zur Begrüßung in den Arm und küsste sie erst auf die Stirn und dann auf den Mund. Alma war wie überrumpelt von der unerwarteten Zärtlichkeit. Sie hatte nicht einmal Zeit, den Melkschemel abzustellen, den sie noch in der Hand hielt.

»Wie war es denn bei euch heute Nacht?«, fragte sie ihn, als sie sich wieder halbwegs gefasst hatte.

»C'était froid«, antwortete Robert. »Kalt und ungemütlich war es in dem Loch, und dann das ewige Gewummer. Fast keiner hat geschlafen.«

»Ich bin irgendwann gegen Morgen eingenickt«, sagte Alma. »Aber da musste ich ja schon früh wieder raus.«

»Hoffentlich ist es bald vorbei.«

»Ja, hoffentlich machen die hier keinen Blödsinn mehr.«

»Du meinst die Deutschen?«

»Ja sicher, die ganzen Soldaten im Dorf. Was wollen die noch? Hat doch alles keinen Sinn mehr.«

»Da müssen nur noch mehr Menschen sterben.«

»Wenn die ihre Bomben auf unser Dorf schmeißen, dann gute Nacht, dann ist es für uns hier auch vorbei.«

»Wird schon nicht so schlimm kommen.« Robert strich ihr tröstend über die Wange und gab ihr einen weiteren Kuss.

»Du hast leicht reden, du Casanova. Du kannst zurück nach Frankreich, wenn der Krieg vorbei ist, und Champagner trinken. Ich muss sehen, wo ich bleibe.«

»Du wirst schon durchkommen. Du hast doch deinen Hof.«

»Wer weiß, wie lange noch.«

In Alma wuchs der Druck, ihrem Herzen endlich Luft zu machen. Aber wie? Was sollte sie dem Franzosen sagen, mit dem sie wieder Plattdeutsch sprach? Eine Sprache, in der das Wort schwanger gar nicht existierte.

»Eine Bombe, und alles ist weg«, redete sie weiter gegen ihre heimlichen Gedanken an. »Und wer weiß, was kommt, wenn der Krieg vorbei ist.«

»Es kann nur besser werden.«

Sie schüttelte ungläubig den Kopf. »Ich find's schon traurig, dass du weggehst.«

»Ach, erst mal schauen. Vielleicht komm ich ja wieder.«

Alma war, als wäre ihr eine Fessel von der Brust gesprungen. »Das würde mich freuen. Vielleicht können wir dann ja – heiraten.«

»Bien sûr.«

Anstatt seine Antwort zu übersetzen, gab Robert ihr einen Kuss. Damit war für sie ein weiterer Damm gebrochen.

»Ich muss dir was erzählen«, begann sie in schleppendem Ton, und als er aufhorchte, ließ sie es endlich heraus: »Ich krieg 'n Kind.« Sie spürte, wie es in Robert arbeitete, daher schob sie noch zwei Wörter nach: »Von dir.«

Im nächsten Moment öffnete sich die Stalltür, so dass sie sofort einen Schritt zurücktrat und nach ihrem Milcheimer griff. Viktor und Alexei. Sie hatten wohl mitbekommen, dass die Bäuerin und Robert eng zusammengestanden hatten, ließen sich aber nichts anmerken, sondern gaben sich ganz geschäftsmäßig. Sie wollten noch einige Säcke mit Kartoffeln füllen, um sie mit in den Wald zu nehmen. Eine eiserne Ration für den Fall des Falles.

Die folgende Nacht verlief ungewöhnlich ruhig. Von der Front war nichts zu hören, Tiefflieger surrten nur in weiter Ferne über den Himmel, hin und wieder brandete zwar Gefechtslärm auf, doch nicht in bedrohlicher Nähe. Am Himmel funkelten die Sterne, es war kalt, aber windstill. Der wahnwitzige Strudel dieses Krieges schien einen Moment lang zum Stillstand gekommen zu sein. Alma war froh, dass sie sich Robert endlich anvertraut hatte, und ganz deutlich hatte sie gesehen, wie sich in seinem Gesicht eine von innen aufsteigende Freude gemalt hatte, ein zärtliches Lächeln, das nicht einmal nach dem Eintreten der beiden Störenfriede erloschen war.

Sie schlief, mit Marie in eine Decke eingemummelt, fünf, sechs Stunden. Als sie am nächsten Morgen ins Dorf zurückkehrte, erzählte ihr eine Nachbarin, dass sie Sauerteig für sieben Brote angesetzt hätte. Ein Brot könnte sie ihr abgeben. Alma bedankte sich; erfreut, dass solche Dinge wie Brotbacken in diesem Kriegsgewimmel noch möglich waren. Sie erfuhr auch, dass sich der Kommandeur des Marine-Bataillons, Kapitän Gördes, jetzt im Dorf einquartiert hatte. Ilse Hoffmann wollte für den Mann in der weißen Uniform Bettzeug aus dem Wald holen.

Die gespannte Ruhe hielt an. Gegen Abend rollte aber der Donner mehrerer Detonationswellen durchs Dorf. Deutsche Soldaten sprengten zwei Flutbrücken, die wegen des häufigen Winterhochwassers in der Allerniederung gebaut worden waren. Kurze Zeit später stiegen von der anderen Seite der Allermarsch Rauchwolken auf. Die Holzbrücke über dem Aller-Arm war in Brand gesetzt worden. Angeführt vom Bürgermeister ging daraufhin eine Abordnung von älteren Hademstorfern zur Gefechts-Leitstelle, um die Verantwortlichen daran zu hindern, noch weitere Brücken in die Luft zu jagen und damit für das Dorf lebensnotwendige Verkehrswege zu unterbrechen. Der diensthabende Hauptmann wies die Dorfbewohner ab, ließ die Sprengung weiterer Brücken aber immerhin erst einmal zurückstellen.

15. Kapitel

Als Alma mit Marie auf dem Gepäckträger am Abend wieder zurück in den Wald fuhr, brauste ein weiteres Kampfbombergeschwader auf das Dorf zu. Sie war froh, endlich den Bunker erreicht zu haben, in der Tasche ein frischgebackenes Brot. Nach dem Abendessen unter freiem Himmel – auch Ida und deren Töchter nahmen daran teil – richteten sich alle für die Nacht ein. Es war wieder still geworden nach dem Tieffliegerangriff. So still, dass man in der Nähe eine Nachtigall trällern hörte.

In derselben Nacht überquerten die Briten die Eisenbahnrücke über die Aller. Um dreiundzwanzig Uhr setzte sich der erste Trupp am Schwarmstedter Bahnhof in Bewegung, angeführt von einem Spähtrupp. »Es grenzte fast an Betrug, dass sie am Kartenschalter vorbeigingen, ohne sich eine Karte zu lösen«, bemerkte später ein britischer Chronist süffisant.

Den Soldaten, die sich in langer Reihe mit geschwärzten Gesichtern und aufgepflanzten Bajonetten in Marsch setzten, war nicht nach Scherzen zumute. Jederzeit musste mit einem Gegenangriff, einem Hinterhalt in dem dunklen, morastigen Gelände gerechnet werden. Zudem war nicht sicher, ob die Eisenbahnbrücke noch stand. Dass bei den vorangegangenen Sprengungen nur die Flutbrücken zerstört worden waren, konnte niemand mit Bestimmtheit sagen. Schließlich stellten sie fest, dass die Aller-Brücke passierbar war, und nach einem Kommando, das wie bei der stillen Post von Mann zu Mann weitergegeben wurde, zogen alle ihre Kampfstiefel aus und schlichen, um nur ja keinen überflüssigen Lärm zu machen, auf leisen Sohlen und im Schutz der Dunkelheit über die beiderseits der Gleise angebrachten Stahlplatten auf das andere Flussufer zu. Als die Wachposten der deutschen Brückensicherung die nächtlichen Spaziergänger bemerkten, war es schon zu spät. Ein Schütze feuerte zwar noch eine Maschinengewehrsalve auf die anstürmenden Soldaten ab und verwundete damit fünf Briten schwer, doch die Antwort ließ nicht lange auf sich warten. Die britischen Angreifer eröffneten das Gegenfeuer. Sie ließen den wenigen Marinesoldaten keine Chance. Noch vor Mitternacht überquerten sie so Mann für Mann die Eisenbahnbrücke. Die Engländer, ihre Gesamtzahl wird auf eintausendachthundert Mann geschätzt, verschanzten sich daraufhin im Dickicht des nächtlichen Waldes, überquerten den Moorkanal und steuerten eine Anhöhe in den Hademstorfer Forsten an, den dreißig Meter hohen Bannseeberg. Nur kleinere Scharmützel begleiteten den Vormarsch, bei dem sie von dem ortskundigen Leutnant James Griffiths begleitet wurden. Der britische Soldat war erst wenige Jahre zuvor aus Deutschland ausgewandert und hatte sich mithilfe seiner deutschen Sprachkenntnisse als Spion unter die Dorfbevölkerung gemischt und die Gegend ausgekundschaftet.

Die Schüsse der vereinzelten Gefechte waren auch im Erdbunker zu hören. Am Morgen wurde es aber wieder ruhig, so dass Alma keine Bedenken hatte, zum Melken ins Dorf zu radeln – Marie und die anderen beiden Mädchen blieben bei Ida im Wald zurück.

Alma fiel auf, dass deutlich weniger Soldaten im Dorf waren als am Tag zuvor. Angst und Nervosität waren noch gewachsen. Eine der wenigen Nachbarinnen, die im Dorf ausharrten, wollte gehört haben, dass die Engländer schon die Aller überquert hatten, doch niemand wusste Genaueres.

Den Großteil der Milch musste Alma wie an den Vortagen in der Feldküche der Marinesoldaten abliefern, eine gefüllte Kanne nahm sie mit in den Wald zurück. Als sie gerade ihren Bunker erreicht hatte, hörte sie auch schon das Brummen herannahender Tiefflieger.

Wenige Stunden später erlebte Hademstorf, das seit dem Dreißigjährigen Krieg von militärischen Angriffen verschont geblieben war, seinen ersten Feuersturm. Die Maschinengewehr-Schützen in den Kampfbombern nahmen Scheunen, Ställe und Wohnhäuser unter Beschuss, um endgültig die Gegenwehr des Feindes zu brechen. Franz Oestmann, der schon etwas ältere Knecht der Bauernfamilie Leseberg, saß gerade mit einem der Polen vom Nachbarhof auf der Milchbank, als plötzlich die Tiefflieger heranbrausten. Kurz vorher hatte noch die Sirene geheult, so dass die anderen Menschen, die auf dem Hof lebten, in den Keller geflüchtet waren. Aber Oestmann war es zu eng und stickig da unten mit den vielen Flüchtlingen und Kindern, so dass er es vorgezogen hatte, so lange wie möglich an der frischen Luft zu bleiben und ein bisschen mit Dariusz zu klönen, der ihn mit seinen derben Witzen immer zum Lachen brachte. Aber das Lachen verging ihm schnell. Kaum war der erste Kampfbomber über dem Dorf, krachte es, und aus einem Stalldach in der Nähe loderten Stichflammen. Im nächsten Moment schlug auch schon auf dem Hof eine Granate in ein Scheunendach ein. Beide Männer sprangen sofort auf, um Schutz zu suchen. Doch Franz Oestmann kam nicht weit. Zwei, drei Meter vor dem Eingang zum Wohnhaus durchbohrte ein Granatsplitter seine Schläfe. Mit seiner Schirmmütze war er aus größerer Entfernung vermutlich nicht von einem Soldaten zu unterscheiden gewesen.

Der Knecht war nicht der Einzige auf dem Hof, der in jener Stunde dem Feuersturm zum Opfer fiel. Ein Wehrmachtssoldat, ähnlich klein und zierlich gebaut wie Oestmann, wurde ebenfalls von einem Granatsplitter getroffen. Der Mann hatte versucht, die Sanitätsstelle in der Waschküche zu erreichen. Er hatte schon nach der Türklinke gegriffen, als das Geschoss seinen Bauch zerfetzte. Der Soldat sackte sofort zusammen, sein rechter Arm wurde zwischen Tür und Klinke eingeklemmt.

Bauer Leseberg war der Erste, der die beiden Toten nach dem Ende des Bombardements auf dem Hof entdeckte. Als er zu den anderen im Keller zurückkehrte, brach es gleich aus ihm heraus: »Vor der Haustür liegt unser Franz, und vor der Waschzimmertür hängt ein Soldat. Beide tot.«

Da die Waschküche im Schweinestall zum Hauptverbandsplatz geworden war, hatten auch die Kinder der Bauernfamilie schon manchen Soldaten mit klaffender Wunde vor Schmerzen schreien gehört. Im Futtergang zwischen den Schweinekoben standen Pritschen für die verwundeten Soldaten. Der Schlachtetisch mit der dicken Eichenplatte war zum Operationstisch umfunktioniert. Die Bäuerin Meta Leseberg und ihre Freundin Elli assistierten den drei jungen Sanitätsärzten bei ihrer schwierigen Arbeit. Die Handtücher der Familie mussten das fehlende Verbandsmaterial ersetzen, und in den beiden Kesseln der Futterküchen brodelte das Wasser zum Auswaschen der blutdurchtränkten Binden.

Kurz nach dem Tiefliegerangriff mit den beiden Toten kam ein erschöpfter Wehrmachtssoldat mit Maschinengewehr und Munitionsgürtel am Hof vorbei, dem anzusehen war, dass ihm jeder Schritt schwerfiel. Leseberg hatte gerade das Schwelfeuer in der Strohscheune gelöscht, das sich nach dem Granatbeschuss entzündet hatte, als er den Mann mit dem suchenden Blick bemerkte. Er scheute sich nicht, den Soldaten auf Platt anzusprechen: »Na, Kamerad, wo wutt du denn noch henn? Mit Scheiten is verbie.«

Der Mann erwiderte ernst, dass sehr wohl noch geschossen werde. Darum müsse er jetzt dringend zu seiner Einheit in den Wald zurück. Er trottete mit gesenktem Kopf weiter.

Kurze Zeit später fanden Dorfbewohner die Leiche eines Soldaten auf einer zweihundert Meter entfernten Marschwiese am Ortsrand. Als Leseberg das unverletzte Gesicht des Toten sah, erkannte er den Mann wieder, mit dem er gerade noch gesprochen hatte.

Alma und ihre Leute im Wald zuckten bei jeder Detonation, jeder Salve zusammen. Ganz sicher fühlten sie sich auch unter den Baumstämmen in ihrem Erdbunker nicht. Niemand fand Schlaf in dieser Nacht.

Als es im Morgengrauen ruhiger wurde, hörten sie, wie es im Unterholz knackte. Schritte. Ein Mann schien auf den Bunker zuzukommen – mit schleppendem Gang und stoßhaften, schweren Atemzügen. Als Alma ängstlich durch die Baumstämme spähte, stellte sie fest, dass es Alexei war. Immer wieder schlug er sich die Hand über die Augen und schluchzte auf, russische Worte murmelnd. Was hatte das zu bedeuten? Sie verstand nur »zachem, zachem«. Das russische Wort für »warum«.

Es dauerte eine Weile, bis er in Worte fassen konnte, was ihn so bestürzte: Viktor war tot. Sein Freund und Landsmann Viktor. Irgendwann im Verlauf der Nacht war sein russischer Kamerad aufgestanden, um sich ein bisschen zu bewegen. Ihm sei kalt unter der Pferdedecke, habe er gesagt. Alexei hatte ihn ermahnt, lieber in der Erdhöhle zu bleiben, aber Viktor war trotzdem gegangen. Kurze Zeit später fiel ein Schuss. Alexei, in böser Vorahnung, war sofort aufgesprungen, um seinem möglicherweise verletzten Freund zu Hilfe zu eilen. Aber kaum hatte er die Erdhöhle verlassen, wurde er vom Scheinwerferkegel einer Taschenlampe geblendet. »Stehen bleiben!«, bellte ein deutscher Soldat.

Alexei erstarrte. »Aber was …?«

»Schnauze! Was machst du hier?«

»Ich arbeite bei Bauern, Alexei, hier in Bunker …«

»Alexei. Das hab ich mir gedacht, noch so 'n Iwan«, erwiderte der Soldat, der von einem zweiten Uniformierten mit einer Brille begleitet wurde – ähnlich jung wie er selbst. »Wenn du nicht sofort wieder in deinem Loch verschwindest, kannste die Würmer mit deinem stinkenden Fleisch füttern. Verstanden?«

»Aber …«

»Nichts aber! Rein ins Loch oder dir passiert das gleiche wie deinem verdammten Genossen.«

Wie betäubt war er tatsächlich in seinen Bunker zurückgekrochen. Erst ein, zwei Stunden später hatte er sich wieder hinausgewagt, um nach Viktor zu sehen. Im Osten zeichnete sich am Himmel bereits ein schwacher Lichtstreifen ab, er konnte graue Umrisse erkennen. Er musste nicht lange suchen. Am Waldrand sah er, wie Viktor in gekrümmter Haltung am Boden lag. In seinem Schädel klaffte ein tiefes Loch, die Augen blutverkrustet, das Gesicht nicht mehr zu erkennen.

Alma war entsetzt, als sie das hörte. Der russische Ingenieur war ihr ans Herz gewachsen, nachdem er halbverhungert zu ihr auf den Hof geflüchtet und allmählich wieder zu Kräften gekommen war. So kurz vor Kriegsende! Vielleicht hätte er schon bald zu seiner Familie nach Russland zurückkehren können. Jetzt lag er da im Dreck. Warum? Gern hätte sie ihn begraben und mit einem Holzkreuz geehrt, aber dafür war keine Zeit. Denn vom Esseler Wald her brandete neuer Gefechtslärm auf, unterbrochen von Hörnerklang wie bei einer Treibjagd. Die Briten machten Jagd auf die versprengten Teile des Marine-Bataillons, das sich immer noch nicht geschlagen geben wollte. Auch englische Baumschützen, hieß es später, hätten auf die Marinesoldaten geschossen.

Korvettenkapitän Josef Gördes musste sich in dieser Situation wie auf einem sinkenden Schiff gefühlt haben, umtost von Sturm mit haushohen Wellen. In der Nacht zuvor hatte er noch versucht, südlich der Aller mit seinen Leuten den Ortsrand des Nachbardorfes Essel zurückzuerobern. Doch der Plan scheiterte. Die Briten setzten zum Gegenangriff an und drängten die Deutschen über die Straßenbrücke der Aller zurück. Als sie das nördliche Ufer der Aller erreicht hatten, gerieten sie von der anderen Seite erneut unter Beschuss. Denn die 1800 Mann der britischen Infanterie-Einheit hatten ja bereits die Eisenbahnbrücke überquert und waren in den Esseler und Hademstorfer Wald vorgedrungen. Ein Hinterhalt, dem zahlreiche Marinesoldaten zum Opfer fielen. Andere lagen mit zerschossenen Gliedmaßen zwischen Kiefern und Birken und schrien ihre Schmerzen in die Nacht.

Korvettenkapitän Gördes kämpfte gegen ein wachsendes Schwindelgefühl an, seine Augen spielten plötzlich verrückt. Alles flimmerte, die Bilder verschwammen ihm. Auch sein Gehör hatte gelitten. Wurde er angesprochen, hörte er gar nicht hin, wirkte wie abwesend mit seinen flackernden Augen. Gemeinsam mit Oberstfeldmeister Kutscher, dem Batteriechef der Reichsarbeitsdienst-Einheit, irrte er durch die Wälder, um seine versprengten Soldaten zu sammeln und wenn irgend möglich zu einem Gegenangriff zu führen. Kutscher, der über mehr Erfahrung im Landkrieg verfügte als der Kapitän, riet händeringend von dem Plan ab. Doch der Kapitän, bestrebt, in diesem Irrsinn wenigstens seine Befehlsgewalt zu behaupten, wischte die Einwände brüsk zur Seite. »Noch gebe ich hier die Kommandos, und ich bin nicht bereit, meine Leute zurückzupfeifen, so lange wir noch eine reelle Chance haben«, faselte er vor sich hin.

Kutscher wollte gerade weitere Einwände vorbringen, da gellten Schreie aus dem Wald. Sie kamen aus der Richtung des Alexanderplatzes, der seinen an den Platz im Zentrum Berlins erinnernden Namen hannoverschen Jägern verdankte, die sich hier an der Landstraße zwischen Essel und Hademstorf üblicherweise getroffen hatten, um gemeinsam zur Jagd ins Ostenholzer Moor aufzubrechen.

Doch die Schreie, die am Morgen dieses 11. April 1945 vom Alexanderplatz herüberschallten, kamen nicht von einer ausgelassenen Jagdgesellschaft. Die schaurigen Rufe ließen den beiden Offizieren das Blut gefrieren. »Jetzt massakrieren sie meine Männer«, konstatierte Gördes mit versteinerter Miene, wie Kutscher später berichten sollte. »Los, die müssen wir da rausholen.«

Damit gab es für den Kapitän kein Halten mehr. Schon im nächsten Moment, begann er, seine Leute zu sammeln, um sie beiderseits der Landstraße zum Alexanderplatz zu führen – verstärkt von Soldaten des Reichsarbeitsdienstes, die Kutscher jetzt doch schweren Herzens zur Unterstützung bereitstellte.

Mit fiebrigem Blick stürmte der Kapitän voran. Er kam nicht weit. Ein Feuerschlag der Briten stoppte den Gegenangriff. Die Soldaten flüchteten in die Wälder, Gördes jedoch ging unverdrossen weiter. Plötzlich stand der Korvettenkapitän mitten auf dem Alexanderplatz, in der einen Hand hielt er seine Maschinenpistole, mit der anderen wischte er sich den Schweiß aus der Stirn. Dreckspritzer verunreinigten die sonst so makellose weiße Kapitänsuniform, die Jacke war geöffnet.

Entsetzt beobachtete sein Begleiter, dass der Kapitän ungeschützt am Straßenrand stehen blieb, während in den umliegenden Wäldern weiter britische Granaten detonierten und ratternde Maschinengewehrsalven hallten. »Gehen Sie in Deckung, Kapitän«, rief Kutscher. Doch der Mann mit der weißen Kapitänsmütze schüttelte den Kopf und brüllte zurück: »Meine Männer müssen mich sehen.«

Es war, als habe er alles vergessen, was ihm bei seiner Kurzausbildung für den Infanteriekampf beigebracht worden war; es schien, als fühlte er sich wieder auf die Kommandobrücke seines Schiffes versetzt, umtost von Sturmgebraus und wütenden Wellen, Blitz und Donner; auf hoher See also, wo es darauf ankommt, der Besatzung Halt und Orientierung zu geben wie ein menschlicher Leuchtturm. Doch niemand von seinen Leuten wartete auf seine Kommandos, er stand allein auf seiner Kommandobrücke am Straßenrand – und es war nur eine Frage der Zeit, bis ihn ein Granatsplitter traf und zu Boden schmetterte.

Es gelang zwar noch, ihn notdürftig zu verbinden, sein Leben aber war nicht mehr zu retten. Vermutlich wäre das auch gar nicht sein Wunsch gewesen. Manches spricht dafür, dass Josef Gördes in seiner Verzweiflung den Tod gesucht hat.

Die Kämpfe in den Wäldern zwischen Essel und Hademstorf waren damit noch lange nicht beendet. Das Sterben ging weiter. Auf beiden Seiten.

Ein Soldatenfriedhof in jenem Waldgebiet erinnert heute mit seinen Holzkreuzen daran, wie jung die Menschen waren, deren Leben in diesen Stunden ausgelöscht wurde. Viele waren gerade erst siebzehn geworden – wie zum Beispiel der Panzergrenadier Harry Wiener (geb. 14.3.1928), Hans-Werner Meyer (geb. 10.2.1928), Heinz Rohde (geb. 25.11.1927), Hans-Werner Meyn (geb. am 10.2.1928), Hans Schott (geb. am 12, 1. 1928) …

Einer der Jüngsten, der bei den Gefechten rund um den Alexanderplatz fiel, war der 16-jährige Panzerschütze Ernst Löffler. Seine Familie sollte erst zwei Jahre später von seinem Tod erfahren. Möglicherweise hätten die Eltern gar nichts erfahren, wenn der junge Soldat aus Schlesien nicht den letzten Brief seiner Mutter gefaltet in der linken Brusttasche getragen hätte, datiert vom 18. Januar 1945. Auf dem karierten Briefbogen war zu lesen:

»Mein lieber Sohn! Ich will Dir noch schnell ein paar Zeilen schreiben … So hoffen wir, dass unsere tapferen Soldaten die Feinde halten können … Aber die Hauptsache ist doch, dass wir den Krieg gewinnen und in unserer Heimat bleiben können.«

Die letzte Briefzeile konnte man nicht mehr lesen, da das Papier an der Stelle schwarzbraun verkrustet war. Unlesbar durch getrocknetes Blut.

Trotz der Erkennungsmarken waren bei weitem nicht alle Gefallenen mehr zu identifizieren. So ist heute auf vielen Holzkreuzen auf dem Esseler Soldatenfriedhof nur »Unbekannter Soldat« zu lesen.

16. Kapitel

Marie stolperte fast über die toten Soldaten, als sie nach dem Ende der Gefechte durch den Wald ging. Einer der Toten, der zwischen Brombeeren am Waldrand lag, hielt seine steife, krampfhaft gekrümmte Hand hoch, als wollte er ihr zuwinken; das Gesicht grau wie aus Wachs, die Pupillen quallig ins Leere starrend. Bei einem anderen war der Kopf zerschossen, und aus einer offenen Bauchwunde krabbelten Ameisen und anderes Getier. Ein fauliger Geruch ging von den Toten aus, süßlich und schwer.

Der Geruch, der Anblick der verstümmelten Männer in den grauen Uniformen, die Bilder der abgerissenen Arme und Beine sollten sich tief in ihr Gedächtnis einbrennen. Jetzt konnte sie sich auch vorstellen, was mit Viktor geschehen war, dessen Leichnam man ihr wohlweislich nicht gezeigt hatte – und Viktor war nicht einer der vielen Namenlosen, sondern ein Mann, der Teil ihrer Familie geworden war.

Es dauerte mehrere Tage, bis die Leichen eingesammelt und begraben werden konnten. Unterdessen gingen die Kämpfe weiter. Am Morgen des 12. April hörten die Hademstorfer von der Aller her Hämmern und Sägen. Die Briten waren dabei, eine Notbrücke über den Fluss zu schlagen. Schon bald rollten noch im Morgendunst die ersten britischen Panzer in Richtung Hademstorf.

Die Marine-Einheit war nach dem Tod ihres Kapitäns so gut wie geschlagen, von Osten her griffen aber noch zwei Kompanien eines SS-Bataillons in die Kämpfe ein, um die Briten aufzuhalten. Anfangs gelang es den zu allem entschlossenen blutjungen SS-Leuten in den Tarnanzügen, von den Briten »Steel Eyed Boys« genannt, tatsächlich, den »Feind« zurückzudrängen. Manch englischer Soldat verlor dabei noch in den letzten Stunden des Krieges sein Leben. Doch die erbitterte Gegenwehr der SS-Männer führte vor allem dazu, dass die Briten den Luftkampf verstärkten und noch unerbittlicher als zuvor das Feuer auf Hademstorf eröffneten.

Niemand wagte es in diesen Stunden mehr, aus dem Haus zu gehen. Wie die meisten verfolgten Alma und ihre Familie den Feuersturm von ihrem Bunker im Wald aus. Bei jedem Knall hielt sich Marie die Ohren zu. Die an den Bäumen angebundenen Pferde sprangen auf und wieherten, wenn eine neue Detonationswelle durch den Wald rollte und den Boden beben ließ. Dass sich auch hier niemand sicher fühlen konnte, war daran zu erkennen, dass der Granatbeschuss hohe Kiefern umwarf und tiefe Löcher in den Boden riss.

Im Dorf stiegen bald an mehreren Stellen Rauchwolken in einen zu Asche gewordenen Himmel auf.

Trotz der Gefahr vergaß Alma ihr Vieh nicht. Als das Bombardement schließlich nachließ und der Gefechtslärm nur noch aus der Ferne zu hören war, radelte sie mit Robert und Alex zum Hof zurück, um die Kühe zu melken und die Tiere zu füttern. Dabei traf sie auf SS-Leute, die schwerbewaffnet auf das Dorf zustrebten, um das »Schweinepack« aufzuhalten, wie sie es ausdrückten. »Zieht bloß weiter«, rief Alma ihnen zu. »Ihr macht alles bloß noch schlimmer.« Doch daraufhin drohten ihr die Männer brüllend, dass sie sich in Acht nehmen solle mit solch ehrlosen Sprüchen, und mit Blick auf Robert und Alex hielten sie ihr vor, mit dem Feind gemeinsame Sache zu machen.

Sie war froh, als sie endlich weiterfahren konnte. Doch kaum war sie mit ihren Begleitern auf dem Hof angekommen, krachte es erneut. Es schien, als habe ganz in der Nähe eine Bombe eingeschlagen, und tatsächlich roch es plötzlich stark nach Rauch. Das schon bekannte Sirren am Himmel deutete darauf hin, dass sich weitere Kampfbomber dem Dorf näherten. So blieb ihr nichts anderes übrig, als zunächst einmal Schutz im Keller zu suchen. Ohne groß nachzudenken setzte sie sich neben Robert auf eine Holzbank – und spürte plötzlich wie sie von Wärme durchströmt wurde, als Robert nach ihrer kalten Hand griff und zärtlich ihre Finger drückte. Alex, der ihr gegenüber auf einem alten Sessel Platz genommen hatte, sah schmunzelnd in eine andere Richtung. Und während eine neue Detonation die Einmachgläser im Regal klirren ließ, schoss Alma ein Gedanke durch den Kopf, der in diesem Keller eigentlich nichts zu suchen hatte.

Glücklicherweise kam es bald zu einer längeren Feuerpause, so dass sie die Kühe zu Ende melken und zurück in den Wald radeln konnte. Robert und Alex versprachen ihr, vorerst noch auf dem Hof die »Stellung« zu halten. Wieder verbrachte sie mit Marie, ihrer Schwester und deren Töchtern eine Nacht im Erdbunker. Erst im Morgengrauen setzte erneut Gefechtslärm ein.

Irgendwann in dieser Zeit schlug eine Bombe in ihr Haus ein. Gut denkbar, dass sie den Knall hörte, aber es krachte ja allerorten, so dass nicht zu unterscheiden war, welches Haus es gerade getroffen hatte. Der aufsteigende Rauch verdunkelte den Frühlingshimmel, und die Schreie der Wildgänse, die aus ihrem afrikanischen Winterquartier zurückkehrten, klangen wie eine endlos wiederholte Klage.

Irgendwann ging auch diese Angriffswelle vorüber, und die Amseln und Lerchen stimmten wieder ihre friedlich anmutenden Balzgesänge an, als gäbe es keinen Krieg. Für Alma das Signal, auf den Hof zurückzukehren, um das Vieh zu versorgen. Sie setzte Marie auf den Gepäckträger und radelte los. Doch am Ortseingang wurden sie aufgehalten. Ein Soldat mit Maschinenpistole gab ihnen mit hochgerecktem Arm zu verstehen, dass sie abzusteigen hatten. Alma sah, dass der Mann keine der bekannten Uniformen trug. Sie musste nicht lange überlegen, um zu begreifen, dass ein Engländer vor ihr stand.

»Stop here«, rief ihr der Mann zu.

Alma stieg zwar ab, erhob aber gleich wütend Widerspruch. »Dat geiht doch nich«, schimpfte sie. »Ich muss doch die Kühe melken.« Der Soldat verstand zwar nicht, begriff aber, dass von der Bauersfrau und ihrer Tochter keine Gefahr ausging. So ließ er sie mit einer kurzen Kopfwendung weiterfahren.

Kaum hatte Alma die ersten Häuser hinter sich gelassen, sah sie schon, was sie insgeheim die ganze Zeit befürchtet hatte: Der Rauch stieg von ihrem Hof auf, und als sie näher kam, bemerkte sie, dass noch Flammen aus dem zertrümmerten Dachstuhl loderten. Die Bombe war mitten im Wohnhaus eingeschlagen. Die rot geklinkerten Außenwände standen noch, aber Fenster und Türen waren so aufgesprengt, dass man durch die rußgeschwärzten Rahmen ins Innere sehen konnte, und da blickte man auf eingestürzte Decken, nackte, wankende Steinwände, den zertrümmerten Kachelofen, das brennende Sofa, Betten, Schränke, Stühle und Tische, begraben unter Schutt und Asche. Almas und Maries Sonntagsschuhe, Franz' guter Anzug, seine Stiefel, Arbeitsjoppe – alles verkohlt, zerrissen oder zumindest rußgeschwärzt. Die Gardinen und die schönen gewebten Vorhänge hingen noch als angesengte Fetzen vor den leeren Fensterhöhlen, Und die Glut war keineswegs verloschen, überall züngelten neue Flammen auf.

Alma stockte der Atem. Sie hörte, wie neben ihr Marie aufschluchzte, sie nahm das Kind auf den Arm und drückte es tröstend an ihre Brust – vielleicht auch um selbst so etwas wie Trost zu finden. Da sah sie, dass auch aus dem angrenzenden Kuhstall Rauch aufstieg.

»Um Himmels willen, die Kühe.«

Sofort setzte sie Marie ab und stürmte zu dem brennenden Stall. Zu ihrem Schrecken sah sie gleich die tote Kuh. Die Beine ausgestreckt, das Maul aufgerissen, als wollte sie um Hilfe brüllen. Wie in stummer Anklage starrte das Tier Alma mit seinen großen toten Augen an.

Die schlug sich die Hände vor die Augen, denn vor ihr lag nicht irgendeine Kuh. »Berta, mein Gott, Berta.«

Damit hatte sich das Schreckensszenario noch nicht erschöpft. In den anderen Ställen erblickte sie zwischen den eingestürzten Balken und dem zu Asche verglimmenden Stroh drei verendete Rinder – ein großer Ochse, dem die Eingeweide herausquollen, und zwei kleinere Rinder. »Mein Gott, die armen Tiere«, entfuhr es Alma. »Was die ausgehalten haben.«

Sie spürte, dass jemand hinter ihr atmete. Ihr Schwager. »Ja, furchtbar«, sagte er. »Das Blöken war nicht mit anzuhören. Die waren ja nicht sofort tot. Aber wir sind einfach nicht mehr rangekommen.«

Das ließ sie zusätzlich schaudern. Im nächsten Moment schoss ihr aber auch schon ein anderer Gedanke durch den Kopf. »Und die – die ...«

»Die andern hab ich rausgelassen.«

»Ein Glück.«

Obwohl von Glück in dieser Situation nicht die Rede sein konnte, fiel ihr immerhin ein kleiner Stein vom Herzen, und anstatt weiter auf die toten Tiere und das brennende Haus zu starren, begann sie jetzt, gemeinsam mit ihrem Schwager die Überlebenden unter den Schwarzbunten einzusammeln, die wie wild durch das Dorf irrten. Dabei wurde sie von Robert und Alex unterstützt, die die beiden Pferde vor den Ackerwagen gespannt hatten und damit aus dem Wald gekommen waren. Während Alma ihren Kühen nachjagte, sah sie, wie deutsche Soldaten mit gesenkten Köpfen in langer Reihe durchs Dorf trotteten, flankiert und bewacht von bewaffneten Briten. Ein Bild, das sie an ein anderes Bild erinnerte und in beklemmender Schärfe deutlich machte, wie sich die Verhältnisse gewandelt hatten.

Unterdessen verbargen sich viele Hademstorfer immer noch in ihren Erdbunkern oder Kellern. Horst Hanker, einer von Maries Spielkameraden, hielt sich gemeinsam mit seiner Mutter und Nachbarn in einem Kartoffelkeller versteckt, als die Engländer kamen. Emile, einer der französischen Kriegsgefangenen hatte schon vorsorglich ein weißes Tuch an einen Besenstiel gebunden, den er jetzt, als in der Waschküche die Schritte von Soldatenstiefeln laut wurden, in den Treppenaufgang hielt. Da zeigte sich auch schon ein Engländer mit vorgehaltener Maschinenpistole und forderte alle auf, mit erhobenen Händen nach oben zu kommen. Um Missverständnissen vorzubeugen, mühten sich die ängstlichen Hademstorfer, den Soldaten milde zu stimmen. Der Uniformierte befahl, sich auf den Hof der benachbarten Gaststätte zu begeben, wo neben deutschen Kriegsgefangenen schon andere Dorfbewohner standen. Ein britischer Offizier erteilte den Versammelten daraufhin Verhaltensanweisungen; obenan stand der Befehl, den Anordnungen der Briten unbedingt Folge zu leisten und deutsche Soldaten keinesfalls zu verstecken oder gar aktiv zu unterstützen. Zudem seien alle Hausbesitzer verpflichtet, den britischen Soldaten Kost und Logis zu gewähren. Gegebenenfalls müssten sie auch ihre Häuser räumen. Teil der Anordnungen war zudem eine nächtliche Ausgangssperre. Nach achtzehn Uhr durfte keiner mehr sein Haus verlassen.

Niemand erhob Widerspruch. Alle starrten ergeben auf den Boden und waren erleichtert, als die Versammlung aufgelöst wurde.

So friedlich ging es nicht überall zu. Zu einem tragischen Zwischenfall kam es in der Dämmerung, als ein junger englischer Leutnant in einem Garten verdächtige Geräusche hörte und dunkle Gestalten zu sehen meinte. Zwei Personen erhoben sich aus einem Erdbunker und drehten dem Soldaten erschrocken den Rücken zu, um, wie es aussah, die Flucht zu ergreifen. Als sie auf Zurufe nicht reagierten, eröffnete der Brite das Feuer auf die Schattengestalten – und beide sackten unter den Schüssen tödlich verwundet zusammen. Im Hintergrund erklang der Schrei einer Frau, der in klagendes Wimmern überging. Als der Brite daraufhin seine Taschenlampe auf die Erschossenen richtete, stellte er fest, dass er nicht etwa auf deutsche Soldaten geschossen hatte, sondern auf Zivilisten. Auf alte Menschen. Einen Mann und eine Frau. Eine weitere ältere Frau hatte sich unterdessen in den Bunker zurückgezogen, panisch vor Angst.

Als der englische Soldat die Toten in ihrem Blut liegen sah, begriff er, dass er zwei Unschuldige erschossen hatte, und erstarrte vor Scham und Entsetzen. Der englische Soldat sprach nach dem Vorfall kaum mehr ein Wort und ließ sich auch von seinen Kameraden nicht trösten. Als ihm ein Vorgesetzter mitteilte, dass »die Sache« natürlich untersucht werde, er sich aber keine allzu großen Sorgen machen müsse, da es sich um eine tragische Verwechslung gehandelt habe, nickte er nur stumm. Im Morgengrauen des nächsten Tages wurden seine Kameraden durch einen Schuss geweckt. Minuten später fanden sie den Leichnam des jungen Leutnants, der sein Gewehr gegen sich selbst gerichtet hatte.

In Hademstorf waren in den nächsten Tagen erneut Menschen zu sehen, die über die Landstraße getrieben wurden. Wieder waren es deutsche Soldaten, müde, verdreckt, zerlumpt, mit gesenkten Blicken – bewacht und angetrieben von britischen Uniformierten mit Maschinenpistolen. Die Zeiten hatten sich geändert.

Teil II

Danach

April 1945–Juli 1953

1. Kapitel

Von den Trümmern stiegen noch tagelang dünne Rauchsäulen auf; die Glutnester glommen weiter. Jeder Windstoß drohte das Feuer neu zu entfachen. Aber niemand kam dazu, den Schutt wegzuräumen oder die Schwelbrände zu bekämpfen. Die Hademstorfer Männer wurden verpflichtet, das Kampfgebiet nach gefallenen Soldaten abzusuchen, die dann auf einen Ackerwagen geladen und zum Friedhof in Eickeloh transportiert wurden. Andere wurden gleich im Esseler Wald beerdigt.

Bleierne Tage unter einer bleiernen Sonne waren das. Alma sorgte dafür, dass auch Viktors Leichnam umgebettet wurde. Der kluge Russe, der ihr zum Freund geworden war, erhielt ein schlichtes Holzkreuz auf dem Friedhof in Eickeloh. Zeit für eine richtige Trauerfeier fand sie in diesen Tagen nicht. Sie beschränkte sich darauf, gemeinsam mit Alex und Robert Wiesenblumen aufs Grab zu legen.

Immer deutlicher trat ihr ins Bewusstsein, was durch den Einschlag der Brandbombe alles zerstört worden war, aber es führte zu nichts, sich von morgens bis abends zu grämen. Das ließ sich alles irgendwie und irgendwann ersetzen, und das Leben auf dem Hof musste ja weitergehen. Da war keine Zeit zum Jammern und zum Grübeln. Zum Glück war Frühling. Die Tage wurden wärmer, und die Kühe und Rinder konnten auf die Wiese getrieben werden. Auch die Frühjahrsbestellung musste weitergehen, noch immer war nicht überall das Sommergetreide gedrillt worden. Hinzu kam die Angst vor Plünderungen. Befreite Kriegsgefangene, vor allem Russen und Polen, zogen über die Dörfer und holten sich, was sie bekommen konnten – notfalls mit Gewalt, wie es hieß. Horrorgeschichten von Mord und Totschlag, aber auch

Vergewaltigungen kursierten in der Dorfbevölkerung, in der immer noch das Bild vom »slawischen Untermenschen« durch die Köpfe geisterte. Nur wenige brachten Verständnis auf für die Seelenlage der befreiten Gefangenen – zumal die Sorgen nicht ganz unbegründet waren. Hunger, aber auch die Wut über erlittene Misshandlungen fegten Skrupel hinweg und machten aus ausgezehrten, kranken Menschen, die endlich frei waren, Räuberbanden und bisweilen Horden blind wütender Rächer. Nebenbei wurden alte Rechnungen beglichen. Auch in Hademstorf gab es Bauern, die Kriegsgefangene wie Sklaven behandelt, geschlagen und gedemütigt hatten. Jetzt kehrten die Misshandelten zurück und räumten nicht nur die Speisekammer aus, sondern verwüsteten auch das Schlafzimmer. Dies wiederum erboste die Bauern derart, dass sie zu Lynchjustiz übergingen und einen Privatkrieg gegen die Freigelassenen führten. Sie verprügelten die Plünderer, drohten ihnen mit Beil und Jagdgewehr. Im Nachbarort Eickeloh überraschten Bauern drei junge Russen beim Plündern. Als die Männer, die schon zuvor mit Waffengewalt in Häuser eingebrochen waren, die Flucht ergriffen, schossen die aufgebrachten Landwirte auf sie. Einen der Russen, der dabei durch einen Streifzug am Kopf verletzt wurde, nahmen sie in ihre Gewalt und beschlossen, den Jungen am Ortsausgang aufzuhängen – und zwar aus Gründen der Abschreckung öffentlich sichtbar direkt neben der Straße. Erst in letzter Minute wurden sie von einer englischen Militärstreife an ihrem Tun gehindert. Sie konnten sich glücklich schätzen, dass sie mit einer Verwarnung davonkamen. Aber die Briten zeigten Verständnis für den Zorn der Dorfbewohner, denn sie selbst waren außerstande, den Plünderern Einhalt zu gebieten – und sie wollten es vielleicht auch gar nicht. Denn die Wut der Befreiten war ja nicht ganz unverständlich.

Alma war froh, dass sie vor dem Feuersturm Leinenzeug, Kleidungsstücke, Schmuck, Geschirr und vor allem den Großteil der Lebensmittelvorräte in Truhen im Keller versteckt hatte, der unter dem Schuttberg zum Glück erhalten geblieben war. Auch die Schinken und Mettwürste, die in Kisten gut verpackt in der Gartenerde lagerten, waren ihr ein Trost in diesen schlimmen Tagen. Außerdem wurde sie von zwei Männern beschützt, die ihr in all dem Durcheinander treu zur Seite standen: Robert und Alex. Die beiden blieben und unterstützten sie weiter – jetzt ganz aus freien Stücken. So manchen Plünderer vertrieben sie, indem sie drohend die Axt oder die Mistforke hoben.

Mochte sie sich noch so sehr in Arbeit flüchten: Der Blick auf den großen Trümmerhaufen versetzte Alma jeden Tag aufs Neue in eine lähmende Schwermut. So vieles war verbrannt und zerstört, für das Generationen ihrer Familie geschuftet hatten: alle Möbel, der schöne Kachelofen, die große Wanduhr, die den Wieses über Jahrzehnte die Zeit angezeigt hatte – von der Dreschmaschine und dem Mähwerk mal ganz abgesehen. Auch Maries Puppenstube war ein Raub der Flammen geworden – diese schöne Puppenstube, die einmal ihr gehört hatte und kurz vor dem Krieg von einem alten Tischler im Dorf für die kleine Marie aufgemöbelt und neu lackiert worden war.

Immerhin musste sie mit Marie nicht unter freiem Himmel nächtigen. Denn das alte Backhaus, in dem seit einem Jahr Ida mit ihren Töchtern lebte, war wie durch ein Wunder von der Fliegerbombe verschont geblieben. Natürlich musste man etwas zusammenrücken, und an Betten und Stühlen fehlte es auch noch. Zum Glück hatte Ida ihre Möbel in ihrem früheren Wohnort Stöckse gelassen. Wenn sich die Lage etwas beruhigte, sollte das ganze Mobiliar mit Pferd und Ackerwagen hergeholt werden. Aber das hatte keine Eile. So viele Möbel passten sowieso nicht in das Backhaus, das nur über zwei kleine Zimmer, eine winzige Küche und eine Speisekammer verfügte. Hauptsache war, dass alle ein Dach über den Kopf und genügend zu essen hatten.

Das Klo befand sich im Schweinestall, der sich an das Backhaus anschloss. Es stank bestialisch, wenn man den hölzernen Klodeckel öffnete, aber man gewöhnte sich daran. Man gewöhnte sich an so vieles.

Trotz aller Schwierigkeiten ging es Alma und ihrer Familie besser als den vielen Flüchtlingen, die ins Dorf strömten – Frauen, Kinder, alte Männer, die alles verloren hatten und viele Wochen, ja Monate unterwegs gewesen waren, um zumindest ihr Leben zu retten.

Der Krieg war ja noch nicht zu Ende. Adolf Hitler hatte sich mit Eva Braun, Joseph Goebbels und anderen Getreuen in seinem Führerbunker verschanzt; er hatte noch in letzter Minute geheiratet, erteilte weiter seine verrückten Kommandos, so dass das Sterben andauerte. Wie zur Mahnung standen mitten im Dorf noch Wochen nach dem Einzug der Briten zwei ausgebrannte Wehrmachtautos herum.

Robert lebte jetzt mit auf dem Hof. Da das Franzosen-Lager im »Herzog von Celle« aufgelöst war, teilte er sich mit Alexei das frühere Knechtszimmer, das direkt an das Backhaus grenzte. So war Alma ihm näher als zuvor.

Gleichwohl war klar, dass die gemeinsamen Tage mit Alex und Robert gezählt waren. Alexei wäre gern geblieben. Was der frühere Kolchosarbeiter aus seiner Heimat hörte, verhieß nichts Gutes. Stalin zeigte angeblich wenig Erbarmen mit den Heimkehrern aus deutschen Lagern. Waren sie den Deutschen unverletzt und im Vollbesitz ihrer geistigen Kräfte in die Hände gefallen, galten sie als Vaterlandsverräter und mussten mit der Deportation nach Sibirien oder im schlimmsten Fall mit der Todesstrafe rechnen. Das galt besonders für ehemalige Ostarbeiter wie Alexei, die nicht einmal für die Sowjetunion im Felde gestanden, sondern mutmaßlich mit dem Feind gemeinsame Sache gemacht hatten. So wäre der Russe am liebsten bei Alma auf dem Hof, zumindest aber in Deutschland geblieben. Doch die Vorentscheidungen auf höchster Ebene gingen in eine andere Richtung: Die Amerikaner, Franzosen und eben auch die Briten verständigten sich mit den Sowjets darauf, in ihren Besatzungszonen die Rückführung der sowjetischen Kriegsgefangenen und Zwangsarbeiter voranzutreiben – die sogenannte Repatriierung. Mit anderen Worten: Die befreiten Russen wurden eingesammelt und den Sowjets übergeben. Ob sie wollten oder nicht.

Alexei graute davor. Andererseits sehnte er sich auch nach seiner Familie an der Wolga. Vielleicht würde doch noch alles gut werden.

Für Robert war es einfacher: Er freute sich darauf, endlich zu seiner Familie zurückzukehren und wieder als Lehrer zu arbeiten. Sowie der Krieg zu Ende und der Weg frei war, wollte er wie die anderen Franzosen aus der Heide heimkehren. Seine Eltern hatten ihm schon geschrieben, wie sehr sie ihn herbeisehnten.

Gegenüber Alma blieben seine Äußerungen vage. Er wusste ja nun, dass sie ein Kind von ihm erwartete und fühlte sich zu ihr hingezogen. Es gab sogar Momente, in denen er sich vorstellen konnte, sein Leben hier in Norddeutschland unter den gänzlich veränderten Verhältnissen mit Alma, seiner Liebsten, fortzusetzen. Auch in Deutschland wurden Lehrer gebraucht, und wie erfüllend würde es sein, deutschen Kindern Französisch beizubringen. Ja, mit Alma würde er sich wohl überall zu Hause fühlen. Er spürte, dass ihm diese warmherzige, kluge Frau, die schon so viel Mut bewiesen hatte, viel geben konnte. Auch seine Leute in Frankreich, die die Deutschen eigentlich hassten, mussten Respekt vor ihr haben. Nein, er durfte sie nicht enttäuschen. Er nahm sie in den Arm und versprach, sie nach dem Krieg zu heiraten. Erst einmal wolle er natürlich in die Bretagne zu seiner Familie, die er so lange nicht gesehen habe.

Alma nickte nachdenklich. »Aber du kommst zurück? Versprichst du mir das?«

»D'accord.«

Sie verstand, dass das so viel wie »einverstanden« bedeutete, konnte aber nicht recht daran glauben, dass er es wirklich ernst meinte mit seinem Eheversprechen. Zur Erinnerung schenkte sie ihm die Manschettenknöpfe ihres gefallenen Bruders Wilhelm – goldene Knöpfe mit schwarzen Onyx-Edelsteinen, die sie so lange polierte, bis sie wieder glänzten.

Wahrscheinlich würde er sie trotzdem schnell vergessen, wenn er erst wieder mit seinen Angehörigen und Freunden zusammen war. Warum sollte er eine ungebildete Bauerntochter aus so einem Kuhdorf heiraten und – mit viel Glück – an einem deutschen Gymnasium Französisch unterrichten, wenn er es in Frankreich viel einfacher hatte? Nein, den Gedanken, dass Franz nicht aus der Kriegsgefangenschaft zurückkehren würde und Robert an seiner Stelle auf ihren Hof kommen könnte, hatte sie längst auf die Insel verbotener Träume verbannt. Diese Vorstellung war nicht nur abwegig, sondern auch böse. Sie konnte ja wohl nicht auf den Tod ihres Bruders hoffen!

Manchmal dachte sie schon daran, wie es wohl wäre, Robert nach Frankreich zu folgen und dort ein ganz neues Leben als Lehrersfrau zu beginnen. Aber der Gedanke machte ihr vor allem Angst. Wie sollte sie jemals Französisch lernen und sich in einer Stadt einleben, die ihr vollkommen fremd war? Sie war ja, abgesehen von einem Schulausflug in den Harz, nie in ihrem Leben verreist. Nicht ans Meer, nicht in die Alpen, geschweige denn ins Ausland. Robert verschwendete offenbar gar keinen Gedanken daran, mit ihr in Frankreich zu leben – sonst hätte er ja wohl schon mal davon gesprochen.

Vor allem nachts, wenn sie mit der kleinen Marie auf dem Sofa im Backhaus lag, quälten sie die Zweifel, und sie malte sich aus, dass sie das Leben einer Verstoßenen mit zwei unehelichen Kindern fristen müsste. Von zwei Liebhabern verlassen.

Irgendwann schließlich würde Franz aus der französischen

Kriegsgefangenschaft heimkehren und den Hof wieder selbst führen. Sie hatte ihm schon geschrieben, dass das Wohnhaus abgebrannt war, den Brief aber noch nicht abgeschickt. Der Postweg nach Frankreich war immer noch unterbrochen, außerdem war sie sich auch nicht sicher, ob sie den richtigen Ton getroffen hatte. Denn die Nachricht würde Franz bestimmt einen ungeheuren Schock versetzen.

Tagsüber blieb ihr keine Zeit zum Grübeln. Das Vieh musste gefüttert, die Kühe mussten gemolken, die Ställe ausgemistet und die Felder gedüngt werden – und auch Mariechen brauchte ihre Aufmerksamkeit. Zum Glück übernahm ihre Schwester weiter das Kochen.

Einstweilen halfen ihr Alex und Robert noch weiter im Stall und auf dem Feld. Und als die Nächte allmählich wärmer wurden, verabredete sie sich mit Robert auch mal zu nächtlicher Stunde in der Hochscheune zu einem »Rendezvous«, wie er es nannte. Eigentlich hätten sie jetzt sogar gemeinsam die Nächte im Haus verbringen können, aber das stand nicht mehr. Alma nahm es gelassen. So liebte sie ihn eben im Heu. Das war so schön, dass sie manchmal all ihre Sorgen vergaß und zu fliegen meinte – hoch über dem platten Land mit seinen Trümmern und Bombenkratern, über Moor und Heide. Wenn er sie dann auch noch »meine kleine Madonna« nannte, fühlte sie sich wie im siebten Himmel.

Anfang Mai war es schlagartig vorbei mit solchen Rendezvous zwischen Mitternacht und Morgengrauen. Alma sah es ihm schon an, als er nach einem Treffen mit den anderen Franzosen zu ihr kam und ihr sanft, aber mit bekümmerter Miene über den Nacken strich.

»Morgen. Morgen geht es los.«

Sie musste erst Luft holen, bevor sie antworten konnte. »Morgen schon? So schnell auf einmal?«

»Ja, die Engländer bringen uns ins Rheinland, und von da geht es dann mit dem Zug weiter in Richtung Frankreich.«

»Da werden sich deine Eltern aber freuen – und du sicher auch.«

Robert nickte ernst. Er küsste Alma auf die Stirn.

»Ich …«, begann Alma, verstummte aber gleich wieder. Nach einem Seufzer sagte sie in schleppendem Ton: »Ich freue mich für dich, aber ich werde dich auch vermissen.« Sie strich sich mit gesenktem Blick über den Bauch.

»Ich werde dich auch vermissen, liebe Alma. Aber wir sehen uns wieder – vielleicht schon bald.«

»Hoffentlich.«

Nach einer letzten kurzen Liebesnacht reiste Robert am nächsten Morgen in aller Frühe ab. Alma stürzte sich noch mehr als sonst in Arbeit, um Abschiedsschmerz und Zukunftssorgen keinen Raum zu geben. Wer sie in diesen Tagen sah, gewann den Eindruck, dass Roberts Abreise ihr nicht mehr ausmachte als ein Hagelschauer. Sie hatte noch nie dazu geneigt, ihren Kummer nach außen zu tragen und selbst in schwierigen Lagen Ruhe und Gelassenheit vermittelt. So war es auch jetzt. Sie konnte sogar Witze machen.

Hinzu kamen die Herausforderungen der Nachkriegstage, die viel Improvisationstalent erforderten. Da es auf offiziellem Wege fast nichts mehr zu kaufen gab, blühte der Schwarzhandel, und Eier, Milch, Speck, Kartoffeln und Rüben wurden wertvoll wie Goldtaler. So bescherte Alma der Bauernhof in dieser Zeit des Mangels einen unverhofften Reichtum und machte sie zur Geschäftsfrau.

Nach Arbeitskräften musste sie nicht lange suchen. Schon kurz nach Roberts Abreise wurden ihr zwei frühere Wehrmachtssoldaten zugewiesen, die aus Pommern und Schlesien stammten und wie so viele nicht in ihre Heimat zurückkehren konnten. Siegfried und Otto. Siegfried, ein kleiner Mann von gedrungener Gestalt, hatte vor dem Krieg als Bauhelfer gearbeitet, und Otto war Forstarbeiter gewesen, ein baumlanger Kerl, der bald den Spitznamen »der lange Otto« weg hatte. Männer also, die anpacken konnten.

Von Alexei dagegen musste Alma sich wie erwartet bald trennen. Die britische Militärregierung ließ die befreiten Gefangenen und Zwangsarbeiter entsprechend der in Jalta getroffenen Vereinbarungen einsammeln und in die sowjetische Besatzungszone überführen. Alexei hatte bis zuletzt überlegt, ob es nicht besser sei, zu flüchten und unterzutauchen aber dann hatte doch die Sehnsucht nach seinen Eltern, seiner Frau und seinem Sohn überwogen und die Sorgen vor drohenden Strafen in den Hintergrund treten lassen. Als er Alma und Marie zum Abschied die Hand reichte, liefen ihm Tränen über die Wangen.

»Du musst uns unbedingt schreiben, wenn du wieder zu Hause bist«, gab ihm Alma mit auf den Weg. »Versprichst du mir das?«

Alexei nickte. »Natürlich. Danke für alles.«

»Ich danke dir, Alex. Was hätten wir ohne dich machen sollen!«

Sie sollte nie wieder etwas von dem freundlichen Russen hören.

2. Kapitel

Die südfranzösische Hafenstadt Fréjus an der Côte d'Azur ist ein wahres Urlaubsparadies mit seinen Mittelmeerstränden, dem milden Klima, der Provence im Hinterland, der Blütenpracht im Frühling, dem Lavendelduft im Sommer, aber auch mit seinem reichen kulturellen Erbe. Beeindruckend vor allem ist das große Amphitheater. Es stammt ebenso aus römischer Zeit wie der Marktplatz, der unter der Herrschaft Julius Caesars angelegt wurde und einst Forum Julii hieß. Schon Napoleon Bonaparte stattete dem Städtchen an der gemeinsamen Mündung des Argens und des Reyran im Jahre 1799 einen Besuch ab.

Franz hat weder Gelegenheit, sich in der Kathedrale umzusehen, noch kann er das Amphitheater besuchen. Und die schönen Strände sind für ihn nicht nur tabu, sondern auch ohne größeren Reiz. Denn er hat nie gelernt zu schwimmen.

Franz Wiese ist nicht freiwillig nach Fréjus gekommen, sondern als Gefangener der US-Armee, und er ist selbstverständlich in keinem Hotel untergebracht, sondern in einem Internierungslager – einem Internierungslager, vor dem der duftende Frühling haltgemacht hat, wie es scheint. Alles ist so öde, kalt und grau, als herrsche hier ewiger Winter. Das Lager haben die Deutschen 1942 während ihrer Besatzungszeit selbst angelegt, um Franzosen darin einzusperren. Jetzt, im Mai 1945, werden deutsche Kriegsgefangene darin festgehalten. Einer von ihnen ist Franz.

Er ist jetzt in einer ähnlichen Lage wie vor kurzem noch die französischen Kriegsgefangenen in der Heide. Wie Robert und die anderen muss er tagsüber arbeiten – anfangs bei Aufräumarbeiten, um den Schutt abzutragen, der von den Bombenangriffen im August 1944 zurückgeblieben ist, mittlerweile aber bei Bauern in den Weinbergen. Eine Arbeit, die unter der sengenden Sonne zwar hart und schweißtreibend ist, aber viel besser als alles, was ihm in den Monaten zuvor abverlangt wurde.

Mit viel Glück war er nach seiner Verwundung an jenem Morgen im August in ein Feldlazarett gekommen. Kameraden mussten ihn während der letzten Wegstrecke stützen. Ein Granatsplitter hatte sich in seine Schulter gebohrt. Die Wunde war desinfiziert und verbunden worden, der Splitter blieb sitzen. An eine Operation war unter den Bedingungen der fortgesetzten Angriffe nicht zu denken, und es blieb auch keine Zeit dafür. Denn schon wenige Tage nach seiner Einlieferung wurde das Lazarett von den Amerikanern erobert. Zu den Schmerzen in der nur notdürftig verbundenen Schulter kamen nun die Qualen und Demütigungen, denen er als Kriegsgefangener ausgesetzt war.

Jugendliche warfen mit Steinen auf ihn und seine Leidensgefährten, als sie eng zusammengepfercht auf einem offenen Lastwagen zu einem Gefangenenlager transportiert wurden. Müde, ausgelaugt, hungrig. Erwachsene Männer streckten ihnen ihre nackten Ärsche entgegen und deuteten mit ihren Händen an, dass es am besten wäre, sie gleich aufzuhängen oder ihnen die Kehle durchzuschneiden.

Drei Monate musste er buchstäblich bei Wasser und Brot ausharren, bis über sein weiteres Schicksal entschieden wurde. Wie in deutschen Lagern grassierten auch hier Krankheiten wie Typhus, nicht wenige fanden dabei den Tod. Die Baracken waren alles andere als komfortabel, aber die Nächte waren mild und die Amerikaner überraschend freundlich. Er war trotz aller Sorgen froh, dass er lebte, und tröstete sich, indem er in seinem winzigen Feldgesangbuch blätterte, das er gerettet hatte. Die Seiten mit den Liedern für »Führer, Volk und Vaterland« hatte er schon herausgerissen. Doch den Rest hielt er in Ehren.

Manche Lieder kannte er seit der Konfirmandenzeit, und während er sie leise las, brandeten sie in seinem Innern auf wie Kirchenchoräle mit Orgelbegleitung. Gleich am Tag seiner Gefangennahme, dem 25. August 1944, hatte er in dem Büchlein ein trostspendendes Lied gefunden, zur Erinnerung mit seinem Bleistiftstummel angekreuzt und nach jeder Strophe einen Strich gezogen. Es war ein Dankchoral.

Allein Gott in der Höh sei Ehr
und Dank für seine Gnade;
darum, dass nun und nimmermehr
uns rühren kann kein Schade;
ein Wohlgefallen Gott an uns hat,
nun ist groß Fried ohn Unterlass,
all Fehd hat nun ein Ende.

Nein, die Gefangennahme war für ihn kein Unglück, sondern ein guter Tag, der für ihn das Ende des Krieges bedeutete. Er war voller Dankbarkeit, diesen schrecklichen Krieg überlebt zu haben. Bei den Amerikanern ging es ihm nicht schlecht. Er lernte sogar ein bisschen Englisch. »Thank you very much« und »Come on, man«.

Alle Gefangenen wurden zu ihrer Rolle im Krieg verhört und nach und nach den Franzosen überstellt. Die schlimmste der drohenden Verwendungen war das Minenräumen. Viele kamen dabei ums Leben. Fritz wurde der zweitschlimmsten Zwangsarbeit zugeteilt: Er kam ins Kohlebergwerk.

Die ungewohnte Arbeit unter Tage war kräftezehrend und gefährlich. Oft wurde ihm schwindlig vor Erschöpfung und Hunger. Eine Grippe mit hohem Fieber zehrte ihn zusätzlich aus. Aber er zwang sich durchzuhalten. Denn er wollte ja zurück. Zurück nach Hademstorf, zu seinen Feldern, Wiesen und Wäldern, zu seinen Kühen und Pferden, zurück auf seinen Hof.

Schließlich hellte sich seine Lage auf. Er kam ins Internierungslager in Fréjus, und hier wurde er bald als Zwangsarbeiter in den Weinbergen eingesetzt – seine Erfahrungen als Bauer gaben den Ausschlag. Wenn ihm die Weinstöcke, die Esel und Maultiere anfangs auch noch fremd waren, fand er sich schnell in seiner neuen Arbeit zurecht und erwarb sich die Achtung seiner französischen Dienstherren. Sie lobten seinen Fleiß, lachten über seine schüchternen Versuche, die französische Sprache zu lernen. Es kam auch vor, dass sie sich über seinen Namen amüsierten und »Vive la France« riefen, aber er spürte, dass es nicht böse gemeint war, und war fast ein bisschen stolz, wenn sie ihn François nannten.

»Bonjour, monsieur« und »Merci beaucoup« – solche Höflichkeitsfloskeln gingen ihm bald über die Lippen, als spräche er Heideplatt.

Menschlichen Halt und Trost in trüben Stunden fand er

bei einem Mitgefangenen aus Ostpreußen, der in derselben Baracke wie er untergebracht war: Willy Motzkus. Die beiden waren sich vor allem nahe gekommen, weil der kräftige Kerl mit der Stirnglatze Bauer war wie er. Auch der breite ostpreußische Dialekt, den Willy sprach, gefiel ihm. Er musste oft über die komischen Ausdrücke lachen. Noch mehr über Willys verrückte Witze. »Was ist der Unterschied zwischen 'ner Mundharmonika und 'nem Sack Zement?«

»Häh?«

»Musst mal reinpusten.«

Nicht so lustig war, was dieser Ostpreuße über seinen Hof in Schönlinde zu erzählen hatte. Im Dezember 1944 hatten die Russen das Dorf besetzt und auch seinen Hof eingenommen. Schon bei seinem letzten Heimaturlaub war das absehbar gewesen. Er hatte daher bereits einiges unternommen, um die Flucht seiner Frau Elfriede und seiner beiden Töchter vorzubereiten – einen Planwagen gebaut, Kisten organisiert und mit seiner Frau besprochen, was im Ernstfall zu tun war, vor allem, wie die drei Pferde bei der Flucht zu handhaben waren, die noch friedlich im Stall standen. Aber ob es seiner Familie wirklich gelungen war, sich in Sicherheit zu bringen? Er wusste es nicht. Willy hatte von keinem seiner Lieben mehr etwas gehört. Sicher war nur, dass sein schöner Hof verloren war.

Trotzdem war er immer noch zu Späßen aufgelegt, die sogar Franz aufmunterten, der nachts oft stundenlang wach lag und sich um seinen eigenen Hof sorgte. Auch er hatte seit einigen Wochen keine Nachrichten mehr aus der Heimat erhalten. Er konnte Alma zwar schreiben, aber es kam kein Brief zurück. Die spärlichen Nachrichten, die er hier in Südfrankreich mitbekam, deuteten darauf hin, dass der Krieg die Heide nicht verschont hatte. So schlimm wie in Ostpreußen aber würde es da wohl nicht zugehen. Sicher konnte man natürlich nicht sein. Er betete jeden Abend, dass er bald wieder nach Hause kam.

Manchmal spielte er jetzt auch wieder auf seiner Mundharmonika. Willy Motzkus ermutigte ihn dazu. Das Problem war nur, dass sich der Ostpreuße lustige Lieder wünschte, Franz aber fast nur Kirchenlieder kannte. So spielte er immer wieder »Auf der Lüneburger Heide, in dem wunderschönen Land ...«

3. Kapitel

Das Ende des Krieges war nicht für alle Menschen in der Heide eine Katastrophe. Für manche war die deutsche Kapitulation ein Grund zur Freude. Die polnischen Zwangsarbeiter, die in großer Zahl in den zumeist unterirdischen Bunkeranlagen der Eibia bei Bomlitz Munition für die Wehrmacht produziert hatten, lagen sich vor Glück in den Armen und veranstalteten ausgelassene Siegesfeiern, als die Alliierten einzogen und die deutschen Soldaten in Gefangenenlager getrieben wurden. Endlich frei!

Wenige Wochen nach Kriegsende fand in Benefeld bei Walsrode im Rausch dieses Freudentaumels eine Hochzeit statt, von der noch Jahrzehnte später gesprochen werden sollte. Ein erhaltenes Foto zeigt das hagere, von Entbehrungen gezeichnete polnische Brautpaar mit einem deutschen Blumenmädchen, das ein weißes Kleid aus Verbandsmaterial trägt. Zuversicht spiegelt sich in den tiefliegenden Augen des Brautpaares.

Doch die Hochzeit nahm keinen guten Verlauf. Die Trauung fand am 20. Mai 1945 statt; Pfingstsonntag, ein Tag mit strahlend blauem Himmel, Vogelgesang und Temperaturen bis zu zwanzig Grad. Gefeiert wurde in einem Kinosaal der Industriegemeinde, vermutlich wurde getanzt und gelacht.

Am späten Nachmittag aber waren im Dorf Schmerzensschreie zu hören. Einige Stunden später schon sprach sich wie ein Lauffeuer herum, dass bei der Feier viele umgekommen seien. Die Nachricht verdichtete sich: Fast alle männlichen Gäste – etwa dreißig Polen, ein Lette und ein Italiener – hatten die Hochzeit nicht überlebt. Mit hoher Wahrscheinlichkeit hatten sie Methylalkohol getrunken und sich damit schwere innere Verätzungen zugezogen.

Grauenhafte Szenen haben sich nach den Berichten von Augenzeugen vor dem Kinosaal abgespielt. Einige der Schwerverletzten kamen daraufhin ins nahegelegene Lazarett, die meisten ins Krankenhaus nach Walsrode. Fast alle starben.

Dass es ausschließlich die Männer traf, hat vermutlich damit zu tun, dass die Frauen den Methylalkohol nur mit Fruchtsaft vermischt als eine Art Likör getrunken hatten.

Unklar blieb, woher der tödliche Alkohol stammte. Gerüchten zufolge hat der Bräutigam den »Stoff« bei einer Schwarzhändlerin gekauft, aber die Frau war plötzlich spurlos verschwunden. Denkbar ist ebenso, dass die Polen den Methylalkohol von einem Waggon abzapften, der auf einem Gleis im nahegelegenen Dorf Jarlingen für die Chemieproduktion der Bomlitzer Firma Wolff & Co. bereitstand.

Die Briten leiteten als Besatzungsmacht mit Polizeibefugnis sofort Ermittlungen ein, stocherten aber nur im Nebel. Niemand konnte exakt sagen, woher der giftige Fusel stammte. Der Bräutigam und seine männlichen Gäste waren alle tot, und die Frauen wussten von nichts. Sogar das deutsche Blumenmädchen wurde von den britischen Militärpolizisten gefragt, ob ihm etwas Verdächtiges aufgefallen war. Aber das Kind schüttelte nur verstört den Kopf. Die Bilder dieser Hochzeit, die sich in ein massenhaftes Sterben verwandelt hatte, setzten sich fest im Kopf des Mädchens und sollten es nie mehr loslassen. Mindestens ebenso tief dürften sich die grausigen Szenen dieser Hochzeit in den Erinnerungen der Braut festgekrallt haben, die am Tag ihrer Eheschließung zur Witwe wurde. Doch die Frau war bald spurlos verschwunden.

Unter den Deutschen in den umliegenden Dörfern überwog die Meinung, dass die Polen die Tragödie selbst verschuldet hatten, und in das Mitleid mit den so grauenhaft gestorbenen Hochzeitsgästen mischte sich bei manchen so etwas wie Schadenfreude. Nicht wenige sprachen an den Stammtischen oder hinter vorgehaltener Hand davon, dass das Unglück vielleicht die Strafe dafür sei, dass die Polen sich in ihrem Triumphgefühl so übermütig und erbarmungslos über die besiegten Deutschen erhoben hätten. Auch in Hademstorf dachten nicht wenige so.

Aber schon bald geriet auch dieses Drama hier wieder in Vergessenheit. Denn die schnell wechselnden Ereignisse der Nachkriegszeit fegten wie ein Sturm über die norddeutsche Tiefebene.

4. Kapitel

Als auch die letzten Toten begraben waren und die überlebenden Wehrmachtssoldaten in die Gefangenenlager der Alliierten getrieben wurden, spielten die Kinder den Krieg nach. Vor allem für die Jungen wurde es zu einem großen Abenteuer, die verlassenen Geschützstellungen einzunehmen oder in den Erdlöchern Stellung zu beziehen, um nachzuspielen, was das Dorf einige Wochen zuvor noch in Angst und Schrecken versetzt hatte. Sie eroberten wechselseitig ihre selbstgebauten Buden und krochen in ausgebrannte Wehrmachtsautos, die noch im Dorf herzumstanden. Sie verwandelten sich in Panzergrenadiere, Funker, Scharfschützen. Die nötige Munition lag ja überall herum. Man musste die Patronen und Granaten nur aufsammeln. In der Schule und den Elternhäusern wurde eindringlich vor den Gefahren explodierender Munition gewarnt. Aber das erhöhte den Kitzel zusätzlich. Endlich konnte man auch als Zwölfjähriger beweisen, dass man schon ein ganzer Kerl war! Für die größeren Jungen war es eine Art Mutprobe, aus den Patronen die Spitzen herauszuschlagen und das Pulver, das dabei herauskam, anzuzünden. Es brannte herrlich. Die Spitzen der Patronen eigneten sich auch hervorragend als Geschosse für Zwillen.

Die Warnungen waren nicht aus der Luft gegriffen. Zwei Jungen aus einem Nachbardorf wurden schwer verletzt, als sie in der Diele eines Bauernhauses mit Hämmern auf Patronenköpfe einschlugen und damit eine Explosion auslösten.

Die abschreckende Wirkung des Unfalls verpuffte wie die Rauchwolke, die dabei frei wurde, und die heimlichen Kriegsspiele gingen weiter.

Für die Erwachsenen waren die Wochen und Monate nach dem Einzug der Briten natürlich alles andere als ein Spiel. Die Folgen des Krieges erschütterten das Dorf in seinen Grundfesten. Wer bisher den Ton angegeben hatte, wurde plötzlich kleinlaut und musste sich kritische Fragen gefallen lassen. Wer führende Posten in der NSDAP bekleidet hatte, wurde von der britischen Militärregierung interniert, angeklagt und einem Entnazifizierungsprogramm unterzogen. In Hademstorf betraf es den Bürgermeister, der überzeugter Nationalsozialist gewesen war, und den Schneidermeister, Schriftführer der NSDAP-Ortsgruppe. Beide wurden im Juni 1945 in ein Entnazifizierungslager in Westertimke im Kreis Rotenburg gesteckt, nach ihrer Rolle im Dritten Reich befragt und mit den Verbrechen des Nazi-Regimes konfrontiert. Dazu wurde ihnen auch ein Film über die Befreiung des Konzentrationslagers in Bergen-Belsen mit all den Toten und Sterbenden vorgeführt, worauf sie sich erschüttert zeigten und beteuerten, von all dem nichts gewusst zu haben.

Die Briten glaubten ihnen nicht. Sie sperrten sie bei Wasser und Brot ein, gaben ihnen eine vage Ahnung davon, was es bedeutet hatte, schlimmer als Vieh behandelt zu werden. Auch sonst fassten die Besatzer aus dem Vereinigten Königreich sie nicht mit Samthandschuhen an, vor allem wenn es darum ging, ihnen ihre braune Gesinnung auszutreiben. Aber die beiden Hademstorfer wussten, dass ihr Martyrium begrenzt war, sie wurden nach Zeven verlegt und nach drei Monaten konnten sie in ihr Dorf zurück – zumindest äußerlich geläutert.

Der frühere SS-Mann Helmut Melder dagegen hatte allen Grund, sich einige Monate zu verstecken. Es gab etliche Kriegsgefangene, die von brutalen Misshandlungen des einstigen Aufsehers zu berichten wussten; sogar von sadistischen Exzessen war die Rede. Einen Polen zum Beispiel sollte er derart geschlagen und getreten haben, dass der Kriegsgefangene an den Folgen verstorben war.

Melder wurde daher von der Militärpolizei gesucht. Doch niemand konnte sagen, wo er steckte. Auch seine Frau und seine drei Kinder, die weiter in Hademstorf lebten, wussten angeblich nicht, wo sich der einst so gefürchtete Aufseher verborgen hielt. Schließlich aber wurde er doch erwischt, angeklagt und zu einer zweijährigen Gefängnisstrafe verurteilt.

Damit hatte er es noch vergleichsweise gut getroffen. Denn die befreiten Polen und Russen machten auch auf eigene Faust Jagd auf ihre Peiniger, und sie fackelten nicht lange, übten Lynchjustiz. Einen Landwirt aus dem kleinen Dorf Stillenhöfen, der jetzt mit seinem Pferdefuhrwerk für Fahrdienste zum aufgelösten Gefangenenlager in Fallingbostel eingesetzt war, holten sie eines Abends vom Kutschbock und schlugen ihn tot. Zwei Bauern in Hademstorf mussten ebenfalls fürchten, dass sie auf den »Todeslisten« standen – unter anderem Bauer Graumann, der seine Russen und Polen, wie das ganze Dorf wusste, grausam geschlagen hatte. Graumann verkroch sich einige Wochen lang in einer Erdhöhle im Hademstorfer Wald. Seine Familie versorgte ihn mit Lebensmitteln. Fast alle im Dorf wussten, dass er sich in dem Waldgebiet versteckte, hielten aber natürlich dicht. Auch Alma verriet den Nachbarn nicht, der einst selbst so wenig Erbarmen gezeigt hatte.

Es kamen immer Menschen ins Dorf, die von anderen Gräueltaten erzählten – Flüchtlinge, die Hals über Kopf ihre Heimat verlassen mussten und nicht wussten, wie und wo ihr Leben weitergehen sollte. Eine Flüchtlingsfrau schrieb in einem Brief an den Oberpräsidenten der Provinz Hannover:

Sehr geehrter Herr Oberpräsident!
In der Zeit meiner größten Not, mutlos und ratlos, bin ich zu dem Entschluss gekommen, mich an Sie zu wenden.
Am 13. Februar, als wir schon durch den russischen Vormarsch von jeder Zugverbindung abgeschnitten waren, wurde ich mit meinem Kind aus meiner Heimat, Ostpreußen, aufgefordert, sie zu verlassen. Übers Haff gewiesen, hatte ich die Möglichkeit nur das mitzunehmen, was man tragen konnte, und das war ja mein Kind und was dazu gehörte. Auf der Flucht ist mein Kind elend umgekommen; habe es hierher tot mitgebracht.
Beim Bauern untergebracht, arbeite ich nun den ganzen Tag ohne Vergütung. Ich kann von diesen Menschen auch nichts verlangen, da ich ihnen aufgezwungen bin.
Die größte Sorge ist nun, wenn mein Mann wiederkommt. Wir haben keine Unterkunft, nichts anzuziehen, kein Geld usw. Hier habe ich kein Zimmer für mich allein. Als einzelne Person, da Menschen genug im Hause sind, wohne ich nur so nebenbei. So manch ein Mensch, auch frühere Parteigenossen, hat noch seine große Wohnung, sein Land, sein Sparguthaben, das er sich zu jeder Zeit abheben kann, behalten. Ich bin keine Parteigenossin gewesen, habe keine Hitlerbilder von den Wänden abreißen brauchen oder derlei Bücher verbrannt, wie ich es bei so vielen gesehen habe. Im Jahre 1942 wurde mein Bruder in ein Konzentrationslager nach Schlesien gebracht und ist dort wohl später umgebracht worden, denn nach einer Zeit durften wir seine Asche beerdigen.
Ich bitte Sie nun, sehr geehrter Herr Oberpräsident, um Ihren Rat und Ihre Hilfe. Da Sie ebenfalls Flüchtling sind, werden Sie wohl auch für meinen Fall Verständnis haben.

Die Frau aus Schlesien stand mit ihren Sorgen nicht allein. Die Einheimischen empfingen die Flüchtlinge nicht eben mit offenen Armen. Wenn sie den ganzen Tag über beim Kartoffelhacken oder bei der Heuernte halfen, konnten sie froh sein, mit einem Eimer angefaulter Kartoffeln oder ranzigen Speck vom vergangenen Jahr entlohnt zu werden. Um den Hunger ihrer Kinder zu stillen, suchten sie nach der Kartoffelernte die Felder ab oder sammelten Pilze und Beeren. Sie durchstreiften die Wälder, um etwas Brennholz zu sammeln, und mussten sich den Vorwurf gefallen lassen, dass sie stahlen, Strauchdiebe aus Hinterpommern waren.

Alma erlebte mit, wie eine aus Pommern stammende Frau im Dorfladen einfach nicht bedient wurde. »Watt wutt du hier?«, wurde sie gefragt. »Watt stahs du hier rum? Du gehörst hier nicht her!« Dabei hatte die Frau sogar Geld dabei. Da die Lebensmittel aber knapp waren, wurden zuerst die Einheimischen bedient.

Bei weitem nicht jeder hatte auch Verständnis dafür, zwangsweise neue Hausbewohner zugewiesen zu bekommen und selbst mit seiner Familie auf engem Raum leben zu müssen. Das Zusammenleben unter einem Dach schürte den Ärger zusätzlich. Manche Hademstorfer machten sich gar nicht erst die Mühe, mit »den Polacken« ins Gespräch zu kommen und sprachen untereinander weiter im verschwörerischen Ton ihr Heideplatt.

Hinzu kam die Aussicht, dass die Flüchtlinge nicht mehr in ihre alten Landstriche zurückkehren konnten, also im Dorf bleiben würden. Dass sie sich festsetzten. »Das ist wie mit den Kartoffelkäfern«, unkten die Heidjer. »Die werden wir nicht mehr los.«

Dabei sehnten sich fast alle Flüchtlinge zurück nach ihrer Heimat und litten unter dem Verlust und den Erinnerungen an ihre Flucht. Jeder konnte eine andere Geschichte erzählen, wenn jemand die Geduld zum Zuhören aufbrachte. Besonders berührend war für Alma, was ihr ein Mann erzählte, der

König hieß, aber ganz anders aussah als ein König, als er zu ihr auf den Hof kam und sich als Erntehelfer anbot: abgemagert, ausgezehrt, zerlumpt und humpelnd, aber fest entschlossen, sich nützlich zu machen. Zum Beweis mistete er gleich fünf Schweineställe aus. Als sie ihm dann am Abend zur Belohnung Bratkartoffeln mit Spiegeleiern und Speck vorsetzte, wurde er allmählich gesprächig und erzählte ihr, was er erlebt hatte. Zehn Jahre war er erst alt gewesen, als der Krieg ausgebrochen war. In seinem Heimatdorf im Warthegau hatten einst vier Volksgruppen einträchtig miteinander gelebt:

Polen, Deutsche, Russen und Juden. »Alle hatten eigene Schulen und haben Handel untereinander getrieben«, erzählte Johann König. »Wir sind gut miteinander ausgekommen. Die deutschen Kinder haben Polnisch gelernt und sind zweisprachig aufgewachsen. Ja, wir haben wirklich in Eintracht miteinander gelebt. Bis 1939. Bis Hitler kam.«

Danach seien die Deutschen über andere Volksgruppen gestellt, die Polen, Juden und Russen unterdrückt und drangsaliert worden. Aber das habe sich dann ja schon bald gerächt. Zuerst war sein Vater im Krieg gefallen, dann war er selbst während der großen Flüchtlingswelle von seiner Mutter und seinen Geschwistern getrennt, interniert und von einem Arbeitslager in ein anderes gesperrt worden – von Russen, Polen und schließlich den Deutschen in der Sowjetischen Besatzungszone. Zur Arbeit getrieben, geschlagen, eingekerkert und wieder geschlagen. Dabei war er fast noch ein Kind gewesen. Schließlich war ihm die Flucht in die Westzone gelungen, und nach einer weiteren Odyssee war er schließlich wieder mit seiner Mutter zusammengekommen. Doch von den Schlägen sollte er sich nie erholen.

Fast mehr noch als die Schilderung der grausamen Misshandlungen berührte Alma, dass dieser gedemütigte König ganz ohne Hass geblieben war und mit Wärme und Dankbarkeit von den Polen und Russen erzählte, die ihm während seiner Leidenszeit Gutes getan hatten.

5. Kapitel

Das Korn stand schlecht im Sommer 1945. Bei dem ständigen Fliegeralarm hatte sich an vielen Frühlingstagen keiner aufs Feld gewagt. So war nur die Hälfte des üblichen Sommergetreides gedrillt worden, und das Wintergetreide kümmerte vor sich hin, weil es am notwendigen Kunstdünger und Mist fehlte. Ohne Dünger war ja auf dem sandigen Heideboden kaum etwas zu ernten. Die Kartoffeln, die erst nach dem Ende des Krieges im Mai eingesetzt wurden, waren da genügsamer und gediehen gut. Schließlich herrschte auf dem Wiese-Hof auch kein Mangel an Arbeitskräften, die das Unkraut weghackten, den Kartoffelstauden den Boden bereiteten, Mist streuten. Noch besser als die Kartoffeln machten sich die Steckrüben. Eine längere Regenperiode Anfang Juni ließ die Pflanzen sprießen.

Alma hatte allen Grund, Mut für die Zukunft zu schöpfen. Denn Kartoffeln und Rüben waren in diesen Nachkriegsmonaten wertvoller als Goldbarren. Da sich die Regale in den Geschäften geleert hatten und wie im Krieg wieder Bezugsscheine ausgegeben wurden, war das Geld so gut wie wertlos geworden. Vor allem die vielen Flüchtlinge und ausgebombten Städter zeigten sich dankbar für ein paar Pellkartoffeln oder einen Teller Steckrübensuppe. Damen aus der Stadt gaben ihre beste Perlenkette für einen Sack Kartoffeln.

Auf dem Bauernhof musste von den Feldfrüchten auch das Vieh satt werden, dessen Milch und Fleisch ebenfalls zum begehrten Gut wurde.

Mit den Steckrüben erschloss sich Alma noch eine weitere Einnahmequelle: Sie brannte in der Schweineküche Rübenschnaps – natürlich heimlich. Denn Schnapsbrennen war wie vieles andere streng verboten. Und es war gar nicht leicht, die groben Zuckerrüben, die noch vom Vorjahr in Mieten unter den Eichen lagerten, in trinkbaren Schnaps zu verwandeln. Zuerst mal mussten die sorgsam gewaschenen Rüben gehäckselt werden. Das war noch ziemlich einfach, weil sie dafür den Häcksler benutzen konnte, mit dem sie die Rüben auch für das Vieh schredderte. Aber dann mussten die Rübenschnitzel mit Wasser aufgekocht und mit Hefe und Zucker zur Gärung angesetzt werden, was viel Zeit und Fingerspitzengefühl erforderte. Am Ende ging es darum, durch das mühsame Kondensieren mit Hilfe einer Kühlschlange aus dem vergorenen Rübenbrei hochprozentigen Schnaps zu destillieren.

Alma hatte sich die nötigen Gerätschaften schon im Krieg zugelegt und mit Alexeis Hilfe wertvolle Erfahrungen gesammelt. All dies kam ihr jetzt zugute. Ihr Rübenschnaps war somit trotz seines leicht erdigen Geschmacks von guter Qualität und bald äußerst begehrt – als flüssiger Lohn für Handwerker, als Tauschobjekt für Kleider und Schuhe.

Auch Siegfried und Otto, die einstigen Wehrmachtssoldaten, die mit auf dem Hof lebten, wussten den Schnaps zu schätzen. Sie taten alles für ein Glas, das einen so schnell und schön benebelte – besonders der lange Otto.

Im Herbst kam noch ein weiterer Trinkkumpan auf den Hof, den der Rübenschnaps in gehobene Stimmung versetzte: Alfons, Almas Schwager kehrte aus der englischen Kriegsgefangenschaft zurück. Obwohl es im Backhaus eng war, freuten sich alle, dass er den Krieg heil überstanden hatte und Idas Töchter wieder einen Vater hatten. Eine weitere Arbeitskraft auf dem Hof war ebenfalls nicht zu verachten, denn ewig würden Siegfried und Otto sicher nicht bleiben. Aber die Erwartungen sollten bald enttäuscht werden. Denn der gebürtige Rheinländer, der vor dem Krieg durch den Reichsarbeitsdienst aus der Eifel in die Heide übergesiedelt war und sich hier bald mit der Bauerntochter Ida verheiratet hatte, entfloh der Enge des winzigen Wohnhauses immer häufiger, indem er sich mit anderen Männern zu Trinkgelagen verabredete und nicht selten erst am frühen Morgen heimkehrte – oft sturzbetrunken. Dann kam es vor, dass er seine Sauflieder sang, krakeelte und alle aus dem Schlaf riss. Schelte, Schimpfen oder Versuche, ihn zur Vernunft zu bringen, reizten ihn noch mehr und führten oft dazu, dass er vollends ausrastete und nicht nur rumschrie, sondern auch Geschirr zerdepperte oder seiner Frau und den Kindern ins Gesicht schlug. »Verdammtes, blödes Bauernpack«, pflegte er dann in seinem rheinischen Singsang zu brüllen. »Kein bisschen Spaß darf man bei euch haben. Nicht mal mit seinen Freunden kann man sich treffen. Wo bin ich hier bloß hingeraten, Menschenskind!«

Am nächsten Tag schlief er dann bis mittags, und wenn er sich endlich aufgerappelt hatte, klagte er über Kopfschmerzen und sah sich nicht in der Lage, eine Forke zu halten. Aber er konnte auch charmant sein, hatte durchaus seine liebenswürdigen Seiten. Da er ein großartiger Geschichtenerzähler war, ein Sabbelbüdel, wie es auf Platt heißt, kam er vor allem bei den Kindern gut an. Sie glaubten, was er ihnen erzählte – sahen im Nebel geheimnisvolle Nixen und Elfen und hörten ihm wie gebannt zu, wenn er ihnen verriet, dass die schwarze Hauskatze in Wirklichkeit eine verzauberte Frau aus dem Dorf war, die auch immer so herumgeschlichen sei. Knorrige Hofeichen wurden in seinen Geschichten zu verzauberten alten Bauern, und etliche böse Kinder hatte der allgegenwärtige Magier seinen Worten zufolge in junge Birken verwandelt, die sich bei jedem Wind ihre Geheimnisse zuflüsterten. Wenn man seine Ohren spitzte und ganz, ganz leise war, konnte man angeblich in lauen Sommernächten hören, was sie sich zuraunten. Da gewann auch das Märchen vom Froschkönig, der auf den Kuss der Prinzessin wartet, eine bezwingende Überzeugungskraft.

Obwohl er nie Geld hatte, schaffte es Alfons immer wieder, seine Töchter und Marie mit Schokolade oder anderen Süßigkeiten zu überraschen. Alma wunderte sich, wie er an die Schätze kam.

Aber sie hatte genug eigene Sorgen, als sich allzu viele Gedanken über ihren haltlosen Schwager zu machen. Ihre Schwangerschaft war schon seit vielen Wochen nicht mehr zu übersehen, und Anfang November war mit der Niederkunft zu rechnen. Dass sie ein Kind von einem früheren französischen Kriegsgefangenen erwartete, hatte sich längst herumgesprochen. Nicht wenige empörten sich über ihre angebliche Lasterhaftigkeit. »Hat die denn schon vergessen, dass die Franzosen zwei von ihren Brüdern auf dem Gewissen haben?«, fragte man sich anklagend. »Dass die sich nicht schämt!«

Ihre Schwester Ida hatte ihr erzählt, dass die Leute auch fragten, was denn nun werden sollte. Ob der Franzose zurückkam und sie heiratete. Ob der Kerl zumindest für das Kind aufkam. Es kursierte schon das Gerücht, dass Alma vorhabe, nach Frankreich zu ziehen. Andere wollten gehört haben, dass der Franzose noch eine andere im Dorf geschwängert hatte und bald den Wiese-Hof übernehmen würde.

Alma konnte nur den Kopf schütteln, wenn sie von dem Gerede hörte. Niemand sprach sie direkt darauf an, alle tuschelten nur hinter ihrem Rücken. Das war in Hademstorf üblich. Aber schon die Blicke verrieten ihr, was die Leute dachten. Sogar Verwandte wurden plötzlich einsilbig und drucksten herum. Eine der wenigen, die ihr früh die Meinung gesagt hatten, war ihre Schwester Dora gewesen. »Dass du dich nicht schämst«, hatte sie ihr selbstgerecht vorgehalten. »Hast nun schon 'n Kind und keinen Kerl! Und dann auch noch von 'nem Franzosen! Ich hab dich gewarnt, aber du wolltest ja nicht hören.«

»Ach, hör bloß auf. Wenn es nach dir gegangen wäre, hätten sie mich schon ins Gefängnis gesteckt. Aber die Zeiten haben sich geändert. Jetzt müsst ihr aufpassen, dass sie euch nicht rankriegen.«

»Was soll denn das heißen? Ich hab ja wohl nichts Unrechtes getan.«

»Das sagen jetzt alle.«

Dora hatte darauf nur wütend geschnaubt und war kopfschüttelnd abgezogen. Danach war das Thema nicht mehr angesprochen worden. Für Alma war auf jeden Fall klar, dass die Schwangerschaft sie noch mehr als schon zuvor zur Außenseiterin machte. Sie bettelte aber nicht um Vergebung, sondern zog sich selbstbewusst auf ihren Hof zurück und ging ihrer Arbeit nach – soweit der dicker werdende Bauch das zuließ. Ja, manchmal wurden ihr die Beine schwer, rote Funken tanzten vor ihren Augen oder aufsteigende Übelkeit drehte ihr den Magen um, aber tapfer kämpfte sie gegen all dieses immer wieder aufwallende Unwohlsein an und scherte sich nicht groß darum.

Gleichzeitig klammerte sie sich weiter an die Hoffnung, dass Robert zu ihr zurückkam. Sie vermisste den Franzosen, der einen Hauch von Eleganz und Weltoffenheit in ihr festgefügtes bäuerliches Leben getragen hatte, memorierte manchmal die schönen Wörter, die sie von ihm gelernt hatte: Merci, Madame, Bonjour, au revoir, je t'aime. Schon diese guten Manieren! Der hatte nie vergessen, danke oder bitte zu sagen, sich bei jedem Gruß verbeugt und das Essen nicht einfach in sich reingeschaufelt, sondern mit Andacht auch die einfachste Kartoffelsuppe verspeist und dazu ein Glas Wasser getrunken, als wäre es der edelste Wein der Welt.

Aber wie stand er heute zu ihr? Seine Briefe – oft musste sie lange darauf warten – waren zwar höflich, aber ziemlich inhaltsleer. In seinem letzten hatte er ihr geschrieben:

Meine liebe Alma,
ich hoffe es geht gut und bald noch besser, mon bijou. Du hast sicher viel Arbeit auf dem Hof. Schön, dass ihr so viele Kartoffeln geerntet habt. Da müsst ihr doch wenigstens nicht hungern. Hier geht das Leben allmählich wieder seinen normalen Gang. Ich arbeite in der Schule und lebe im Haus mit meinen Eltern und Geschwistern. Die Lebensmittel sind noch knapp, aber das wird sicher bald besser. Alle sind sehr zuversichtlich.

Ich vermisse Dich und denke an Dich. Hoffentlich sehen wir uns bald wieder. Ich denke auch an unser Kind, das Du in Dir trägst. Schade, dass ich nicht bei Dir sein kann. Aber Du hast ja schon gezeigt, dass Du eine gute Mutter bist. Schön, dass Du Dich um das Gerede im Dorf gar nicht kümmerst. Das wird sich schon legen. Bestimmt wird alles gut. Gib bitte auch der kleinen Marie einen Kuss von mir. Ich habe sie immer sehr gern gehabt.

Es grüßt Dich in Liebe,
Dein Robert

Sie hatte sich im ersten Moment über den Brief gefreut, war aber nach längerem Nachdenken doch etwas enttäuscht, dass Robert immer noch nicht genauer schrieb, wie er sich die Zukunft dachte. Darum schrieb sie am gleichen Abend noch einen Antwortbrief. Lange grübelte sie, um die richtigen Worte zu finden, brach ab, zerriss, was sie geschrieben hatte, und unternahm einige Tage später einen neuen Versuch. Doch wieder war sie unsicher, ob sie den passenden Ton gefunden hatte und legte den Füllfederhalter zur Seite. Schließlich, anderthalb Wochen waren inzwischen vergangen, faltete sie den Brief zusammen und steckte ihn ins Kuvert mit der französischen Adresse. Viele Male hatte sie den Inhalt überflogen und oft mit dem Gedanken gespielt, das Blatt zusammenzuknüllen und in den Ofen zu schmeißen. Aber was dann? Sie hatte ja schon alles versucht, etwas Besseres fiel ihr einfach nicht ein. Am Ende konnte sie ihre Worte fast auswendig.

Lieber Robert,
danke für Deinen Brief. Ich habe mich sehr darüber gefreut. Ich habe Marie Deine Grüße ausgerichtet und soll Dich zurückgrüßen.
Hoffentlich geht es Dir gut in Deiner Heimat bei Deinen Lieben. Ich kann mir immer noch nicht vorstellen, dass Du jetzt

Lehrer bist und Kinder in der Schule unterrichtest. Ich sehe Dich noch beim Ausmisten oder bei der Heuernte.
Ich denke viel an Dich. Dabei hilft mir auch das kleine Wesen in meinem Bauch, das nun schon kräftig strampelt und bestimmt bald raus will. Ich wäre sehr glücklich, wenn Du das kleine Ding irgendwann mal in Deinen Armen halten würdest. Du bist bestimmt ein guter Papa.
Ich würde Dich auch gern irgendwann wieder in meinen Armen halten. Aber ich verstehe, dass Du jetzt erst einmal wieder Boden unter die Füße bekommen musst.
Hier in Hademstorf ist immer noch viel Durcheinander. Das Dorf ist voll von Flüchtlingen, und es kommen immer noch mehr. Auch mein Schwager Alfons ist vor einiger Zeit aus der Gefangenschaft zurückgekehrt. Franz ist noch in französischer Gefangenschaft. Wie Du weißt, ist er irgendwo am Mittelmeer. Schon komisch, sich vorzustellen, dass er im selben Land ist wie Du. Aber ich glaube, er hat da nichts auszustehen, und ich hoffe, dass er bald zurückkommt. Dass unser Haus abgebrannt ist, war natürlich furchtbar für ihn. Aber vielleicht schaffen wir es bald, ein neues zu bauen. Da wäre dann auch bestimmt Platz für Dich.
Erst einmal müssen wir sehen, dass wir hier mit dem ganzen Alltagskram weiter über die Runden kommen. Die Arbeit wird ja nicht weniger.
Aber das weißt Du ja, und Du hast schließlich auch Deine Arbeit in der Schule. Ich kann mir manchmal gar nicht vorstellen, dass Du jetzt bloß noch Französisch sprichst und gar nicht mehr Plattdeutsch.
Ich bin Dir auf jeden Fall dankbar, dass Du mir das eine oder andere Wort Französisch beigebracht hast. Leider kann ich es nicht schreiben. Sonst würde das Folgende in Deiner Muttersprache zu lesen sein.

Ich liebe Dich und schließe Dich
in Gedanken in meine Arme,
Deine Alma

6. Kapitel

Jetzt musste es schnell gehen. Schon in der Nacht war sie von dem heftigen Ziehen in ihrer Gebärmutter aufgewacht. Der ganze Bauch schien sich zu verkrampfen; die Schmerzen krochen den Rücken hoch, schossen wie Stromstöße in den Nacken, ließen sie laut aufschreien. Trotzdem hatte sie sich noch unter ihre Kühe gesetzt und gemolken.

Doch dann war keine Zeit mehr zu verlieren. Gleich nach dem Aufstehen an diesem 15. November 1945 hatte sie ihren Knecht Siegfried geweckt und aufgefordert, die Kutsche zu putzen und startklar zu machen. Die schwarzlackierte Kutsche, mit der schon so mancher Sarg zum Friedhof gebracht worden war, sollte also jetzt einem Neugeborenen den Weg ins Erdenleben bereiten. Ein komischer Gedanke, aber auf jeden Fall machte die Leichenkutsche etwas her, eine Staatskarosse für Bauern.

Am liebsten hätte sie ihr Kind zu Hause geboren, aber es gab gerade keine Hebamme in der Kirchengemeinde, und eine Entbindung ohne fachkundige Begleitung war ihr zu riskant. Schon Marie hatte sie sieben Jahre zuvor im Krankenhaus zur Welt gebracht, damals noch in Celle. Eine Weltreise war das gewesen.

Jetzt hatte sie es nicht so weit.

Am Rande von Schwarmstedt, auf der anderen Seite der Aller, war im letzten Kriegsjahr ein Behelfskrankenhaus eingerichtet worden, mit Ärzten, Schwestern und Pflegern aus einem großen Krankenhaus in Hannover, das zerbombt und ausquartiert worden war. Provisorisch, aber doch professionell. Für Alma ein Glück. Denn die Entbindungsstation war auf diese Weise nur fünf Kilometer entfernt.

Doch der Weg war hürdenreich. Gleich zweimal musste sie die Aller überqueren; zuerst einen Nebenarm mit einer provisorischen Holzbrücke, die aus den Resten der abgebrannten Brücke zusammengezimmert worden war, dann musste sie mit der Fähre übersetzen. Während sie in der Kutsche von immer neuen Wehen gemartert wurde und sich vor Schmerzen krümmte, rief Siegfried nach dem Fährmann. Es dauerte eine Ewigkeit, bis der endlich kam. Zwischendurch begann es zu regnen, Wind kam auf, so dass die Wellen aufspritzten und das Pferd zuerst scheute und sich hartnäckig weigerte, die schwankende Fähre zu betreten. Als Siegfried schrie und die Peitsche schwang, wurde es noch störrischer. Alma bemerkte die vergeblichen Versuche und forderte Siegfried trotz ihrer Schmerzen auf, Ruhe zu bewahren. »Mit deinem Geschrei machst du alles bloß noch schlimmer.«

Daraufhin klopfte Siegfried der Stute besänftigend auf den Hals, und wie durch ein Wunder trottete sie auf die Fähre. Endlich konnte es weitergehen. Der Seilzug spannte sich, der Fährmann brachte das flache Holzgefährt mit kräftigen Zügen zum Gleiten. Hau ruck, hau ruck – dieses Ringen mit dem Fluss war wie die Begleitmusik zu den Turbulenzen, die sich in Almas Bauch abspielten. Die Schmerzen drohten sie zu zerreißen. Hoffentlich, dachte sie, würde sich der kleine Kobold noch ein bisschen gedulden. Sie spürte, dass es feucht zwischen ihren Schenkeln wurde. Nein, lange konnte es nicht mehr dauern. Jeden Moment … Unsinn, warum sollte sie sich selbst Angst machen.

Aber jetzt forderte sie Siegfried auf, Wilma mehr anzutreiben. Es musste schneller gehen, viel schneller. Das ließ sich der Knecht nicht zweimal sagen. Er knallte mit der Peitsche, feuerte die Norwegerstute an. »Hü, hott, vorwärts Wilma.«

Aber nach dem Überqueren der Aller lag noch ein holpriger Waldweg vor ihnen. Die Kutschte schaukelte und knarrte jetzt so bedrohlich, dass Siegfried die Zügel wieder straffer ziehen musste. Keinesfalls konnte man einen Achsenbruch riskieren. Es war nicht mehr zum Aushalten. Alma litt Höllenqualen.

Doch dann war es geschafft. Siegfried band das Pferd im

Krankenhausgarten an einen Baum und half ihr beim Aussteigen. Sie konnte kaum mehr stehen, so weich waren ihr die Knie geworden. Glücklicherweise kam gerade ein Sanitäter vorbei, der sie stützte und nach einer Trage rief.

Kaum hatte sie den Kreißsaal erreicht, schob sich auch schon ein schleimiges Köpfchen aus dem Muttermund. Jetzt musste sie sich endlich keinen Zwang mehr antun, jetzt konnte sie mit aller Kraft pressen, um ihrem Kind beim Endspurt ins Leben zu helfen. Als sie es schließlich weinen hörte, atmete sie erleichtert auf – erschöpft, aber glücklich. Es war ein Mädchen.

7. Kapitel

Viel Zeit fürs Wochenbett gönnte sie sich nicht. Schon eine Woche nach der Entbindung saß sie wieder auf ihrem Melkschemel. Sie konnte einfach nicht länger mit ansehen, wie die Männer auf dem Hof an den Zitzen ihrer Kühe herumrissen und dabei immer weniger Milch herauskriegten. Ihre Schwester Ida übernahm immerhin den kompletten Haushalt. Auch Marie ging ihr zur Hand. Das Mädchen, das nach den Sommerferien eingeschult worden war und jetzt in der Dorfschule Rechnen und das ABC lernte, schaukelte die kleine Schwester in der Wiege in den Schlaf, summte ihr etwas vor, nahm sie auf den Arm, wenn sie allzu laut schrie, und gab ihr auch schon mal die Flasche. Alma schaffte es einfach nicht, ihr Neugeborenes bei all der Arbeit auf dem Hof zu stillen. Trotzdem genoss sie die Momente mit ihrer Tochter. Wenn sich das kleine, federleichte Wesen an sie schmiegte, an seiner Flasche nuckelte und zufrieden in ihrem Arm einschlief, wurde ihr warm ums Herz. Selbst das Wickeln erfüllte sie mit Mutterstolz, und sie freute sich, dass auch Marie in die kleine Schwester vernarrt war.

Sie gab dem Mädchen den Namen Sophie. Aus den zurückliegenden Gesprächen mit Robert wusste sie, dass es diesen Namen auch in Frankreich gab, und sie wollte dem französischen Vater keine Steine in den Weg legen, sondern alles tun, um ihm den Weg zu seiner Tochter zu ebnen. Darum hatte sie ihm schon wenige Tage nach der Entbindung geschrieben und wartete jetzt gespannt auf die Antwort.

Im Dorf war die Reaktion auf die Geburt verhalten. Kaum jemand besuchte sie, um ihr zu gratulieren oder das Baby zu bestaunen. Als eine Nachbarin eine gebrauchte Strampelhose und ein schon etwas ausgeblichenes rosa Kleidchen vorbeibrachte, blickte sie in die Wiege und murmelte: »Schöne Deern, ganz anners as Marie.« Beim Weggehen fragte sie scheinbar beiläufig, ob sich der Vater schon gemeldet habe. Als Alma nur den Kopf schüttelte, huschte die Nachbarin schweigend aus dem Haus. Man sah ihrem verkniffenen Gesicht an, wie es in ihr arbeitete. Die Missbilligung war überdeutlich.

Auch im Verwandtenkreis fehlte es nicht an kritischen Blicken und mehr oder weniger offenen Vorhaltungen. Dora, die nach dem Krieg wieder auf sie zugegangen war, ließ es an spitzen Bemerkungen nicht fehlen. Sie schenkte der Schwester zwar ein Pfund Bohnenkaffee, gratulierte überschwänglich zu dem »schönen Kind« und nahm die kleine Sophie mit ihrem steifen Lächeln auf den Arm, konnte es sich aber nicht verkneifen, Alma von dem Dorftratsch zu erzählen, der sich um den französischen Vater rankte. Dass der Casanova in Frankreich wahrscheinlich schon etliche Gören in die Welt gesetzt habe und gar nicht daran dachte, sich um sein Kind in Deutschland zu kümmern, war noch das Harmloseste. Immer wieder wurde an Almas Brüder erinnert, die von den Franzosen ermordet worden seien, und manche brachten auch ihren Bruder Franz ins Spiel, der bekanntlich nach wie vor in französischer Kriegsgefangenschaft schmorte und es angeblich nicht so gut hatte wie seinerzeit Robert in Hademstorf.

»Lass dir darum man keine grauen Haare wachsen«, tröstete Dora sie, die wegen ihres Schwarzhandels selbst ins Gerede gekommen war und sich jetzt überraschenderweise auf ihre Seite stellte. »Irgendwas finden die Leute immer. Manche können gar nicht anders, als sich das Maul zerreißen.«

Aber Alma spürte, dass ihre Schwester es auch ein bisschen genoss, ihr das Geschwätz trotzdem so brühwarm und in allen delikaten Einzelheiten zu servieren.

So hinterließ Doras Besuch zwiespältige Gefühle in ihr, und die boshaften Blicke und Seitenhiebe ließen ihren Ärger über die selbstgerechten Hademstorfer stets aufs Neue aufflammen. Besonders Leute, die es gerade erst geschafft hatten, sich von ihren Schandtaten in der Nazizeit reinzuwaschen, entrüsteten sich über ihre Liebschaft mit dem Franzosen. »Dass die sich nicht schämt, Franzosenblut in ihre Bauernfamilie zu pumpen«, wetterte zum Beispiel Bauer Graumann, der sich mit den englischen Besatzern überraschend schnell arrangiert hatte. Alma trafen die Vorhaltungen anfangs hart, bald aber gelang es ihr, damit zu leben, indem sie das Gerede so gut es eben ging verdrängte. Fest stand für sie, dass sie die kleine Sophie unter diesen Umständen erst einmal nicht taufen lassen wollte. Denn selbstverständlich würden dadurch wieder die hämischen Fragen laut werden, wer denn der Papa sei. Und der Eintrag »Vater unbekannt« im Kirchenbuch kam natürlich einer offiziell besiegelten Schande gleich. Vielleicht kehrte Robert doch noch zurück und bekannte sich zu seinen Vaterpflichten. Da musste sie sich einfach in Geduld üben.

Sie tauchte wie gewohnt ab in den Kreis ihrer Familie auf dem Hof, stürzte sich in die Arbeit. Weihnachten rückte näher, und die Produktion von Rübenschnaps lief wieder. Ärgerlicherweise zweigte sich Alfons einen nicht unbeträchtlichen Teil für seinen persönlichen Schnapskonsum ab. Immer öfter veranstaltete er auch ausufernde Gelage mit seinen Trinkkumpanen, die erst am frühen Morgen endeten und den Hausfrieden empfindlich störten. Natürlich blieb es nicht aus, dass er die kleine Sophie aus dem Schlaf riss, wenn er polternd zur Haustür hereinkam. Das Zusammenleben der vielen Menschen in dem kleinen Backhaus war ohnehin schon schwierig, Alfons' Saufgelage machten es bisweilen unerträglich. Fast immer flossen nach den nächtlichen Zusammenstößen Tränen – vor allem Ida und ihre beiden Töchter weinten sich oft in den Schlaf.

Für Alma waren die Turbulenzen zusätzlicher Ansporn, möglichst schnell das Wohnhaus und den Kuhstall wieder aufzubauen. Anfangs hatte sie noch darauf gewartet, dass ihr Bruder aus der Gefangenschaft zurückkommen und die Bauarbeiten leiten würde, aber das konnte dauern, und Franz selbst bestärkte sie in seinen Briefen darin, mit dem Wiederaufbau ruhig schon anzufangen. Die Frage war nur, wovon Maurer und Material bezahlt werden sollten. Die Feuerversicherung kam für die Kriegsschäden nicht auf. Es gab zwar Wiederaufbaukredite, aber die Reichsmark war praktisch wertlos geworden. Gefragt waren Naturalien. Steine gegen Kartoffeln, lautete die Devise. Und das war nicht nur ein Spruch: Die Ziegelei im Nachbarort Bothmer war tatsächlich mehr an Feldfrüchten interessiert als an Schecks oder Bargeld, und Alma war zuversichtlich, dass die Ernte im kommenden Jahr besser ausfiel als die des letzten Kriegsjahres.

Eine andere Möglichkeit, an Baumaterial zu kommen war eine Reise nach Hannover. Manche Frauen aus dem Dorf fuhren mit dem Zug in die Stadt, die zur Trümmerwüste geworden war, um dort Steine zu klopfen. Am Tag darauf zuckelten dann in aller Frühe die Bauern mit Pferd und Wagen in die fünfzig Kilometer entfernte Stadt, um die säuberlich aufgeschichteten Steine abzuholen. Aber nicht selten mussten sie feststellen, dass das wertvolle Baumaterial schon andere Liebhaber gefunden hatte und die mühevolle Reise somit umsonst gewesen war.

Alma überließ die Steine der zerbombten Großstadthäuser

daher lieber den hannoverschen Trümmerfrauen. Auch von ihrem zerstörten Elternhaus lagen zwischen all dem Schutt schließlich noch Massen an Steinen herum, die sich putzen und wiederverwenden ließen.

Mit einem Bauunternehmer wurde sie schließlich noch vor Weihnachten handelseinig. Der Hof bot nicht nur die nötige Sicherheit für einen Kredit, er warf eben auch mancherlei ab, was in diesen Zeiten wertvoller war als die zerfledderten Banknoten der Reichsbank. Vor allem die Mitarbeiter waren dankbar für Speck, Blutwurst, einen Sack Rüben oder Roggenmehl.

Nach einer Ortsbesichtigung und eingehender Beratung mit Alma entwarf der Bauunternehmer eine Bauzeichnung für Wohn- und Stallgebäude. Sogar ein Gitter für Wein oder Kletterrosen plante er an der Außenfront ein.

Der Entwurf gefiel ihr. Geradezu herrschaftlich mutete das zweistöckige Gebäude mit der Freitreppe und den vielen schönen Sprossenfenstern an. Vor allem die Aussicht, in absehbarer Zeit endlich wieder eine eigene Küche, eine Stube und ein Schlafzimmer für sich und die Kinder zu haben, begeisterte sie. Sie ließ sich von dem Baumeister gleich einen großen Bogen Papier geben und malte die Zeichnung mit Hilfe eines Lineals millimetergenau ab, um Franz so schnell wie möglich eine Kopie zu schicken. Denn der war auf der Bauzeichnung ausdrücklich als Bauherr aufgeführt. Außerdem würde es ihm sicher Auftrieb geben, wenn er sah, dass es wieder aufwärts ging mit dem Hof. Dass sie sich in der Vergangenheit mal ausgemalt hatte, wie es wäre, wenn er gar nicht mehr zurückkäme, erfüllte sie mittlerweile mit Schuldgefühlen. Ein Gedanke, den sie in die hintersten Winkel ihrer Tagträume verbannte.

8. Kapitel

Die Marsch verwandelte sich in ein Meer, Wege wurden zu Wasserstraßen, die Wellen schwappten in Gemüsegärten, tanzten über Sträucher und Zaunpfähle. Wo Felder und Wiesen gewesen waren, breitete sich jetzt bis zum Horizont ein großer See aus, und die Wassermassen drangen vor bis ins Dorf, umspülten Häuser, strömten in Keller, Küchen und Schlafzimmer. Wagemutige Dorfjungen machten Schlachteträge zu Ruderbooten oder schipperten mit Flößen aus zusammengebundenen Kanistern herum. Dazu kreischten Möwen, die man bisher in der Heide nie gesehen hatte.

Tauwetter, langanhaltende Regenfälle und die Schneeschmelze im Harz hatten Aller und Leine anschwellen und über ihre Ufer treten lassen. Ein Jahrhundert-Hochwasser überschwemmte im Februar 1946 die norddeutsche Tiefebene. Hademstorf lag plötzlich am Meeresstrand.

Wenn Alma aus dem Fenster sah, blickte sie auf eine schier endlose Wasserlandschaft, aus der nur noch Pappeln, Birken und Hochspannungsleitungen herausragten. Zum Glück lag der Wiese-Hof auf einer kleinen Anhöhe einige Meter über dem Meeresspiegel, so dass man trockene Füße behielt, wenn man vom Backhaus zum Holzschuppen oder Schweinestall ging. Aber das Wasser reichte bis an den Hofgarten heran und hatte bereits Kanister, Patronenhülsen, Munitionskisten und andere Hinterlassenschaften des Krieges angespült, nach denen die Dorfkinder jetzt fischten wie nach sagenhaften Schätzen.

Alma stellte das Hochwasser vor neue Herausforderungen. Denn auf einer nahegelegenen Wiese am Dorfrand hatten die Kühe und Rinder geweidet, deren Stall durch den Bombenabwurf abgebrannt war. Die mussten jetzt selbstverständlich umgetrieben werden. Glücklicherweise gab es noch eine Wiese auf der anderen Seite des Dorfes, aber die war erst noch abzuzäunen und zudem anderthalb Kilometer entfernt. Für Alma verlängerte sich damit nicht nur der Weg zum Melken, auch der Transportweg für Heu und Schrot nahm mehr Zeit in Anspruch.

Außerdem gerieten die Bauarbeiten ins Stocken. Die Baugrube, die bereits ausgehoben war, lief voll Wasser, so dass die Arbeiten unterbrochen werden mussten. Einer der Maurer blieb aber trotzdem auf dem Hof und half beim Rinderschlachten, das eingeschoben wurde, um die tote Zeit zu nutzen. Da die Fleischerzeugung immer noch strengen Auflagen unterlag und ein Großteil des Fleisches abgeführt werden musste, blieb Alma dem Schwarzschlachten treu.

Der Vorteil gegenüber Schweinen war, dass Rinder nicht so laut brüllten, allenfalls blökten sie ein bisschen. Außerdem waren die Tiere auch jetzt im Februar notgedrungen auf der Weide, weit entfernt von den neugierigen Augen wachsamer Dorfbewohner.

Alma war mitgefahren, um den Männern den Jungbullen zu zeigen, den sie ausgewählt hatte. Anderthalb Jahre erst war er alt, aber schon sehr kräftig mit viel Fleisch auf den Knochen.

Passend für einen Schlachtetag im Freien war es kalt an diesem 20. Februar 1946. Nasskalt und windig. Leichter Schneeregen fiel aus grauen Wolken. Doch die Männer – außer dem schlachtenden Maurer noch Siegfried, der lange Otto und Alfons – gerieten schnell ins Schwitzen. Denn es war gar nicht leicht, den Bullen einzufangen. Wie ein Cowboy warf der Schlachter das Lasso, während die anderen das Tier auf ihn zutrieben. Aber der Bulle ahnte offensichtlich, was ihm drohte und entzog sich dem Lasso mit Sprüngen und Kopfwendungen. Kam der Mann mit dem Lasso nur in seine Nähe, stob er davon. Nach einem Dutzend Fehlversuchen gelang es immerhin, das Tier in eine Ecke der Umzäunung zu drängen. Aber mittlerweile war es so wild, dass es versuchte, über den Zaun zu springen. Das hatte immerhin den Vorzug, dass der Cowboy näher herankam und endlich die Schlinge über dem Kopf des Bullen fallen lassen konnte.

Das Tier gab sich noch lange nicht geschlagen. Es bäumte sich derart auf gegen die Gefangennahme und den würgenden Druck der Schlinge, dass der Schlachter den Strick nicht mehr halten konnte. Der Jungbulle riss sich los, vollführte blökend etliche Bocksprünge und unternahm einen neuen Versuch, über den Zaun zu hechten. Dabei gelang es Alfons jedoch mit viel Glück, das Strickende zu erwischen, und die beiden anderen Männer nutzten die Gelegenheit und ergriffen das Seil ebenfalls. Der Bulle kämpfte weiter, sprang auf, rammte seinen Kopf gegen die Angreifer, stürzte aber schließlich und lag strampelnd am Boden. Jetzt musste es schnell gehen.

»Das Beil!«, rief der Schlachter. »Schnell das Beil, Alma. Liegt auf dem Wagen.«

Alma, die schon nicht mehr mit ansehen konnte, wie das Rind in seiner Todesangst litt, rannte los und kam nach zwei, drei Minuten mit der schweren Axt zurück. Üblicherweise wurden Schlachtrinder zwar schon vor dem Krieg mit Bolzenschussapparaten betäubt, der Maurer war aber natürlich nicht darauf eingestellt, auf dem Wiese-Hof in seinem Zweitberuf tätig zu werden und entsprechendes Gerät mitzubringen. Es machte keinen großen Unterschied. Gebändigt werden musste das Tier in jedem Fall. Als Alfons dem wild schnaubenden Bullen mit viel Mühe einen zweiten Strick um die Hörner gelegt hatte, um den Kopf zu fixieren, warteten die Männer ab, bis sich das Tier etwas beruhigt hatte, so dass der Schlachter sich ihm mit besänftigenden Worten nähern konnte. Mit der einen Hand kraulte er dem Rind den Nacken, mit der anderen holte er aus und ließ mit voller Kraft das Beil mit der stumpfen Seite auf den Bullenschädel sausen. Aber offensichtlich hatte sich das Tier noch im letzten Moment gedreht, so dass es nicht richtig getroffen war, denn es stand weiter aufrecht und starrte den Schlachter nur perplex an. Doch der nächste Schlag saß. Der Jungbulle brach zusammen und lag strampelnd, aber wehrlos auf dem nassen Wiesenboden.

Die übrigen Rinder und Kühe auf der Wiese reckten die Köpfe und starrten nahezu bewegungslos herüber.

Jetzt war es Zeit, das Messer anzusetzen. Alma hatte unterdessen auch die Wanne herangeschafft, um das Blut aufzufangen – wertvoller Rohstoff für Blutwurst. Doch beim ersten Stich schlug das Tier in einem letzten Abwehrakt noch einmal so heftig aus, dass ihr die Wanne aus der Hand fiel und sie selbst rückwärts ins Gras stürzte. Dabei prallte sie gegen einen Stein und zog sich eine blutende Schramme sowie eine Prellung am Handgelenk zu, trotzdem schob sie ihre Wanne tapfer wieder an die Halsschlagader des immer noch röchelnden Schlachttieres und achtete darauf, dass kein Blutstropfen verloren ging.

Aller Anflug von Mitleid mit dem Tier war emsiger Geschäftigkeit gewichen. Das aufgefangene Blut goss sie in eine Milchkanne.

Wenige Minuten später hing das Rind schon an der mitgebrachten Leiter, so dass es der Schlachter aufschlitzen und die dampfenden Innereien herausholen konnte. Die Männer sammelten die blutigen Organe auf und verstauten sie sorgsam in unterschiedlichen Eimern. Herz, Leber und Nieren waren ja begehrte Delikatessen, und die Därme brauchte man zum Wurstmachen. Auch das Fell wurde auf den Wagen geladen. Vielleicht konnte man es gerben lassen.

Selbstverständlich mussten die beiden Rinderhälften und übrigen Kostbarkeiten für den Transport sorgsam verborgen werden. Die Männer breiteten mit Stroh gefüllte Säcke darüber aus und befestigten das Ganze mit Birkenstämmen.

Gegen Mittag erreichten Alma und Siegfried mit ihrer Fuhre den Hof. Um keinen Verdacht zu erregen, waren die anderen drei mit dem Rad gefahren.

Ida hatte bereits eine deftige Kartoffelsuppe gekocht. Doch obwohl alle hungrig waren, musste das Mittagessen noch warten. Denn Alfons schien allen Männern aus dem Herzen zu sprechen, als er mit diebischem Lächeln verkündete: »Jetzt haben wir uns aber erst mal einen Schnaps verdient.«

Alma war klar, dass sie ihm den Wunsch nicht verwehren konnte. Sie holte die versteckt gehaltene Rübenschnapsflasche und schenkte ein, wie üblich allen nacheinander aus demselben Glas. Und natürlich schenkte sie nach, als Alfons schmunzelnd zu bedenken gab, dass man auf einem Bein nicht stehen könne. »Nach der Schufterei auf der Wiese dürfen wir uns jetzt ja wohl auch mal ein bisschen Frohsinn gönnen, Menschenskind«, betonte er in seinem rheinischen Singsang und wies vollmundig noch mal auf seinen persönlichen Anteil an der Überwältigung des Jungbullen hin. »Watt für 'n Glück, datt isch den Burschen zu halten gekriegt hab. Sonst wär der glatt noch ausgebüxt. Prost, Männer.«

»Prost, Alfons.«

Wahrscheinlich würde der auch bei seiner nächsten Saufrunde von seinen Heldentaten beim Schlachten auf der Rinderweide prahlen, ging es Alma durch den Kopf. Sie nahm sich fest vor, ihren Schwager eindringlich zu ermahnen, nichts von dieser Schwarzschlachtung nach außen dringen lassen. Kein Sterbenswörtchen! Aber jetzt war dafür nicht der richtige Zeitpunkt.

»Alma, sei nicht so geizig, schenk noch mal nach«, tönte Alfons erneut, und noch ein letztes Mal füllte sie den vier Männern das Glas.

»Zum Wohlsein!«

Sie selbst trank nichts. Der Rübenschnaps, für den die Männer einen Schweinestall ausmisteten und Unmengen Holz hackten, schmeckte ihr ebenso wenig wie Korn oder anderer Fusel.

9. Kapitel

Der Frühling an der der Côte d'Azur kam früher und ließ die Sonne kräftiger scheinen und die Blumen bunter blühen als in der Heide. Die Luft war erfüllt vom Duft der Mimosen, die mit ihrem satten Gelb Gärten, Felder und Straßenränder überzogen. Schloss man die Augen, konnte man das Rauschen des Meeres hören, das sich mit seinem türkisblauen Wasser bis in unabsehbare Weiten dehnte und in rhythmischem Wellenschlag auf die französische Südküste zurollte. Während in der Ferne noch die schneebedeckten Gipfel der Alpen leuchteten, strich schon eine milde Frühlingsbrise durch die Blätter der Palmen und lockte die ersten Touristen an den Strand. Vor den Cafés tranken die elegant bekleideten Herrschaften aus den Städten morgens ihren Milchkaffee und abends ihren Rotwein, als hätte es nie einen Krieg gegeben. Und in den lauen Nächten mischten sich Akkordeonklänge in das Konzert der Zikaden.

Franz Wiese konnte sich nur in seltenen Augenblicken an den Reizen dieser Mittelmeeridylle erfreuen. Er lebte auch 1946 noch in dem großen Internierungslager am Rande von Fréjus, und seine Tage waren nach wie vor gefüllt mit harter Arbeit. Der strahlend blaue Himmel weckte in ihm eher wehmütige Empfindungen. Geradezu grenzenlos war für sein Gefühl die Leere, die sich in diesem Himmel spiegelte. Er vermisste das Spiel der Wolken über Marsch und Heide. Er vermisste das Zwitschern der unsichtbaren Feldlerchen, muhende Kühe, seine Ackergäule, Kuhstall und Misthaufen, Sonnenaufgänge mit dampfenden Weiden, Raureif und Regentage. Alma hatte ihm von dem großen Hochwasser geschrieben, und er hatte ihr geantwortet, dass es nun in Hademstorf wohl schon fast so aussehe wie an der Côte d'Azur. Aber das war nur ein dummer Spruch, denn er wusste ja, dass sein Heimatdorf ganz anders war als dieses Cannes oder Fréjus, und das war ihm auch lieber so. Viel lieber. Vor allem vermisste er hier den Klang der Kirchenglocken. Er war zwar nie zur Kirche gegangen, das Läuten der Glocken aber hatte er geliebt, wenn es am Sonntagmorgen aus allen Richtungen kam und wie ein Konzert über die Wiesen schallte. Hier läutete nur die große Kathedrale in Fréjus, und die war fern; bloß Autohupen durchbrach bisweilen die Stille des Sonntags.

Um sich seine eigene Musik zu machen, zog er die Mundharmonika aus der Jackentasche, aber nicht alle Mitgefangenen schienen Gefallen daran zu finden. Einige runzelten missmutig die Stirn, einer hielt sich sogar entnervt die Ohren zu. Er brach daher mitten im Spiel ab.

Eigentlich hatte er gehofft, nach dem Ende des Krieges entlassen zu werden, aber seine Hoffnung war enttäuscht worden. Die Kriegsgefangenen, hieß es, müssten aufkommen für die Verbrechen und Verwüstungen, die die Deutschen in Frankreich angerichtet hatten. Entlassungstermin? Nicht in Sicht.

Der schlimmste Schock hatte ihn ereilt, als Alma ihm von dem großen Brand nach dem Bombenabwurf geschrieben hatte. Wohnhaus und Rinderstall in Schutt und Asche. Unfassbar! Er hatte gebetet, dass es dazu nicht kommen möge, aber in schlaflosen Nächten gefürchtet, dass es eben auch seinen Hof treffen könne. Dann war es tatsächlich geschehen – noch in den letzten Kriegstagen, als in Frankreich schon wieder tiefer Frieden zu herrschen schien. Als ihn die Nachricht erreichte, war er tagelang wie betäubt gewesen.

Auf dem Rückweg von einem Arbeitseinsatz in den Weinbergen steuerte der Franzose, der den kleinen Lastwagen mit den Kriegsgefangenen fuhr, einmal auch den Strand an, damit die Deutschen sich die Meeresbrise um die Ohren wehen lassen konnten. Aber die Weite des Horizonts ließ Franz ebenso unbeeindruckt wie die Brandung. Das dumpfe Rauschen der zurückflutenden Wellen empfand er nur wie ein Echo der Seufzer, die er lautlos ausstieß.

Nur die Erzählungen seines Kriegskameraden Willy Motzkus lenkten ihn etwas ab. Denn der Bauer aus Ostpreußen hatte alles verloren, der würde wohl nie mehr in seine Heimat zurückkehren können, und seine Frau und seine beiden Töchter waren immer noch verschollen.

Im Vergleich dazu hatte er selbst keinen Grund zu verzweifeln. In seinem Fall war eben nicht alles verloren, und irgendwann würde es vielleicht wieder aufwärts gehen. Der Beginn der Bauarbeiten ließ ihn auf jeden Fall hoffen. Sein Puls hatte schon gerast, als die Bauzeichnung angekommen war, die Alma für ihn abgemalt hatte. Kaum vorstellbar, dass er in ein so stattliches Gebäude einziehen sollte! Stolz hatte er seinen Namen gelesen, der darüber stand: Franz Wiese. Bauherr wurde er da genannt. Was für ein Unterschied zu seiner Stellung in diesem Lager, wo er einer von vielen Gefangenen war und machen musste, was andere ihm diktierten.

Die Nachricht von der Geburt der kleinen Sophie hatte ihn dagegen anfangs verstimmt. Schon vorher hatte Alma ihm von ihrer Schwangerschaft berichtet – aber nur nebenbei, ohne etwas über ihren Freund zu erwähnen. Als sie kurz vor Weihnachten damit herauskam, dass Robert, der französische Kriegsgefangene auf dem Hof, Sophies Vater sei, war er zuerst enttäuscht, ja verärgert gewesen. Es war, als habe seine Schwester ihn mit dem Feind betrogen, und in ihm flammte wieder der Zorn darüber auf, dass die Franzosen einst Menschen wie Wilhelm und Heinrich getötet hatten und jetzt nur ihre eigenen Verluste beklagten und die Deutschen zu Bestien erklärten.

Aber dieses Gefühl legte sich. Das Mitleid mit seiner Schwester überwog. Er musste daran denken, dass es bestimmt nicht schön für Alma war, nun schon das zweite Kind großzuziehen, ohne einen Mann zu haben. Im Dorf würde sie es sicher nicht leicht haben, wenn sich herumsprach, dass sie es verbotenerweise mit einem Kriegsgefangenen getrieben hatte. Aber was war daran denn so schlimm? Er war doch selbst ein Kriegsgefangener – nur auf der anderen Seite. Und bei seinen Arbeitseinsätzen in den Weinbergen hatte er immer wieder gespürt, dass die Franzosen ganz anständige Menschen waren, wenn man ihnen näher kam.

Und er kam ihnen näher, wenn er mit ihnen in den Weinbergen die Reben beschnitt oder stützte, wenn er für sie mit der Sense mit gekonnten Schwüngen Gras mähte oder wenn er die Maultiere anspannte, um mit ihnen einen Acker an einem der steilen Berghänge zu pflügen. Ja, die Maultiere wuchsen ihm immer mehr ans Herz – diese eigenartige Kreuzung aus Pferd und Esel mit den langen Ohren, die scheinbar nichts aus der Ruhe bringen konnte. So gutmütig und ausdauernd, dass er ihnen oft respektvoll auf den Hals klopfte und sich daran freute, wenn sie mit ihren braunen Zähnen ihr Korn zermahlten. Die Bauern spürten, wie gut er mit ihren Tieren umging, und achteten ihn dafür.

Dann wurde es wieder Sommer. Die heiße Luft war erfüllt vom Duft der Lavendelfelder; die Magnolien blühten, über den Blüten summten Bienen und lautlos und majestätisch glitten Segelboote über das Meer.

Doch Franz war es viel zu heiß. Die Sonne brannte ihm auf den Nacken, dörrte ihn auf den schattenlosen Feldern aus, machte ihn durstig und müde. Schmutzig und schweißüberströmt sah er, wie die reichen Franzosen mit ihren Sportwagen an die Sandstrände fuhren. Manche steuerten auch das große Amphitheater bei Fréjus an, denn dort fanden während der Sommersaison wieder Stierkämpfe statt, wie die Plakate verkündeten. Aus ganz Frankreich, hieß es, kämen Menschen, um sich das blutige Spektakel anzusehen. Selbst den Maler Pablo Picasso zog dieses Schauspiel um Leben und Tod in der antiken Arena an. Auch Franz wäre gern mal bei einem Stierkampf dabei gewesen, aber natürlich kam das für einen Kriegsgefangenen nicht infrage.

Das Schlimmste für ihn waren die Sonn- und Feiertage, wenn er untätig im Lager herumhängen musste. Wenn sich diese dumpfe Stille über den tristen Aufenthaltsraum senkte. Dann dehnten sich die Minuten zu Stunden. Schwermütig blickte er auf die verlorenen Monate und Jahre und die ungewisse Zukunft, und musste daran denken, wie sein Leben Tag für Tag sinnlos verstrich – in einem Alter, in dem andere Männer längst verheiratet waren und Kinder in die Welt setzten. Manchmal blätterte er dann in seiner kleinen zerfledderten Militärbibel und suchte Zuflucht darin.

Es gab aber Tage, wo ihm auch das keinen Trost spendete. In dieser Stimmung war er am 14. Juli 1946, dem französischen Nationalfeiertag.

Die Hügellandschaft zitterte in der Mittagshitze. Selbstverständlich ruhte an diesem Tag die Arbeit. In Paris und anderen großen Städten fanden am 14. Juli traditionell Militärparaden statt, bei denen noch einmal der Sieg über Nazi-Deutschland gefeiert wurde. Um die deutschen Kriegsgefangenen an der Feststimmung teilhaben zu lassen, schallten an diesem Tag auch aus den Lautsprechern des Internierungslagers patriotische Gesänge. Immer wieder erklang vor allem die Marseillaise, die französische Nationalhymne. Franz bemerkte, dass die Wachleute davon so begeistert waren, dass sie aufsprangen und aus voller Kehle mitsangen. Sie erhoben sich mit ihrem Triumphgesang förmlich über die graue Schar ihrer Gefangenen, die sie mit spöttischem Grinsen zu verhöhnen schienen.

Um sich abzulenken, blätterte Franz am Abend noch einmal in seinem Feldgesangbuch. Er blieb bei einem Weihnachtslied hängen. Während die Franzosen in Kneipen, auf Straßen und Plätzen weiter ihren Kampfgesang schmetterten, summte er:

Stille Nacht, heilige Nacht,
alles schläft, einsam wacht ...

10. Kapitel

Was für andere ein Tresor, das war für Alma die Räucherkammer. In dem fensterlosen Kabuff mit der Öffnungsluke zum Schornstein im Dachgeschoss des Backhauses hingen ihre Mettwürste und Schinken – Schätze, die in dieser Nachkriegszeit nicht in erster Linie für den Eigenverzehr bestimmt waren, sondern als Zahlungsmittel. Mit den haltbaren Erzeugnissen ihrer Schwarzschlachtungen entlohnte sie Maurer und Bauhelfer, und damit erwarb sie Baumaterialien, die auf legalem Wege nur zu horrenden Preisen zu haben waren. Wenn überhaupt. Manchmal gab schon eine einzige Mettwurst den Ausschlag darüber, ob sie vom Kalksandsteinwerk in Bothmer jenseits der Aller eine neue Lieferung von Steinen bekam oder nicht. Selbstverständlich mussten auch noch ein paar Säcke Kartoffeln und Rüben dazukommen, und ganz ohne Geld ging es auch nicht. Aber die Begleichung der Rechnung war eher Formsache, denn die Sparkasse hatte ihr einen Kredit bewilligt, und mit Blick auf die drohende Geldentwertung musste man sich wegen der Rückzahlung wohl keine schlaflosen Nächte machen.

Was zählte, waren Naturalien. Ganz oben in der Beliebtheitsskala stand nach wie vor ihr Rübenschnaps, sehr gefragt waren auch Leber- und Blutwurst sowie Knappwurst und Sülze in der Dose; das Raucharoma einer guten Mettwurst aber stimmte auch den ausgebufftesten Zementlieferanten und knausrigsten Eisenwarenhändler milde. Vom Schinken gar nicht zu reden.

Um den Überblick über ihre Vorräte zu behalten, zählte sie die Mettwürste und Schinken darum jedes Mal durch, wenn sie aus der Räucherkammer Nachschub holte. An diesem regnerischen Augustmorgen stutzte sie: Statt dreißig Mettwürsten zählte sie nur siebenundzwanzig. Nanu? Schon beim letzten Mal hatte sie zwei Würste vermisst, weiter aber keine Nachforschungen angestellt, weil sie nicht ausschließen konnte, dass sie sich das Mal zuvor verzählt hatte. Aber nun schon wieder? Und gleich drei?

Sie fragte Ida, ob sie sich vielleicht bedient habe. Doch die wies die Frage empört zurück. Sie wusste ja, dass der Räucherschrank Almas Heiligenschrein war. Als sie ihre Ratlosigkeit über die fehlenden Würste vorsichtig gegenüber ihren beiden Hofhelfern anklingen ließ, reagierten beide anfangs mit Achselzucken. Doch ihr entging nicht, dass Siegfried die Lippen zusammenpresste und mit den Augen zwinkerte, unverkennbare Zeichen dafür, dass es in seinem Kopf rumorte.

Tatsächlich machte er gegen Abend, als er mit ihr allein in der Scheune war, reinen Tisch.

»Du hast nach den Mettwürsten gefragt, Alma«, begann er. »Ich will es nicht beschwören und ich will auch keinen beschuldigen, aber ...«

»Aber? Aber du hast einen Verdacht, willst du sagen.«

»Verdacht? Ich weiß nicht. Das klingt so nach Polizei, aber ich ... ich kann mir denken, wo die Mettwürste abgeblieben sind.«

»Was? Na, dann raus damit.«

»Du musst mir aber versprechen, dass du keinem erzählst, wer dir das geflüstert hat. Versprochen?«

»Klar, ich halte dicht.« Wie zum Schwur hob sie die rechte Hand. »Also?«

»Ich glaube, dass sich Alfons die Mettwürste stibitzt hat. Ich hab zufällig gesehen, wie er abends mit seiner Stofftasche aus dem Backhaus geschlichen und zum Holzschuppen gegangen ist. Weil mir das komisch vorkam, bin ich ihm nachgegangen, und da habe ich durch das Fenster beobachtet, wie er irgendwelche Würste in Zeitungspapier eingewickelt hat. Das müssen die Mettwürste gewesen sein.«

»So was hab ich mir schon gedacht. Der krumme Hund!«

»Damit fährt er wahrscheinlich nach Hannover und tauscht sie gegen Schnaps oder Zigaretten oder andere Sachen ein.«

»Bestimmt. Zu rauchen und zu saufen hat der ja immer was.«

»Dabei hat er ja auch hier genug Schnaps.«

»Was willst du damit sagen?«

»Na ja – ich meine den Rübenschnaps.«

»Bedient der sich da etwa auch eigenmächtig?«

»Weiß doch jeder.«

»Da bin ich wohl die einzige Blinde hier. Aber mir ist schon aufgefallen, dass in dem Schnapsfass manchmal was fehlte.«

»Klar, da zapft er immer mal was ab und füllt seine kleinen Flaschen auf – und die verkauft er dann für viel Geld. Der kann sich auf was gefasst machen!«

Da Alfons an diesem Abend wie üblich nebenan in der Wirtschaft war, konnte Alma ihn erst am nächsten Tag zur Rede stellen. Schon als sie ihn beim Mittagessen wieder über irgendwelche angeblichen Hohlköpfe im Dorf herziehen hörte, brodelte es in ihr so, dass die Wut fast aus ihr herausgeplatzt wäre wie heiße Lava.

Gleich nach dem Essen nahm sie ihn zur Seite und forderte ihn, nur mühsam beherrscht, auf, ihr hinter das Haus zu folgen. Er schien zu ahnen, was auf ihn zukam, machte aber trotzdem noch seine Scherze.

»Was gibt's denn?«, murmelte er aufreizend. »Willst du mich verführen?«

Alma stieß einen scharfen Luftzug aus. »Ich glaub, du hast schon wieder getrunken.«

»Keinen Tropfen«, erwiderte er mit gespielter Empörung. »Ich bin so nüchtern wie ein neugeborenes Kalb.«

»Wer's glaubt.«

»Du scheinbar nicht. Aber was ist los? Du machst es ja spannend, Alma.«

Dann brach es aus ihr heraus: »Du bist an die Räucherkammer gegangen und hast dir Mettwürste rausgeholt.«

»Was ist? Was hab ich?«

»Du hast Mettwürste geklaut. Zuletzt drei Stück.«

»Ich schwöre, ich …«

»Ach, hör doch auf, du würdest auch auf 'ne geklaute Bibel schwören, wenn du damit deine Haut retten könntest.«

»Unverschämtheit! Ich bin doch kein Einbrecher.«

»Nee, einbrechen brauchst du ja auch nicht. Du wohnst hier. Leider, muss man wohl sagen.«

»Jetzt mach aber mal 'n Punkt, Alma. Wie kommst du denn auf so was? Das hast du dir doch wieder bloß ausgedacht.«

»Von wegen! Das hab ich mir nicht ausgedacht. Du bist gesehen worden.«

»So? Gesehen worden bin ich? Interessant! Von wem denn?«

»Das tut nichts zur Sache.«

»Na, das ist ja wohl die Höhe! Erst wird man hier als Dieb beschuldigt, und dann gibt es nicht mal den Hauch eines Beweises. Unverschämtheit!«

»Spiel dich bloß nicht so auf, ich weiß, was du für einer bist.«

»Klar, ich war für dich immer schon der Teufel in Menschengestalt. Aber wenn du mich so beschuldigst, musst du auch Ross und Reiter nennen.«

»Wenn du es nicht zugibst, zeig ich dich an.«

»Dass ich nicht lache: Dann musst du dich erst mal selbst anzeigen, oder denkst du, die Polizei drückt die Augen zu, wenn sie spitz bekommt, dass du hier im großen Stil schwarz schlachtest und Schnaps brennst?«

»Im großen Stil! Du spinnst ja!« Sie hätte ihn am liebsten in Grund und Boden verdammt, fand aber nicht die richtigen Worte dafür. »Geh mir bloß aus den Augen, du falscher Fuffziger! Aber wir sprechen uns noch.«

Alma vertraute sich in ihrem Zorn auch ihrer Schwester an, und Ida hatte keine Zweifel, dass die Anschuldigung zutraf. Von seinen Geschäften auf dem Schwarzmarkt hatte

Alfons schon selbst immer geprahlt, da war es kein so großer Schritt mehr, dass er sich auch in der häuslichen Räucherkammer bediente. Trotzdem krampfte sich in ihr alles zusammen in ihrem hilflosen Zorn, als Alma ihr von der neuen Schandtat berichtete.

Sie wagte es gar nicht, ihn darauf anzusprechen, weil sie schon wusste, wie aufbrausend er auf alle Vorhaltungen reagierte. Doch in diesem Fall musste sie gar nichts sagen. Nach dem Abendessen, als die Kinder noch draußen spielten, kam er selbst auf sie zu.

»Wahrscheinlich hat dir dein Schwesterherz schon geflüstert, was ich wieder verbrochen habe«, begann er. »Aber ich garantiere dir: Das ist nichts als eine gemeine Lüge.«

Ida war so überrascht von der unvermittelten Selbstverteidigung, dass sie keine Worte fand, sondern nur seufzend den Kopf schüttelte. Doch das reichte schon, ihn weiter zu reizen.

»Ich seh schon, du glaubst diesem falschen Luder mehr als deinem Mann.«

»Hör doch auf. Geht das schon wieder los. Ich halte das bald nicht mehr aus.«

»Und ich schon gar nicht. Das muss man sich gefallen lassen! Als Dieb beschimpft zu werden. Lächerlich! Als Lügner! Hab ich dich jemals belogen?«

»Nicht nur einmal. Das weißt du genau.«

»Wird ja immer schöner hier. Du solltest mich eigentlich besser kennen, Himmel, Arsch und Zwirn! Mir reicht das jetzt. Ich muss hier weg, sonst kann ich für gar nichts mehr garantieren.«

Bevor Ida antworten konnte, war Alfons schon aus dem Haus gestürmt, um nebenan in der Wirtschaft sein Mütchen in geselliger Runde mit einigen Gläsern Bier und Schnaps zu kühlen.

Sein Bekanntenkreis hatte sich erweitert, seit er an einigen Tagen der Woche ins sieben Kilometer entfernte Ostenholzer

Moor radelte, um sich dort beim Torfabbau etwas dazuzuverdienen. Bisher hatten die Hademstorfer Bauern dort nur für die eigenen Öfen Torf gestochen. Seit einigen Monaten wurde der Torfabbau gewerbsmäßig betrieben. Auch beim Torfstechen fand Alfons mit seinen Geschichten ein dankbares Publikum.

»Noch 'ne Runde Schnaps«, rief er in Richtung Theke. »Heute saufen wir uns die Hucke voll.«

11. Kapitel

Am Abend des 17. August 1946 stieg in Hademstorf ein Mann aus dem Zug, der sich schon durch seine Eleganz von den Dorfbewohnern abhob. Hut, Krawatte, offener beigefarbener Trenchcoat, anthrazitfarbener Anzug, glänzende schwarze Schuhe; in der Linken ein kleiner Koffer, in der Rechten ein schwarzer Regenschirm. Obwohl es nieselte, hielt der Mann den Schirm geschlossen. Ohne Eile spazierte er an der Hauptstraße entlang und ließ den Blick über die Häuser und Grünflächen links und rechts der Straße schweifen. Von den Hinterlassenschaften des Krieges war abgesehen von vereinzelten Einschusslöchern in rot geklinkerten Fachwerkfassaden kaum mehr etwas zu sehen. Etwas länger verweilten seine Augen auf dem »Herzog von Celle«, dem vornehmeren der beiden Dorfgasthäuser, das über einen großen Saal verfügte, wie er wusste. Vor gar nicht so langer Zeit war der Saal sein regelmäßiges Nachtquartier gewesen – keine anderthalb Jahre war es her, dass er dort zuletzt gemeinsam mit anderen Männern geschlafen hatte. Jahrzehnte schienen seither ins Land gegangen zu sein.

Robert Lefebre war zurückgekehrt, zurück an den Ort seiner Gefangenschaft. Niemand wusste von seinem Besuch. Es sollte eine Überraschung sein.

Der Westwind trug Pumpgeräusche aus der Marsch herüber. Wumm-bu-bumm, wumm-bu-bumm – immer im gleichen Rhythmus wie Herzschläge aus den Tiefen der Erde. Er erinnerte sich, dass hinter dem Dorf Öl gefördert worden war. Offenbar waren die Pumpen wieder in Betrieb.

Nur wenige Menschen waren an diesem Abend auf der Straße – manche auf dem Rad, andere zu Fuß, viele auffällig schlecht gekleidet. Die meisten Frauen trugen Kittelschürzen, die Männer ausgebleichte, zerlumpte Arbeitskleidung. Alle blickten ihn interessiert an und grüßten, zumeist mit dem Ausdruck von Verwunderung. Er grüßte zurück, indem er stumm nickte und mechanisch seinen Hut lüftete. Eine ältere Frau auf dem Fahrrad kam ihm bekannt vor; ihm schien, als ob auch die Frau überlegte, wo sie diesem merkwürdigen Knilch schon mal begegnet war. Einen ähnlichen Eindruck vermittelte ein älterer Kleinbauer, der gerade seinen Hof harkte und wie erstarrt von seiner Arbeit aufsah – missbilligend, wie Robert schien. Eine tiefe Zornesfalte grub sich senkrecht in die Stirn des Alten. Besonders ungeniert begafften ihn drei kleine Jungen, die auf einem Bauernhof Fangen oder Verstecken spielten. Die Blicke sprachen eine deutliche Sprache: Was will der denn hier?

So genau wusste er das selbst nicht. Den Hof, mit dem er die meisten Erinnerungen verband, ließ er erst einmal links liegen. Er sah aber schon im Vorbeigehen, dass die Trümmer beiseite geräumt waren und an der Stelle des alten Hauses ein neues entstand. Auch am Samstagabend wurde hier noch gearbeitet.

Er steuerte den Gasthof dahinter an, der nach der leicht verwitterten Aufschrift zu urteilen Fremdenzimmer anbot. Obwohl, es schon auf halb sieben zuging, war das Wirtshaus, das zu einem Bauernhof gehörte, noch geschlossen. Er musste eine Weile suchen, bis er die schon etwas ältere Wirtsfrau im Garten beim Bohnenpflücken entdeckte. Sie starrte ihn befremdet an und schien erst an einen Scherz zu glauben, als er nach einem Zimmer fragte. Als sie sich halbwegs gefasst hatte, teilte sie immer noch unsicher, aber höflich mit, dass sie zwar im Obergeschoss zwei Fremdenzimmer habe, jedoch nicht sicher sei, ob die den Ansprüchen des Herrn genügten. In der Vergangenheit hätten dort vor allem Monteure der Vacuum gewohnt, Männer mit dreckigen Stiefeln und Arbeitsanzügen, die nach Öl rochen. Auf jeden Fall müssten die Zimmer ordentlich gelüftet und saubergemacht werden. »Wird ein Weilchen dauern.«

»Kein Problem, ich habe Zeit.«

»Gut, dann können Sie ja erst mal ein Bier trinken. Ich kann Ihnen dann auch gleich was zu essen machen. Haben bestimmt Hunger. Viel haben wir nicht anzubieten, aber ein Bauernschmaus mit Rührei, Speck und Bratkartoffeln, das wird schon gehen.«

»Wunderbar! Das nehme ich.«

»Sehr gern.«

»Schöne Blumen haben Sie hier.«

Endlich huschte ein Lächeln über ihre wie gefroren wirkenden Gesichtszüge. »Ja, die Astern sind ganz gut gekommen. An Regen fehlt's ja diesen Sommer hier nicht.«

»Immerhin ist es warm.«

Sie griff nach ihrem halbgefüllten Eimer mit den Bohnen und steuerte auf den Hintereingang zu. »Kommen Sie mit, vorne ist noch zu. Im Sommer machen wir erst um acht auf.«

Er hatte die Frau in den zurückliegenden Jahren oft auf dem Hof oder auf der Straße gesehen, wusste sogar, dass sie Hermine hieß, hatte aber nie ein Wort mit ihr gewechselt. Er war froh, dass sie ihn nicht erkannte.

Bevor sie die Klinke herunterdrückte, blickte sie sich noch einmal um, schluckte verlegen und setzte drucksend zu einer Frage an: »Entschuldigung, dass ich so neugierig frage, aber Sie haben bestimmt eine weite Reise hinter sich?«

»Ja, das kann man wohl sagen. Ich komme aus Frankreich.«

»Frankreich! Ganz aus Frankreich? Mein Gott! Ich hab mir das fast schon gedacht – wegen der Aussprache.«

»Ja, pardon, mein Deutsch ist nicht perfekt. Das kann ich leider nicht verheimlichen.«

»Aber nicht doch, so war das nicht gemeint. Ihr Deutsch ist prima, und der melodische Singsang gefällt mir auch.«

»Danke.«

»Jetzt ruhen Sie sich erst mal aus. Bier kommt gleich. Das Essen dauert noch, muss erst mal Feuer im Herd machen. Aber vielleicht können Sie vorher schon kurz aufs Zimmer. Ich rufe unsere Magd, dass sie es ein bisschen hübsch macht. Aber erst mal das Pils. Vielleicht einen Korn dazu?«

Immer noch hing ein leichter Ölgeruch in dem spartanisch eingerichteten Fremdenzimmer. Als er aus dem Fenster sah, konnte er die Spitzen der Bohrtürme in den Marschwiesen sehen. Wie erwartet hatte das Zimmer kein Klo, war aber groß und verfügte immerhin über eine Waschschüssel mit einem Spiegel darüber. Als er sich in dem Spiegel betrachtete, erschrak er. Sein Schnauzbart stand buschig zwischen Mund und Nase, und in seinen zerzausten Haaren entdeckte er graue Strähnen. Außerdem war ihm anzusehen, dass er in den vergangenen Monaten zu viel gegessen hatte. Fett war er geworden. Scheußlich. Regelrecht aufgeplustert schienen ihm seine Wangen. Aber das hatte auch sein Gutes: So würde ihn manch einer wahrscheinlich nicht so ohne Weiteres wiedererkennen. Auch die Garderobe trug sicher dazu bei.

Er zog Mantel und Anzugjacke aus und legte sich auf das Bett mit den rot-weiß-karierten Bezügen. Es knarrte höllisch, er versank förmlich in der weichen Matratze, aber das Bettzeug roch frisch gewaschen. Jetzt spürte er, wie müde er von der langen Zugfahrt war. Dabei hatte er schon eine Nacht in Köln verbracht. Aber die zweite Etappe der Reise hatte sich mit dem vielen Umsteigen und den endlosen Wartezeiten auf immer noch ramponierten Bahnhöfen entsetzlich in die Länge gezogen.

Wieder fragte er sich, was er hier überhaupt wollte. Gleichzeitig überkam ihn ein Bärenhunger, so dass er entschied, gleich wieder runter in die Gaststube zu gehen, und sich ächzend aus dem Bett stemmte. Er wusch sich kurz, bändigte mit Waschlappen und Kamm die struppigen Haare und legte ein bisschen Eau de Cologne auf Nacken und Handgelenke. Sollte er die Krawatte anbehalten? Nach kurzem Überlegen entschied er sich dafür und rückte sie zurecht.

Als er in die holzgetäfelte Gaststube kam, saßen an der Theke schon zwei jüngere Männer mit aufgekrempelten Hemdsärmeln und derben Arbeitshosen, die den Eindruck vermittelten, als kämen sie gerade aus dem Kuhstall – so rochen sie jedenfalls. Sie unterbrachen ihr Gespräch mit dem Wirt hinter der Theke und starrten ihn erstaunt an. Robert hatte sie nie zuvor im Dorf gesehen. Sicher waren sie wie die meisten Deutschen ihres Alters im Krieg gewesen.

Er nickte ihnen höflich zu. »Guten Abend.«

»'n Abend.«

Als er an einem der hinteren Tische Platz genommen hatte, setzten sie ihr Gespräch ungeniert fort. Sie klagten über die vielen Flüchtlinge, die »wie Heuschrecken« über die Heidedörfer herfielen, das schlechte Erntewetter und die Nürnberger Prozesse, von denen sie in der Zeitung gelesen hatten – einig in ihrer Empörung darüber, dass den deutschen Angeklagten da himmelschreiendes Unrecht widerfuhr. Das seien doch alles »anständige Leute« gewesen, die nur ihre Pflicht erfüllt und dem Vaterland gedient hätten. Schlimm, dass man die jetzt wahrscheinlich alle »einen Kopf kürzer« machte. Schlimm, schlimm.

Robert war froh, als endlich sein Bauernschmaus kam.

»Wohl bekomm's«, sagte Hermine, die jetzt eine dunkelblaue Kittelschürze trug.

»Wohl bekomm's«, rief auch militärisch zackig einer der Männer von der Theke herüber.

»Danke.«

Das Essen türmte sich förmlich auf dem Teller, und es schmeckte ihm besser als manches Festessen, das er in der Bretagne serviert bekommen hatte. Die Bratkartoffeln mit Speck und Zwiebeln waren ein Gedicht. Er vermengte sie mit dem Rührei und schob sich Bissen für Bissen genüsslich in den Mund. Auch das frisch gezapfte Bier schmeckte köstlich.

»Noch eins?«, fragte der aufmerksame Wirt, als der fremde Gast es nach zweimaligem Ansetzen geleert hatte.

»Sehr gern.«

Nebenbei bekam er mit, dass die Männer an der Theke von einem Melder sprachen, den die Briten vorzeitig aus dem Gefängnis entlassen hatten. Melder? Der Name kam ihm bekannt vor. Wer war das bloß gewesen?

Nach und nach trotteten ältere Bauern in die Gaststube, die an einem der größeren Tische Platz nahmen, Bier mit Korn bestellten und stinkende Zigarren pafften. Zusätzlich zu ihren »Gedecken« brachte ihnen der Wirt ein Kartenspiel und einen Schreibblock. Unter ihnen war der frühere Ortsbauernführer und Bürgermeister, wie Robert bemerkte. Er kannte auch die anderen vom Sehen, aber zum Glück erkannten sie ihn nicht. Ähnlich wie die jüngeren Berufskollegen starrten sie ihn nur verdattert an, bevor sie sich in ihr lautes Gespräch vertieften. Nach anfänglichem Geplänkel über die schlimmen Zustände in Nachkriegsdeutschland wandten sie sich dem Dorftratsch zu. Natürlich sprachen sie wie die Männer an der Theke Platt.

Robert verstand fast alles; er konnte gar nicht anders als mitzuhören, während er die letzten eidurchtränkten Bratkartoffeln aufspießte. Die meisten Namen, die am Nachbartisch fielen, hatte er zwar schon mal gehört, aber die Menschen, die sie bezeichneten, sagten ihm nichts. Auch in dieser Runde fiel der Name Melder. In dem Zusammenhang vertrat einer der Bauern die Meinung, dass Melder ja nur seine Pflicht getan habe als Aufseher bei der SS.

Natürlich, jetzt erinnerte er sich: Melder war dieser sadistische Obersturmbannführer, der auch mal Aufsicht im Franzosenlager gehabt und brutal auf Jean eingeschlagen hatte, seinen Freund. Ärgerlich, dass sie diesen Kerl schon wieder freigelassen hatten.

Aber seine Empörung hielt nicht lange vor. Denn plötzlich kam das Gespräch der Bauern auf Alma.

»Na, den Keller und Rohbau haben sie ja schon fast fertig«, sagte einer.

»Kein Wunder«, erwiderte ein anderer. »Bei den vielen Kerlen, die da aufm Hof rumlaufen. Für Almas Schluck machen die alles. Aber Prost erst mal.«

»Prost.«

Robert, der verstand, dass mit Schluck Schnaps gemeint war, zündete sich eine Gauloises an.

»Ich glaube, das ist nicht nur der Schluck«, fuhr ein anderer fort, nachdem er sein Schnapsglas geleert hatte und schon zum Runterspülen nach dem Bierglas griff. »Ich glaube, Alma hat die auch sonst gut im Griff.«

»Im Griff?«, hakte ein Scherzbold mit auffällig gerötetem Gesicht nach. »Wo greift die denn den Kerlen hin? Zwischen die Beine?«

Alle lachten donnernd.

In diesem Moment betrat Alfons die Kneipe, auffallend schicker gekleidet als die übrigen Gäste.

»Ach, wenn man vom Deibel spricht«, kommentierte einer aus der Runde. »Da kommt ja einer von ihren Kavalieren.«

Alfons sprang sofort darauf an und ging angriffslustig in die Offensive. »Was ist los? Meinst du mich?«

»Wen sonst, du Frauenheld und Herzensbrecher. Aber eigentlich haben wir von deiner Schwägerin gesprochen.«

»Von Alma?«

»Von wem sonst.«

»Ach, hör mir mit der Hexe auf«, schoss Alfons zurück, der immer noch, die Hände tief in den Hosentaschen, mitten in der Gaststube stand und anders als die übrigen Gäste Hochdeutsch sprach. »Die kannste mir auf 'n Bauch binden, die Dame. Außerdem hat die ja wohl Kerle genug.«

»Aber doch wohl nur zum Arbeiten.«

»Zum Arbeiten?« Alfons lächelte augenzwinkernd. »Damit die für sie arbeiten, lässt sie auch schon mal dat Röckchen fallen. Aber das ist ja allgemein bekannt.«

Wieder erhob sich schallendes Gelächter.

»Bist wohl nicht so gut zu sprechen auf deine Chefin und Schwägerin«, hakte einer von den älteren Bauern nach.

»Ach, hör auf. Dat Flittchen! Die geht doch jeden Abend mit 'nem andern ins Heu. Dabei hat sie schon zwei Gören ohne Papa.«

»Oha, du ziehst aber wieder mächtig vom Leder, Alfons. Dass das mal keiner weitererzählt.«

»Warum nicht? Wissen doch sowieso alle, was das für eine ist. Hör bloß auf!«

Robert durchfuhr ein Stromstoß nach dem andern. Um sich seine Unruhe nicht anmerken zu lassen, starrte er auf die Tischkante. Dabei vergaß er an seiner Zigarette zu ziehen und sah nicht einmal, dass die Asche auf den Tisch rieselte. Am liebsten hätte er dem Kerl ins Gesicht geschlagen, der da so hinterhältig über die Frau herzog, die er schätzte und achtete – vielleicht sogar liebte. Trotzdem ließ ihn das boshafte Gerede auch nicht ganz unberührt. Obwohl er sich dagegen wehrte, spürte er, dass sich das Gift der Gemeinheiten in ihm zu entfalten begann.

Jetzt schenkte Alfons, der schon die Theke erreicht hatte, auch ihm seine Aufmerksamkeit.

»Oh, neuer Gast! Guten Abend auch«, rief er quer durch die Gaststube in Roberts Richtung. »Und ich rede hier, als ob wir unter uns Dorftrotteln wären. Meine Herren! Was soll denn der Herr für einen Eindruck von unserm schönen Dorf kriegen?«

Robert hätte gern darauf geantwortet, fand aber nicht die richtigen Worte und schlürfte verlegen an seinem Bier. Dann wandte sich ihm Alfons direkt zu. »Tut mir leid, dass Sie sich dat hier mit anhören mussten.«

»Ich behalte es für mich.«

»Dann isset ja jut.«

Damit schraubte sich Alfons auf den Barhocker und sprach in deutlich leiserem Ton mit den anderen beiden an der Theke. Robert zündete sich eine neue Zigarette an und beschloss, gleich darauf diese Wirtsstube zu verlassen. Doch ehe er sich versah, stellte ihm der Wirt unaufgefordert ein Glas Bier auf den Tisch. »Von Alfons.«

Gleich darauf drehte sich Alfons auch schon zu ihm um und prostete ihm zu: »Zum Wohlsein, Monsieur.«

Keine zehn Minuten später, Robert wollte gerade zahlen, kam der spendierfreudige Rheinländer an seinen Tisch – tänzelnd, wie ihm schien.

»Wir kriegen noch zwei Bier, Heini«, rief er dem Wirt gut gelaunt zu, und an Robert gewandt fragte er mit Blick auf einen der freien Stühle: »Sie erlauben, Monsieur?«

»Bitte.«

»Merci.« Sofort ließ er sich ächzend neben Robert nieder und beugte sich vertraulich zu ihm herüber. »Weite Reise von Frankreich, was?«, begann er in anbiederndem Ton. »Wo kommen Sie denn her?«

»Aus der Bretagne.«

»Mein Gott, dat is ja 'ne Weltreise gewesen. Noch weiter als Paris, wenn ich mich nicht irre. Da hinten am, am ...«

»Am Atlantik.«

»Genau. Am Atlantik. Bestimmt schön da. Und jetzt hier in diesem gottverlassenen Nest.«

Alfons schüttelte den Kopf, woraufhin Robert unwillkürlich zurückwich. Es war nicht nur der Schnapsatem, der ihn abstieß. Auch Alfons' Gerede über Alma hallte immer noch in ihm nach. Am liebsten wäre er gegangen, aber in diesem Moment brachte der Wirt schon das bestellte Bier, und Alfons stieß sofort mit ihm an.

»Prost, Kamerad. Wie sagt man in Frankreich?«

»A votre santé.«

Alfons nickte ihm lächelnd zu und nahm einen kräftigen Schluck. »Geht mich ja nichts an«, fuhr er fort. »Aber was treibt Sie denn um Himmelswillen hierher in diese Einöde?«

Robert überlegte, was er dem aufdringlichen Kerl anvertrauen konnte, und antwortete nur zögernd: »Ich war hier in Kriegsgefangenschaft und wollte mal sehen, wie es hier heute aussieht.«

»O, als Kriegsgefangener sind Sie hier gewesen. Na, damals konnten Sie sicher nicht in Ruhe Ihr Bier trinken, was?«

»Nein, natürlich nicht.«

Die Skatspieler am Nachbartisch wurden immer lauter.

»Achtzehn, zwanzig, zwei, null, weg!« Schließlich donnerte einer, indem er mit der Faust auf den Tisch schlug: »Kreuz Hand!«

Alfons blickte nur kurz amüsiert auf und hakte gleich nach. »Dann war das bestimmt 'ne harte Zeit für Sie hier?«

»Ach, so schlimm war es auch wieder nicht. Andere hat es härter getroffen, die hatten es nicht so gut wie ich.«

»Auf welchem Hof sind Sie denn gewesen? Ich meine, die Kriegsgefangenen mussten doch alle für die Bauern hier schuften.«

»Auf dem Wiese-Hof.«

»Bei Alma?«

Robert entging nicht, wie die Augen seines Tischnachbarn aufblitzten. Sofort bereute er, sich diesem Alfons anvertraut zu haben, aber dafür war es zu spät. Er sah, wie es in ihm arbeitete. »Bei Alma«, wiederholte der fast angewidert und stichelte weiter. »Menschenskind, das muss ja die Höchststrafe gewesen sein.«

»Überhaupt nicht.«

Mit einem süffisanten Lächeln bot Alfons ihm eine Zigarette an und steckte sich selbst eine an, als Robert höflich verneinte. »Ja, Alma«, fuhr er fort. »Die konnte sicher auch ganz charmant sein.«

Robert griff schweigend nach seinem Bier, innerlich zum Reißen gespannt. Er verkniff es sich, weiter nachzufragen, aber das war auch nicht nötig, denn Alfons setzte gleich nach: »Ja, unsere Alma! Die hat es faustdick hinter den Ohren, und die war in der Kriegszeit sicher auch kein Kind von Traurigkeit.«

Wie um die Wirkung seiner Worte zu beobachten, blickte Alfons ihm kurz lauernd in die Augen, worauf Robert sich jetzt selbst eine Zigarette ansteckte und eine so große Rauchwolke ausstieß, als wollte er sich darin verbergen.

»Noch 'n Trumpf«, rief einer der Bauern vom Nachbartisch triumphierend, und die anderen schoben resigniert ihre Karten hinüber.

Alfons war anzusehen, dass er noch einiges mehr auf Lager hatte – und darauf brannte, den französischen Gast damit in Verlegenheit zu bringen. »Ja, meine liebe Schwägerin hat sich wohl gut mit ihren Kriegsgefangenen verstanden, wie man so hört«, fuhr er fort. »Und ihre Liebelei ist dann ja auch nicht folgenlos geblieben?«

Alfons lachte kurz höhnisch auf, und Robert fühlte sich von dem Mann verspottet und durchschaut. Aber er nickte nur und nippte nachdenklich an seinem Bier. Gern hätte er sich nach dem Kind erkundigt, wollte Alfons aber nicht noch mehr Angriffsflächen bieten. Doch der erzählte auch ohne Nachfragen weiter, und was Robert auf dieser Weise zu Gehör kam, war so ungeheuerlich, dass er sich an seinem Bier verschluckte und hustend nach Atem rang.

»Verlorenes Kontra«, tönte es vom Nachbartisch. »Jetzt wird's ernst, Leute.«

12. Kapitel

Am letzten warmen Oktobertag des Jahres 1946 schob Marie ihre kleine Schwester in der Karre den Marschweg entlang in Richtung Aller-Schleuse. Ein Bauer, der gerade seinen Weidezaun reparierte, bemerkte die Mädchen, unterbrach seine Arbeit und ging herausfordernd auf die beiden zu.

»Na, ihr Hübschen? Bisschen Sonne tanken?«

Als Marie nur leise murmelnd nickte, hakte der Bauer in seinem schwerfälligen Platt nach. »Aber gut, dass du dich so schön um deine Schwester kümmerst, Deern. Deine Mutter hat ja auch keine Zeit dafür.«

Als Marie achselzuckend auf den Boden blickte und weiter stumm blieb, setzte der Bauer noch mal mit hochgezogenen Augenbrauen nach: »Wo ist eigentlich euer Papa?« Ein höhnisches Grinsen lag auf seinem Gesicht.

Doch Marie ließ sich von der Frage nicht aufs Glatteis führen. »Wir brauchen keinen Papa«, antwortete sie selbstbewusst und schob, ohne zur Seite zu gucken, weiter.

Alma war noch mit den Männern auf dem Feld, um die letzten Kartoffeln zu ernten. Siegfried führte das Pferd, das den Kartoffelroder zog, Alma, ihre Schwester Ida und zwei Flüchtlingsfrauen schritten die aufgepflügten Furchen ab und sammelten die herausgeschleuderten Kartoffeln in Drahtkörbe – eine Arbeit, die ins Kreuz ging und mühsam war, da die Kartoffeln oft noch an den Stauden festsaßen. Ottos Aufgabe war es, die Kartoffeln in Säcke zu füllen und auf den bereitstehenden Ackerwagen zu heben. Alfons verdingte sich unterdessen bei den Bauarbeiten auf dem Hof als Handlanger. In der Vergangenheit hatte er die Maurer auch mit Rübenschnaps versorgt, aber als Alma festgestellt hatte, dass er schon mittags damit begann und am Abend manch einer nicht mehr gerade gehen konnte und vom Gerüst zu fallen drohte, hatte sie den Alkohol versteckt – auch mit Blick darauf, dass Alfons sich heimlich Schnaps für seine Schwarzmarktgeschäfte abzapfte.

Wichtig war, dass die Bauarbeiten weitergingen. Das Hämmern und Sägen auf dem Hof stimmte sie froh. Der Lärm des Betonmischers war Musik in ihren Ohren, und der Geruch von Bauholz und Mörtel war ihr lieber als duftende Rosen.

Vor allem die Rinder- und Kuhställe lagen ihr am Herzen. Noch einen Winter sollten die Tiere keinesfalls auf der Weide stehen. Spätestens Mitte November, wenn mit dem ersten Frost und Schnee zu rechnen war, sollten die Ställe fertig sein. Aber es war noch ungeheuer viel zu tun. Die Fenster fehlten ebenso wie die Tränken und Anbindepfosten für die Kühe, und höchst fraglich war, ob die Jauche wirklich wie geplant in die ausgemauerte Grube abfloss. Da war sicher einiges nachzubessern. Außerdem mussten die Stromkabel, Steckdosen und Lampen noch installiert werden. Alma hatte mit ganz unterschiedlichen Handwerkern zu tun, und die waren eben nicht alle gleichermaßen zuverlässig, sondern machten oft Versprechungen, die sie nicht hielten. Es konnte passieren, dass sie morgens stundenlang auf einen Elektriker wartete, der dann erst am nächsten Tag kam, weil ihm wieder etwas dazwischen gekommen war.

Das Hauptproblem lag aber in der Beschaffung des Materials, denn viele Baustoff-Firmen horteten ihre Schätze in der Erwartung einer bevorstehenden Währungsreform. Da war es umso wichtiger, möglichst viele Kartoffeln unter Dach und Fach zu bringen, denn die waren als Tauschware bei den Händlern begehrter als Banknoten und machten manches Unmögliche möglich. Alma beschäftigte darum auch Frauen und Kinder für die Nachsuche auf dem Kartoffelacker. Trotzdem gab es im Dorf noch hungrige Flüchtlinge, die das Feld ein drittes Mal absuchten, um Essbares zu finden.

Als Alma müde und erschöpft von der Kartoffelernte nach Hause kam, wartete schon der Bauunternehmer auf sie, um ihr mitzuteilen, dass er mit dem Stall nicht weiterkomme, da erst einmal die Wasserrohre für die Tränken verlegt werden mussten.

»Mein Gott, das darf doch nicht wahr sein«, stöhnte sie. »Die wollten doch gestern schon kommen.«

Sie bat den Bauunternehmer, dem Berufskollegen doch bitte schön »die Hölle heiß« zu machen. Sie selbst verfügte natürlich über kein Telefon, um sich direkt mit den Handwerksbetrieben in Verbindung zu setzen.

Während die Männer die Kartoffelsäcke in einer provisorisch abgeteilten Ecke der Scheune ausleerten, machte sie sich zum Melken fertig. Erst gegen sieben Uhr – es wurde schon dunkel – fuhr sie mit Siegfried und Otto zur Kuhweide. Nur kurz hatte sie zwischendurch die kleine Sophie auf dem Arm gehabt. Sie fand nur noch morgens und spät abends Zeit für das Kind, zwischendurch bekam Sophie die Flasche von der acht Jahre älteren Schwester. Trotz aller Schwierigkeiten war Alma stolz auf ihre beiden Mädchen, und sie genoss die Momente, in denen sie mit ihnen zusammen war. Bald schon würde Sophie die ersten Schritte machen und die ersten Worte sprechen. Mit ein bisschen Phantasie konnte man jetzt schon aus ihrem Gebrabbel heraushören, was sie wollte.

Erst nach dem Melken, es war längst stockfinster und kurz vor elf, fand Alma Zeit, den Brief ihres Bruders aus Frankreich zu lesen, der schon am Vortag angekommen war.

Liebe Alma,
hier brennt die Sonne immer noch heiß, und die Weinlese nimmt kein Ende. Aber die Trauben sind herrlich süß, und wir können so viel davon essen wie wir wollen …

Wie üblich berichtete er zu Beginn von seiner Arbeit bei den Weinbauern. Nach wenigen Sätzen aber ging er wieder ausführlich auf die Bauplanung ein. Ob sie denn auch an die Futterrinne für die Kühe gedacht habe? Der Kälberstall, fand er, sei viel zu groß. Die Trennwand zum Kuhstall müsse also unbedingt verschoben werden. Unbedingt! Sein Missfallen erregte zudem, dass die Ställe nicht tief genug und die Fenster viel zu groß waren. Bei so riesigen Fenstern würde ja im Winter alles kaputt frieren! Schließlich fragte er noch einmal nach, ob sie auch an den Hühnerboden über dem Kuhstall gedacht habe.

Das hatte ihr gerade noch gefehlt. Sie überlegte ohnehin immer schon, was Franz dazu sagen würde, wenn die Handwerker ihr neue Vorschläge machten und schnell irgendetwas zu entscheiden war. Dabei drohte ihr die Arbeit schon so über den Kopf zu wachsen.

Weitere Post aus Frankreich war nicht gekommen. Dabei wartete sie schon seit Wochen auf einen Brief von Robert. Warum schrieb er ihr gar nicht mehr? Sie musste wieder daran denken, dass im Spätsommer ein vornehmer Franzose nach Hademstorf gekommen war. Niemand konnte sich einen Reim darauf machen, was der Kerl eigentlich gewollt hatte. Komisch! Aber sie kam nicht dazu, weiter darüber nachzugrübeln. Der Schlaf entführte sie in andere Gefilde.

13. Kapitel

Oft war er beeindruckt von der Freundlichkeit der Franzosen, denn es war in seiner Lage nicht selbstverständlich, wie ein Mensch behandelt zu werden. Aber er wusste, dass ihn der lange Schatten des Krieges auch unversehens einholen konnte. Als er in der Zeit der Weinlese mit seinem Maultiergespann in einem kleinen Dorf bei einem Weinbauern seine Körbe mit den frisch geernteten Trauben ablieferte, trat ein sieben- oder achtjähriger Junge auf ihn zu und fragte ihn lächelnd: »Allemand, Monsieur?«

Die arglose Ansprache rührte ihn. Es machte ihn sogar ein

bisschen stolz, die Frage zu verstehen. Daher mühte er sich, in fehlerfreiem Französisch zu antworten: »Oui mon garçon«, sagte er. Ja, mein Junge. Er wagte es sogar, nach dem Namen des Knaben zu fragen. »Votre nom?«

»Albert.«

Er nickte lachend und erwiderte, indem er auf sich selbst zeigte: »Franz.«

»François«, wiederholte der Junge und lachte ebenfalls.

Im gleichen Moment trat eine Frau in Arbeitskleidung auf den Jungen zu, riss ihn barsch von Franz weg, schimpfte mit ihm und ging darauf noch einmal mit wütendem Schnauben auf Franz zu. Ehe er es sich versah, hatte sie ihm auch schon ins Gesicht gespuckt. Was folgte, war eine einzige Schimpfkanonade. Das meiste verstand er nicht, aber der Ton sprach Bände, schon das Wort »cochon« gab ihm zu verstehen, was die Frau von ihm hielt. »Schwein«, hatte sie ihn genannt.

Ihr kullerten vor Wut Tränen über das erhitzte Gesicht, nur mühsam konnte die aufgeregte Frau von Umstehenden beruhigt werden. Franz war wie vom Donner gerührt, vor Scham und Demütigung wäre er am liebsten unsichtbar geworden. Ein alter Weinbauer schien das zu bemerken. Der Mann ging mit mitfühlendem Kopfschütteln auf ihn zu und klärte ihn in bruchstückhaftem Deutsch auf, dass der Bruder und der Vater vor den Augen der Frau von Deutschen erschossen worden waren.

Am Abend vor dem Einschlafen überfielen ihn wieder diese Bilder. Die flehenden Augen des alten Mannes, der angststarre Blick des Jungen, die lange Reihe der Männer, die in jene Waldlichtung getrieben wurden. Er meinte sogar Schüsse zu hören, das Geknatter von Maschinengewehrsalven.

Gern hätte er sich mit seiner Mundharmonika getröstet. Aber die meisten Kameraden schliefen schon.

Jetzt wurden auch die Zahnschmerzen wieder stärker, die

ihn schon den ganzen Tag gequält hatten. Als er sich an die Wange fasste, stellte er fest, dass sie geschwollen war. Wahrscheinlich war der Backenzahn total vereitert. Es schmerzte furchtbar und zog immer mehr, je länger er im Bett lag. Was sollte er bloß machen?

14. Kapitel

Nasskalter Wind blies Alma ins Gesicht, als sie an diesem Freitagmorgen zum Melken radelte. Freitag, der 15. November 1946 stand auf dem Kalender. Es war noch dunkel und regnete leicht. Zwei Milchkannen und ein Eimer schepperten beiderseits der Lenkstange und erschwerten die Fahrt zusätzlich. Der lange Otto, der eigentlich den Norweger vor den kleinen Ackerwagen spannen wollte, hatte am Abend wieder mal zu viel getrunken und darum verschlafen. Hoffentlich schaffte er es wenigstens aus den Federn zu kommen, um die Milch abzuholen, der Schlawiner.

Der Kuhstall war immer noch nicht fertig. Da die Wasserrohre nicht verlegt waren, kamen auch die Maurer nicht weiter. Es war zum Verzweifeln. Bald schon konnte es frieren. Es hatte ungewöhnlich viele Eicheln gegeben in diesem Jahr, es war also wohl mit einem harten Winter zu rechnen. Sie kannte die alten Bauernregeln wie den Katechismus und glaubte daran.

Sie hatte vergessen, Handschuhe anzuziehen. Ihre Hände waren eiskalt. Und während ihr von dem anstrengenden Trampeln der Schweiß übers Gesicht lief, fror sie gleichzeitig. Vielleicht wurde sie krank. Das hätte gerade noch gefehlt!

Denn der 15. November war ein besonderer Tag: Sophies erster Geburtstag. Das sollte gefeiert werden, zumindest im Kreise der engeren Familie auf dem Hof. Ida hatte dafür gedeckten Apfelkuchen und eine Sahnetorte gebacken, verziert mit einer großen »1«. Auch Geschenke sollte es geben. Sie hatte für Sophie eine Puppe und ein Bilderbuch gekauft, dazu eine Winterjacke, zwar gebraucht, aber noch ganz schön und vor allem warm. Sie freute sich schon darauf, ihre Tochter mit den Geschenken zu überraschen. Ganz sicher würde auch von ihrer Schwester noch etwas dazukommen. Sophie lernte gerade sprechen. Seit einigen Tagen konnte sie »Mama« sagen. Ein wunderbares Gefühl bei all den Sorgen mit dem Hausbau.

Nein, es sollte ihr an nichts fehlen. Schlimm genug, dass sie immer noch nicht getauft war. Aber die Schande der peinlichen Vaterschaft wollte sie sich und dem Kind erst einmal ersparen. Trotzdem war Sophie doch ein Kind wie alle anderen – dazu noch ungewöhnlich hübsch. Ja, dafür lohnte es sich, in die Pedale zu treten und bei Wind und Wetter zu den Kühen zu fahren. Beim Melken würden ihr wenigstens die Finger wieder warm werden.

Als sie gegen neun nach Hause kam – Otto hatte die Milchkannen schließlich doch noch mit dem Pferdewagen abgeholt –, überflog sie wie jeden Morgen beim Frühstück mit Muckefuck und Marmeladenbrot die Walsroder Zeitung. Sie blieb hängen bei einem Artikel über einen früheren Schornsteinfegerlehrling, dem gerade von den Briten der Prozess gemacht worden war. Sie wurde auf den Bericht durch das Foto des jungen Mannes aufmerksam: ein ausgesprochen sympathisch aussehender Kerl, mit verschmitztem Lächeln und noch ganz jungenhaft. Was aber über diesen Willi Herold in der Zeitung stand, machte sie fassungslos.

Der frühere Schornsteinfegerlehrling war nach seiner Grundausbildung in der Fallschirmjägertruppe nach Italien gekommen und hatte an der Schlacht von Monte Cassino genommen. Dafür wurde er mit dem Eisernen Kreuz ausgezeichnet. Dann sollte er an der Westfront den Vormarsch der Alliierten aufhalten, wurde bei Arnheim in den Niederlanden aber von seiner Einheit getrennt und kehrte so allein nach Deutschland zurück. Das Land lag in Trümmern, nur noch Verrückte glaubten an den Endsieg. Aber in Willi Herold sträubte sich alles, zu den Verlierern zu gehören, mochten die Briten und ihre Verbündeten noch so viele Bomben über Deutschland abschmeißen. Da bot sich ihm unverhofft eine Gelegenheit, sich doch noch Respekt zu verschaffen: Als er Anfang April 1945 in den Wirren der letzten Kriegstage von seinen Kameraden getrennt worden war, fand der Gefreite in der Nähe der niedersächsischen Stadt Bad Bentheim, nahe der holländischen Grenze, in einem Autowrack eine Offizierskiste mit der Uniform eines Hauptmanns der Luftwaffe. Kurzentschlossen probierte er die Uniform an, und der Neunzehnjährige gefiel sich darin so gut, dass er sich fortan als Hauptmann der Luftwaffe ausgab. Als er in der Uniform weitermarschierte, rief ihn schon nach wenigen Kilometern ein Mann von der Straßenböschung aus an: »Herr Hauptmann, Herr Hauptmann.« Willi Herold erkannte gleich, dass es sich um einen Gefreiten in Fallschirmjägeruniform handelte, und ehe er sich versah, stand der Mann in der schmutzigen Uniform vor ihm stramm.

Ein ungeheures Hochgefühl durchströmte ihn und in schneidigem Offizierston nahm er den Gefreiten in seine Befehlsgewalt: »Folgen Sie mir!«, Immer mehr versprengte Soldaten scharten sich in den nächsten Tagen um den falschen Hauptmann, der erst neunzehn Jahre alt war mit seinem selbstherrlichen Gebaren aber sein jugendliches Aussehen vergessen machte. Am 11. April 1945 zog er mit seinem Trupp zum Strafgefangenenlager Aschendorfermoor im Emsland – und errichtete dort ein Schreckensregiment. Schon am zweiten Tag seiner Ankunft ließ er 97 Häftlinge, die zuvor einen Fluchtversuch unternommen hatten, hinrichten. Die ausgewählten Häftlinge mussten am Rand einer Grube Aufstellung nehmen und »Heil Hitler« rufen. Herold befahl, sie mit einem Flakgeschütz niederzumähen. Doch die erste Salve zerschmetterte nur die Beine der Häftlinge, während andere sich zu retten versuchten, indem sie in die Grube sprangen. Herold befahl, die Hinrichtung mit Handfeuerwaffen zu Ende zu bringen, und als sich immer noch Schwerverletzte und Sterbende regten und Schmerzenslaute ausstießen, ließ er Handgranaten in die Grube schmeißen. Willi Herold berief sich auf keinen Geringeren als Adolf Hitler. »Der Führer persönlich hat mir unbeschränkte Vollmachten erteilt«, sagte er – und ließ in der folgenden Woche noch weitere hundert Lagerinsassen hinrichten, von denen er einige eigenhändig tötete. Bürgermeister, NSDAP-Ortsgruppenleiter und Gauleiter unterstützten ihn, ohne nach einer schriftlichen Vollmacht oder gar dem Soldbuch zu fragen. Ein echter Hauptmann hatte zwar anfangs Zweifel, schenkte ihm aber nach kurzem Gespräch einen Schnaps ein und wünschte ihm alles Gute. Wagte jemand an der Rechtmäßigkeit seiner Standgerichte und Strafaktionen zu zweifeln, kanzelte Herold ihn rüde ab. Einige Männer, die zur Hinrichtung ausgewählt wurden, ließ der Gefreite in der Hauptmannsuniform vor ihrem Tod Nazi-Lieder singen und ihr eigenes Grab schaufeln. Ein junger Häftling musste vor seiner Erschießung noch zwanzig Kniebeugen machen, einen anderen ertränkte er im Löschteich. Einige Häftlinge »begnadigte« er aber auch und nahm sie in seiner Exekutionstruppe auf, manche sogar in seiner »Leibwache«.

Manchmal konnte er es selbst nicht glauben, dass alle ihm so bedingungslos gehorchten, er fühlte sich mächtig und stark. Herr über Leben und Tod, Rächer der deutschen Ehre.

Als die Briten das Lager eroberten, gelang es Herold mit einigen seiner Leute zu flüchten. Und die Truppe brachte noch weitere Menschen in ihre Gewalt. Fünf Niederländer, die in Leer wegen angeblicher Spionage inhaftiert waren, erschossen sie nach einem zehnminütigen Scheinprozess. Einen

Bauern, der die weiße Fahne gehisst hatte, henkten sie gleich ohne jedes Standgericht.

Noch vor Kriegsende fiel das Täuschungsmanöver auf. Doch Willi Herold wurde zwar vor ein deutsches Militärgericht gestellt, kam auf Betreiben eines SS-Sturmbannführers aber wieder auf freien Fuß und konnte nach der deutschen Kapitulation untertauchen. Nur durch Zufall – er hatte einen Laib Brot gestohlen – fiel er am 23. Mai 1945 den Briten in die Hände, die daraufhin feststellten, dass er auf einer Liste gesuchter Kriegsverbrecher stand. Erst ein gutes Jahr später begann für ihn und 13 Mitangeklagte der Prozess. Vor dem Militärgericht Oldenburg sagte Willi Herold aus, dass er einst aus der Hitlerjugend ausgeschlossen worden sei, weil er Zusammenkünfte geschwänzt und eine Indianerbande gegründet hatte. Der Staatsanwalt zeigte sich überrascht, wie unschuldig, jungenhaft und heiter der Angeklagte wirkte. Dennoch wurde der frühere Schornsteinfegerlehrling am Ende zum Tode verurteilt. Nach dem Zeitungsbericht war das Urteil am Vortag, dem 14. November 1946, im Gefängnis in Wolfenbüttel mit dem Fallbeil vollstreckt worden.

Alma war entsetzt. Sie hätte keine Bedenken gehabt, diesen so nett aussehenden Jungen auf ihrem Hof aufzunehmen. Unfassbar, wie sich der Kerl mit dem Konfirmandengesicht Respekt bei allen verschafft hatte – nur mit seiner Uniform und seinem harten Befehlston. Sogar Frauen hatten ihn bei seinen Mordtaten unterstützt oder zumindest geschwiegen. Wahrscheinlich waren viele sogar froh gewesen, dass endlich mal einer hart durchgriff und es all diesen entlaufenen Flüchtlingen zeigte, die es auch noch wagten, die Häuser der ehrbaren Deutschen zu plündern. Ja, da hatten sich ganz bestimmt viele mitschuldig gemacht.

Noch eine andere Gräuelgeschichte geisterte dieser Tage durch die Zeitung: In der Nähe von Fallingbostel war eine

Frau ermordet worden. Zuerst hatte alles nach einem Selbstmord ausgesehen, denn die Frau hing tot an einem Apfelbaum, und unter ihren Füßen lag ein umgestürzter Stuhl. Doch die Untersuchungen ergaben, dass die Frau vorher erdrosselt worden war. Erst danach hatte man ihr einen Strick um den Hals gelegt und sie an dieser Astgabel aufgehängt. Die Frau stammte aus Schlesien und war alleinstehend, Nachbarn wussten, dass sie in der Nachkriegszeit mit Schnaps gehandelt hatte. Später hatte sie sich mit Gelegenheitsarbeiten durchgeschlagen und damit erstaunlich gut gelebt. Denkbar, dass sie weiter kleinkriminellen Geschäften nachgegangen war. Näheres ließ sich nicht ermitteln. Wer die grausame Tat begangen hatte, blieb daher unklar.

Alma stieß einen tiefen Seufzer aus, als sie den Abschlussbericht überflog. Unfassbar, wozu Menschen fähig waren!

Aber die Arbeit ließ ihr keine Zeit, solch verstörenden Gedanken weiter nachzuhängen. Vor dem Geburtstagskaffee wollte sie mit Otto und Alfons ein Fuder Steckrüben vom Feld holen, und auch bei den Bauarbeiten musste sie sich noch einmal einschalten. Die Trödelei musste endlich ein Ende haben. Nur im Vorbeigehen konnte sie die kleine Sophie, die in ihrem Laufstall mit Pappschachteln spielte, auf den Arm nehmen und an sich drücken.

Dann aber hatte sie es tatsächlich geschafft, sich an die von Ida festlich gedeckte Geburtstagstafel zu setzen. Sophie strahlte über das ganz Gesicht, als ihr ein Ständchen gesungen wurde. Sie verstand zwar den Inhalt nicht, spürte aber sicher, dass die Familie das Lied ihr zu Ehren anstimmte, und entzückt nahm sie die Geschenke entgegen. Die Puppe drückte sie gleich fest an sich. Am meisten freute sie sich über einen Teddybären, den ihr Onkel Alfons überreichte.

Alma war beeindruckt. Sie ahnte zwar, wie ihr Schwager das Stofftier finanziert hatte, musste aber anerkennen, dass er dem Kind damit eine große Freude machte.

Weniger groß war die Begeisterung, als Alfons später schon

nach dem ersten Schluck sein Geburtstagsständchen anstimmte, das sich wie üblich zu einem Potpourri von Sauliedern auswuchs. Tatsächlich hatte Alfons eine schöne kehlige Stimme, so dass anfangs niemand sein Konzert unterbrach. Aber dann wurde es Alma doch zu viel.

»Jetzt halt aber mal den Rand«, fuhr sie ihm in die Parade. »Das ist doch ein Kindergeburtstag.«

»Schade«, erwiderte Alfons beleidigt. »Ich dachte, wir saufen uns hier heute die Hucke voll.«

Franz hatte zu Sophies Ehrentag eine Karte aus Frankreich geschickt. Die Briefträgerin hatte sie schon drei Tage vorher gebracht. Alma war gerührt, dass ihr Bruder daran gedacht hatte. Von Robert war nichts gekommen. Dabei wusste auch er, wann Sophie Geburtstag hatte. Alma war froh, dass niemand nachfragte. Sie verscheuchte den Schatten, den der Gedanke daran auf ihre Stimmung warf, indem sie Ida bat, ihre schöne Torte anzuschneiden. Auch Sophie, die bei Marie auf dem Schoß saß, bekam schon ein Stück. Alle lachten, als sie mit den Fingern davon probierte und einen Sahnemund zurückbehielt. Als auch Alma sich ihr erstes Stückchen Torte in den Mund schieben wollte, gellten Schreie über den Hof. Sie sprang auf und stürzte zur Tür hinaus. Da sah sie, wie Bauarbeiter auf den Hof liefen, aufgeregt gestikulierten und die Hände über die Augen schlugen. Sie brauchte nicht lange, um zu verstehen, dass Furchtbares geschehen war. Ein Maurer war vom Gerüst gestürzt. Der Mann krümmte sich vor Schmerzen auf dem feuchten Zementboden.

15. Kapitel

Es schneite und schneite. Der Schnee fiel in großen Flocken vom Himmel und polsterte das Dorf mit einer weißen, immer dicker werdenden Decke wie aus Flaumfedern. Weihnachtsschnee, denn es ging auf Heiligabend zu. In acht Tagen schon würden die Kirchen wieder zur Christvesper läuten und die Kerzen an den Tannenbäumen brennen. In Vorfreude darauf konnte man sich an den Schneeflocken und weißen Feldern und Wegen, von denen die Lieder erzählten, schon jetzt erfreuen. Aber die Weihnachtskulisse hatte ihren Preis: Es war kalt geworden. Bitterkalt. Die Temperaturen sanken nachts auf minus zwölf Grad und stiegen auch tagsüber nicht sehr viel höher. Wohl denen, die ein Dach über dem Kopf und einen warmen Ofen hatten!

Alma konnte in dieser Hinsicht nicht klagen. An Brennholz herrschte für sie im Unterschied zu vielen anderen kein Mangel. Am meisten freute sie sich darüber, dass der Kuhstall endlich fertig geworden war. Buchstäblich in letzter Minute. Leider war die Fertigstellung von jenem Unglücksfall an Sophies erstem Geburtstag überschattet worden. Der abgestürzte Maurer blieb trotz aller ärztlichen Kunst querschnittsgelähmt. Eine Tragödie für den noch jungen Mann, der gerade erst den Krieg überlebt hatte, eine Tragödie auch für dessen Frau und kleine Tochter. Traurige Weihnachten standen diesen armen Menschen bevor. Alma wollte der Familie auf jeden Fall für die Feiertage ein Paket mit Wurst, Schinken und Butter schenken, dazu einen Sack Kartoffeln.

Natürlich sollten die eigenen Töchter auch nicht zu kurz kommen. Sie hatte Alfons gebeten, ihr auf dem Schwarzmarkt eine Puppenstube und Märchenbücher für Marie und auch ein bisschen Spielzeug für Sophie zu besorgen. Das Angebot war riesig. Für ein Stück Fleisch und ein paar Steckrüben gaben die Städter alles.

Überhaupt bescherte die Nachkriegszeit den Bauern goldene Zeiten. Landwirtschaftliche Erzeugnisse standen so hoch im Kurs wie lange nicht, und bei den Männern rangierte nach wie vor ganz oben in der Beliebtheitsskala der Rübenschnaps.

Alma kam kaum mehr nach mit dem Schnapsbrennen und Schwarzschlachten. Dummerweise entschied sich ihr Mitarbeiter Siegfried, im neuen Jahr ganz zum Bauunternehmen zu wechseln. Alma blieb nichts anderes übrig, als einen Knecht anzustellen. Ihr Bruder in Frankreich ermahnte sie zwar eindringlich, bloß nicht zu viel Lohn zu versprechen, gab aber letztlich grünes Licht.

Da fast jede Woche Männer vorbeikamen, die um Arbeit nachsuchten, war es nicht schwer, jemanden zu finden. Ihre Wahl fiel schließlich auf Gustav, einen Flüchtling aus Schlesien, der nicht der Hellste zu sein schien, aber Erfahrungen in der Landwirtschaft mitbrachte und vertrauenswürdig wirkte. Ein ruhiger und fleißiger Arbeiter, wie es Alma schien, und Gustav verlangte vorerst nicht viel mehr als Kost und Logis. Er sollte sich die Knechtskammer mit Otto teilen, der sicher auch bald eigene Wege ging.

Sie selbst musste mit den Kindern in den nächsten Monaten noch weiter in einem Zimmer im Backhaus wohnen, denn das neue Wohnhaus war noch lange nicht bezugsfertig. Der strenge Frost machte die Fortführung der Bauarbeiten unmöglich. Alma konnte nur davon träumen, irgendwann mit ihrer Familie im ausgebauten Dachgeschoss zu leben und von den schönen Erkerfenstern weit in die Marsch zu blicken. Immer noch hoffte sie auch, dass irgendwann Robert käme und die Belle Etage mit ihr teilte.

Eine Woche vor Weihnachten kam dann endlich der ersehnte Brief aus der Bretagne. Ihr Pulsschlag erhöhte sich, als die Briefträgerin ihr das Kuvert mit der französischen Briefmarke und dem roten Stempel in die Hand drückte. Sie wagte es nicht, es gleich aufzureißen, und sagte auch niemandem, welch wichtige Post sie erhalten hatte. Sie versteckte den Brief unter der Matratze ihres Bettes. Erst am Abend wollte sie lesen, was Robert schrieb. Das Rätselraten über den möglichen Inhalt wühlte sie so auf, dass sie den ganzen Tag in fiebriger Erregung verbrachte.

Es wurde früh dunkel. Das bleiche Gesicht einer Vollmondnacht nahm allmählich Gestalt an. Aber erst als alle im Haus schliefen, holte sie den Brief hervor und öffnete ihn mit zittrigen Fingern.

Enttäuscht stellte sie gleich fest, dass das Blatt Papier auf beiden Seiten nur mit wenigen Zeilen beschrieben war. Die Enttäuschung steigerte sich, als sie die Zeilen las.

Liebe Alma,
Du hast sicher schon lange auf einen Brief von mir gewartet. Bitte entschuldige, dass ich Dir erst jetzt schreibe. Aber ich habe lange überlegt, wie es mit uns weitergehen soll, und keine gute Antwort gefunden. Es liegt doch nicht nur eine Landesgrenze zwischen uns, es türmen sich auch sonst hohe Berge auf, die uns trennen. Mein Leben hat sich im Vergleich zur Kriegszeit komplett verändert. Ich bin wieder ganz mit der Schule verschmolzen und in meinen alten Freundeskreis eingetaucht, und ich kann mir nicht vorstellen, jetzt wieder bei Dir auf dem Bauernhof in Hademstorf zu leben.
Es ist auch noch etwas anders geschehen: Ich habe eine alte Freundin wiedergetroffen, und wir haben beschlossen, im Frühjahr zu heiraten.
Es tut mir sehr leid, Dir das so hart zu schreiben. Aber ich glaube, Du hast ein Recht darauf, endlich die Wahrheit zu erfahren, und ich finde, dass es letztlich besser ist, einen klaren Schlussstrich zu ziehen, als Dich mit Ausreden hinzuhalten oder im Ungewissen zu lassen.
Verzeih mir! Es war trotz der schwierigen Umstände schön mit Dir, aber es ist, wie es schon in der Bibel steht: »Ein Jegliches hat seine Zeit.«

Ganz sicher wirst Du noch einen Mann finden, der Dich glücklich macht – glücklicher vielleicht, als ich Dich jemals hätte machen können.
Ich wünsche Dir und Deinen Kindern für die Zukunft alles erdenklich Gute. Ich denke vor allem an die kleine Sophie und stelle mir vor, wie sie jetzt aussehen könnte. Bitte gib ihr einen Kuss von mir, wenn Du kannst.

Herzlichst,
Dein Robert

Sie war wie betäubt. Minutenlang saß sie zusammengesunken bei dem matten Licht in der kleinen Stube und fand keine Tränen, obwohl alles in ihr vor Trauer bebte. In dem vagen Gefühl, etwas Wichtiges überlesen zu haben, überflog sie den Brief noch einmal. Aber da war nichts, was sie tröstete. Der Brief war im Ton freundlich, in der Botschaft jedoch grausam und unbarmherzig. Als besonders kränkend empfand sie den letzten Absatz, in dem er von »Deinen Kindern« schrieb. Kein Wort davon, dass Sophie auch sein Kind war! Ja, das war das Schlimmste, das Unverzeihlichste.

Sie faltete das Blatt Papier wieder zusammen und steckte es ins Kuvert zurück. Nein, darauf musste sie nicht antworten. Sie konnte den Brief auch getrost in den Ofen werfen. Aber sie hielt im letzten Moment inne und schob ihn wieder unter die Matratze in der dunklen Kammer mit den schlafenden Mädchen.

Der strenge Frost hielt an. Die Fenster der unbeheizten Schlafzimmer überzogen sich mit Eisblumen, die auch tagsüber nicht mehr wegtauten. Vögel fielen tot von den Bäumen, die Erde wurde so steinhart, dass die Totengräber Presslufthämmer zu Hilfe nehmen mussten, um ein Loch in den Friedhofsboden zu bekommen, und manche alten Leute blieben am liebsten im Bett, weil sie ihre Zimmer nicht mehr warm kriegten. Alma musste in diesen kalten Tagen oft an

Karl denken, der allem Anschein nach im eisigen Russland den Tod gefunden hatte, aber nie richtig betrauert worden war. Denn offiziell war er gar nicht tot, sondern eben nur vermisst. Manchmal tröstete sie sich mit dem Gedanken, dass er vielleicht schwer verwundet und dann von Russen gesund gepflegt worden war. Vielleicht hatte er ja eine Kopfverletzung erlitten und dadurch das Gedächtnis verloren, so dass er nun unter den Russen lebte, ohne zu wissen, dass er aus der Heide stammte. Man hatte ja schon manches in dieser Art gehört, und die Russen waren doch auch keine Unmenschen.

Der harte Winter krallte sich in Hademstorf fest. Die Wasserleitungen zum Kuhstall froren ein und die Kühe und Rinder mussten mit Wasser aus der Küche getränkt werden. Alle halfen dabei, aber die meiste Arbeit blieb an Alma hängen. Doch sie klagte nicht. Jede Ablenkung war ihr recht.

Mit ihrer heubeladenen Schiebkarre bahnte sie sich einen Weg von der Hofscheune zu den Rinderställen durch Schneewehen, die sich in der Nacht über ihren schmalen Pfad gelegt hatten. Der Schnee knirschte unter ihren Stiefeltritten. In der Morgendämmerung war noch der Mond zu sehen, der die schneebedeckten Dächer in bläulichem Licht schimmern ließ und den Zauber des Wintertages in einer märchenhaften Schwebe hielt. Doch Alma fehlte die innere Ruhe, um die Schönheit dieses frühen Wintertages auf sich wirken zu lassen. Schnaufend schob sie ihre Karre in den warmen Rinderstall und schwitzte in ihrer dick gepolsterten Arbeitskleidung mit der wollenen Unterwäsche und den zwei Pullovern, die sie übereinander gezogen hatte.

Als sie eine freie Minute hatte und zur Ruhe kam, wallte die Enttäuschung wieder in ihr auf. Sie kämpfte geradezu trotzig dagegen an. Denn in wenigen Tagen war Heiligabend, und sie wollte es ihren Kindern trotz der Enge so schön wie irgend möglich machen. Keinesfalls sollten sie merken, welcher Schmerz sie quälte.

Und es gelang. Es wurde trotz allem ein schönes Weihnachtsfest. Sie schaffte es sogar, mit ihrer Schwester, den Töchtern und Nichten auf verschneiter Straße zum Christgottesdient in den Nachbarort zu gehen. Schon unterwegs sangen sie Weihnachtslieder, sangen gegen die Kälte an. »Stille Nacht, heilige Nacht.«

16. Kapitel

Es war ein Winter, wie ihn auch die ältesten Dorfbewohner noch nicht erlebt hatten. Die Temperaturen sanken unter minus zwanzig Grad, meterhoch türmte sich der Schnee. Bäche und Flüsse wurden von einem dicken Eispanzer überzogen, flankiert von Eisschollen, die die Ufer in glitzernde, scharfkantige Hügelketten verwandelten. Bis weit in den März hinein hatte Väterchen Frost das Land in seinem eisigen Griff.

Für viele wurde der Winter zu einem Hungerwinter. Alma dagegen profitierte wie alle Bauern von der Mangelwirtschaft – von den immer höheren Preisen, die für Korn und Kartoffeln, für Milch und Fleisch gezahlt wurden. Das Traurige war nur, dass sie kaum etwas für das Geld bekam, weil kein Kaufmann mehr der Reichsmark traute.

Traurig war auch, dass die Bauarbeiten wegen der Frostperiode so lange ruhen mussten. Die Mauern standen zwar, und das Dach war jetzt auch über dem Wohnhaus gedeckt, aber alles war noch unverputzt, grau und hässlich, und unerbittlich fegte der kalte Wind den Schnee durch die unverglasten Fensterlöcher.

Schön war, dass sie endlich Zeit für ihre Töchter hatte. Sie konnte mit Marie das ABC durchbuchstabieren und miterleben, wie Sophie sprechen lernte und die Welt entdeckte. Ein kluges Kind! Das stand für die stolze Mutter jetzt schon fest. Aber das war ja auch bei dem schlauen Vater kein Wunder. In schlaflosen Nächten haderte sie zwar immer noch mit dem treulosen Kerl, fand sich aber allmählich damit ab, dass sie auch dieses Kind allein aufziehen würde. Vielleicht war es sogar besser so. Ganz sicher wäre Robert auf ihrem Hof unglücklich geworden – so fern der Heimat und unter ungebildeten Bauersleuten.

Was es bedeutete, wenn ein Mann nur noch aus Bequemlichkeit mit seiner Frau verheiratet war, konnte sie Tag für Tag an Alfons und Ida beobachten. Manchmal war es für ihre Schwester, als würde sie immer tiefer im Sumpf versinken. Oft kehrte der gewissenlose Rheinländer von seinen Saufgelagen erst am frühen Morgen zurück, manchmal gar nicht. Seit einem guten Jahr hatte er im Dorf eine Geliebte, bei der er neuerdings auch ungeniert übernachtete. Wohl nicht ganz zufällig hatte er sich die Betreiberin des kleinen Kolonialwarenladens angelacht. Das ganze Dorf sprach und lachte über den untreuen Hallodri und seine Seitensprünge. Ida verlor kein Wort darüber, aber Alma spürte, wie sie unter der Demütigung litt – und der Hass auf ihren Mann beständig wuchs. Auf diese Weise rückten die beiden Schwestern noch enger zusammen, und sie bildeten mit ihren vier Töchtern eine verschworene Frauengemeinschaft, zu der Männer keinen Zutritt hatten. Sie verstanden sich, ohne ein Wort über ihre Seelenqualen zu verlieren.

Alma war dabei zweifellos die Stärkere. Die Männer gehorchten ihr, obwohl sie nur selten ein Machtwort sprach oder gar laut wurde – sah man einmal von den wenigen heftigen Aussprachen mit Alfons ab. Es war nicht etwa ihre Verfügungsgewalt über Rübenschnaps und Speck, es war ihre natürliche Autorität, die sich gerade in den bangen Tagen des Krieges und den Wirrnissen danach geformt hatte. Wie eine Madonna thronte sie mit ihrer scheinbar unerschütterlichen Gelassenheit und ihren dunklen südländischen Augen über ihrer Hofgesellschaft. Sie stiefelte wie ein Mann durch tiefsten Morast, fütterte Kühe, Hühner und Gänse, rührte Blut, wenn ein Schwein geschlachtet wurde, und brannte höllisch starken Schnaps, aber sie konnte auch charmant mit Handwerkern verhandeln. Und als es Mitte März endlich taute und die Bauarbeiten allmählich weitergingen, sah sie mit Genugtuung, wie ihr Schloss immer schönere Formen annahm. Was wohl Franz sagen würde, wenn er endlich wiederkam?

17. Kapitel

Wieder saß er mit anderen zerlumpt und verschwitzt auf der Ladefläche eines klapprigen Kleinlastwagens, um ins Lager zurückgebracht zu werden. Der Transporter wurde von einem offenen Sportwagen überholt, dessen Fahrer lachend hupte und seiner elegant gekleideten Beifahrerin irgendetwas, vermutlich Spöttisches, zurief, als er die Fuhre mit den deutschen Gefangenen bemerkte.

»Lackaffe«, schrie Franz dem Mann mit der weißen Autofahrerkappe nach. Die andern gaben ihm recht, aber gleichzeitig gaben sie ihm auch zu verstehen, dass er sich nicht so aufregen solle. »Das lohnt sich nicht und bringt nur Scherereien, Franz.«

Er schwieg, aber der Ärger brodelte weiter in ihm. Wieder ging eine Woche vorbei und noch immer gab es keine Nachrichten, wann mit der Entlassung zu rechnen war. Er hatte es allmählich satt, wie ein Sklave behandelt zu werden; er war Bauer, eigenständiger Bauer, das schrieb er sogar mit seinem Bleistift in sein Feldgesangbuch. Er hatte doch ein Recht darauf, seine eigenen Felder zu beackern, seine Schweine zu mästen und dafür zu sorgen, dass seine Kühe kräftige Kälber kriegten und viel Milch gaben.

In Venedig wurde an diesem 7. März 1947 erstmals seit dreiundzwanzig Jahren wieder der traditionelle Karneval gefeiert, den die faschistische Regierung Benito Mussolinis verboten hatte. Warum musste er hier im Staub Südfrankreichs weiter für die Sünden anderer büßen? Warum konnte es auch für ihn nicht endlich werden, wie es einmal gewesen war?

Seine Schulter mit dem Granatsplitter schmerzte wieder furchtbar, neue Zahnschmerzen plagten ihn, er kämpfte gegen das Empfinden an, hier in diesem ausgedörrten Teil Frankreichs die besten Jahre seines Lebens zu verplempern und allmählich vor die Hunde zu gehen, aber er wusste trotz allem, es hätte schlimmer kommen können: Er hatte überlebt, und wenn er denn endlich zurückkehrte, würde er wohl auch ein Dach über dem Kopf haben, wenn er Almas Briefen Glauben schenkte. Sein Freund Willy dagegen hatte alles verloren, der stand vor dem Nichts, wenn er zurückkehrte.

Ja, ihm blieb nichts anders übrig, als sich in Geduld zu üben. »Alles Ding währt seine Zeit, Gottes Lied in Ewigkeit.« Das war wohl die richtige Einstellung.

Seine Geduld wurde belohnt. Schon zwei Monate später wurde das Internierungslager aufgelöst. Er musste zwar weiter als Kriegsgefangener in Frankreich bleiben, durfte aber bei den Bauern wohnen, für die er gerade arbeitete – und er konnte sich einigermaßen frei bewegen.

»Frei«, schrieb er am 1. Juni 1947 in sein Feldgesangbuch – und zwar über ein Lied, das ihm wie Jubelgesang durch die Seele fuhr:

Großer Gott wir loben dich,
Herr wir preisen deine Stärke.
Vor dir neigt die Erde sich…

Seine erste Station war Taradeau, ein kleines, von Weinbergen umgebenes Dorf im Departement Var am Ausgang eines engen Tals, das von dem Flüsschen Florièye durchzogen war. Der Ursprung des Ortes lag in einer römischen Siedlung, die mit der Via Aurelia verbunden war. Ruinen, von denen noch gar nicht alle freigelegt worden waren, erinnerten daran.

Das Weingut der Familie Vaudois, dem Franz zugeteilt wurde, befand sich am Ortsrand. Seine Kammer war zwar von einem ehemaligen Schafstall abgeteilt und nicht viel größer als das Bett, das darin stand, aber immerhin musste er sie mit niemandem teilen. Die Weinbauernfamilie behandelte ihn freundlich, und das Schöne war, dass sein Freund Willy Motzkus ganz in der Nähe bei einem anderen Weinbauern arbeitete.

Von Tag zu Tag wurde es heißer. Die Sonne brannte gnadenlos auf ihn herab, während er in den Weinbergen Kraut ausriss oder mit seiner Giftspritze gegen die Reblaus zu Felde zog. Bald hatte er sich im Nacken und Gesicht einen schlimmen Sonnenbrand zugezogen. Wie eine Erlösung war es, wenn der Abend kam und er seine Maultiere fütterte, bevor er selbst in einer Gartenlaube Platz nehmen konnte, wo er mit den anderen Hilfskräften sein Abendbrot serviert bekam, das meistens aus einer Suppe und Weißbrot mit Käse bestand und natürlich viel besser schmeckte als die karge Kost im Internierungslager. An Wochenenden stand sogar eine Karaffe mit Weißwein auf dem Tisch. Das Dumme war nur, dass er keinen Alkohol gewohnt war und schon nach wenigen Schlucken der Boden unter ihm zu wanken begann, als sei er auf einem Schiff. Dann konnte es geschehen, dass sich seine Sinne so trübten, dass er kaum mehr mitbekam, was um ihn herum vorging. Dabei verstand er sowieso nicht sehr viel, wenn die Franzosen ausgelassen miteinander plauderten, aber wenn sie lachten, dann lachte er einfach mit, und manchmal bezogen sie ihn in ihre Gespräche ein, und er war stolz, wenn sie ihn verstanden.

Am besten war es für ihn in der Zeit vor dem Schlafengehen. Meistens war er zwar müde und erschöpft, aber er war allein. Endlich allein – befreit von der Zwangsgemeinschaft des Militärs und Internierungslagers. Dann zog er oft seine Mundharmonika aus der Tasche und spielte, begleitet vom Gezirp der Grillen, seine vertrauten Lieder. Manchmal verband sich sein Spiel mit den Gesängen oder Akkordeonklängen, die von der Veranda des Weinguts herüber wehten. Denn die Bauernfamilie hatte oft Gäste aus dem Dorf, zum Teil auch angereiste Kunden, die Weine probierten und dazu Weißbrot, Wurst und Käse serviert bekamen.

An einem dieser Abende wurde Franz bei seinem Mundharmonika-Spiel von einer Frauenstimme unterbrochen. »Très bien.«

Er schrak zusammen.

Als er sich umdrehte, erkannte er die Nachbarstochter. Er hatte sie schon gelegentlich mit den anderen auf der Veranda gesehen.

»Merci, Mademoiselle.« Er lächelte verlegen. Sie lächelte zurück und ermutigte ihn mit beiden Händen weiterzuspielen. Aber er schüttelte bedauernd den Kopf. Nein, das war ihm zu peinlich. Garantiert würde er sich verspielen, bei dieser fremden, noch dazu hübschen Zuhörerin.

Die junge Frau zeigte Verständnis und fragte ihn, ob er aus Deutschland komme, obwohl sie das sicher schon wusste. Als er die Frage mit leichtem Zögern bejahte, schwärmte sie von deutschen Komponisten wie Bach und Beethoven. Er hatte die Namen zwar schon gehört, wusste aber nicht, für welche Musik sie standen. Er konnte nur blöde nicken, als sie die berühmten Männer erwähnte. Das war ihm wieder so peinlich, dass sein sonnenverbranntes Gesicht zu glühen schien. Er wünschte, die Dame würde endlich wieder verschwinden.

Aber sie blieb. Sie sagte sogar, wie sie hieß. »Madeleine.«

Da konnte er gar nicht anders, als auch seinen Namen zu nennen.

»France?«, wiederholte sie schelmisch.

»Non«, verbesserte Franz. »Auf Französisch François.«

»Bon, François.«

Dann setzte sie sich ins taufeuchte Gras und sagte etwas, das Franz nicht verstand, so dass er mit den Achseln zuckte. Sie lachte wieder nur, zeigte auf sich selbst und nach einigen Fehlversuchen mit ausladender Gestik verstand er, dass sie ihm ihren Beruf genannt hatte: Sie war Verkäuferin in einer Bäckerei.

»Et toi?«

Jetzt musste Franz nicht lange überlegen. »Cultivateur«, sagte er stolz.

»Ah, très bien.«

Sie nickte anerkennend, schien es wirklich ernst zu meinen, fragte sogar mit ihrem forschen Lächeln nach, ob er einen eigenen Hof habe.

Es dauerte wieder eine Weile, bis er die Frage verstanden hatte, aber dann sagte er mit gewachsenem Selbstbewusstsein »Oui, Madeleine«.

Und stolz beantwortete er ihre nächsten Fragen, ob er auch Wein anbaue oder vielleicht Vieh habe. »Non, pas de vin«, sagte er, aber Vieh schon. Und um ihr zu erklären, was für Vieh er auf seinem Hof hielt, grunzte, muhte, gackerte und schnatterte er. Als Zugabe miaute er auch noch. Nach jeder Tierart, die er nachahmte, lachte sie lauter und ungehemmter, und er war so froh, dass er sie mit seiner Darbietung erheiterte, dass er mitlachte. In diesem Moment kam eine Heiterkeit über ihn, wie er sie seit seiner Einberufung und vielleicht auch davor nie empfunden hatte, und befreit spürte er, wie alles Beklemmende von ihm abfiel, das ihn vor wenigen Minuten noch so gequält hatte.

Stille trat ein, die ihn wieder etwas verlegen machte. Madeleine schien das zu spüren. Mit schelmischem Lächeln machte sie eine Geste mit der rechten Hand, und als sie ihm dann auch noch aufmunternd zunickte, war klar, dass sie sich von ihm ein weiteres Mundharmonika-Ständchen wünschte. Er spielte die Melodie von »Geh aus, mein Herz, und suche Freud«, konnte mit den sentimental-getragenen Klängen sein

Herzklopfen aber nicht überspielen, so dass es wieder peinlich still wurde, als er sein Instrument absetzte.

Zögernd erkundigte sich Madeleine nach der Ewigkeit einiger banger Sekunden nach der Landschaft in seiner Heimat, und mit einem gewissen Bedauern erklärte er ihr, dass es in der Heide leider weder Berge noch ein Meer gab, wohl aber Flüsse und Seen.

Madeleine griff das Stichwort gleich auf. Sie lud ihn zu einem Spaziergang zu einem See ein. Ganz in der Nähe.

Er war so verwirrt, dass er gar nicht auf die Idee kam, Nein zu sagen. Ehe er sich besinnen konnte, reichte sie ihm auch schon ihre zierliche Hand und half ihm auf.

Sie ließ seine Hand schnell wieder los, aber als sie eine Weile nebeneinander gegangen waren und sein Puls immer heftiger zu schlagen begann, ergriff er selbst die Initiative und tastete nach ihrer Hand, die er im nächsten Moment fest umschloss.

Erst jetzt bemerkte er ihre mittelblonden Haare. Anders als bei Alma und den Bauersfrauen aus seinem Dorf waren sie nicht nach hinten gebürstet und zu einem Dutt gebunden, sie hingen ihr offen über die Schultern. Ihm war, als würden sie nach Blumen duften. Ein anderer Duft stieg ihm von ihrem hellblauen Sommerkleid in die Nase. Er meinte, frischgebackenes Weißbrot zu riechen. Dabei lief ihm das Wasser im Mund zusammen. Es kribbelte in ihm, er war wie benommen, so dass er ständig in der Gefahr war zu stolpern. Zum Trost drückte Madeleine jedes Mal seine Hand und lachte ihn an.

Er fühlte eine Kraft in sich aufsteigen, von der er schon lange nicht mehr gewusst hatte, dass sie noch in ihm schlummerte. Es war ein bisschen wie an einem Maimorgen in Hademstorf, wenn auf der Kuhwiese hinter dem Kiefernwald die Frösche quakten und die Kiebitze schrien. Oder wie an einem kalten Wintertag im Wald, wenn er eine Kiefer fällte und der lange, mächtige Baum durch sein Sägen allmählich zu schwanken begann und krachend auf den Moosboden schlug. Nein, es war doch noch etwas anderes. Viel schöner, erregender. Gut, dass seine Begleiterin nicht von ihm erwartete, dass er etwas sagte. Es wäre doch nur peinliches Gestammel geworden.

Schließlich war der See erreicht – ein See, der von einem Bach gespeist wurde und sich in einer Talsenke ausbreitete, umgeben von Oleanderbüschen, anderem Gestrüpp und einzelnen Bäumen.

Aber Madeleine kannte eine Stelle, die etwas von einem kleinen Sandstrand hatte.

»Beau?«

»Magnifique.«

Im nächsten Moment schon vollführte sie lachend Schwimmbewegungen, und ehe er etwas dazu sagen konnte, zog sie sich ihr weißbrotduftendes Kleid über den Kopf und ermutigte ihn, sich ebenfalls auszuziehen. Doch es gab einiges, das ihn daran hinderte. Er konnte ja gar nicht schwimmen, aber es fehlten ihm die Worte, ihr das begreiflich zu machen, und es wäre ihm auch peinlich gewesen. Noch mehr aber machte ihm die Vorstellung Angst, nackt vor ihr zu stehen. In seinem Zustand!

Als er zögerte und irgendetwas Unverständliches vor sich hin brummelte, begann sie einfach, sein Hemd aufzuknöpfen. Er wehrte sich nicht. Er ließ es sich gefallen und wäre fast explodiert vor Glück, als sie seine breiten Schultern lobte.

Die Baumkrone über ihnen wiegte sich mit leisem Rauschen in einem schwachen Wind, der vom Mittelmeer kam. Eine lustvolle Ewigkeit später sprang Madeleine ins Wasser und winkte ihm zu, ihr zu folgen.

18. Kapitel

Endlich war es geschafft. Auch das Wohnhaus stand, sah man von kleinen Hindernissen ab, zum Einzug bereit. Sogar die Stromleitungen waren verlegt. In den meisten Räumen hatte Alma bereits Glühbirnen in die von der Decke hängenden Fassungen geschraubt, mit einer leichten Drehung am Schalter konnte man es überall hell werden lassen.

Die Wände waren noch feucht, so dass es wichtig war, die Fenster weit zu öffnen und die warme Sommerluft hereinzulassen. Bald konnte dann der Maler bestellt werden. Manches war noch zu tun. In der Küche gab es nach wie vor keine Wasserleitung und folglich auch kein Waschbecken, ein Herd fehlte ebenfalls noch. Ebenso fehlte es an Öfen und Gardinen und vor allem an Möbeln. Vom alten Haus war ja fast alles verbrannt.

Da es kaum mehr etwas zu kaufen gab, und der Ofensetzer oder der Möbelhändler sich nicht einfach mit ein paar Säcken Kartoffeln oder Rüben zufrieden gaben, ließ sich so schnell kein Ersatz beschaffen. Aber das hatte erst einmal keine Eile. Alma war stolz auf das Erreichte. Auf den schönen Terrazzoboden in der Küche, auf die Kieferndielen in den Schlafzimmern und der guten Stube, auf die großen Sprossenfenster und die schönen neuen Türen. Das alles roch so frisch nach Holz und Stein und Farbe, dass sie beglückt durchatmete, wenn sie ins Haus trat. Da die Kühe und Rinder wieder auf der Weide waren, trübte jetzt im Sommer auch kein Mist- oder Jauchegestank den Duft des Neuerbauten.

Natürlich musste sie mit den beiden Kindern einstweilen noch im Backhaus wohnen. Nur die Hühner trippelten im Neubau herum. Ihr Bretterboden thronte über dem Kuhstall, und in der Umgebung hatten sie sich ihre Nester gebaut – auch in der Diele, die Stall und Wohngebäude trennte. Aber da wusste man wenigstens, wo man die Eier suchen musste.

Gedämpft wurde ihre Stimmung nur, wenn sie die Leiter sah, die auf den Dachboden führte. Da oben hatte sich der Bau nicht so entwickelt, wie geplant. Franz hatte Einspruch gegen den Ausbau mit den Gauben erhoben und zu bedenken gegeben, dass das alles viel zu teuer werden würde. Im Übrigen sei auch eine große Kornkammer nötig. Alma hatte darauf in ihrem nächsten Brief nichts erwidert, den weiteren Ausbau aber selbstverständlich gestoppt. Sie konnte sich nicht einfach über die Wünsche ihres Bruders hinwegsetzen. Der war doch immerhin Bauherr – wenn auch einstweilen nur auf dem Papier. Außerdem war ihr Plan, gemeinsam mit Robert und den beiden Mädchen im Dachgeschoss zu wohnen, nun leider sowieso geplatzt. Trotzdem lebte der Traum von einer eigenständigen Wohnung mit Blick auf die Marschwiesen in ihr fort, und sie war fest entschlossen, ihren Bruder umzustimmen, wenn er denn endlich wieder da war.

Der Sechs-Uhr-Zug rollte gerade über die Allerbrücke. Der Südwind trug das Rattern und Rumpeln bis in die Dorfmitte. Gleich darauf stieß die Dampflokomotive, verbunden mit einer Rauchwolke, ihren heiseren Pfeifton aus. Es klang wie ein langgezogener Seufzer. Gleich würde der Zug mit quietschenden Bremsen auf dem Bahnhof halten und wie üblich um diese Zeit ein gutes Dutzend Fahrgäste entlassen, die in der Umgebung ihrer Arbeit nachgegangen waren und jetzt dem Feierabend zustrebten. Vielleicht waren auch wieder Menschen mit Koffern oder großen Taschen dabei, Flüchtlinge, die immer noch auf der Suche nach einem neuen Zuhause waren.

Irgendwann würde wohl auch Franz aus so einem Zug steigen. Lange konnte es nicht mehr dauern; die meisten waren ja schon heimgekehrt. Zumindest von der Westfront. In Russland dagegen waren fast alle geblieben – entweder gefallen oder verschollen. So wie Almas jüngster Bruder Karl, von dem es immer noch kein Lebenszeichen gab.

Vom alten Schafstall klangen die hellen Stimmen der Mädchen herüber. Abzählreime. *Eine kleine Dickmadam, fuhr mit einer Eisenbahn, Eisenbahn die krachte, Dickmadam die lachte.*

Marie spielte mit ihren Cousinen und Freundinnen Verstecken. Die kleine Sophie spielte mit – jedenfalls auf ihre Weise, ohne die Regeln zu beherrschen. Zum Leidwesen der älteren Mädchen verriet sie oft die Verstecke der andern und musste sich dabei manchen Rüffel gefallen lassen. Natürlich war das alles nicht böse gemeint, und Sophie lachte, wenn die anderen mit ihr schimpften.

Alma war auf jeden Fall froh, dass alle beschäftigt waren. Marie ging jetzt schon in die dritte Klasse. Sie war nicht die Fleißigste, manchmal vergaß sie ihre Schularbeiten zu machen. Alma wollte darum gleich nach dem Abendessen – und vor dem Melken – kontrollieren, ob sie ihr Tagespensum erledigt hatte und vor allem das kleine Gedicht aufsagen konnte, das sie auswendig lernen musste. Aber vorher wollte sie noch ein paar Gurken und Bohnen pflücken.

Auf dem Weg in den Garten lief ihr Bello über den Weg, ein Dackel der seinem Namen alle Ehre machte. Gerade hatte er die Mädchen bei ihrem Versteckspiel angebellt; so schrill und unermüdlich, als wollte er sich darüber beklagen, dass sie ihn nicht mitspielen ließen. Jetzt sprang er Alma an und protestierte mit wütendem Kläffen, als sie ihn mit dem Fuß zur Seite schob.

Alfons hatte den jungen Hund auf den Hof geholt – das Geschenk eines Arbeitskollegen beim Torfstechen, das zum neuen Streitobjekt der Eheleute geworden war. Denn Ida hasste diesen Dackel, der mit wahrer Leidenschaft Sofa- und Stuhlkissen abschleppte und Häkeldecken zerriss, wenn er ins Haus gelassen wurde. Und Alfons bestand darauf, dass sein Bello ein Anrecht darauf hatte, mit der Familie unter einem Dach zu leben, mochte Ida noch so fluchen und zetern, wenn Bello wieder mal über die Stränge geschlagen war.

»Meine Güte, davon geht die Welt ja wohl auch nicht unter«, pflegte er dann zu sagen. »'n bisschen Spaß will der Junge auch haben. Aber dafür hast du natürlich kein Verständnis.«

Dann aber spitzte sich der Hunde-Streit dramatisch zu. Es war Mitte September, die Birken verloren schon ihre ersten Blätter, da hatte Ida nach dem Mittagessen noch eine Brombeer-Kaltschale angesetzt, mit der sie die Mädchen am Abend überraschen wollte. Zum Abkühlen stellte sie die große Schale mit dem violettfarbenen Inhalt auf den Küchentisch. Von Bello würde keine Gefahr ausgehen, meinte sie. Den hatte sie schon am Morgen aus dem Haus gelassen. Ausgesperrt, im wahrsten Sinne des Wortes, und da Alfons beim Torfstechen im Ostenholzer Moor war, musste nicht befürchtet werden, dass der ihn wieder herein ließ. Aber sie hatte nicht an ihre Töchter gedacht. Am späten Nachmittag stürmten die beiden ins Haus, um sich etwas zu trinken zu holen, und das Unglück nahm seinen Lauf. Denn Bello wieselte den Mädchen unbemerkt hinterher, und als die beiden wieder hinausgingen, danach auch brav die Tür schlossen, dachte der Dackel gar nicht daran, ihnen zu folgen. Schnell fand er in der kleinen Küche andere Möglichkeiten, sich zu beschäftigen. Nachdem er seinen Kampf mit dem Stuhlkissen ausgefochten hatte, sprang er auf den Tisch und wandte sich der Kaltschale zu. Der Inhalt leuchtete so verführerisch, dass er selbstverständlich davon kosten musste. Kurz entschlossen stieß er die Zeitung beiseite, die die Schale vor Fliegen schützte, und schlürfte von der süßen Speise. Wahrscheinlich war das klebrige Zeug gar nicht nach seinem Geschmack, aber das Schlürfen berauschte ihn so, dass er wild und ausgelassen auf dem Tisch herumsprang und schließlich die Glasschale umkippte. Dabei ergoss sich der köstliche Inhalt nicht nur auf Tisch und Boden, die Schale selbst fiel herab und zerbarst in tausend Stücke.

Als Ida den Schaden bemerkte, schoss ihr ein Zorn durch

die Glieder, der sie zur Furie machte. »Blöder, elender Köter, das wirst du büßen«, fauchte sie den Dackel an, der sich bei ihrem Herannahen schon schuldbewusst winselnd in eine Ecke verdrückt hatte.

Diesmal ließ sie den Worten Taten folgen. Nachdem sie wutschnaubend die Kaltschale aufgewischt und die Scherben zusammengefegt hatte, legte sie Bello unsanft Halsband und Leine an und zerrte ihn aus dem Haus. Der Dackel winselte sichtlich verwirrt; sonst wurde er nur Sonntagsnachmittags von Alfons ausgeführt, wenn der seinen üblichen Wochenendrausch ausgeschlafen hatte und frische Luft brauchte. Doch schon bald spürte Bello, dass diesmal kein Spaziergang zu erwarten war.

Zielstrebig nämlich steuerte Ida den Hof auf der anderen Straßenseite an, den Hof von Bauer Graumann, der als Jäger bekanntlich über Gewehre verfügte und sich auch nicht scheute, außerhalb der Jagd davon Gebrauch zu machen. Ja, die kleine Frau in der Kittelschürze war fest entschlossen: Das Elend mit diesem Köter musste ein für alle Mal ein Ende haben.

Tatsächlich zeigte Graumann für ihr Anliegen sofort Verständnis. Schon kurze Zeit später war im Wäldchen hinter dem Graumann-Hof zuerst klagendes Kläffen zu hören. Und dann ein Schuss, der das Kläffen abrupt beendete.

19. Kapitel

Den ganzen Tag über fieberte Franz dem Abend entgegen. Je näher die Zeit des Rendezvous heranrückte, desto ungestümer pulste ihm das Blut durch die Adern und ließ das Herz wummern. Er war so aufgeregt, dass er vergaß, nach dem Abschirren die Maultiere zu tränken, so dass er noch einmal zurück in den Stall musste, als die Zugtiere mit den großen Ohren und dem strengen Geruch durstig und enttäuscht hinter ihm her wieherten.

Er zog sich sein verschwitztes Hemd aus, wusch sich draußen am Brunnen den Oberkörper und zog ein frisches Hemd an – immerhin besaß er seit einigen Monaten ein Wechselhemd, sein Patron hatte es ihm geschenkt.

Den ganzen Tag über hatte er Kisten mit frisch gepflückten Trauben in den Weinbergen eingesammelt und mit seinem Maultiergespann über staubige holprige Wege zur Weinkellerei transportiert. Jetzt, wo die Sonne allmählich hinter der Hügelkette versank und nur noch ein rotes Glühen am Himmel zurückließ, wartete eine andere Aufgabe auf ihn: Madeleine.

Er zog seine ramponierte, aber immer noch funktionsfähige Taschenuhr aus der Hose und stellte fest, dass es erst Viertel vor acht war. Verdammt, die Zeit wollte einfach nicht vergehen. Er ging noch mal zu seinen Maultieren und strich ihnen – gewissermaßen stellvertretend – zärtlich über den Hals. Er steckte sich einige Trauben in den Mund und hörte, wie auf der Veranda des Weinbauern die ersten Gäste eintrafen. Um sich abzulenken, vielleicht auch in Stimmung zu bringen, setzte er seine Mundharmonika an die Lippen und spielte »Geh aus, mein Herz und suche Freud«.

Während er spielte, memorierte er die französischen Vokabeln, die er sich mühsam mit einem geliehenen Wörterbuch eingepaukt hatte. Zum Beispiel: »Tu es belle.« (Du siehst schön aus.)

In das allabendliche Grillengezirp mischte sich jetzt auch das Quaken der Frösche. Es klang wie zu Hause. Mit Schaudern musste er daran denken, dass die Franzosen Froschschenkel als Leckerbissen betrachteten und genussvoll verspeisten.

Plötzlich stand sie vor ihm, einer Erscheinung gleich in diesem gelben, duftigen Sommerkleid, in der Rechten eine hellbraune Ledertasche.

»Bonsoir.«

»Bonsoir.«

Er glaubte, jeden Moment müsste sein Herz still stehen, als sie auf ihn zukam, ihre kleinen Hände auf seinen Nacken legte und ihm einen Kuss auf die Stirn drückte. Was sie daraufhin sagte, verstand er nur bruchstückhaft. Erst als sie auf seine Mundharmonika zeigte und anerkennend nickte, begriff er, dass sie sein Spiel gelobt hatte.

»Merci.«

Da sie nur wieder lächelnd nickte, nicht aber gleich etwas sagte, überlegte er angestrengt, wie er das peinliche Schweigen durchbrechen konnte. Dann erinnerte er sich glücklicherweise daran, wie »ein schöner Abend« auf Französisch hieß.

»Une bonne soirée.«

»Oui. Bien, François.« Sie lobte sein Französisch, fragte, wie er die Woche verbracht habe, und er erzählte ihr mit Händen und Füßen von der Weinlese und seiner Arbeit mit den Maultieren und fragte im Gegenzug nach ihrem Befinden, ohne die Antwort wirklich zu verstehen. Schließlich setzten sich beide auf gestapelte Kisten, und Madeleine zog aus ihrer Papiertüte zwei Baguettehälften und kleine Kuchenstückchen, die sie auf ein ausgebreitetes weißes Taschentuch legte.

»Voilà!«

Während Franz krampfhaft überlegte, wie er sich bedanken sollte, drückte sie ihm auch noch gleich ein Weinglas in die Hand und zauberte eine Weinflasche aus der unerschöpflichen Tasche. Ehe er Luft holen konnte, war das Glas gefüllt. Sie erhob ihr eigenes und stieß mit ihm an.

»À ta santé.«

»Prost, Madeleine.«

Wein, Weißbrot und Kuchen versetzten ihn in eine so gehobene Stimmung, dass er wieder seine Mundharmonika ansetzte. Das hatte den Vorteil, dass er nicht so viel reden musste.

Nach ein paar Schlucken spürte er, wie die provenzalische Landschaft um ihn herum zu tanzen begann, seine Sinne sich verwirrten. Keine Frage: Er war betrunken. Er war ja keinen Alkohol gewöhnt, und dieser Wein hatte es offenbar in sich. Aber es war nicht nur schlecht, die Kontrolle über sich zu verlieren, es war auch schön, dass sich der innere Druck auflöste und einer ungewohnten Heiterkeit Platz machte – einer geradezu irren Heiterkeit. Alle Hemmungen und Beklemmungen schienen sich in Wohlgefallen aufzulösen.

So ließ er sich, als die Flasche schließlich leer war, von Madeleine bereitwillig aufhelfen und – leicht schwankend – zu dem schon bekannten Seeufer führen.

Der nächste Tag war zwar ein Sonntag, wegen der Weinlese wurde aber trotzdem gearbeitet. Fast hätte er verschlafen, denn er war erst spät in der Nacht ins Bett gekommen, und auch der Wein wirkte noch mit leichtem Schwindel nach. Trotzdem hatte er die Müdigkeit nach einem raschen Frühstück mit etwas Weißbrot und dünnem Milchkaffee im Kreise der anderen schnell abgeschüttelt, und als er wieder auf seinem Kutschbock hockte und die Maultiere in die Weinberge lenkte, durchströmte ihn ein Glücksgefühl, wenn er an die zurückliegende Nacht dachte. Diesmal hatte er sich sogar von Madeleine ins Wasser ziehen lassen. Splitternackt! Da der See flach war, fiel gar nicht auf, dass er nicht schwimmen konnte, und Madeleine achtete darauf, dass er nicht unterging, indem sie ihn bei den Hüften fasste und umschlang wie eine Nixe. Und wie beim letzten Mal liebten sie sich mit ihren noch feuchten Körpern am Seeufer.

Er freute sich schon auf das nächste Treffen. Bereits am frühen Abend wollte Madeleine wiederkommen. Weil Sonntag war, durfte er nach dem Mittagessen wie alle anderen Feierabend machen.

Am Nachmittag erhielt er Besuch von seinem Freund Willy, dem er selbstverständlich nicht verheimlichte, was ihm widerfahren war. Ohne Einzelheiten zu nennen, verriet er dem Ostpreußen, dass er eine junge Frau kennengelernt hatte. »Bäckereiverkäuferin. Hat mir sogar Kuchen mitgebracht, außerdem Baguette und ein bisschen Wein.«

Willy Motzkus strahlte über das ganze breite Gesicht. »Alter Schwede! Du machst Sachen! Hätte ich dir gar nicht zugetraut. Aber stille Wasser sind manchmal tief.«

»Ja, im Wasser waren wir auch. Drüben im See.«

»Im See? Hast du überhaupt 'ne Badehose?«

»Badehose? Wozu?«

»Mein Gott! Du wirst ja noch 'n richtiger Casanova, Franz.«

»Ach, jetzt übertreibst du aber.«

»Pass bloß auf. Das wird hier sicher nicht gern gesehen, wenn unsereins mit den jungen Französinnen rumscharwenzelt.«

Die Bemerkung klang noch in ihm nach, als Willy sich längst wieder auf sein rostiges Rad geschwungen hatte und zurückgefahren war. Ja, er musste aufpassen. Er wollte sich schließlich nicht unbeliebt bei den Franzosen machen und seiner hoffentlich baldigen Entlassung nicht selbst Steine in den Weg legen. Gleichzeitig war er stolz, dass er endlich keine Jungfrau mehr war, und bei dem Gedanken an Madeleine wurde ihm warm ums Herz. Vielleicht konnte er sie ja mit in sein Dorf nehmen, wenn es endlich so weit war.

Madeleine hatte wieder Baguette dabei, diesmal zusammen mit etwas Wurst, Schinken und Käse. Dafür keinen Wein. Sie schlug ein Picknick in einem nahen Wäldchen mit Korkeichen vor, und Franz stimmte sofort zu und folgte ihr.

Die Sonne stand zwar schon tief, es war aber noch ziemlich hell. Franz war es daher sehr recht, dass Madeleine einen Weg wählte, der nicht am Haus der Weinbauern vorbeiführte. Dummerweise wurden sie von der Bauersfrau bemerkt, die gerade mit ihrer Tochter von einem Spaziergang zurückkehrte. Beide grüßten zwar höflich, trotzdem war für Franz unübersehbar, dass sich im Blick der Bauersfrau Erstaunen, wenn nicht gar ein Anflug von Missbilligung spiegelte. Auch Madeleine schien die Begegnung zu verunsichern, wenngleich sie kein Wort darüber verlor. Sie war überhaupt ungewöhnlich schweigsam, so dass er ebenfalls stumm blieb. Nur die Grillen erfüllten die Luft mit ihrem ewigen Gezeter. Sie setzten ihren Weg so sittsam fort wie Geschwister. Als sie in das Wäldchen einbogen, fasste sie aber plötzlich seine Hand und führte ihn zu einer kleinen Lichtung.

Auf einem Baumstamm breitete sie ihr großes blütenweißes Taschentuch aus und drapierte darauf ihre Köstlichkeiten.

»Merci, mon amour.« Er dankte gleichzeitig mit einer Verbeugung und dann – als er merkte, dass sie noch auf etwas wartete – mit einem Kuss.

Es wurde ein wahres Festmahl, auch ohne Wein. Als er ihr nach dem Essen einen weiteren Kuss gab, öffnete sie ihm zuerst das Hemd und dann die Hose, und sie liebten sich im weichen Moos.

Erst als er am Abend im Bett lag, erinnerte er sich wieder an die Begegnung mit der Frau des Patrons, und er musste an Willys Ermahnung denken: »Pass bloß auf!«

Aber die Liebe war stärker als die Angst. Schließlich stand schon in der Bibel und seinem Feldgesangbuch: »Gott hat uns nicht gegeben den Geist der Furcht, sondern die Kraft der Liebe.«

So traf er sich auch am nächsten Wochenende wieder mit Madeleine, ging mit ihr zum See, trank und speiste mit ihr und liebte sie in freier Natur. Allmählich begann er sich so mit seiner »Gefangenschaft« zu versöhnen, dachte immer weniger an seinen Hof, die Felder und den Hausbau. Nun sah er auch die Landschaft mit anderen Augen. Eigentlich war es doch schön hier in den Weinbergen mit Blick auf die Gipfel der Alpen und dem salzigen Duft der See. Provence! Côte d'Azur! Das klang doch wirklich wunderbar. Man musste ja nicht gleich dableiben.

Auf jeden Fall nahm die Idee, Madeleine zu heiraten und mit nach Deutschland zu nehmen, Gestalt an. Er war fest entschlossen, sie danach zu fragen, sowie sich eine Gelegenheit ergab.

Dazu aber kam es nicht. Denn die Frau des Weinbauern behielt ihre Beobachtung nicht für sich. Zuerst sprach sie mit ihrem Mann darüber. Der lachte anfangs nur und betonte, wie fleißig Franz sei und wie gut er mit den Maultieren umging. Warum also sollte er nicht eine Französin lieben? »Das geht uns gar nichts an«, entschied er. »Gar nichts!«

Aber seine Frau sprach auch mit einer Freundin darüber, die wiederum Kontakt zu Madeleines Eltern hatte. Und die waren empört, als sie erfuhren, dass die Tochter mit einem »Boche«, einem Deutschen herumspazierte. Hellauf empört. Besonders verärgert reagierte Madeleines Vater, ein Gemeindeangestellter, der gegen die Deutschen gekämpft und später mit De Gaulle und den Partisanen sympathisiert hatte. »Unerhört ist das, geradezu unglaublich«, schimpfte er und nahm sich fest vor, Madeleine, die noch mit im Haus lebte, den Umgang mit diesem Kriegsgefangenen zu verbieten.

Madeleine jedoch ließ sich von ihrem alten Herrn nicht einschüchtern.

»Was fällt dir ein!«, herrschte sie ihren Vater an. »Ich bin eine erwachsene Frau. Ich gehe spazieren oder schwimmen, mit wem ich will. Du hast mir gar nichts zu sagen. Und wenn dir das nicht passt, ziehe ich eben aus.« Darauf lief sie in ihr Zimmer und verriegelte von innen die Tür.

Ihr Vater gab sich damit nicht zufrieden. Schon am nächsten Abend radelte er zu dem Weinbauern und klagte darüber, dass der seine Kriegsgefangenen – es klang, als spreche er von Sklaven – nicht besser im Griff habe. »Dafür haben wir die Deutschen ja wohl nicht besiegt, dass sie jetzt unsere Töchter besteigen wie brünstige Eber«, zeterte er. Die »Sache« müsse sofort ein Ende haben. Sonst werde er Anzeige erstatten. Sofort!

Der Weinbauer ärgerte sich über den Mann, sah aber – bestärkt durch seine Frau – keine andere Lösung, als Franz eindringlich zu ermahnen, die Beziehung umgehend zu beenden. Außerdem führte wohl kein Weg daran vorbei, dass dieser deutsche Bauer zu einem anderen Dienstherren wechselte. Sonst würde das Gerede nie ein Ende haben, und er musste schließlich auch auf seine französische Kundschaft Rücksicht nehmen.

20. Kapitel

Ein Trecker tuckerte über die Dorfstraße und zog eine Dieselwolke und ein Fuder Mist hinter sich her. Über die Landstraße kroch ein Auto – ein kleiner Volkswagen, »Käfer« genannt, der schon vor dem Krieg gebaut worden war, aber immer noch etwas hermachte. Denn Autos waren im November 1947 noch eine Attraktion in Hademstorf. Wer es nicht allzu weit hatte, fuhr Rad, für weitere Reisen stieg man in den Zug, und die größeren Bauern im Dorf waren stolz, wenn sie bei festlichen Gelegenheiten mit der Kutsche vorfahren konnten. Aber das Pferdezeitalter ging dem Ende entgegen. Vorbei die Zeiten, als die Autobahn wie während des Krieges wegen des geringen Verkehrsaufkommens noch für Radfahrer freigegeben war. Im Volkswagenwerk in Wolfsburg wurden jetzt unter der Regie der Briten wieder in Handarbeit »Käfer« gebaut, in jedem kleinen Dorf sah man bald eine Tankstelle, und die großen Bauern ersetzten ihre Ackergäule durch Traktoren mit zwanzig Pferdestärken und mehr.

Auf dem Wiese-Hof dagegen ließ die Motorisierung auf sich warten. Neue Zeiten aber brachen auch hier an. Alma zog endlich mit ihren beiden Töchtern in den Neubau um. Zwei Räume immerhin waren endlich halbwegs möbliert:

die Küche mit dem großen Herd und ein Schlafzimmer mit drei Betten. Alma war heilfroh, endlich aus dem engen Backhaus herauszukommen. Unerträglich war das zeitweise gewesen, besonders in den Nächten, wenn Alfons von seinen Sauftouren heimkehrte.

Einen Tiefpunkt hatte die Stimmung nach dem Hunde-Drama erreicht. Wie zu erwarten war, hatte Alfons auf die Erschießung seines geliebten Dackels mit einem beispiellosen Wutausbruch reagiert. Dabei beschränkte er sich nicht auf wüste Beschimpfungen, Flüche und Drohungen, sondern schleuderte auch manchen Teller und die eine oder andere Sammeltasse gegen die Wand, bevor er Türen schlagend das Haus verließ, um Trost und Zuflucht bei seiner Geliebten zu suchen. Ida wäre gar nicht traurig gewesen, wäre er ganz weggeblieben.

Aber er war zurückgekommen. Denn zum einen war auch die Wohnung seiner Geliebten sehr eng, zum anderen fehlten ihm Idas Bratkartoffeln, ihre Steckrübensuppe und vor allem der Rübenschnaps. Nach eigenem Bekunden vermisste er vor allem seine beiden Töchter, die er, wie er betonte, nicht seiner Frau überlassen wollte, diesem Biest.

Aber Alfons hatte auch seine guten Seiten. Wie schon zuvor verzauberte er die Kinder weiter mit seinen phantastischen Geschichten, brachte ihnen Süßigkeiten mit, fragte nach ihren kleinen und großen Sorgen. Und Alma war ihm trotz aller Ärgernisse dankbar, dass er seine Erfahrungen auf dem Schwarzmarkt nutzte, um das eine oder andere Möbelstück für sie zu organisieren. Auch Töpfe, Teller, Tassen und Besteck schaffte er aus Hannover heran, wo die Menschen immer noch für ein paar Kartoffeln oder ein bisschen Speck fast alles gaben, was ihnen geblieben war. Tagsüber war er nur noch selten auf dem Hof zu sehen. Wenn er nicht seine Tauschgeschäfte machte, fuhr er zum Torfstechen ins Ostenholzer Moor. Seit einiger Zeit hatte er die Möglichkeit entdeckt, sich auf eine Lore der Feldbahn zu schwingen.

Die Fahrt verlief zwar im Zuckeltempo und dauerte fast eine Dreiviertelstunde, aber er war in Gesellschaft und konnte daher manch lustiges Gespräch führen. Nicht zu verachten war auch, dass man den Tag auf dem Rückweg gemütlich mit einer Flasche Bier ausklingen lassen konnte.

Der Novemberwind wirbelte Eichen- und Kastanienlaub über den Hof. Gustav, der Knecht, war gerade damit beschäftigt, unter den Hofeichen ein Fuder Steckrüben abzuladen. Er warf die Rüben vom Wagen direkt in eine Kuhle, die dann später frostsicher mit Erde bedeckt wurde – als Vorrat für Schweine, Rinder und Menschen. Doch nicht alle Rüben wurden in der Miete eingelagert, einige wurden gleich gewaschen, abgeschrubbt, geschreddert und Almas Schnapsproduktion zugeführt. Denn immer noch war der heimlich gebrannte Rübenschnaps für Alma ein unverzichtbares Zahlungsmittel.

Erst einmal aber musste sie nun zum Melken. Die Kühe waren immer noch auf der Weide, und es wurde bereits dunkel.

In wenigen Tagen sollte Sophies zweiter Geburtstag gefeiert werden. Das Mädchen brabbelte nun schon von morgens bis abends, darunter waren auch Ausdrücke, die sie ihrer Schwester und ihren Cousinen abgelauscht hatte und die Alma nicht so gefielen. Neulich hatte sie in einem fort »Scheiße« gesagt. Im Übrigen aber begeisterte das aufgeweckte Kind ihre Mutter immer mehr, und Alma genoss es, wenn Sophie sich beim Vorlesen an sie schmiegte. Mochte der treulose Vater machen, was er wollte. Sie mühte sich, ihn ganz aus ihrem Kopf zu drängen. Entlastend für sie war auf jeden Fall, dass sie nicht mehr auf Briefe aus der Bretagne wartete.

Kam jetzt ein Brief aus Frankreich, war sicher, dass Franz ihn geschrieben hatte. Alma hatte sich mit ihm gefreut, als er endlich aus dem Internierungslager entlassen worden war, jetzt fühlte sie mit ihm, dass er mit wachsender Ungeduld seiner Entlassung in die Heimat entgegenfieberte. Eigentlich hatte er gehofft, dass er schon Weihnachten wieder zu Hause sein würde. Aber die Hoffnung hatte sich bereits wieder zerschlagen. Mit wachsender Spannung malte sie sich aus, was er wohl zu dem neuen Haus sagen würde.

21. Kapitel

Er starrte wie gebannt durch das Zugfenster auf eine Wiesenlandschaft mit Hecken, Büschen und Tümpeln. Er war gerührt und gleichzeitig zum Bersten gespannt, aufgewühlt von Vorfreude und dumpfer Angst. Da die Scheibe beschlagen war, wischte er sie mit seinem Ellenbogen sauber, keine Schliere sollte den Blick trüben, damit ihm nichts entging. Dass es nicht nur ein Traum war, was da am Zugfenster vorbeihuschte, sondern die Wirklichkeit. Seine so lang ersehnte Heimat. Es war ihm unbegreiflich, dass er seine Rinder und Kühe schon bald wieder auf diese satten Weiden treiben sollte. Der Schweiß schoss ihm in den Nacken, die Anspannung wuchs von Minute zu Minute. Seine Hand kribbelte so heftig, dass die Finger weiß wurden. Wie würde es aussehen auf seinem Hof? Wie würden sie ihn empfangen?

Nur wenige Wolken schwammen am blauen Himmel, die Sonne strahlte, es ging auf fünfundzwanzig Grad im Schatten zu. Sommerliche Temperaturen an diesem 19. April 1948. Vor fünf Jahren war es längst nicht so warm gewesen, es hatte genieselt, und er war mit dem Zug in entgegengesetzter Richtung gefahren. Jetzt, exakt nach fünf Jahren, kehrte er zurück. An einem Montag. Wochenbeginn und Beginn eines neuen Lebensabschnitts. Der gleiche Kalendertag. Was für ein Zufall!

Der Zug ratterte über die Allerbrücke. Er stand auf und zog sich seinen verblichenen Soldatenmantel über. Er schnupperte am Ärmel. Der Ärmel roch modrig, nach Gefangenschaft. Egal. Jetzt konnte es nicht mehr lange dauern, bis sein Dorf erreicht war. Er schnappte sich seinen Koffer, eine grüne mit Metallbeschlägen verstärkte Holzkiste, die der US-Armee einst als Munitionskiste gedient hatte. Jetzt barg sie seine wenigen Habseligkeiten, die er mit nach Hause nehmen konnte – unter anderem seine Mundharmonika und die ramponierte Taschenuhr, der der Glasdeckel und alle Zeiger fehlten. Immerhin hatten die Franzosen einen Griff mit Lederlasche auf die grüne Kiste aufgenietet, so dass er sie nicht unter den Arm nehmen musste.

Er wäre fast gefallen, als der Zug unversehens bremste. Sofort versuchte er die Tür aufzureißen, stellte aber fest, dass sie klemmte. Um Himmels willen! Ungeduldig versuchte er es mit der anderen Tür. Die ließ sich so leicht öffnen, dass er mit seinem Kraftakt und Schwung fast auf den Bahnsteig gestürzt wäre. Aber er behielt das Gleichgewicht, es ging alles gut.

Auch andere stiegen aus, während sich der Zug nach dem Schaffnerpfiff wieder dampfend in Bewegung setzte. Endlich am Ziel! Ein Moment, den er in vollen Zügen genießen, nie mehr vergessen wollte. Der ihn immer daran erinnern sollte, dass der Alltag gar nicht so alltäglich, so selbstverständlich war, wie man meinte, wenn man in diesem dumpfen Trott des Ewiggleichen gefangen war. Ja, einen kurzen kostbaren Augenblick lang war ihm, als könnte er die Zeit anhalten. Diese Heimkehr war ja für ihn schließlich eine Art Wiedergeburt.

Er erkannte niemanden. Hatte sich das Dorf während seiner Abwesenheit so verändert, dass hier nur fremde Leute ausstiegen?

Niemand war zu seiner Begrüßung gekommen. Aber das hatte er auch nicht erwartet. Bis zuletzt war unklar gewesen, mit welchem Zug er kommen würde. Vor einer Woche war er bereits in Frankreich entlassen worden, aber eben nicht direkt nach Hause, sondern gemeinsam mit anderen von einer Zugstation zur anderen gereist. Anfangs war sein Freund Willy Motzkus in seiner Begleitung gewesen. Der Ostpreuße, der seine Heimat verloren hatte. Willy reiste ins Ungewisse. Immerhin wusste er, dass seine Schwester Alice in Rühen lebte. Sie hatte angeboten, ihn in ihrer kleinen Wohnung aufzunehmen. So hatte er zumindest ein Ziel.

Schließlich hatten Franz und Willy die deutsche Grenze gemeinsam passiert. Nach etlichen Umsteigebahnhöfen und endlosem Warten auf Anschlusszüge wurden sie irgendwann mit einem Militärtransporter nach Munster bei Soltau gebracht – dem Transitcamp Munsterlager, wie es jetzt hieß. Hier wurden sie von den Briten noch einmal nach ihrer politischen und militärischen Vergangenheit befragt und durchleuchtet, zudem untersuchte sie ein Amtsarzt auf ansteckende Krankheiten.

Für Franz kam dieser Aufenthalt so kurz vor dem Ziel seelischer Folter gleich – mit Bangen und wachsender Ungeduld wartete er darauf, dass es endlich, endlich weiter ging. Nach drei Tagen konnte er aufatmen und den offiziellen Entlassungsschein in Empfang nehmen. Nur Narben an der linken Schulter waren darauf vermerkt. Gemeinsam mit Willy wurde er in einem weiteren Militärtransporter zum Bahnhof in Celle befördert. Hier trennten sich die Wege. Willy bestieg den Zug in Richtung Wolfsburg, Franz wartete auf den Zug in Richtung Verden mit Halt in Schwarmstedt.

Und jetzt war er da. Zurück in seinem Dorf. Schon am Bahnhof bemerkte er die ersten Veränderungen. Gleich hinter den Schienen am Waldrand war eine große Halle aus dem Boden gewachsen, das neuerbaute Torfwerk, wie er später erfuhr. Der »Herzog von Celle« sah noch aus wie vor dem Krieg. Der Gasthof mit dem großen Saal hatte das Bombardement der letzten Tage offenbar unbeschadet überstanden. Auch der Dorfladen und die meisten anderen Häuser standen noch.

»Franz?«

Er zuckte zusammen, konnte zuerst nicht erkennen, woher der Ruf kam. Dann sah er, dass Herrmann Landmann ihm von der anderen Straßenseite her mit erstauntem Grinsen zuwinkte, der Gemeindebote, der mit seiner Familie und etlichen Flüchtlingen den ehemaligen Posthof bewohnte. Er winkte nur stumm zurück und nickte.

»Wieder zu Hause, Franz?«

»Ja, endlich«, rief er zurück. »Wird ja auch allmählich Zeit.« Er wunderte sich selbst, dass er problemlos ins Plattdeutsche zurückfand, obwohl er es so viele Jahre nicht gesprochen hatte. Landmann lachte und erwiderte noch etwas, aber Franz hörte gar nicht mehr hin, ging zielstrebig weiter. Nein, jetzt wollte er sich nicht mehr aufhalten lassen. Bloß schnell nach Hause.

Je näher er seinem Ziel kam, desto mehr graute ihm vor dem Anblick. Immer heftiger pulste ihm das Blut durch die Halsschlagader. Und dann war er angekommen und ließ – auf alles gefasst – seinen Blick über den Hof gleiten. Erleichtert registrierte er, dass der alte Schafstall mit dem Lehmgeflecht noch ebenso stand wie die kleine Heuscheune mit den grauen Bretterwänden. Auch die windschiefe Remise mit der Kutsche und das dahinter stehende Backhaus hatten überlebt. Aber auf der anderen Seite. Da fehlte was. Das Herzstück des Hofes fehlte: sein Elternhaus, der dicht angrenzende Kuhstall. Der Anblick versetzte ihm einen Stich, dass ihm fast schwarz vor Augen wurde. An die Stelle der schönen rot geklinkerten Fachwerkgebäude war ein weißgestrichener Klotz getreten – ein Wohnhaus mit rechtwinklig angeschlossenem Stall. Seelenlos, hässlich. Kein Ersatz für das Verlorene. Hätte er in den vergangenen fünf Jahren nicht das Weinen verlernt, wäre er in Tränen ausgebrochen.

Vor dem Neubau pickten Hühner im Sand. Eine schwarze, ziemlich magere Katze trippelte auf ihn zu, guckte ihn nur kurz an und setzte scheinbar gleichgültig ihren Weg fort.

Zum Glück war sonst niemand zu sehen, so dass er das neue Haus in Ruhe umrunden konnte. Vielleicht war es ja doch nicht so schlimm, vielleicht konnte er sich doch noch damit anfreunden. Alles glänzte, das Weiß der Hauswände ebenso wie das hellbraun lackierte Holz der neuen Türen; im Fensterglas spiegelte sich die Sonne. Aber er ließ sich davon nicht blenden. Der Schmerz über das Verlorene blieb größer als die Freude über das Neugeschaffene.

Jetzt wollte er unbedingt erst mal in den Stall, um die Kühe wiederzusehen.

Er setzte seine Kiste ab, schritt auf die Dielentür zu. In diesem Moment ging die Backhaustür auf, und ein Mädchen mit geflochtenen Zöpfen trat heraus.

»Onkel Franz!«

»Marie!«

Marie war gerade mit Schularbeiten beschäftigt gewesen, als sie durch das Backhausfenster geblickt hatte. Zuerst war sie sich unsicher gewesen, wer der Mann in dem Soldatenmantel mit der grünen Kiste sein mochte. Aber dann hatte sie ihn doch erkannt. Ihre Mutter sprach ja auch schon seit Tagen von fast nichts anderem. Jetzt war sie dummerweise noch mit dem Knecht auf dem Feld.

Marie blieb wie angewurzelt vor der Tür stehen, Franz musste auf sie zugehen. Er beschränkte sich darauf, ihr zur Begrüßung die Hand zu reichen. Umarmungen, geschweige denn Wangenküsse wie in Frankreich waren auf dem Wiese-Hof seit je her unüblich, geradezu verpönt.

»So groß bist du schon, mein Gott. Bestimmt gehst du schon zur Schule.«

»Ja klar. Schon lange.«

Er wischte sich den Schweiß von der Stirn. »Warm heute, wie im Hochsommer, nich?«, sagte er. »Deine Mama ist bestimmt noch auf dem Feld.«

»Ja, aber die kommt bestimmt gleich. Wir haben schon auf dich gewartet.«

Er nickte nur. In diesem Moment kam die kleine Sophie aus dem Backhaus gehuscht. Als sie Franz bemerkte, blieb sie abrupt stehen und starrte den Fremden ängstlich an.

»O, wer ist das denn?«

»Das ist Sophie. Meine Schwester.«

»Tach, Sophie.«

Er hielt auch Sophie die Hand hin, aber die blickte nur scheu zu Boden. Daraufhin schlüpfte Marie selbstbewusst in die Rolle der älteren, vernünftigen Schwester. »Das ist Onkel Franz, Sophie. Dem kannste ruhig die Hand geben. Der tut dir nichts.« Zögernd kam Sophie der Aufforderung mit angehaltenem Atem nach, sagte aber weiter kein Wort.

Endlich entspannten sich die Gesichtszüge des Heimkehrers. »Tach, Sophie«, sagte er noch einmal lächelnd. »Wie alt bist du denn?«

Statt zu antworten, hielt sie zwei Finger hoch.

»Zwei Jahre. Dann bist du ja schon bald eine kleine Dame.«

Inzwischen waren ihre Cousinen Hilde und Emma vom Spielen zurückgekommen, und Marie stellte auch ihnen den noch fast unbekannten Onkel vor.

Franz war es peinlich, dass er den Kindern gar nichts mitgebracht hatte. Das gehörte sich ja eigentlich so, wenn man von einer langen Reise zurückkehrte, aber daran hatte er bei all der Aufregung beim besten Willen nicht gedacht. Nur für Alma hatte er ein paar Kleinigkeiten in der Kiste: eine kleine Brosche, ein Abschiedsgeschenk seiner letzten Dienstherrin, ein rotes Kopftuch, ein Glas Marmelade und einen Beutel mit Lavendel. Vielleicht konnte er das Kopftuch auch Ida schenken.

Aber jetzt wollte er erst mal sehen, wie es im Kuhstall aussah. Marie hatte Verständnis dafür und ging mit den anderen Mädchen ins Backhaus zurück.

Widerstrebende Gefühle bestürmten ihn, als er in den dunklen Stall trat. Ja, alles war neu, ungewohnt sauber und aufgeräumt, aber statt der sieben Kühe zählte er nur noch vier, und nur eine erkannte er wieder: Trudel. Sie muhte, als er ihr über die Schädelblesse strich, und die anderen Kühe stimmten in das Gebrüll ein. Wahrscheinlich glaubten sie, es gäbe was zu fressen.

Warum auch nicht? Als er nach langem Suchen endlich in der angrenzenden Diele die Schrotkiste gefunden hatte, streute er ihnen Roggenmehl in die Tröge, und da jetzt auch die Rinder in den Nachbarställen unruhig wurden, fuhr er bei ihnen mit der Fütterung fort. Er freute sich, als alle zufrieden schleckten, mampften und wiederkäuten. Ein Bild, nach dem er sich lange gesehnt hatte.

Kaum hatte er den Stall verlassen, schoss Ida auf ihn zu, die gerade noch einen Schweinestall ausgemistet hatte. Sie riss gerührt die Arme hoch und rief: »Herzlich willkommen, Franz. Schön, dass du wieder da bist.«

»Ick vestah uck noch Platt«, erwiderte er und legte ihr zur Begrüßung eine Hand auf die Schulter. Eine Zärtlichkeitsgeste, die auf dem Wiese-Hof Seltenheitswert hatte und auf einen Ausnahmezustand der Seele deutete.

Schließlich kam auch Alma mit dem Knecht vom Feld zurück. Franz hatte sich mittlerweile von seinem ersten Schock erholt und freute sich, seine Schwester endlich wiederzusehen. Da er ahnte, was Alma in seiner Abwesenheit geleistet hatte, schwang er sich trotz der weiterschwelenden Enttäuschung zu einer Lobeshymne auf.

»Dat wör goar nich so einfach«, erwiderte Alma.

»Bestimmt. Kann ick mie denken.«

Er verkniff es sich, in die Einzelheiten zu gehen – zum Beispiel nach dem Kredit zu fragen, der ihm schon in Frankreich schlaflose Nächte bereitet hatte. Inzwischen hatte Ida auch in der neuen Küche das Abendessen vorbereitet. Es gab Bratkartoffeln mit Rührei und Speck, dazu warm gemachte Milch.

Er fühlte sich nach der langen Reise wie im siebten Himmel. Es war seine Leibspeise, von der er so lange nur träumen konnte. An dem großen Tisch saßen neben den vier Mädchen auch Alfons und der Knecht Gustav, den er zuvor schon kurz begrüßt hatte. Es war ein ganz neues Gefühl für ihn, dass ihm nach der langen Gefangenschaft plötzlich so etwas wie ein Untergebener gegenüberstand. Tatsächlich behandelte ihn der etwas einfältig wirkende Kerl ehrfürchtig wie einen Chef. Mit nur wenigen Worten ließ er anklingen, dass er aus Schlesien stamme, unverheiratet war und seine Geschwister verstreut in anderen Orten Norddeutschlands lebten.

Mit argwöhnischem Blick musterte Franz seinen Schwager, der bestens gelaunt schien und vor allem die Mädchen mit seinen Geschichten zum Kichern brachte. Alma hatte ihm in ihren Briefen von einigen Streichen des Rheinländers berichtet von dem er schon vor seiner Einberufung nicht die beste Meinung gehabt hatte. Jetzt traute er dem Hallodri gar nicht mehr über den Weg, wollte sich aber nichts anmerken lassen.

»In Frankreich habt ihr bestimmt in einer Tour Rotwein getrunken?«, fragte Alfons ihn in seinem Rheinisch, nachdem er wenig begeistert auf seine Milchtasse geblickt hatte.

»In einer Tour nicht, aber ab und an schon. Ich war schließlich bei Weinbauern.«

»Ich bleib bei Bier – und bei Almas Rübenschnaps. Vielleicht könnten wir ja zur Feier des Tages mal ein Glas davon probieren.«

»Wenn Franz das möchte, gern«, entgegnete Alma. »Aber für mich ist das zu früh, ich muss noch melken.«

»Schnaps ist ja wohl auch mehr was für Männer«, erwiderte Alfons vollmundig, indem er augenzwinkernd den Heimkehrer angrinste.

Franz nickte. »Na, einen trink ich mit.«

Da er schon so viel von Almas Rübenschnaps gehört hatte, war er durchaus gespannt darauf. Als er aber das Glas mit einem beherzten Schluck geleert hatte, musste er sich schütteln. Der Alkohol brannte ihm in der Kehle, und dem bitteren Geschmack schien ein irgendwie ekliges Rübenaroma anzuhaften. Furchtbar!

Seine Reaktion war trotz aller Selbstbeherrschung nicht zu übersehen, so dass die gesamte Tischgesellschaft einschließlich der Kinder lachte und Alfons spöttisch nachhakte: »Ich glaube, du bist nichts Gutes mehr gewöhnt, Franz.«

Vor dem Melken führte Alma ihren Bruder erst einmal durchs neue Haus und erklärte ihm, was noch zu tun war. Die meisten Zimmer standen nach wie vor leer, einige waren sogar noch unverputzt. Alma wies darauf hin, dass es schwer sei, in der gegenwärtigen Lage Baumaterial oder Möbel zu bekommen, weil alle Händler ihre Waren mit Blick auf die erwartete Währungsreform horteten. »Keiner will das alte Geld mehr nehmen«, sagte sie. »Zum Glück hab ich sowieso nicht viel auf dem Sparbuch.«

Franz, der immer sparsam gewesen war und noch einige Tausend Reichsmark auf seinem Konto hatte, dachte anders darüber, wollte aber kein Klagelied anstimmen. Schmerzlicher noch als die drohende Geldentwertung war für ihn, dass ihm erst jetzt bewusst wurde, was bei dem Brand alles vernichtet worden war. Der schöne Kachelofen, das Sofa, die Sessel, Bettgestelle, Schränke, die Wanduhr mit dem großen Pendel, die Fotoalben, Bücher, sein Sonntagsanzug, sein Zylinder, die Schuhe, Gummistiefel, die ganze Arbeitskleidung. Sicher, das ließ sich alles irgendwann und irgendwie ersetzen, trotzdem aber war damit ein Teil seiner alten Welt unwiderruflich ausgelöscht.

Schweigend folgte er Alma auch auf den Dachboden. Seine Schwester teilte ihm mit, dass sie den Ausbau wunschgemäß gestoppt habe, aber immer noch meine, dass sich das Obergeschoss ganz prima für eine schöne Wohnung eigne – mit Gauben, wie sie der Bauunternehmer sowieso in der Bauzeichnung vorgesehen habe.

Doch Franz wischte den Gedanken unwirsch beiseite.

»Bloß nicht. Viel zu teuer. Das kann ruhig so bleiben, wie es ist. Wir brauchen ja sowieso einen Kornboden. Und Zimmer haben wir unten wohl genug.«

Alma wagte es nicht, ihrem Bruder zu widersprechen und schon gleich am ersten Tag einen Streit vom Zaun zu brechen. Doch es brodelte in ihr.

Noch mehr wuchs ihr Ärger, als Franz mit ihr zum Melken in den Kuhstall ging und harsch fragte, wo denn die andern Kühe seien. Da fiel es ihr schon schwerer, beherrscht zu bleiben und daran zu erinnern, dass ja schon eine Kuh bei dem Brand umgekommen war und die anderen verkauft werden mussten, weil sie zu alt waren und kaum mehr Milch gegeben hatten. Sie hätte noch erwähnen können, dass ein Rind bereits trächtig war und bald kalben und Milch geben würde, aber alles in ihr sträubte sich dagegen, dem Bruder Rechenschaft abzulegen. Das hatte sie ja wohl nicht nötig!

»Das war alles nicht so einfach«, ergänzte sie nach einem Moment des Schweigens scharf. »Kannst du dir wohl denken.«

Immerhin hatte sie mit Alfons' Hilfe für Franz ein Bettgestell mit Matratze organisiert, so dass der Heimkehrer sich nach der langen Reise endlich in einer eigenen Kammer ausstrecken und ausschlafen konnte.

Nach und nach erfuhr Franz, was sich im Dorf in den vergangenen Jahren verändert hatte. Alma erzählte ihm auch von ihren Helfern, von Siegfried und dem langen Otto, der mittlerweile anderswo Arbeit gefunden hatte und heiraten wollte. Kopfschüttelnd berichtete sie auch von Alfons neuesten Eskapaden und wie Ida unter all dem litt. Stirnrunzelnd nahm er zur Kenntnis, dass der Schwager seit wenigen Wochen für das Torfwerk arbeite, das gerade in Hademstorf eröffnet worden war. »Hoffentlich versäuft er den Lohn nicht gleich«, kommentierte Alma. Franz senkte nur bekümmert den Kopf.

Auch von der Abreise der Kriegsgefangenen erzählte Alma, erwähnte dabei aber mit keinem Wort die besondere Beziehung, die sie mit Robert verbunden hatte, und Franz, der natürlich wusste, dass Sophie das Kind des Franzosen war, fragte nicht nach.

Er hatte schließlich selbst sein Geheimnis. Bei all seinen Erzählungen von dem Leben in Südfrankreich erwähnte er Madeleine mit keinem Wort.

Doch oft noch musste er an sie denken. Er hatte sie vermisst, als er in ein anderes Weingut versetzt worden war – mit der dringenden Ermahnung, keinesfalls noch einmal Kontakt zu der jungen Frau aufzunehmen.

Nach einigen Wochen hatte er plötzlich einen Brief von Madeleine erhalten. Da sie ihm selbstverständlich auf Französisch geschrieben hatte, verstand er kaum etwas davon. Was die Worte »Je t'aime« zu bedeuten hatten, wusste er aber sehr wohl, und er begriff auch, dass sie sich mit ihm treffen wollte.

22. Kapitel

Große Umwälzungen zog der Krieg nach sich. Am 18. Juni 1948 trat in den drei Westzonen des immer noch besetzten Deutschlands die lange erwartete Währungsreform in Kraft. Die Reichsmark wurde durch die D-Mark ersetzt. Die neuen Banknoten waren schon seit den Septembertagen des Vorjahres in Amerika gedruckt worden. In einer Geheimoperation unter dem Namen »Bird Dog« wurden von Februar bis April 1948 gut dreiundzwanzigtausend Holzkisten mit der Aufschrift »Barcelona via Bremerhaven« auf einem Schiff von New York nach Bremerhaven transportiert, auf den Frachtunterlagen waren »Türknäufe« als Inhalt genannt. In Wirklichkeit steckten in den Kisten Banknoten im Gesamtwert von fünf Komma sieben Milliarden D-Mark. Von der Columbuskaje in Bremerhaven wurde das neue Geld mit acht Sonderzügen zum ehemaligen Reichsbankgebäude in Frankfurt am Main weiterbefördert – zur vorläufigen Lagerung und Verteilung.

Jeder Einwohner erhielt ein Kopfgeld in Höhe von vierzig Mark als Startguthaben in die neue Ära – einen Zwanzigmarkschein, zwei Fünfmarkscheine, drei Zweimarkscheine, zwei Einmarkscheine und vier Halbmarkscheine. Das erste neue Geld in solch vorläufigen Anrechtsscheinen gab es am 20. Juni 1948, einem Sonntag. Lange Schlangen bildeten sich schon am frühen Morgen vor allen Rathäusern und anderen Lebensmittelkarten-Ausgabestellen Zwanzig Mark in bar kam später pro Person noch dazu. Die Sparer hatten wie bei der letzten Währungsreform im Jahre 1924 wieder das Nachsehen, ihre Guthaben in Reichsmark schrumpften im Verhältnis zehn zu eins.

Die vielen Flüchtlinge, die zum großen Teil alles verloren hatten, profitierten von der Umstellung. Sie waren jetzt zumindest finanziell mit den Einheimischen gleichgestellt, und sie fanden bald auch Arbeit, um mehr Geld zu verdienen. Denn Handel und Industrie blühten auf mit der D-Mark als Kunstdünger der besonderen Art. Das Horten hatte ein Ende, plötzlich waren die Regale in den Läden wieder gefüllt, denn endlich konnten die Kaufleute für ihre Waren mit harter Währung rechnen.

Wenige Tage nach der Währungsreform in den Westzonen stellte auch die sowjetische Besatzungsmacht in der Ostzone die Währung um – aus der Reichsmark wurde hier die DM-Ost. Damit bahnte sich aber ein neuer Streit unter den früheren Alliierten an. Denn die Sowjets führten ihre neue Ostmark in allen Teilen Berlins ein, obwohl die bisherige Reichshauptstadt zum Teil unter der Verwaltungshoheit der Westmächte stand. Die Reaktion ließ nicht lange auf sich warten: Die Westmächte erklärten in den Westsektoren Berlins die D-Mark zur neuen Währung.

Damit ging der schon seit Längerem schwelende Zwist in eine neue, dramatische Runde: Am 24. Juni 1948 sperrten die Sowjets alle Zufahrtswege von Westdeutschland nach West-Berlin. Die Westmächte errichteten daraufhin eine Luftbrücke, und ihre Transportflugzeuge brachten in den nächsten elf Monaten mit rund zweihunderttausend Flügen mehr als zwei Millionen Tonnen Lebensmittel, Kohlen und andere Güter in die blockierte Riesenstadt. Gleichzeitig unterstützten die Amerikaner die Deutschen bei ihrem Wiederaufbau mit Wirtschaftshilfen, die nach dem Marshallplan flossen und sich auf insgesamt vierzehn Milliarden Dollar summierten.

Die Menschen in den Westsektoren fassten so allmählich Vertrauen zu den einstigen Feindmächten im Westen, während sie mit Sorge auf die sowjetische Besatzungszone blickten und fürchteten, dass der Kalte Krieg eskalierte und neues Unheil heraufbeschwor.

Auch Hademstorf geriet in den Sog der neuen Zeiten. Das Erdöl, das nach wie vor aus dem Marschboden gepumpt wurde, war gefragter denn je, und die guten Löhne, die bei der Ölförderung gezahlt wurden, zogen eine wachsende Zahl von Arbeitskräften an, die sich am Hansadamm in einer eigenen Siedlung niederließen. Hinzu kam das Torfwerk, das vor allem Flüchtlingen eine neue Beschäftigungsmöglichkeit bot. Das einstige Bauerndorf begann sich auf diese Weise zu einer aufstrebenden Arbeitergemeinde zu mausern.

Das bekamen auch Alma und Franz auf dem Wiese-Hof zu spüren. So leicht wie in der Nachkriegszeit war es bald nicht mehr, Helfer für Ackerbau und Viehzucht zu finden, und Rübenschnaps und Kartoffeln standen als Ersatzwährung auch nicht mehr so hoch im Kurs. Hinzu kam, dass die Sparguthaben der Geschwister auf ein Zehntel geschrumpft waren, gleichzeitig aber alle möglichen Gerätschaften, die bei dem Brand zerstört waren, neu beschafft werden mussten. Eine neue Dreschmaschine war ebenso unverzichtbar wie eine neue Kreissäge oder eine Mähmaschine. Vor allem träumte Franz davon, sich endlich wie andere Bauern im Dorf einen Trecker anzuschaffen. Den erforderlichen Führerschein hatte er schon beim Militär gemacht. Aber für einen Trecker war erst einmal kein Geld da. Sein Sparguthaben war fast aufgebraucht, und die Bauarbeiten waren ja noch nicht einmal abgeschlossen. Immerhin gab es jetzt gutes Geld für Milch und Fleisch, für Korn und Kartoffeln, und anders als vorher bekam man jetzt im Gegenzug für Geld fast alles.

Erfreuliche Nachrichten erhielt Franz von seinem Kriegskameraden: Willy Motzkus hatte nach vielen vergeblichen Versuchen über den Suchdienst des Roten Kreuzes erfahren, dass seine Frau Elfriede noch am Leben war. Die Sowjets hatten sie verschleppt und in ein Arbeitslager in Sibirien gesteckt. Sofort schrieb Willy ihr einen Brief, der sie nach einigen Wochen auch tatsächlich erreichte – buchstäblich in letzter Minute. Denn weil sie krank und somit nicht mehr arbeitsfähig war, hatte man sie entlassen. Sie saß an diesem warmen Juli-Tag schon transportbereit auf der Ladefläche eines Lastwagens, als Frauen ihr zuriefen: »Friedchen, Friedchen, du hast Post.« Post aus Rühen. Welch ein Glück: Damit wusste Elfriede Motzkus nicht nur, das ihr Mann den Krieg überlebt hatte, sie hatte auch eine Adresse, die sie in Deutschland ansteuern konnte. Und nach einem Krankenhausaufenthalt in Göttingen konnte sie schließlich ihren Mann wieder in die Arme schließen – abgemagert und nach wie vor krank, aber zuversichtlich. Denn mittlerweile hatte Willy auch die beiden verlorenen Töchter ausfindig gemacht. Sie lebten zuletzt in getrennten Pflegefamilien im thüringischen Meiningen und durften nun im Zuge der Familienzusammenführung zu ihren Eltern nach Niedersachsen reisen.

Franz freute sich mit seinem Kriegskameraden, der so lange um seine Familie gebangt hatte und oft verzagt gewesen war. Er gönnte es dem gutmütigen Kerl. Gleichzeitig keimte in ihm selbst der Wunsch nach einer Frau und Kindern auf.

Madeleine? Nein, die gehörte einem vergangenen Kapitel seines Lebens an, wenn er auch manchmal noch an sie dachte und sich ihren schönen Körper und die Bilder der Liebe am See ins Gedächtnis rief. Ja, das war immer noch erregend, aber es war vorbei. Madeleine lebte zu Hause in Südfrankreich. Was sollte sie in der Heide? Was sollte er mit ihr auf seinem Bauernhof anfangen? Schon bei dem letzten Treffen war trotz aller Treueschwüre deutlich geworden, dass diese Liebe keine Zukunft hatte, und vor seiner Abreise hatte er ihr in einem Brief alles Gute für ihr weiteres Leben gewünscht, ihr damit aber auch unmissverständlich Adieu gesagt.

Er hatte ja auch gar keine Zeit für eine Frau. Erst einmal musste er den Hof wieder in Schuss bringen, wieder Tritt fassen, auch Alma zu verstehen geben, wer der Herr im Haus war, der Bauer natürlich! Sie hatte wirklich viel geleistet während seiner Abwesenheit, das musste man ihr lassen. Aber so konnte es nicht weitergehen. Schon der Winterroggen! Wie schlecht der aufgelaufen war, wie dünn der stand! Wie verkrautet alles war! Ein Trauerspiel. Wahrscheinlich hatte sie gar keinen Kunstdünger gestreut. Die wusste ja gar nicht, wie man ein Feld bestellte. Was alles zu beachten war – Sachen, die er in der Ackerbauschule gelernt hatte. Ja, eigentlich hätte er alles umpflügen und neu ansäen müssen, aber das wollte er Alma nicht antun. Außerdem war es dafür zu spät in der Jahreszeit.

Alles in allem fiel die Ernte dann im ersten Jahr seiner Heimkehr gar nicht so schlecht aus. Die Kartoffeln und Rüben gediehen sogar ganz prächtig. Aber dann brandete neuer Streit auf, weil Alma unbedingt wieder ihren Rübenschnaps brennen wollte. Dabei hatten sich die Zeiten doch geändert. Wer wollte diesen Fusel jetzt noch saufen? Außerdem war er der Meinung, dass es auf dem Hof für Alma weiß Gott genug zu tun gab. Aber Alma gab nicht nach.

23. Kapitel

Beunruhigende Nachrichten hielten die Welt in Atem. Der Kalte Krieg ließ die Drohgebärden in West und Ost martialischer werden, ein nukleares Wettrüsten war die Folge. Josef Stalin ließ seine ersten Atombomben zünden, um mit Harry S. Truman gleichzuziehen. Die Vereinigten Staaten hatten gezeigt, dass die Zerstörungskraft ihrer Wasserstoffbomben noch um ein Vielfaches höher war als die ihrer Atombomben von Hiroshima und Nagasaki. Dabei hatten die schon mehr als zweihunderttausend Menschen getötet. Auch England und Frankreich verseuchten die Welt mit ihren Atombombentests – vorzugsweise auf entlegenen Inseln. Unterdessen bahnte sich in Korea ein neuer Krieg an. Beflügelt von beängstigenden Kriegsszenarien und der schwelenden Berlin-Krise trieben die USA die Gründung eines Verteidigungsbündnisses voran, um den Warschauer Pakt im Osten mit einem Gegengewicht im Westen im Zaum zu halten. Zur gleichen Zeit formierte sich in den deutschen Westzonen die Bundesrepublik Deutschland mit dem Grundgesetz und den ersten Wahlen, aus denen die CDU/CSU als Sieger hervorgingen – mit Konrad Adenauer als Bundeskanzler.

An den Spitzen der deutschen Gesellschaft waren trotz aller Veränderungen viele bekannte Gesichter zu sehen – Köpfe, die schon Hitler und seinen Leuten erfolgreich zugenickt hatten.

Auch in Hademstorf hatten wieder die gleichen Männer wie im »Dritten Reich« das Sagen. Der entnazifizierte Bürgermeister übte weiter sein bisheriges Amt aus, und frühere SS-Leute hatten keine Scheu mehr, mit Parolen aus der NS-Zeit vollmundig die Gegenwart zu kommentieren, natürlich in leicht abgewandelter Form. Besonders gesprächig wurden sie unter dem Einfluss von Schnaps und Bier und im Kreise ihrer vertrauten Stammtischrunden.

Dazu zählte auch Kurt Melder. Der frühere Obersturmbannführer war sowohl in den Gemeinderat eingezogen als auch stellvertretender Ortsbrandmeister geworden. Seinen schmalen Oberlippenbart hatte er sich selbstverständlich gleich nach dem Ende des Krieges abrasiert. Sogar für den Kreistag hatte er schon kandidiert, aber nicht die genügende Stimmenzahl bekommen. Sein Geld verdiente er zurzeit noch bei der Wach- und Schließgesellschaft, hatte aber gute Aussichten, zu einem hannoverschen Sicherheitsdienst zu wechseln, der besser zahlte und Mitarbeiter mit Erfahrungen suchte.

Dass frühere Nazis Auftrieb bekamen und alte Sprüche wieder salonfähig wurden, ging auch an Alma nicht vorbei. Es gab immer noch Leute, die sich – meist hinter vorgehaltener Hand – über die Affäre mit Robert ereiferten und Sophie als »Franzosenkind« bezeichneten, das eigentlich zur Dorfgemeinschaft nicht dazugehörte.

Das schmerzte, machte sie bisweilen so zornig, dass sie die Fäuste ballte und Flüche ausstieß. Sie schützte sich vor dem Gerede, indem sie weiter Abstand zum geselligen Dorfleben hielt und abtauchte in die Welt des Hofes im Wechsel der Jahreszeiten. Warum sollte sie auf Schützenfeste oder Erntefeste gehen, um sich mit Ratzeputz und lauter Musik in Stimmung zu bringen? Ihre Festtage spielten sich unter freiem Himmel ab. Die Natur hielt mehr Schönes bereit als jeder dieser Heimatfilme, die neuerdings in den Kinos zu sehen waren und alle zum Schwärmen brachten. Jede Jahreszeit hatte ihre Wunder. Der Frühling mit seiner Aufbruchstimmung, den heimkehrenden Störchen und dem schwellenden Grün, der Sommer mit seinen flirrenden Hitzetagen und lauen Nächten, dem Morgentau und Wiesenblumen, der Herbst mit dem fallenden Laub, der Ernte und der zarten Todesahnung, die mit den ersten Nachtfrösten und dem Raureif über das Land kroch. Dann der Winter mit seiner eisigen Ruhe und den langen Nächten, mit glitzernden

Sternen und fahlem Mondlicht. Jeden Tag malte der Himmel die schönsten Gemälde. Wenn rotglühend die Sonne unterging oder der Morgen graute und die Vögel zum Erwachen brachte, wenn sich vor granitgrauem Hintergrund ein Regenbogen wölbte oder Schäfchenwolken über den blauen Horizont zogen. Das war doch wunderbar! Allein die Zugvögel, die den Himmel auf ihre Art bevölkerten. Alma hielt unwillkürlich bei ihrer Arbeit inne und blickte andachtsvoll auf, wenn im Herbst und Frühling Scharen von Graugänsen über das Dorf flogen. Man konnte sie schon hören, bevor man sie sah. Das Geschrei in der Luft, die aufgeregte Unterhaltung da oben, das wirre, kreischende Debattieren.

Aber die Natur hatte auch ihre bedrohlichen Seiten. Sommergewitter zum Beispiel waren für die Dichter vielleicht von atemberaubender Dramatik und Schönheit, wenn man ihnen unmittelbar ausgeliefert war, konnten sie einem aber auch Angst machen – und Unheil anrichten.

Alma hatte schon am Vortag gedrängt, denn die Warnzeichen waren unübersehbar. Es wurde noch schwüler, das Barometer ging auf »Sturm«. Unbedingt müsse jetzt das restliche Heu von der Wiese geholt werden, sagte sie. Schließlich sei es schon einmal nass geworden. Aber Franz ließ sich nichts von ihr sagen.

»Ist doch noch viel zu nass, das Gras«, hielt er ihr entgegen. »Wenn wir das so in die Scheune packen, haben wir in Nullkommanix den schönsten Schwelbrand.«

»Unsinn, das Heu ist trocken.«

Aber Franz ließ sich nicht beirren und mähte auf einer anderen Wiese noch mehr Gras.

Endlich dann ließen sie sich mit ihrem Leiterwagen vom Fährmann über die Aller setzen, um das Heu auf der Marschwiese ins Trockene zu bringen, und jetzt zog es sich tatsächlich immer mehr zu. Blaugraue Wolkenungetüme türmten sich übereinander und bildeten bedrohliche Gewitterköpfe.

Von Minute zu Minute wurde es drückender. Schwalben flogen schon seit dem späten Vormittag tief. In einem fort musste man nach den Bremsen schlagen, die wie Vampire über einen herfielen und sich auf der Haut festsaugten.

Wie üblich hatte Alma ihre Töchter mitgenommen. Marie half schon, das Heu zusammenzuharken, Sophie suchte Champignons, schleppte aber meist nur Giftpilze an.

Alma stand mit Gustav auf dem Wagen, während Ida und Franz von beiden Seiten das Heu anreichten und die Pferde antrieben. Der Schweiß lief allen über Rücken, Arme und Beine und lockte die Bremsen zusätzlich. Immerhin war das Fuder schon auf drei Lagen emporgewachsen. Als Franz eine kleine Verschnaufpause vorschlug, erhob Alma Einspruch. »Dafür ist jetzt keine Zeit, guck mal zum Himmel.«

»So sieht es schon den ganzen Tag aus«, widersprach Franz. »Da kommt nichts mehr. Der Wind treibt die Gewitterwolken weg.«

»Davon träumst du aber auch nur.«

Franz ließ sich nicht beirren. Trotzig ging er zum Wiesenrand und holte die Flaschen mit dem verdünnten Johannisbeersaft und dem kalten Kaffee. Auch Sophie und Marie sollten ihren Durst löschen. Kurze Zeit später machten die Flaschen die Runde. Nur Alma verweigerte sich verärgert. »Ich verdurste lieber, als dass ich mich gleich vom Blitz totschlagen lasse.«

Wenige Atemzüge später sah sie sich bestätigt: Kaum hatten Franz und die anderen den Kindern die leeren Flaschen übergeben, um mit der Arbeit fortzufahren, rumpelte Donnergrollen durch die Marsch. Alle ahnten, was das bedeutete.

»Hörst du?«, rief Alma ihrem Bruder zu. »Geht schon los.«

Aber Franz gab sich immer noch unbeeindruckt. »Das ist weit weg. Eine Lage schaffen wir auf jeden Fall noch, und dann nichts wie nach Hause.«

Doch sowie er den Satz beendet hatte, fielen schon die ersten dicken Tropfen. An eine Fortsetzung des Heuladens war nicht mehr zu denken. Jetzt ging es nur noch darum, das geladene Heu so schnell wie möglich mit Seilen zusammenzubinden und für den Heimtransport zu sichern. Aber dafür war es schon zu spät. Der Regen wurde stärker, die Donnerschläge kräftiger. Deutlich zu sehen waren jetzt vor dem dunklen Himmel die Blitze, wie sie in Zickzacklinien auf die Marschwiesen herabschossen, gefolgt von krachendem Donner, der die Pferde scheuen ließ und die Kinder in Angst versetzte.

Als das Heu halbwegs verschnürt war, ließen sich Alma und Gustav an den Seilen herab und hockten sich mit den anderen schicksalsergeben neben den Heuwagen, dessen Ladung ein wenig Schutz bot. Denn jetzt begann es zu regnen, zuerst nur einzelne dicke Tropfen, dann goss es in Strömen. Ida nahm Marie auf den Schoß, und Alma nahm die kleine Sophie, die sich ängstlich an sie kuschelte und bei jedem Donnerschlag zusammenzuckte.

Alma wusste, was Blitze anrichten konnten. Sie ängstigte sich ebenfalls und drückte ihre Tochter an die Brust. Nach rechthaberischem Triumphieren stand ihr nicht der Sinn. Franz wusste wohl auch so, dass ihre Ermahnungen mehr als begründet gewesen waren.

Es krachte ohrenbetäubend. Diesmal war es nicht nur der Donner. Ein Blitz war in eine Birke am Wiesenrand gefahren und hatte einen dicken Ast abgerissen. Niemand sagte etwas. Nur das Rauschen des Regens und unablässige Krachen aus unterschiedlichen Richtungen und Entfernungen war zu hören.

Da das Wiesenstück von allen Seiten von Flussarmen umschlossen war, hielt sich das Unwetter hier länger als andernorts. Das Gewitter wollte nicht weichen. Wenn man schon hoffte, dass es allmählich nachließ, löste sich ein weiterer Blitzschlag aus den Wolken und ließ die Erde vom nachfolgenden Krachen erbeben.

Alma fühlte sich in die letzten Kriegstage zurückversetzt

und betete, dass der liebe Gott diesmal das Haus verschonen möge.

Endlich, es ging bereits auf den Abend zu, ließ das Unwetter nach. Der Regen hörte auf, die Wolken verzogen sich und innerhalb weniger Minuten schien wieder die Sonne. Jetzt erhob sich zwischen Alma und Franz ein neuer Streit über die Frage, ob man das nasse Heu gleich wieder abladen sollte oder ob man es auch zu Hause trocknen könne. Diesmal setzte sich Alma durch, die erfolgreich dafür plädierte, nur die oberste Schicht abzutragen.

Neue Meinungsverschiedenheiten brandeten zwischen den beiden auf. Dabei ärgerte sich Alma nicht nur über Starrsinn und Rechthaberei ihres Bruders, als besonders kränkend empfand sie es, wenn er so tat, als habe sie in seiner Abwesenheit so gut wie alles falsch gemacht. Die von ihr ausgewählten Pflanzkartoffeln waren minderwertig, die Wiesen verwildert, die Kühe gaben zu wenig Milch, und die Schweine setzten zu wenig Speck an. Von Dankbarkeit keine Spur. Nein, das konnte sie sich nicht mehr anhören. Da musste sie gegenhalten, sich wehren.

Die Meinungsverschiedenheiten beschränkten sich nicht auf Ackerbau und Viehzucht. Auch im Haus kam es zu Zusammenstößen. Immer wieder ärgerte sich Alma darüber, wie wenig Wertschätzung ihr Bruder den neuen Wohnräumen entgegenbrachte, wie unordentlich und schlampig er sich in seiner bäuerlichen Selbstherrlichkeit aufführte.

Wie oft schon hatte sie ihm gepredigt, dass er sich die dreckigen Gummistiefel ausziehen sollte, wenn er in die Küche oder Stube stolzierte? Er kümmerte sich buchstäblich einen Dreck darum. Ebenso wenig einsichtig zeigte er sich, wenn sie ihm sagte, dass er nach dem Ausmisten nicht tagelang den Mist direkt vor der Haustür liegen lassen sollte. Die Küchendecke war in den Sommermonaten sowieso schon schwarz von den vielen Fliegen, die sich in den angrenzenden Ställen tausendfach vermehrten.

Dass überall im Haus Mäuse herumliefen, weil er sie mit seinen achtlos verstreuten Essensresten anlockte, war ja schon schlimm genug, aber die Hutschnur platzte ihr, als er eines Tages eine Maus mit dem Besenstiel totschlug und sich keine Mühe machte, das tote Nagetier umgehend zu entfernen. Nein, er schob die Maus einfach in die Ecke und fuhr damit fort, seelenruhig seine Bratkartoffeln zu verzehren – natürlich direkt aus der Pfanne mit seinen dreckigen Fingern!

Das kalte Grausen kam über sie, wenn sie die Speisekammer betrat. Denn Franz nutzte den kleinen Raum, der eigentlich den Lebensmittelvorräten vorbehalten sein sollte, als Werkzeugkammer. Zwischen Würste und Sirupfässer stellte er Dosen mit rostigen Nägeln und Schrauben, neben dem Suppentopf legte er schmierige Schraubenschlüssel ab, und in den Regalen mit den eingemachten Bohnen und Gurken bewahrte er alte Antriebsriemen auf. Besonders peinlich war es ihr, wenn bei einem Geburtstag Außenstehende in den Vorratsraum kamen, um einen Kuchen abzustellen.

Äußerst ärgerlich für sie war es, dass er nur selten Rücksicht darauf nahm, wenn sie im Haushalt zu tun hatte – eine Arbeit, die für ihn offenbar nicht als Arbeit zählte. So kam es vor, dass er sie beim Wäschewaschen unterbrach, indem er ihr einen geschlachteten Hahn auf den Tisch legte, der jetzt unbedingt erst mal gerupft werden musste.

Hätte sie nicht so viel Übung darin gehabt, ihre Gefühle im Zaum zu halten, wäre sie täglich explodiert. Dabei hatte er durchaus seine liebenswürdigen Seiten. Er war besorgt um sie, wenn sie kränkelte, kümmerte sich liebevoll um die beiden Mädchen und überraschte die Familie, wenn er abends zur Mundharmonika griff und seine schönen Lieder spielte.

Dass er sich im Haus so gehen ließ, führte Alma auch auf seine Kriegszeit und die Gefangenschaft zurück – Jahre, in denen er zusammen mit anderen Männern auf engem Raum gelebt hatte und froh gewesen war, ein bisschen zu essen zu bekommen. Da hatte er wohl verlernt, auf Ordnung und Sauberkeit achtzugeben.

Ihr schien, dass der Krieg auch sonst noch in ihm herumspukte. Nachts hörte sie ihn manchmal im Bett laut schreien. Wie ein Tier in Todesängsten. Wenn sie ihn am nächsten Tag darauf ansprach, tat er als wüsste er von nichts, beschränkte sich allenfalls auf vage Andeutungen. Sie war sich aber ziemlich sicher, dass es Kriegserlebnisse waren, die ihn im Schlaf aufwühlten.

Er selbst erzählte nur wenig von all dem, beteuerte, dass es ihm zuletzt recht gut ergangen war bei den Weinbauern. Sogar ein bisschen Französisch habe er da gelernt. »Travail, travail« und so weiter. Selbstverständlich verlor er kein Wort über irgendwelche Frauenbekanntschaften.

Dass jetzt in der Heide eine Frau in sein Leben treten sollte, erfuhr sie erst von Verwandten.

24. Kapitel

Die Temperaturen lagen nur knapp über Null, Schneegrieseln und böiger Wind. Nein, dieser Sonnabend im Februar 1950 war kein schöner Tag. Trotzdem sah man in Hademstorf viele lachende Gesichter. Angeführt von einem Ziehharmonika-Spieler zogen verkleidete Gestalten über die Dorfstraßen: eine Prinzessin mit weißem Kleid und goldener Krone, eine zerlumpte Zigeunerin, gleich zwei Piraten mit den klassischen Augenbinden, Charlie Chaplin mit Schnauzbart und Melone, Cowboys, Indianerinnen, Kinderwagen, in denen keine Kinder lagen, sondern Katzen, ein kleiner Pastor im Talar und der Teufel mit langem Schwanz und Papphörnern.

Viele Kinder, aber auch einige Erwachsene spazierten

mit. Zeigte sich jemand vor der Haustür und rieb sich verwundert die Augen oder schüttelte missbilligend den Kopf, schallte ihm ein ausgelassenes »Helau« entgegen.

»So ein Tag, so wunderschön wie heute, so ein Tag, der dürfte nie vergehen …« Ja, es wurde auch gesungen. Der Mann, der fast alle Lieder anstimmte, war schon bei größeren Karnevalsumzügen mitgezogen: Alfons. Jetzt, fünf Jahre nach Kriegsende, war er auf die Idee gekommen, den Karneval auch in Hademstorf einzuführen.

»Warum sollen wir hier in der Heide dat ganze Jahr Trübsal blasen?«, hatte er schon lange vor Weihnachten in der Kneipe getönt. »Karneval is doch dat Schönste, wat et jibt. Wär doch jelacht, wenn wir nicht auch in unserm Kaff die trüben Tassen zum Tanzen bringen könnten.«

Der fidele Rheinländer gefiel sich bei dem Umzug im Kostüm des Teufels – vielleicht auch eine kokette Anspielung auf seinen angeschlagenen Ruf, seinen zweifelhaften Ruhm als teuflischer Verführer.

Marie, Sophie und seine Tochter Hilde waren gleich begeistert gewesen, Emmy, Alfons älteste Tochter, hatte die Idee wie alle Einfälle ihres Vater dagegen abgelehnt. Sie fand die Maskerade albern. Einfach nur peinlich. Eine Schnapsidee im wahrsten Sinne des Wortes!

Aber dann war auch sie von der allgemeinen Vorfreude erfasst worden und hatte sich noch kurz vor dem großen Tag von ihrer geschickten Mutter ein Mäusekostüm schneidern lassen. Bei der anschließenden Feier in Schultens Gasthaus sollte nämlich das schönste Kostüm ausgewählt und mit einer Schachtel Pralinen prämiert werden. Da wollte sie nicht zurückstehen.

»Hademstorf alaaf«, rief Anton übermütig einem Arbeitskollegen vom Torfwerk zu, der den Umzug amüsiert von seinem Hoftor aus verfolgte. Der Mann winkte zurück, und Alfons stimmte ein neues Lied an. »Wer soll dat bezahlen, wer hat so viel Jeld?«

Alma und Ida blieben dem närrischen Treiben selbstverständlich fern. Sie unterbrachen ihre Arbeit nur kurz, als die bunte Truppe am Hof mit ihrer Musikbegleitung vorbeizog. Als einige winkten, da winkten aber auch sie, neben einer Schiebkarre mit Heu stehend, lächelnd zurück.

Franz ließ sich beim Ausmisten dagegen nicht stören. »Verrückter Kerl«, murmelte er vor sich hin, denn er hatte natürlich mitgekriegt, dass dieser Karneval zwei Tage vor Rosenmontag auf Alfons Mist gewachsen war. Aber ihm gingen andere Gedanken durch den Kopf.

Schon im November vergangenen Jahres hatte die Sache angefangen. Bei einem Geburtstagsbesuch hatte ihn seine Schwester Grete, die in Eickeloh verheiratet war, mit geheimnisvoller Miene zur Seite genommen, erst ganz allgemein nach seinem Befinden gefragt und sich dann erkundigt, ob es nicht allmählich Zeit für ihn sei, sich eine Frau zu suchen. Was sollte er dazu sagen?

Nachdem er kurz etwas Unverständliches in seinen Dreitagebart gebrummelt hatte, erläuterte sie erst zögernd, dann zunehmend selbstsicherer ihren Vorschlag. Es ging um eine Frau, die aus ihrer Nachbarschaft stammte, eine Frau, die gut zu ihm passen würde. Hanna.

»Hanna? Kohlgartens Hanna?« Die kannte er natürlich, klar, hatte aber lange nichts mehr von ihr gehört. Seine Schwester erzählte ihm jetzt, dass die Bauerntochter während des Krieges einen Landwirt geheiratet habe, der aber schon kurze Zeit nach seiner Einberufung gefallen sei. Jetzt lebe sie mit ihrer Stieftochter in Nebelhagen – nur acht Kilometer Luftlinie von Hademstorf entfernt.

»Patente Frau«, sagte Grete. »Fleißig und ordentlich. In Eickeloh sind immer alle gut mit ihr ausgekommen.« Augenzwinkernd erinnerte sie nebenbei daran, dass Hanna von ihren Eltern »einen schönen kleinen Hof« geerbt habe. »Und gut tanzen kann sie auch.«

»Tanzen?«

Grete, die wusste, dass ihr Bruder alles andere als ein Tänzer war, lachte schallend, als sie sein Gesicht sah. »Die wird dir schon noch den Hamburger beibringen.«

»För sau watt heff ick keine Tiet«, erwiderte Franz ernst und abwehrend.

Grete blieb hartnäckig. »War ja auch bloß ein Spaß«, fuhr sie fort. »Aber angucken kannst du sie dir doch mal. Nächste Woche kommt sie zu uns zu Besuch. Dann guck doch mal vorbei. Könnt ihr euch 'n bisschen beschnuppern, ihr beiden.«

Franz wand sich erst etwas. Er war kein Mann der schnellen Entschlüsse und bisher eigentlich auch nicht auf Brautschau gewesen. Aber vollkommen abwegig erschien ihm der Vorschlag nicht. Verlockend war vor allem der Gedanke, dass Hanna ihren Hof mit in die Ehe einbringen würde. Ihr Elternhaus am Kohlgarten war zwar kein Gutshof, aber so winzig auch wieder nicht, und ein paar Morgen Land konnte er schon noch gebrauchen. So antwortete er mit zwei Worten, die sein Leben auf ein neues Gleis bringen sollten: »Mol kieken.«

Tatsächlich folgte er eine Woche später der Einladung seiner Schwester, und Grete fand an ihrer Rolle als Kupplerin zunehmend Gefallen.

Franz Wiese sprang, wie man so sagt, über seinen Schatten, überwand sich, um mit Kohlgartens Hanna ins Gespräch zu kommen und schaffte es zu seiner grenzenlosen Erleichterung sogar. Sie erzählte ihm freimütig, dass es nicht leicht für sie sei, bei Onkel und Tante in Nebelhagen noch einmal ganz von vorn anzufangen, nachdem ihr noch jugendlicher Stiefsohn sie mit Hilfe seines Vormunds vom Hof ihres gefallenen Mannes vertrieben hatte. Dabei ließ sie durchblicken, dass die Ehe eigentlich nur wenige Wochen gedauert habe. Im zweiten Kriegsjahr erst sei die erste Frau ihres Mannes gestorben, daher sei sie ursprünglich als Haushälterin auf den Hof gekommen. Ihr Mann sei ihr deshalb fremd geblieben, ans Herz gewachsen sei ihr aber ihre Stieftochter. Anna. Die habe sie natürlich mitgenommen nach Nebelhagen.

Franz zeigte Verständnis und blickte interessiert auf das blonde Mädchen mit den freundlichen, wachen Augen, von dem Hanna gerade sprach.

»Und du? Wie ist es dir ergangen?«

Er war es nicht gewohnt, von seinem Leben zu erzählen, umriss daher seine Kriegszeit und die Jahre der Gefangenschaft in Südfrankreich nur in wenigen, kargen Sätzen. Stolz führte er Hanna aber vor, dass er auch ein bisschen Französisch gelernt hatte. Ja, und jetzt gehe allmählich alles wieder seinen gewohnten Gang. Nur nebenbei sprach er davon, dass in den letzten Kriegstagen Wohnhaus und Kuhstall abgebrannt, mittlerweile aber schon wieder aufgebaut waren. Alma erwähnte er nicht. Hanna hatte selbstverständlich schon gehört, dass Franz den Hof mit zwei Schwestern bewirtschaftete. Aber mit denen würde sie schon klarkommen, wenn sie mit anpackte. Schlimmer als bei ihrer knausrigen Tante in Nebelhagen konnte es jawohl nicht sein. Außerdem hätte sie auf dem Wiese-Hof auch einen anderen Stand, wenn sie Franz wirklich heiratete. Vielleicht war es überhaupt die letzte Gelegenheit, noch einen Mann abzubekommen. Sie war schließlich nicht mehr die Jüngste. Aber für solche Überlegungen war es noch zu früh. Sie kannte Franz ja bisher kaum. Aber er gefiel ihr, zwar etwas wortkarg und ein bisschen schüchtern, aber wenn er etwas sagte, hatte das immer Hand und Fuß – und war manchmal sogar so witzig, dass sie lachen musste. Nein, Franz war für sie mehr als nur eine gute Partie. Er roch zwar immer ein bisschen nach Kuhstall, war schlecht rasiert und seine Fingernägel mit den blauschwarzen Trauerrändern sahen zum Gotterbarmen aus, aber er hatte ein schönes Gesicht und eine gute Figur.

Für allgemeine Heiterkeit sorgte er, als er sich den Likör, der irgendwann auf den Tisch kam, aus Versehen in den Kaffee kippte und die Tasse dann tapfer leerte. Mit amüsierten

Blicken beobachtete die Kaffeegesellschaft auch, wie er sich eine schon angerauchte Zigarre aus der Jackentasche fingerte, großspurig anzündete und dann hustend in seinem eigenen Qualm abtauchte. Für alle war unübersehbar, dass er es nicht gewohnt war, sich in Gesellschaften zu bewegen. Das blieb auch Hanna nicht verborgen, aber es hinderte sie nicht daran, eine zärtliche Zuneigung zu diesem täppischen Bauern zu fassen.

Als alle aufbrachen, lud sie Franz ein, sie an einem der Adventssonntage mal in Nebelhagen zu besuchen. Mit dem Rad könne er ja bequem über die Aller-Schleuse fahren. »Keine halbe Stunde.«

»Mol kieken.«

An dieser Stelle mischte sich Grete, die den Abschiedsplausch mit halbem Ohr verfolgt hatte, in das Gespräch ein. »Mol kieken?«, wiederholte sie mit schmunzelnder Missbilligung. »Das sagt er immer. Das kenn ich schon. So wird das nie was.« Ganz ungeniert schlug sie vor, doch gleich Nägel mit Köpfen zu machen und den Besuchstag festzulegen. Vielleicht am ersten Advent?

Niemand wagte es, der Gastgeberin und forschen Kupplerin zu widersprechen, so war es abgemacht.

Leider regnete es ziemlich stark an diesem 4. Dezember 1949, so dass er durchnässt in Nebelhagen ankam. Aber Hanna bot ihm ein Hemd ihres Onkels an und hängte seine nassen Sachen zum Trocknen vor den Kachelofen. Schnell war der Regen vergessen. Bald schon war ihm so warm, dass ihm Schweißperlen auf die Stirn traten, und der Zitronenkuchen, den Hanna eigens für ihn gebacken hatte, schmeckte ihm so gut, dass er nach einigen Bissen seine Schüchternheit überwand und für seine Verhältnisse ungewöhnlich gesprächig wurde. Dass er sich dabei ausschließlich auf Fragen der Landwirtschaft beschränkte, enttäuschte Hanna keineswegs. Zum einen war sie selbst durch und durch Bäuerin, und zum andern waren bei dem Kaffeebesuch auch Onkel Richard und Tante Clara zugegen, so dass allzu intime Bekundungen wechselseitiger Wertschätzung schon aus diesem Grunde nicht in Frage gekommen wären – abgesehen davon, dass Geständnisse der Zuneigung Franz sowieso nur schwer über die Lippen kamen. Von Liebe ganz zu schweigen.

Zu anderer Ausdrucksweise steigerte er sich, als er mit Hanna Briefe wechselte. Da gestand er ihr, dass er oft, besonders in der Nacht, an sie dachte, schwärmte von ihrem schönen Gesicht und ihrem »guten und ruhigen Charakter« und schreckte nicht vor romantischen Metaphern und Vergleichen zurück, die ihm aus Löns-Gedichten und Schlagern haften geblieben waren.

Die Briefe, mit denen sie ihm antwortete, waren zwar in der Tonlage nüchterner gehalten, bestärkten ihn aber in seiner Hoffnung, dass sie es ernst meinte. Schon bald nach Weihnachten lud er sie ein, ihn auch mal in Hademstorf zu besuchen.

Gegenüber Alma hatte er anfangs noch kein Wort über seine Freundin verloren, für seine Besuche in Nebelhagen stets berufliche Gespräche über die Pachtung oder den Ankauf weiterer Wiesen auf der anderen Allerseite vorgeschoben und sogar die Briefträgerin abgefangen, wenn er mit Post von Hanna rechnete. Aber Alma wusste längst Bescheid. Schon Grete hatte ihr zugeflüstert, dass sich da etwas anbahnte. Und dass sich ihr Bruder plötzlich am Sonntag wusch und fein machte, war ein deutliches Zeichen dafür, dass etwas im Busche war.

Sie war also nicht überrascht, als Franz ihr drucksend und mit nervösem Augenzucken von dem bevorstehenden Besuch berichtete. Ida bat er sogar, einen Kuchen zu backen.

Obwohl sich Hanna bemühte, freundlich und bescheiden aufzutreten, verlief die Begegnung mit den beiden Schwestern ziemlich kühl. Alma und Ida verhielten sich höflich und gastfreundlich, blieben aber wortkarg.

»Die denken wohl, dass ich mich hier ins gemachte Nest legen will«, sagte Hanna später zu Franz.

Doch der wollte davon nichts hören und betonte, das sei »so ihre Art«. Schon bald würde das Eis sicher brechen. Hanna ließ sich denn auch von Franz besänftigen und gewöhnte sich allmählich an den Gedanken, diesem merkwürdigen, aber liebenswerten Kerl das Ja-Wort zu geben und nach Hademstorf überzusiedeln.

Alma behagte die Aussicht gar nicht. Sie fürchtete, dass ihr noch mehr Geringschätzung entgegenschlug, wenn eine Schwägerin auf den Hof kam und sich als Landwirtsfrau aufspielte. War das der Lohn für alles, was sie im Krieg und besonders danach auf dem Hof geleistet hatte? Der Dank für all die Schufterei? Die Gedanken an die Zukunft lasteten ihr schwer und immer schwerer auf der Brust: ein Leben als alte Tante, missachtet und an den Rand gedrängt.

Dabei hatte ihr mancher Mann aus der Stadt in den schlimmen Monaten nach dem Krieg schöne Augen gemacht. Doch sie hatte alle abblitzen lassen, war mit dem Hof verheiratet gewesen, der sie von morgens bis spät abends in Atem hielt. Nicht mal für ihre Kinder hatte sie sich ausreichend Zeit genommen. Und nun?

Als sie an diesem Karnevalstag zum Kuhstall zum Melken ging, wehten vom Gasthaus in der Nachbarschaft Walzerklänge herüber. War das der Schneewalzer? Egal! Das war nicht ihre Welt. Hauptsache, Marie und Sophie hatten ein bisschen Spaß.

Wenig später kamen sie zurück. Während sie noch unter einer Kuh saß, stürmten die beiden in ihren Kostümen in den Stall und erzählten aufgeregt, dass einige Männer schon betrunken waren, wie lecker Bockwürstchen und Kartoffelsalat, Schillerlocken und Brause geschmeckt hatten, dass ein Mädchen auf dem Klo gekotzt habe, und vor allem wie spannend die Siegerehrung gewesen war. Den ersten Preis hatte Emmy für ihr Mäusekostüm bekommen. Marie, verkleidet als Zigeunerin, war ein bisschen enttäuscht, dass sie bei der Abstimmung gar keine Stimme gekriegt hatte, tröstete sich aber damit, dass Emmy ihre Pralinen mit ihrer Schwester und den Cousinen teilen wollte. Die Siegerehrung hatte Alfons übernommen, zusammen mit der Kaufmannsfrau, die in das Kostüm einer Zauberfee geschlüpft war.

»Meine gute Fee«, habe er zu ihr gesagt, erzählte Marie und schnaubte abschätzig. Denn Marie wusste Bescheid.

Sophie dagegen verstand noch nicht, was sich hinter dem Gemunkel verbarg. Obwohl auch sie mitbekam, was Alfons mit seiner Sauferei anrichtete, konnte sie noch über seine Witze lachen und sich von seinen Geschichten verzaubern lassen. Besonders beeindruckt hatte sie, als er ihr erzählte, dass Engel auf den Wolken wohnen und in einer Tour singen. »Nachts, wenn der Mond scheint und es auf der Erde ganz still ist, kann man ihren Gesang hören.«

Danach war sie tatsächlich einmal bei Vollmond aufgestanden und hatte sich nachts aus dem Haus geschlichen, um die Engel beim Singen zu belauschen. Aber sie hörte nur, wie die Blätter der Eichen raschelten und irgendein Nachtvogel schrie.

25. Kapitel

Sonntag, 2. März 1952. Ein halbes Dutzend Menschen hat sich um ein Taufbecken versammelt. Die Erwachsenen sind jedoch gekleidet wie bei einer Beerdigung, die Männer tragen schwarze Anzüge, die Frauen schwarze Kleider. Der Pastor hat wie üblich seinen schwarzen Talar übergezogen. Nur das Mädchen, das in der Mitte steht, trägt weiß – ein weißes Kleid. Ein Taufkleid.

Es ist Sophie. Ihre Mutter hat sich endlich entschlossen, ihr den Segen der Kirche erteilen zu lassen, damit sie nicht länger aus der evangelisch-lutherischen Gemeinde, dem Kreis der ehrbaren Dorfbewohner, ausgeschlossen bleibt. Schließlich ist Sophie schon sechs, nach den Osterferien soll sie eingeschult werden. Die Hoffnung, dass sich Robert wie durch ein Wunder doch noch meldet und aus Frankreich in die Heide herübereilt, hat Alma längst aufgegeben. Im Kirchenbuch steht jetzt einfach nur ihr Name. Egal.

»Wir brauchen keinen Papa«, sagt Marie allen, die so dreist sind, danach zu fragen. Das freut Alma, denn auch sie ist der Meinung, dass sie ihre Mädchen ohne Väter großziehen kann – und sie ist ja nicht allein. Mit auf dem Hof lebt nach wie vor Ida mit Familie, Franz und seit einem knappen Jahr auch Almas Schwägerin Hanna. Franz hat die Bauerntochter aus Eickeloh tatsächlich zum Traualtar geführt und zu seiner Frau gemacht – ihre Stieftochter Anna musste Hanna auf Wunsch des Bräutigams bei Onkel und Tante in Nebelhagen zurücklassen. Nicht mal »Mama« darf das Mädchen mehr zu ihrer Stiefmutter sagen – Franz bestand auf einen klaren Schnitt.

Vieles hat sich auf dem Wiese-Hof in Hademstorf seit der Eheschließung geändert. Das Melken hat im wesentlichen Hanna übernommen, die auch sonst kräftig mit anpackt und immer die Erste ist, die morgens aufsteht. Aber die Hilfe hat ihren Preis. Denn Hanna führt jetzt auch den Haushalt, Alma kann nur noch die Zutaten aus ihrem Garten liefern, dem letzten Hoheitsgebiet, das ihr in ihrem einstigen Reich geblieben ist mit seinen bescheidenen Schätzen – Möhren, Erbsen, Bohnen, Gurken, Schnittlauch, Petersilie. Welches Gemüse in die Suppe kommt, kann sie schon nicht mehr entscheiden. Das obliegt ihrer Schwägerin. Auch sonst will Hanna den Ton angeben – ob bei der Arbeit oder der Gestaltung von Geburtstagen und anderen Feiern. Aber so leicht lässt Alma sich nicht unterbuttern. Sie kennt Franz schließlich schon etwas länger, und das Haus, in das die Braut gezogen ist, hat sie gebaut oder zumindest bauen lassen.

Außerdem verfügt sie über eine wesentlich robustere Gesundheit als ihre Schwägerin. Denn Hanna kränkelt. Mehrere Wochen hat sie schon im Krankenhaus gelegen und eine Fehlgeburt erlitten.

Aber jetzt geht es nicht um Hanna, jetzt geht es um Sophie. Pastor Trapp schöpft mit der hohlen Hand Wasser aus dem Taufbecken und lässt es dem Mädchen über den Kopf laufen. »Ich taufe dich im Namen des Vaters und des Sohnes und des Heiligen Geistes auf den Namen Sophie.«

Die Getaufte bleibt tapfer und verzieht keine Miene.

So unbewegt, als wären ihre Gesichter vereist, bleiben auch die drei Taufpatinnen – zwei Tanten und eine Nachbarin –, als sie geloben, dem Täufling zur Seite zu stehen und im Glauben zu stärken. Im Kirchenschiff sitzen manche aus der Gemeinde, die darüber lächeln, dass dieses Kind schon so alt werden musste, bis es den Segen der Kirche bekam – wissend, welchen Hintergrund die Verzögerung hat. Natürlich lässt sich niemand etwas anmerken.

Als die Taufgemeinde die Kirche verlässt, gehen viele auf Alma und Sophie zu und gratulieren. Vor der Kirche wartet schon Gustav mit der Kutsche. Es ist dasselbe Gefährt, mit dem Alma einst zur Entbindung gefahren wurde, die schwarzlackierte Karosse, die schon manchen Sarg zum Friedhof geschaukelt hat.

Die vier Fahrgäste, die darin Platz nehmen – Alma, Sophie, Franz und Hanna – haben es warm und trocken auf ihren roten Samtpolstern, während die andern auf ihren Fahrrädern sich den Schneeregen ins Gesicht wehen lassen müssen und ihr Ziel mit klammen Fingern und nassen Mänteln und Haaren erreichen.

In der Küche dampft es schon aus allen Töpfen, als die Taufgemeinschaft den Hof erreicht. Eine gelernte Köchin hat die Zubereitung des Mittagessens im Haus übernommen. Franz hat sich dafür stark gemacht. Es sollte an nichts fehlen bei dieser Taufe. Auch bei seinem Taufgeschenk – ein Schulranzen – ließ er sich nicht lumpen. Dass einer Köchin die Zubereitung des Mittagessens übertragen worden ist, hat im Übrigen den Vorzug, dass Hanna entlastet ist – und somit kein Streit beim Kochen aufkommen kann.

Einträchtig nehmen in der sauber geschrubbten Diele alle an der festlich gedeckten Tafel mit dem weißen Leinentischtuch Platz und stoßen erst einmal auf den Täufling an, bevor die Suppe aufgetragen wird.

Zum Streit zwischen Alma und Hanna aber kommt es doch noch. Die Stimmung trübt sich schon ein, als Alma nach der Suppe Zigaretten und Zigarren auf den Tisch stellt und die Männer zu rauchen anfangen, während die Rouladen und das Gemüse serviert werden. Hanna hasst das. Der Rauch schlägt ihr auf die Atemwege, bringt sie zum Husten, außerdem findet sie, dass es sich nicht gehört, die Männer zum Qualmen zu verführen, während der Rest der Tischgemeinschaft essen will. Sie hat schließlich schon mal in einem Hotel gearbeitet. Da hat sie auch gelernt, dass nach jedem Gang das benutzte Geschirr abgeräumt wird, während Alma es für ausreichend erachtet, die schmutzigen Suppenteller aufeinander gestapelt auf dem Tisch stehen zu lassen. Aber sie sagt nichts, macht gute Miene zum bösen Spiel. Keinesfalls will sie verantwortlich für neuen Ärger sein, schließlich ist dies Sophies Ehrentag, und Alma ist es schon schwer genug gefallen, ihre »vaterlose« Tochter bei all den Anfeindungen überhaupt taufen zu lassen. Davor hat sie Respekt.

Als aber nach dem Pudding alle Männer – Franz eingeschlossen – Zigarren paffen und der Qualm immer dichter wird, hält sie es nicht mehr länger auf ihrem Stuhl. Sie springt auf, öffnet sämtliche Fenster und saugt so gierig die frische Luft ein, als kämpfe sie gegen einen drohenden Erstickungstod an.

Im nächsten Moment springt auch Alma auf. »Was soll das denn?«, faucht sie Hanna mit vor Wut bebender Stimme an. »Sollen wir uns alle erkälten? Ist doch viel zu kalt draußen!«

Ohne eine Antwort abzuwarten, schließt Alma die Fenster wieder. Als Franz den Machtkampf der beiden beobachtet, drückt er seinen Zigarrenstummel aus und versucht zu beschwichtigen. »Vielleicht reicht es ja, wenn ihr ein Fenster aufmacht.«

Hanna setzt den Vorschlag wortlos in die Tat um, während Alma beleidigt wieder Platz nimmt. Dabei wirft sie ihrer Gegenspielerin einen zornigen Blick zu – ein kurzer Blick, der Hanna trifft wie ein Nadelstich.

Alle am Tisch spürten, wie es zwischen den beiden Frauen am Tisch knisterte, niemand wagte etwas zu sagen, bis Alfons schließlich das Wort ergriff: »So still, wenn keiner was sagt«, begann er. »Jetzt vertragt euch man wieder.«

Aber das machte es nicht besser. Eine drückende Spannung lag in der Luft, in der schon der kleinste Funke neuen Streit entflammen konnte.

Als das Schweigen noch beklemmender wurde, besann Franz sich auf seine Verantwortung als Gastgeber. »Trinkt man noch einen«, schlug er vor. »Hanna, kannst du noch mal einschenken?«

Dankbar, etwas zu tun, versorgte Hanna die Erwachsenen mit Korn und Likör und die Kinder mit Limonade. Nur Alma wollte nichts trinken. Man sah, wie es in ihr brodelte.

Sophie, die zu spüren schien, was in ihrer Mutter vorging, setzte sich auf deren Schoß und schmiegte sich an sie. Almas Schwester Grete, die die Ehe zwischen Hanna und Franz vermittelt hatte und sich jetzt verantwortlich fühlte, den häuslichen Frieden wiederherzustellen, fragte das Mädchen, ob es sich schon auf die Schule freue, und Sophie erzählte stolz, dass sie bereits mit Marie Schreiben geübt habe. Darauf holte Alma einen Bogen Papier, und Sophie bewies, dass sie tatsächlich ihren Namen schreiben konnte.

»Ist ja kaum zu glauben«, schwärmte Tante Grete. »Großartig!« Auch die anderen nickten anerkennend, als der Bogen die Runde machte.

Nach und nach entspannte sich die Atmosphäre etwas, Alfons erzählte einige seiner Standardwitze, die fast alle nicht jugendfrei waren, das Publikum aber immerhin zum Lachen brachten. Sogar Ida, die ihrem Mann bei seinen schlüpfrigen Scherzen normalerweise in die Parade fuhr, lachte mit. Dadurch ermuntert hängte er gleich den neuesten Dorftratsch an. Durch seine häufigen Kneipenbesuche und Plaudereien in der Torfbahn war er immer auf dem neuesten Stand, was heimliche Affären, Ehedramen, unheilbare Krankheiten, Saufexzesse, bevorstehende Pleiten, Betrügereien oder das ganze Spektrum dörflicher Verrücktheiten betraf. Trotz aller Skepsis hinsichtlich des Wahrheitsgehaltes hörten alle seinen Dorftratsch gern. Diesmal horchten die Anwesenden auf, als er andeutete, dass der Melder anscheinend »etliche Leichen im Keller« habe und aufpassen müsse, dass er nicht bald hinter Schloss und Riegel lande. Als ihn alle fragend anstarrten, erinnerte er an die Polenhochzeit mit der Massenvergiftung.

»Pass bloß auf, dass sie dich nicht selbst rankriegen, wenn du Sachen in die Welt setzt, die du nicht beweisen kannst«, entgegnete Alma.

Doch Alfons warf sich selbstbewusst auf seinen Stuhl zurück und erwiderte mit dem Ausdruck des Eingeweihten, dass er sich in dieser Hinsicht ganz bestimmt keine Sorgen machen müsse: »Das hat mir einer geflüstert, der zu seinen Busenfreunden gehört – der erzählt bestimmt keinen Stuss.«

»Was hat er denn genau gesagt?«

»Na, dass der alte Nazi-Schläger jede Menge Dreck am Stecken hat.«

Noch genauer wollte oder konnte Alfons nicht werden, und so war man sich stillschweigend einig, dass er sich mal wieder mit halbgaren Spinnereien wichtigmachte, und man widmete sich handfesteren Fragen, zu denen jeder etwas beisteuern konnte.

Auf fruchtbarsten Boden fielen Themen rund um die Landwirtschaft. Dabei ging es vor allem um die von Tauwetter und Schneeregen aufgeweichten Felder und die dadurch verzögerte Frühjahrsbestellung. Ebenso kam die neue Landtechnik zur Sprache. Franz konnte einen beträchtlichen Achtungserfolg verbuchen, als er bekanntgab, dass er einen Trecker bestellt habe. Einen Güldner. »Mit fünfundzwanzig PS.« Erklärend fügte er hinzu: »PS steht für Pferdestärken.«

»Dann kannst du deine Gäule ja bald abschaffen«, kommentierte Dora spitz.

»Gott bewahre«, widersprach Franz. »Die brauchen wir trotzdem noch. Wenn der Boden so weich ist wie jetzt, kommt man da mit dem Trecker gar nicht rauf.«

»Ja, von seinen Pferden trennt der sich bestimmt nicht«, warf Alma ein. »Die waren immer schon sein ein und alles.«

»Aber man muss natürlich mit der Zeit gehen«, stichelte Dora. »Und 'n bisschen rechnen muss man auch. Anders geht das heute nicht mehr.«

Da sie mit dem größten Bauern des Dorfes verheiratet war, der jetzt auch beifällig nickte und großspurig an seiner Zigarre sog, kam ihren Worten großes Gewicht zu. Niemand wagte zu widersprechen. Ihr Mann Fritz setzte sogar noch einen drauf: »Die goldenen Zeiten für die Bauern sind vorbei. So einfach wie nach dem Krieg ist das jetzt nicht mehr.«

»So einfach war das auch da nicht«, warf Alma zaghaft ein.

»Aber damals waren die Kartoffeln noch was wert, und mit deinem Rübenschnaps hast du bestimmt viel mehr verdient als heute mit der Milch.«

»Der Schnaps allein hat es nicht gemacht.«

»War aber prima, große Klasse, Almas Rübenschnaps«, ergänzte Alfons, indem er glucksend sein Glas hob und mit einem Schluck leerte. »Genauso gut wie der Gekaufte hier. Vielleicht sogar besser.«

»Aber jetzt müssen wir unser Geld mit der Milch verdienen«, sagte Hanna. »Gut, dass wir zwei Kühe mehr haben.«

»Ja«, bekräftigte Franz arglos. »Seit Hanna mitmelkt, können wir jeden Tag eine Kanne Milch mehr abliefern.«

Alma warf ihrem Bruder einen so flammenden Blick zu, als wollte sie ihn zu Asche verbrennen. »Mag wohl sein«, entgegnete sie gekränkt. »Aber ich hatte damals auch noch an andere Sachen zu denken als an das Melken. Von selbst hat sich das Haus hier nicht gebaut.«

Hannas Seufzer war unüberhörbar. »Das hat ja auch keiner bestritten. Trotzdem muss es doch irgendwie weitergehen.«

Darauf Alma: »Gut, dass du jetzt dafür sorgst.«

Als alle wieder in verlegenem Schweigen zu versinken drohten, entfuhr Alfons ein lauter Rülpser. Scheinbar selbst überrascht von der ungehörigen Lautäußerung hob er beschwichtigend die Hände und würgte ein nicht sehr überzeugendes »Tschuldigung« hervor. Da sich die missbilligenden Blicke dadurch nicht aufhellten, versuchte er sich noch einmal als Spaßvogel. »Habt ihr den schon gehört?«, begann er mit seinem lüsternen Blick. »Kommt einer in den ...«

»Ach, hör auf. Den haben wir doch schon tausendmal gehört.«

Damit trieb Ida ihrem Mann zwar augenblicklich eine bedrohliche Zornesröte ins Gesicht, fast alle aber lachten über die Szene, die lustiger war als jeder Alfons-Witz. Nur Alma presste ernst die Lippen zusammen. Sie war kurz davor, in Tränen auszubrechen.

26. Kapitel

Später Vormittag im April 1952. Alma sah, dass ein blaues Auto auf den Hof rollte, blank geputzt, aber etwas klapprig und mit defektem Auspuff, wie die dunkelgraue Abgaswolke verriet. Ein Borgward, sicher ein Vorkriegsmodell. Sie war gerade auf dem Weg in den Garten, um schnell noch ein paar Reihen Erbsen zu säen. Eigentlich hatte sie also gar keine Zeit, außerdem stand es ihr auch nicht mehr zu, mit Vertretern zu verhandeln. Trotzdem blieb sie stehen. Denn sie erkannte den Mann, der aus dem Auto stieg. Der Mann winkte, sie winkte zurück. Es war Ernst Meyer von der Feuerversicherung. Er kam aus Hannover, hatte sich aber in der Nachkriegszeit in Schwarmstedt niedergelassen. Er war etwa in ihrem Alter, hager, mittelblond mit Stirnglatze und etwas traurig anmutenden Augen. In seinem grauen Anzug, mit Hut, Stock und Krawatte machte er durchaus etwas her, doch es war unübersehbar, dass er ein Bein hinter sich herzog. Alma wusste, dass ihm im Krieg das rechte Bein weggeschossen worden war – gleich unterhalb des Oberschenkels war es amputiert worden. Er hatte es ihr erzählt und sofort ihr Mitgefühl geweckt. Denn es war deutlich, wie er unter der Kriegsverletzung litt – dem Gefühl, kein richtiger Mann mehr zu sein, sondern eben ein Krüppel. Dabei hatte er vor seiner Einberufung Fußball gespielt, lange Strecken geradelt und keinen Tanz ausgelassen. Die Versicherung, gestand er ihr verbittert, habe ihn wahrscheinlich nur eingestellt, weil sie für die Beschäftigung von Kriegsinvaliden Zuschuss kriegte. Obwohl er noch jung war, ging er meist gebückt, als trage er schwer unter der unsichtbaren Last, die ihm der Krieg für den Rest seines Lebens aufgebürdet hatte.

Alma war so berührt von seinem Schicksal, dass sie ohne Widerspruch sein Versicherungsangebot für den Neubau akzeptiert und ihm obendrein noch eine Dose Leberwurst mitgegeben hatte.

Obwohl es eigentlich nicht ihre Art war, hatte sie mit diesem Versicherungsvertreter beim nächsten Besuch auch über ihre eigenen Sorgen gesprochen. Die ungewisse Zukunft auf dem Hof, die Frage, was aus ihren Töchtern werden sollte. Schnell waren sie zum Du übergegangen.

»O, hoher Besuch«, begrüßte sie ihn jetzt scherzend. »Und wieder so vornehm, mit Schlips und Kragen.«

»Das täuscht. Nur Berufskleidung. Tach, Alma.«

»Tach, Ernst. Du wolltest bestimmt mit Franz sprechen. Der ist noch auf dem Feld.«

»Kein Problem. Das schaffen wir auch ohne ihn.«

»Das glaub ich nicht. Ich hab hier nichts mehr zu melden.«

»Stell dein Licht nicht so unter den Scheffel. Du bist doch immer noch der heimliche Boss.«

»Erzähl keinen Blödsinn.«

»Ich wollte nur die neuen Versicherungspolicen vorbeibringen. Könnt ihr euch ja mal angucken.«

»Na, dann lass uns eben reingehen. 'ne Tasse Milch kann ich dir wohl noch einschenken. Wahrscheinlich kommt Franz schon bald zurück. Ist jetzt ja motorisiert – mit seinem Trecker.«

Süßlicher Rasierwasserduft drang ihr in die Nase, ein Geruch, der natürlich sehr viel anziehender war als der Trecker- und-Stall-Geruch ihres Bruders, der sich überdies auch nicht besonders oft wusch.

Ernst ließ sich nicht lange bitten. Nachdem er einen Schluck Milch getrunken hatte, erzählte er, dass dies womöglich sein letzter Besuch auf dem Hof sei.

»Wie? Hast du was Besseres gefunden?«

»Wie man's nimmt. Ich geh nach Amerika.«

»Nach Amerika? Du machst Witze.«

»Mein Onkel da ist gestorben und hat mir seinen Hof vermacht.«

»Einen Hof? Willst du Bauer werden?«

Er lächelte etwas wehmütig. »Nee, zum Bauern tauge ich wohl nicht mehr mit meinen kaputten Knochen. Aber Onkel Paul hat einen Verwalter auf seiner Farm, den ich sozusagen übernehmen kann. Adam, kommt aus Polen. Der schmeißt den Laden schon 'ne ganze Weile. Ich kann da wohnen und mir vielleicht in der Nähe 'ne passende Arbeit suchen. Soll schön sein da. Wisconsin. Liegt ziemlich oben im Norden.«

»Aber dafür ganz nach Amerika? Zu den Indianern?«

»Da sind keine Indianer mehr, so viel ich weiß. Da leben fast nur Deutsche. Manche sollen sogar Plattdeutsch sprechen, und einen deutschen Gesangsverein haben sie auch gegründet. Sogar einen Turnverein haben die da, heißt auch Turnverein.«

»Verrückt.«

»Ja, ich glaube, du würdest dich auf dem Hof schnell einleben, vielleicht sogar besser als ich. Die haben sogar einen Haufen Kühe. Fünfundzwanzig.«

»Nicht schlecht. Aber was sollte ich als norddeutsches Heidegewächs in Amerika?«

»Das haben schon andere gesagt, und dann sind sie doch gegangen – und geblieben.«

Alma hatte tatsächlich gehört, dass Menschen über den großen Teich gezogen waren, weil sie in Deutschland keine Zukunft mehr sahen – zum Beispiel eine Flüchtlingsfamilie, die einige Monate bei einem Bauern in Hademstorf gelebt hatte, Wilke hießen die Leute wohl, waren erst im vergangenen Jahr in die Vereinigten Staaten ausgewandert. Alma hatte einige Male mit der Frau gesprochen; sie hatte ihr erzählt, dass sie Angst vor der Reise und dem fremden Land habe. Später hatte sie geschrieben, dass es ihrer Familie ganz gut gehe auf der anderen Seite des Ozeans.

Durch das Küchenfenster war zu sehen, dass ein Trecker mit Anhänger auf den Hof tuckerte. Am Steuer saß Franz, auf dem Beifahrersitz Hanna.

Alma sprang auf. »Da kommen sie schon. Dann kannst du alles mit Franz besprechen. Hanna will bestimmt gleich Mittag machen. Ich geh am besten wieder raus, sonst heißt es, dass ich hier die Dame des Hauses spiele. Das kenne ich schon.«

Ernst folgte ihr mit seinem schleppenden Gang auf den Hof und ging auf den grünen Güldner zu, der gerade dieselnd zum Stehen kam.

»Oh, jetzt haben die neuen Zeiten wohl auch auf dem Wiese-Hof Einzug gehalten, was?«, begrüßte der Versicherungsvertreter Hanna und Franz. »Gratuliere, Herr Wiese.«

»Danke.«

Nachdem Hanna sich verabschiedet hatte, weil sie jetzt dringend das Mittagessen machen müsse, wie sie sagte, überreichte Ernst Meyer dem Treckerfahrer die Policen, ohne zu erwähnen, dass er schon mit Alma darüber gesprochen hatte.

Franz warf einen skeptischen Blick auf die Papiere. »Was das wieder kostet! Da kommt eins zum andern.«

»Ja, umsonst ist nur der Tod, aber die Beerdigung ist auch nicht ganz billig.«

Franz überging den Scherz. »Muss ich mir erst mal in Ruhe angucken«, erwiderte er brummelnd, während er schon einen Gang einlegte und Anstalten machte weiterzufahren.

»Ja, das sollen Sie auch. Eilt ja nicht.«

Damit war das Gespräch beendet. Als Ernst zu seinem Auto ging, traf er noch einmal auf Alma, die einen bewundernden Blick auf seinen Borgward warf. »Sieht ja richtig vornehm aus.«

»Das täuscht, der hat seine besten Jahre hinter sich und klappert an allen Ecken.«

»Hauptsache, er läuft noch.«

»Das ist wahr. Kannst gern mal 'ne Runde mitfahren, wenn du willst.«

»Um Himmels willen! Wie würde das aussehen? Außerdem muss ich in den Garten.«

»Dann vielleicht ein andermal.«

»Mol kieken.«

Er hatte die Tür bereits geöffnet und Aktentasche und Stock auf den Rücksitz geworfen, da drehte er sich noch mal um. »Wie wär's Sonntag?«, fragte er unvermittelt.

»Sonntag?«

»Ja, da wollte ich mal wieder 'ne Spritztour machen, zum Steinhuder Meer. Ist zwar nicht der Atlantische Ozean, aber auch ganz schön. Wenn du Lust hast ...«

Alma war überrumpelt von der Frage. »Das Auto ist doch bestimmt schon voll«, wandte sie zögernd ein.

»Unsinn. Bisher ist nur der Fahrersitz besetzt.«

»Ich weiß nicht.«

In diesem Moment kam Sophie mit ihrem Tornister auf dem Rücken auf den Hof. Seit einigen Tagen ging sie zur Schule. Sie hatte sich ungeheuer darauf gefreut, den Tag der Einschulung gar nicht mehr abwarten können. Aber jetzt ließ sie den Kopf hängen und wirkte bedrückt. Auf die Begrüßung ihrer Mutter und des Vertreters reagierte sie nur verhalten.

»Wie war's denn?«, fragte Alma.

»Gut.«

»Dann kannst du jetzt bestimmt schon schreiben«, sagte Ernst.

Sie schüttelte den Kopf. »'n bisschen.«

Darauf wandte sich Ernst wieder an Alma. »Vielleicht kann Sophie ja mitkommen zum Steinhuder Meer.«

»Wenn Sie Lust hat.«

Sophie sagte nicht Ja, aber auch nicht Nein, als Ernst sie zu der Spritztour einlud. Sie zuckte nur die Achseln. Damit war es abgemacht. Jetzt erhob auch Alma keine Einwände mehr. Ihr war alles recht, was das Kind ein bisschen aufmunterte. Alles deutete darauf hin, dass Sophie in der Schule wieder gehänselt worden war. Als Marie eine Stunde später ebenfalls nach Hause kam, erhielt sie die Bestätigung: Ein Mädchen hatte Sophie unter dem höhnischen Gelächter der anderen »Franziska« genannt. Nicht zum ersten Mal.

27. Kapitel

Das Steinhuder Meer war eigentlich nur ein großer See, aber Alma war es, als würde sie am Meeresstrand stehen. Vor einem Ozean mit fernen, unbekannten Gestaden. Das Ufer auf der anderen Seite war in Dunst gehüllt, nur die Insel Wilhelmstein ragte aus dem Wasser auf. Der Himmel war von einer graublauen Wolkendecke überzogen; aber hin und wieder stahl sich die Sonne durch und brachte das Wasser zum Glitzern. Alma war wie gebannt von dem Zauber des Lichts und der ungeheuren Weite. So ähnlich musste es wohl am Atlantik aussehen, von dem Robert immer gesprochen hatte – und den Ernst bald in Richtung Amerika überqueren würde.

»Guck mal, Mama. Da!« Sophie zeigte auf ein Segelboot, das dicht am Ufer vorbeiglitt.

»Muss schön sein, sich so vom Wind übers Wasser treiben lassen«, sagte ihre Mutter.

»Aber nicht so leicht, wie es aussieht«, wendete Ernst ein. Da musste sie daran denken, dass es ihrem Begleiter sicher nicht möglich war, mit einem Bein so ein schwankendes Segelboot zu manövrieren, und sie bedauerte ihre unbedachte Bemerkung.

Doch Ernst ließ sich nichts anmerken. Er zeigte auf einen Torfkahn. Das schmale schwarze Boot hatte etwas von einem Einbaum. Zwei Fischer mit langen Staken standen darauf, unterwegs zu ihren Reusen, begleitet von einem Schwarm Möwen.

Alma war begeistert von der Welt, die sich ihr da auftat. Es war der erste Ausflug ihres Lebens, dabei war sie schon achtunddreißig.

Nach einem kurzen Strandspaziergang in Steinhude hatten sie in einem Ausflugslokal mit Aussichtsterrasse ein Stück Kuchen gegessen, jetzt sollte es gleich wieder losgehen, mit einem kleinen Schlenker über Mardorf zurück nach Hause. Spätestens zum Melken wollte sie zu Hause sein.

Besonders freute es sie, wie glücklich Sophie der Ausflug machte – wie sie energiegeladen und wissbegierig immer neue Dinge entdeckte, die ihre Phantasie entflammten – ob Aalräuchern, Netzflicken, Korbflechten oder Kormorane, die im Sturzflug ins Wasser eintauchten und mit einem zappelnden Fisch im Schnabel wieder hochkamen. Das war vor allem darum schön, weil sie in Hademstorf in den vergangenen Monaten manche Kränkungen erlitten hatte. Wie schwärender Ausschlag hatte sich dieses dumpfe Gerede in das Kind eingefressen. Eigentlich nicht dazu zu gehören zum Kreis der fest verwurzelten, ehrbaren Dorfbewohner. Dass sie einen Vater hatte, der in einem anderen Land lebte und nichts von ihr wissen wollte. Nein, besser gar keinen Vater als so einen! Mitschülerinnen verhöhnten sie als »Franziska«, ein älterer Bauer hatte ihr beim Erntefest im vergangenen Herbst ins Gesicht gesagt, dass sie nicht ins Dorf passe, weil sie anderes Blut habe. Schlechtes Blut.

Wie oft musste Alma ihre Tochter trösten, wenn die bedrückt und in sich versunken auf ihrem Schoß saß und nicht einmal weinen konnte. Hörte das denn nie auf? Diese Häme, diese selbstgerechten Anfeindungen. Die Gemeinheiten machten Alma sprachlos und wütend. Und dann auch noch das Gefühl, auf ihrem eigenen Hof, den sie selbst wieder aufgebaut hatte, nur noch geduldet zu sein wie eine lästige Kostgängerin.

Der Atem hatte ihr gestockt, als Ida ihr neulich erzählt

hatte, welche Gemeinheit ihre Schwägerin über sie in die Welt setzte. »Wenn Franz nicht aus dem Krieg zurückgekommen wäre, dann hätte Alma bestimmt ihren Franzosen auf den Hof geholt«, sollte Hanna gesagt haben. Was für ein Unsinn!

»Der hätte sich gehütet, hier den Mistbauern zu spielen und sich auf unserm sandigen Heideboden abzurackern«, hatte Alma entgegnet. »Das hat der doch gar nicht nötig.«

Dass sie selbst schon mal heimlich mit dem Gedanken gespielt hatte, gehörte einer längst vergangenen Zeit an und hatte niemanden zu interessieren.

Jetzt, bei diesem Ausflug zum Steinhuder Meer, wo der Hauch der großen weiten Welt sie streifte, die so viel Schönes bereithielt, war es, als bräche ihr innerer Panzer ein wenig auf. Es war befreiend und beklemmend zugleich. Ein Hoffnungsschimmer, der wie die Sonnenstrahlen, die aus dem wolkenverhangenen Himmel brachen, nicht darüber hinwegtäuschen konnte, wie trüb das große Ganze war und wohl bleiben würde. Trotzdem machte ihr dieser Tag am Steinhuder Meer Mut, ihrem Leben eine andere Richtung zu geben. Was sollte sie noch auf dem Hof in Hademstorf? Vielleicht wäre es gar nicht so schlecht, mit Ernst nach Amerika zu gehen und noch mal etwas ganz Neues zu versuchen.

So vollkommen anders war es da ja scheinbar gar nicht. Wenn sie Ernst richtig verstanden hatte, gab es in dem fernen Land sogar einen Bauernhof mit Kühen, Feldern und Wiesen.

Die Idee ließ sie nicht mehr los. Und je mehr sie sich von Franz und ihrer Schwägerin zurückgesetzt fühlte, je mehr Sophie unter den fortgesetzten Schmähungen litt, desto stärker verfestigte sich die Idee. Schon als Ernst sie am nächsten Sonntag zu einem Spaziergang durchs Ostenholzer Moor abholte, erkundigte sie sich nach Einzelheiten der Farm und dieses amerikanischen Dorfes. Es hieß Slinger und lag im Bundesstaat Wisconsin, in der Nähe eines großen Sees –

»Dorf der Sieben Hügel« wurde es genannt. Sie fragte auch nach der Überfahrt. Wie lange die wohl dauern würde und was das alles kostete.

»Hört sich ja fast an, als ob du mitkommen willst«, sagte er halb im Scherz.

»Unsinn! Was soll ich da?«

»Kühe melken und Kartoffeln pflanzen. Wie hier.«

»Du machst Witze. Auf meine alten Tage noch nach Amerika?«

»Du bist jünger als ich.«

»Ach, hör auf.«

Aber er hörte nicht auf, und darüber war sie ganz froh. So nahm diese vollkommen verrückte Idee allmählich Gestalt an, und das Undenkbare wurde für sie denkbar.

Es brauchte nicht viele Worte, um ihren Mitbewohnern begreiflich zu machen, dass sich da eine »ernste Sache« anbahnte. Denn bald ließ Ernst sie nicht nur in seiner kleinen Wohnung in Schwarmstedt übernachten, sondern stellte sie auch seinen Eltern in Hannover vor. Die waren nicht gerade entzückt darüber, dass sie schon zwei Kinder hatte, nie aus ihrem Dorf herausgekommen war, nichts anderes kannte als Ackerbau und Viehzucht und auch so aussah, aber sie waren höflich und wollten ihrem leidgeprüften Sohn keine Steine in den Weg legen.

Das Hauptproblem für Alma war Marie. Die kleine Sophie würde sie natürlich mitnehmen. Sie mochte den vornehmen Mann mit dem Rasierwasserduft, und Ernst mochte sie ebenfalls und hatte keinerlei Bedenken. Außerdem, so hoffte Alma, würde das Kind sicher in der »Neuen Welt«, wie Amerika auch genannt wurde, aufleben. Da war es ganz normal, dass Angehörige unterschiedlicher Völker und Kulturen Familien gründeten. Ein Schmelztiegel also, für den Sophie wie geschaffen war.

Aber Marie? Die hing an ihrem Dorf, an ihren Cousinen, ihren Tanten, ihren Freundinnen und Freunden, und Marie hatte ihr bereits Vorhaltungen gemacht, als sie mit Ernst ausgegangen war.

»Dass du dich nicht schämst«, hatte sie ihr gesagt. »In deinem Alter! Nur dass die Leute wieder was zu reden haben. Wir müssen es dann ausbaden.«

Sie verstand Marie natürlich und musste ihr in den meisten Punkten Recht geben. Aber Marie war jetzt schon sechzehn, konfirmiert und aus der Volksschule entlassen, und bald würde sie wahrscheinlich sowieso aus dem Haus gehen. Da war es zwar schmerzlich, wenn sie sich von ihr trennen müsste, aber auch kein Drama. Das Mädchen war ohnehin dabei, sich freizuschwimmen und nicht ewig bereit, wie eine Magd auf dem Hof mitzuarbeiten.

Auf dem Dachfirst flötete eine Amsel, von weither antwortete ein Vogel auf einem Eichenwipfel in etwa der gleichen Tonlage, und als die melodische Antwort verklungen war, meldete sich wieder die Amsel vom Dach mit einer bedächtigen Entgegnung. Entspanntes Geplauder, das erhaben über den Nöten der Menschen zu schweben schien und friedlich die aufziehende Dämmerung untermalte. So unaufgeregt tauschten die Menschen auf dem Wiese-Hof nicht ihre Meinungen aus.

Befremdeter noch als Marie reagierte Franz auf ihr Vorhaben. Nachdem er sie zuerst gefragt hatte, ob sie nicht mehr alle Tassen im Schrank habe, sprach er in den darauf folgenden Tagen kein Wort mit ihr.

Schließlich überwand er sich, um mit stockender, weinerlicher Stimme noch einmal auf sie einzureden. »Das hast du dir doch alles gar nicht richtig überlegt. Was willst du denn da?«, fing er an. »Du kannst die Sprache nicht und kennst die Leute nicht. Du gehörst hierher! Zu uns! Das ist doch auch dein Hof.«

»Aber der Einzige, der hier bestimmt, bist du. Ich bin doch für dich nicht mehr als eine Magd.«

»Ach was! Du bist meine Schwester. Hier bist du geboren,

und hier hast du immer gearbeitet. Was sollen wir denn ohne dich machen?«

»Du bist jetzt verheiratet und hast eine Frau, da kommt ihr gut ohne mich aus.«

So ging es eine ganze Weile, bis Franz das Gespräch beleidigt abbrach und aus dem Zimmer lief.

Obwohl sie ihrem Bruder so tapfer Paroli geboten hatte, ging ihr das Gespräch nahe. Sie spürte, wie sie an ihrem Bruder und diesem Hof hing. Sollte sie das wirklich alles aufgeben? Für diese Reise in eine ungewisse Zukunft?

Den Ausschlag gab schließlich Ernst: Er machte ihr einen Heiratsantrag. Dass er dabei nicht von Liebe sprach, sondern von Einwanderungsbestimmungen, nahm sie gelassen. Eine große Hochzeit wollte sie sowieso nicht feiern.

Keine Träne weinte ihr wie zu erwarten Alfons nach. Hinter ihrem Rücken verhöhnte er ihre Eheschließung sogar: »Ilse Pilse, keiner willse. Kam der Koch, nahmse doch.«

Sophie schenkte er dagegen zwei Tafeln Schokolade als Reiseproviant und erinnerte sie an die Engelschöre in den Wolken. »Die kannste auch in Amerika singen hören, wenn du die Ohren spitzt.«

28. Kapitel

In Franz wallten wieder die Erinnerungen auf – die Erinnerungen an diesen Aprilmorgen des Jahres 1943. Als er zum letzten Mal in den Kuhstall gegangen war, zum letzten Mal seine Kühe gefüttert hatte, bevor er in den Krieg ziehen musste. Jetzt war es bei Alma ähnlich. Nur die verließ den Hof freiwillig. Ohne Not. Aus freien Stücken!

»Alles Gute!« Das war alles, was er ihr mit auf den Weg gegeben hatte. Dann drehte er sich um und ging weg. Die anderen mussten ja nicht unbedingt sehen, dass er weinte –

blahte, wie es auf Platt hieß –, geplagt von Abschiedsschmerz, aber auch von schlechtem Gewissen. Denn er machte sich Vorwürfe. Dass er undankbar gewesen war. Dass er Hanna auf den Hof geholt und Alma vernachlässigt, unterdrückt, kujoniert hatte. Aber für solche Selbstvorwürfe war es zu spät.

Nur noch selten dachte er an die warmen Sommerabende in Südfrankreich zurück, als er sich mit freiem Oberkörper am Brunnen gewaschen hatte, um sich für das grillenumzirpte Rendezvous mit Madeleine fein zu machen. Wie sein Herz in banger Vorfreude gewummert, wie er seinen Hof in der Heide und vieles andere vergessen hatte. Aber das waren Momente, die, wenn er näher darüber nachsann, irgendwelchen Filmen zu entstammen schienen und nicht seiner eigenen Vergangenheit.

Das Leben ging weiter – und es hielt noch manch Schönes bereit. Hanna wurde im November 1952 erneut schwanger. Die Vorfreude auf ein eigenes Kind – vielleicht sogar einen Hoferben – beflügelte ihn so, dass er einen schon lange gehegten Plan in die Tat umsetzte: den Bau einer großen Scheune. Noch vor Weihnachten ließ er sich von dem vertrauten Bauunternehmer Zurleit eine Zeichnung anfertigen. Riesengroß sollte die Scheune werden – dreißig Meter lang, fünfzehn Meter breit, fünfzehn Meter hoch – mit einem Satteldach aus roten Hohlpfannen und großem Schauer mit ausladendem Vordach, unter dem man auch bei Regen arbeiten und trocken bleiben konnte. Fünfzig Fuder Heu und Stroh sollten unter dem Sprengwerk mit den freitragenden Balken und seitlichen Streben Platz finden. Mindestens!

Billig würde das natürlich nicht werden, aber bei so einer großen Scheune konnte er ja auch viel mehr Heu als bisher einfahren und entsprechend mehr Kühe und Rinder halten. Und Milch war doch eine gute Sache. Jeden Monat überwies die Molkerei das Milchgeld auf sein Sparkassenkonto. Eine sichere Bank.

Sowie im März der Frost nachließ, begannen die Maurer, das Betonfundament zu gießen, und Ziegelstein um Ziegelstein wuchs sein Bauwerk in die Höhe, bis es das neugebaute Wohnhaus und den Kuhstall um zwei, drei Meter überragte.

Am 7. Juli 1953 erhielt der Bau noch einmal eine zusätzliche Rechtfertigung: Hanna brachte einen Jungen zur Welt. Franz war geradezu aus dem Häuschen, konnte sich nicht sattsehen an dem kleinen Burschen, auch wenn der Junge schielte. Jetzt war es ihm, als würde er seinem Sohn mit der Scheune ein kolossales Monument errichten. Eine Kathedrale zu Ehren des Schöpfers und seines Erdensohns. Ganz oben an der Giebelseite ließ er in Eisenlettern seine Initialen anbringen »FW« – dazwischen das Baujahr der Scheue und das Geburtsjahr seines Sohnes: 1953.

Sie nannten ihn Wilhelm, nach dem ältesten Onkel, der eigentlich den Hof hatte erben sollen, aber im Ersten Weltkrieg gefallen war. Wilhelm nannten ihn aber nur seine Eltern, alle anderen auf dem Hof und im Dorf riefen ihn Willi.

Wenn Wilhelm sein seliges Engelslachen lachte, lachte auch Franz. Und der stolze Vater genierte sich nicht, seinem Jungen Kirchenlieder auf der Mundharmonika vorzuspielen. Seine größte Sorge war jetzt, dass Wilhelm etwas zustoßen könnte. Hanna kränkelte ja nach wie vor. Sie hatte schon durch eine Fehlgeburt ihre Zwillinge verloren, und der kleine Willi schrie sich manchmal regelrecht weg, wurde blau im Gesicht, und für einen kurzen, aber entsetzlichen Moment verstummte er, und sein Atem setzte aus. Der Arzt tippte auf einen Herzfehler, tröstete die Eltern aber damit, dass sich der Defekt sicher verwachsen würde.

Hanna und andere im Haus erschraken, wenn Willi wieder einmal einen Anfall bekam. Für Gustav, den Knecht, der schon als Kind zwei jüngere Geschwister verloren hatte, wiesen die Symptome in eine eindeutige und nicht sehr verheißungsvolle Richtung. Nach seiner Überzeugung war das Kind so gut wie verloren, und er scheute sich nicht, seiner

Überzeugung Ausdruck zu verleihen. »An dem wirst du nicht lange deine Freude haben«, vertraute er kopfschüttelnd und mit Trauermiene seinem Dienstherrn an.

Das hätte er nicht tun sollen. Denn Franz hörte aus der Bemerkung eine böse Prophezeiung heraus, vielleicht sogar eine teuflische Verwünschung, und das erboste ihn so, dass er seinen Knecht kurzerhand vom Hof jagte. Der neue Trecker und andere Maschinen, die er sich anschaffen wollte, machten einen Knecht sowieso überflüssig.

Alfons bot sich vollmundig an, Gustav zu ersetzen, wenn mal Not am Mann sein sollte. Aber Franz hoffte, dass er nie in diese Verlegenheit käme. Denn Alfons war für ihn die Unzuverlässigkeit in Person. Wenn man ihn brauchte, hatte er eigentlich immer was anderes vor und sofort eine triftige Ausrede parat.

Eine wertvolle Hilfe auf dem Hof war dagegen Marie, die nun die Schule beendet hatte und offenbar nicht daran dachte, eine Lehre zu beginnen. Das Melken übernahm zwar Hanna ganz, doch um vieles andere, das Alma gemacht hatte, kümmerte sich jetzt ihre große Tochter – im Stall und auf dem Feld. Auch im Haushalt ging Marie ihrer Tante zur Hand, ob beim Kochen oder Wäschewaschen, und anders als bei ihrer Mutter funktionierte die Zusammenarbeit reibungslos.

Wie sieben Jahre zuvor schob sie auch gern wieder mit dem Kinderwagen durchs Dorf. Willi war für sie wie ein kleiner Bruder, aber ein bisschen auch schon wie ein eigener Sohn. Sie genoss bereits die Blicke, die ihr die jungen Männer zuwarfen, und fieberte den Wochenenden entgegen, wenn sie mit ihren Freundinnen wieder irgendwo tanzen gehen konnte. Schon lange hatte sie ihre Tage und war somit empfangsbereit.

Bei all dieser Aufbruchstimmung gab es aber einiges, was sie bedrückte und ängstigte. Bei aller Liebe zu Onkel und Tante hatte der Verzicht auf einen eigenen Beruf auch seine

Schattenseiten, und die ewiggleiche Arbeit auf dem Hof kam an manchen Tagen einer Freiheitsberaubung gleich.

Was bisweilen noch schwerer auf ihr lastete, war der Gedanke an ihre Mutter, die einfach das Weite gesucht und sie allein gelassen hatte. Manchmal fühlte sie sich wie verraten und verkauft, wenn sie daran dachte. Wenn sie nach Alma gefragt wurde, gab sie sich meist kühl und gleichgültig, insgeheim aber vermisste sie ihre Mutter aus tiefster Seele. So schmerzlich, dass es weh tat.

Teil III

Amerika

Oktober 1952 – September 1958

# 1. Kapitel

Die Nacht vom 6. auf den 7. Oktober 1952 wollte kein Ende nehmen. Am Montagabend war Alma schon gegen achtzehn Uhr mit Sophie und Ernst nach fünfstündiger Zugfahrt auf dem Columbusbahnhof in Bremerhaven angekommen, erst am nächsten Morgen sollte es weitergehen – zumindest einige Schritte weiter. Morgens um neun nämlich konnten die Passagiere das Schiff besteigen, das sie nach Amerika bringen sollte. Die »Neptunia«. Der Nordatlantikliner fuhr unter der Flagge Panamas, gehörte aber einem griechischen Reeder, der das Passagierschiff zunächst für den Liniendienst der »Greek Line« zwischen dem Mittelmeer und New York eingesetzt hatte. Bis 1948 war das schon vor gut dreißig Jahren gebaute Turbinenschiff noch im Besitz eines niederländischen Reeders gewesen. Inzwischen war die »Neptunia« vergrößert und gründlich renoviert, zählte aber mit ihren hohen Schornsteinen und den Dampfturbinen zu den langsamen Nordatlantiklinern, den Ozeanschnecken, und erreichte nur eine Geschwindigkeit von fünfzehn bis sechzehn Knoten pro Stunde. Für die Überfahrt nach New York mussten also elf, zwölf Tage eingeplant werden. Die altertümliche Antriebsart ließ aber immerhin auf eine vergleichsweise ruhige Überfahrt hoffen.

Aber das alles lag außerhalb Almas Vorstellungswelt. Erst einmal war die Nacht in dieser Wartehalle zu überstehen – der Wartehalle der Touristenklasse, die im Unterschied zur Ersten Klasse keine gepolsterten Sessel und Sofas bereithielt und in den Nachtstunden weder belegte Brote noch Getränke offerierte. Eine Tafel warnte in alter Schrift vor Kartenspielern, Taschendieben und »Personen, die sich auf der Straße zum Geldwechseln oder zum Aufkauf von Schiffskarten aufdrängen. Hier in der Halle musste man sich anscheinend vor niemandem in acht nehmen. Menschen aller Altersgruppen hockten in dumpfer Schläfrigkeit auf den Holzbänken neben ihren Taschen und starrten auf die große Wanduhr, deren Sekundenzeiger ruckend die Runde machte – im Schneckentempo, wie es Alma schien. Kinder und Greise, Frauen und Männer – vereint zur Zwangsgemeinschaft der Wartenden. Die Minuten dehnten sich zu Ewigkeiten. Gleich nach ihrer Ankunft waren sie schon auf dieses Niemandsland zugesteuert, sie hatten in der Zollabfertigungshalle ihre Ausweise vorgezeigt, den Zoll passiert und gleich darauf ihre großen Koffer abgegeben – alles, worauf sie während der Schiffsreise verzichten konnten.

Vielleicht wäre es doch besser gewesen, wenn sie den Frühzug genommen hätten, denn das Schiff legte ja erst am Nachmittag ab. Doch für solche Überlegungen war es zu spät. Sie selbst hatte Ernst gedrängt, auf Nummer sicher zu gehen, und das war bestimmt nicht ganz dumm gewesen.

Alles roch noch neu, man sah den Wänden an, dass sie frisch gestrichen waren. Erst einige Monate zuvor war dieser große Seebahnhof mit dem roten Teerpappendach feierlich eröffnet worden – dazu gehörte auch ein eleganter Rundbau direkt am Molenkopf, mit einem Panorama-Café im ersten Stock, das einen schönen Blick auf den Kai, die Schleuse und die Weser bot. Aber jetzt war es dunkel und das Panaorama-Café geschlossen.

Mitternacht war gerade erst vorüber, es ging auf halb eins zu. Der Lärm war nach und nach verebbt – nur noch Schnarchgeräusche und Flüsterlaute durchbrachen die nächtliche Stille in der Wartehalle. Alma war froh, als Sophie endlich auf ihrem Schoß eingeschlafen war. Ernst las in einem Buch, einem Roman von Ernest Hemingway in englischer Sprache, mit dem er sein Schulenglisch verbessern wollte, unterstützt von einem Wörterbuch, in dem er bisweilen blätterte.

»Verdirbst dir ja die Augen«, hatte sie mit Blick auf das dämmrige Licht gesagt. Aber er hatte sich dadurch nicht vom Lesen abhalten lassen.

Manchmal war es Alma, als wenn sie alles nur träumte. Was hatte sie verloren auf diesem Hafengelände mit den fremden Menschen um sie herum? Was erwartete sie auf dem Schiff? Was auf der anderen Seite des großen Meeres? Die Reise nach Amerika war ihr immer noch nicht geheuer. Immer wieder gab es Momente, in denen sie ihre Entscheidung bereute, sich zurück auf ihren vertrauten Hof in Hademstorf wünschte – zurück in ihren Garten, zurück in den Kuhstall. Am traurigsten war es gewesen, als sie von Marie Abschied genommen hatte. Umarmungen waren auf dem Wiese-Hof eigentlich unüblich, ja geradezu verpönt, doch als Marie ihr schließlich das letzte Mal gegenüberstand, konnte sie gar nicht anders, als das Mädchen in den Arm zu nehmen, und Marie hatte es sich gefallen lassen, die Zärtlichkeitsgeste jedoch nicht erwidert. »Alles Gute, Mama«, hatte sie gesagt. Mehr nicht. Ganz sicher hatte sich ein leiser Vorwurf darin ausgedrückt, geradezu schmerzhaft war das für Alma zu spüren gewesen.

Mit aller Macht hatte sie sich dagegen aufgebäumt, Tränen zu vergießen. Sie wollte diesen Abschied nicht noch schlimmer machen. Es war ihr tatsächlich gelungen, aber alles hatte sich in ihr vor Trauer versteift, und das Gefühl, Marie im Stich zu lassen, wirkte immer noch nach.

Besonders quälend rumorten solche Gedanken in ihr, als sich ihre Schwiegereltern auf dem Hauptbahnhof in Hannover von ihrem Sohn verabschiedet hatten. Weinend schlossen sie Ernst in die Arme, und nur wenige kühle Abschiedsworte fanden sie für Sophie und Alma. Misstrauen, ja Argwohn lag in den Blicken, die sie ihr zuwarfen. Wahrscheinlich hatten sich der pensionierte Postobersekretär und seine schmallippige Gemahlin eine andere Schwiegertochter gewünscht. Die Atmosphäre hatte fast etwas Feindseliges gehabt. Als würden sie ihr vorwerfen, dass sie ihnen den Sohn entführte, ihren Jungen – den einzigen, der ihnen geblieben war. Ernsts Bruder war ja im Krieg gefallen. Alma hatte sogar Verständnis für die beiden alten Leute, vor allem wusste sie nicht, ob sie ihrem Mann die Liebe der Eltern ersetzen konnte. Von tiefer Zuneigung konnte jedenfalls keine Rede sein. Nein, diese Eheschließung war doch eher eine Art Zweckbündnis zu beiderseitigem Vorteil. Nur wenige Male hatten sie sich im Bett »geliebt« – sie hatte nicht viel dabei empfunden und das Gefühl gehabt, dass es auch für Ernst mehr eine Pflichtübung war. Entsprechend lieblos war dann auch die Trauung verlaufen, nur vor dem Standesamt, mit Ida und einem Vetter von Ernst als Trauzeugen. Natürlich waren Marie und Sophie dabei gewesen, aber die beiden Mädchen hatten sich augenscheinlich verloren gefühlt bei der amtlichen Zeremonie. Das anschließende Mittagessen in einem hannoverschen Restaurant hatten immerhin Ernsts Eltern bezahlt.

Ein Brautkleid wäre dafür selbstverständlich unpassend gewesen. Ernst hatte ihr ein schwarzes Ballkleid geschenkt. Und er hatte sie bedrängt, sich eine etwas elegantere Frisur zuzulegen, auch mit Blick auf Amerika. So hatte sie sich beim Friseur eine Dauerwelle legen lassen. Es war das erste Mal, dass sie überhaupt bei einem Friseur gewesen war. Für ihren Dutt hatte sie sich die Haare immer von einer Schwester schneiden lassen. Der große Frisierspiegel, die Trockenhaube, die schicke Friseurin – das alles machte ihr Angst, und als sie mit der neuen Frisur zurück auf den Hof gekommen war, hatten sie alle angestarrt, als wäre sie eine Fremde. Oder schlimmer: Als hätte sie alles verraten, was ihr bisher lieb und teuer gewesen war. Auch ihr selbst waren beinahe die Tränen gekommen, als sie sich im Spiegel betrachtet hatte. Marie immerhin hatte ihre neue Frisur gelobt. Von Herzen aber war das Lob sicher nicht gekommen.

Ja, Marie! Der Gedanke an ihre große Tochter, die sie allein in Hademstorf zurückgelassen hatte, drückte sie nieder wie eine unsichtbare Last. Sie vermisste sie jetzt schon. Wie sollte das erst in Amerika werden?

Bei dem Gedanken an Marie zog sie die kleine Sophie noch fester an sich. Als sie wieder aufblickte, sah sie auf der gegenüberliegenden Bank einen jungen Mann in derber Handwerkerjoppe, der still in sich hinein weinte und verschämt die Tränen abwischte – ein kräftiger Kerl, der eigentlich nichts von einer Heulsuse hatte. Ganz offenbar war sie hier mit ihrem Trennungsschmerz nicht allein.

Immerhin hatte sie sich erfolgreich gegen einen neuen Hut gesträubt. »Muss ja nicht gleich jeder sehen, dass du vom Dorf kommst«, hatte Ernst gesagt. Aber sie hatte tapfer dagegengehalten. »So 'n Hut, wie du ihn dir vorstellst, passt einfach nicht zu mir. Damit käme ich mir vor wie bei 'ner Maskerade.« Nein, ihr kleiner schwarzer Filzhut musste genügen. Der hatte ihr schon bei allen möglichen Familienfeiern gute Dienst geleistet, bei Hochzeiten ebenso wie bei Beerdigungen. Damit konnte sie wohl auch ein Schiff besteigen. Schließlich hatte Ernst ihr ein rotes Seidentuch gekauft. Für besondere Gelegenheiten. Zu ihrer Erleichterung hatte sie dann in Bremerhaven gesehen, dass auch andere Frauen schlichte Filzhüte trugen. Und längst nicht alle Männer hatten sich so eine elegante Kopfbedeckung zugelegt wie Ernst, der stolz auf seinen weißen Panamahut mit dem schwarzen Band war.

Auf einmal war sie auch schon auf dem Schiff. Entsetzt bemerkte sie, dass sie gar keine Schuhe anhatte. Und wo war denn ihre Tasche? Hatte sie die etwa im Hafen stehen lassen? Mein Gott! Panik überkam sie, als ihr auch noch auffiel, dass Sophie nicht bei ihr war. Um Himmels willen! Wo war das Kind? Sie starrte über die Reling auf den Pier und sah ein kleines Mädchen, das weinend winkte: Sophie, das musste Sophie sein.

Jetzt beherrschte sie nur noch ein Gedanke, sie musste dieses Schiff wieder verlassen – runter von dem Seelenverkäufer. Aber der Dampfer hatte bereits abgelegt, entfernte sich vom Kai, von der hilflos winkenden Sophie und allem anderen, was ihr lieb war. Sie fühlte sich wie gefangen. Eigentlich konnte sie sich frei bewegen, aber sie war so gelähmt, dass die Beine ihr den Dienst verweigerten. Auf dem Außendeck standen weitere Menschen, die sie alle durchdringend anstarrten, wie ihr schien. Mit ausdruckslosen, müden Gesichtern.

Als sie den Mut aufbrachte, einen Blick zu erwidern, sah sie in das Gesicht eines Mannes, der ihr bekannt vorkam: Viktor. Aber was machte Viktor auf dem Schiff? Der war doch – der war doch tot. Ihr Herz verkrampfte sich wie eine geschlossene Faust. Auf einer Bank saßen, schweigend und nachdenklich auf die Küste starrend, drei Männer, die sie ebenfalls kannte. Nein, das war ja vollkommen unmöglich, vollkommen verrückt, das konnten doch nicht ... Schwer atmend, wandte sie die Augen ab und starrte auf ihre schuhlosen Füße. Alles drehte sich, sie fürchtete, den Verstand zu verlieren. Trotzdem nahm sie noch einmal ihren ganzen Mut zusammen und richtete den Blick ein weiteres Mal auf diese seltsame Runde. Und der erste Eindruck bestätigte sich. Es waren ihre drei Brüder: Wilhelm, Heinrich, Karl. Alle im Krieg gefallen, alle tot. Jetzt war es ihr nicht mehr länger möglich, sich der bitteren Wahrheit zu verschließen: Sie war auf ein Geisterschiff geraten. Da war es wahrscheinlich das Beste, von Bord zu springen, wenn das Wasser auch eiskalt war.

In diesem Moment fühlte sie, wie sich eine Hand auf ihre Schulter legte: die Hand ihrer Mutter. Da packte sie das kalte Grausen, und sie schrie, als wollten diese Hände sie erwürgen.

»Was ist los, Alma? Beruhig dich doch.« Im ersten Augenblick fühlte sie sich auch von den Händen bedroht, und sie stieß sie mit weit aufgerissenen, angsterfüllten Augen weg. Aber dann erkannte sie Ernst, der sich besorgt über sie beugte. »Ist alles gut, Alma«, flüsterte er ihr zu. »Alles gut. Du hast geträumt.«

»Was?«

Allmählich dämmerte ihr, dass es nur Traumgestalten gewesen waren, die ihre Seele in Aufruhr versetzt hatten. Ihre Atemzüge entspannten sich, sie schlug die Augen auf, vergewisserte sich, dass sie immer noch in diesem Wartesaal hockte und ganz offensichtlich eingeschlafen war. Ihr Schrei hatte auch Sophie geweckt, die sich ängstlich an sie klammerte mit ihrem kleinen, warmen Körper. Peinlich berührt bemerkte sie zugleich, dass sie angestarrt wurde. Auch hier – außerhalb dieser schrecklichen Traumszenerie. Ihr Schrei hatte viele in der Wartehalle erschreckt, selbst Schlafende aufgeweckt. Achselzuckend und mit gequältem Lächeln mühte sie sich immer noch schlaftrunken, um Verständnis zu bitten – ohne Worte zu signalisieren, dass sie selbst nicht wusste, was in sie gefahren war. Zu ihrer Erleichterung wurde ihr Lächeln von mehreren Mitreisenden mit besänftigendem Nicken erwidert.

Ein Blick auf die Armbanduhr verriet ihr, dass es kurz nach sechs war. Durch die Fenster kroch das graue Licht der Morgendämmerung. Die Nacht war überstanden. Kurze Zeit später öffnete auch schon der Kiosk, und Ernst erstand für Sophie einen Becher Kakao und für Alma und sich selbst Kaffee.

Drei Stunden später konnten sie endlich aufs Schiff. Steil wie eine Hochhausfassade ragte die Bordwand am Kai auf. Die ersten Passagiere trippelten bereits auf der gewundenen Gangway auf die Eingangsluke zu, andere lagen sich noch unten am Pier mit Freunden und Familienangehörigen in den Armen. Dazwischen wurden rasselnd Karren mit Koffern über das Kopfsteinpflaster geschoben und alle möglichen Kisten verladen. Ernst hatte ihr im Zug ein Auswanderergedicht vorgelesen, von dem sie sich zwei Zeilen gemerkt hatte:

*Was stehen die Leute so traurig am Strand
und drücken einander die zitternde Hand?*

Manchen war anzusehen, wie schwer ihnen der Abschied fiel. Nicht selten schließlich war es ein Abschied auf ewig. Auswanderer sagen nicht »Auf Wiedersehen«, Auswanderer sagen »Lebewohl«.

Zu ihrer Verabschiedung war zum Glück niemand gekommen. Sie war froh, als sie sich mit Sophie und Ernst endlich aus dem Gewimmel am Kai gelöst hatte und die ersten Schritte auf die Eisentreppe setzte.

2. Kapitel

Sie klammerte sich an die Reling und ließ die Augen über das aufgewühlte Meer schweifen. Der Boden unter ihr wankte, der Handlauf vibrierte, während sich das Schiff hob und senkte, hob und senkte. Sie bemühte sich, gleichmäßig und tief zu atmen, um zu innerer Ruhe zu gelangen und die aufsteigende Übelkeit zu bezwingen. Eine Mitreisende hatte ihr bei einem Plausch auf dem Kai diesen Tipp gegeben, und es schien wirklich ein bisschen zu helfen. Den Blick in die Weite richten, zum Horizont gewandt die frische Luft einsaugen. Das hatte ihr die freundliche Frau ebenfalls empfohlen, auch diesen Rat beherzigte sie jetzt. Aber die Angst drohte alle guten Vorsätze zunichtezumachen, diese Angst und Unruhe, die sie schon aus der Kabine getrieben hatten. Das Rotieren der Turbinen, der merkwürdige Schimmer, der auf dem dunklen Wasser lag, das alles war ihr nicht geheuer. Die ganze Schiffsreise schien ihr in manchen Augenblicken wie eine einzige Reise ins Verderben. Diese Traumbilder waren ja nicht von ungefähr über sie gekommen.

Vielleicht hatte sie einfach zu viel gegessen. Das erste

Abendessen an Bord war wirklich köstlich gewesen: die Pilzsuppe, der Rinderbraten mit dem überbackenen Blumenkohl, den Bohnen und Champignons, der Nachtisch mit Pudding und Eis und dann noch der Käseteller. Ja, da hätte sie sich sicher mehr zurückhalten sollen, aber nach dem kargen Frühstück in Bremerhaven war sie so ausgehungert gewesen, und die Atmosphäre in diesem schönen Restaurant mit der Holzvertäfelung, den Kronleuchtern und Blumen und Servietten auf den Tischen hatte ihren Appetit noch zusätzlich angeregt. Auch Sophie und Ernst hatten kräftig zugelangt. Zum Glück hatte sie auf den Wein verzichtet. Nicht mal einen Schluck Bier hatte sie getrunken, nur Brause. Zum Glück.

Um Himmels willen! Schon wieder schwankte das Deck so fürchterlich, dass sogar die schwere Eisenbank zu rutschen anfing. Knarrend und knirschend hob und senkte sich das lange Schiff, das hin und her geworfen wurde wie die berühmte Nussschale, während es durch die aufspritzenden Wellen pflügte. Es war als würde es in langgezogenen Klagelauten ächzen.

Tief einatmen, ruhig ausatmen. Ruhig, ganz ruhig. Wäre ja schlimm, wenn sie sich gleich in der ersten Nacht übergeben müsste. Der beständige Westwind wehte ihr Duftwolken von Schweröl ins Gesicht. Das verstärkte den Brechreiz zusätzlich. Aber sie durfte sich nicht verrückt machen lassen. An etwas Schönes denken – das Wasser in der Phantasie in ein wogendes Weizenfeld verwandeln, mit Klatschmohn und Kornblumen, die sich sanft im Wind wiegen. Sicher gab es solche Kornfelder auch drüben in Amerika. Ganz bestimmt, ganz sicher.

Sie war nicht allein an Deck, überall standen Passagiere herum, die, von ähnlichen Qualen getrieben, zur Reling stürzten – manche waren allein, wie in sich versunken, andere zu zweit. Viele junge Männer waren darunter, darunter etliche Handwerksburschen, wie ihre Kluft verriet. Einer schien sich die Seele aus dem Leib zu kotzen, aschfahl und tränenüberströmt.

Allmählich ging es ihr besser. Alles in ihr schien sich langsam zu beruhigen, selbst die See schien ihr bald gar nicht mehr so stürmisch, so dass sie beschloss, zurück in die Kabine zu gehen und sich schlafen zu legen. Aber sie zweifelte daran, ob sie wirklich schlafen konnte, denn die letzten Stunden wirbelten ihr durch den Kopf wie Blätter bei einem Herbststurm.

Besonders aufregend war es gewesen, als das Schiff abgelegt hatte. Auf dem Oberdeck hatte die Bordkapelle »Muss i denn, muss i denn zum Städele hinaus« gespielt, während sich die Passagiere auf allen zum Kai gerichteten Außendecks gedrängt hatten, um zu winken. Auf der Columbuskaje hatten ebenso viele Menschen gestanden und gewunken, nicht wenige hatten sich in den Armen gelegen und geweint. Obwohl zu ihrer Verabschiedung niemand nach Bremerhaven gekommen war, hatten auch sie gewunken – besonders eifrig die kleine Sophie. Und dann, während Schlepper das große Schiff vom Weserhafen ins offene Meer zogen, dieses langgezogene Tuten. Richtig feierlich klang die Schiffssirene. Durch und durch war ihr der Abschiedsgruß gegangen.

Schon vorher hatten sie ihr Reisegepäck in der Kabine verstaut. Es war eine Vierbettkabine mit jeweils zwei übereinanderliegenden Etagenbetten – eng, aber sauber und ordentlich. Sie war vor allem froh, dass sie die Kabine nicht mit fremden Leuten teilen mussten, was auf dem Schiff keine Seltenheit war. So hatte sie auf dem großen Dampfer doch zumindest ein kleines, aber eigenes Reich, in das sie sich notfalls verkriechen konnte. Nur die Toilette und Dusche auf dem Gang waren auch für die Mitreisenden bestimmt. Dafür verfügte die Kabine über ein Bullauge, an dem Sophie sofort großen Gefallen fand. Sie überließ dem Mädchen daher eins der unteren Betten mit direktem Ausguck.

Die Außenkabine befand sich zwar auf einem tief gelegenen Deck in der Nähe des Maschinenraums, war aber im Vergleich zu den Innenkabinen, die oft stickig sein sollten, schon ein Luxus. Ernsts Eltern hatten ihnen für die Überfahrt einen Zuschuss gezahlt.

Selbstverständlich fuhren sie zweiter Klasse, in der sogenannten Touristenklasse. Die erste Klasse war für einfache Leute wie sie unerschwinglich – unerschwinglich und unangemessen. Ohnehin leisteten sich auf diesem Auswandererschiff nur wenige die teuren Karten. Eigentlich waren von den insgesamt gut achthundert Plätzen zweihundertfünfzig für die erste Klasse reserviert, aufgrund der geringen Nachfrage hatte die Reederei aber viele Kabinen in die Touristenklasse umgewidmet.

Erst vor fünf Monaten, am 21. April 1951 war die »Neptunia« zum ersten Mal von Bremerhaven aus nach Nordamerika ausgelaufen, damals zunächst nach Kanada.

Als Alma am nächsten Morgen aufwachte, sah sie, dass Sophie schon ihre Nase am Guckloch plattdrückte und auf die Wellen starrte. Alma freute sich, dass das Mädchen vom Meer so in den Bann gezogen wurde.

»Na, hast du schon einen Wal gesehen?«, fragte sie lächelnd.

»Nee, aber andere Schiffe. Ein Mädchen hat mir gesagt, dass man auch fliegende Fische sehen kann. Stimmt das?«

Alma zuckte die Achseln. »Kann sein. Vielleicht sogar Delphine.«

»Vielleicht kannst du auch sehen, wenn ein U-Boot aus dem Wasser auftaucht«, warf Ernst ein, der sich gähnend aufrichtete. »Dann sag mir bitte Bescheid.«

Eine halbe Stunde später saßen die drei am Frühstückstisch. Es hatte eine Weile gedauert, bis sie das Restaurant wiedergefunden hatten. Das Schiff mit seinen sechs Decks und den langen engen Gängen war für sie noch verwirrend unübersichtlich. Zuerst waren sie in dem kleinen Restaurant der ersten Klasse gelandet, wo Kerzen auf Tischen mit gestärkten weißen Dammastdecken brannten, dicke Teppiche den Hall der Schritte dämpften, Ölgemälde in Goldrahmen die Wände schmückten, und Lüsterprismen wie juwelenbesetzte Eiszapfen unter den Kronleuchtern hingen. Höflich, aber bestimmt wurden sie von einem Stewart in weißer Uniform wieder hinausgeschickt. Eine elegante Frau, die allein an einem großen reichlich gedeckten Tisch saß, hatte Alma angestarrt, als würde sie immer noch nach Stall riechen. Dabei hatte sie sich mit Kölnisch Wasser eingerieben und sogar ihren schwarzen Filzhut aufgesetzt.

Der Speisesaal der Touristenklasse war mit seinen nackten Holztischen und Holzstühlen sehr viel schlichter, für Alma aber vornehm genug. An dem Tisch, der ihnen zugewiesen wurde, saß bereits ein Ehepaar mit seinem jugendlichen Sohn. »Sauer«, stellte sich ein beleibter Herr mit Krawatte vor.

»Meyer, angenehm«, erwiderte Ernst militärisch knapp.

»Auch ohne Rückfahrkarte?«

»Ganz recht. Wir bleiben da.«

»Na, dann stärken Sie sich man erst mal.«

Auf dem Tisch stand bereits eine Thermoskanne mit Kaffee, außerdem Butter, Marmelade, Brötchen. Ein Steward fragte Sophie nach ihrem Getränkewunsch und kam mit einem Becher Kakao und einem Wurst-und-Käse-Teller zurück. »Guten Appetit, die Dame.«

Alma fühlte sich wie im Schlaraffenland, wenn sie sich auch von Herrn und Frau Sauer beobachtet fühlte, während sie sich ihr Brötchen schmierte. Der sechzehnjährige Sohn namens Lars wurde von seiner Mutter mehrmals scharf zurechtgewiesen, weil er es angeblich an den gebotenen Tischsitten fehlen ließ. Lars blaffte zurück und boykottierte schließlich das Frühstück beleidigt. Man sah ihm an, wie es in ihm kochte. Alma atmete erleichtert auf, als die Sauers endlich aufstanden.

Sie profitierte davon, dass Lars sein zweites Brötchen nicht gegessen hatte.

Gestärkt von dem soliden Frühstück sah sie daraufhin das Meer mit anderen Augen. Grau und träge wogten die Wellen im Morgenlicht, als sie auf dem Rückweg zur Kabine mit den beiden aufs Außendeck ging und sich den frischen Westwind ins Gesicht wehen ließ. Am Horizont leuchtete ein silbriger Schimmer. Der übrige Himmel war von Wolken überzogen. Wie am ersten Tag vibrierte das feuchte Deck vom dumpfen Hämmern der Schiffsmotoren; auch das Schweröl war wieder zu riechen. Abgasschwaden. Aber all das machte ihr nichts mehr aus. Vielleicht konnte sie sich doch noch mit der Schiffsreise anfreunden.

Gefallen fand sie auf jeden Fall am Promenadendeck. Gemeinsam mit Sophie drehte sie hier Runde um Runde und kam dabei auch mit anderen Passagieren ins Gespräch. Zu ihrer Freude lernte sie Ute kennen, eine Bauerntochter aus Bayern, die mit ihrer Familie ebenfalls auf dem Weg nach Wisconsin war. In Milwaukee nämlich betrieb ein Onkel eine Brauerei, und da hatte Utes Mann, ein Bauer, wie Alma es verstanden hatte, schon einen Arbeitsplatz sicher.

»Als Bauer?«

»Nein, als Brauer«, korrigierte die Frau mit rollenden »r« lachend. Genaugenommen sei ihr Mann sogar Braumeister.

Als Alma erzählte, dass sie einen Bauernhof weiterzuführen gedenke, schlug die gesellige Dame vor, dass sie die Brauerei ja mit Gerste beliefern könne. »Auf jeden Fall müssen Sie uns mal besuchen. Versprochen?«

Auf dem Promenadendeck kam Alma mit einer Frau ins Gespräch, die aus einer ganz anderen Welt zu kommen schien: Esther Levinsky. Die hagere Frau mit den gewellten langen Haaren war ihr gleich aufgefallen, weil sie ungewöhnlich ernst in die Wellen schaute und geflissentlich an ihr vorbeiblickte, Feindselig fast. Als dann aber der Wind Almas Hut vom Kopf wehte, bückte sich die hinter ihr gehende Frau danach und reichte ihn ihr mit freundlichem Lächeln. Und als Alma erzählte, dass sie aus der Lüneburger Heide stamme, sagte die Frau mit dem eigenartigen Akzent, dass sie dort auch einige Jahre gelebt habe. In Bergen-Belsen. Die letzten Kriegsmonate im Konzentrationslager, danach im Lager für Displaced Persons. Denn Esther stammte aus Ostpolen, und wie viele andere der jüdischen Überlebenden hatte sie nach der Befreiung nicht in ihre Heimat zurückkehren können und auf die Ausreise nach Amerika gewartet. Jahrelang. Immerhin hatte sie sich während der Wartezeit in einen Mann namens Adam verliebt und schon Ende 1946 geheiratet. Kurze Zeit später war sie Mutter einer Tochter geworden, Sarah, geboren in Bergen-Belsen. Woche für Woche hatte sie gehofft, endlich mit ihrer kleinen Familie nach Amerika ausreisen zu dürfen. Aber der Traum wollte sich einfach nicht erfüllen, zuerst war das Aufnahmekontingent erschöpft gewesen, dann fehlte es am Geld für die Tickets. So hatte sie sich als gelernte Krankenschwester nach Auflösung des Lagers noch zwei Jahre als Pflegehelferin in einem Krankenhaus in Celle durchgeschlagen, während ihr Mann für einen mickrigen Stundenlohn als Bauhelfer schuftete. Schließlich hatte eine Tante aus Amerika geholfen und Geld sowie die nötigen Bürgschaftspapiere geschickt. Eine der wenigen ihrer Verwandten, die die Hölle der Nazizeit überlebt hatten. Geschwister, Eltern, Großeltern – alle waren sie verschleppt und umgebracht worden. In der Familie ihres Mannes sah es ähnlich aus. »Al e toyte«, wie Esther es auf Jiddisch ausdrückte. Wie durch ein Wunder hatte sie selbst überlebt. Aber davon wollte sie nicht sprechen. »Ikh vil fargesn.«

Später bekam Alma mit, dass Esther mit ihrem Mann und ihrer Tochter nicht nur Jiddisch sprach, sondern auch Englisch. Wie andere Passagiere paukten sie an Bord Vokabeln und Standardsätze, um sich in der Neuen Welt gleich verständlich machen zu können. Für die fünfjährige Sarah war es wie ein Spiel. Sophie bewunderte sie, fand aber keinen rechten Draht zu dem zwei Jahre jüngeren Mädchen.

Sie freundete sich mit anderen Kindern auf dem Gang ihres Kabinendecks an. Auf dem Schiff gab es sogar ein Spielzimmer. Zwischen einem Klettergerüst und einer Ritterburg warteten Plüschtiere und Puppen auf menschliche Gesellschaft. An einem kleinen Tisch konnten zudem Brettspiele wie Mensch-ärger-dich-nicht gespielt werden. Auch Märchen- und Bilderbücher lagen bereit, die meisten allerdings noch in griechischen Ausgaben.

Aber Alma hatte vorgesorgt und vier dicke Bücher eingepackt, Wilhelm Busch und Märchen von den Gebrüdern Grimm, von Hans Christian Andersen und aus »Tausendundeiner Nacht«. Sophie war selig, wenn ihre Mutter sie in der Kabine auf den Schoß nahm und daraus vorlas. Das war schön, wenn alles vibrierte und vor dem Bullauge das Wasser aufspritzte, schöner als zu Hause. So viel Zeit und Zuwendung hatte ihre Mutter ihr noch nie geschenkt. Da was es gar nicht mehr schlimm, wenn das Schiff auf den Wellen schaukelte. Manchmal verschmolzen die Märchenbilder mit den Eindrücken der Überfahrt. Auf besonders fruchtbaren Boden fiel Andersens »Kleine Meerjungfrau« bei Sophie. Schon als ihre Mutter das Märchen vorlas, starrte sie aufs Meer und glaubte, in den aufschäumenden Wellen Seejungfrauen und Meerungeheuer aufsteigen zu sehen. Auch die Geschichten aus »Tausendundeiner Nacht« beflügelten ihre Phantasie und machten damit die Schiffsreise zu einem Abenteuer besonderer Art. »Sindbad der Seefahrer« etwa kam ihr hier viel näher als in Hademstorf, und wie aufregend war es, auf einem richtigen Schiff von Piraten zu träumen!

Sophie genoss es aber auch, wenn ihre Mutter ihr Bildergeschichten von Wilhelm Busch vorlas und sie dabei die witzigen Zeichnungen betrachten konnte. Die Geschichten von Max und Moritz ließ sie sich so oft vorlesen, bis sie die Reime mitsprechen konnte.

Ach, was muss man oft von bösen
Kindern hören oder lesen!

Wie zum Beispiel hier von diesen,
Welche Max und Moritz hießen.

Alma verschlang »Onkel Toms Hütte«. Sie litt mit der schwarzen Sklavenfamilie und atmete erleichtert auf, als sie erfuhr, dass die Sklaverei in Amerika abgeschafft war. Ernst hatte ihr den Roman von Harriet Beecher Stowe aus der Schiffsbibliothek mitgebracht, wo er gelegentlich auch in Bildbänden über Amerika blätterte.

Im Übrigen hielt er sich viele Stunden am Tag in der Cocktailbar auf dem Oberdeck auf. Dort las er rauchend in den bereitliegenden Zeitungen und Magazinen oder plauderte mit anderen Männern, die vor ihren Frauen und Kindern geflüchtet waren. Mit Stirnrunzeln roch Alma, dass er oft schon am späten Nachmittag mit einer Schnapsfahne aus der »Sky-Bar« zurückkehrte. Manchmal ließ sie sich auch von Ernst überreden, mit ihm aufs Sonnendeck zu gehen. Da aber die Sonne in diesen Oktobertagen nur selten schien, wurde ihr schnell kalt auf dem Liegestuhl – da nützte es auch nichts, wenn sie sich einmummelte und zudeckte.

Nach dem Abendessen gingen Alma und Ernst gemeinsam mit Sophie oft noch in den großen Salon, wo die Bordkapelle zum Tanz aufspielte. Die vier Musiker stammten aus Bayern und brachten ihr Publikum mit Blasmusik in Stimmung, vorzugsweise mit Schunkelliedern.

In München steht ein Hofbräuhaus,
eins, zwei, g'suffa…

Am zweiten Abend traute Alma sich schon mitzusingen, obwohl sie eigentlich gar nicht singen konnte. Das Gute bei den Schunkelliedern war, dass man auch im Sitzen in Feierlaune kam und mit der heiteren Gesellschaft verschmolz. Denn Tanzen kam ja nicht in Frage. Sie hatte mit ihrem Mann nicht darüber gesprochen, war aber sicher, dass Ernst sich mit seinem Holzbein nicht mehr aufs Parkett wagte. Außerdem konnte sie gar nicht tanzen. Wenn sie aufgefordert wurde, lehnte sie stets ab – auch mit Rücksicht auf Ernst. Sie freute sich dagegen, wenn Sophie mit anderen Mädchen ausgelassen auf dem Parkettboden herumhopste.

Davon berichtete sie auch den Daheimgebliebenen. In einem speziellen Schreibzimmer konnte sie auf dem Briefpapier der Reederei mit dem Wappen der »Neptunia« Briefe an ihre Angehörigen schreiben – Briefe, die auf dem Rückweg mit nach Deutschland genommen wurden und daher nur wenig Porto kosteten. Sie schriebt auch an ihre Schwester.

Liebe Ida,
herzliche Grüße von der Neptunia. Ich hoffe, euch geht es gut. Wir werden hier gemästet wie die Weihnachtsgänse. Pro Tag kriegen wir auf unserm Dampfer drei Mahlzeiten, und die sind alle sehr reichhaltig und lecker. Zwischendurch können wir auf der faulen Haut liegen, wenn wir möchten. Ich gehe aber auch gern mal auf dem Promenadendeck spazieren. Immer rundherum mit Blick aufs Wasser. Die Abende verbringen wir meist im Tanzsalon. Würde Dir bestimmt auch gefallen. Das Tanzen überlassen wir aber Sophie.
Von unserer Außenkabine können wir durch ein Guckloch vom Bett aus aufs Meer gucken. Herrlich, kann ich Dir sagen! Sophie kann sich gar nicht satt sehen. Manchmal schlagen die Wellen meterhoch und lassen das Schiff tüchtig schaukeln. Am Anfang ist mir davon ganz schön übel geworden. Mittlerweile habe ich mich zum Glück daran gewöhnt.
Sophie und Ernst hatten bisher noch keine Probleme mit der Seekrankheit. Ich hoffe, es bleibt dabei. Große Stürme sind zum Glück nicht in Sicht.
Wahrscheinlich seid ihr gerade mitten in der Kartoffelernte. Ich habe fast ein schlechtes Gewissen, wenn ich daran denke, dass du jetzt für mich mitarbeiten musst. Aber bestimmt gibt es im Dorf immer noch Frauen, die sich was dazuverdienen wollen.

Jetzt sind wir schon fünf Tage auf See und haben fast die Hälfte geschafft. Ich muss gestehen, dass mir immer mulmiger wird, wenn ich daran denke, was mich in Amerika erwartet. Aber Ernst sagt immer, dass wir es da viel besser haben werden als in Deutschland, und ich bete jeden Abend, dass er recht behält. Auch euch schließe ich in meine Gebete ein, liebe Ida. Grüße bitte ganz herzlich deine Deerns. Franz und Hanna kriegen auch einen Brief von mir. Marie natürlich ebenfalls. Nimm sie bitte fest in Deine Arme und sag ihr, dass es ihre Mama ist, die sie drückt. Versprochen?

Bleib gesund,
Deine Alma

Sie hatte im Brief nicht übertrieben: Je näher die »Neptunia« der amerikanischen Küste kam, desto nervöser wurde sie, wenn sie an ihr künftiges Leben dachte. Allein die Sprache! Wie sollte sie sich da drüben verständlich machen? Und all die modernen Maschinen, die es auf dem Hof in Wisconsin gab. Die konnte sie ja gar nicht bedienen. Vor allem: Wie würde das Zusammenleben mit Ernst sein? So genau hatten sich die beiden bisher noch gar nicht kennengelernt. Fragen über Fragen.

Wenn sie Ernst damit behelligte, wischte der ihre Sorgen immer schnell beiseite. Aber es rumorte weiter in ihr. Bereits jetzt war ihr manchmal, als sei sie sich selbst fremd geworden. Schon wenn sie sich mit dieser komischen Dauerwelle im Spiegel betrachtete, meinte sie eine andere zu sehen. Wo sollte das alles hinführen?

Es hatte für sie etwas Sinnbildliches, auf dem schwankenden Boden dieses Schiffes zu stehen und über ein Meer zu fahren, von dem niemand so genau sagen konnte, was sich alles in der Tiefe verbarg.

Besonders schwer ums Herz wurde ihr, wenn sie an Marie dachte. Wenn sie ihrer Ältesten schrieb, liefen ihr wie von selbst die Tränen.

Mein liebes Kind, liebe Marie,
ich hoffe sehr, dass es Dir gut geht. Ich denke jeden Tag an Dich und vermisse Dich schrecklich. Ich mache mir Vorwürfe, dass ich Dich allein zurückgelassen habe, und versuche, mich damit zu trösten, dass Du bei Deinen Freundinnen in guter Gesellschaft bist. Bei Onkel Franz und Tante Hanna bist Du bestimmt gut aufgehoben, und irgendwann – vielleicht schon nächstes Jahr – kommst Du uns in Amerika besuchen. Das Geld für die Reise werden wir schon zusammenkriegen!
Hier auf dem Schiff würde es Dir bestimmt gefallen. Du kannst Dir nicht vorstellen, was es hier alles gibt: Restaurants, Bars, eine Bibliothek, ein Spielzimmer für die Kinder, Sonnendeck, Promenadendeck und, und, und ... Dir würden sicher auch die Geschäfte gefallen.
Aber ich will Dich nicht neidisch machen. In der Heide ist es auch schön, und ich bin, ehrlich gesagt, heilfroh, wenn ich bald wieder festen Boden unter den Füßen habe.
Wenn Du diese Zeilen liest, liebe Marie, wird das schon der Fall sein. Ich werde Dir auf jeden Fall schreiben, wie wir in unserm Dorf angekommen sind. Ich bin schon gespannt wie ein Flitzebogen.
Liebe, liebe Marie, ich schließe Dich in Gedanken in die Arme und bin bei Dir alle Zeit. Ich wünsche Dir noch schöne Herbsttage. Arbeite nicht zu viel und grüße auch Deine Freundinnen und Freunde schön von mir.
Viele Grüße auch von Deiner Schwester Sophie und von Ernst
Alles Liebe,
Deine Mama

Alma musste auch an Marie denken, wenn sie mit Familie Sauer beim Frühstück oder Abendessen am Tisch saß. Denn Lars, der Sohn der Sauers, war ungefähr in Maries Alter, und die Kabbeleien, die er mit seinen Eltern ausfocht, kamen ihr bekannt vor. Dieser maulige, oft wütende Blick, die Trotzreaktionen – nicht selten musste sie sich das Lachen verkneifen, wenn sie den langen Lulatsch am Tisch beobachtete, wie er angewidert von seinem Vater abrückte.

Sie konnte den Jungen verstehen. Die Eltern waren ihr alles andere als sympathisch. Beide hörten sich am liebsten selbst reden, vor allem Herr Sauer, der in einem fort davon prahlte, was er für ein toller Hecht war und welch glorreicher Zukunft er in Amerika entgegenging als Maschinenschlosser bei den Ford-Werken in Chicago. Ein bereits ausgewanderter Cousin hatte ihm die Stelle verschafft und für ihn und seine Familie gebürgt. Wenn man ihn reden hörte – und er konnte ein bis zwei Stunden ganz allein bestreiten –, dann schien es nur eine Frage der Zeit, dass er zum Generaldirektor der Ford-Werke aufgestiegen war. »Wer arbeiten will und nicht auf den Kopf gefallen ist, der bringt es auch zu was in Amerika«, lautete sein oberster Glaubenssatz. Dabei ließ er durchblicken, dass seine Tischnachbarn vermutlich nicht die optimalen Voraussetzungen für eine solche Himmelsstürmer-Karriere mitbrachten. Sowie Ernst den Versuch unternahm, ein wenig zur Konversation beizusteuern, fiel er ihm barsch und besserwisserisch ins Wort. Ernst kam nicht mal dazu, nach dem Essen seine HB zu rauchen.

»Rauchen Sie was Vernünftiges«, fuhr ihn Herr Sauer an. »Probieren Sie mal die Lucky Strike. Die schmeckt nach Amerika.«

Seine übertrieben geschminkte Frau betonte mehrfach, dass sie es eigentlich nicht nötig gehabt habe, Deutschland zu verlassen, da sie aus einer wohlhabenden Familie stamme und es ihr an nichts gefehlt habe. »Wir haben doch eigentlich alles gehabt«, wiederholte sie wie eine Aufziehpuppe. Nur aus Liebe zu ihrem Mann habe sie der Auswanderung zugestimmt. Im Übrigen gefiel sie sich darin, über Mitreisende herzuziehen. Sie schüttelte den Kopf mit den blondierten Haaren über angeblich geschmacklos gekleidete Damen, spottete über »dummes« oder gar »schwachsinniges Gerede«, das sie auf dem Schiff aufgeschnappt hatte, oder sie wusste zu berichten, dass ein Mann, der nach dem Abendessen immer die dicksten und teuersten Zigarren paffte, gerade in Bremen Pleite gemacht hatte und auf der Flucht vor seinen Gläubigern war. Der nasale Klang der Stimme passte zu ihrer affektierten Redeweise.

An diesem Abend musste sie sich über etwas schrecklich geärgert haben. Denn ihre ohnehin schon abfälligen Reden über Mitreisende nahmen einen besonders hämischen und bösartigen Charakter an. Alma malte sich schon aus, wie diese Buchhalterin über sie sprechen würde. Wahrscheinlich war sie in den Augen von Frau Sauer nichts als eine ungehobelte Landpomeranze ohne Bildung und Manieren, die gar nicht auf so ein Schiff gehörte. Doch schon im nächsten Moment nahm die schlecht gelaunte Dame ihren Sohn unter Beschuss.

»Kannst du bitte mal Messer und Gabel benutzen wie andere Menschen«, herrschte sie ihn an. Damit war für Lars, der ebenfalls nicht in bester Laune war, der Siedepunkt überschritten. Er sprang auf, indem er laut scharrend seinen Stuhl zurückschob und wortlos das Restaurant verließ. Als seine Mutter ihm nachlaufen wollte, wurde sie von ihrem Mann zurückgehalten. »Lass doch. Wird sich schon beruhigen. Aber das Taschengeld für den Rest der Reise ist gestrichen.«

Fast schon entschuldigend erläuterte Herr Sauer daraufhin Alma und Ernst, dass Lars »an und für sich« ein sehr guter Schüler sei, hervorragend Englisch spreche und sicher keine Probleme haben werde, sich in Amerika »durchzubeißen«, wie er es ausdrückte. Wie zur Bekräftigung rülpste er leise in sich hinein. Was seiner Frau selbstverständlich nicht entging. Der ohnehin schon skeptische Blick verzerrte sich zu einer stummen Grimasse entnervter Anklage.

Zum Glück herrschte beim Mittagessen freie Platzwahl, so dass ihnen diese Gesellschaft dann erspart blieb, und zum Abendessen kamen die Sauers meist erst später. Als die halbe Strecke zurückgelegt war, wurden die Tischkarten ohnehin neu gemischt, und an Stelle der Sauers saß fortan ein junges, verliebtes Paar mit am Tisch, das so mit sich selbst beschäftigt war, dass es gar keine Augen und Ohren für die Tischnachbarn hatte, allenfalls mit höflichem Lächeln um Salz- und Pfefferstreuer bat.

An einem dunstigen Oktobermorgen schließlich herrschte schon beim Frühstück große Aufregung. Denn noch am Spätnachmittag desselben Tages stand die Ankunft bevor, und alle starrten immer wieder auf die große Wanduhr, um nur ja nicht die berühmte Station auf dem Weg zum Anlegekai zu verpassen: die Freiheitsstatue. Alma war mit ihrer kleinen Familie schon auf dem Weg in die Kabine, als plötzlich alle auf die Außendecks stürmten. Zuerst konnten sie vor lauter Menschen gar nichts sehen. Als sie Sophie auf den Arm nahm, wurde sie vorgelassen und sah, wie sich aus dem Dunst der Arm der berühmten Freiheitsgöttin in den Himmel reckte. Kurze Zeit später erhob sich auch schon die Skyline Manhattans mit ihren Wolkenkratzern über dem Wasser. Während die meisten jubelten, kämpfte Alma gegen einen heftigen Schwindel an.

Der innere Sturm legte sich wieder, als sie sich selbst und Sophie wusch, sich umkleidete und ihre Taschen packte, um für die Ankunft gerüstet zu sein. Jetzt galt es, den Anweisungen der Schiffsoffiziere zu folgen, da blieb zum Glück keine Zeit mehr für Zweifel und Bedenken.

Mit einem Ruck stand plötzlich alles still. Das Vibrieren hielt zwar an, aber das Rollen der Turbinen, das ihr während der vergangenen Tage in Fleisch und Blut übergegangen war, hörte schlagartig auf und gab einer erwartungsvollen, spannungsgeladenen Ruhe Raum. Mit dieser Ruhe war es vorbei, als die große Stahltür vor ihr aufging und den Blick auf den Hafen freigab. Ihr Herz raste, dass ihr die Ohren dröhnten, als sie mit ihren Taschen in der einen und mit Sophie an der anderen Hand über die Gangway schritt.

3. Kapitel

Die Anspannung wuchs, je näher die Fähre der kleinen Insel kam, die von einem langgestreckten Bau beherrscht wurde. Mit seinen Türmen und Zinnen, seinen Freitreppen und Rundfenstern hatte dieses Gebäude etwas von einem Schloss, hätte aber auch ein Gefängnis beherbergen können. Ellis Island. Von der Nachbarinsel erhob sich die Freiheitsstatue in den dunstigen Oktoberhimmel. Sinnbild der Sehnsucht nach einem Leben in Freiheit für Bedrängte auf der ganzen Welt.

Einen uneingeschränkten Willkommensgruß durften jedoch nur die Passagiere der ersten Klasse im Fackelgruß der Göttin mit der Kupferhaut sehen. Die Fahrgäste der Luxusklasse nämlich konnten schon alle Einreiseformalitäten an Bord erledigen und gleich an Land gehen, als das Schiff anlegte. Alma und ihren Mitreisenden der Touristenklasse wurde es dagegen nach der elftägigen Überfahrt noch nicht gewährt, das amerikanische Festland zu betreten. Zuerst mussten sie den Generalcheck der amerikanischen Einwanderungsbehörde über sich ergehen lassen. Erfüllte man die hohen Anforderungen nicht, wurde gemunkelt, musste man damit rechnen, zurückgeschickt zu werden. Gnadenlos.

Kaum jemand sprach, als die Fähre auf Ellis Island anlegte, dieser »Insel der Tränen«, wie sie aufgrund leidvoller Erfahrungen genannt wurde. Beklommen marschierten die Passagiere der »Neptunia« mit ihren Taschen und Körben auf das stattliche Einwandererhaus zu. In den Gesichtern spiegelten sich Anspannung und Angst vor dem Ungewissen. Alma beobachtete, wie bei einem älteren Herrn neben ihr pausenlos die Kiefermuskeln zuckten. Sie selbst war noch vergleichsweise gelassen. Nach wie vor fragte sie sich, ob dieses Leben in Amerika für sie tatsächlich das bessere Leben war, so dass sie vielleicht auch eine Zurückweisung klaglos hingenommen hätte. Doch die allgemeine Nervosität übertrug sich allmählich auf sie.

Vor dem hundert Meter langen Gebäude hatte sich schon eine Warteschlange gebildet. Es dauerte eine gute Stunde, bis Alma, Sophie und Ernst die Freitreppe zur Registrierungshalle heraufsteigen konnten. Fünfzig Stufen. Auf dem Schiff war gesagt worden, dass die Einwanderer beim Erklimmen der Treppenstufen schon von Ärzten beobachtet würden. Wichtig sei also, keine Erschöpfung zu verraten und so fit wie irgend möglich zu erscheinen, um nicht schon gleich aussortiert zu werden. Das war sicher nur eine von vielen Legenden, die sich um Ellis Island rankten. Trotzdem sorgte Alma sich um Ernst, dem es sicher nicht leicht fiel, die Treppe mit nur einem Bein sportlich hinaufzuhüpfen. Doch Ernst ließ sich nichts anmerken. Er schwang seine Krücke wie einen Spazierstock, nahm Stufe um Stufe.

Der Weg durch die erste Halle schlängelte sich durch ein Labyrinth von schmalen Gängen – flankiert von langen Holzbänken. An der ersten Station musste jeder Einwanderer Ausweis, Visum und Passagierkarte vorweisen und Namen, Geburtsdatum und Familienstand angeben. Stimmten die Angaben mit der Passagierliste überein, erhielt man eine Karte mit Nummer sowie einen Fragebogen. Da Alma oft nicht verstand, was die Einwanderungsbeamten mit den versteinerten Mienen von ihr wollten, stand Ernst ihr mit seinem Schulenglisch zur Seite. Sie war darauf vorbereitet, dass sich die Prozedur über Stunden hinziehen könnte, blieb daher ruhig, auch wenn sie auf mürrische oder gar ruppige Inspektoren traf.

Als nächstes durchliefen die Menschen mit den angespannten Gesichtern im Zwei-Minuten-Takt die sogenannte Line Inspection, den Gesundheitscheck. In langer Reihe mussten Alma und ihre Mitreisenden ihren Mund aufreißen um Zähne und Rachen vorzuführen, die Augen untersuchen lassen, einen kurzen Sehtest machen und etliche weitere Checks absolvieren. Aufmerksam sahen sich die Ärzte Hände und Haare an, um Hinweise auf mögliche Infektionskrankheiten zu erhalten und mit Kniebeugen und Liegestützen war die körperliche Belastbarkeit unter Beweis zu stellen. Auch hier bemerkte Alma ein Stirnrunzeln, als die Reihe an Ernst kam.

Dafür konnte ihr Mann Pluspunkte bei der anschließenden Befragung im Registry Room, der prunkvollen Halle mit den umlaufenden Balkonen, sammeln. Dass sein verstorbener Onkel ihm eine Farm vererbt hatte, garantierte, dass er niemandem in den Vereinigten Staaten einen Arbeitsplatz wegnahm oder dem Wohlfahrtssystem zur Last fiel. Dass er in Wirklichkeit gar nicht auf der Farm, sondern in der Versicherungsbranche arbeiten wollte, musste er hier ja noch nicht so deutlich sagen.

Alma sagte ebenfalls nicht die ganze Wahrheit, als sie ihren Beruf als Hausfrau angab, wie Ernst ihr zuvor eingetrichtert hatte. Bei anderen Fragen, die ihr an dem Schalter gestellt wurden, war sie ebenfalls auf die Hilfe ihres Mannes angewiesen, der unentwegt für sie dolmetschte. Schulbildung? Gründe der Auswanderung? Vorstrafen? Religionszugehörigkeit? Suchtprobleme? Kommunistin? Auch die politische Vergangenheit war von Interesse.

»Have you been a member of the Nazi Party?«

Alma verstand nur Nazi und blickte Ernst hilfesuchend an. »Ob du in der Partei warst – in der NSDAP«, übersetzte der. Darauf schüttelte Alma den Kopf und antwortete mit »No«.

Da musste sogar Sophie lachen: das erste englische Wort aus dem Mund ihrer Mutter.

Die Fragen wollten kein Ende nehmen. Und der Inspektor am Legal Desk begnügte sich nicht mit den bloßen Angaben, sondern forderte Alma zum Beispiel auf, unter Beweis zu stellen, dass sie keine Analphabetin war. So musste sie einen kurzen deutschen Text vorlesen.

Nach all den vielen Stationen und der Warterei zwischendurch hatten sie den Einwanderungs-Parcours gut vier Stunden nach ihrer Ankunft absolviert, und es sah aus, als würden sie jetzt den begehrten Stempel erhalten. Als sie den grossen Saal aber gerade verlassen wollten, hörten sie, wie hinter ihnen eine Männerstimme »Stop« rief. Jetzt fuhr auch Alma der Schreck in die Glieder. Was hatte das zu bedeuten? War aufgefallen, dass sie oder Ernst irgendwo geschummelt hatten?

Als sie sich ängstlich umdrehte, blickte sie aber in die freundlichen Augen eines Einwanderungsbeamten. Und die Augen richteten sich mit mildem Lächeln auf Sophie. Im gleichen Moment griff der Mann in die Tasche seiner Uniformjacke und holte einen kleinen, in gelbem Papier verpackten Gegenstand hervor, den er Sophie reichte. »Bitte sehr, junge Dame.«

Als Sophie ihn verdattert anstarrte, fügte er erklärend hinzu: »Lollipop.«

»Danke.«

Gerührt flüsterte Ernst ihr zu, dass sie sich auf Englisch bedanken sollte, und sie schaffte es fast fehlerfrei, die Worte zu wiederholen: »Thank you, Sir.«

Der Einwanderungsbeamte schüttelte nur lächelnd den Kopf. »Nicht nötig, ich verstehe noch gut Deutsch. Bin auch erst vor zwei Jahren hier angekommen. Gute Weiterreise.«

4. Kapitel

Kaum hatte sich die Zugtür geöffnet, winkte ihnen schon ein hagerer Mann mit Stirnglatze zu. Sofort eilte er ihnen lachend entgegen, um ihnen beim Aussteigen zu helfen und vor allem die schweren Überseekoffer abzunehmen. Ein schon älterer Herr mit grauen Haaren und ausgeblichener Latzhose, der immer noch jugendlichen Charme verströmte. Fast hätte er beim Laufen seinen kleinen Hut verloren. Ehe sie sich versahen, standen sie auf dem Bahnsteig und blickten, umringt von ihrem Gepäck, eingehüllt in den Dampf der Lokomotive, in die freundlichen Augen eines fremden Mannes, der sie begrüßte, als wären sie alte Bekannte.

»Herzlich willkommen.«

»Good afternoon«, erwiderte Ernst. Bevor er noch mehr sagen konnte, streckte ihnen der alte Mann auch schon schwungvoll seine Rechte entgegen.

»Adam.«

»Ernst.«

Die Hand mit den gelblichen Fingernägeln und der rissigen Haut drückte selbstverständlich auch die Hände von Alma und Sophie, die nur ihre Namen nannten.

Als Adam sich zu Sophie herabbeugte, zog er eine Packung Kaugummi aus der Tasche und reichte sie dem Mädchen. Wrigley's Spearmint.

»Danke.«

Ernst legte ihr väterlich die Hand auf die Schulter. »Wie heißt das auf Englisch, Sophie? Das haben wir doch auf der Fahrt geübt und auch schon mal angewendet.«

»Thank you, Sir.«

»Bravo.«

Adam nickte anerkennend. »Wie war die Fahrt?«, fragte er in seinem amerikanischen Englisch.

»Gut, aber auch ziemlich lang und zuletzt sehr anstrengend mit dem vielen Gepäck«, antwortete Ernst.

»Wir haben viel gesehen«, fügte Alma auf Deutsch an. Das lose Ende ihres Kopftuchs flatterte im Wind. Die kleine Sophie schmiegte sich an ihre Mutter.

Adam nickte lächelnd, gab aber mit einem Achselzucken entschuldigend zu verstehen, dass er nichts verstand.

Dann dirigierte er die kleine Familie auch schon zu seinem Pickup und wuchtete die Koffer auf die große Ladefläche. Da der Fahrgastraum nur über eine einzige gepolsterte Bank verfügte, mussten sich alle ein bisschen dünn machen, aber Adam kündigte mit den ausgestreckten Fingern seiner Rechten an, dass sie schon nach fünf Minuten wieder aussteigen konnten. Das Innere des klapprigen Gefährts roch nach sonnenwarmem Leder und Dieseldämpfen, und noch ein anderer, faulig-süßlicher Duft hing in der abgestandenen Luft. Bald schon entdeckte Alma die Ursache: zwei Bananen waren zwischen die Sitze gerutscht, sie waren schon lange nicht mehr gelb, sondern schwarz und von einem schleimigem Glanz überzogen. Die Windschutzscheibe war verschmiert von zerquetschten Mücken und Fliegen und an der Seite leicht gesprungen, aber das schien den Fahrer in seiner Sicht nicht entscheidend zu behindern.

Immerhin bekamen sie während der kurzen Fahrt einen ersten Eindruck von ihrem neuen Wohnort. Gleich zwei Kirchen erhoben sich über den Dächern von Slinger – eine katholische und eine evangelische, außerdem sahen sie etliche Läden, Handwerksbetriebe, zwei Wirtshäuser und ein beherrschendes Fabrikgebäude mit hohem Schornstein, das sich als Brauerei erweisen sollte. Als sie den Ortskern passiert hatten, führte die Straße kurz durch eine sanft geschwungene Hügellandschaft, und Alma verstand jetzt, warum Slinger das »Dorf der sieben Hügel« genannt wurde. Die Felder waren bereits schwarz, abgeerntet und umgepflügt, aber auf einer Wiese sah Alma noch Rinder weiden. Adam wies stolz daraufhin, dass das nicht irgendwelche Rinder waren.

»Our cows.« Sich selbst korrigierend fügte er hinzu: »*Your* cattle.«

Ernst übersetzte und Alma nickte selig. »Unser Vieh! Kaum zu glauben.«

Nach zwei, drei Meilen war die Farm erreicht. Auf der Hofwiese weideten gut zwanzig Kühe mit prallen Eutern, wie Alma gleich bemerkte. Dann fiel ihr Blick auf eine kleine Frau in Kittelschürze, die offensichtlich schon auf dem Hof gewartet hatte.

»Welcome.«

Die schon ältere Frau mit dem sonnengegerbten, freundlichen Gesicht verbeugte sich vor ihnen und reichte allen nacheinander die Hand. »Mary.«

Adam und Mary Bronsky – die Verwalter der Farm, die Ernst von seinem Onkel Henry geerbt hatte und die jetzt Almas Farm werden sollte. Sie ließ ihre Augen über die vielen flachen Hofgebäude schweifen, die alle aus Holz gezimmert zu sein schienen. Scheunen, Schuppen, Stall- und Wohngebäude. Dazwischen hohe Bäume, ähnlich den Eichen in Hademstorf, deren Laub sich aber rot gefärbt hatte. Amerikanische Roteiche. Einzelne Blätter tanzten im Wind. Auch in Slinger war es Herbst geworden. Immerhin schien noch die Sonne.

Endlich waren sie angekommen. Endlich! Vier Tage nach ihrer Ankunft in Amerika hatten sie ihr Ziel erreicht, das Dorf, das etwa eine Zugstunde von Milwaukee entfernt lag. Nach der langen Schiffsreise und der aufregenden Prozedur bei der Einwanderungsbehörde auf Ellis Island hatten sie erst einmal einen Zwischenaufenthalt in New York eingelegt. Alma wäre am liebsten gleich weitergefahren, aber Ernst hatte darauf gedrängt. »Wenn wir schon mal hier sind, gucken wir uns das auch an. Wer weiß, wann wir wieder in New York sind – ob wir hier überhaupt jemals noch wieder hinkommen.«

Schon von Deutschland aus hatte er über das Reisebüro der Norddeutschen Lloyd zwei Nächte in einer kleinen Pension in der Lower East Side gebucht, dem jüdischen Viertel Manhattans, wo in der Pension Deutsch gesprochen wurde. Im Hafen hatten sie sich ein Taxi geleistet, denn es wäre wohl nur schwer möglich gewesen, sich in dieser großen, fremden Stadt mit dem Gepäck in Busse und U-Bahnen zu quetschen und durch die Straßenschluchten zu laufen. Schon der Blick aus dem Taxifenster hatte Alma Angst gemacht: all die vielen großen Autos, die breiten Straßen, diese riesigen Wolkenkratzer und die vielen Menschen auf den Bürgersteigen mit ganz unterschiedlichen Hautfarben. Erstmals in ihrem Leben hatte sie Schwarze gesehen.

Als sie endlich in der Pension im Bett gelegen hatte, war sie gleich von Sirenengeheul aufgeschreckt worden. Wahrscheinlich ein Polizeiauto, vielleicht auch ein Krankenwagen. Kaum war sie zur Ruhe gekommen, als schon wieder dieser auf- und absteigende Heulton durch die nächtlichen Straßen gellte. Unwillkürlich fühlte sie sich in die bangen Tage und Nächte der Luftangriffe zurückversetzt, und sie brauchte lange, bis sie endlich einschlief, obwohl sie eigentlich todmüde war.

Am nächsten Morgen stand eine Stadtrundfahrt mit einem roten Doppeldeckerbus auf dem Programm. Sie saßen ganz oben auf dem offenen Deck und lauschten den Lautsprecherdurchsagen, die auf Deutsch wiederholt wurden: Empire State Building, Brooklyn Bridge, Hudson River, Central Park, Rockefeller Center, St. Patricks Cathedral ...

Ernst, der sich mit einem Reiseführer vorbereitet hatte, gab zusätzliche Erklärungen, und Sophie saugte mit weit aufgerissenen Augen und offenem Mund wie im Rausch alles begierig in sich auf, während Alma schwindlig wurde von den vielen Eindrücken. Die Stationen flossen in ihrem Kopf ineinander über, die Durchsagen klangen in ihren Ohren wie Botschaften von einem fremden Stern. Schon dieses ständige Hupen, der Lärm, das Gewimmel! Wenn das Amerika sein sollte, wollte sie am liebst gleich mit dem nächsten Schiff zurückfahren.

Als sie am folgenden Tag im Zug saß, kam sie allmählich zur Ruhe. Anfangs war es noch furchtbar gewesen, mit dem schweren Gepäck durch den riesigen Bahnhof zum Bahnsteig zu hetzen. Mehr als fünfzig Gleise gab es hier, Tracks, wie es auf Englisch hieß. Grand Central Terminal – nicht mal den Namen konnte sie sich merken. Ganz zu schweigen von den vielen unverständlichen Hinweisschildern. Doch als sie dann erschöpft aus dem Zugfenster blickte und die Felder und Wiesen vorbeizogen, klang das beängstigende Gefühl der Fremdheit nach und nach ab. Zwei Tage waren sie unterwegs auf Schienen, Tag und Nacht. Vor allem die Fahrt von New York nach Chicago wollte kein Ende nehmen. Zum Glück waren sie irgendwann von dem ewigen Rollen und Rattern eingeschlafen. Irgendwo hinter Cleveland beim Blick auf den Eriesee war sie wieder aufgewacht. Zeilen einer Ballade von Theodor Fontane, die sie mal in der Schule auswendig gelernt hatte, fielen ihr ein, John Maynard: *Die Schwalbe fliegt über den Eriesee, Gischt schäumt um den Bug wie Flocken von Schnee ...*

Sie war fast ein bisschen gerührt, dass sie die Landschaft, die ihr in der Schulzeit in Gedichtform begegnet war, jetzt mit eigenen Augen sah. Beim Umsteigen in Chicago hatte sich der Pulsschlag noch mal erhöht, denn es war nicht leicht, den Bahnsteig für den Anschlusszug nach Milwaukee zu finden. Dummerweise hatte der Zug dann auch noch zwei Stunden Verspätung so dass sie in ihrer Erschöpfung die ganze Zeit auf dem lärmenden Bahnsteig zwischen all den Reisenden herumstehen mussten, da nicht klar war, wann es endlich weiterging.

Doch bei der letzten Etappe von Milwaukee nach Slinger, im Vergleich zu der vorangegangenen Strecke ein Katzensprung, konnte sie endlich entspannt durchatmen und sich an der bewaldeten Hügellandschaft mit den glitzernden Seen und den großen roten Scheunen freuen.

Und jetzt endlich wieder auf einem Bauernhof!

Um nicht die vornehme Dame zu spielen, hatte sie darauf bestanden, ein Kopftuch zu tragen und nicht ihren Filzhut, mit dem sie sich in New York geschmückt hatte. Mary forderte sie mit einladender Handbewegung auf, ihr ins Haupthaus zu folgen, wo der Küchentisch schon in eine Kaffeetafel verwandelt war. Bevor sie sich darum versammelten, zeigten Mary und Adam ihnen die übrigen Räume. Das Schlafzimmer mit dem Ehebett, das große Wohnzimmer mit dem gemauerten Kamin und einem Klavier, Badezimmer und

Toilette mit Wasserspülung, das Arbeitszimmer mit dem riesigen Schreibtisch und den Aktenordnern und eine ehemalige Abstellkammer, die Mary und Adam wie ein Kinderzimmer möbliert hatten. In dem kleinen Bett hatte einst einer ihre drei Söhne geschlafen. Sie hatten das Bettgestell von ihrem Haus herübergetragen, zusammengebaut und liebevoll mit buntem Bettzeug bezogen. Auf einem Stuhl in der Ecke hockte ein großer Teddybär, dem Sophie gleich begeistert über die Plüschohren strich.

Durch das ganze Haus liefen Heizungsrohre, die an den zentralen Brenner einer Ölheizung angeschlossen waren. Als Alma ängstlich andeutete, dass sie bisher nur mit Öfen geheizt hatte, gab Adam ihr mit beruhigender Stimme zu verstehen, dass das alles kein Hexenwerk sei und sie eigentlich erst einmal nur die Regler an den Heizkörpern auf- oder zudrehen müsse. Zwischen Landschaftsgemälden hingen an den Wänden auch zahlreiche Familienfotos – unter anderem ein Hochzeitsfoto, das Henry Meyer als jungen Bräutigam neben einer Dame im Brautkleid zeigte, die schon kurz nach der Hochzeit im Kindbett verstorben war. Ein anderes Bild zeigte den Onkel in späteren Jahren, ein Mann mit aufgesetztem Lächeln und traurigen, irgendwie argwöhnischen Augen. Ernst wies Alma auch auf ein Foto hin, auf dem er selbst als kleiner Junge zu sehen war. Auf einem anderen erkannte er sich in Wanderkluft in den Bergen – damals noch fest auf zwei Beinen stehend.

»Das habe ich ihm geschickt. Onkel Henry wollte immer ganz genau wissen, was ich mache«, erzählte Ernst. »Er hat ja nie ein Kind gehabt.«

»Er hat sich mit unseren Jungs getröstet«, erwiderte Adam. »Sie haben ihn alle gern gemocht. Dabei war er ein ziemlich komischer Kauz.«

»Komischer Kauz?«

»Na ja, er hat sehr zurückgezogen gelebt. Aber er hatte ja uns.«

Da der frühere Bewohner schon vor einem halben Jahr gestorben war, roch alles ein wenig muffig, aber es war sauber und aufgeräumt. Mary hatte sich offenbar viel Mühe gemacht, und Alma bedankte sich fast in jedem Raum bei ihr.

Zur Feier des Tages hatte Mary für die Deutschen zwei Kuchen gebacken: einen Apfelkuchen und einen Blechkuchen mit Pflaumen. »Alles eigene Ernte«, wie sie betonte. Der Duft ließ Alma das Wasser im Mund zusammenlaufen. Etwas verstört blickte sie dagegen um sich, als sie plötzlich ein merkwürdiges Knarren, Ächzen und Fauchen wahrnahm.

Ernst, der ihr die Irritation ansah, zeigte auf ein Gerät mit Aufsatz und hoher Kanne auf der Anrichte und erläuterte ihr im Flüsterton, dass es sich dabei sicher um eine Kaffeemaschine handle, von der er schon gelesen hatte.

Kaffeemaschine? Ob das Ding mit dem Raubtierfauchen den Kaffee automatisch kochte? Lieber erst mal nicht danach fragen! Wahrscheinlich hielt diese Küche noch weitere Überraschungen bereit. Aber sicher würde Mary ihr alles erklären.

Zu der Kaffeetafel hatten Adam und Mary auch ihre Freundin Helen Gundrum eingeladen, die Ehefrau des aus Deutschland stammenden Dorfmetzgers. Da Helen immer noch gut Deutsch sprach, sollte sie als Dolmetscherin fungieren – eine Aufgabe, die ein großes Vergnügen für sie sei, wie sie gleich nach ihrem Eintreten betonte. Als Begrüßungsgeschenk überreichte sie den Neuankömmlingen eine Mettwurst.

»Nach deutschem Rezept«, wie sie betonte. »Damit das Heimweh nicht so groß wird. Unsere Wurst hat schon Präsident Roosevelt über schwere Stunden hinweggetröstet.«

Alma war gerührt, und mit Interesse hörte sie, dass Adam wie seine Frau aus Polen stammte und einst in Chicago auf dem Schlachthof gearbeitet hatte, bevor er Ernsts Onkel kennengelernt hatte und mit seiner Familie nach Slinger übergesiedelt war. In ihrem langgezogenen Holzhaus wohnte noch

Alice bei ihnen, eine vierzehnjährige Enkeltochter, die »ein bisschen komisch« war, wie Mary sagte. Alice lebe ganz in ihrer eigenen Welt, meide den Kontakt zu anderen Menschen und habe sich daher auch geweigert, zur Begrüßung herüberzukommen. Mark, ihr Vater, komme mit dem Kind einfach nicht klar. Er habe ein zweites Mal geheiratet und lebe in Milwaukee. Auch die anderen beiden Söhne waren längst aus dem Haus. Andy betrieb an der Straße nach Milwaukee eine Tankstelle mit kleiner Autowerkstatt, Arthur war in der Brauerei von Slinger beschäftigt, und Mark handelte in Milwaukee mit Autos.

»Da kann er mir vielleicht einen erschwinglichen Gebrauchtwagen beschaffen«, warf Ernst ein. Aus beruflichen Gründen sei ein Auto für ihn unverzichtbar. Als Mary und Adam ihn fragend anstarrten, stellte er klar, dass er kein Bauer sei, sondern wie in Deutschland auch in Amerika als Versicherungsvertreter arbeiten wolle. Bei einer Versicherung in Chicago habe er sich bereits beworben, teilte er mit. Die hätten Interesse daran, ihn für ihre deutschstämmigen Kunden in Wisconsin einzusetzen – natürlich auch in Slinger und Umgebung.

Bei der Gelegenheit erzählten Mary und Adam mit Helens Hilfe, wie Slinger zu seinem Namen gekommen war. Ursprünglich hatte das Dorf Schleisingerville geheißen. Erst 1921 war es umgetauft worden – und zwar nach einem erfolgreichen Bier, das hier gebraut wurde: dem Slinger Beer.

Einer der ersten Betreiber der Brauerei sei übrigens ein Deutscher gewesen, erzählte Helen: Lehmann Rosenheimer, ein deutscher Jude. Überhaupt hätten sich viele Deutsche im Dorf der sieben Hügel niedergelassen. »Ihr seid hier in guter Gesellschaft, und wenn ihr Lust habt, könnt ihr euch gern dem Turnverein und der Liedertafel anschließen. Da müsst ihr gar nicht Englisch lernen.«

Auch in der Schule werde Deutsch gesprochen. Helen bot Alma aber trotzdem an, sie zu begleiten, wenn sie Sophie dort in den nächsten Tagen anmelden würde. Erst einmal sollten sich alle von der langen Reise ausruhen.

In Amerika sei es anfangs hart für ihn gewesen, berichtete Adam.

»Jeden Morgen haben wir nach Arbeit angestanden. Ich war froh, als ich endlich eine richtige Stelle auf dem Schlachthof bekam. Aber schöne Arbeit war das nicht. Der Krach, das Blut und die armen Ochsen.«

Ein großes Glück sei dann aber gewesen, dass er Mary getroffen habe, die als Tochter polnischer Einwanderer schon in Chicago geboren war. Als 1939 der Krieg ausgebrochen sei und die Nazis Polen überrannt hätten, sei er froh gewesen, nicht mehr in seiner Heimat zu sein, sagte er. Schlimme Dinge habe er von seinen Eltern und Geschwistern erfahren, die in Polen geblieben waren.

»Ja, für uns war es auch nicht leicht«, warf Alma auf Deutsch ein. »In den letzten Kriegstagen haben wir im Wald gehaust und gehört, wie um uns die Bomben eingeschlagen sind.«

Mary und Adam verfolgten die kurze dramatische Schilderung, die Helen ihnen übersetzte, voller Mitgefühl. »Aber wir hatten wenigstens immer genug zu essen«, schloss Alma.

Selbstverständlich blieb den Amerikanern nicht verborgen, dass Ernst ein Bein verloren hatte, und es gehörte nicht viel Phantasie dazu, sich vorzustellen, dass das im Krieg passiert war. Doch niemand wagte es, ihn darauf anzusprechen. Schließlich ging er selbst darauf ein. »Man muss froh sein, wenn man mit dem Leben davongekommen ist«, begann er. »Allerdings hat es auch eine Zeit gegeben, in der ich lieber tot gewesen wäre, als mein Leben als Krüppel zu fristen.«

Niemand sagte dazu etwas, so dass einen kurzen Augenblick beklemmende Stille eintrat. Alma meinte, in Adams Augen zu lesen, dass Ernst als deutscher Soldat kein Recht habe, sein Schicksal zu beklagen. Doch natürlich kam diesem höflichen Mann kein böses Wort über die Lippen, stattdessen teilte er mit, dass er nun dringend die Kühe melken müsse.

Als Ernst ihr die Ankündigung übersetzte, stellte Alma die Kaffeetasse, die sie gerade zum Mund führen wollte, gleich wieder ab. »Da komme ich mit und helfe. Ich zieh mich um.«

Adam wehrte ab. »Das schaffe ich schon noch allein. Du musst dich erst mal ausruhen, Alma.«

Durch das Fenster sah sie, dass die Sonne gerade unterging. In Hademstorf war es bereits tief in der Nacht.

5. Kapitel

Sophie und Ernst schliefen noch fest, als Alma am nächsten Morgen die Augen aufschlug. Durch die Fenstervorhänge fiel graues Licht, es tauchte das Schlafzimmer in dämmriges Halbdunkel. Der Mondschein warf die Schatten von schwankenden Zweigen und Blättern an die Wand. Ein böiger Wind peitschte den Wipfel einer Ulme, die direkt hinter dem Schlafzimmer stand.

Um Ernst nicht zu wecken, schlich sie sich vorsichtig aus dem Bett und in die Küche. Sie wollte schon mal den Frühstückstisch decken, nahm Teller, Tassen, Bestecke aus dem Küchenschrank und Wurst, Butter und Käse aus dem Kühlschrank, der sofort zu surren anfing, als sie ihn öffnete. Das zwei Meter hohe Ungetüm mit den vielen Etagen, das von innen beleuchtet war, erschien ihr wie ein Wunderwerk. Sie öffnete das große Gefrierfach und strich mit dem Finger über das hartgefrorene Fleisch, das Mary und Adam wie all die anderen Dinge für sie gekauft hatten. Auch Brot und selbstgemachte Marmelade standen bereit. Welche Mühe sich die beiden gemacht hatten! Das musste ihnen selbstverständlich großzügig entlohnt werden. Ihr war immer noch nicht klar, wie die Finanzen geregelt waren. Sie wusste nur, dass Adam und Mary von Ernst als Hofeigentümer ein Gehalt bezogen und kostenlos auf dem Hof wohnen durften.

Alle Einnahmen und Ausgaben, die den Hof betrafen, vermerkten sie offenbar in einem dicken Buch und überwiesen die Überschüsse auf ein Bankkonto. Aber wie das im Einzelnen bei Düngemitteln, Reparaturen oder etwa beim Milchgeld ablief, war ihr ein Rätsel. Da war noch vieles zu klären.

Erst einmal aber wollte sie jetzt das Frühstück vorbereiten. Mary hatte ihr zwar erläutert, wie man die Kaffeemaschine bediente, aber das war ihr zu kompliziert. Sie wollte den Kaffee aufbrühen wie zu Hause. Doch auch das war hier nicht so leicht. Es dauerte schon eine Weile, bis es ihr gelang, den Gasherd anzuzünden, dann suchte sie in allen Schränken nach der Kaffeemühle, um die Kaffeebohnen zu mahlen, konnte das vertraute Ding mit der Handkurbel jedoch nirgendwo finden. So stellte sie die Gasflamme wieder ab und entschied sich zu warten, bis Ernst wach war. Der würde schon Rat wissen.

Stattdessen begann sie, die großen Koffer auszupacken und die Kleidung, Handtücher, Decken und das Bettzeug in die Schränke zu räumen. Vieles musste nach der langen Reise auch gewaschen werden, aber an die Waschmaschine, die Mary ihr wie vieles andere gezeigt hatte, traute sie sich nicht heran.

Irgendwo auf dem Hof bellte ein Hund. Als sie aus dem Fenster blickte, sah sie, dass Adam dabei war, die Kühe zu einem Melkstand zu treiben. Ein jüngerer Mann in Gummistiefeln half ihm.

Plötzlich stand Sophie hinter ihr.

»Schon wach?«

»Ich hab irgendwas Blödes geträumt. Von so einem Hochhaus wie in New York. Ich stand ganz oben, oben auf dem Dach, hinter mir war ein Hund, der mich beißen wollte. Mit riesiger Schnauze!«

»Gut, dass wir hier auf ebener Erde sind. Jetzt koche ich dir erst mal Kakao. Mal sehen, ob ich wenigstens das schaffe.«

Tatsächlich gelang es ihr. Als Sophie gerade die Tasse mit dem heißen Kakao zum Mund führte, kam Ernst dazu. Steif und verschlafen schlurfte er in die Küche. Nachdem Alma ihm das Problem mit den Kaffeebohnen geschildert hatte, durchsuchte er müde die Schränke, musste aber ebenfalls kapitulieren. »Dann trinken wir eben alle Kakao.«

Bevor er sich an den Tisch setzte, schaltete er das Radio ein, auf das Mary hingewiesen hatte, und nach einigem Tastendrücken und Kurbeln fand er wirklich einen Sender, auf dem mit nur geringem Hintergrundrauschen Musik zu hören war – ein Swing-Stück von Glenn Miller, wie er stolz verkündete. »Wunderbarer Klang«, schwärmte er, und Sophie gab ihm recht. Doch dann pries ein lärmender Werbespot eine Zigarettenmarke an, gleich darauf plapperte ein Moderator in aufdringlicher Gute-Laune-Manier mit sich überschlagender Stimme unverständliches Zeug, das scheinbar so witzig war, dass er selbst ständig darüber lachte, und Alma bat darum, den Krachmacher doch bitte wieder abzustellen.

Gleich nach dem Frühstück zog sie sich schnell ihre Arbeitskleidung über und ging auf die Hofwiese, um beim Melken zuzusehen. Im Hintergrund war fortwährendes Surren zu hören, das ihr unbekannt war: das Surren der Vakuumpumpe. Adam winkte ihr wieder freundlich zu und stellte ihr erst einmal seinen Helfer vor, Michael, einen jungen Mann, der fortwährend grinste und sie mit offenem Mund anstarrte. Alma bemerkte, dass Michael geistig behindert war. Trotzdem verstand es der junge Mann, die Saugbecher der Melkmaschine geschickt auf die Zitzen der Kühe zu stülpen und behutsam wieder abzunehmen. Beeindruckt sah sie, wie die Milch durch transparente Schläuche vom Euter in einen Tank floss. Adam versuchte, ihr das Prinzip zu erklären, aber sie verstand kein Wort. Eine Kuh, sie schien noch ganz jung, wehrte sich gegen die Absaugvorrichtung an ihren Zitzen und trat so lange danach, bis der Melkbecher abfiel. Adam hob schicksalsergeben die Arme.

»Die Lady mag die Maschine nicht«, sagte er lächelnd. »Die will gestreichelt werden, muss sich noch an die Maschine gewöhnen.«

Alma konnte sich sofort in die Kuh hineinversetzen, denn ihr erging es ähnlich. Auch sie musste sich an die vielen Maschinen hier erst gewöhnen.

Adam setzte sich auf einen Melkschemel und zog auf althergebrachte Weise an den Zitzen der widerspenstigen Dame, dass die Milch in den Eimer schoss. Das vertraute Geräusch, das dabei entstand, dieses gemütliche Strullen, klang Alma wie Musik in den Ohren. Als er aufstand und sie gestenreich lächelnd fragte, ob sie es auch mal versuchen wollte, hockte sie sich gleich unter die Schwarzbunte und molk das Euter leer. Schon bald hatte sie es auch nach Adams Anweisungen geschafft, die Melkbecher mit den Gummipfropfen an den Zitzen zu befestigen. Sie atmete erleichtert auf: Das musste wohl zu schaffen sein.

Im nächsten Augenblick erschrak sie, weil sich von hinten irgendein Tier an sie herangedrängt hatte. Als sie sich umdrehte, sah sie, dass es ein Schäferhund war, der an ihren Beinen schnupperte.

»Tom«, wie Adam ihn lachend vorstellte. Seine Schnauze war grau, seine Augen wirkten stumpf. »Tom ist schon fast so alt wie ich, halbblind und ganz steif in den Knochen«, sagte Adam, und wie zur Bestätigung ließ der Hund von Alma ab und schleppte sich mit seinen lahmen Beinen auf Michael zu, der ihm liebevoll das graue Fell kraulte, das aussah wie von Motten zerfressen. Müde hob Tom den Kopf und starrte auf die Frau mit dem fremden Geruch, die er vermutlich nur als verschwommenes Wesen wahrnahm.

Nach dem Melken kamen auch Ernst und Sophie nach draußen, und Adam führte den Deutschen den kompletten Maschinenpark vor. Den grünen Trecker hatten sie schon bei ihrer Ankunft gesehen: ein Schlepper der Marke John Deere. Ernst staunte über die breiten Reifen. In der roten Halle dahinter standen ein Mähdrescher, ein Heu- und Strohbinder, eine Mähmaschine, ein Heuwender, zwei Anhänger, ein Miststreuer, Jauchefass, etliche Pflüge und eine große Egge.

Alma fragte sich laut, wie sie jemals all dieses moderne Zeug beherrschen sollte. Als Ernst ihren Stoßseufzer übersetzte, sagte Adam lachend, das sei nur eine Frage der Zeit. »Kinderspiel.« Manchmal allerdings, gestand er, brauche auch er noch die Unterstützung seiner Söhne, die immer bei der Korn- und Heuernte halfen. »Das sind wirklich Experten. Auf die ist Verlass!«

Alma gestand kleinlaut, dass sie nicht mal einen Trecker-Führerschein habe. Aber auch darin sah Adam keine unüberwindliche Hürde. »Das schaffst du schon, Alma. Ich habe es schließlich auch hingekriegt.«

Ob sie gar keine Pferde mehr auf dem Hof hätten?

»O doch«, erwiderte Adam, während er den blinden Schäferhund tätschelte. »Zwei Pferde haben wir noch. Die stehen auf der kleinen Wiese hinter der Scheune. Wollt ihr sie sehen?«

Sophie liebte Pferde, und sie strahlte, als sie die beiden Islandpferde mit der zotteligen Mähne sah. Bedenkenlos ließ sie sich denn auch gleich von Michael, der an der Betriebsführung teilnahm, auf einen der Pferderücken setzten.

»Unser neues Cowgirl«, scherzte Adam und teilte mit, dass die beiden Pferde schon in zwei Tagen beim Weideabtrieb der Rinder zum Einsatz kämen.

Nach der Betriebsführung brachte Mary einen Korb mit Kartoffeln und etlichen frisch geernteten Suppenkräutern aus dem eigenen Garten. Alma war es fast peinlich, noch tiefer in der Schuld dieser kleinen Frau zu stehen. Stammelnd formte sie ihre frisch gelernten Vokabeln: »Thank you, thank you so much.«

Mary nickte anerkennend und fügte etwas verschämt eine Bitte an, die Ernst mühsam übersetzte. Es ging um Alice, ihre Enkeltochter. Henry Meyer, Ernsts Onkel, hatte dem Mädchen nämlich einst Klavierunterricht gegeben, auch noch nach dessen Tod hatte Alice seither jeden Tag eine Viertelstunde auf dem Klavier geübt. Ob es wohl möglich wäre, dass Alice auch jetzt einmal am Tag im Farmhaus Klavier spielen könne? »Ich glaube, das tut ihr gut.«

»Natürlich, aber selbstverständlich«, antwortete Ernst. »Das wird uns eine große Freude sein.«

Alma pflichtete ihm eifrig bei.

»Ich muss euch allerdings sagen, dass Alice nicht ganz leicht ist«, fuhr Mary fort. »Sie kann nur spielen, wenn niemand im Raum ist und wenn sie das Gefühl hat, dass keiner zuhört.«

Auch dafür zeigten Alma und Ernst Verständnis.

Zum Dank erklärte Mary noch einmal eingehend alle elektrischen Haushaltsgeräte. Dabei zeigte sie Alma auch die moderne Kaffeemühle und wie einfach es war, damit per Knopfdruck die Kaffeebohnen zu mahlen. Nach wenigen Minuten rotierte schon die Trommel der Waschmaschine. Alma konnte es kaum fassen, wie eigenständig dieses rumpelnde Ding die Wäsche spülte, durchknetete und auch noch halb trockenschleuderte.

Ernst allerdings vermisste bei all der modernen Technik einen Apparat, der ihm besonders wichtig war: ein Telefon. Mary versprach, einen ihrer Söhne danach zu fragen.

Nach dem Mittagessen lud Adam zu einer Rundfahrt mit seinem Pickup ein – einer »Feld- und Wiesenbesichtigung«, wie er es nannte. Alma und Ernst gingen begeistert darauf ein, nur Sophie zog es vor, im Haus zu bleiben.

Alma fiel auf, dass die Felder viel größer als in ihrem Heidedorf waren. Da es an Baumgrenzen oder Hecken fehlte, war oft nicht erkennbar, wo sie endeten. Da machte es Sinn, breite Pflüge und Mähmaschinen einzusetzen. Nicht auszudenken, das alles mit einem Pferdegespann zu beackern. Schon die Feldwege waren scheinbar auf die modernen Maschinen ausgerichtet: viel breiter und geradliniger als in der

Heide. Bei einem Halt ließ sie sich die schwarze Erde durch die Finger rieseln.

»Guter Boden.«

Adam nickte. »Nicht schlecht.«

Eine der Wiesen grenzte an einen großen See, den Big Cedar Lake, wie Adam erklärte. Hier weidete die Rinderherde. Alma schätzte, dass es um die dreißig ausgewachsene Tiere und etwa fünfzehn Kälber sein mussten. »Holsteiner«, sagte Adam stolz. »Gute Rasse.«

Alma stellte befriedigt fest, dass die Rinder hier im fernen Amerika genauso aussahen wie die Rinder in Hademstorf.

Adam wiederholte, dass die Tiere bald in den Stall geholt werden müssten. »Der Winter kommt hier manchmal früh«, sagte er. »Schon im November kann es schneien und sehr kalt werden.«

Er habe seine Söhne bereits für das kommende Wochenende zum Viehabtrieb bestellt, teilte er mit. »Die machen das ganz gern. Kommen sich vor wie Cowboys.«

»Kommen alle in den Stall?«, fragte Alma nach.

»Nein, nicht alle. Die Ochsen und die Bullenkälber verkaufen wir. Die werden hier mit dem Viehtransporter abgeholt, gleich von der Wiese.« Kaum hatte er den Satz beendet, fügte er mit nachdenklichem Lächeln an: »Wenn ihr nichts dagegen habt.«

»Nein, wir werden dir nicht in den Laden reinpfuschen«, erwiderte Ernst. »Alma muss sich ja erst mal einen Überblick verschaffen – über das Wetter hier und die anderen Gegebenheiten, auch den Viehhandel. Wie sind denn eigentlich die Fleischpreise?«

Adam schüttelte den Kopf. »Nicht so gut in diesem Jahr. Gestiegen sind nur die Preise für Landmaschinen, Düngemittel und Reparaturen.«

»Und der Milchpreis?«

»Reicht gerade aus, damit wir die Schuldzinsen bezahlen können.«

Da Ernst die Antwort nicht übersetzte, fragte Alma nach. Ihr Mann suchte eine Weile nach den richtigen Worten und gab der Antwort daraufhin eine leicht beschönigende Färbung: »Er sagt, dass er mit dem Milchgeld allmählich auch die Schulden abbezahlen kann.«

Alma horchte auf. »Die Schulden? Welche Schulden denn?«

Drucksend musste ihr Ernst gestehen, dass der Hof beim Tod seines Onkels leider hoch verschuldet gewesen war. »Ich bin aber sicher, dass wir schon bald schwarze Zahlen schreiben«, fügte er besänftigend hinzu.

Doch so leicht ließ sich Alma nicht beruhigen. Bisher hatte Ernst noch nicht von Schulden gesprochen. Nach und nach ließ er bei der Rückfahrt durchblicken, dass sein Onkel übermäßig in den Betrieb investiert habe, ohne viel von Landwirtschaft zu verstehen. Zu Geld gekommen sei er nämlich mit Aktien- und Immobiliengeschäften in Chicago. Nur auf Drängen seiner Frau, die aus der Landwirtschaft kam, habe er sich dann vor vielen Jahren diesen Hof gekauft. »Aber dann ist seine Frau ja eben schon bald gestorben, und er musste allein sehen, wie er damit klarkommt.«

Alma schlug die Nachricht auf den Magen. Sie fühlte sich getäuscht. Es war, als habe sich ein Schatten über die Felder und Wiesen gelegt, über die sie sich gerade noch so gefreut hatte.

Sophie beugte sich gerade über den Schreibtisch und schrieb »Tut, tut, ein Auto« in ihr liniertes Schulheft, da hörte sie plötzlich diese Musik. Klavierklänge. Sie kamen aus dem Wohnzimmer. Im ersten Moment war sie perplex und fragte sich, wer da wohl ins Haus geschlichen war. Dann fiel ihr ein, dass das niemand anders sein konnte als Alice.

Die Klaviermusik klang freundlich, geradezu einladend. Sie verließ ihren Schreibtisch und lief zum Wohnzimmer. Als sie vor der nur angelehnten Tür stand, erinnerte sie sich jedoch an Marys Worte: Alice kann nur spielen, wenn sie allein ist. Daher blieb sie vor der Tür stehen und lauschte der schönen Musik, während sie gleichzeitig durch den Türspalt das Mädchen mit den langen schwarzen Haaren am Klavier beobachtete, das ihr den Rücken zugewandt hatte. Mal tanzten nur die Hände über die Elfenbeintasten, mal wippte der ganze Oberkörper, dass die Haare hin- und herflogen. Immer aber schien Alice total versunken zu sein. Sie unterbrach ihr Spiel nicht einmal, um Noten umzublättern. Scheinbar konnte sie alle Stücke auswendig.

Sophie wagte kaum zu atmen. Die Lieder schienen sich zu wiederholen, und so hörte sie eine Melodie heraus, die ihr schon beim ersten Mal gefallen hatte. Das Lied kam ihr von irgendwoher bekannt vor, und jetzt spielte Alice es noch schöner, noch gefühlvoller. Sophie war wie verzaubert von den Akkorden, sie vergaß Raum und Zeit, und als die Pianistin im Nebenraum am Ende angekommen war, vergaß sie auch, dass sie sich eigentlich still verhalten musste. Wie von selbst fingen ihre Hände zu klatschen an.

Auf die Antwort musste sie nicht lange warten: Alice schlug wütend mit beiden Händen gleichzeitig auf die Tasten, so dass ein ohrenbetäubender Missklang entstand, der etwas von einem Aufschrei hatte. Anschließend wandte sich die Klavierspielerin um und starrte mit aufgerissenen Augen und geöffnetem Mund zur Tür.

Sophie begriff im gleichen Augenblick, was sie angerichtet hatte, und trippelte ein, zwei Schritte mit gesenktem Kopf ins Wohnzimmer. »Entschuldigung, ich hab vergessen ...«

Alice, die nichts von ihrem Stammeln verstand, ließ sie nicht zu Ende reden. Nachdem sie Sophie kurz angefunkelt hatte, schlug sie den Klavierdeckel zu, sprang auf und lief aus dem Raum. Sie würdigte Sophie keines Blickes. Die besann sich darauf, dass Alice natürlich kein Deutsch verstand und suchte verzweifelt nach einem passenden englischen Wort. Endlich, Alice war schon aus dem Haus, da fiel ihr etwas ein, das passen konnte: »Sorry«, rief sie dem großen Mädchen mit den langen Haaren nach. »Sorry, Alice.«

Zu ihrem Erstaunen blieb die Angerufene tatsächlich stehen – wie gebremst von einem Zauberwort. Alice drehte sich sogar um und sah Sophie in die Augen. Nun schon gar nicht mehr wutentbrannt, eher offen und neugierig. Fast war es, als huschte ein Lächeln über das blasse Gesicht.

6. Kapitel

Immer noch schien die Herbstsonne, als Arthur und Mark an diesem 1. November 1952 wie Cowboys mit ihren Pferden über die Wege und Felder galoppierten, um die Rinder zusammenzuhalten und in die richtige Richtung zu treiben. Arthur, ein Zwei-Zentner-Mann mit ausladendem Bierbauch, schwitzte derart, dass er immer wieder mit seinem großen Taschentuch den Schweiß von Gesicht und Nacken wischte und seinen Cowboyhut liftete, um sich den frischen Wind durch die schweißnassen Haare wehen zu lassen. Seinem Bruder, hager und großgewachsen, schien der Ritt dagegen gar nichts auszumachen. Andy und Michael liefen mit Stöcken bewaffnet hinterher und brüllten den Tieren ihre wüsten Kommandos zu, während Adam den Treck von seinem Pickup aus beobachtete – neben sich auf der Bank Alma und Sophie, die beide mit ihrem Fahrer ausstiegen, wenn zum Beispiel eine Brücke oder Straße zu sichern war. Sophie hatte gebettelt, dabei sein zu können, und sie bereute es nicht. Der Viehabtrieb wurde für sie zum Abenteuer.

Da es lange nicht geregnet hatte, staubte es, aber das schien den Beteiligten nichts auszumachen. Die beiden Reiter wechselten lachend derbe Scherzworte mit der kleinen Fußtruppe, über die eine Staubwolke nach der anderen hinwegfegte – vor allem Michael war außer sich in seinem fröhlichen Arbeitseifer.

Vorher waren die Ochsen und Bullenkälber schon auf der Weide mit Hilfe von speziellen Metallgattern auf Viehtransporter verladen worden. Dass ihre Reise zum Schlachthof führte, war allen mehr oder weniger bewusst, aber nichts worüber weiter nachgedacht oder gar gesprochen wurde. Es gehörte einfach zum Lauf des bäuerlichen Lebens – wie Ostern und Weihnachten. Die anderen Tiere aber sollten vor den bevorstehenden Nachtfrösten und Schneestürmen geschützt sein und es warm und trocken haben auf der Farm.

Als am Spätnachmittag dieses Sonnabends die Rinder schnaufend in ihre Ställe trotteten, dämmerte es bereits. Mary hatte für alle einen Topf mit Kartoffelsuppe und geräuchertem Bauchfleisch gekocht – selbstverständlich wie in der Vergangenheit in der Küche des großen Farmhauses. Arthur hatte zur Feier des Tages aus seiner Brauerei zwei Kisten Bier mitgebracht.

Damit wurde der Viehabtrieb gleichzeitig zu einer Art Willkommensfest für Alma und ihre kleine Familie. Alma freute sich, die drei Söhne von Adam und Mary kennenzulernen. Sie war gerührt, wenn sie ihr zuprosteten – auch wenn sie fast nichts verstand von dieser Cowboysprache.

Ernst war aufgrund seiner Gehbehinderung zu Hause geblieben. Er studierte das dicke Buch, in dem Adam Einnahmen und Ausgaben der letzten sechs Monate notiert hatte. Um sich einen genaueren Überblick zu verschaffen, sah er auch das Sparbuch und die Bankunterlagen seines Onkels durch. Der noch vorläufige Befund übertraf seine schlimmsten Befürchtungen, so dass er im Unterschied zu den anderen in gedrückter Stimmung zum Essen erschien. Doch selbstverständlich sprach er an diesem Tag nicht über seine Sorgen, stimmte so gut es ging in das fröhliche Geplauder ein und stand Alma und Sophie als Übersetzer zur Seite. Dabei nahm er es bereitwillig hin, dass die drei jungen Männer ihn als Sophies leiblichen Vater ansahen. Adam hatte er zwar schon mal im Vorfeld der Reise geschrieben, dass das Mädchen aus einer anderen Beziehung seiner Frau stamme, aber nach der Ankunft in Slinger war darüber nicht mehr gesprochen worden – was Alma sehr recht war.

»Willkommen in Wisconsin.« Der Tankstellenbetreiber Andy Bronsky hob mit breitem Lächeln zum wiederholten Mal sein Bierglas, und seine Brüder folgten seinem Beispiel ebenso wie der verlegen um sich blickende Michael.

Andy und Arthur waren als Soldaten in Deutschland gewesen. Sie schwärmten von der schönen Landschaft, den noch schöneren Mädchen, dem guten Bier und der leckeren Wurst, als habe es nie einen Krieg gegeben.

Auch der alte Schäferhund gesellte sich zu der Runde und kaute mühsam die Fleischbrocken, die Adam ihm reichte.

Alle drei Brüder schienen Verständnis dafür zu haben, dass Ernst als Kriegsinvalide kein Bauer werden wollte. Interessiert hörten sie zu, als er von seinen Plänen berichtete, künftig als Versicherungsvertreter tätig zu werden, und Mark erklärte sich sofort bereit, nach einem günstigen Auto Ausschau zu halten. Wie zur Bekräftigung bot er ihm eine Zigarette an, und Ernst erkannte an der Packung, dass es sich um »Lucky Strike« handelte, die Marke, die er schon auf dem Schiff kennengelernt hatte, wie er stolz erzählte. Da alle drei Brüder rauchten, war die Runde bald eingenebelt. Alma spürte, wie sich der beißende Qualm auf ihre Atemwege legte, aber sie unterdrückte ihren Hustenreiz und nahm es gelassen. Unwillkürlich musste sie an die Auseinandersetzung mit Hanna bei Sophies Taufe denken.

Alice war der Gesellschaft wie üblich ferngeblieben, nicht mal mit ihrem Vater hatte sie sich unterhalten. Sophie hoffte, dass sie am Abend, wenn sich die Runde aufgelöst hatte, noch zum Klavierspielen herüberkam. Die Begegnung am Vortag war doch noch gut verlaufen. Nach dem freundlichen Blickwechsel war Alice sogar ein paar Schritte auf sie zugekommen und hatte sich vorgestellt, woraufhin auch Sophie ihren Namen genannt hatte.

»Sophie«, hatte das große Mädchen ernst in amerikanischer Aussprache wiederholt und etwas gemurmelt, das Sophie nicht verstand. Herausgehört hatte sie immerhin das Wort »music«, und zum Abschluss hatte Alice ihr die Hand gereicht und »Auf Wiedersehen« gesagt. Auf Deutsch!

Ihre Erwartung wurde nicht enttäuscht. Es schien, als habe Alice darauf gewartet, dass im Wohnzimmer des Farmhauses das Licht ausging. Denn schon wenige Minuten später kam sie leise zur Haustür herein und huschte in den Raum mit dem Klavier.

Sowie Sophie die ersten Takte hörte, folgte sie ihr und setzte sich gleich hinter der Tür leise auf einen Stuhl – weit entfernt von der Klavierspielerin, die nicht erkennen ließ, ob sie sie gehört hatte. Alice spielte einfach weiter.

Irgendwann drehte sie sich um und lächelte Sophie freundlich an – und die lächelte zurück. »Schön. Good.«

»Chopin. Walzer.«

Daraufhin stand Alice auf, winkte Sophie zum Klavier und forderte sie auf, sich auf den Hocker zu setzen und auch mal ein paar Tasten anzuschlagen. Sophie ließ sich nicht lange bitten. Sie klimperte einfach drauf los, zuerst zögernd, dann immer selbstbewusster. Es klang schief, aber trotzdem ganz schön, vor allem, als die Ältere anerkennend nickte. Dann spielte Alice ihr eine kurze Melodie vor, die sie sofort erkannte: »Alle meine Entchen.«

Noch einmal. »And now you!«

Beim ersten Mal verspielte Sophie sich noch, beim zweiten Mal klappte es schon prima.

Alice applaudierte. »All my little ducklings, swimming in the lake, swimming in the lake ...«, sang sie mit ihrer dünnen Stimme. Sophie war selig – und stolz, dieses geheimnisvolle Mädchen als Freundin gewonnen zu haben.

Die Begegnung stärkte ihr Selbstbewusstsein und half ihr auch, ihre erste Bewährungsprobe in Amerika zu bestehen.

Denn zwei Tage später brachte ihre Mutter sie zur primary school, der Grundschule von Slinger.

Wie versprochen war auch Helen, die Metzgersfrau gekommen, um für Alma und Sophie zu dolmetschen. Aber das war gar nicht nötig. Denn Sophies künftige Lehrerin Anne Miller stammte ebenfalls aus Deutschland und hatte die Sprache ihrer Vorfahren noch nicht verlernt. Sie begrüßte Sophie auf Deutsch und stellte sie gleich ihrer Klasse vor. Da sie gesagt hatte, dass sie gerade aus Deutschland gekommen sei, wurde Sophie in der Pause auf Deutsch von Peter angesprochen, der erst vor einem Jahr mit seinen Eltern und Geschwistern in Amerika eingewandert war und interessiert aufhorchte, als sie ihm von der Farm erzählte.

Wie von selbst sprach sie schon bald mit Peter und den anderen Mitschülern Englisch. Eine wichtige Hilfe dabei war Mrs. Miller, die ihr in der ersten Zeit dreimal pro Woche Englischunterricht erteilte: zweimal in der großen Pause und einmal eine Stunde lang nach dem Unterricht. Nachdem sie sich zunächst geweigert hatte, sich dafür bezahlen zu lassen, hatte Alma ihr schließlich fünf Dollar aufgenötigt. Für einen ganzen Monat!

Alma profitierte vom Deutschunterricht ihrer Tochter, indem sie mit ihr Hausaufgaben machte und Sophies reichlich bebildertes Sprachbuch nutzte. Außerdem radelte sie einmal in der Woche in den Nachbarort West Bend, wo an der Abendschule Englisch für deutsche Einwanderer angeboten wurde. Alma lernte hier nicht nur die neue Sprache kennen, sondern auch freundliche Menschen, die wie sie noch vor kurzem in Deutschland gelebt hatten. Mit Rosie aus Ostfriesland konnte sie sogar Plattdeutsch sprechen – und beide waren erstaunt, wie sich die Sprachen ähnelten.

Erstaunt war sie auch, als ihre Freundin sie einlud, sie mal zu einem Baseball-Spiel zu begleiten, denn Rosies Sohn Paul spielte in einer der besten Schulmannschaften mit.

»Du wirst sehen, wie die Leute dabei aus dem Häuschen

geraten«, hatte Rosie geschwärmt. »Typisch amerikanisch, dieses Spiel. Das gehört zu den Vereinigten Staaten wie das Truthahn-Essen zu Thanksgiving.«

Aber je länger Alma zugesehen hatte, desto mehr fühlte sie sich nach Hademstorf zurückversetzt. Denn dieses Baseball-Spiel lief nach fast den gleichen Regeln ab wie das Schlagball-Spiel ihrer Kindheitstage. Wie bei diesem amerikanischen Mannschaftssport standen sich auch beim Schlagball zwei gegnerische Mannschaften gegenüber, die einen Ball mit Schlaghölzern schlugen, zu fangen versuchten und dabei um die Wette liefen. Tatsächlich erfuhr Alma später, dass deutsche Einwanderer das Spiel in Amerika eingeführt hatten.

An Sophies erstem Schultag in Amerika war Ernst mit dem Zug nach Milwaukee gefahren, um sich bei der Hausbesitzer Versicherung vorzustellen, die er schon von Deutschland aus angeschrieben hatte. Die Insurance Company bot ihm an, nach einer vierwöchigen Hospitanz als Versicherungsvertreter durch die Region zu reisen und in erster Linie deutschstämmige Einwanderer anzuwerben und zu betreuen – allerdings in erster Linie auf Provisionsbasis mit einem Grundgehalt, das gerade ausreichte, seine Reisekosten zu decken. Da er keine Wahl hatte, zögerte er nicht lange.

Selbstverständlich benötigte er für seine Vertretertätigkeit wie erwartet ein Auto. Aber in dieser Hinsicht fand sich schnell eine Lösung. Als er Mark Bronsky noch am selben Tag in dessen Gebrauchtwagenhandel besuchte, fiel seine Wahl gleich auf einen Ford Consul. Nur fünfhundert Dollar sollte der elfenbeinfarbene Mittelklassewagen mit dem Dreigangmotor kosten. Das war ja fast geschenkt! Auf die paar Dollar kam es beim Gesamtschuldenstand der Farm auch nicht mehr an. Besonders freute ihn, dass er gleich mit dem Consul nach Hause fahren konnte. Das Umschreiben seines Führerscheins, teilte Mark ihm mit, sei reine Formsache.

So fuhr Ernst noch am Abend dieses ereignisreichen Montags mit seinem neuen Auto hupend auf der Farm in Slinger vor und lud Alma und Sophie gleich zu einer Probefahrt ein.

7. Kapitel

Montag, der 8. Dezember 1952. Ein schneidender Wind wehte vom Michigan-See her. Nachts fielen die Temperaturen auf minus zwölf Grad, tagsüber fror es weiter. Der Cedar Lake war schon von einer dicken Eisschicht überzogen, und eine noch dünne Schneeschicht verwandelte das Dorf der sieben Hügel in eine glitzernde Winterlandschaf, die allen Schmutz in sich einschloss. Wie Puder legte sich der Schnee auch über die großen kahlen Felder und aufgewühlten Furchen. Und der Wind trieb weitere Schneeflocken vor sich her. Wenn sich die Wettervorhersage bewahrheitete, musste für die nächsten Tage mit noch kräftigerem Schneefall gerechnet werden. Sogar Schneestürme waren zu befürchten.

Die Kälte war plötzlich gekommen. Ende November hatten die Kühe tagsüber noch auf der Hofweide gestanden. Aber in den ersten Dezembertagen waren die Temperaturen von einem Tag auf den anderen um fünfzehn Grad gesunken.

Für Sophie war es ein großer Spaß. Täglich nach der Schule fuhr sie jetzt mit ihren Mitschülern Schlitten. Der Rodelberg war gar nicht weit von der Farm entfernt. Auf Alma war durch den Wintereinbruch mehr Arbeit zugekommen. Da die Kühe jetzt im Stall standen, musste sie sie auch füttern und ausmisten. Aber sie war ja nicht allein. Adam nahm ihr die schwerste Arbeit ab und half ihr vor allem bei der Bedienung der Maschinen.

Mit der Melkmaschine war sie schon nach wenigen Tagen zurechtgekommen. Jetzt schätzte sie bereits die große

Arbeitserleichterung, die damit verbunden war. Vermutlich hätte sie schnell klamme Finger gekriegt, wenn sie die Kühe in dem kalten Stall so wie früher mit der Hand gemolken hätte.

Besonders wusste sie an diesen frostigen Dezembertagen die Ölheizung zu schätzen. Nicht auszudenken, morgens noch alle Öfen anfeuern zu müssen. Manchmal konnte sie es immer noch nicht fassen, dass sie nur ein bisschen am Regler drehen brauchte, um es warm zu haben.

Auch die Waschmaschine wollte sie nicht mehr missen. Immer noch stand sie bisweilen staunend vor der Trommel, die sich wie von Geisterhand bewegt drehte und die Menschen von anstrengender Handarbeit befreite. Ein ähnlicher Luxus wie das Klo mit der Wasserspülung oder die Badewanne.

Für Ernst war das alles natürlich nichts Besonderes. Der hatte sich schon bei seinen Eltern in Hannover an eine Heizung gewöhnt, ein Klo mit Wasserspülung benutzt und in einem gefliesten Badezimmer geduscht. Alma genoss es immer noch, sich Wasser über den Körper strömen zu lassen, das aus einem unerschöpflichen Brunnen zu fließen schien und obendrein auch noch warm war. An diesem kalten Dezembertag war es besonders schön, unter der Dusche zu stehen. Mit aufwärtsgerichtetem Gesicht stand sie unter dem Duschkopf und ließ sich das warme Wasser über Augen und Wangen fließen.

Leider hatte all das seinen Preis. Das war vor allem zu spüren, wenn etwas nicht funktionierte und ein Mechaniker kommen musste. Sie wusste ja, dass das Haushaltsgeld, das Ernst ihr Woche für Woche zur Verfügung stellte, nur geliehen war. Die Schuldzinsen zehrten weiter an den Einnahmen aus der Landwirtschaft, mochte Ernst noch so oft behaupten, der Hof und die Betriebsflächen seien zehnmal so viel wert wie die zwanzigtausend Dollar, mit denen sie bei den Banken in der Kreide standen. Sie war sicher, dass er die Lage beschönigte, und so kaufte sie nur das Nötigste, wenn sie mit Adam einmal in der Woche zum Großeinkauf in den Supermarkt von Slinger fuhr. Die langen Regalreihen mit den vielen für sie fremden Produkten verwirrten sie sowieso. Was brauchte der Mensch Sachen wie Ketchup, Cornflakes, Sunkist oder Tiefkühlkuchen? In der Fleischerei bei Helen Gundrum ließ sie sich vorzugsweise Fleisch einpacken, das schon einige Tage länger in der Kühltheke lag, und sie nahm auch Knochen und Innereien, die zu einem Spottpreis zu haben waren, weil die meisten Kunden sie verschmähten.

Die Metzgersfrau war schnell zu ihrer Freundin geworden. Mrs. Gundrum war beeindruckt, als Alma ihr erzählte, wie oft sie schon auf ihrem Hof Blut gerührt und beim Wurstmachen geholfen hatte.

»Dann kannst du ja bei uns mal aushelfen«, scherzte sie.

»Warum nicht?«

Helen hatte sie in einen Kreis von fünf Frauen eingeführt, die alle aus Deutschland stammten und Nachrichten aus der Heimat austauschten, natürlich auf Deutsch. Einmal im Monat trafen sich die Damen abwechselnd in ihren Häusern zu Kaffee und Kuchen. Alma war schon beim ersten Treffen aufgefallen, dass sich die Frauen schminkten, Lippenstift und Make-up auftrugen. Eine hatte sich sogar die Haare blondieren lassen und Lidschatten aufgemalt. Als sie sich zu Hause im Spiegel betrachtete, fiel ihr auf, wie runzlig ihr eigenes Gesicht aussah, wie spröde und blass ihre Lippen waren. Furchtbar! Was mussten die anderen von ihr denken? Sie überlegte, sich ebenfalls Schminkutensilien zuzulegen.

Ernst redete ihr sofort zu. »Gute Idee. Hab schon lange gedacht, dass du mehr aus dir machen könntest.«

Aber diese Reaktion bestärkte sie nicht etwa in ihrem Vorhaben, sondern brachte sie davon ab. Sie war eine einfache Bauersfrau aus der Heide, und das wollte sie bleiben. Alles andere wäre ihr wie Selbstverrat vorgekommen. Helen war schließlich auch so zu ihrer Freundin geworden, und die andern würden sich an sie gewöhnen müssen. Vielleich könnte sie mal wieder zum Friseur gehen.

Als sie gerade den Küchenboden wischte, klingelte das Telefon. Ernst hatte es angeschafft, um für seine Versicherungskunden erreichbar zu sein. »Eine Telefonnummer ist für einen Versicherungsvertreter so unverzichtbar wie die Aktentasche«, hatte er gesagt. Leider war er aber während der Woche tagsüber nur selten zu Hause, so dass Alma die Anrufe meist entgegennehmen musste.

Jetzt war ein Mann am anderen Ende, der mit aufgeregter Stimme einen Sturmschaden meldete – storm damage, wie er es zunächst auf Englisch ausdrückte. Sie hatte bereits eine Liste mit den englischen Wörtern für die gängigen Schadensfälle angelegt, um nicht lange nachfragen zu müssen. Aber manche brabbelten so undeutlich, dass ihr das gar nichts nützte. Zum Glück sprachen viele Kunden Deutsch.

Es kam vor, dass Ernst mehrere Tage fortblieb, manchmal die ganze Woche. Er wirkte immer müde und abgespannt, wenn er nach Hause kam, beteuerte aber stets, dass alles »ganz wunderbar« gelaufen sei. »Schon wieder ein halbes Dutzend neue Klienten, langsam brummt der Laden.« Sprüche dieser Art kamen ihm fast mechanisch über die Lippen, doch sein bekümmerter Gesichtsausdruck, schien ihr, wollte nicht ganz zu diesen routinemäßigen Erfolgsmeldungen passen. Das Anwerben von Neukunden brachte die höchsten Provisionen und war daher für sein Einkommen entscheidend. Sie hatte aber mitbekommen, dass es gar nicht leicht war, allein schon die Stammkunden zu halten. Denn die Konkurrenz schlief nicht, sondern warb mit günstigen Sonderkonditionen.

Aber sie sah keinen Grund, sich Sorgen zu machen, zumal er ihr manchmal mit einem Mitbringsel wie einer Schachtel Pralinen oder einem Strohhut unter Beweis stellte, wie gut die Geschäfte liefen. Fast immer brachte er auch Sophie eine Kleinigkeit mit, wenn er längere Zeit fortgeblieben war. Wenn es auch nur ein bunter Lollipop oder Kaugummi war.

Für Sophie war schon das Telefon ein Geschenk. Damit konnte sie sich jederzeit mit Mitschülern zum Spielen verabreden oder andere Dinge besprechen. Alma freute sich jedes Mal, wenn sie hörte, dass ihre Tochter schon wie selbstverständlich Englisch am Telefon sprach. Manchmal wechselte sie selbst englische Sätze oder Wendungen mit Sophie und Ernst, um sich in der neuen Sprache zu üben.

Von ihren Fortschritten beim Englischlernen und den vielen anderen Dingen, die sie in Slinger erlebte, schrieb sie auch Marie. Jeden Sonntag ein Brief – das war fester Bestandteil ihres Wochenplans, den sie genauso ernst nahm wie das tägliche Frühstück mit Sophie oder das Melken am Morgen und am Abend. Immer noch beschlich sie Wehmut, wenn sie an ihr großes Mädchen dachte, besonders jetzt in der Adventszeit mit der Aussicht auf Weihnachten. Der Gedanke, dass Marie am Heiligen Abend von ihr getrennt sein würde, versetzte ihr einen Stich. Auch wenn es ein Vermögen kostete, wollte sie Weihnachten kurz mit ihrer Tochter telefonieren. Einfach nur, um Maries Stimme zu hören. Das musste ja wohl zu machen sein.

Zu ihrem Leidwesen schrieb Marie nicht so oft und regelmäßig wie sie selbst. Trotzdem hielt sie Alma auf dem Laufenden – über Neuigkeiten auf dem Wiese-Hof, aber auch über persönliche Dinge. Im letzten Brief hatte sie ihr geschrieben, dass sie mit einem Landmaschinenmechaniker aus dem Nachbardorf befreundet war, der sie sonnabends immer mit dem Motorrad abhole, manchmal zum Kino, manchmal zum Tanzen. Es machte ihr ein wenig Angst, wenn sie daran dachte, in welcher Gefahr das Kind schwebte, wenn sie auf so einer Höllenmaschine mit ihrem Freund über die Landstraßen raste – vor allem jetzt bei den glatten Straßen. Erleichtert las sie dagegen, dass Marie sich mit Franz und Hanna verstand. Sie behandelten sie offenbar wie eine Tochter, obwohl sich vor allem Franz wohl nichts so sehr wünschte wie ein eigenes Kind. Einstweilen schien er sich mit einem neuen Bauvorhaben zu trösten – dem Bau einer neuen Scheune.

Weniger gut klang, was Ida ihr über Alfons schrieb. Er vertrank den größten Teil seines Lohns, den er im Torfwerk erhielt, und kam oft mehrere Tage hintereinander nicht mehr nach Hause. Natürlich hatte er immer irgendwelche abenteuerlichen Entschuldigungen auf Lager, aber es war klar, dass er die Nächte bei seiner Elfriede verbrachte.

Da hatte sie es mit Ernst besser getroffen. Von echter Liebe konnte zwar immer noch keine Rede sein – nicht mal im Bett kamen sie sich näher –, aber zumindest war er ihr treu. Was sie allerdings ein bisschen beunruhigte, war die Schnapsfahne, die er neuerdings von seinen Geschäftsreisen mitbrachte. Es waren nicht die stinkenden Alkohol-Ausdünstungen eines Gewohnheitstrinkers, doch schon dieser Hauch vorangegangenen Whiskykonsums gab ihr zu denken, zumal er ja am Steuer gesessen hatte.

Für die nächste Nacht hatte er sich irgendwo in einer Pension einquartiert. Sie musste also an diesem Dezemberabend nicht mit ihm rechnen.

Als sie gerade dabei war, sich zum Melken fertigzumachen, hörte sie, wie die Tür des Hinterausgangs ging. Das konnte niemand anders sein als Alice, und tatsächlich hörte sie wenig später Klavierklänge aus dem Wohnzimmer. Anders als sonst kam ihr die Melodie diesmal vertraut vor. Es war »Stille Nacht, heilige Nacht« – der Anschlag klang allerdings zögerlicher als üblich bei Alice. Sollte das etwa Sophie sein, die da spielte? Ihre Tochter hatte beachtliche Fortschritte beim Klavierspielen gemacht. Wunderbar, dass die sich mit diesem scheuen Mädchen angefreundet hatte! Der Gedanke begleitete Alma noch auf dem Weg in den Kuhstall.

8. Kapitel

Der erste Winter in Slinger erinnerte sie an die frostigen Tage in Hademstorf in dem Jahr nach dem Ende des Krieges. Wochenlang lag die Landschaft wie erstarrt unter einer Schneedecke, die sich immer mehr in einen stahlharten Panzer verwandelte. Es war so kalt, dass sie es morgens oft nicht übers Herz brachte, Sophie zu Fuß zur Schule zu schicken. Glücklicherweise erklärte sich Adam stets bereit, sie mit seinem Pickup zu fahren und auch nachmittags wieder abzuholen. Ihren Deutschkurs in West Bend unterbrach Alma dagegen, denn sie wollte es Adam nicht auch noch zumuten, sich für sie spätabends auf den vereisten Straßen in Gefahr zu begeben. Im Frühjahr konnte sie vielleicht wieder mit dem Rad fahren – oder aber die Führerscheinprüfung ablegen und den Pickup selbst steuern.

Lange konnte sie auf jeden Fall auf Adams Fahrdienste nicht mehr bauen. Denn der frühere Farmmanager wurde zunehmend klapprig. Im Januar hatte ihn bereits eine schwere Grippe niedergeworfen, so dass er zwei Wochen nicht aus dem Bett gekommen war und daher auch nicht im Stall helfen konnte. Bei aller Freundlichkeit kam es dem guten Kerl offenbar doch hart an, plötzlich nicht mehr der Chef auf seiner Farm zu sein. Alma spürte das deutlich. Sie bemühte sich, ihm zu zeigen, wie wichtig ihr seine Hilfe und sein Rat waren. Sie wusste ja aus eigener Erfahrung, was es hieß, wenn man plötzlich an den Rand gedrängt wurde, nichts mehr zählte.

Tom humpelte über den gefrorenen Hof, es war ihm anzusehen, dass jeder Schritt mit Schmerzen für ihn verbunden war. »Ein einziges Wrack, bald fällt ihm auch der letzte Zahn aus«, hatte ihr der dicke Arthur neulich zugeflüstert. »Das Beste für ihn wäre, wenn wir ihn erschießen würden.« Aber davon wollten Adam und Mary nichts wissen, obwohl auch sie spürten, wie sich der Hund quälte.

Für die beiden alten Leute kam noch etwas anderes hinzu, was sie in diesen kalten Wintertagen bedrückte: Hinter den Kulissen tobte ein Sorgerechtsstreit um Alice. Deren Mutter beschuldigte Mark Bronsky, ihren Ex-Mann, sich zu wenig um das Mädchen zu kümmern, es einfach zu seinen Eltern aufs Land abgeschoben habe, wo es ohne jede Schulbildung vor sich hin dämmere. Mark wies im Gegenzug darauf hin, dass es der dringende Wunsch seiner seelisch behinderten Tochter sei, bei ihren Großeltern zu leben. Der Autohändler kündigte an, dass er für einen Hauslehrer sorgen werde, aber die Jugendbehörde zeigte sich skeptisch und stellte einen Besuch auf der Farm in Aussicht.

Mary und Adam erzählten Alice nichts von all dem. Sie trösteten sich damit, dass sich ihre Enkeltochter mit Sophie angefreundet hatte, und lobten ihre Bilder. Denn die jetzt Fünfzehnjährige war eine große Malerin. Ihre Großeltern hatten ihr im Dachgeschoss einen Raum mit Erkerfenster überlassen, den sie als eine Art Atelier nutzte. Stundenlang konnte sie sich über ihre Aquarelle beugen, die in zarten Farben getauchte Landschaften zeigten, in denen sich mystische Traumgestalten bewegten. Mehrere dieser Bilder hingen schon in dem kleinen Farmhaus, und eines hatte Alice Sophie auch zum Geburtstag geschenkt: Nebel über dem See.

Mit großer Hingabe widmete sich Alice außerdem einer kleinen Gartenfläche, die ihre Großmutter ihr überlassen hatte. Wenn es endlich wärmer wurde, konnte sie mit der Aussaat beginnen und darauf hoffen, dass die ersten zarten Triebe aus der Erde krochen. Allerlei Kräuter, Erdbeeren und Blumen hatte sie da schon gezogen, und fast immer hatte der alte Tom ihr bei der Gartenarbeit Gesellschaft geleistet.

Doch in diesem Jahr sollte ein Schatten auf die ersten warmen Frühlingstage fallen – der Schatten eines Besuchs von drei Frauen.

Alice war in ihrem Atelier gerade konzentriert dabei, einer Vision mit Farbtupfern Ausdruck zu verleihen, als es an der

Haustür klopfte. Eine Dame mit langen blonden Haaren im eleganten graublauen Kostüm stand davor und strahlte die alte Frau mit einem Lächeln an, das aufgesetzt wirkte. Mary erkannte die Besucherin sofort: Es war Barbara, die Ex-Frau ihres Sohnes. Im Hintergrund hielten sich zwei weitere Damen, die dunkelfarbige Mäntel und kleine Hüte trugen und höflich nickten. Barbara reichte ihrer früheren Schwiegermutter die Hand wie einer alten Freundin. Mary nahm den Händedruck ergeben entgegen, blieb dabei aber verhalten.

»Mary, wie geht es dir? Wir haben uns lange nicht gesehen.«

»Man wird nicht jünger. Aber ich kann nicht klagen.«

Als klar wurde, dass das verlegene Geplänkel die Situation nicht entspannte, sondern noch verkrampfter werden ließ, kam Barbara in geschäftsmäßigem Ton zur Sache: »Ich hatte dir ja schon unseren Besuch angekündigt, Mary. Ich hoffe also, wir kommen nicht ganz ungelegen.«

Indem sie ihren Blick auf die Begleiterinnen richtete, stellte sie die beiden Frauen von der Jugendbehörde in Milwaukee vor. »Diese netten beiden Damen würden gern einmal Alice kennenlernen und sich … ein Bild von ihr machen.«

»Guten Tag. Dann kommen Sie doch erst einmal herein. Kann ich Ihnen einen Kaffee anbieten? Oder Tee?«

»Keine Umstände«, antwortete eine der beiden Jugendamtsvertreterinnen, die sich als Mrs. Grey vorgestellt hatte und auch ziemlich grau wirkte.

»Mein Mann ist leider auf dem Feld«, fuhr Mary fort. Aber Barbara legte ihr besänftigend eine Hand auf die Schulter und erklärte, das sei überhaupt kein Problem. »Wir sind ja vor allem gekommen, weil wir Alice sehen möchten.«

Nachdem Mary den Besucherinnen dann aber doch erst einmal Tee serviert hatte, musste sie sich einige Fragen zu Alice gefallen lassen. Ob sie Kontakte zu anderen Menschen habe, ob sie Unterricht erhalte, irgendwelche Auffälligkeiten zeige, lese, Hobbies habe oder was sie sonst so mache. Mary berichtete zögernd, dass Alice eigentlich ganz zufrieden sei.

Sie male, spiele Klavier, arbeite im Garten, unternehme lange Spaziergänge und neuerdings habe sie sich mit der kleinen Sophie angefreundet. »Da sind wir sehr froh drüber.«

Die Besucherinnen nickten schweigend.

Mary war in dem Schreiben von der Jugendbehörde eindringlich darauf hingewiesen worden, Alice nicht über den Besuch zu informieren. Man wolle sie nicht beunruhigen, sondern in einer Alltagssituation innerhalb ihres Lebensumfeldes kennenlernen, hatten sie geschrieben, und Mary hatte sich daran gehalten.

Alice war daher vollkommen unvorbereitet, als es an der Tür ihres Ateliers klopfte. Ohne den Pinsel aus der Hand zu legen, erstarrte sie vor Schreck und vergaß fast zu atmen. Obwohl sie schwieg, öffnete sich die Tür, und gefolgt von ihrer Großmutter trat zuerst Barbara Bronsky ein, besser gesagt: Sie flog herein.

»Alice! Mein Kind!«

Alice starrte die blondierte Dame nur einen kurzen Moment mit schreckgeweiteten Augen an und blickte daraufhin fast demonstrativ in eine andere Richtung. Wie gelähmt blieb sie aber mit dem Pinsel in der Hand stehen und wehrte sich auch nicht, als ihre Mutter sie in die Arme schloss.

»Mein Kind«, wiederholte die voller Pathos, aber Alice erweckte den Eindruck, als würde sie von einer Boa constrictor umschlungen, einer glitschigen, kalten Riesenschlange, als würde sie mit sanftem Druck erwürgt. Als ihre Mutter sie endlich losließ, flüchtete sie sich in den hintersten Winkel ihres Ateliers und starrte wie geistesabwesend aus dem Fenster.

»O, was für ein schönes Bild«, begann ihre Mutter. »Wirklich sehr eindrucksvoll! Was – was soll das denn darstellen?«

Alice biss sich auf die Lippen und blieb stumm. Auch als die beiden anderen Frauen die übrigen Bilder in dem Raum begutachteten und sich anerkennend dazu äußerten, sagte sie nichts. Sie bedankte sich auch nicht, als ihre Mutter ihr ein

Geschenk in die Hand drückte: »Robinson Crusoe. Ich habe gehört, dass du so gern liest. Das wird dir bestimmt gefallen.«

Alice nahm das Buchgeschenk entgegen, machte sich aber nicht einmal die Mühe, es auszupacken.

»Was liest du denn sonst so?«, fragte eine der beiden Jugendamtsdamen.

Auch diese Frage verhallte unbeantwortet in dem Dachgeschoss mit den schrägen Fenstern. Alice begann jetzt, wie in Trance mit dem Oberkörper auf und ab zu schaukeln – eine Angewohnheit, die sie eigentlich längst abgelegt hatte.

Unverdrossen unternahm Barbara Bronsky einen neuen Versuch, mit ihrer Tochter ins Gespräch zu kommen: »Tut mir leid, dass wir dich hier so überfallen, mein Kind. Du musst keine Angst haben. Wir tun dir nichts Böses. Ich – ich habe mich einfach so sehr nach dir gesehnt. Ich wollte dich einfach mal wiedersehen, das musst du doch verstehen.«

Schniefend zog sie aus ihrer Handtasche ein Taschentuch hervor und tupfte sich die Tränen ab. Alice wippte weiter wie versunken mit ihrem Oberkörper und tat, als hörte sie die Annäherungsversuche ihrer Mutter gar nicht.

»Wir haben gehört, dass du so wunderbar Klavier spielen kannst, Alice«, sagte nach einem Moment beklemmender Stille die zweite Jugendamtsmitarbeiterin, die sich als Mac Forester vorgestellt hatte. »Willst du uns nicht etwas vorspielen?«

Mary stellte schüchtern klar, dass das wohl schwierig werden würde, weil das Klavier, auf dem Alice üblicherweise spiele, im Nachbarhaus stehe.

»Schade, das ist aber sehr schade.«

Nach wenigen Minuten schon wurde den Besucherinnen deutlich, dass es unmöglich war, mit Alice auf diese Weise in Kontakt zu kommen. Höflich, aber auch unverkennbar beleidigt traten sie den Rückzug an.

»Ich glaube, wir lassen dich dann erst mal wieder allein«, sagte Mrs. Grey zum Abschied. »Wir werden noch einen Moment bei deiner Oma bleiben. Wenn du magst, kannst du gern zu uns herunterkommen.«

Alice verriet mit keinem Wimpernschlag, dass sie über dieses Angebot ernsthaft nachdachte.

Sobald die Frauen den Raum verlassen hatten, brach Barbara Bronsky in stoßhaftes Schluchzen aus. »Mein Mädchen«, stieß sie hervor. »Was ist bloß aus meiner Alice geworden? Man sieht doch, dass sie krank ist, ganz furchtbar krank. Man muss ihr helfen.«

Mrs. Mac Forester legte ihr tröstend die Hand auf die Schulter.

Mary fürchtete, Alice würde nun irgendwo eingesperrt werden, und beteuerte, dass sie sonst ganz anders sei, ganz normal eigentlich. »Eigentlich«, betonte sie, »eigentlich ist Alice ein sehr glückliches Mädchen. Sie sollten sie mal sehen, wenn sie im Garten arbeitet. Meist singt sie dabei.«

Die Besucherinnen nickten wieder höflich, ihre Mienen aber verrieten, dass sie die Beteuerungen mit Skepsis vernahmen. Schnüffelnd näherte sich Tom den drei Damen. Schließlich wagte er es sogar, Barbara Bronsky am Unterschenkel zu lecken, worauf die angewidert zurückfuhr und den Hund mit dem Fuß von sich stieß. »Eklig, der stinkt ja wie die Pest!« Tom verkroch sich daraufhin im hintersten Winkel, legte den Kopf zwischen die Pfoten und winselte beleidigt vor sich hin, bis er gähnte und mit leisem Schnarchen schlief.

Noch bevor die drei Frau wieder gingen, verließ Alice das Haus. Die Besucherinnen sahen durch einen Blick aus dem Fenster, wie das Mädchen in schnellem Schritt über einen Feldweg eilte.

Mary wartete an diesem Apriltag zwei Stunden darauf, dass Alice endlich zurückkehrte. Als sie schon entschlossen war, Adam zu alarmieren, sah sie zu ihrer Erleichterung, wie ihre Enkelin hinter einer Baumgruppe auftauchte und aufs Haus zuging.

Noch mehrere Stunden nach dem Besuch hüllte Alice sich in brütendes Schweigen, malte aber immerhin weiter. Am Abend ging sie wie gewohnt zum Klavierspielen ins Nachbarhaus.

Sophie sah ihr gleich an, dass sie bedrückt war. Nach kurzer Begrüßung setzte Alice sich ans Klavier und fing an zu spielen. »Prelude in e-Moll« von Frédéric Chopin. Irgendwie klang es trauriger als sonst, und Alice kam nicht zum Ende, begann immer wieder von vorn, indem sie mit dem Oberkörper auf und ab wippte. Wie in einer Endlosschleife. Schließlich schlug sie nur noch einen einzigen Akkord an – immer den gleichen, mit demselben verbissenen Ausdruck.

Sophie erschrak. Sie spürte, dass ihre Freundin mehr als verstimmt war und überlegte, was sie tun konnte.

»Alice«, rief sie schließlich dazwischen. »Was ist passiert, Alice?«

Es dauerte eine Weile, bis Alice reagierte. Die Antwort war ein schallender Missklang, der sich wie ein Aufschrei anhörte: Wie bei der ersten Begegnung schlug sie mit beiden Händen auf die Tasten und wandte sich ruckartig um.

»Keine Angst«, sagte sie mit matter Stimme. »Ich tu dir nichts. Ich bin in Wirklichkeit ein Gespenst, weißt du? Ich schwebe über dem schwarzen Wasser und tanze über dem Moor.«

9. Kapitel

Ernst spürte, wie sich der Motor quälte. Wie er an Kraft verlor, stotterte, aussetzte, nach erneuter Zündung mühsam tuckernd wieder in Gang kam, im nächsten Moment aber schon wieder stockte. Es half alles nichts: Mochte er noch so kräftig das Gaspedal treten, sein Consul kam nur noch humpelnd voran. Wie ein Schwerverletzter, der sich nach einem

Bauchschuss mit letzter Kraft über einen Feldweg schleppt, torkelt und zu fallen droht.

Dann war es ganz vorbei. Der Consul verweigerte ihm den Dienst. Mitten auf der Landstraße zwischen Slinger und Milwaukee. Verdammt! Das hatte ihm gerade noch gefehlt. Der Regen trommelte aufs Autodach und ergoss sich wie ein Wasserfall über die Windschutzscheibe. Der graue Himmel tauchte den Sommernachmittag in trübe Abendstimmung und ließ nicht darauf hoffen, dass es bald trocken werden würde.

Lange Zeit saß er nur reglos da, klammerte sich ans Steuer und ließ die anderen Autos auf der regennassen Straße an sich vorbeirauschen. Gern hätte er eine geraucht, aber die Zigaretten waren ihm ausgegangen. Verflucht!

Die letzten Stunden gingen ihm durch den Kopf. Wie er an einem neuerbauten Bungalow geklingelt und eine Frau mit Lockenwicklern im Haar ihm die Tür gleich wieder vor der Nase zugeschlagen hatte. Wie dieser Bauer ihn verhöhnt hatte. Dabei hatte er den Mann in dem Overall nur höflich daran erinnert, dass er schon seit Monaten seine Feuerversicherung nicht mehr bezahlt habe. Er hatte ihm sogar ein Stundungsangebot unterbreitet. Aber statt darauf einzugehen, hatte der Drecksack triumphierend erklärt, dass er eine viel billigere Versicherung gefunden habe und die General Insurance Company und ihren verkrüppelten Vertreter zum Teufel gewünscht. Und dann noch dieser Giftpfeil zum Abschied: Er sehe es gar nicht ein, mit seiner Versicherung ein »deutsches Hinkebein« zu unterstützen, das für Hitler in den Krieg gezogen sei und die verdiente Quittung dafür erhalten habe.

Die Erfahrung machte er nicht zum ersten Mal: Bei vielen Amerikanern hielt sich das Mitleid in Grenzen, wenn er – natürlich nur auf Nachfrage – erzählte, wie er sein Bein verloren hatte. Aber auch das Mitgefühl seiner deutschstämmigen Kunden war nicht besonders aufbauend, sondern oft von herablassender Geringschätzung eingefärbt. Dabei stellte er seine Behinderung nicht etwa aus geschäftlichen Gründen zur Schau. Niemals! Er tat vielmehr alles, um sie zu verbergen.

Am freundlichsten waren die Leute, wenn sie irgendwelche Sturm- oder Wasserschäden geltend machen wollten, die kaum zu erkennen waren, aber etliche Dollar einbrachten. Da ließen sie sich sogar dazu herab, ihm Kaffee und Kuchen anzubieten. Wenn er sich dann jedoch außerstande sah, auf ihre oft unverschämten Wünsche einzugehen, konnte die Stimmung schnell umschlagen. Gegen Mittag zum Beispiel hatte ihn ein Rentner nach einer überaus höflichen Begrüßung fast rausgeschmissen, als er sich auf dessen Forderungen nicht einlassen konnte. Denn der angebliche Schaden war nicht einmal durch die Versicherungspolice gedeckt. Mit abschätzigem Grinsen hatte der Kerl ihm nachgeblickt, als er zu seinem Auto gehumpelt war.

Immerhin: Am Morgen hatte er auch einen Neukunden für eine Hausratsversicherung geworben, aber der Versicherungsabschluss brachte ihm gerade mal fünf Dollar ein. Nein, so konnte es nicht weitergehen. Die Pauschale war ihm bereits gestrichen worden, und die erbärmlichen Provisionen deckten jetzt nicht einmal seine Fahrt- und Übernachtungskosten. Er hatte sich schon heimlich einige hundert Dollar vom Farm-Konto abgehoben.

Und nun auch noch diese Panne und die drohenden Kosten – wenn eine Reparatur bei dieser Schrottkarre überhaupt möglich war. Der einzige Rettungsanker, den er sah, war Andy. Der geschickte Schrauber würde die Karre vielleicht wieder zum Laufen bringen. Aber Andys Tankstelle und Autowerkstatt waren fünfzehn Meilen entfernt. Mindestens. Wie sollte er da mit seinem Ford Consul hinkommen?

Als der Regen etwas nachgelassen hatte, schälte er sich aus seinem Gefährt und hob den Arm, um ein heranfahrendes Auto anzuhalten. Doch der Fahrer tat, als sei er Luft und brauste einfach an ihm vorbei – dabei beschleunigte der Kerl noch, so dass das aufspritzende Regenwasser seine Hose durchnässte. Auch beim nächsten Auto hatte er kein Glück. Am Steuer saß eine Frau, der es offenbar nicht geheuer war, einen Anhalter mitzunehmen. Auch die weiteren Autos rasten mit aufspritzendem Regenwasser an ihm vorbei.

Endlich konnte er aufatmen. Ein Kleinlaster, der Gurken und anderes Gemüse geladen hatte, hielt an und beförderte ihn auf dem Beifahrersitz direkt bis zu der ersehnten Werkstatt. Der Fahrer spendierte ihm sogar eine Zigarette.

Andy, der gerade unter einem anderen Auto lag, zeigte Verständnis.

»Gar kein Thema, Chef.«

Der junge Mann mit der Statur eines Boxers führte ihn ins Haus, bot ihm ein Sandwich und eine Cola an und erklärte sich bereit, den Ford Consul umgehend abzuschleppen. Die Tankstelle sollte in der Zwischenzeit seine Frau übernehmen.

Zwei Stunden später schon saß Ernst in Adams Pickup auf dem Beifahrersitz. Andy hatte schnell festgestellt, dass der Motorschaden nicht ohne weiteres zu beheben war. Die Kurbelwelle war so angeschlagen, dass sie ersetzt werden musste. Andy wollte sich nach einem gebrauchten Ersatzteil umschauen, aber das konnte dauern. Außerdem war gar nicht klar, ob nicht noch was dazukam, bei der alten Kiste. Daher hatte er seinen Vater angerufen, um den Gestrandeten abholen zu lassen.

Gegen Abend hatte es nach dem langen Regen noch aufgeklart. Als er die Farm erreichte, ging es bereits auf neun Uhr zu. Alma kam gerade aus dem Kuhstall, als er mit gequältem Gesichtsausdruck aus dem Pickup kletterte. Sie hatte durch den Telefonanruf schon von der Panne gehört und ging bekümmert auf ihren Mann zu. »Du Ärmster! Muss schlimm gewesen sein.«

»Ja, ich könnte mir was Schöneres vorstellen.«

Die Worte klangen erschreckend matt und mutlos. Alma nickte mitfühlend und klopfte ihm tröstend auf die Schulter.

»Wird schon wieder. Andy ist geschickt. Der kriegt den bestimmt wieder flott.«

»Ich weiß nicht. Ich glaube, bei der Karre ist Hopfen und Malz verloren.«

Abgesehen von den drohenden Kosten lag das Hauptproblem der Autopanne darin, dass er in den nächsten Tagen seine vereinbarten Termine nicht einhalten konnte. Bei weitem nicht alle Kunden verfügten über ein Telefon, viele waren somit unerreichbar für eine Terminverschiebung. Ein weiterer Rückschlag also, der seine ohnehin bescheidene Bilanz als Versicherungsvertreter zusätzlich ins Minus zog.

Alma konnte sich nicht erinnern, ihren Mann je zuvor so niedergeschlagen erlebt zu haben. Während er sonst alles tat, ihre Sorgen beiseite zu wischen und seine Lage zu beschönigen, mühte sich jetzt Alma, Zuversicht zu verbreiten, indem sie betonte, wie viel Milch die Kühe gaben und wie gut Mais und Weizen standen. Aber Ernst war an diesem Abend unerreichbar für Tröstungen solcher Art. Nach wenigen Happen brach er das Abendessen ab, hörte nicht, wie Sophie ihm auf dem Klavier zur Aufmunterung ein Kinderlied vorspielte, sondern zog sich in sein Arbeitszimmer zurück. Als er gegen Mitternacht ins Bett kam, schlug Alma sein Whiskyatem entgegen.

Wie befürchtet, erwies sich die Reparatur als zu kompliziert und teuer – zu der Kurbelwelle war auch noch ein Getriebeschaden gekommen. Ernst entschloss sich daher notgedrungen, einen neuen Gebrauchtwagen zu kaufen. Diesmal war es Andy, der ihm ein günstiges Angebot machte: einen Chevrolet, den er gerade »generalüberholt« hatte, wie er sagte. Einen hellblauen Chevrolet Two-Ten. Achthundert Dollar. Viel Geld, wenn man es nicht hatte, aber darauf kam es jetzt auch nicht mehr an.

Das neue alte Auto mit der funkelnden Karosserie lief nicht nur wie ein Uhrwerk, es gab ihm neuen Auftrieb. In seinem Übermut stellte er Alma in Aussicht, dass auch sie den Chevy bald fahren könne, einen Traktorführerschein habe sie ja schon gemacht. Aber so eilig hatte es Alma mit dem Autofahren nicht – und erst einmal begab sich Ernst mit dem Auto wieder auf Dienstreise. Dass sich damit der Schuldenstand allmählich verringerte, wagte sie nicht mehr zu hoffen. Ernst hatte ihr in der Stunde seiner Verzweiflung deutlich gemacht, wie schlecht es um sein Einkommen als Versicherungsvertreter stand.

Froh stimmte sie dagegen, wie gut Sophie in der Schule zurechtkam, dass sie begeistert in den Turnverein ging, viele Freundschaften geschlossen hatte und vor allem wieder Klavierunterricht erhielt. Denn Alice hatte sich von dem Überraschungsbesuch sichtlich erholt – vermutlich auch mit Hilfe ihrer Malerei. Eines ihrer neuen Bilder zeigte drei geisterhafte Frauengestalten in einer kahlen Herbstlandschaft, die in eine Nebelschwade einzutauchen schienen.

Auf Drängen der Jugendbehörde kam jetzt einmal in der Woche auf Kosten ihres Vaters ein Lehrer ins Haus, zu dem Alice nach anfänglichen Problemen überraschend Vertrauen fasste. Außerdem sammelte ihr Vater Pluspunkte im Sorgerechtsstreit, indem er seiner Tochter ein gebrauchtes Klavier kaufte. Es stand jetzt neben der Staffelei im Atelier. Zum Klavierunterricht kam Alice trotzdem weiter ins Farmhaus.

Erfreuliches erfuhr Alma auch von ihrem Heidedorf: Franz teilte ihr in einem seiner seltenen Briefe mit, dass Wilhelm das Licht der Welt erblickt hatte. Alma sah förmlich vor Augen, wie seine Brust vor Vaterstolz geschwellt war. Sie wusste ja, wie sehr er sich einen Hofnachfolger gewünscht hatte.

Auch Marie berichtete ihr von dem Ereignis, erwähnte allerdings auch, dass der Junge gleich nach der häuslichen Entbindung ins Krankenhaus musste, weil er Herz- und Atemprobleme gehabt hatte und blau angelaufen war. Marie selbst schien es gut zu gehen. Sie schrieb, dass sie im Kino in Schwarmstedt gerade »Grün ist die Heide« gesehen hatte und mit ihrem Freund von einem Schützenfest zum nächsten düste. Schließlich war sie schon siebzehn und kam bald ins heiratsfähige Alter.

Mitunter schmerzte Alma der Gedanke, dass sie nicht miterlebte, wie ihre Tochter flügge wurde und zur jungen Frau heranwuchs. Bald würde sie wahrscheinlich heiraten und sich noch weiter von ihr entfernen.

Je länger sie in Wisconsin lebte, desto mehr vermisste sie auch andere aus ihrer Familie: ihre Schwester Ida, deren Töchter, Franz, ja sogar Hanna – und natürlich hätte sie auch gern mal ihren kleinen Neffen gesehen. Ebenso wie die vertrauten Menschen fehlten ihr der vertraute Garten, die Felder und Wiesen, die so viele Jahre eine Art Zuhause für sie gewesen waren. Die sanft geschwungene Hügellandschaft mit den großen Weizenfeldern in Wisconsin war sicher auch ganz schön, blieb für sie aber nur ein Zufluchtsort. Nein, heimisch fühlte sie sich in Slinger nicht – mochten die Leute hier noch so nett zu ihr sein.

Dabei war sie schon in der Lage, kurze Gespräche auf Englisch zu führen, manchmal versetzt mit Anleihen aus dem Plattdeutschen. Sogar bei Unterhaltungen mit Sophie und Ernst mischten sich bisweilen deutsche Sätze mit englischen. Auch die Arbeit mit den modernen Maschinen ging ihr leichter von der Hand. Das Melken mit der Melkmaschine, das Pflügen mit dem Traktor – das war doch viel bequemer als in Hademstorf. Und die Zusammenarbeit mit Adam funktionierte besser als erwartet. Er war offensichtlich stolz darauf, »sein Mädchen« so erfolgreich in alle Hofarbeiten einzuführen, zog sich nach und nach zurück in seinen eigenen Garten und war glücklich, wenn seine Söhne wie üblich zur Kornernte anrückten und mit dem Mähdrescher breite Schneisen in die Kornfelder schlugen. Froh stimmte es Adam auch, dass Michael während der Sommermonate wieder auf die Farm kam. Dessen Eltern hatten den Jungen mit dem Dauerlächeln in ein Heim mit angeschlossener Behindertenwerkstatt gesteckt, in den großen Ferien aber durfte Michael auf seinen geliebten Bauernhof zurückkehren. Auch Alma wuchs der Junge mit dem schwachen Verstand und den kräftigen Händen ans Herz.

Nicht sehr viel näher dagegen kam sie ihrem eigenen Mann. Sie freute sich, wenn er abends wohlbehalten nach Hause kam, spürte aber, dass er nach seinem anstrengenden Tag erst einmal zur Ruhe kommen musste und auch später nicht viel von ihr wissen wollte. So gewöhnte sie sich daran, dass er nach einem kurzen Händedruck weit entfernt neben ihr im Bett lag und schon bald schnarchend schlief. Es war unübersehbar, wie ihn die Arbeit zermürbte. Sie freute sich, wenn wenigstens kleine Erfolgserlebnisse seine Laune hoben.

Wenn sie dagegen von ihren eigenen Erfolgen auf dem Hof erzählte, hörte er oft gar nicht zu, sondern war mit seinen Gedanken schon wieder bei seiner Versicherung – und wohl auch den Schulden, die alle Erlöse aufsaugten wie ein ausgedörrter Sandboden einen Sommerregen.

Mit Blick auf die Schulden zweigte sie heimlich einen kleinen Teil ihrer landwirtschaftlichen Einnahmen ab und sammelte das Geld in einer Dose, die sie als ihre persönliche Barschaft im Wäscheschrank verstaute – als Rücklage für überraschende Sonderausgaben und mögliche Notfälle. Vielleicht auch als Reisegeld. Denn irgendwann wollte sie auf jeden Fall noch mal mit Sophie zurück nach Deutschland fahren.

Slinger erlebte in dieser Zeit einen unverhofften Aufschwung. Am 14. Mai 1953 waren alle Arbeiter der großen Brauerei in Milwaukee in einen Streik getreten, so dass die sechs Produktionsstätten des Unternehmens ihren Betrieb einstellen mussten. Des einen Freud, des anderen Leid: Die Storck-Brauerei in Slinger sprang in die Bresche und stillte den Durst der Städter mit ihrem Gerstensaft aus der Provinz.

Sechsundsiebzig Tage lang! Sonderschichten waren nötig, um die gigantische Nachfrage zu befriedigen. Arthur, der übergewichtige Sohn von Adam und Mary, kam kaum mehr zum Schlafen, aber er verdiente eben auch mehr als sonst. So ging es allen in der Storck-Brauerei. Sogar bei den Baseball-Spielen im Milwaukee County Stadium schenkten die Thekenbetreiber jetzt Bier aus Slinger aus.

So wurde es Herbst, Winter und Frühling, und Franz teilte mit, dass Hanna einen zweiten Jungen zur Welt gebracht hatte, der Ulrich genannt werden sollte.

Stolz berichtete bald auch Marie, wie sie das Baby im Kinderwagen ausfuhr und sich mit beiden Kindern beschäftigte, als seien es ihre eigenen.

Alma lächelte still vor sich hin, als Marie ihr schrieb, wie eifersüchtig Willi auf seinen kleinen Bruder sei. Sein Vater hatte schon die Bauklötze beschlagnahmt, nachdem er Ulli damit heimlich beworfen hatte.

Auf der Farm dagegen kündigte sich eine neue Zerreißprobe um Alice an. Ihre Mutter hatte das Gericht davon überzeugt, dass das Mädchen bei seinen betagten Großeltern keine Entwicklungsmöglichkeiten habe und Barbara Bronsky das Sorgerecht zugesprochen. Für Mary und Adam ein Schock. Vor allem: Wie sollten sie das Alice klarmachen? Ohnehin wirkte sie in letzter Zeit wieder reichlich verstört. Es gab Tage, an denen sie kein einziges Wort sagte.

10. Kapitel

Mittwoch, der 25. Mai 1955. Es war noch kühl und nieselte leicht, aber alles war grün, und die Vögel jubelten dem bevorstehenden Sommer entgegen. Sogar der alte Tom, von dem man schon gemeint hatte, dass er auch noch taub geworden war, hob vor dem Haus den Kopf und spitzte andächtig die Ohren, um dem Gesang zu lauschen.

Doch gegen acht Uhr beschlich Mary und Adam ein ungutes Gefühl. Nun hatten sie schon eine Stunde mit dem Abendessen gewartet, und Alice war immer noch nicht von ihrem Spaziergang zurück. Schon in der Vergangenheit war sie manchmal bis in die Abendstunden ausgeblieben, doch an diesem Tag wollte sie eigentlich noch in ihrem kleinen Garten Unkraut jäten und Sophie später Klavierunterricht erteilen. Eigentlich hielt sie sich an ihre Zusagen.

»Da stimmt was …«, begann Adam, brach dann aber mit Blick auf seine Frau ab.

Abwechselnd blickten beide auf die Wanduhr, deren Zeiger unerbittlich die Runde machte. Niemand sagte mehr etwas. Nur das Flöten der Amsel klang aus dem Garten herein. Schließlich kündigte Adam an, dass er sich auf die Suche mache. »Die ist sicher wieder an ihrem Moorsee und lauscht den Fröschen«, teilte er tapfer mit. »Da hat sie wahrscheinlich Raum und Zeit vergessen.«

Mary stimmte ihrem Mann beklommen zu.

Die Sonne ging bereits unter, aber es war noch hell. Adam musste wieder daran denken, was in dem armen Mädchen vorgegangen sein mochte. Sie hatten sie, wie vom Jugendamt angeordnet, schonend darauf vorbereitet, dass ihre Mutter sie am kommenden Wochenende abholen würde. Natürlich hatten sie ihr nicht gesagt, dass man sie vermutlich ins Heim stecken wollte, sondern von besseren Bildungsmöglichkeiten gesprochen, die sich ihr in der Stadt boten – auch von Kunsterziehung, von der Weiterentwicklung ihres Maltalents war die Rede gewesen. »Natürlich haben sie da auch ein Klavier«, hatten sie gesagt. Vor allem hatten sie Alice zugesichert, dass sie ganz sicher bald zurückkommen könne. Dass die Trennung nicht für ewig sei. Aber Alice hatte augenscheinlich nicht daran geglaubt. Wie erstarrt war sie gewesen, stumm hatte sie das Wohnzimmer ihrer Großeltern verlassen und sich in ihrem Atelier eingeschlossen. In den Tagen danach war einfach nicht mehr darüber gesprochen worden. Doch das Schreckgespenst der bevorstehenden Trennung hing wie eine düstere Wolke über allen Verrichtungen und ließ sich nicht einmal von der Aufbruchsstimmung der wiedererwachten Natur verscheuchen.

Ohne tiefer nachzubohren, verstanden Mary und Adam, wie tief verletzt sich ihre Enkeltochter von der eigenen Mutter fühlte. Je deutlicher sich in den vergangenen Jahren die Störung des Mädchens gezeigt hatte, desto rabiater hatte Barbara dagegen angekämpft. Wenn Alice wie so oft von der Schule weggelaufen war, hatte sie ihre Malsachen beschlagnahmt, ihr Ausgangsverbot erteilt, sie zu Psychiatern geschleift, sie beschimpft und schließlich in ihrem Zorn sogar geschlagen. Und wenn Mark zu Geduld und Besonnenheit gemahnt hatte, dann hatte sie auch ihn beschimpft – nicht selten in Gegenwart des entsetzten Mädchens. Darüber war die Ehe zerbrochen, und schließlich hatte Alice ein neues Zuhause in Slinger gefunden.

Je näher Adam dem Moorsee kam, desto mehr schnürte sich seine Brust zusammen, und er betete insgeheim zu Gott und Mutter Maria, dass er sie gleich entdecken möge. Wohlbehalten. Dass sie wie so oft in sich versunken am Ufer sitzen möge.

Lautes Rascheln und Knacken riss ihn aus seinen Gedanken. Was war das? Als er seine Augen durch den Wald schweifen ließ, sah er ein Reh durchs Unterholz laufen.

Dann hatte er den Moorsee endlich erreicht. Ein Entenpaar

zog friedlich seine Bahn, Frösche quakten, über den Himmel segelte ein großer Vogel, der etwas von einem Adler hatte.

Wo aber war Alice? Es war nichts von ihr zu sehen. Er suchte das Ufer nach Spuren des Mädchens ab. Vielleicht ein Taschentuch, ihr Regenschirm, ein Stück Papier, niedergedrücktes Gras. Aber er fand nichts. In den Baumwipfeln ächzte melancholisch-monoton der Wind, der die Blätter rascheln ließ, als wollten sie ihm etwas zuraunen. Aber das war natürlich Unsinn. Nein, es schien, als habe sich das Moor gegen ihn verschworen, um sein Geheimnis zu wahren.

Vielleicht war sie in der Nähe und hatte sich vor ihm versteckt, weil sie allein bleiben, noch nicht nach Hause kommen wollte. Er rief ihren Namen.

»Alice! Alice«, schrie er. In alle Richtungen. »Alice. Wo bist du?« Die Enten flogen auf, die Frösche verstummten, von Alice aber kam keine Antwort.

Mittlerweile schwammen schon dunkle Wolken am Himmel, und es begann zu dämmern. Bald würde er gar nichts mehr sehen. Daher ging er das Ufer noch ein zweites Mal ab, schaute auch in das dahinter stehende Gras und Gestrüpp. Aber so sehr er sich auch mühte, der hereinbrechenden Dunkelheit zu trotzen, von Alice fehlte weiter jede Spur.

Plötzlich schrak er zusammen: Unter einer Baumwurzel sah er etwas – etwas Blaues, das dort nicht hingehörte. Er hielt den Atem an, als er sich danach bückte. Tatsächlich. Das waren sie, ihre blauen Schuhe.

Noch einmal rief er ihren Namen. »Alice, Alice! Wo bist du?«

Doch jetzt drückte sich vor allem Angst in seinen Rufen aus. Angst und Verzweiflung, denn mit einer Antwort wagte er schon nicht mehr zu rechnen.

Gleich nach seiner Rückkehr – er war wie in Trance zur Farm zurückgeeilt – rief er bei seinem Sohn in Milwaukee an. Mark war alarmiert, kündigte an, die Polizei zu rufen und selbst so schnell wie möglich herüberzukommen.

»Vielleicht hat sie sich die Füße gebadet und dann irgendwo verirrt«, sagte er. Doch seiner Stimme war anzuhören, dass er selbst nicht daran glauben konnte.

Die Polizei rückte mit mehreren Einsatzfahrzeugen an und suchte die ganze Nacht mit Scheinwerfern die Umgebung des Moorsees ab. Dabei stieß ein Polizist auf ein menschliches Skelett, das schon von Moos und Gras überwachsen war. Aber von Alice war nichts zu sehen. Am nächsten Tag setzten Taucher die Suche fort. Nichts. Adam, Mary und ihr Sohn standen hilflos am Ufer und hofften inständig, dass die Suche weiter ergebnislos verlaufen möge, so dass sich vielleicht doch noch eine andere Lösung abzeichnete. Am späten Nachmittag kam auch Barbara dazu – außer sich vor widerstrebenden Gefühlen, doch ohne ihre gewohnte Angriffslust. Je länger die Suche dauerte, desto mehr hoffte auch sie, dass Alice längst irgendwo anders war als in diesem Moorgebiet. Sie fragte Sophie, ob die irgendetwas wusste. Aber wie schon bei der Befragung durch die Polizei konnte Sophie nur den Kopf schütteln. Ebenso Alma und Ernst.

Schließlich, es ging schon wieder auf den Abend zu, brach eine merkwürdige Hektik im Suchtrupp aus. Die Taucher debattierten aufgeregt mit den bekümmert wirkenden Polizisten, dann zogen sie den leblosen Körper aus dem Moorwasser.

Sophie war zuerst wie gelähmt, als sie davon erfuhr. Schließlich musste sie daran denken, was Alice nach dem ersten Besuch ihrer Mutter zu ihr gesagt hatte.

Adam und Mary waren nach dem Schicksalsschlag nicht mehr die gleichen. Sie sprachen kaum mehr, zogen sich von anderen Menschen zurück, verschanzten sich in ihrem Haus und dem kleinen Garten und gingen fast jeden Tag zum Grab ihrer Enkeltochter, die auf dem Friedhof in Slinger bestattet worden war. Alice' kleines Atelier sah noch Monate später aus wie zu ihren Lebzeiten. Mary wischte dort Staub und lüftete, ließ aber sonst alles unverändert, als würde sie heimlich hoffen, dass ihre Enkeltochter doch noch eines Tages zu ihrer Staffelei und dem Klavier zurückkehrte. Wenn durch das offene Fenster des großen Farmhauses Klaviermelodien herüberklangen, liefen den beiden alten Leuten Tränen übers Gesicht.

Adam sackte auch körperlich in sich zusammen. Alma, die hoffte, dass Arbeit vermutlich die beste Medizin für ihn sei, bat ihn, ihr beim Melken sowie beim Korn- und Strohfahren zu helfen, aber es war jedes Mal, als müsste er ungeheure innere Widerstände überwinden, wenn er sich auf den Trecker hievte und im Schneckentempo anfuhr. Es kam schon einem Kraftakt gleich, ihn zum wöchentlichen Einkauf mit dem Pickup zu überreden.

Der Trauer um den Tod seiner Enkeltochter raubte ihm alle Lebenskraft, nistete sich ein in seiner Seele wie ein Virus, das den ganzen Körper lahmzulegen drohte. Man spürte, dass er sich Vorwürfe machte, mit Selbstvorwürfen plagte, dem marternden Gefühl, nicht alles getan zu haben, um Alice zu retten. Wenn aber andere in seiner Umgebung über sie sprachen, hüllte er sich stets in Schweigen. Dann starrte er mit ernstem Blick auf die Fußbodendielen, schüttelte hin und wieder bedrückt den Kopf. Dass es in ihm arbeitete, sah man daran, dass er hin und wieder die Wangenmuskulatur anspannte.

Gern hätte Alma ihm tröstliche Worte gesagt. Aber abgesehen davon, dass ihr nichts Passendes einfiel, fürchtete sie auch, sein Unglück damit noch größer zu machen, diese Glut, die da in ihm schwelte, zu einem vernichtenden Feuer zu entfachen. Manchmal hob er seine magere, leberfleckige Hand, als wollte er ihr übers Haar streichen, ließ die Hand aber immer wieder gleich sinken – mit einem Ausdruck matter Resignation, der sie noch trauriger stimmte.

Wie ein Spiegelbild seines körperlichen Verfalls nahm sich jetzt auch Tom aus. Der alte Schäferhund sackte förmlich in sich zusammen, kam kaum mehr auf die Beine, war blind und fast taub, und konnte keine feste Nahrung mehr zu sich nehmen. Als Arthur ihn schließlich so sah, schüttelte er nur den Kopf und teilte seinen Eltern mit, dass es nun Zeit sei, den armen Hund von seinen Leiden zu erlösen. Und Adam erhob keinen Widerspruch, als sein Sohn Tom aufhalf, um ihn aus dem Haus zu bugsieren und hinter der Scheune zu erschießen.

Als Arbeitskraft fiel Adam auf dem Hof fast komplett aus. Während der Erntezeit in den Sommerferien halfen noch wie üblich alle drei Söhne kräftig mit. Aber dann musste Alma einen Rentner aus Slinger anstellen, der mit einem kleinen Nebenverdienst zufrieden war.

Auch Ernst wirkte in den Herbstmonaten des Jahres 1955 kraft- und mutloser denn je. Sein Rücken schien immer mehr unter einer unsichtbaren Last zusammenzusacken. Mit hochgezogenen Schultern schlurfte er oft so mühsam über den Hof, als sei er um Jahre gealtert. Wie ein Geprügelter, der sich vor neuen Schlägen fürchtet. Ja, er fuhr weiter morgens mit seinem Chevi zur Arbeit, kam am selben Abend oder einige Tage später zurück und zeigte sich stets zufrieden. Aber seine Erfolgsberichte klangen immer schablonenhafter.

»Na, wie war's denn heute?«, pflegte Alma zu fragen. Die Antwort lautete fast immer: »Gut. Wunderbar! Hab wieder einige schöne Abschlüsse gemacht. Richtige Knaller!«

Seine Augen sprachen eine andere Sprache, und zunehmend verstört bemerkte Alma, dass er fast immer nach Schnaps roch, wenn er aus dem Auto stieg. Als sie ihn einmal darauf ansprach, teilte er ihr lapidar mit, dass er einen »großartigen Geschäftsabschluss« gefeiert habe. »Das muss ja wohl noch erlaubt sein.«

Stutzig machte sie, dass schon seit Wochen kein Versicherungskunde mehr angerufen hatte.

11. Kapitel

Das Ende dieser quälenden Tragikomödie kündigte sich bei dem monatlichen Treffen mit ihren vier Freundinnen an. Die anderen Frauen hatten sich bereits verabschiedet, da nahm Helen Alma beiseite und sprach sie auf eine merkwürdige Begegnung auf einem Parkplatz in der Nähe von West Bend an. Am Tag zuvor habe sie dort gegen Mittag gehalten, um kurz nach ihrem klappernden Auspuff zu sehen, da sei ihr Ernsts Auto aufgefallen – der hellblaue Chevrolet, am Waldrand geparkt. Dicht daneben Ernst auf einem Campinghocker, in einer Illustrierten blätternd – neben sich auf dem Boden eine Flasche Bier und eine Chipstüte. Im ersten Moment habe sie ihn ansprechen wollen, dann aber doch den Eindruck gewonnen, dass es ihm eher peinlich sein könne, am helllichten Tag auf einem Parkplatz »erwischt« zu werden, wo er offenkundig auf der faulen Haut lag. Daher sei sie gleich weitergefahren, habe sich aber so ihre Gedanken gemacht. Ob Alma sich vielleicht einen Reim darauf machen könne?

Die schüttelte den Kopf. »Nein, aber das ist wirklich komisch. Ich werde ihn fragen.«

Als Ernst am Abend zurückkam, ließ sie sich zunächst nichts anmerken. Sie fragte ihn wie gewöhnlich nach seinem Tag, und wie üblich beteuerte er, wie gut wieder alles gelaufen sei.

»Wo bist du eigentlich gestern gewesen?«

»Gestern? Das interessiert dich?« Er starrte auf seine Schuhspitzen, als würden die ihm ein heimliches Zeichen senden. »Ja, wo war ich da? Irgendwo nördlich von Milwaukee. Kleine Dörfer, kennst du sowieso nicht.«

»Komisch. Wie kommt es denn, dass Helen dich auf dem Parkplatz bei West Bend gesehen hat?«

»Helen? Wo hat die mich gesehen?«

»Auf dem Parkplatz bei West Bend.«
»West Bend? Wann soll das denn gewesen sein?«
»Gestern Mittag.«
»Bullshit! Vollkommen unmöglich.«
»Helen hat aber genau gesehen, wie du da neben deinem Auto gehockt hast.«
»Das muss ein Doppelgänger gewesen sein.«
»Kann ich mir nicht vorstellen.«
»Das kannst du dir nicht vorstellen? Glaubst du dieser Metzgersfrau etwa mehr als deinem Mann? Willst du mich ins Verhör nehmen oder wie sehe ich das?«

Alma atmete tief durch, bevor sie zu einer Antwort ansetzte. »Ich glaube, du verschweigst mir was, Ernst.«

Ernst war anzusehen, wie es in ihm arbeitete. Seine Gesichtsmuskeln zuckten, sein Kopf ging ruckartig hin und her, er knetete seine Hände, um sie gleich wieder auseinanderzureißen. Dann fuhr er sie an: »Ach, hör doch auf, ich frag ja auch nicht, wo du dich den ganzen Tag rumtreibst.«

Bevor sie antworten konnte, war er schon verschwunden. Sie sah, dass in seinem Arbeitszimmer Licht anging, und gleich nach seinem Eintreten schenkte er sich ein Glas Whisky ein, wie sie durch das Fenster sehen konnte.

Wie üblich molk sie noch die Kühe, machte Abendbrot für Sophie und brachte das Mädchen ins Bett. Als sie sich selbst schlafen legen wollte und Ernst immer noch nicht wieder aufgetaucht war, klopfte sie an seine Tür und öffnete sie schließlich, obwohl er sie auch nach wiederholtem Klopfen nicht hereingebeten hatte.

Sie sah, dass die Flasche fast leer war, und seine glasigen Augen ließen darauf schließen, dass der Schnaps seine Wirkung bereits getan hatte.

»So kann es nicht weitergehen«, sagte sie mit fester Stimme. »Ich seh nicht mehr länger zu, wie du dich kaputt machst – und auch uns mit ins Verderben reißt.«

»Ach, hör auf. Hat sowieso alles keinen Sinn mehr.«

»Was? Was hat keinen Sinn mehr?«

Und dann löste ihm der Alkohol die Zunge, und er erzählte ihr lallend und stockend in einem Gemisch aus deutschen und englischen Vokabeln, wie es wirklich um ihn und seine Arbeit stand. Die Versicherungsgesellschaft hatte ihm schon vor vielen Wochen gekündigt. Kunden hatten sich über ihn beschwert, weil er angeblich Termine verpennt, falsche Zusagen gemacht hatte und bisweilen sogar ausfallend geworden war. Ungerecht, furchtbar ungerecht sei das alles gewesen, klagte er, aber die hohen Herren hätten ihn gar nicht angehört. »Bastards. Hurensöhne.«

Alma hatte ähnliches schon befürchtet, trotzdem war sie entsetzt, jetzt von ihrem Mann zu erfahren, dass er nicht den Mut gehabt hatte, ihr reinen Wein einzuschenken. Als er schließlich zu weinen begann und schluchzend erklärte, dass es für ihn wahrscheinlich besser gewesen wäre, dem Beispiel von Alice zu folgen, hätte sie fast mitgeweint. Doch sie beherrschte sich und forderte ihn auf, erst einmal seinen Rausch auszuschlafen.

»Morgen sehen wir weiter. Irgendwie schaffen wir das schon. Wir haben ja noch den Hof.«

Am nächsten Tag blieb er zu Hause. Fast wirkte er erleichtert, dass es endlich vorbei war mit dem quälenden Theaterspielen, und als Alma ihm klarmachte, dass sie seine Arbeitskraft auf dem Hof gut gebrauchen könne, da mit Adam ja nun nicht mehr zu rechnen sei, begann er sogar neuen Mut zu schöpfen. Klar, Trecker und Mähmaschine fahren konnte er wohl auch mit einem Bein, und für die Buchführung und die Verhandlungen mit Landhandel, Molkerei und Viehhändlern war er vielleicht sowieso besser geeignet als Alma. So kamen die beiden schnell überein, dass Ernst in die Farm einsteigen sollte. Gegenüber Mary und Adam, deren Söhnen und allen Freunden und Bekannten in Slinger wollten sie die Version verbreiten, dass Ernst selbst gekündigt habe. Für diesen Schritt gab es schließlich viele gute Gründe.

Endlich sah Alma wieder etwas optimistischer in die Zukunft. Vielleicht würde ja doch noch alles gut werden. Ernst sprach schon von einer längst überfälligen Modernisierung der Farm, rechnete, zeichnete, machte Pläne. Mehr Kühe sollten her, ein neuer Kuhstall müsse gebaut werden. Unbedingt! Das Geld komme dann schon wieder herein. Milchgeld sei doch eine sichere Bank. Nach eingehender Prüfung, etlichen Unterschriften und einem neuen Kreditvertrag gab die Sparkasse grünes Licht.

Alma war nicht ganz überzeugt, aber schon einige Wochen später kam ein Bauunternehmer zum Maßnehmen, und Ernst war jetzt so emsig mit der Bauplanung beschäftigt, dass er nur noch spätabends ein Rendezvous mit Jack Daniel's hatte, das sich in der Regel auf ein Glas beschränkte.

Alma erfüllten die beginnenden Bauarbeiten mit neuer Hoffnung. Sie erinnerte sich an die Zeit, als sie das Bauernhaus wieder hochgezogen hatte. Gleichzeitig schien sich etwas zu wiederholen, das sie weniger froh stimmte: Wie schon damals nach der Rückkehr von Franz war nun wieder ein Mann dabei, ihr das Heft aus der Hand zu nehmen.

Unterdessen erreichte sie ein neuer Brief aus Hademstorf, der sie ebenfalls mit gemischten Gefühlen erfüllte. Marie teilte mit, dass sie sich im Mai 1957 verloben werde. Mit dem Landmaschinenmechaniker war es schon lange vorbei. Seit einem Jahr war ihre Älteste mit Johannes zusammen, einem Bauernsohn aus dem Nachbarort Schwarmstedt, der einmal den größten Hof im Dorf erben würde. Einerseits freute sie sich für Marie, andererseits hatte sie das Gefühl, als würde ihre Tochter ihr nun ganz verloren gehen. Traurig war auch, dass sie bei der Verlobung nicht dabei sein konnte. Vielleicht nicht mal bei der Hochzeit.

12. Kapitel

Sie erkannte den Mann sofort wieder. Das rundliche Gesicht mit den buschigen Augenbrauen und dem schiefen Lächeln, die weiße Kapitänsmütze, die makellose weiße Uniform: Josef Gördes. Natürlich, das war niemand anders als dieser Korvettenkapitän. Aber was machte der deutsche Kapitän in Amerika? Was wollte der auf der Farm? Und wie blendend der Kerl aussah nach all den Jahren. So jung!

Ihr Erstaunen behielt sie nicht für sich: »Sie sind ja gar nicht älter geworden.«

Er strahlte sie an und erwiderte freundlich: »So alt war ich damals ja auch noch gar nicht.«

Fast schien es, als wolle er mit ihr flirten, aber da drehte er sich schon wieder um und ging weiter, spazierte einfach grußlos diese endlose staubige Straße entlang.

Noch im Halbschlaf fiel Alma ein, dass der Kapitän, der in den letzten Kriegswochen in ihrer Nachbarschaft Quartier bezogen hatte, natürlich längst tot war – gefallen im Wald bei Hademstorf in den Kämpfen um die Allerbrücke in jenen furchtbaren Apriltagen des Jahres 1945. Wie der Kapitän waren damals auch die vielen jungen Soldaten gefallen, die aussahen, als kämen sie gerade aus der Schule – Sechzehn-, Siebzehnjährige, denen wie diesem Gördes die Chance genommen worden war, älter zu werden.

Warum träumte sie jetzt von diesen Dingen? Nach einer Antwort musste sie nicht lange suchen. Schuld waren sicher die Kriegsfilme, die neuerdings im amerikanischen Fernsehen liefen. Fast jede Woche wurde einer dieser brutalen Streifen gezeigt. Da Ernst jetzt fast immer auf der Farm war, hatte er auf die Anschaffung eines Fernsehgerätes gedrängt, um nicht ganz den Anschluss an die »amerikanische Kultur« zu verlieren, wie er es ausdrückte. Aber die Kriegsfilme gefielen ihm selbst nicht. Das war, als wollten sie ihn noch zusätzlich zu seiner schweren Verwundung bestrafen oder gar verhöhnen.

Auch Sophie litt darunter. Für manche ihrer Mitschüler und Mitschülerinnen war sie allein durch ihre Herkunft ein ebenso verworfenes Geschöpf wie die Nazis aus den Filmen, und besonders feindselig traten ihr Altersgenossen gegenüber, deren Vorfahren selbst aus Deutschland stammten. Dabei war sie immer noch nicht über den Tod ihrer älteren Freundin hinweggekommen. Manchmal, wenn sie schlaflos im Bett lag, stellte sie sich vor, wie Alice in diesen Moorsee gegangen war – immer tiefer, bis sich das schwarze Wasser über sie geschlossen hatte. Was mochte da in ihrem Kopf vorgegangen sein? Wahrscheinlich hatte sich ein Nebel über ihre Gedanken gelegt, der Nebel, den sie einst gemalt hatte.

Nebel über dem See. Wie von selbst liefen ihr Tränen über die Wangen, wenn sie Lieder auf dem Klavier spielte, die Alice ihr beigebracht hatte.

Noch drückender lastete der Selbstmord dieses scheuen Mädchens auf den Großeltern. Als Adam spürte, dass seine Arbeit auf dem Hof nicht mehr vonnöten war, verließ er kaum mehr das Haus – und bald auch nicht mehr das Bett.

Nach kurzer Zeit schon diagnostizierten die Ärzte eine körperliche Ursache für seine Müdigkeit und Schwäche: Darmkrebs. Seine Schmerzen ließen sich bald nur noch mit starken Medikamenten betäuben, und an einem klirrend kalten Märztag des Jahres 1958 fand man ihn tot in seinem Bett. Bei der Beerdigung zeigte sich, wie beliebt er in Slinger und Umgebung gewesen war. Weit über hundert Menschen folgten seinem Sarg.

Für Alma war der Todesfall ein tiefer Einschnitt. Adam war es schließlich gewesen, der ihr wie ein väterlicher Freund in den ersten Monaten ihres neuen Lebens zur Seite gestanden, geduldig alles erklärt, ihr Wärme und ein Gefühl von Heimat gespendet hatte. Vielleicht hatte er ihr in manchen Tagen sogar näher gestanden als Ernst, der nach wie vor erkennen ließ, dass er kein Bauer war. Gerade saß er wieder auf der Bank unter der großen Ulme und blies Rauchringe in den amerikanischen Himmel.

Da der Bau des neuen Kuhstalls während der Wintermonate ruhte, hatte er neue Pläne ausgeheckt – zum Beispiel eine Zentrifuge angeschafft, mit der Alma buttern sollte. Das habe sie schließlich schon während der Kriegs- und Nachkriegszeit mit Erfolg praktiziert, sagte er. Er bot ihr an, die Vermarktung zu übernehmen.

»Die Leute hier rennen uns die Bude ein, glaub mir. Die sind doch ganz verrückt nach solchen handgemachten Leckereien. Das schlägt ein wie eine Bombe.«

Alma gab zu bedenken, wie groß der Arbeitsaufwand sein würde. Dass der Erlös viel geringer ausfallen würde als während der Notzeiten in Deutschland. Aber er wischte ihre Bedenken barsch beiseite, indem er ihr vorhielt, dass es ihr an amerikanischem Pioniergeist fehle, und er setzte sich durch. Leider musste er schon bald widerwillig anerkennen, dass Almas Bedenken begründet gewesen waren. Die Preise, die er für die Butter erzielte, waren lächerlich im Vergleich zum Arbeitsaufwand – und wenn es erst wieder mit der Frühjahrsbestellung losging, würde sicher gar keine Zeit mehr zum Buttern sein.

Mit dem Tauwetter kehrten die Zimmerleute an die Baustelle zurück, aber ganz so optimistisch blickte der Bauherr schon nicht mehr in die Zukunft. Denn anderswo im Land etablierten sich sehr viel größere Milchfarmen, so dass die Preise unter Druck gerieten, fortwährend fielen.

Zu ihrem Entsetzen beobachtete Alma, dass Ernst sich neuerdings schon am späten Nachmittag in sein Arbeitszimmer zurückzog, um seine Sorgen bei etlichen Zigaretten und einem Glas Gin oder Whisky zu vergessen – und zwar einem randvoll gefüllten Wasserglas.

Sie hatte ja in Hademstorf erlebt, welches Unheil der Schnaps anrichten konnte.

Von Alfons' Saufgelagen und seinen nächtlichen Exzessen schienen nun Ida und ihre Töchter immerhin ein für alle Mal verschont zu sein. Almas Schwester teilte mit, ihr Mann habe sie ohne Vorankündigung verlassen. Er sei seiner Freundin nach Sachsen gefolgt. »In die Ostzone!«

Alma hatte nicht das Gefühl, dass sie ihre Schwester bedauern musste. »Wahrscheinlich ist es besser so«, schrieb Ida selbst. »Lieber ein Ende mit Schrecken als ein Schrecken ohne Ende.«

Von schöneren Dingen berichtete Marie in einem ihrer nächsten Briefe. Ihr Verlobter hatte mir ihr im Februar eine Fahrt mit dem Pferdeschlitten gemacht, und seine Mutter backte immer einen leckeren Obstkuchen, wenn sie sonntags zu Besuch zu Johannes und seinen Eltern auf den Hof komme. Obwohl von Heirat direkt keine Rede war, hörte sie aus den Zeilen schon die Hochzeitsglocken läuten. Sollte es wirklich zur Hochzeit kommen, wollte sie unbedingt dabei sein. Genügend Geld für die Überfahrt hatte sie bereits zusammen – natürlich würde sie Sophie mitnehmen.

Sie konnte es gar nicht mehr erwarten, ihre beiden Neffen kennenzulernen. Marie schrieb, dass sie immer noch viel Spaß dabei habe, Willi und Ulli zu bemuttern. Nebenbei erwähnte sie, dass auch Franz sich seit der Geburt der beiden von einer ganz neuen Seite zeige. Neuerdings unterhalte er seine Söhne mit speziellen Schattenspielen. »Dabei spreizt er die Finger seiner Hände so geschickt, dass an der Wand der Schatten eines Krokodils erscheint, das einen Hasen frisst.«

Mit Schattenspielen anderer Art machte Ernst ihr Angst. Je weiter der Bau des neuen Kuhstalls voranschritt, desto größer wurden seine Zweifel, ob der Plan mit der Aufstockung des Kuhbestands aufgehen würde. Um sich noch ein zweites Standbein aufzubauen, wie er es nannte, spekulierte er an der Börse. Dieses Roulette mit fallendenden und sinkenden Aktienkursen war nicht ihre Welt, und sie begriff nicht, nach welchen Gesetzen diese Welt sich drehte, aber aus Ernsts Andeutungen konnte sie unschwer schließen, dass nach kleineren Gewinnen bald offensichtlich die Verluste überwogen. Damit war der neue Kredit schnell aufgebraucht, und eine Handwerkerrechnung nach der anderen flatterte ins Haus. Wenn sie besorgt nachfragte, tischte er ihr wieder seine Standard-Beschwichtigungen auf. »Keine Sorge, der Wert der Ländereien ist immer noch zehnmal so hoch wie diese läppischen Schulden.«

Doch so überzeugend wie einst klangen seine Beteuerungen nicht mehr, und als sie an einem frühen Junimorgen zufällig ein Schreiben der Bank entdeckte, das er auf dem Wohnzimmertisch liegen lassen hatte, sah sie sich in ihren Befürchtungen bestätigt. Sie verstand nicht alles, eindeutig aber war die Mahnung: Wenn nicht in den nächsten dreißig Tagen mindestens fünftausend Dollar zurückgezahlt würden, müsse eine Zwangsvollstreckung angeordnet werden. Außerdem wies die Bank darauf hin, dass der Kreditrahmen ausgeschöpft sei. Unwiderruflich.

Da war es schwarz auf weiß zu lesen. Der Beweis, dass er ihr die Unwahrheit gesagt hatte. Dieses Geflecht aus Lügen, die er ihr jahrelang aufgetischt hatte! Ohnmächtiger Zorn brodelte in ihr. Sie fühlte sich hintergangen. Nein, so konnte es nicht weitergehen.

Gleich nachdem er aufgestanden war und frühstücken wollte, stellte sie ihn zur Rede.

»Ich racker mich hier von morgens bis abends ab, und am Ende jagen sie uns vom Hof«, hielt sie ihm vor. »Und du tust, als wenn mich das alles nichts angeht, und tischst mir ein Märchen nach dem anderen auf. Dass du dich nicht schämst!«

Anfangs war er zu verdattert, um ihren Angriff zu parieren. Er krümmte sich, schüttelte hilflos den Kopf. Doch dann ballte er die Fäuste und holte zum Gegenschlag aus. Er warf ihr vor, dass sie in seinen Briefen herumschnüffle, alles falsch verstehe und ihm nicht vertraue. Daran habe es immer schon gefehlt. Schon von Anfang an!

»Für mich hast du dich doch in Wirklichkeit nie interessiert. Noch nie! Das Einzige, was dich interessiert hat, das war die Farm hier und die Aussicht, die große Bauersfrau zu spielen. Geliebt hast du mich nie!«

»Hast du mich denn geliebt? Ich habe auf jeden Fall nichts davon gemerkt.«

»Ich hatte nicht das Gefühl, dass du auf meine Küsse wartest. Für dich war ich doch immer nur der Krüppel mit der dicken Erbschaft, der dich aus dem Schlamassel da in deinem Kaff rausholt – weg von deinem Bruder, diesem Mistbauern.«

»So schlimm wie hier war es da nicht. Ich habe einfach gehofft, dass wir zusammen in Amerika einen neuen Anfang wagen können. Aber du hast mir schon damals nicht die Wahrheit gesagt. Dass deine schöne Farm hier total ver...«

»Die Wahrheit! Welche Wahrheit denn, verdammt?«

»Na, dass deine Farm in Wirklichkeit verschuldet ist.«

»Jetzt geht das schon wieder los. Ich glaube, du hast es hier hundertmal besser als in deinem Kuhkaff da in der Pampa. Heizung, WC mit Toilettenspülung, Kühlschrank, Waschmaschine, Fernseher und, und, und – davon können doch deine Leute in der Heide nur träumen, diese Hinterwäldler. Die leben doch wie Tiere da zwischen den Misthaufen und Brennnesseln.«

»Jetzt mach aber mal 'n Punkt! Ich muss mich und meine Familie von dir nicht beleidigen lassen. Von dir nicht!«

»Ach, spiel dich bloß nicht so auf. Ich musste dir doch erst Hochdeutsch beibringen. Mir und mich verwechselt du ja immer noch. Von deinem Englisch ganz zu schweigen.«

»Ich hatte eben nicht so reiche Eltern wie du, ich musste schon von klein auf arbeiten.«

»Mir kommen die Tränen.«

»Ja, die kommen mir auch, wenn ich daran denke, wie es weitergehen soll. Anstatt endlich mal Vernunft anzunehmen, machst du mir auch noch Vorhaltungen. Stattdessen hättest du dich lieber entschuldigen sollen für alle deine Lügereien.«

»Lügereien? Geht das schon wieder los! Hat ja gar keinen Sinn mehr, mit dir zu reden, das ist doch, als würde man gegen eine Wand predigen.«

Er sprang auf und rannte zur Tür.

»Ja, lauf mal wieder in dein Kabuff und lass dich volllaufen. Wahrscheinlich merkst du selbst gar nicht mehr, was los ist, weil du von morgens bis abends zugedröhnt bist, Himmelherrgott nochmal.«

»Halt bloß dein dreistes Maul. Kannst froh sein, dass ich dich hier durchfüttere – mit deinem Hurenkind!«

Der fahle Lichtkeil aus der offenen Dielentür bannte ihren zitternden Schatten auf die Küchenwand.

Hurenkind.

Das Wort hallte in ihr nach. Es war das Letzte, was Alma an diesem Tag von ihrem Mann hörte. Kurze Zeit später rauschte er mit seinem Chevi vom Hof.

13. Kapitel

Der Streit war der Anfang vom Ende. Drei Wochen später zeichnete sich immerhin eine Lösung des drängenden Finanzproblems ab. Denn Mary, die sich nach Adams Tod einsam in ihrem Haus fühlte, zog zur Familie ihres Sohnes Arthur im Ortskern von Slinger. Ernst fand, dass es das Beste wäre, das Haus mit dem kleinen Garten zu verkaufen. Mit dem Erlös, so hoffte er, würde er die Bank einstweilen zufriedenstellen.

Für Alma war Marys Auszug mehr als nur die Lösung eines Finanzproblems. Es tat ihr in der Seele weh, dass diese gute Frau den Hof verließ. Zärtliche Umarmungen waren nicht ihr Stil, aber Almas Abschiedsgrüße waren nicht nur Floskeln.

»Good bye, my love. Thank you for all.« Und auf Platt fügte sie hinzu: »Lot et di gaut gohn, Mary.«

Bis zuletzt hatte Mary das Atelier ihrer Enkeltochter unangetastet gelassen. Sie brachte es einfach nicht über sich, die kleine Welt, die Alice hinterlassen hatte, zu beschädigen. Das Ausräumen übernahm Mark, der Vater des toten Mädchens. Bei den vielen Bildern, die er hier in Alices Wunderland erstmals zu Gesicht bekam, vergoss auch der eher hartgesottene Autohändler manche Träne. Auf einem war er selbst in einer arktischen Eislandschaft neben einem Straßenkreuzer mit Preisschild zu sehen – die Arme vor der Brust verschränkt, das Lächeln so gefroren wie der See im Hintergrund.

Unter den Bildern fand sich auch das Porträt eines Mädchens. Bei näherer Betrachtung erkannte Mark, dass es die Nachbarstochter war. Am gleichen Abend noch brachte er es herüber. Zufällig öffnete Sophie selbst die Tür.

»From Alice. For you.«

Das war alles, was er sagte, bevor er sich mit leichtem Kopfnicken umwandte und wieder ging.

Sophie traute sich erst gar nicht, das Bild anzusehen. Als sie sich damit auf ihr Zimmer zurückgezogen hatte, stellte sie es auf den Schreibtisch, so dass sie zunächst nur auf die Rückseite blickte. Dann drehte sie es um – und erschauerte: Es waren ihre eigenen braunen Augen, in die sie sah. Alice hatte nach einem drei, vier Jahre alten Foto in Aquarelltechnik ein leicht verwischtes Porträt von ihr angefertigt. Es zeigte sie vor den Tasten des Klaviers, im Hintergrund deutete sich eine Moorlandschaft im Nebel an. »My elf«, stand darunter. Meine Elfe.

Sophie war so überwältigt, dass sie sich setzen musste und mehrere Minuten lang wie gebannt auf das magische Spiegelbild starrte. Mit dem Blick auf die Tasten kam ihr wie von selbst ein Klavierstück in den Kopf, das Alice ihr einst beigebracht hatte. »Für Elise« in einer einfachen Version für Kinder. Es war, als wäre ihre Klavierlehrerin wieder zu ihr zurückgekehrt, und was lag näher, als sich ans Klavier zu setzen und zu beweisen, was sie von ihr gelernt hatte – zumindest dieses schöne Musikstück wieder zum Leben zu erwecken. Für Alice.

Als sie es drei-, viermal gespielt hatte, klang es schon fast so schön wie in der Erinnerung, und selbst Ernst, der sie in diesen Tagen kaum beachtete, horchte an seinem Schreibtisch mit den unbezahlten Rechnungen auf und ließ sich von den Klängen anlocken. »Wunderschön, Sophie.«

»Von Alice«, antwortete Sophie nur.

»Von Beethoven«, verbesserte er sie lächelnd. Daraufhin führte sie ihn in ihr Zimmer und zeigte auf das Bild, das auch ihren Stiefvater nicht unbeeindruckt ließ. »Traumhaft schön«, sagte er. »Da kannste stolz drauf sein, du kleine Elfe.«

So liebevoll sprach er sonst nicht mit ihr. Die Kluft, die ihn seit dem Zusammenstoß von Alma trennte, trennte ihn ebenso von Sophie. In den Blicken, die er dem Mädchen zuwarf, spiegelte sich meist Argwohn – das dumpfe Gefühl, dass das Kind mit seiner Mutter im Bunde stehe, sich mit dieser gegen ihn verschworen habe.

Mit Alma sprach er nach dem Streit nur noch das Nötigste. Meistens verbarg er sich vor ihren Blicken. Die Nächte verbrachte er seither auf der Couch in seinem Arbeitszimmer. Wo immer es möglich war, gingen sich Alma und Ernst aus dem Weg. Ernst hielt sich meistens in seinem Arbeitszimmer auf, Alma allein in der Küche. Im Wohnzimmer herrschte die erkaltete Atmosphäre eines schon lange verlassenen Raumes. Nur Sophie spielte hier hin und wieder allein Klavier. Aber auch das Klavierspiel klang traurig, wie der Nachhall glücklicherer Zeiten.

Immerhin teilte Ernst schließlich in geschäftsmäßigem Ton mit, dass er beschlossen habe, den neuen Kuhstall an einen großen Milchviehbetrieb in der Nähe zu verpachten. So ließen sich zumindest die laufenden Zinsen bezahlen. Alma behagte es zwar nicht, dass er schon wieder so selbstherrlich über die Zukunft der Farm bestimmte, doch in der Sache kam ihr die Entscheidung entgegen. Auf die Erweiterung des Kuhbestandes hatte sie von vornherein nichts gegeben.

Ihr Einverständnis mit der Kuhstall-Vermietung führte natürlich nicht zu einer echten Wiederannäherung. Was er ihr während dieser Schlammschlacht an den Kopf geworfen hatte, wirkte nach wie ein wucherndes Krebsgeschwür. Vollkommen unverzeihlich war, wie er Sophie genannt hatte! Nein, darüber kam sie nicht hinweg.

Ein Brief aus Deutschland brachte sie auf andere Gedanken. Er enthielt die schon länger erwartete Nachricht: Marie teilte mit, dass sie am 20. September heiraten wolle.

Ich hoffe, sehr, dass Du auch da sein wirst, liebe Mama, schrieb sie. *Natürlich sind auch Sophie und Ernst ganz herzlich eingeladen. Ich kann mir vorstellen, dass das nicht leicht für Dich ist, die weite Reise mit dem Schiff zu machen. Aber ohne Dich würde die Hochzeit ein ganz trauriger Tag für mich werden. Bitte, bitte kommt also.*

Natürlich konnte Alma sich der Bitte nicht entziehen. Zuerst weihte sie Sophie ein und versprach ihr, dass sie mit der Schulleiterin sprechen wolle, die sicher Verständnis habe. Dann antwortete sie schon am nächsten Tag Marie und teilte ihr mit, dass sie einige Tage vor dem Hochzeitstermin eintreffen werde. So schnell wie möglich wollte sie die Schiffstickets buchen – das Geld dafür habe sie gespart.

Ich freue mich riesig, Dich endlich wiederzusehen, mein liebes Kind, waren ihre abschließenden Worte.

Sie buchte die Hinreise für den 12. September, die Rückreise für den 10. Oktober.

Dass Ernst mitkam, war für sie vollkommen ausgeschlossen. Zum einen wäre ihr die Reise nach Deutschland mit einem solchen Reisebegleiter von vornherein vergällt gewesen, zum anderen kannte Ernst Marie ja kaum. Schließlich musste auch jemand Stallwache auf der Farm halten. Für das Melken ließ sich sicher eine Hilfskraft einstellen, aber es gab auch sonst manches, worum sich jemand kümmern musste. Nein, Ernst musste in Wisconsin bleiben. Und das war gut so.

Unterdessen war es wieder Sommer geworden. Die Julisonne ergoss sich über die Weizenfelder und ließ das Korn reifen. Bald würden Andy, Mark und Arthur wieder anrücken, um mit ihrem schweren Gerät bei der Ernte zu helfen. Wie in den Jahren zuvor freute sich Alma darauf. Denn der Ernteeinsatz der drei Brüder weckte immer auch Erinnerungen an die Zeit mit ihren drei Männern während des Krieges – Erinnerungen, die ein wohliges Kribbeln in ihr wachriefen. Aber ihr war bewusst, dass es diesmal anders sein würde als in den zurückliegenden Jahren. Denn nun fehlte den nicht mehr ganz so jungen Männern der entscheidende Ankerpunkt auf dem Hof – Adam und Mary, die Eltern, und alles deutete darauf hin, dass es das letzte Mal war, dass die drei Jungs kamen. Aber sie wollte sich nichts anmerken lassen. Sie musste ihnen ja dankbar sein, dass sie weiter ohne Geld zu verlangen auf dem Hof mit anpackten – ihr zuliebe, wie sie durchblicken ließen.

»Wir lassen dich doch nicht hängen«, hatte Andy gesagt. »Die Kornernte ist immer ein Familienfest für uns gewesen – und du gehörst zur Familie.«

Für Alma wurden es noch einmal lange Tage. Sie stand schon morgens um fünf auf, um die Kühe auf der Hofweide zu melken, machte Frühstück und erntete in ihrem Garten schnell noch ein bisschen Gemüse für das gemeinsame Mittagessen. Die Zubereitung übernahm Mary, die während der Erntezeit täglich auf die Farm kam und es genoss, sich nützlich zu machen. Sophie ging ihr in der Küche zur Hand.

Ernst hielt sich im Hintergrund. Er telefonierte mit den Getreidemühlen über Preise, Trocknung und Anlieferung, beschaffte Diesel, Maschinenöl, Bindegarn und Ersatzteile und kaufte mit seinem Pickup Proviant in den Geschäften der Umgebung. Die eine oder andere Kiste Bier für den abendlichen Umtrunk besorgte selbstverständlich Arthur, der in seiner Brauerei nur wenige Dollar für den Gerstensaft bezahlen musste. Alma allerdings nahm nur selten am Umtrunk zum Ausklang des Erntetages teil. Nach dem abendlichen Melken konnte sie sich meist nicht mehr auf den Beinen halten.

Hitzewellen flirrten über dem Getreidefeld. Die Sommerlandschaft verschwamm wie auf einem getuschten Gemälde der Impressionisten, tauchte die profane Ernte in malerisch verwischte Gelb- und Grüntöne. Mittendrin der Mähdrescher, eine riesige Staubwolke hinter sich herziehend. Der Flugsand nebelte bisweilen auch die Treckerfahrer mit den Getreideanhängern ein, die dicht an das rasselnde Gefährt heranfahren mussten, um das Korn aus dem Mähdrescher-Tank aufzunehmen.

Plötzlich ein Knall. Ruckartig stand das Mähwerk still. Der Mähdrescher rollte noch ein Stück weiter, kämmte aber nur über die Halme hinweg, ohne sie zu schneiden.

»Scheiße, was für ein verdammter Mist ist das denn?«, fluchte Andy gegen das Tuckern der Motoren an, nachdem er sein Gefährt zum Stillstand gebracht hatte. Ein, zwei Minuten später hatte er mit seinem geschulten Automechaniker-Blick bereits die Ursache ausgemacht: Eine Kurbelwelle war gebrochen. Sofort kroch er hinein in den Schlund der Maschine, um zu sehen, was sich da machen ließ. Alma graute es, als sie sah, wie der hoch aufgeschossene Kerl seinen Kopf zwischen die Messer der heiß gelaufenen Höllenmaschine steckte.

»Alles verbogen«, war sein erster Kommentar. »Da kann ich so nichts machen.«

Mark, der vor seiner Autoverkäufer-Laufbahn als Landmaschinenmechaniker gearbeitet hatte, kam dazu, ließ Andy das Mähwerk mit der Hydraulik anheben und kroch noch tiefer hinunter, aber als er verschwitzt und ölverschmiert wieder auftauchte, lautete sein Befund ähnlich wie der des Bruders. Andy beschloss daher, so schnell wie möglich zu seiner kleinen Autowerkstatt zu fahren, um passendes Werkzeug heranzuschaffen.

Nach einer Zwangspause von anderthalb Stunden war er schon zurück und wandte sich dem Mähwerk mit seinem professionellen Gerät erneut zu. Mark stand ihm mit fachkundigen Tipps, aber auch geschickten Handgriffen zur Seite.

Alma beobachtete angespannt, wie die beiden hämmerten, schraubten, diskutierten. Schließlich hatten sie immerhin die lädierte Kurbelwelle aus dem Mähwerk herausoperiert und durch eine neue ersetzt. Doch das »Miststück« hatte zu viel verbogen, so dass es weiter nur bedenklich knirschte, als Andy den Mähdrescher wieder in Gang setzte.

»Keine Chance. Scheinbar ist vorher schon das Kugellager heiß gelaufen. Alles verglüht«, befand er. »Ohne Kundendienst kommen wir nicht weiter. Die haben dann auch die nötigen Ersatzteile.«

Auch Mark blieb nichts, als resigniert zu nicken.

Damit war die Getreideernte erst mal zum Stillstand gekommen. Der herangeeilte Mechaniker stellte fest, dass auch eine Welle in der Einzugsschnecke gebrochen war, für die Ersatz beschafft werden musste. Der Lagerschaden kam noch dazu. Drei, vier Tage konnte es dauern, bis die Ersatzteile da waren.

Alma war klar, dass damit wieder neue Kosten entstanden. Vor allem aber kam die Erntearbeit ins Stocken, und die Brüder hatten sich ja wie in den früheren Jahren eigens Urlaub genommen. Vielleicht wäre es besser gewesen, einen Lohndrescher zu beauftragen, wie andere Farmer das schon seit langem machten. Aber da die Getreideernte gerade überall auf Hochtouren lief, war sicher so schnell niemand bereit, in die Bresche zu springen. Sie kam daher mit Ernst überein, dass man dann eben die bittere Pille schlucken und sich in Geduld üben musste – darauf hoffend, dass das Wetter halten würde.

Während Andy und Arthur vorerst nach Hause zurückkehrten, blieb Mark auf der Farm, um Alma in der Zwischenzeit bei der Grasmahd zu helfen. Nach dem Tod von

Alice war auch die Beziehung zu seiner zweiten Frau in die Brüche gegangen, und Mark wohnte wieder allein in Milwaukee. Es kam ihm daher ganz gelegen, zwei Wochen mit Alma und Ernst auf der Farm zu leben, wo ihm ein Gästezimmer zur Verfügung stand.

Da die Getreideernte jetzt unterbrochen war, half er Alma beim Melken. Auf diese Weise kamen sich die beiden in diesen Tagen näher als üblich, und Alma beschlich immer mehr das Gefühl, das sich etwas wiederholte. Besonders intensiv keimte die Erinnerung in ihr auf, als sie mit Mark am späten Nachmittag die Heuballen abgeladen hatte. Nicht wie einst mit Muskelkraft und Forke, sondern mit dem Frontlader. Aber das Heu duftete wie damals.

Nach der Arbeit drückte ihr Mark eine Flasche Cola in die Hand und nahm neben ihr auf einem Heuballen Platz. Alma wusste, dass er nicht gern über Alice und auch nicht über seine zerbrochenen Beziehungen sprach, sie erzählte darum von ihrer bevorstehenden Reise nach Deutschland und Maries geplanter Heirat. Nebenbei kamen auch die verschuldete Farm und das für alle unübersehbar gespannte Verhältnis zu Ernst zur Sprache. Unumwunden gab Alma zu, dass die Ehe nur noch auf dem Papier existierte.

»Du Ärmste«, erwiderte Mark. »Du hättest was Besseres verdient. So eine schöne Frau.«

»Casanova.«

»O, nein. Das ist mein voller Ernst. Du siehst aus wie die Lady auf diesem berühmten Ölgemälde, die einen so durchdringend anguckt. Wie heißt die noch?«

»Damit kenn ich mich nicht aus.«

»Ich auch nicht, aber das Bild kennt doch jeder. Jetzt fällt's mir ein: Mona Lisa heißt die Lady. Ja, so schön bist du auch.«

»Quatsch.«

Doch Alma konnte nicht verbergen, dass die Schmeichelei ihren Pulsschlag erhöhte, und unversehens fühlte sie sich von diesem fast zehn Jahre jüngeren Mann angezogen – mochte er in seinen schmutzigen Jeans auch nach Staub, Schweiß und Diesel riechen. Lächelnd bemerkte sie, dass es ihm offenbar ähnlich ging.

Er zog ihren Kopf zu sich heran, küsste sie, strich ihr über Busen und Hüfte, und ehe sie recht begriffen hatte, was da geschah, zog er sie aus, breitete die Kleidungsstücke als Unterlage auf dem Heu aus, nahm ihre Hand und zog sie auf das duftende Heubett. Dann bedeckte er ihren Körper mit Küssen und umschlang sie.

Worauf hatte sie sich da eingelassen? Wie der kühle Schatten einer Regenwolke streifte sie das Gefühl, etwas Verbotenes, durch und durch Sündhaftes zu tun, aber gleichzeitig spürte sie, wie die prickelnde Erregung ihren ganzen Körper in ein Hochgefühl versetzte, das sie innerlich zum Schweben brachte und die Engel im Himmel singen ließ. Ja, es war schön, eins mit diesem Mann zu sein.

Sie war auch in den Stunden danach noch erfüllt davon. Während Mark ihr später noch beim Melken behilflich war, fragte sie sich, ob sie Schuld auf sich geladen, sich versündigt hatte. Doch im Stillen verneinte sie die Frage. Sicher, sie hatte Ernst betrogen, aber es war doch nie eine wirkliche Ehe gewesen. Ein Zweckbündnis – und nach dem Streit war auch dieses Bündnis geplatzt.

Sie genoss es darum, als Mark sie am Ende dieses denkwürdigen Abends noch einmal in den Arm nahm und ihr auf Englisch zuflüsterte: »War schön mit dir. Wundervoll.«

»Das war es wirklich.«

Auch als sie später allein im Bett lag und diesen wilden Liebesakt in Gedanken noch einmal durchlebte, kämpfte sie alle Anflüge von schlechtem Gewissen nieder und gestand sich das Recht zu, endlich auch einmal ihren heimlichen, fast verschütteten Sehnsüchten nachgegeben zu haben. Sie war doch schließlich eine Frau und keine seelenlose Kuhmagd. Ernst hatte sie schon so lange nicht mehr als Frau wahrgenommen.

Sie beließ es darum nicht bei diesem einen Mal, sondern verabredete sich häufiger mit Mark – besonders gern auf der Wiese unter dem milden Abendhimmel. Da Ernst sich meistens im Haus aufhielt, bekam er davon nichts mit. Nur Michael überraschte sie einmal. Aber der Junge mit dem schwachen Verstand lächelte nur verlegen und wünschte ihnen noch einen schönen Abend.

Die Mähdrescher-Reparatur war wie befürchtet nicht billig, und erst nach vier Tagen konnte die Weizenernte fortgesetzt werden. Am Ende veranstaltete Ernst zum Dank für die Helfer einen Grillabend, an dem auch Sophie und Mary teilnahmen. Alma zog sich wie üblich früh zurück.

Dann wurde es auch schon September, und die Reise war nun kein Gedankenspiel mehr, sondern Realität, die sich in praktischen Vorstufen manifestierte: Hilfskräfte für die Zeit der Abwesenheit anheuern, Bahntickets lösen, Packen, Proviant und Kleidung für die Reise kaufen, Geschenke für die Lieben daheim wie einen Cowboyhut für Willi und eine Schneekugel mit Bären für den kleinen Ulli. Natürlich musste auch ein Hochzeitsgeschenk her, aber Alma fiel beim besten Willen nicht ein, womit sie dem Paar Freude machen konnte. Da sie ihnen auf jeden Fall hundert Dollar schenken wollte, musste es nur etwas Symbolisches sein. Schließlich fiel ihre Wahl auf eine Patchworkdecke im amerikanischen Quilt-Stil.

Gerührt nahm sie ein Kuvert entgegen, das die drei Brüder ihr feierlich bei einem Abschiedsbesuch überreichten. Es enthielt fünfhundert Dollar – mit einer Hochzeitskarte für Marie und Johannes. Selbstverständlich war auch Mary gekommen. Obwohl es nicht ihre Art war, ließ Alma sich von allen in den Arm nehmen. Dabei achtete sie besonders darauf, dass sie Mark nicht länger als die anderen drückte.

Am 10. September, zwei Tage bevor das Schiff in New York ablegte, stieg sie in Slinger mit Sophie in den Zug.

Ernst brachte sie mit dem Pickup zum Bahnsteig. Der Händedruck war lau, die Abschiedsworte waren frostig und floskelhaft. Sophie dagegen nahm er in den Arm. Er hatte ihr für die Reise eine Armbanduhr geschenkt.

Diesmal fuhren sie mit der »United States of America« – als amerikanische Staatsbürger unter amerikanischer Flagge. Schon Konrad Adenauer war bei seinem ersten Staatsbesuch im April 1953 mit dem noblen Ozeanriesen in die Vereinigten Staaten gereist, aber auch amerikanische Filmstars wie Spencer Tracy oder Rita Hayworth hatten sich auf den Decks des Schiffes schon ablichten lassen. Sophie hatte davon gelesen. Welche Ehre also, selbst mit so einem Dampfer zu fahren.

Das dreihundert Meter lange Schiff mit den beiden blau-weiß-roten Schloten hatte gleich bei seiner Jungfernfahrt im Juni 1952 das Blaue Band für die schnellste Atlantiküberquerung erhalten: exakt drei Tage, zehn Stunden und vierzig Minuten. Damit benötigte die »United States« nur ein Drittel der Fahrtzeit, die einst die »Neptunia« gebraucht hatte. Mit fünfunddreißig Knoten pflügte es durch den Ozean. Und es war nicht nur schneller, sondern auch viel größer als der griechische Dampfer. Knapp zweitausend Passagiere fanden darauf Platz.

Die »United States« galt mit ihren Ballsälen, Restaurants, Bars und Promenadendecks als »Königin der Meere«, als »Stolz Amerikas«. Überall roch es irgendwie nach Bohnerwachs oder feiner Möbelpolitur, überall funkelte es. Keine Auswanderer, sondern deutschstämmige Heimwehtouristen und reiche Amerikaner bevölkerten jetzt das Schiff. Anders als auf der Hinreise vor sechs Jahren sah Alma sehr viel mehr Passagiere im Smoking und Ballkleid, die sich ein Erste-Klasse-Ticket leisten konnten. Sie selbst hatte diesmal gespart und sich nur eine Zweibettkabine im Innendeck geleistet, die aber immerhin auch schon zweihundertfünfunddreißig Dollar für sie und das Kind kostete.

Aber es bestand kein Grund, sich während der kurzen Überfahrt in der Kabine aufzuhalten. Da das Wetter noch schön war, ließ sie sich viele Stunden auf dem Außendeck den Fahrwind ins Gesicht wehen. Abends ging sie mit Sophie ins Theater der Touristenklasse, wo immer ein mehrstündiges Programm mit Artisten, Spaßmachern und Musikern geboten wurde. Der Ozeandampfer war mit seinen zwölf Decks eine Welt für sich, in der es immer neue Dinge zu entdecken gab.

Die exklusivsten Zonen waren selbstverständlich für die Touristenklasse tabu. Sophie schaffte es trotzdem, sich einen Einblick in die Sphären der High Society zu verschaffen. Gemeinsam mit einer Freundin, die sie auf dem Kabinengang kennengelernt hatte, schlich sie sich in Ballsaal, Speisesaal, Bibliothek und Spielzimmer der Reichen und Schönen – so selbstbewusst, dass keiner der Stewards mit den weißen Blusen und schwarzen Fliegen ihre Zugangsberechtigung infrage stellte.

Auch Alma trat selbstbewusster auf als bei der Hinreise. Sie war ja jetzt keine lausige Bauersfrau aus der norddeutschen Provinz mehr, sondern Amerikanerin, und mit ihrem Englisch konnte sie sich nahezu problemlos mit allen unterhalten. Sophie verbrachte viele Stunden mit Lesen. In der Bibliothek hatte sie ein Buch entdeckt, das sie schon vom Titel her fesselte: »Alice hinter den Spiegeln« von Lewis Carrol. Es war die Fortsetzung von »Alice im Wunderland«, das sie schon in Amerika gelesen hatte, aber es war noch schöner, wie sie fand – schön und beklemmend zugleich, weil sie immer an die andere Alice denken musste.

Alma und Sophie erreichten Bremerhaven am Nachmittag des 15. September 1958. Zwei Wochen später würde im selben Hafen ein berühmter Soldat aus Amerika an Land gehen: Elvis Presley. Der Sänger war ebenfalls in New York gestartet – allerdings nicht mit der »United States«, Elvis Presley war an Bord des Truppentransporters USS General

G.M. Randall gegangen. Die 61. Army-Band begrüßte ihn und seine Kameraden mit dem Schunkellied »In München steht ein Hofbräuhaus«. Die vielen Fans an der Columbuskaje riefen einfach nur seinen Namen.

14. Kapitel

Zu Almas und Sophies Begrüßung war niemand nach Bremerhaven gekommen. Als sie am Abend in Hademstorf aus dem Zug stiegen, standen immerhin Marie und Ida am Bahnsteig. Sie hatten einen Handwagen für die Koffer dabei.

Alma musste sich erst wieder daran gewöhnen, Plattdeutsch zu sprechen. Dabei rutschte ihr auch das eine oder andere englische Wort heraus. Klang ja auch so ähnlich. Sophie sprach Hochdeutsch, mit breitem amerikanischem Akzent.

Marie erkannte ihre kleine Schwester kaum wieder. »Bist ja 'ne richtige kleine Dame geworden«, sagte sie bei der Begrüßung. »Oder besser gesagt: eine amerikanische Lady.«

Ein bisschen fühlte sie sich auch so. Hademstorf kam ihr jedenfalls nach ihrer Zeit in Wisconsin und vor allem der wunderbaren Reise mit diesem herrlichen Schiff noch kleiner, enger und rückständiger vor als bei der Abreise. Ihr war, als würde sie vom Industriezeitalter in die Steinzeit zurückkatapultiert. Nein, Slinger war auch nicht gerade eine Großstadt, mit seiner Brauerei, den vielen Läden und den beiden Kirchen aber immerhin eine Art Zentrum. Nicht gerade erhebend für Sophie war auch die Aussicht, in den nächsten Wochen in die kleine Dorfschule gehen zu müssen – mit all den Kindern, die sie damals gehänselt hatten. In Wisconsin wäre sie nach den Sommerferien in die Junior High School eingeschult worden – gemeinsam mit Peter und ihrer besten Freundin Ann. Aber zum Glück war das nur aufgeschoben, denn bald sollte es wieder zurückgehen. Noch einmal mit der »United States« über den Atlantik! Sie freute sich schon auf die Rückreise. Das machte dieses Kuhkaff ein bisschen erträglicher für sie.

Alma sah das anders. Sie war froh, wieder in ihrem Heimatdorf zu sein, mit den vertrauten Häusern und Menschen.

Je näher sie ihrem Hof kam, desto schweigsamer wurde sie. Dafür pochte ihr Herz umso kräftiger. Wie würden Franz und seine Familie sie aufnehmen?

Der Erste, was ihr ins Auge fiel, war die neue Scheune. Donnerwetter! Groß wie eine Kirche war der Neubau. Unter dem ausladenden Schauer werkelte der Bauherr gerade an einem Ackerwagen. Als er sie entdeckte, hielt er sofort in seiner Arbeit inne und starrte stumm und fassungslos in ihre Richtung.

Alma, Marie und Sophie fanden den Anblick so komisch, dass sie lachen mussten.

Alma war die Erste, die etwas sagte: »Na, Franz, du kennst mi woll gor nich mehr, watt?«

Franz schluckte, bevor er antwortete: »Schön, dat du wer doar bis, Alma.«

Alma spürte, dass die Worte von Herzen kamen, und verzichtete darauf, die Begrüßung durch einen Händedruck zu bekräftigen. Sophie dagegen reichte ihrem Onkel höflich, aber scheu die Hand. Doch man sah ihr an, dass sie die Geste bereute, als sie bemerkte, wie schmutzig, rissig und ölverschmiert die Hand war, die Franz ihr entgegenstreckte – verbunden mit einer Bemerkung, die sie dieser Tage noch oft zu hören bekommen würde: »Sophie! Wie büs du grot worn, Deern!«

Anders fiel die Begrüßung im Haus aus, wo Hanna gerade mit ihren beiden Söhnen am Abendbrottisch saß. Zu Almas Erleichterung breitete Hanna lächelnd die Arme aus. »Willkommen zu Hause«, waren ihre ersten Worte. »Setzt euch doch hin, ihr habt bestimmt Hunger.« Jetzt bemerkte Alma auch, dass bereits für zwei weitere Personen gedeckt war. Doch bevor sie sich bedanken und setzen konnte, beanspruchte Willi ihre Aufmerksamkeit. Nachdem er die beiden Fremden anfangs nur – ähnlich wie zuvor sein Vater – angestarrt hatte, sprang der etwas dickliche Blondschopf mit der Brille auf und baute sich vor Alma auf, indem er die Hände in die Hosentaschen stopfte. Alma fiel auf, dass er mit dem rechten Auge schielte.

Sie beugte sich zu ihm herab und gab ihm die Hand. »Na, du bist bestimmt Willi. Hab schon viel von dir gehört.«

»Ich von dir auch«, lautete die schlagfertige Antwort des Fünfjährigen, die gleich mit allgemeinem Gelächter quittiert wurde, in das nur Willis kleiner Bruder nicht einstimmte, der weiter abwartend am Tisch sitzen blieb.

Ermutigt durch den gelungenen Scherz ging Willi in die Offensive: »Seid ihr wirklich mit 'nem Schiff gekommen?«

»O ja, einem ganz großen Schiff, Willi. So riesengroß wie eine kleine Stadt, das kannst du dir nicht vorstellen.«

»Hab ich schon in der Zeitung gesehen.«

»In der Zeitung? Kannst du denn schon lesen?«

»Klar. Schon seit ich geboren bin.«

Nachdem wieder alle bis auf Ulli gelacht hatten, wandte Alma sich auch dem zurückhaltenden Bruder zu, der sich gerade mit Spiegelei beschmiert hatte. Willi behielt weiter das Wort: »Das ist Ulli«, verkündete er. »Mein kleiner Bruder.«

Ulli blieb stumm, verzog sein Gesicht aber immerhin zu einem scheuen Lächeln. Erst als Tante Alma ihn auf den Arm nahm, lachte er über beide Backen.

Doch Willi eroberte sich die Bühne zurück. »Stimmt es, dass die Leute in Amerika alle Platt schnacken?«, fragte er.

»Wie kommst du denn darauf?«, entgegnete seine Mutter fast vorwurfsvoll.

»Ich glaub, da hat er was falsch verstanden«, fiel Marie ein, die damit andeutete, dass sie selbst die Quelle war.

Aber ihre Mutter sprang Willi bei: »Ganz unrecht hat er

nicht. Das Englisch, das die Amerikaner sprechen, hat wirklich viel Ähnlichkeit mit unserm Platt. Zum Beispiel …«

Da fiel ihr Willi ins Wort. Diesmal im Befehlston: »Giff mi de Buddel.«

Sogar Sophie lächelte jetzt beeindruckt. »Genau. Fast wie im Englischen. Give me the bottle!«

»Bist ja 'n richtiger kleiner Professor«, bemerkte Alma. »Und was für eine schöne Brille du hast.«

»Schön? Schrecklich!«

Hanna klärte die Anwesenden darüber auf, dass Willi seine Brille hasste. Zwei Brillen habe er schon verschwinden lassen – die eine im Hochwasser versenkt, die andere im Schuppen verbuddelt. »Teurer Spaß.«

»Aber ohne Brille kann er nicht zur Schule«, ergänzte Marie. »Und wenn er sie absetzt, schielt er noch mehr.«

Als Alma und Sophie darüber lachten, funkelte er sie böse an. Man sah förmlich, wie er auf Rache sann.

»Wo ist eigentlich euer Papa?«, lautete dann auch seine nächste von Arglist durchsäuerte Frage.

Alma schluckte und gab zu erkennen, dass ihr die Frage peinlich war. Doch dann antwortete sie ernster als zuvor: »Sophies Papa muss auf die Kühe aufpassen.«

»Habt ihr in Amerika Kühe?«

Jetzt fuhr Hanna ihrem Sohn in die Parade. Sie forderte ihn auf, die beiden endlich essen zu lassen. Denn sie hatte den Gästen schon vor einer Weile Spiegeleier mit Bratkartoffeln und Speck serviert.

Nach dem Essen überreichte Alma ihre Gastgeschenke. Willi freute sich über den Cowboyhut riesig, wies jedoch gleich darauf hin, dass er nun auch ein Gewehr brauche. »Aber ein richtiges«, betonte er. Er fand ebenso an der Schneekugel Gefallen, die sein Bruder freudig entgegennahm und verzückt schwenkte. Als er Ulli freundlich bat, sie auch mal in die Hand nehmen zu dürfen, und der ihm seine Bitte treuherzig erfüllte, erklärte er das rieselnde Wunderding umgehend zu seinem persönlichen Besitz. »Danke, dass du mir das geschenkt hast, Ulli.«

Das ließ sich der Betrogene natürlich nicht bieten, und mithilfe seiner Mutter bekam er die Schneekugel zurück.

Für Alma und Sophie hatte Hanna ein zusätzliches Bett in Maries Schlafkammer gestellt. Da Marie nach der Hochzeit selbstverständlich zu ihrem Bräutigam zog, würde bald auch ihr Bett zur Verfügung stehen. Einstweilen genoss es Alma, wieder eine Nacht mit ihren beiden Töchtern verbringen zu können.

Zwei Tage nach ihrer Ankunft stattete sie Maries künftigen Schwiegereltern in Schwarmstedt einen Besuch ab. Sie erzählte von ihrer Farm in Wisconsin und der Reise mit dem großen Schiff, stieß damit aber nur auf geringes Interesse und unverhohlene Skepsis. Die Bauersleute betonten, dass sie ebenfalls längst eine Melkmaschine und einen Mähdrescher besaßen und zu den größten Landwirten ihres Dorfes gehörten. Alma konnte aus dem hochnäsigen Gerede heraushören, dass sie sich eigentlich eine vermögendere Schwiegertochter für den Sohn gewünscht hätten. Da sie jenseits der Leine im Hannöverschen lebten, sprachen sie ein anderes Platt als die Heidjer in Hademstorf. Selbstverständlich hielten sie dieses Platt jenseits der sogenannten Mi- und Mick-Grenze für viel vornehmer. Als Alma anbot, bei den Hochzeitsvorbereitungen zu helfen, dankten sie pflichtschuldig und machten in ihrer herablassenden Art deutlich, dass das ja wohl das Mindeste sei. Doch sie ließ sich nichts anmerken. Sie kam am nächsten Tag wieder, um beim Ausfegen und Schmücken der Festscheune zu helfen, sie rupfte frischgeschlachtete Hühner und drehte Fleischklößchen für die Hochzeitssuppe.

Bei der Hochzeit hielt Alma sich fast ausschließlich im Kreis ihrer Familie auf. Sie ließ sich zwar vom Bräutigam zum obligaten Walzer mit der Brautmutter auffordern, blieb der Tanzfläche jedoch ansonsten fern. In Gedanken war sie oft bei ihrer eigenen Eheschließung, die noch gar nicht so lange zurücklag, aber längst zu einem vergilbten Stück Papier verkommen war. In diesen Momenten empfand sie wieder tiefes Mitgefühl mit ihrem Ernst, der mit seinem Holzbein natürlich nicht so schwungvoll tanzen konnte wie der Bräutigam des heutigen Tages. Gleichzeitig beschlich sie jetzt auch ein schlechtes Gewissen, dass sie den armen, vom Leben ohnehin so gebeutelten Mann mit diesem Autohändler betrogen hatte. Nein, die Geschichte mit Mark war verrückt gewesen und hatte natürlich keine Zukunft. Aber was hatte schon Zukunft?

Bei aller zur Schau gestellten Höflichkeit spürte sie, dass die Familie ihres Schwiegersohns ihre eigene Ehe als Scheinehe durchschaute – als Flucht vor dem langen Schatten ihrer Ehrlosigkeit. Wie ein Schlag in die Magengrube war es, als Marie ihr im Vorbeigehen zuraunte, ihre Schwiegermutter habe die Quilt-Decke aus Amerika als »Flickendecke« bespöttelt. Staunend immerhin hatte die Bauersfrau auf die fünfhundert Dollar reagiert, die die drei Brüder aus Amerika dem Brautpaar von Alma als Hochzeitsgeschenk überreichen ließen. Aber das machte es nicht besser.

Die Hochzeit war auch für Willi kein Freudentag. Er schloss sich gleich nach dem langgezogenen Essen auf dem Plumpsklo auf dem Hof ein und heulte wie ein Schlosshund. Spätestens beim Verlesen der Hochzeitszeitung war ihm bewusst geworden, dass Marie, bisher für ihn eine große Schwester, nun für immer verloren war. Als man ihn schließlich überredet hatte, sein Versteck zu verlassen, reagierte er auf alle Fragen mit trotzigem Schweigen – und beim traditionellen Hochzeitsfoto hielt sich der Fünfjährige in dem schwarzen Samtanzug demonstrativ einen Blumenstrauß vor die verweinten Augen.

Zwei Wochen nach der Hochzeit erreichte Alma ein Telegramm aus Amerika, das eine entscheidende Weichenstellung für ihr weiteres Leben zur Folge haben sollte: Arthur

Bronsky teilte ihr mit, Ernst habe alle Kühe verkauft und die Farm in der Zeitung zum Verkauf angeboten. Sie musste den kurzen englischsprachigen Text mehrmals lesen, um sicher zu gehen, dass das alles nicht nur ein dummes Missverständnis war. Doch die Botschaft ließ an Deutlichkeit nichts zu wünschen übrig.

Ihr war, als würde der Boden wanken. Alle sahen ihr an, wie ihr das Telegramm zusetzte, und sie brauchte mehrere Stunden, bis sie wieder Worte fand. Ida war die Erste, der sie sich anvertraute. Die Lieblingsschwester, die bereits alle Höllenqualen der Ehe hinter sich hatte, teilte ihre Empörung.

»So ein Halunke!«

Ida hatte sofort Verständnis dafür, dass Alma unter diesen Voraussetzungen keinen Sinn mehr darin sah, nach Amerika zurückzukehren. Trotzdem redete sie ihr zu, auf jeden Fall noch mal mit ihrem Mann zu sprechen. Ernst habe ja wohl Telefon auf seiner Farm.

Obwohl Alma sich nicht viel davon versprach und auch die hohen Telefonkosten scheute, ließ sie sich zwei Tage darauf am späten Nachmittag in der Hademstorfer Poststelle mit ihrem Mann verbinden.

Ernst klang zuerst überrascht und fragte, wer ihr das denn geflüstert habe, doch er bestätigte die Nachricht und betonte, er habe gar keine andere Wahl gehabt. Jetzt würde alles besser werden. »Wir verkaufen die Farmgebäude, verpachten das Land und kaufen uns ein Häuschen in Milwaukee. Das wird schon.«

Alma verschlug es fast die Sprache. »Das wird schon? Du bist lustig!«, stammelte sie in die Telefonmuschel.

»Und was soll ich da machen?«

»Da findet sich schon was. Bist ja schließlich kein Kind von Traurigkeit, hast dich ja hier auch bisher schon gut amüsiert.«

»Was willst du denn damit sagen?«

»Ich glaube, das kannst du dir denken.«

»Na, dann viel Spaß in Milwaukee. Aber ohne mich.«

Sie legte einfach auf. Damit war für sie klar, dass eine Rückreise nach Amerika nicht mehr infrage kam. Vielleicht ließen sich die Schiffstickets ja noch zurückgeben. Das größte Problem war, Sophie von ihrer Entscheidung zu überzeugen.

Teil IV

Das Wiedersehen

August 1982

1. Kapitel

Sonntag, 1. August 1982. Nach einem heißen Tag mit Temperaturen über dreißig Grad brachte der Abend nur wenig Kühlung. Noch immer schien die Sonne am wolkenlosen Himmel, dabei wehte ein leichter Wind aus Südost. Es staubte und der Kies knirschte, als gegen achtzehn Uhr vor dem »Herzog von Celle« ein großer Peugeot mit französischem Kennzeichen vorfuhr. Zwei junge Männer, die gerade noch munter plaudernd an einem Außentisch vor ihren Bieren gesessen hatten, verstummten und starrten auf das hellblaue Auto mit dem ausländischen Kennzeichen. Sichtlich überrascht. Mit fast stockendem Atem beobachteten sie, wie ein älterer Herr mit weißen Haaren prüfend in den Rückspiegel blickte, die Haare zurückstrich, sich mit einem Tuch den Schweiß aus der Stirn tippte, im Auto herumkramte und ächzend ausstieg.

»Guten Abend.«

»'n Abend«, erwiderten die beiden Männer fast im Duett und schauten wie auf ein Kommando in eine andere Richtung, als der vornehme Herr in dem dunkelblauen Oberhemd und den blankpolierten Schuhen seine Augen über das große Gebäude mit dem Saal schweifen ließ, die Treppe heraufstieg und nach kurzem Blick auf die ausgehängte Speisekarte ins Gasthaus ging.

Die Wirtin hatte den Mann mit dem »F« am Autokennzeichen schon vom Fenster aus beobachtet und begrüßte ihn gleich in der Landessprache. »Bonjour, monsieur.«

»Bonsoir, madame«, erwiderte der Gast mit überraschtem Lächeln. »Ich hatte gar nicht erwartet, dass ich hier auf Französisch begrüßt werde.«

»Wir sind hier international.«

»Respekt! Aber ich spreche auch ein bisschen Deutsch.«

»Mehr als ein bisschen, wie mir scheint. Wo haben Sie das gelernt?«

»Unter anderem hier.«

»Hier? In diesem Kuhkaff?«

»Ja, ich war fast vier Jahre in Hademstorf«.

»Monsieur machen Witze.«

»Sehe ich so aus? Ich habe sogar in Ihrem Gasthof gelebt.«

»Pardon?«

»Oui. Sie haben richtig gehört, Madame. Allerdings nicht in einem Hotelzimmer, sondern im Saal, zusammen mit anderen Franzosen haben wir da auf Pritschen übernachtet.«

»Wann war das denn?«

»Ich war hier als Kriegsgefangener und habe in der Landwirtschaft gearbeitet. Da hat hier noch Tante Else das Regiment geführt – ich weiß gar nicht, wie die Madame mit Nachnamen hieß, alle haben sie nur ›Tante Else‹ genannt, sogar wir, die Gefangenen, durften sie so nennen. Eigentlich eine große Ehre.«

»Und jetzt sind Sie freiwillig zurückgekommen?«

»Exakt. Ich wollte mal sehen, wie es hier heute aussieht.«

Während sie zunächst noch weiter mit dem Gast Blickkontakt hielt, angelte sich die Wirtin eine Fliegenklatsche und knallte sie schon im nächsten Moment mit konzentrierter Kraft aus dem Handgelenk auf den Tresen. Routiniert beförderte sie die erschlagene Fliege in einen Abfallbehälter, ohne ihr Tun auch nur mit einem Wort zu kommentieren.

»Interessant«, fuhr sie fort. »Aber setzen Sie sich doch. Was darf ich Ihnen zu trinken bringen? Sauvignon Blanc? Champagner?«

»O, ich sehe, Sie kennen sich aus. Aber ich hätte lieber ein Bier – ein großes. Ich habe wahnsinnigen Durst nach der langen Autofahrt.«

»Kann ich mir vorstellen. Bei der Hitze! Und wahrscheinlich sind Sie auch halb verhungert in Ihrem schicken Peugeot.«

»Ganz recht. Essen würde ich auch gern etwas. Ist das möglich?«

»Selbstverständlich, wir machen alles möglich. Dauert nur 'n Moment. Bei uns kocht der Mann, und der wärmt nicht irgendwas auf, sondern nimmt sich Zeit. Die Speisekarte?«

»Habe ich schon draußen gesehen. Was können Sie mir empfehlen?«

»Froschschenkel haben wir zurzeit leider nicht im Angebot. Gänseleberpastete dummerweise auch nicht. Sehr beliebt ist unsere Currywurst, aber unser Jägerschnitzel kann man auch essen.«

»Jägerschnitzel klingt gut. Wenn's geht mit Bratkartoffeln und Salat.«

»Ihr Wunsch ist uns Befehl. Wahrscheinlich war die Verpflegung hier im Krieg nicht so exzellent.«

»Das kann man so sagen.«

Nachdem die kräftig gebaute, hoch aufgeschossene Frau mit den halblangen, gelockten Haaren hinter dem Tresen den Zapfhahn aufgedreht und den ersten Schuss des schäumenden Bieres ins Glas gelassen hatte, verschwand sie in der Küche, um die Bestellung weiterzugeben.

Der Franzose hatte kurz überlegt, ob er sich nicht lieber nach draußen setzen sollte, dann aber mit Blick auf die vielbefahrene Landstraße vor dem »Herzog von Celle« davon Abstand genommen. Jetzt nutzte er die Gelegenheit, um die Gaststube zu inspizieren. Hinter der Theke hingen Witzschilder wie »Dünnen Köchen traut man nicht« oder »Rauchen erlaubt. Ausatmen verboten«. Über der Tür zum angrenzenden Raum hockte auf seiner Stange ein ausgestopfter Uhu, der schon vor dem Krieg sein Leben ausgehaucht zu haben schien; an der Wand prangte ein ledernes Kummet von einem Pferdegeschirr mit eingelassenem Spiegel; auf der anderen Seite glotzten hochgestellte Persönlichkeiten im Goldrahmen auf den Gast. Der Franzose stand auf, um die Namen der Porträtierten zu entziffern. Da kam die Wirtin schon zurück.

»Der Herr mit der Perücke ist unser Namenspatron, der Herzog von Celle«, erklärte sie. »Georg Wilhelm, und daneben, das ist seine Tochter: Sophie Dorothea, die berühmte Prinzessin von Ahlden.«

»Wieso berühmt?«

»Weil sie mit einem Grafen fremdgegangen ist, hat man sie für den Rest ihres Lebens nach Ahlden verbannt. Ahlden – das ist hier gleich um die Ecke. Bis zu ihrem Tod musste sie da in einem kleinen wurmstichigen Schloss verbringen, 32 Jahre lang – ihr Vater hat das mit seinem Herzogsbruder in Hannover ausbaldowert. Und während die Prinzessin in Ahlden festsaß, ist ihr Ex König von England geworden, der Schweinehund.«

»Interessant.«

»Ja, hier bei uns in der Heide schlägt der Puls der Weltgeschichte – wenn auch nicht besonders laut.«

»Kann ich mich vielleicht auch mal im Nebenraum umsehen, Frau ...«

»Gleiwitz. Brigitte. Wie Brigitte Bardot. Nur hübscher.«

»Viel hübscher.«

»Charmeur! Und Sie?«

»Ah, pardon. Robert. Robert Lefebre.«

»Angenehm, Monsieur Lefebre.«

Sie zog den französischen Namen so in die Länge, dass man meinen konnte, sie mache sich darüber lustig. Robert nahm es gelassen und folgte ihr ins Clubzimmer, dessen Wände vom Kopfschmuck erlegter Rehe und Hirsche und einem weißen Rentierfell beherrscht waren. Außerdem schmückten tote Vögel mit leicht angestaubtem Gefieder den Raum. Gleich hinter der Eingangstür baumelte ein Mäusebussard an einer Angelschnur von der Decke. Ein Auerhahn war in diesem Jagdzimmer ebenso zur ewigen Ruhe gelangt wie zwei Fasanen, und zwischen zwei gelblichen Kronleuchtern funkelte eine silbrige Discokugel unter der Decke, was darauf hindeutete, dass hier schon junge Leute getanzt hatten. In einer Ecke stand ein Klavier, doch die resolute Wirtin klärte Robert gleich auf, dass darauf schon lange keiner mehr »geklimpert« habe.

»Die Musik kommt aus unserer Jukebox.«

Damit lenkte Brigitte Gleiwitz den Franzosen wieder in ihr Gastzimmer zurück und ließ ihn einen Blick auf das breit gefächerte Repertoire der nostalgischen Musikbox werfen. Die »Alten Kameraden« waren ebenso abrufbar wie »Schwarzbraun ist die Haselnuss« oder – für sentimentale Momente – »Drei weiße Birken in meiner Heimat stehn«. Aber auch die Rolling Stones ließen in der dörflichen Hitsammlung von sich hören – mit »Satisfaction«.

Robert Lefebre opferte zwanzig Pfennig für den Schneewalzer und nahm, getragen von einer romantischen Gefühlswelle, einen Schluck von seinem frischgezapften Bier.

»Wohl bekomm's!«

»Merci.«

»Wahrscheinlich wollen Sie auch einen Blick in den Saal werfen. War ja immerhin mal 'ne Art Schlafsaal für Sie.«

»Sehr gern.«

Er staunte, als die Wirtin die zweiflügelige Tür öffnete und ihn mit ausgebreiteten Armen aufforderte, ihr zu folgen. Alle Tische waren mit weißen Decken überzogen und mit Kaffeegeschirr eingedeckt.

Robert nickte anerkennend. »Kaum wiederzuerkennen. Wie ein Festsaal. Sie scheinen ja mehrere Busgesellschaften zu erwarten.«

»Nein, nur eine große Beerdigungsgesellschaft. Wir leben hier vom Tod, müssen Sie wissen.«

Vor seinem inneren Auge sah er die Pritschen mit den grauen, stockfleckigen Pferdedecken, und unwillkürlich erinnerte er sich an den beklemmenden Schweißgeruch, den die Mitgefangenen hier einst verströmt hatten. Jetzt dagegen roch es nach einem Reinigungsmittel mit Zitrus-Aroma.

Während er auf sein Essen wartete, ließ er sich erzählen, welche Wandlungen das Dorf in den vergangenen vier Jahrzehnten erfahren hatte. Die Einwohnerzahl habe sich verdoppelt, aber die Schule und so manches andere sei geschlossen worden.

»Als ich hier hergekommen bin, gab es noch zwei Tante-Emma-Läden im Dorf, Edeka und Vivo, mittlerweile haben beide dicht gemacht«, berichtete die Wirtin. Fast alle Handwerker hätten ihren Betrieb eingestellt: Schuster, Schlachter, Schneider und Bäcker – »alle von der Bildfläche verschwunden«, wie es Brigitte Gleiwitz ausdrückte. »Nur einen Tischler und einen Maurermeister haben wir hier noch. Bauern gibt es auch immer weniger. Einer nach dem andern hört auf zu ackern. Traurig, aber wahr.«

»Und wovon leben die Leute?«

»Dütt und datt. Manche arbeiten bei VW, andere bei Benecke, so ein Chemiebetrieb, wissen Sie, beides in Hannover. Manche schaffen auch bei Wolff & Co in Bomlitz.«

»Ah, da, wo früher Schießpulver produziert wurde.«

»O, Monsieur kennen sich aus! Aber ganz recht. Die stellen heute Folien her, und Wurstpelle im großen Stil. Vielleicht haben sie auch Pariser im Sortiment, keine Ahnung.«

Ein weiterer Gast betrat schlurfend die Gaststube. Der etwas ältere Herr mit den zerzausten roten Haaren und den triefenden Augen sah aus, als komme er direkt aus einem staubigen Lager.

»'n Abend, Alfred«, begrüßte ihn die Wirtin, und ohne nach seinem Wunsch zu fragen, zapfte sie ihm gleich ein Helles. Stammgast offenbar. »Alfred von der Kornhalle«, stellte ihn Brigitte Gleiwitz vor, als sei der Namenszusatz »von der Kornhalle« ein Adelstitel.

Erstaunt, dass er nicht wie üblich der Erste in der Gaststube war, streifte Alfred den anderen Gast mit einem Blick aus seinen flackernden, von buschigen Brauen überwölbten Augen.

»Monsieur kommt ganz aus Frankreich«, antwortete die Wirtin auf die unausgesprochene Frage. »War früher als Kriegsgefangener hier.«

»Aus Frankreich – soso.« Nach dieser Feststellung zündete sich Alfred erst einmal eine Zigarette an, dann versank er wieder in dumpfes Brüten, bis er seinen ersten Schnaps kippte, den die Wirtin ihm wie selbstverständlich mit dem Bier servierte. Nach dem »Muntermacher« wurde er etwas gesprächiger. »Wo hamse denn gearbeitet, damals?«

»Auf dem Wiese-Hof.«

»Ach, bei denen da. Na, da ist ja auch nicht mehr viel los.«

»Aha? Was meinen Sie damit?«

»Was ich damit meine? Na ja, alles ziemlich runtergekommen. Der alte Wiese ist ja schon ziemlich klapprig, sieht aus wie so 'n Waldschrat. Das ganze Dorf lacht, wenn der mit seinem alten Güldner im Kriechgang aufs Feld tuckert. Und seine Frau kann auch nicht mehr. Nicht mit anzusehen, wie die über den Hof humpelt. Die schleppt sich ja fast nur noch mit ihrer kaputten Hüfte.«

»Haben die denn keinen Hofnachfolger?«

»Hofnachfolger?«, wiederholte Alfred in langgezogenem Ton, um anzudeuten, dass diese Vokabel nicht zum landläufigen Wortschatz gehörte. »Nee, einen Hofnachfolger haben die wohl nicht. Der Sohnemann hat da keine Lust zu. Aber jetzt in der Erntezeit hilft er wohl öfter mal mit. Da sieht man Willi auch schon mal auf dem Trecker, wenn er in die Strümpfe kommt. War gerade bei uns in der Kornhalle und hat Korn zum Trocknen gebracht. Ist ziemlich ärgerlich geworden, weil er 'ne Stunde warten musste.«

Nach einem letzten tiefen Zug von seiner Zigarette drückte er die Kippe im Aschenbecher aus. Der Rauch, den er dabei ausstieß, waberte zu Robert hinüber, der ihn mit diskreten Handbewegungen anderswohin zu lenken versuchte.

»Ja, Willi, das ist schon 'ne besondere Marke«, fiel die Wirtin ein. »Früher soll er so eine Art Hippie gewesen sein, erzählen die Leute. Blümchenhose, lange Haare und so. Später ist er wohl auch hinter roten Fahnen hergelaufen, hat die Internationale gesungen und zusammen mit so 'nem Kommunisten aus dem Nachbarort eine Zeitung gemacht. Ja, alle möglichen Flausen hatte der im Kopf, was man so hört, nur zum Arbeiten hatte er keine Lust. Stattdessen hat er öfter mit einem Mädchen aus dem Dorf, ich glaube, das war die Briefträgertochter, an der Straße gestanden und die Hand hoch gehalten. Trampen nannte man das wohl. Ich sehe ihn noch mit seinen langen blonden Haaren, wie er im Parka an der Straße steht, zusammen mit diesem Mädchen, Tochter von unserm Herrn König, ein Königskind also.«

Brigitte Gleiwitz kichert über ihr eigenes Wortspiel. »Dabei sah sie eigentlich gar nicht aus wie 'ne Prinzessin – und Willi nicht wie ein Bauernjunge. Sein Vater hat mir wirklich leid getan. Der hätte schon 'ne Hilfe auf dem Feld und im Stall gebraucht. Aber Franz Wiese ist ja selbst so ein Sonderling. Den sieht man höchstens aufm Trecker, aber nirgendwo im Dorf, wenn gefeiert wird. So ähnlich gestrickt ist Willi auch, immer schon 'n bisschen eigen gewesen, wie die Leute sagen. Die andern Jungs in seinem Alter spielen Fußball oder sind in der Feuerwehr oder im Schützen- oder Angelverein. Aber Willi? Fehlanzeige, der ist nirgendwo dabei. Vielleicht hält er sich für was Besseres, was weiß ich. Na, dumm ist er wohl nicht. Muss schon was aufm Kasten haben. Sonst hätte er nicht Abitur machen und studieren können.«

»Was hat er denn studiert?«

»Weiß ich nicht so genau. Auf jeden Fall ist er Lehrer geworden. Aber was er jetzt genau macht ...« Sie zuckte mit den Schultern.

»Hat er keine Geschwister?«

»Doch, einen Bruder, Ulli. Der ist ganz ordentlich. Fleischergeselle. Jünger als Willi, aber schon einige Jahre verheiratet und Vater von zwei Kindern. Feiner Junge eigentlich, bisschen schüchtern. Wohnt im Nachbardorf. War hier im

Dorf sogar schon mal in der Line-Dance-Gruppe, aber bisschen steif in der Hüfte.« An dieser Stelle unterbrach sich die Wirtin selbst, weil ihr das Jägerschnitzel wieder einfiel. »O, jetzt muss ich aber schnell in die Küche, sonst verhungern Sie mir hier noch.«

Als einen Augenblick Stille eintrat, ging Alfred zur Musikbox, warf zwei Groschen ein und wählte ein Musikstück, das Sekunden später mit seinem scheppernden Marschrhythmus den Raum erfüllte. Robert, dem das Stück bekannt vorkam, warf Alfred von der Kornhalle einen fragenden Blick zu. »Marschmusik?«

»Ist ja wohl nicht zu überhören: Radetzkymarsch.«

Darauf zündete sich Alfred eine weitere Zigarette an. »Overstolz«, wie Robert auf der Packung las. »Ofenholz«, wie Alfred scherzend bemerkte. Wie zur Bekräftigung ließ er Rauchwölkchen aus seinen Nasenlöchern entweichen, Robert überlegte, sich selbst eine Zigarette anzustecken, aber da kam auch schon sein Jägerschnitzel – allerdings nicht mit Bratkartoffeln, sondern mit Pommes frites.

Als er höflich daran erinnerte, dass er Bratkartoffeln bestellt hatte, entschuldigte sich die Wirtin zwar, teilte aber selbstbewusst mit, dass ihr Mann die Bestellung wohl leicht abgewandelt habe, weil der Gast aus Frankreich komme – der Heimat der Pommes Frites.

Robert verkniff es sich, der Frau mit dem freundlichen Lachen zu widersprechen, zumal Alfred passend zum Gericht gleich einen Witz erzählte: »Kommen drei Wildscheine inne Wirtschaft. Fragt die Kellnerin: Was darf's denn sein? Sagt das Papa-Wildschwein mit den langen Zähnen: Wie immer: Jägerschnitzel.«

Glucksend erwartete Alfred prustendes Gelächter. Doch Robert lachte nur aus Höflichkeit, und die resolute Wirtin verdrehte leicht gequält die Augen und zog einen imaginären Bart aus ihrem Kinn, woraufhin Alfred enttäuscht aufsprang und ein weiteres seiner Lieblingsstücke wählte:

Weine nicht, wenn der Regen fällt,
damm, damm,
Es gibt einen, der zu dir hält,
damm, damm.
Marmor, Stein und Eisen bricht,
aber unsere Lie-hiebe nicht...

2. Kapitel

Der Wind trieb eine Plastiktüte vor sich her, eine Cola-Dose kullerte über die Straße. Das Dorf war kaum wiederzuerkennen. Schon gleich hinter dem »Herzog von Celle« auf der anderen Seite der Bahngleise erhob sich hinter dem Bahnhof eine weiße Halle – die Kornhalle, wie er gerade in der Kneipe gehört hatte. Alfreds Kornhalle. Daneben gammelte eine große, baufällige Holzbaracke vor sich hin, die offenbar Jahrzehnte leer stand. Erst später erfuhr er, dass es sich dabei um das ehemalige Torfwerk handelte.

Wo früher Getreidefelder gewogt hatten, kümmerte jetzt kurzgeschorener Rasen in kleinen Gärten, dahinter meist schlichte Einfamilienhäuser. Blieb er länger vor einem dieser Bauten stehen, wurde er meist von irgendeinem Hund angekläfft, der aus dem Nichts auf ihn zuschoss. Der Kiefernwald, der einst weit in den Dorfkern hineingeragt hatte, war ebenfalls dem Neubaugebiet zum Opfer gefallen. Die meisten der neuen Häuser waren mit Satellitenschüsseln ausgestattet, die wie gleichförmiger Pilzbefall aus den Dächern herauswuchsen. Der alte Dorfladen. Das Gebäude war anscheinend noch vergrößert und mit riesigen Schaufenstern ausgestattet worden. Aber nichts deutete darauf hin, dass es hier was zu kaufen gab. Vor den Schaufenstern hingen Gardinen.

Auch dem grauen Schulgebäude war anzusehen, dass es

seiner ursprünglichen Bestimmung schon lange nicht mehr diente. Holzhaufen, ein Reifenstapel und ein Schrottauto schmückten den Schulhof. Nein, hier wurden ganz sicher keine Kinder mehr unterrichtet. Die warteten an der neu entstandenen Haltestelle offensichtlich auf Busse, die sie in die größeren Schulen der Nachbarorte beförderten. Ihm fiel auf, dass das Wartehäuschen auf einer Seite zugemauert war – wahrscheinlich eine Vorkehrung gegen den dörflichen Vandalismus.

Nahezu unverändert sah das Ehrenmal für die gefallenen deutschen Soldaten aus. Aber das täuschte. Denn in dem steinernen Monument für »Unsere Helden« war eine zweite Gedenkplatte für die Gefallenen des Zweiten Weltkriegs eingelassen.

So vieles hatte sich verändert: Bonanza-Zäune aus langen horizontal aneinander genagelten Brettern ersetzten die alten Staketenzäune, Kunststoff-Fenster mit großen Scheiben die alten Holzfenster und die einstigen Sandwege waren geteert oder zu Asphaltstraßen geworden.

Bei all dem schwante ihm, dass sich noch etwas Grundlegendes geändert haben musste. Irgendwas fehlte. Bloß was? Es wollte ihm einfach nicht einfallen.

Auf der Landstraße fuhren viel mehr Autos als bei seinem letzten Besuch vor fünfunddreißig Jahren. Im Dorf aber sah er wie damals nur wenige Menschen. Einige grillten an diesem warmen Sonntagabend, andere standen an der Pforte und plauderten mit Nachbarn. Alle blickten überrascht auf und grüßten, indem sie nickend »'n Abend« grummelten oder einfach nur kurz winkten.

Am Dorfplatz parkten nebeneinander zwei Autos mit heruntergekurbelten Seitenfenstern, in denen Jugendliche saßen, die sich von Auto zu Auto miteinander unterhielten – untermalt von lauter Rockmusik, die mit dumpfen Bässen aus einem der Autoradios wummerte. Wo einst die große Dorflinde gestanden hatte, war jetzt eine freie Betonfläche entstanden. Den Kern bildete eine Telefonzelle, die von einem offenen Häuschen überdacht war. Wie ein Heiligenschrein.

Auf der anderen Straßenseite des Dorfplatzes war ein zweiter Dorfladen entstanden – aber bereits wieder geschlossen, wie die leeren Schaufenster verrieten. Nach wie vor geöffnet hatte dagegen die Bauernschenke, in deren Obergeschoss er bei seinem letzten Besuch übernachtet hatte.

Erst am nächsten Tag wollte er Alma besuchen. Der Gedanke daran weckte gemischte Gefühle in ihm. Er freute sich auf das Wiedersehen, ängstigte sich aber auch ein bisschen davor. Nicht ohne Grund hatte er den Kontakt zu seiner früheren Geliebten abgebrochen. Und was ihm damals der Mann in der Bauernkneipe erzählt hatte, ließ ihn immer noch zweifeln, ob es richtig gewesen war, in dieses Heide-Dorf zurückzukehren. Wie Gift waren die erschreckenden Informationen in seine Nervenbahnen eingesickert. Aber am Ende hatte der Kerl gar nicht die Wahrheit gesagt, dieser Schluckspecht, der für eine Flasche Schnaps seine eigene Großmutter verkaufte.

Auf jeden Fall hatte ihn der Brief nicht ungerührt gelassen. Almas älteste Tochter nämlich hatte ihm geschrieben, dass ihre Mutter an Krebs erkrankt sei – und dass es ganz sicher eine große Freude für sie wäre, ihren Freund von einst noch mal zu sehen. Da war auch nicht die Andeutung irgendwelcher Vorhaltungen herauszulesen. So war er schon zwei Tage später aufgebrochen. Nach seiner Pensionierung hatte er ja Zeit – und er musste die Reise auch nicht vor einer misstrauischen Ehefrau rechtfertigen. Seine Frau war vor drei Jahren gestorben. Sie hatte ebenfalls Krebs gehabt.

Ein Trecker mit angehängtem Heuwagen überquerte die Landstraße und fuhr auf den Hof hinter dem Dorfplatz – dem Wiese-Hof. Vieles hatte sich auch hier verändert – neu war vor allem die große Scheune, die den Dorfplatz zur Westseite begrenzte. Robert entzifferte am Giebel das Baujahr und die

Initialen des Erbauers. Der blonde Mann mit den geröteten Wangen und der sonnenverbrannten Nase, der gerade mit seinem Trecker in die Scheune fuhr, musste jemand anders sein. Er war auf jeden Fall viel jünger als Franz Wiese. Vielleicht ein Sohn?

Das würde er schon noch erfahren. Erst einmal wollte er die Leute nicht aufschrecken, sondern seinen Dorfspaziergang fortsetzen.

Auf dem Hof, auf dem damals in den letzten Kriegstagen noch die beiden alten Leute erschossen worden waren, suhlten sich jetzt Wildschweine im Schlamm. Ein stämmiger Keiler drängte sich schnüffelnd an den Zaun und glotzte ihn angriffslustig an. Wie von selbst fiel ihm der Wildschweinwitz wieder ein, und jetzt musste er richtig lachen. Am Zaun eines benachbarten Bauernhofes entdeckte er ein halbes Dutzend Flachmänner – Underberg und Kümmerling. In einer Autogarage fand eine kleine Feier statt. »Wir wollen niemals auseinander gehen«, schallte es durchs halbe Dorf. Männer, die offenbar schon einiges getankt hatten, unterhielten sich, indem sie gegen die Schlagermusik anschrien – bölkten, wie man auf Platt sagte.

Während er weiter die Landstraße entlang schlenderte, sah er, dass in der früheren Schlachterei irgendein »Stöberstübchen« mit selbstgebastelten Deko-Gegenständen entstanden war – darunter liebevoll geflochtene Osternester, obwohl doch Ostern schon einige Monate zurücklag. Gut hundert Meter weiter passierte er auch schon das Ortsausgangsschild. Erste welke Blätter segelten von den Bäumen. Im Westen flammte beklemmend schön das Abendrot auf. Als er im Dämmerlicht weiterspazierte, entdeckte er hinter einem kleinen Kiefernhain den neuen Friedhof, der merkwürdig steril wirkte mit seinen geharkten Grabstellen und den Koniferen. Er verkniff es sich, auf den Grabsteinen nach bekannten Namen zu suchen, spazierte weiter und erreichte nach rund hundertfünfzig Metern eine kleine Siedlung, die als »Hansadamm« ausgeschildert war – mit früheren Baracken, die zu kleinen Bungalows herausgeputzt waren.

Jetzt fiel ihm plötzlich ein, was er die ganze Zeit vermisst hatte: die einförmigen Pumpgeräusche, die wie Herzschläge aus den Tiefen der Erde geklungen hatten; dieses ewige Wumm-bu-bumm, das dem Dorf einst seinen eigentümlichen Rhythmus aufgeprägt hatte. Als er in den Hansadamm abbog und zu den Marschwiesen spazierte, stellte er fest, dass auch die Bohrtürme verschwunden waren.

3. Kapitel

Niemand war zu sehen, als er am nächsten Morgen gegen halb elf auf den Hof fuhr. Während er aus dem Auto stieg, hörte er aber Stimmen in der großen Scheune. Es waren allem Anschein nach zwei jüngere Männer, die sich aus größerer Entfernung einzelne Wörter und kurze Sätze zuriefen. Er verstand nicht alles, es ging offensichtlich um die Heuernte, die weiteren Pläne für den Tag.

»Zwei Fuder noch«, sagte einer. »Kein Problem.«

Robert schloss daraus, dass die beiden gerade das Heufuder abluden, mit dem Willi am Vorabend auf den Hof gefahren war.

Es erinnerte ihn an frühere Zeiten, und wie bei einem Déjà-vu war ihm, als stünde er selbst wieder in der Scheune, um das Heu zu verstauen, das Alma ihm mit der Heugabel zuwarf. In Gedanken versunken blieb er wie angewurzelt stehen. Er konnte doch jetzt die Männer nicht bei der Arbeit stören und sie mit seinem merkwürdigen Anliegen überfallen! Vor Anspannung kribbelte es ihm im Magen. Schon seit dem Aufwachen im Hotel lastete die Angst vor diesem Wiedersehen auf ihm wie ein bleischwerer Rucksack.

Dann ging er aber doch zögernd und schweren Herzens

auf das offene Scheunentor zu. Tatsächlich erkannte er den jungen Treckerfahrer wieder, der jetzt auf dem schon fast leeren Wagen stand und Heuballen um Heuballen mit einer Forke aufspießte und ins Innere der Scheune schleuderte. Anders als sich die Wirtin des »Herzogs von Celle« erinnert hatte, waren die blonden Haare kurzgeschnitten, unter der Nase spross ein dünner Schnurrbart. Der andere stand im Dunkel der Scheune, um das Heu weiterzubefördern, und war daher nicht zu erkennen. Eine Weile sah er den beiden stumm zu. Dann warf ihm der Mann auf dem Wagen einen erstaunten Blick zu.

»Hallo.«

»Hallo.«

»Hab Sie gar nicht kommen sehen. Was verschafft uns denn die Ehre?«

Die Frage klang in seinen Ohren etwas gestelzt, aber nicht unfreundlich. Er zwang sich zu einem Lächeln.

»O, ich wollte nicht stören«, antwortete er in möglichst korrektem Deutsch. »Ich – ich würde gern Alma Wiese sprechen.«

»Meine Tante.«

»Ah, Ihre Tante. Dann sind Sie sicher Willi, und der junge Mann da hinten dürfte Ihr Bruder sein.«

»Genau, das ist Ulli. Aber das wussten Sie bestimmt auch schon. Alle Achtung! Wer sind Sie eigentlich?«

»Entschuldigung, dass ich mich noch gar nicht vorgestellt habe. Robert – Robert Lefebre. Ich komme aus Frankreich.«

Die Brüder hatten die Arbeit jetzt unterbrochen und musterten neugierig den Besucher.

»Aus Frankreich«, hakte Willi nach. »Dafür sprechen Sie aber sehr gut Deutsch.«

»Danke! Ja, das habe ich vor allem hier gelernt.«

»Hier? Bei uns?«

»Ja, auf dem Hof. Ich war hier von 1941 bis 1945 als Kriegsgefangener.«

»Wahnsinn.«

»Ja, das ist wirklich ein bisschen wahnsinnig.«

Im nächsten Moment hechtete Willi auch schon vom Heuwagen. »Wir brauchen hier noch ein paar Minuten. Sie können sich so lange an den Gartenteich setzen. Ich zeig Ihnen, wo das ist, und bringe Ihnen ein bisschen was zu trinken.« Mit einem Blick auf seinen Bruder fügte er an: »Geht gleich weiter, Ulli.«

»Schon in Ordnung.«

Vieles hatte sich verändert. Das abgebrannte Backsteingebäude war ersetzt durch ein etwas größeres Haus mit angebautem Stall, das bei seinem letzten Besuch noch im Rohbau gewesen war. Die Außenwände des Wohnhauses waren mit Fassadenplatten verkleidet, die Ziegelsteine vortäuschen sollten, aber verrieten, dass sie aus Teerpappe bestanden. Die Stallgebäude waren weiß gestrichen, durch Schimmel oder alte Jauchespritzer jedoch unverkennbar in Mitleidenschaft gezogen. Der Hof sah ganz anders aus als die aufgeräumten, hübschen Gärten, die er am Vorabend bei seinem Spaziergang gesehen hatte. Nur vor dem Hauseingang breitere sich eine Rasenfläche mit zwei Blumenbeeten aus. Darum herum wucherten zwischen Schuppen, Scheunen und Apfelbäumen zahllose Brennnesseln und Brombeerbüsche. Aus dem Grün leuchteten aber auch wildgewachsene Blumen hervor: Butterblumen, Gänseblümchen, sogar roter Klatschmohn. Auf den noch begehbaren Wegen pickten, von einem herrischen Hahn bewacht, etliche Hühner.

Willi führte Robert zu einem Gartentisch im Schatten eines knorrigen Haselnussbaums. Dessen Zweige ragten auch über den kleinen Gartenteich, in dem rosafarbene Seerosen blühten. Zwei, drei Frösche hüpften in dem trüben Wasser herum und quakten bisweilen, als wollten sie mit ihm ins Gespräch kommen. Einer schien ihn sogar mit seinen Glotzaugen anzustarren. Robert leerte das Mineralwasserglas in zwei Zügen und horchte auf den Specht, der irgendwo in dem Eichenhain hämmerte. Auffällig viele Schwalben schossen über ihn hinweg, manche steuerten den angrenzenden Schweinestall an, dessen Fenster gesprungen oder geöffnet waren und den Vögeln somit Einlass boten. Er atmete tief durch, saugte die ländliche Idylle ein wie Rosendüfte. Doch dann war es schlagartig vorbei mit dem ländlichen Frieden. Hinterm Zaun fuhr mit hoher Geschwindigkeit ein Auto vor, das quietschend stoppte und eine Weile mit wummernden Bässen und laufendem Motor stehen blieb. Der Fahrer schien auf jemanden zu warten. Obwohl er aber ungeduldig hupte, ließ sich niemand blicken. Die Frösche immerhin quakten unbeeindruckt weiter, bis das Auto mit aufheulendem Motor und aufspritzendem Split geradezu wutentbrannt wieder abrauschte.

Der Gartenteich war umgeben von einigen verwilderten Mirabellenbäumen, deren reife Früchte hin und wieder ins Wasser plumpsten. Robert sah, wie sich Wespen auf faulende Mirabellen stürzten und pflückte sich einige Früchte ab.

Als er sich gerade eine in den Mund steckte, kam Willi zurück. Er hatte sich inzwischen Gesicht und Hände gewaschen, trug aber immer noch das rotkarierte Hemd mit den aufgekrempelten Ärmeln, das unverkennbar Schweißgeruch verströmte. Von einem Hippie hatte dieser junge Mann nichts mehr. Die Haare waren fast auf Rekrutenlänge gestutzt, von dem Vollbart war nur noch die Andeutung eines Schnauzbarts übriggeblieben, und eine Brille trug dieser junge Mann auch nicht mehr. Er hatte sie durch Kontaktlinsen ersetzt, wie er Robert später anvertraute.

»Schmeckt's?«, fragte Willi mit Blick auf die Mirabellen.

»Köstlich«, erwiderte Robert. »Aber ich wollte Sie nicht von der Arbeit abhalten.«

Willi hob abwehrend beide Hände. »Schon okay. Wir waren ja fast fertig, und so oft kriegen wir hier keinen Besuch aus Frankreich – noch dazu mit geschichtlichem Hintergrund.«

»Ich komme aus ganz persönlichen Gründen. Marie, das ist wohl Ihre Cousine, hat mir geschrieben, dass Ihre Tante schwer krank ist – Krebs, wie Marie mir verraten hat. Und da wollte ich Alma einfach noch mal besuchen. Wir – wir haben uns nämlich mal nahe gestanden.«

»O ja, verstehe. Sehr freundlich von Ihnen.«

Robert sah seinem Gegenüber an, wie es in ihm arbeitete. Sicher wusste er, dass Alma damals das Kind eines französischen Kriegsgefangenen bekommen hatte – vielleicht war ihm sogar die schlimmere Version überliefert worden.

»Letztes Jahr habe ich noch zusammen mit Tante Alma auf dem Heuwagen gestanden«, sagte Willi, als wollte er von dem Tabuthema ablenken. »Jetzt geht das beim besten Willen nicht mehr. Ja, traurig. Bis vor kurzem hat sie noch die Schweine gefüttert.«

»Das hat früher Ihre Tante Ida gemacht.«

»Das hat sie noch lange gemacht. Aber im letzten Jahr ist sie gestorben. Ganz plötzlich. Beim Erntedankfest in der Kirche zusammengebrochen.«

»Das tut mir leid. Aber dann musste sie wahrscheinlich nicht lange leiden.«

»Nein, das ging schnell. Der Tod einer Bauersfrau – beim Erntedankgottesdienst.«

»In der Kirche?«

»Genau. Großen Reichtum hat sie im Verlaufe ihres Lebens natürlich nicht angehäuft. In ihrem kleinen Wohnzimmer stapelten sich vor allem die Versandhauskataloge. Quelle, Ottoversand und Neckermann. Wie andere Bücher hinterlassen, so hat sie die Kataloge hinterlassen. Damit hat sie sich ihre bescheidenen Wünsche erfüllt und ihre Kinder beschenkt.«

»Rührend. Und wie geht es Ihrem Vater?«

»Meinem Vater? Auch nicht so gut. Hat in letzter Zeit enorm abgebaut, geht alles bloß noch in Zeitlupe bei ihm, und dauernd muss er pinkeln. Wahrscheinlich Prostatakrebs.«

»Traurig.«

»Ja, wie das Leben so spielt. Meine Mutter kann auch nicht mehr. Offene Beine, steifes Hüftgelenk, Herzprobleme. Trotzdem fährt sie morgens und abends noch mit meinem Vater zum Melken. Eine einzige Quälerei. Wir sind hier auch mit allem in Verzug. Wir haben das reife Korn schon von einem Lohndrescher mähen lassen, aber noch nicht mal das letzte Heu eingefahren. Danach ist das Stroh dran.«

»Da haben Sie viel Arbeit.«

»Kann man so sagen. Zum Glück habe ich Ferien, und mein Bruder hat sich Urlaub genommen. Dabei ist am Ende so gut wie nichts übrig. Viel Arbeit, wenig Geld und ein Haufen Schulden. Aber zum Glück ist damit bald Schluss.«

»Wollen Sie aufhören mit der Landwirtschaft?«

Willi nickte. »Geht einfach nicht mehr. Ich meine … Nein, das ist das letzte Jahr. Die letzte Heuernte. Die letzte Kornernte. Im November gehen die Kühe …«

In Willis Gesicht zuckte es. Er atmete schwer.

»Das ist sicher nicht einfach. Vor allem für Ihren Vater.«

Willi starrte bekümmert auf die Tischkante. »Mein Vater hat immer gehofft, dass ich das hier weiterführe«, antwortete er matt. »Aber das geht gar nicht. Dafür ist der Hof viel zu klein und alles veraltet. Außerdem habe ich auch keine Lust zu Ackerbau und Viehzucht, um ehrlich zu sein.«

»Und Ihr Bruder? Der ist Schlachter, habe ich gehört. Warum führt der den Hof nicht weiter?«

Willi kratzte sich am Hinterkopf. »Na, Sie wollen es aber genau wissen. Aber die Frage ist berechtigt. Eigentlich wollte Ulli den Hof nämlich wirklich übernehmen. Er hatte sogar schon eine landwirtschaftliche Lehre angefangen. Aber als er dann auf den Lehrhof gekommen ist, hat er unseren Hof hier mit andern Augen gesehen.«

»Zu klein?«

»Nicht nur zu klein, auch zu rückständig. Auf jeden Fall wusste er plötzlich alles besser als unser Vater, und der wollte alles weiter so machen, wie er es immer gemacht hat. Da hat es dann zwischen den beiden gekracht.«

»Dabei wirkt Ulli eher zurückhaltend.«

»Ist er auch. Aber so nach und nach hat sich bei ihm immer mehr angestaut, und da ist es irgendwann aus ihm rausgeplatzt, und er hat unsern Vater wüst beschimpft: dass er ein Traumtänzer ist, dass er keine Ahnung hat und den Hof unter den Hammer bringt, wenn er so weiter wirtschaftet. Ja, und dann – dann war es ganz schnell vorbei.«

»Verstehe. Dann hat er die Schlachterlehre gemacht.«

»Genau. Dabei ist er eigentlich kein Rohling, aber er hat schon als Kind immer beim Schlachten geholfen und Mastkaninchen in seinem Stall gehalten. Die hat er mit Löwenzahn gefüttert, aber kein Problem gehabt, wenn Papa sie gekillt hat. Später hat er ihnen dann selbst einen Genickschlag verpasst und sie abgezogen. Nur essen mochte er sie nicht. Ich übrigens auch nicht.«

»Sie sind Lehrer, habe ich gehört.«

»Was Sie alles gehört haben. Sie haben ja richtig recherchiert. Ich bin Gymnasiallehrer für Deutsch, Politik und Philosophie. Habe gerade mein Referendariat beendet. Mal gucken, wie es weitergeht.«

»Deutsch habe ich auch unterrichtet.«

Dann gab Robert seinem Gegenüber einen kurzen Abriss seiner Berufslaufbahn, die er als Schulleiter eines französischen Gymnasiums beendet hatte. Willi erzählte von seinen aktuellen Berufsplänen. Da es in Deutschland ein Überangebot an Deutsch- und Politiklehrern gebe, habe er sich entschlossen, Journalist zu werden. Rücksicht auf eine Familie mit Kindern müsse er ja nicht nehmen. Vor kurzem habe er sich von seiner Freundin getrennt. »Oder besser sie von mir. Hat mir vorgehalten, dass ich nicht von meinen Eltern und dem Hof hier loskomme.«

»Die Königstochter?«

»Ach, davon haben Sie auch schon gehört? Sie werden mir

langsam unheimlich. Aber in diesem Fall irren Sie sich. Das war 'ne andere. Mit der Königstochter ist es schon lange vorbei. War aber eine schöne Zeit.«

Robert hörte interessiert zu und war froh, von seinem prekären Anliegen abgelenkt zu werden. Trotzdem stimmte er sofort zu, als Willi sich selbst unterbrach und vorschlug, zu Alma zu gehen, die schon seit vielen Jahren in dem früheren Backhaus lebe – lange Zeit zusammen mit ihrer Schwester Ida, mittlerweile allein.

Ein Düsenjäger schoss krachend durch den leicht bewölkten Himmel. Fast im selben Moment fuhr Franz mit dem Trecker vom Hof. Er starrte den Besucher in der dunkelbraunen Cordhose erstaunt an, schien ihn aber nicht wiederzuerkennen.

Als Willi den Gast gerade zum Backhaus dirigieren wollte, kam seine Mutter aus der Haustür – eine hagere Frau mit kurzgeschnittenen weißen Haaren in einer geblümten Kittelschürze.

»Ah, de Besuch ut Frankriek«, rief sie mit freundlichem Lächeln in Roberts Richtung. »Ulli hat et mie schon vetellt.«

»Guten Morgen«, erwiderte Robert, der das Platt noch gut verstand. »Dann muss ich mich ja gar nicht mehr vorstellen. Trotzdem ...« Er reichte ihr die Hand. »Robert Lefebre.«

»Angenehm. Hanna Wiese. Ist ja schön, dass Sie die weite Reise auf sich genommen haben. Wird Alma sich bestimmt freuen.«

»Hoffentlich.«

»Franz haben Sie damals im Krieg wohl auch noch kennengelernt.«

»Ja, aber der kann sich bestimmt gar nicht mehr an mich erinnern.«

»Ach, manchmal erinnert man sich schon, wenn man sich nach langer Zeit wiedersieht. Ich habe ihm gesagt, dass er Ihnen Guten Tag sagen soll. Aber er wollte nicht. Musste unbedingt gleich los zum Heuwenden.«

»Kein Problem.«

»Trotzdem schade. Aber Franz ist ein bisschen komisch. Er geht nicht so gern unter die Leute. Wenn Fremde kommen, versteckt er sich am liebsten. Typisch, wie er sich jetzt benommen hat, richtiger Komiker manchmal. Dabei hat er früher so viel von Frankreich erzählt.«

Jetzt drängte sich Willi dazwischen. »Herr Lefebre kommt sicher noch mal wieder, und dann werde ich ihn schon mit Papa bekannt machen. Jetzt gehen wir erst mal zu Tante Alma.«

4. Kapitel

Sie war über der Zeitung eingeschlafen, lag zusammengesunken mit zurückgelehntem Kopf in einem Sessel. Willi strich ihr über die Schulter und sprach sie wie üblich auf Plattdeutsch an.

»Besuch för di.«

Sie atmete tief durch, blickte verwirrt um sich. »Watt ist los?«

»Besuch, Tante Alma.«

»Besuch? Wer schall mi denn woll beseuiken?«

»Kiek 'n di doch an.«

Erst jetzt bemerkte sie, dass noch jemand in dem kleinen Raum stand. Sie starrte aber nur auf Robert, als sei er ein Gespenst an, um gleich darauf den Kopf zu schütteln – und mit Blick auf den fremden Herrn auf Hochdeutsch umzuschalten. »Wer sind Sie?« An Willi gerichtet erklärte sie fast verzweifelt: »Ik kenn denn nich. Wer is datt?«

»Alter Freund von dir. Hat hier im Krieg gearbeitet.«

»Im Krieg? Dat ist lange her.«

»Entschuldigung, dass ich hier so reinplatze, Alma«, begann Robert. »Ich verstehe gut, dass du mich nicht erkennst nach so vielen Jahren. Ich bin Robert – ich ... ich war hier als Kriegsgefangener. Erinnerst du dich? Robert.«

»Robert?« Sie rang nach Luft und schüttelte gleichzeitig den Kopf. »Aber das – das kann doch nicht sein. Wollt ihr mich noch auf den Arm nehmen auf meine alten Tage?«

»Natürlich nicht«, erwiderte Willi. »Das würden wir nie wagen.«

Alma starrte den Besucher durchdringend an. Zuerst schien ihr etwas zu dämmern, aber dann wischte sie sich mechanisch über die Stirn, als wollte sie einen Traum verscheuchen.

Noch einmal ergriff Robert das Wort: »Schön, wieder bei dir zu sein, Alma.«

Doch Alma war immer noch nicht überzeugt. »Mein Robert sah anders aus, ganz anders«, erwiderte sie.

»Vielleicht einfach nur jünger«, mischte sich Willi ein.

»Ach, ich weiß nicht.« Sie schüttelte nochmals den Kopf, aber jetzt war es mehr wie ein unruhiges Wackeln, das sie nicht kontrollieren konnte. Nach einem weiteren Blick auf den Franzosen, schien das Unfassbare endlich Gestalt in ihr anzunehmen, wie der Anflug eines Lächelns verriet. »Ja, die Augen«, fuhr sie fort. »Die braunen Augen sehen wirklich so aus wie von dem Schlawiner.«

»Schlawiner?«, warf Willi ein. »Das ist aber nicht sehr nett.«

Doch Robert signalisierte mit einer Handbewegung, dass ihm das nichts ausmachte, und wandte sich wieder an Alma. »Ich habe dir was mitgebracht, das vielleicht deine letzten Zweifel beseitigt.« Er nahm ein kleines Kästchen aus seinem schwarzen Leinenbeutel, öffnete es und fischte zwei goldene Manschettenknöpfe mit winzigen schwarzen Edelsteinen daraus heraus hervor. »Erinnerst du dich? Die hast du mir zum Abschied geschenkt.«

Sie stieß einen Seufzer aus und befühlte einen der Manschettenknöpfe. »Mein Gott, ja, jetzt fällt's mir wieder ein. Die habe ich dem Franzosen damals wirklich mitgegeben.«

Nach einer kurzen Atempause setzte sie hinzu. »Ja dann – dann bist du das vielleicht doch. Mein Gott!«

Willi lachte erleichtert. Robert zog daraufhin noch ein in Geschenkpapier verpacktes Päckchen aus seinem Leinenbeutel. »Kleines Gegengeschenk. Pralinen aus der Bretagne.«

»Pralinen? Das wär doch nicht nötig gewesen.«

»Hoffentlich schmecken sie dir.«

»Bestimmt, aber so viel Appetit wie früher habe ich nicht mehr.«

Robert nickte mitfühlend und wartete schweigend auf eine Erklärung. Schon gleich beim Eintreten war ihm aufgefallen, dass Alma, die früher kräftig gewesen war, hager aussah. Ihre Gesichtshaut war nicht wie damals im Sommer bronzefarben von der Sonne gebräunt, sondern gelblich fahl. Ihre Haare immerhin glänzten noch so schwarz wie damals – wenn auch der Dutt fehlte. Sie war kleiner geworden, deutlich kleiner, doch am Größenunterschied hatte sich damit wahrscheinlich gar nichts geändert. Denn natürlich war er ebenfalls geschrumpft.

»Mir geht's nicht so gut«, fuhr sie fort. »Du hast es wohl schon gehört. Ich hab Krebs. Bauchspeicheldrüsenkrebs. Zuerst hatte ich bloß diese ewigen Rückenschmerzen. Da dachte ich noch, dass es von der Arbeit kommt. Aber dann kamen auch die Bauchschmerzen dazu, und nach und nach bin ich immer dünner geworden. Die Leute haben schon gefragt, ob ich 'ne Schlankheitskur mache. Aber für so 'n Quatsch bin ich zu alt.«

»Hast du Schmerzen?«

»Zurzeit nicht. Ich krieg Morphium.«

Im Hintergrund zischte eine Kaffeemaschine. Willi, der sie eigenmächtig in Betrieb gesetzt hatte, holte zwei Kaffeetassen aus dem Schrank und stellte sie auf den kleinen Beistelltisch. Auch Dosenmilch stellte er dazu. Robert, froh über die kleine Ablenkung, dankte stumm.

»Wie so eine Rauschgiftsüchtige«, fuhr Alma fort. »Bekommt mir aber gut. Ach ja. Der Doktor sagt immer, ich soll den Kopf nicht hängen lassen, viel zu machen ist wohl nicht mehr.«

Als würde sie ihre Worte selbst bekräftigen, nickte sie. Aber dieses Nicken war eher ein Zittern, das sich ihrer Kontrolle ebenso entzog wie das Schütteln ihres Kopfes.

»Bist du schon operiert worden?«

»Dafür ist es zu spät. Hat keinen Sinn mehr. Chemotherapie habe ich gekriegt.« Sie schüttelte den Kopf. »Dabei ging's mir richtig schlecht.«

Robert strich ihr spontan über die Hände. »Verstehe. Aber deine schönen Haare sind dir geblieben.«

Alma lächelte bitter. »Das täuscht. Das ist eine Perücke – von der Kasse bezahlt.«

»Wirkt aber wie echt. Steht dir gut.«

»Ach, immer noch der alte Casanova.«

Willi goss den beiden Kaffee ein und verabschiedete sich. »Wir wollen heute noch zwei Fuder Heu holen. Da müssen wir uns sputen.«

»Dann mal los! Letztes Jahr habe ich noch mit dir zusammen auf dem Heuwagen gestanden«, sagte Alma. »Aber jetzt geht es einfach nicht mehr.«

»Ist doch klar«, erwiderte Willi. »Wir schaffen das schon.«

Gleich darauf hatte er das Backhaus verlassen und die beiden allein gelassen.

Während Robert einen Schluck Kaffee trank, starrte Alma zuerst nachdenklich aus dem Fenster auf die alte Holzscheune, dann blickte sie ihn mit traurigen Augen an. »Ja, mit mir ist nicht mehr viel los«, sagte sie mit matter Stimme, bäumte sich dann aber gegen ihre eigene Schwäche auf und zitierte ihren Leib- und Magendichter:

»Rosen, Tanten, Basen, Nelken,

Sind genötigt zu verwelken;

Ach – und endlich auch durch mich,

Macht man einen dicken Strich.«

»Wilhelm Busch?«

»Genau. Der begleitet mich durchs Leben.«

»Schön, dass du das noch auswendig kannst.«

»Schön, dass du noch gekommen bist«, erwiderte sie. »Hab lange auf dich gewartet.«

»Das tut mir leid.«

»Dafür ist es zu spät. Aber damals – da ist es mir schon hart angekommen. Dass du gar nicht mehr geantwortet hast. Und dann ... dann dieser Brief, als du mir geschrieben hast, dass du eine andere heiraten willst. Das ... das war ganz schön bitter für mich, das kannst du mir aber glauben. Ich mein ...«

Robert nickte. »Verstehe. Aber für mich war das damals auch ziemlich ... hart.«

Alma sah ihn fragend an. »Ja, deine Leute in Frankreich haben es dir bestimmt übel genommen, dass du dich mit einer Deutschen eingelassen hast.«

»Das hätten sie sicher, die haben einen schon argwöhnisch beäugt, wenn man so lange in Deutschland war wie ich. Aber ich habe denen gar nichts von dir erzählt. Kein Sterbenswort, wie man in Deutschland sagt. Dazu war ich viel zu feige.«

»Und was war dann hart für dich?«

Er holte tief Luft, bevor er Alma von seinem Kurzbesuch in Hademstorf im Sommer 1946 erzählte – seinem Gespräch mit Alfons. Obwohl er sich bemühte, die anklagenden Vorhaltungen in der Dorfkneipe abzumildern, lauschte die alte Bäuerin seinen Worten mit fassungslosem Kopfschütteln.

»Das Schlimmste für mich war, als er mir gesagt hat, du würdest behaupten, ich hätte dich vergewaltigt damals. Das hat mich wirklich umgehauen, verstehst du? Ich habe ja begriffen, dass es schwer für dich im Dorf war, aber ...«

»Was? Was soll ich gesagt haben?«

Als Robert das schlimme Wort noch einmal wiederholte, ballte Alma zitternd die Fäuste und bebte vor einem inneren Zorn, der sie zu zerreißen drohte.

»Das ist ja wohl die Höhe«, brach es aus ihr heraus. »Dieser gemeine Kerl, der! Das ist doch alles erstunken und erlogen. Nicht im Traum habe ich so was gesagt. Ich habe dich doch ...«

Sie griff nach einem Wasserglas, stellte es aber gleich wieder ab, als sie die Hälfte mit ihrer zitternden Hand verschüttet hatte. »So eine Gemeinheit! Dieser falsche Fuffziger! Und du hast das geglaubt und bist wieder weggefahren? Das verstehe ich nicht. Wie kannst du ...«

»Jetzt verstehe ich das auch nicht mehr. Aber damals – damals da... ich meine ...«

Ihm fehlten nicht nur die Worte, es gelang ihm auch nicht mehr, sich seine damaligen Gedanken in Erinnerung zu rufen. Immer beherrschender wurde in ihm das Gefühl einer tiefen Scham, auf so erbärmliche Weise auf einen Lügner, einen versoffenen Betrüger hereingefallen zu sein. »Aber wie kam denn der nur dazu, so was zu sagen?«

»Das weiß der Himmel«, erwiderte Alma, als sich die ersten Wellen der Empörung gelegt hatten. »Der hat es mit der Wahrheit nie so ernst genommen – und wahrscheinlich wollte er mir auch eins auswischen, weil ich ihm in der Zeit genauer auf die Finger geguckt habe.«

Als Robert nachfragte, erzählte sie ihm unter anderem von den gestohlenen Mettwürsten. »Aber der hat seine gerechte Strafe bald gekriegt«, fügte sie an. Und auf den fragenden Blick ihres Besuchers berichtete sie, dass Alfons Ende der fünfziger Jahre seine Familie in Hademstorf verlassen habe und seiner Geliebten nach Sachsen nachgereist sei – in die »Ostzone«, wie sie es ausdrückte. »Und da war es dann bald vorbei mit ihm. Da hat er genauso gesoffen wie hier und als er dann irgendwann in einer Kneipe mit besoffenem Kopf Nazilieder gesungen hat, da sollen sie ihn totgeschlagen haben. Wie heißt es doch in dem alten Schlager: ›Schnaps das war sein letztes Wort, da trugen ihn die Englein fort‹.«

»Dass den die Engel geholt haben, würde ich bezweifeln, wahrscheinlich eher der Teufel. Und seine Töchter?«

»Hilde lebt schon lange im Rheinland. Die hat auf ihren Vater nie was kommen lassen und dann auch Alfons Schwester besucht – ihre Tante, irgendwo auf einem Dorf in der Nähe von Köln. Und da hat sie einen kennengelernt und ist gleich dageblieben. Da wohnt sie heute noch mit ihrem Mann und den beiden Kindern. Geht ihr, glaube ich, ganz gut.«

»Und die andere?«

»Emma? Die arbeitet als Sekretärin in Hannover, ist 'ne ganz vornehme Dame geworden. Sieht gut aus. Emma hat einen Jungen aus Hademstorf geheiratet: Kurt Melder – sein Vater war damals so eine Art Aufseher hier. Hast du bestimmt auch kennengelernt.«

»Melder? Ich glaube, da dämmert bei mir was. Der war doch bei der SS und hat die Leute verprügelt. Ja, jetzt sehe ich ihn wieder vor mir. Helmut Melder. Obersturmbannführer oder so.«

»Ja, war 'n scharfer Hund. Aber jetzt ist er alt und lammfromm, sitzt sogar im Kirchenvorstand und seine Kinder können ja nichts dafür, dass er mal ganz anders war.«

»Nein, natürlich nicht. Trotzdem komische Vorstellung, dass der jetzt mit zur Familie gehört.«

»Zur Familie? Das kann man wohl nicht sagen. Hier ist er nie gewesen – und Ida hat ihn auch nicht gemocht.«

Unwillkürlich verdüsterte sich Almas Gesichtsausdruck, das nervöse Wackeln ihres Kopfes verstärkte sich. Es war nicht zu übersehen, dass ihr etwas durch den Kopf ging, das sie innerlich aufwühlte, aber nicht in Worte zu fassen war. Robert spürte, dass etwas nicht stimmte, und sah sie erwartungsvoll an. Beklemmendes Schweigen erfüllte den Raum, bis Alma ihrem Herzen zögernd Luft machte.

»Ich weiß nicht, ob ich dir das erzählen soll, ist ja auch alles schon so lange her«, begann sie. »Das erste Mal hat Alfons uns davon erzählt, aber der hat viel erzählt, wenn der Tag lang war. Das durfte man alles nicht so auf die Goldwaage legen, aber dann ... Dann hat es auch Emmy gesagt, viel später natürlich.«

»Was gesagt? Wovon sprichst du Alma?«

Sie schüttelte immer noch zweifelnd den Kopf. »Ach, ich weiß nicht, ob ich nicht schon viel zu viel gesagt habe.«

»Du machst es aber spannend.«

Sie seufzte. »Also gut. Du musst mir aber versprechen, dass du es für dich behältst, sonst kommen wir alle in Teufels Küche.«

Lächelnd hob Robert seine Rechte. »Ich schwöre.«

Daraufhin erzählte sie zuerst stockend, dann wie innerlich entflammt von der Polenhochzeit, bei der fast alle Männer umgekommen waren, weil sie Methylalkohol getrunken hatten. Woher der hochgiftige Fusel stammte, lag immer noch im Dunkeln. Zumindest nach den offiziellen Ermittlungen, die schon unter der Regie der Briten eingeleitet, von den Deutschen noch eine Weile fortgeführt, aber längst eingestellt worden waren. Im Hause Melder jedoch spukte die traurige Geschichte weiter in den Köpfen herum. Denn Vater Melder hatte in einem schwachen Moment gestanden, dass er für das Massensterben mitverantwortlich gewesen war, wie Alma jetzt erzählte. Gemeinsam mit drei anderen ehemaligen SS-Leuten hatte er nämlich den Methylalkohol von einem Tanklastzug der Firma Wolff abgezapft und der Schnapshändlerin übergeben – wohl wissend, dass das Zeug an die Polen verkauft werden sollte. »Die haben sich ja nach dem Krieg aufgespielt wie die Racheengel. Da war man seines Lebens nicht mehr sicher«, hatte er erklärt.

Robert raste der Puls, als er das hörte. »Und damit sind die durchgekommen?«

Alma nickte nachdenklich. »Die haben natürlich alle dicht gehalten, und für die Polizei war der Fall bald erledigt. Die hatten doch auch anderes zu tun in der Nachkriegszeit, da ging es hoch her hier.«

»Schlimm.«

»Das kannst du wohl sagen. Aber damit ist die Sache noch nicht zu Ende.«

Robert starrte sie ein weiteres Mal fragend an.

»Dieser Schwarzhändlerin hat die Sache scheinbar keine Ruhe gelassen – und irgendwann, ist sie dann wohl auf den Trichter gekommen, dass sie sich noch 'n bisschen Geld verdienen kann mit der Sache.«

»Hat sie die Nazibande etwa erpresst?«

»Sieht so aus. Aber es ist ihr nicht gut bekommen. Eines Abends haben sie sie in irgendeinen Garten gelockt und erdrosselt. Und damit die Polizei denkt, sie hätte sich selbst umgebracht, haben sie die arme Frau dann auch noch aufgehängt, diese Verbrecher.«

»Mein Gott!«

»Das ist aber aufgefallen. Hat sogar in der Zeitung gestanden.«

»Und die Täter?«

Alma zuckte die Achseln. »Sind nie gefasst worden.« Sie atmete tief durch, um wieder etwas Kraft zu schöpfen, denn die Erzählung verlangte ihr offensichtlich viel ab. »Und wenn sie nicht gestorben sind, dann leben sie noch heute.«

»Unglaublich. Und in der Familie Melder wurde darüber gesprochen?«

»Gesprochen ist wohl zu viel gesagt. Gemunkelt, geflüstert, damit es bloß nicht nach außen dringt. Das war für die Kinder natürlich ganz schlimm. Dass der Vater so was gemacht hat.«

»Verstehe.«

»Vor allem Kurt hat darunter gelitten – und ich glaube, das macht dem immer noch zu schaffen. Schwermütig. Manchmal sagt er den ganzen Tag kein einziges Wort.«

Robert nickte stumm.

5. Kapitel

In Robert lebten die alten Bilder wieder auf. Wie dieser Melder einen Landsmann, Jean hieß er wohl, mit der Reitpeitsche geschlagen hatte, dass er blutige Striemen im Gesicht und am Nacken hatte. Auch als er schon am Boden lag, hatte der Sadist noch nach ihm getreten. Die Schmerzensschreie, dieses vergebliche Flehen um Erbarmen. Furchtbar war das gewesen. Und wie er selbst hilflos daneben gestanden hatte – voller Angst, dass ihm das gleiche geschehen würde, wenn er sich einmischte. Und jetzt diese Nachkriegsverbrechen! Eine ungeheure Wut durchströmte ihn, die Hitze stieg ihm in die Wangen, dass er zu glühen meinte. Er spürte, dass er zitterte. Konnte er das wirklich alles für sich behalten? Am liebsten hätte er diesen Melder zusammengeschlagen. Zumindest anzeigen konnte er ihn doch, er steckte ja nicht so in diesem Dorf- und Familienklüngel wie Alma. Aber er hatte hoch und heilig versprochen, die Sache für sich zu behalten – und wahrscheinlich war das auch das Vernünftigste. Denn deswegen war er ja nicht gekommen.

Der Blick auf Alma holte ihn in die Gegenwart zurück – und zu dieser Gegenwart gehörten Almas Töchter, von denen eine eben auch seine Tochter war. Er wunderte sich, dass über die beiden noch gar nicht gesprochen worden war und überlegte gerade, mit welcher Frage er am besten zu diesem nicht minder heiklen Thema überleiten konnte, als Alma von sich aus darauf zu sprechen kam.

»Ja, meine Deerns sind nun auch schon lange aus dem Haus«, begann sie. »Marie hat in Schwarmstedt einen großen Bauern geheiratet und einen Jungen gekriegt. Der sitzt schon mit auf dem Trecker. Und Sophie …« Sie machte eine Atempause und sah ihm forschend in die Augen. »Ja, Sophie«, fuhr sie fort. »Die hat studiert und ist Lehrerin geworden. Die ist mit ihrem Beruf verheiratet, wie man so sagt.«

»Lehrerin. Das ist doch aber schön.«

»Wie der Vater.«

In diesem Augenblick kam Willi mit einem Tablett zurück. Wie üblich hatte seine Mutter für Alma mitgekocht – diesmal auch eine Extraportion für den Gast aus Frankreich. »Pfannkuchen mit Apfelbrei«, teilte er mit. »Mit eigenen Eiern und Äpfeln! Lasst es euch schmecken.«

Bevor er sich wieder verabschiedete, kündigte er an, dass Marie und Sophie am Abend kommen wollten. »Marie wusste gleich Bescheid«, verriet er, indem er Robert verschwörerisch zuzwinkerte. »Sophie habe ich noch ein bisschen auf die Folter gespannt. Ich hab ihr nur gesagt, dass Besuch gekommen ist, der sie unbedingt sehen will. Um wen es sich handelt, habe ich nicht verraten. Zuerst wollte sie sich auf die Überraschungseinladung nicht einlassen, aber dann hat sie doch eingewilligt. Hat schließlich noch Ferien.«

Die Pfannkuchen waren schon kalt und labbrig geworden. Robert verschlang trotzdem gleich drei davon, während Alma nicht einmal einen halben schaffte. Das Apfelmus überließ sie ebenfalls fast ganz ihrem Besucher, der sie auf die vielen Apfelbäume im Garten ansprach und betonte, dass für Nachschub wohl gesorgt sei. Alma deutete nur mit wehmütigem Nicken an, dass sie sich vermutlich nicht mehr an den neuen Früchten laben werde.

Trotz ihrer zunehmenden Erschöpfung forderte sie Robert auf, ein bisschen mehr von sich zu erzählen. So berichtete er ihr in groben Zügen, dass er nach dem Krieg seine Jugendfreundin Charlotte geheiratet habe, Vater eines Jungen und eines Mädchens geworden sei und gut dreißig Jahre an einem Gymnasium in der Stadt Quimper beschäftigt gewesen war.

»Alle Achtung«, warf Alma ein. »Da hätte ich nicht mithalten können als ungebildetes Bauernmädel.«

»Sag das nicht. Du hast damals schon im Krieg gezeigt, wie schnell du dich auf neue Gegebenheiten einstellen kannst. Ich hätte dir auf jeden Fall Privatunterricht erteilt.«

Alma signalisierte mit einer wegwerfenden Handbewegung, dass das für sie sicher nichts gewesen wäre. »Ich bin immer schon besser mit der Forke klargekommen als mit dem Füllfederhalter, ich bin mit Ackerbau und Viehzucht groß geworden. Das hat mir immer Spaß gemacht«, sagte sie. »Auch wenn es nicht immer leicht war«, fügte sie mit schwacher Stimme an.

»Ja, du warst eine tolle Bäuerin.«

Alma nickte zittrig, sie verkniff es sich, von ihrer Enttäuschung nach der Heimkehr ihres Bruders und ihrer Zeit in Amerika zu erzählen. Stattdessen fragte sie Robert nach seiner Frau.

»Die hat lange als Bibliothekarin gearbeitet und fast alle Bücher selbst gelesen, die in ihren Regalen standen. Richtige Leseratte. Vor drei Jahren ist sie gestorben.«

»O, das tut mir leid.«

»Ja, das war traurig. Ist nur vierundsechzig geworden.«

»Was hatte sie denn?«

»Krebs.«

»Tückische Krankheit«, kommentierte Alma, ohne nach den Einzelheiten zu fragen. Stattdessen fragte sie Robert, wie es denn in seiner französischen Heimat aussehe, in der Bretagne – so nah am Atlantik. Sie behielt für sich, dass sie selbst schon mal über das große Meer gefahren war. Sie nahm all ihre Kraft zusammen, um den Schilderungen ihres Besuchers zu lauschen. Und der erzählte nicht nur von der Atlantikküste, sondern auch von der Mittelmeerküste, der Côte d'Azur. Wo Franz in Kriegsgefangenschaft gewesen war, hatte Robert Urlaub gemacht, wie er erzählte. Als sie spürte, dass sie nur noch Bruchstücke verstand, ihre Gedanken verschwammen und die Lider immer schwerer wurden, bat sie Robert, ein andermal wiederzukommen und ihr erst einmal ein bisschen Schlaf zu gönnen.

»Die Tabletten machen mich so müde.«

Robert zeigte Verständnis und entschuldigte sich für seine

Unachtsamkeit. Eigentlich war es ihm sogar recht, nicht mehr Einzelheiten von der Côte d'Azur erzählen zu müssen.

Ein Auto fuhr vorbei. Es hörte sich an, als bräche sich an einem einsamen Strand eine Welle.

6. Kapitel

Er hatte gerade das Backhaus verlassen, als Willi mit einem leeren Heuwagen vom Hof fuhr. Als der junge Mann ihn entdeckte, bremste er und bot ihm vom laufenden Trecker aus sein Fahrrad für einen kleinen Ausflug an. Robert nahm das Angebot dankbar an. Er hatte sowieso schon daran gedacht, die Gegend zu erkunden, und für einen längeren Fußmarsch war es ihm zu heiß. Die Temperaturen bewegten sich immer noch bei dreißig Grad, außerdem war es drückend schwül geworden.

Er nutzte die unverplanten Nachmittagsstunden zu einer Radtour. Der Himmel strahlte wie am Tag zuvor in wolkenlosem Blau, dabei war es vollkommen windstill. Wie schwerelos segelte ein Milan über dem heißen Land.

Er radelte den Bruchweg entlang, der links und rechts von Kornfeldern umgeben war. Nur noch auf wenigen Äckern aber wogte das reife Getreide, die meisten Felder waren bereits abgeerntet, manche sogar schon gepflügt. Über eines der Felder rasselte gerade noch ein Mähdrescher, eine große Staubwolke hinter sich herziehend. Er musste daran denken, wie mühevoll es gewesen war, damals hinter dem von einem Pferdegespann gezogenen Mähbinder herzutrotten und die Garben aufzusammeln und zum Trocknen aufzuschichten. Schon bei dem Gedanken tat ihm der Rücken weh. Gleichzeitig tauchten Viktor und Alexei vor seinem inneren Auge auf. Wie traurig, dass es Viktor, diesen klugen, guten Kerl, noch in den letzten Kriegstagen erwischt hatte. Was wohl aus Alexei geworden war? Man hatte ja nichts Gutes von den Sowjetsoldaten gehört, die in Stalins Reich heimgeholt worden waren. Er nahm sich vor, Alma danach zu fragen.

Die Felder kamen ihm größer vor – größer und übersichtlicher geschnitten. Wie mit dem Lineal gezogen. Störende Büsche und Baumgruppen waren entfernt, krumme Sandwege umgepflügt, kleine krüppelige Äcker zusammengelegt worden. Schnurgerade Furchen, so weit das Auge reichte, manchmal unterbrochen von langgezogenen Gräben, die die Landschaft wie fette Linien durchkreuzten. Flurbereinigung nannte man das wohl. Er hatte das Wort mal irgendwann in einem deutschen Fachblatt gelesen, jetzt fiel es ihm wieder ein, und er musste darüber lachen: Wovon die Flur wohl gereinigt worden war? Vor allem doch wohl von Bäumen, Büschen und Blumen – wilden Blumen natürlich, sprich Unkraut. Am Wegrand immerhin behaupteten sich immer noch bunte Blüten in satten Blau- und Rottönen. Klatschmohn und Kornblume – niemand hatte sie gesät, aber sie reckten sich wie die Lilien in der Bergpredigt trotzdem der Sonne entgegen. Ja, viel hatte sich verändert, aber die Bauern klopften immer noch aufs Barometer, um zu erfahren, wie das Wetter werden würde.

Bald hatte er das Waldstück erreicht, wo sich Almas Familie und die Russen einst ihre Erdlöcher gegraben hatten. Ganz in der Nähe war auch der Erdbunker der französischen Kriegsgefangenen gewesen. Ob wohl noch was davon zu sehen war?

Er stieg ab, stellte sein Rad an einen Baum und spazierte zu Fuß durch den Wald. Er musste nicht lange laufen, um die erste Vertiefung zu entdecken. Sie war mit Moos und Gras überwachsen, aber immer noch eindeutig als eine jener Kuhlen zu identifizieren, in denen die Menschen Schutz gesucht hatten. Zufällig donnerte gerade ein Düsenjäger vom nahen Truppenübungsplatz über ihn hinweg. Das Geräusch rief das

Sirren der Kampfbomber in ihm wach, die damals die Heide unsicher gemacht hatten. Er schloss die Augen und erinnerte sich auch an den Gefechtslärm, der aus den Wäldern nach Hademstorf herübergeschallt war – das Getacker der Maschinengewehrsalven, das Krachen von Detonationen, der dumpfe Nachhall von Explosionen. Als läge all das erst Stunden zurück, bestürmten ihn wieder die widerstrebenden Gefühle: Einerseits war er froh gewesen, dass die Engländer die Deutschen endlich überrollten und diesen furchtbaren Krieg beendeten, andererseits war keineswegs sicher gewesen, ob er die letzten Gefechte überleben würde.

Die Kiefern standen stramm wie eine Kompanie Soldaten und reckten ihre Kronen der Sonne entgegen. Er hielt Ausschau nach dem Erdbunker, in dem er sich mit seinen französischen Kameraden verschanzt hatte, fand aber nur kleine Gefechtsstellungen oder Schützengräben, die sich damals die kämpfenden Soldaten ausgehoben hatten. Die Briten hatten mitten im Wald einen Hügel erobert, von den Dorfbewohnern »Bannseri« genannt. Er suchte danach, entdeckte jedoch nur einen Moorsee und sehr viel kleinere Hügel – Hinterlassenschaften der letzten Eiszeit. Wie ihm später erzählt wurde, war der Berg für den Bau eines neuen Autobahnabschnitts der A7 abgetragen worden, deren Rumpeln jetzt bei Ostwind die Ruhe in dem hügeligen Waldgelände störte.

Erstaunt stellte er fest, dass mitten im Wald ein hoch umzäuntes Sperrgebiet errichtet worden war – ein Treibstoffdepot der Bundeswehr, wie ihm die Leute sagten.

Zwei Rehe brachen aus dem Dickicht und stürmten über den Waldweg als wären sie auf der Flucht. Gänzlich unbeeindruckt krabbelten dagegen hunderte Marschkolonnen von Ameisen auf einen wimmelnden Hügel zu. Gut, dass die eigentlichen Waldbewohner ihr Terrain behaupteten. Die spätsommerliche Hitze erfüllte auch die Schauplätze des großen Krieges mit ihrer Stille – den Moorgraben ebenso wie die Aller, die hinter dem Wald träge durch die Wiesen mäanderte; eine befahrbare Brücke spannte sich wieder darüber. Sogar der Soldatenfriedhof, der mitten im Wald angelegt worden war, schien in der Glut dieses Sommertages zu dösen.

Er überlegte kurz, ob er sich die Gräberreihen mit den Holzkreuzen anschauen sollte, entschied sich aber dagegen. Die Schatten der Vergangenheit lasteten ohnehin schon schwer auf ihm. Er beschloss, den düsteren Wald zu verlassen und die Radtour in der offenen Wiesenlandschaft der Marsch fortzusetzen – vor der gleißenden Sonne geschützt durch seinen Panamahut.

Hier stellten sich Erinnerungen an heitere Stunden ein – an die schweißtreibende, aber doch auch erfüllende Arbeit bei der Heuernte, das Warten auf heimliche Rendezvous mit Alma. Unwillkürlich waberte ihm aber auch wieder durch den Kopf, was Alma ihm gerade von Melder und dieser Polenhochzeit erzählt hatte. Das war so ungeheuerlich, dass es sein Fassungsvermögen überstieg, und wieder fragte er sich, ob er das wirklich alles auf sich beruhen lassen sollte. Aber er erinnerte sich an sein Versprechen und lenkte den Blick zurück auf die schöne Sommerlandschaft.

Auf einem Zaunpfahl saß ein Mäusebussard, so reglos wie die ausgestopften Vögel im »Herzog von Celle«.

Dann war ihm auf einmal, als sei die Vergangenheit wieder lebendig geworden: Hinter einer Hecke sah er, wie ein Trecker mit Heupresse und angehängtem Wagen über eine Wiese zuckelte. Über die Leiter der Presse schob sich ein Heubündel nach dem anderen auf den Wagen. Als er näher hinsah, erkannte er, dass Ulrich in seinem weißen T-Shirt die Heuballen auf dem Wagen entgegennahm und jemand anderem zum Aufschichten weiterreichte, der wohl Willi sein musste.

Er hielt an, winkte und rief: »Hallo!«

Es dauerte nicht lange, bis sein Gruß fröhlich von beiden erwidert wurde. Da konnte er selbstverständlich nicht einfach weiterfahren, das Heuladen aber auch nicht allzu lange behindern. Nach kurzem Plausch über ein möglicherweise drohendes Gewitter nahm er Abschied, indem er bekräftigte, wie er sich auf den gemeinsamen Abend freue. Am Steuer des Treckers entdeckte er Franz, der kaum zur Seite blickte. Müde und ausgelaugt sah der Bauer aus.

Als er weiterradelte, beschlich ihn ein schlechtes Gewissen, sich ganz seinem Vergnügen hinzugeben und die Arbeit den anderen zu überlassen. Vielleicht konnte er ihnen ja seine Hilfe anbieten? Je länger er darüber nachdachte, desto mehr begeisterte ihn die Idee: Ja, entschied er für sich, er wollte den Brüdern beim Abladen helfen.

Schon drei Stunden später stand er selbst auf dem Heuwagen – mitten in der großen Scheune, die schon zur Hälfte bis unter das Dach gefüllt war. Willi und Ulli hatten ihn davon abzuhalten versucht, auf das fünf Lagen hohe Heufuder zu klettern. Aber er war doch kein alter Tattergreis! Und er hatte sich durchgesetzt. Mit triumphierendem Lächeln war er die Leiter hochgestiegen und hatte auch Alma zugewunken, als sie in die Scheune gekommen war, um mitzuerleben, wie sich etwas wiederholte, das in grauer Vergangenheit zu liegen schien. Sie winkte zurück und rief: »Fall da man bloß nicht runter, du verrückter Hund, du.«

»Wenn schon«, erwiderte er lachend. »Hier fällt man weich.«

Er bückte sich nach einem Heubündel und schleuderte es so weit in die Scheune hinein, dass es gleich bei Ulli landete. Willi, der als Zwischenstation bereitstand, konnte nur staunen, über welche Wurfkraft dieser Franzose noch verfügte.

Robert musste sich eingestehen, dass er stolz war, hier zwischen den jungen Kerlen seinen Mann zu stehen und mit aufgekrempelten Ärmeln die Muskeln spielen zu lassen. Für den Arbeitseinsatz war er eigens zu seinem Hotel in Schwarmstedt gefahren und hatte die Leinenhose und das weiße Hemd gegen seine Wanderklamotten getauscht.

Sogar Franz kam vorbei, bevor er mit Hanna zum Melken fuhr. Er wirkte deutlich gelöster als am Morgen. Aus den untersten Schichten seines Gedächtnisses fischte er eine französische Vokabel hervor, die ihm schon seit Jahrzehnten nicht mehr über die Lippen gekommen war: »Travail, travail«.

»Avec plaisir, patron«, erwiderte Robert, der sich freute, endlich mal mit Franz ins Gespräch zu kommen. Außerdem war ihm alles recht, was ihn von der näher rückenden Begegnung mit Marie und vor allem Sophie ablenkte. Auf seiner Armbanduhr sah er, dass die Zeit schon weit vorgerückt war. Jetzt konnten sie jeden Augenblick kommen.

7. Kapitel

Sophie war anzusehen, dass ihr die Einladung nicht geheuer war. Argwohn spiegelte sich in ihren braunen Augen – Skepsis, Unbehagen, vielleicht sogar ein bisschen Angst. Ihr »Guten Abend« klang höflich, aber distanziert. Sie unterstrich ihre Begrüßung nur mit verhaltenem Nicken, die Hände auf dem Schoß gefaltet.

Dabei hätte er sie am liebsten umarmt. So wie Marie, die schon einige Minuten früher gekommen war. Robert bemerkte, dass die anderen Sophie ebenfalls beäugten – gespannt beobachteten, ob ihre Augen oder Gesichtszüge verrieten, was in ihr vorging. Die Frau mit den langen schwarzen Haaren schien das zu spüren und mühte sich offenbar, jede Gefühlsregung zu unterdrücken. Nur ein Flackern der Augen, ein winziges Zittern der Mundwinkel ließ auf innere Anspannung schließen. Im Übrigen schien sie wie erstarrt. Das Guten Abend des Besuchers entlockte ihr nur ein steifes Lächeln.

Zum Glück löste sich die Verkrampfung etwas, als Alma sie bei ihrem Namen nannte. Sie schloss ihre Mutter in die

Arme und blieb dicht neben ihr stehen, während sie ihre Hand drückte. Nicht so überschwänglich, aber gleichwohl herzlich hatte sie Ulrich, Willi und Marie begrüßt.

Es ging auf acht zu. Es war dämmrig, aber immer noch schwül warm. Eine Amsel tauschte sich angeregt mit einer hundertfünfzig Meter entfernten Artgenossin aus und verbreitete mit ihrem melodischen Flöten eine heitere Stimmung.

Willi hatte am Gartenteich bereits einen Grill aufgebaut, aus dem hohe Flammen schlugen. Bratwürste und Nackensteaks hatte er schon am Morgen aus der Kühltruhe geholt. »Hat Ulli uns mitgebracht«, teilte er mit, nachdem er die Gesellschaft zu den Gartenstühlen am Grill dirigiert hatte. »Eigene Herstellung.«

»Ja, alles aus Ahlden«, bestätigte Ulli stolz.

»Er hat die Schweine alle noch selbst kennengelernt, bevor er sie zu Würsten verarbeitet hat«, feixte Willi. »Aber jetzt will ich euch erst mal was zu trinken bringen.«

Nachdem er sich nach den Getränkewünschen erkundigt hatte, verschwand er und vertraute seinem Bruder den Grill an. Ulli war froh, eine Aufgabe zu haben. Er hatte nur etwas verschämt mitgeteilt, dass seine Frau leider nicht kommen konnte, weil sie auf die beiden Kinder aufpassen müsse. Robert fand, dass der junge Mann mit den dunkelblonden Haaren sympathisch aussah und durchaus nicht so grob, wie man sich gemeinhin einen Schlachter vorstellte. Eher ein wenig zart gebaut, mit blassem Gesicht und großen graublauen Augen, die immer ein wenig scheu in die Welt zu blicken schienen. Das Reden überließ Ulli denn auch meist seinem Bruder.

Tatsächlich kam das Gespräch während Willis Abwesenheit zunächst etwas ins Stocken. Dann aber erkundigte sich Marie nach dem Fortgang der Erntearbeiten, und ihre Mutter berichtete stolz, auch Robert habe beim Heuabladen geholfen.

Er hatte es gerade noch geschafft, sich in dem kleinen Backhaus-Badezimmer zu duschen, bevor Marie und Sophie angekommen waren. Leider hatte er es versäumt, sich von seinem Hotel frische Wechselsachen mitzubringen, so dass er wieder in seine schon verschwitzten Arbeitsklamotten schlüpfen musste – seine abgewetzten schwarzen Jeans und sein schwarz-blau kariertes Holzfällerhemd, das eigentlich zu dick für diesen warmen Tag war. Marie erschien dagegen passend in weißer Leinenhose, während Sophie mit ihrer Bluejeans und einer grünen Bluse eher zugeknöpft wirkte. Robert bemerkte, dass Maries muntere Augen erwartungsvoll von einem zum anderen huschten. Er spürte, wie es in seinem Magen grummelte und das Blut durch die Halsschlagader pulste. Wann endlich würde der Vorhang fallen?

Aber dann kehrte Willi erst einmal mit den Getränken zurück. Bis auf Alma und Sophie tranken alle Bier. Mit dem Hinweis darauf, dass sie noch fahren müsse, entschied sich Sophie für Wasser. Ihre Schwester war mit dem Rad über die Allerschleuse gekommen und musste sich daher mit Alkohol nicht sonderlich zurückhalten.

Willi übernahm die Rolle des Gastgebers, hob sein Glas und ließ die Augen über die Versammelten gleiten. »Prost.« Und mit einem zweiten Blick auf Robert fügte er augenzwinkernd an: »A votre santé.«

Robert erwiderte den Trinkspruch brav auf Französisch und blickte unwillkürlich auf Sophie, die ihm jetzt im Feuerschein der lodernden Grillkohle noch hübscher erschien als bei der Begrüßung. Mit ihren schwarzen Haaren und dem dunklen Teint ähnelte sie ihrer Mutter, hätte aber auch gut eine Französin sein können – vielleicht sogar Angehörige seiner eigenen Familie. Die großen Augen, die hohe Stirn, die ausgeprägten Wangenknochen hatte ihr vielleicht der Vater vererbt. Ja, je länger er sie betrachtete, desto mehr meinte er, sich selbst in ihr wiederzuerkennen – jedenfalls so, wie er mal vor zwanzig, dreißig Jahren ausgesehen hatte.

Der innere Druck, ihr endlich reinen Wein einzuschenken, schwoll an wie eine Blase beim Saufgelage. Als er gerade überlegte, wie er wohl am geschicktesten vorgehen sollte, kam sie ihm zuvor.

»Ja, schön, dass ihr mich hierher gelockt habt«, begann sie mit sichtlicher Anspannung. »Aber jetzt würde ich doch gern mal wissen, wer der geheimnisvolle Herr aus Frankreich eigentlich ist.«

»Dein Vater.«

Robert erschrak selbst, als er die zwei Worte ganz ohne Umschweife ausgesprochen hatte. Für einen Moment war ihm, als hätte jemand die Zeit angehalten. Niemand sagte etwas, nur das Knistern der Grillkohle und das ferne Rauschen der Autobahn waren zu hören. Wie eingefroren wirkte die Szene am abendlichen Gartenteich einige lange Sekunden lang. Schließlich durchbrach ein Frosch das beklemmende Schweigen mit seinem Quaken.

»Unser Froschkönig«, scherzte Willi. Aber nicht alle lachten. Robert sah, dass Sophie die Lippen aufeinander presste und zitterte. Er fürchtete, dass sie in Tränen ausbrechen könne. Das schien auch Marie zu bemerken. Sie sprang auf, beugte sich zu ihrer Halbschwester herab und strich ihr besänftigend über den Kopf.

»War vielleicht gemein, dass wir dir das nicht vorher gesagt haben«, murmelte sie. »Aber wir ... wir wollten dich überraschen.«

Sophie wandte sich von ihrer Schwester ab, schluckte ihre Tränen herunter und begann: »Schöne Überraschung. Wirklich! Ich muss zugeben, dass ich mir so was Ähnliches schon gedacht habe. Aber dann konnte ich es doch wieder nicht glauben. Ich meine ...«

Ihre Stimme erstarb unter schweren Atemzügen. Robert empfand wieder das Bedürfnis, die zarte Frau in die Arme zu schließen, wagte es aber nicht. Doch er konnte nicht einfach nur stumm auf diesem Gartenstuhl hocken.

»Ich bin sehr glücklich, dich zu sehen«, hörte er sich sagen.

Sophie wich seinem Blick aus und knetete krampfhaft die Hände, ohne etwas zu erwidern. Alma schwieg ebenfalls bekümmert. Es war, als würde sie den Atem anhalten.

Wieder ergriff Marie das Wort. »Ist doch schön, oder? Ich hab ihn gleich wiedererkannt.«

Dankbar ging Robert darauf ein. »Ich muss sagen, dass ich dich nicht erkannt habe, Marie. Aber als ich Alma gesehen habe, hat es bei mir gleich Klick gemacht – die hat noch immer das gleiche schöne Gesicht.«

»Charmeur!«

Fast im gleichen Moment sprang Sophie auf. »Ich fahr dann jetzt«, teilte sie tonlos mit. »Das ist alles zu viel für mich.«

Alle blickten sie erschrocken an. »Die Überraschung ist euch wirklich gelungen. Herzlichen Glückwunsch«, fuhr sie fort. »Aber ich muss mich erst mal davon erholen.«

»Das geht doch nicht«, fiel ihre Mutter klagend ein. »Du kannst doch nicht einfach weglaufen.«

»Finde ich auch«, bekräftigte Marie. »Ihr – ihr könnt euch doch in Ruhe unterhalten. Ihr habt euch bestimmt ganz viel zu sagen.«

Jetzt räusperte sich Robert, um sich in das Gespräch einzuschalten. »Ich verstehe Sophie wirklich gut. Ich kann mir vorstellen, was in ihr vorgeht, und vielleicht ... vielleicht war es auch falsch, dass wir ihr nicht gleich die Wahrheit gesagt haben. Aber ...« Damit sprach er Sophie direkt an. »Aber es wäre für mich ein großes Glück, wenn du bleiben würdest, liebe Sophie.«

»Großes Glück!«, wiederholte Sophie entrüstet. »Haben Sie mal an unser Glück gedacht, als Sie sich all die Jahre nicht gemeldet haben? Haben Sie an meine Mutter gedacht? Haben Sie daran gedacht, dass Sie ein Kind in die Welt gesetzt haben? Einen Dreck haben Sie sich um uns gekümmert. Und jetzt kommen Sie hier an wie ein Märchenprinz und erwarten, dass wir Ihnen um den Hals fallen. Nein, ohne mich.«

Robert schüttelte hilflos den Kopf. Schon dieses frostige »Sie«! Aber darüber setzte er sich einfach hinweg.

»Du hast ja recht«, erwiderte er. »Ich habe alles falsch gemacht und bitte dich dafür um Verzeihung.«

»Das hätten Sie sich früher überlegen sollen. Viel früher!« Damit wandte sie sich um und ging. Auch Alma sprang auf. »Sophie, warte«, rief sie ihr nach. »Warte! Ich muss dir unbedingt noch was sagen.«

Sophie blieb stehen und signalisierte, dass sie dazu bereit war.

Ulli wendete Nackensteaks und Würstchen, und alle sahen ihm schweigend zu, während Alma gut zehn Meter entfernt im Flüsterton auf Sophie einredete. Wie gebannt schienen alle auf den Ausgang des Gesprächs zwischen Mutter und Tochter zu warten. Was Sophie dabei erfuhr, schien ihr die Sprache zu verschlagen. Mehrfach strich sie sich mechanisch die Haare zurück, als könne sie nicht fassen, was ihre Mutter ihr da so eindringlich berichtete. Zur allgemeinen Erleichterung kehrten die beiden schließlich zu den anderen zurück.

Bevor Sophie sich wieder setzte, wandte sie sich sichtlich aufgewühlt, aber in sehr viel freundlicherem Ton an Robert: »Ich glaube, ich muss mich bei Ihnen entschuldigen. Was meine Mutter mir gerade gesagt hat, lässt Ihr Verhalten für mich in einem anderen Licht erscheinen.«

»Das ... das freut mich ungeheuer«, erwiderte Robert stockend. »Aber eine kleine Bitte habe ich noch: Bitte sag nicht mehr ›Sie‹ zu mir. Ich bin doch dein Vater.«

»Ich glaube, darauf kann ich mich jetzt einlassen.«

Nun hielt ihn nichts mehr auf seinem Stuhl. Er erhob sich und schloss seine Tochter in die Arme – und Sophie ließ es sich gefallen. Willi durchbrach die allgemeine Rührung, indem er klatschte, und sofort fielen alle in seinen spontanen Applaus ein. Selbst die Frösche unterbrachen ihr Quaken und verstummten andächtig.

Willi war der Erste, der sich wieder zu Wort meldete. »Jetzt würde ich aber doch gern mal wissen, was Tante Alma da gerade Sophie zugeflüstert hat.«

Daraufhin erzählte Alma ihrem Neffen, welches Unheil Alfons nach dem Krieg mit seinen Lügen angerichtet hatte. Immer wieder‹ musste sie dabei Wogen der Entrüstung niederkämpfen, die in ihr aufstiegen.

»Wahnsinn.«

Alle bisher noch Uneingeweihten waren sich in dieser Bewertung einig.

»Man darf sich einfach nicht groß darum kümmern, was die Leute so reden«, fügte Alma an. »Meistens ist das sowieso Quatsch. Früher habe ich mich noch über die Leute im Dorf geärgert, aber das ist vorbei, lange vorbei.«

»Diese Spießer sind doch sowieso unbelehrbar«, fügte Willi hinzu.

»Willi spricht aus Erfahrung«, warf Ulli trocken ein, und alle lachten. Ein Trecker war zu hören. Franz und Hanna kehrten vom Melken zurück.

»Ein langer Tag für die beiden«, kommentierte Robert.

»Ja, da fällt man irgendwann halbtot ins Bett, und wenn man eingeschlafen ist, muss man schon wieder raus. Ich weiß, wovon ich rede«, sagte Alma nachdenklich. »Aber du kennst das ja auch noch.«

»Ich hatte immer eine gute Ausrede«, erwiderte Robert. »Bei Einbruch der Dunkelheit mussten wir zurück im ›Herzog von Celle‹ sein, in unserem Schlafsaal.«

»Sie müssen uns unbedingt noch mehr davon erzählen, wie das damals war«, bat Willi.

»Aber erst mal müsst ihr jetzt was essen«, widersprach Ulli. »Die Bratwürste sind schon halb verbrannt.«

Selbstverständlich konnte sich dieser Aufforderung niemand entziehen. Wenig später vereinte gemeinschaftliches Kauen die Runde, und zur entscheidenden Frage wurde jetzt, wer all das Fleisch, das Röstbrot und den Salat essen sollte.

Alma jedenfalls machte schon nach einer halben Bratwurst und wenigen Salatblättern Schluss.

Nicht einmal das Bier, das Willi noch herangeschafft hatte, fand Abnehmer. Als Robert nach den vielen leeren Flachmännern fragte, die er am Zaun gesehen hatte, erzählte Willi von dem Dorfsäufer, der angeblich immer erst nach Mitternacht trank und dann regelmäßig im Morgengrauen durchs Dorf torkelte und seine Weizenkorn- und Magenbitterflaschen am Wegrand fallen ließ oder über Zäune schmiss.

Willi stopfte sich eine Pfeife und ließ süßlichen Rauch aufsteigen.

»Ah, was für ein Duft«, kommentierte Robert. »Besser als Zigaretten.«

»Damit bin ich schon durch«, erwiderte Willi. »Die erste Zigarette habe ich schon mit vierzehn geraucht. Bei meiner Konfirmation. War damals so üblich.«

Lächelnd zündete sich Robert jetzt eine Gauloises an. Es war dunkel geworden. Die Zigarettenspitze glomm wie ein Glühwürmchen. Am mondlosen Himmel blitzten die ersten Sterne auf. Dazwischen schwammen aber auch einzelne Wolken, und in der Ferne war leises Grummeln zu hören.

Alma blickte besorgt zum Himmel. »Ick glöv, dat gift noch watt.«

Als Marie mitteilte, dass sie dann lieber gleich losradeln würde, um noch im Trockenen nach Hause zu kommen, bot Robert ihr an, sie mit dem Auto mitzunehmen. »Ich habe mich ja in deinem Dorf im Hotel einquartiert.«

Marie wehrte mit dem Hinweis auf ihr Rad dankend ab, blieb aber trotzdem.

Ulli zündete sich nach erfolgreicher Arbeit am Grill eine Zigarette an, Willi stopfte sich eine Pfeife. Unterdessen blitzten Erinnerungen an vergangene Zeiten auf. Wie Alma ihren beliebten Rübenschnaps gebrannt hatte. Wie mühsam es gewesen war, mit dem Pferd zu pflügen und zu säen oder Heu und Stroh einzufahren – besonders in den letzten Kriegswochen. Wie heimlich alles in der Nazizeit vonstattengehen musste – vor allem als Viktor nach seiner Flucht von dem Arbeitskommando auf den Hof gekommen war. Wie geschickt Alma gewesen war, um in der Zeit der Mangelbewirtschaftung und der vielen Zwangsabgaben über die Runden zu kommen – zum Beispiel mit Schwarzschlachten, ein Thema, bei dem auch Ulli als Metzgergeselle mit fachkundigen Fragen ins Gespräch kam.

Besonders rühmte Marie noch einmal, wie gut der Zusammenhalt zwischen Alma und den Kriegsgefangenen gewesen war und wie liebevoll sich Robert um sie gekümmert hatte. Wie ein Vater!

Dabei erinnerte sie sich auch an ihren Treppensturz und wie der Franzose sie getröstet hatte. Zum Beweis zeigte sie die Narbe unterm Knie, die ihr von dem Unfall geblieben war. Als Robert sie nach ihrem gegenwärtigen Leben als Bauersfrau und Mutter in Schwarmstedt fragte, betonte sie, dass sie sich schon früh von ihrer Mutter abgenabelt habe. Zwangsläufig durch die frühe Trennung.

Alle wussten, wovon sie sprach – nur Robert nicht. Und als er überrascht nachfragte, teilte sie mit größter Selbstverständlichkeit mit, dass sie natürlich von den Jahren spreche, in denen ihre Mutter mit Sophie in Amerika gewesen war.

»Amerika?« Robert meinte, er habe sich verhört.

Aber Alma warf selbstbewusst den Kopf in den Nacken und lächelte stolz. »Ja, da staunste, was? Ich bin auch schon in der Welt rumgekommen. Aber zu Hause ist es doch am schönsten.«

Jetzt übernahm es Sophie, ihrem Vater zu erklären, wie sie mit ihrer Mutter nach Wisconsin ausgewandert und nach sechs Jahren zurückgekehrt war.

Robert war eine Weile sprachlos. »Das ist ja unglaublich«, begann er schließlich. »Du überraschst mich immer aufs Neue, Alma.«

»Sonst wär das Leben ja auch langweilig.«

»Wohl wahr, Alma. Aber ich habe immer schon geahnt, dass in dir mehr steckt, als man dir ansieht. Du hast auf jeden Fall gezeigt, dass du das Zeug zu einer ungeheuer geschickten Geschäftsfrau hast.«

»Danke! Und du hättest auch Kapellmeister werden können.«

»Wie kommst du denn darauf?«

»Denkst du, ich habe vergessen, wie schön du früher auf der Mundharmonika gespielt hast? Das weiß Marie bestimmt auch noch.«

Als Marie begeistert zustimmte, machte Willi den Vorschlag, die Mundharmonika seines Vaters zu holen. »Da hat der bestimmt schon zwanzig Jahre nicht mehr drauf gespielt«, verkündete er. »Vor Papas Keimen musst du also keine Angst haben.«

»Ach, ich weiß nicht, ob ich überhaupt noch spielen kann«, wandte Robert ein. »So schön, wie ihr das in Erinnerung habt, wird es bestimmt nicht mehr. Ich glaube, ich kann euch nur enttäuschen.«

Der Einwand wurde nicht akzeptiert, und nach kurzer Improvisation spielte Robert sogar Lieder, die die anderen mitsingen konnten. Wie von weither flog ihm auch die Melodie von »Der Mond ist aufgegangen« wieder zu. Er sah, dass Alma sich Tränen aus den Augen wischte, als er das deutsche Volkslied anspielte und Sophie dazu sang. Die letzten Takte wurden von Donnergrollen untermalt. Schon vorher hatten sich Blitze am Nachthimmel abgezeichnet. Aber das Gewitter schien noch fern, und das schöne Lied ließ den Wunsch nach weiteren Liedern aufkommen, die die Seele wärmten und Erinnerungen beschworen. Alma wünschte sich »Adé nun zur guten Nacht«. Vor allem diese drei Zeilen waren es, die sie zurückversetzten in bange, aufwühlende Kriegstage:

Das hat Deine Schönheit gemacht,
Die hat mich zum Lieben gebracht,
Mit großem Verlangen.

Ohne groß nachzudenken, sang sie – den Blick auf Robert gerichtet – die Verse mit. Dabei konnte sie eigentlich gar nicht singen. Auch Ulli war mit großer Selbstverständlichkeit in den Gesang eingestimmt – der beste Sänger in der Familie.

Ein harter Donnerschlag verlieh dem wehmütigen Gesang eine unverhoffte Dramatik. Robert nahm das näher gerückte Gewitter zum Anlass, sein Konzert zu beenden und gab Willi die Mundharmonika zurück. »Vielleicht kannst du deinen Vater ja überreden, mal wieder darauf zu spielen. Der konnte das viel besser als ich.«

»Ob das besser war, keine Ahnung«, sagte Willi. »Aber spielen konnte er wirklich ganz schön. Am besten, wenn er meinte, dass keiner zuhört.«

»Er hat seine Mundharmonika sogar mit in den Krieg genommen«, fügte Alma an.

Robert nickte. »Ja, er hat wohl auch in der Gefangenschaft darauf gespielt.«

Marie sah ihn erstaunt an. »In der Gefangenschaft? In Südfrankreich? Woher weißt du denn, was er da gemacht hat?«

Die Frage schien die anderen ebenfalls zu interessierten. Während sich ein weiterer Blitz aus dem schwarzen Nachthimmel löste, richteten sich alle Blicke auf den französischen Besucher.

»Wir haben da ganz in der Nähe immer Urlaub gemacht, das habe ich Alma schon erzählt«, begann er zögernd. »Und da habe ich ein bisschen ... Wie sagt man auf Deutsch? Recherchiert. Nachgeforscht.«

»Aber woher wusstest du denn, wo Papa damals gearbeitet hat?«, wollte Willi wissen.

»Von Alma. Die hat mir nach dem Krieg ja die Adresse mitgegeben, damit ich mich für ihn einsetzen kann. Aber das war leider nicht möglich. Viele Jahre später bin ich dann doch noch mal zu dem Weinbauern gefahren, und – das war sehr interessant.«

8. Kapitel

Ein nackter Knabe klammert sich schutzsuchend an seine nackte Mutter. Aber die beachtet das Kind gar nicht, sondern richtet den Blick in die Ferne, als würde sie noch auf ihren Liebsten warten. Venus und Amor, zu Stein erstarrt auf hohem Sockel. Die weiße Skulptur steht in langer Reihe mit anderen Gestalten, die sich wie ein Aufgebot von Wesen aus weit zurückliegenden Zeiten im Großen Garten postiert haben. Götter, Sagengestalten, aber auch eine Kurfürstin, die hier schon leibhaftig herumspaziert ist.

»Die hieß so wie ich«, sagt Sophie. »Aber die war viel klüger – Freundin von Leibniz, dem Philosophen. Ohne die Kurfürstin gäbe es diesen Garten hier gar nicht.«

Sophie war keine Kunstexpertin, konnte ihrem Gast aber hier und da doch einige Erläuterungen geben, und Robert steuerte stolz seine neuen Erkenntnisse über den Celler Zweig der Welfenfamilie bei, die er sich gerade im »Herzog von Celle« erworben hatte. Von Sophie Dorothea, der verbannten Schwiegertochter des hannoverschen Kurfürsten, und von ihrem herzoglichen Vater.

Nach dem Gewitterregen der Nacht wölbte sich ein blauer Himmel über den Herrenhäuser Gärten. Zwischen den Blumen in kunstvoll gestalteten Beeten summten Wespen, die gestutzten Hecken dufteten nach Buchsbaum und in hohem Strahl schoss unablässig eine Fontäne aus einem Rundteich, um plätschernd wieder herabzustürzen.

Robert genoss den Spaziergang durch den Barockgarten mit den weißen Kieswegen. Er ließ seinen Blick über die Rasenflächen mit den Heckenornamenten schweifen, staunte über die vielen mediterranen Gewächse.

»Wie in Versailles«, raunte er seiner Begleiterin zu.

In manchen Momenten war ihm, als träume er das alles nur: Mit einer schönen Frau durch diese herrschaftliche Gartenanlage zu spazieren, die seine Tochter war – seine Tochter, die er erst wenige Stunden zuvor kennengelernt hatte. Das war wirklich traumhaft.

Anfangs hatte er noch überlegt, ob er Sophie auf Melder und dessen vertuschte Sauereien in der Nachkriegszeit ansprechen sollte, aber dann hatte er diesen Gedanken gleich wieder verdrängt und den Blick auf seine wunderbare Begleiterin gelenkt.

Er hatte sofort zugestimmt, als Sophie ihn bei dem Grillabend eingeladen hatte, sich mit ihm am nächsten Tag in den Herrenhäuser Gärten von Hannover zu treffen. So ein städtisches Kontrastprogramm tat ihm vielleicht mal ganz gut. Da durch den Gewitterschauer Heu und Stroh nass geworden waren, mussten die Erntearbeiten auf dem Wiese-Hof sowieso erst mal ruhen, und für Alma war es zu anstrengend, einen ganzen Tag mit ihm zu verbringen. Er hatte sich darum gern auf den Ausflug in die Stadt eingelassen – auch aus dem Bedürfnis heraus, seiner Tochter näherzukommen.

Sie führte ihn in das verwaiste Heckentheater mit den vergoldeten Figuren und erzählte ihm von Shakespeares »Sommernachtstraum«, den sie hier vor wenigen Wochen gesehen hatte. »Am Ende, als es schon dunkel war, gab es ein Feuerwerk mit Händels Feuerwerksmusik und rauschenden Fontänen. Wunderschön.«

»Mit dir hier ist es auch schön. Auch eine Art Sommernachtstraum.«

»Danke. Ich hätte es mir auch nicht träumen lassen, hier mal mit meinem Papa zu flanieren.«

Er griff nach ihrer Hand, drückte sie. »Entschuldigung, aber ich musste einfach noch mal spüren, dass du wirklich aus Fleisch und Blut bist.«

»Und? Überzeugt?«

»Voll und ganz. Schon komisch, dass wir uns so nah sind, obwohl wir erst so wenig voneinander wissen.«

»Vielleicht gibt es doch so was wie ein heimliches Band zwischen Vater und Tochter.«

Sie führte ihn zum Labyrinth. Beide machten sich einen Spaß daraus, in die von Hecken eingefassten Irrwege einzutauchen und dabei die Orientierung zu verlieren.

»Manchmal ist es auch im Leben gut, Wege zu beschreiten, von denen man noch nicht so genau weiß, ob sie einen zum Ziel führen.«

»Wann kommt man schon jemals ans Ziel? Das Leben ist doch ein einziger Irrgarten.«

»O, eine Philosophin!«

Zur Belohnung führte Sophie ihn zum Niederdeutschen Rosengarten, wo angeblich mehr als sechshundert Rosensorten ihre Düfte verströmten. In einem Pavillon setzten sie sich kurz hin und ließen sich von den Düften betören. Sophie klärte ihn darüber auf, dass der Garten auch »Liebesgarten« genannt werde.

»Kann ich gut verstehen«, erwiderte Robert schmunzelnd. »Ich würde mich hier auch glatt in dich verlieben, wenn ich dich nicht schon längst ins Herz geschlossen hätte.«

Als sie stumm in eine andere Richtung blickte, entschuldigte er sich, dass er sich wieder wie ein alberner Casanova aufführe.

Sie erzählte ihm, dass sie sich gerade von ihrem Lebensgefährten getrennt habe. »Ich habe einen Mann verloren und meinen Vater gefunden. Das kommt nicht so oft vor bei Frauen in meinem Alter.«

»In deinem Alter? Du bist doch erst sechsunddreißig. Was soll ich denn sagen?«

Während sie durch die schattige Lindenallee schlenderten, tauschten sie ihre Erfahrungen als Pädagogen aus und stellten fest, dass sie viele Gemeinsamkeiten hatten. Sophie unterrichtete sogar eines von Roberts ehemaligen Fächern: Geschichte.

Jetzt ging es aber ausschließlich um die Familiengeschichte, und Robert war immer noch begierig, mehr über Almas und Sophies Amerika-Aufenthalt zu erfahren. »Unglaublich, welche Potentiale in uns schlummern«, kommentierte er. »Und dass dieser furchtbare Krieg immerhin dazu beigetragen hat, uns ein bisschen von unserer heimatlichen Scholle zu lösen und den Blick für die große weite Welt zu öffnen.«

»Wohl wahr! An meiner Mutter sieht man dann aber doch auch, wie stark die Heimatverbundenheit mancher Menschen ist.«

»Ja, deine Familie ist wirklich sehr bodenständig, wie man auch an Willi sieht. Schon interessant, dass der trotz seines Studiums immer noch zu Hause lebt.«

»Die Bauern-Gene.«

»Ja, die Bauern-Gene«, wiederholte Robert nachdenklich. »Was immer das sein mag. Wahrscheinlich wäre es für Alma nicht gut gewesen, wenn ich sie nach Frankreich geholt hätte.«

»Wahrscheinlich nicht.«

Als sie sich der Kaskade mit der Aussichtsplattform näherten, kamen sie an der Skulptur vorbei, die ein übermenschliches gehörntes Muskelpaket darstellt, das eine Frau umschlingt, die hilfesuchend ihre Arme zum Himmel reckt. Eine kunstvoll gestaltete Vergewaltigung. Sophie musste angesichts dieser Allegorie an das infame Gerede von Alfons denken, das Robert damals so schockiert hatte. »Muss schlimm für dich gewesen sein.«

»Das war es damals ganz sicher. Aber heute werfe ich mir auch vor, dass ich auf den Kerl reingefallen bin. Dass ich so leichtgläubig war. Ganz sicher ist das Gerede auch deshalb bei mir auf fruchtbaren Boden gefallen, weil ich schon vorher unsicher war. Auf jeden Fall traurig, dass ich dich dann gar nicht gesehen habe und es so lange dauern musste, bis wir uns begegnet sind. Aber ...«

»Aber?«

»Ach, vergiss es. Ich musste schon wieder darüber nachdenken, ob deine Mutter wirklich glücklich mit mir geworden wäre. Und ich mit ihr?«

»Das weiß man natürlich nie. Aber du denkst wahrscheinlich, dass so eine schlichte, ungebildete Frau vom Dorf in Wirklichkeit nicht zu dir gepasst hätte.«

»Das meine ich nicht. Sie hat ja schon im Krieg gezeigt, wozu sie fähig ist. Schade, dass sich das nicht weiter entfalten konnte. Sie hatte auf jeden Fall das Zeug zu einer geschickten, erfolgreichen Geschäftsfrau.«

»Vielleicht. Aber damit ist es leider lange vorbei. Jetzt ist sie nur noch ein Schatten ihrer selbst.«

Robert seufzte. »Ja, der tückische Krebs.«

»Es ist nicht nur der Krebs. Auch das Leben hat sie müde gemacht.«

Sie kamen an Palmen und Orangenbäumen vorbei, die allerdings nicht in der Erde verwurzelt waren, sondern in Kübeln standen, so dass sie in den kalten Wintermonaten ins Warme gebracht werden konnten – in die Orangerie, wie Sophie ihrem Begleiter erklärte. »Bei uns in Südfrankreich überstehen die Palmen auch den Winter im Freien«, sagte Robert. »Da, wo dein Onkel in Gefangenschaft war.«

»Unglaublich, was du uns gestern Abend erzählt hast«, erwiderte Sophie kopfschüttelnd. »Das hätte ich Onkel Franz im Traum nicht zugetraut.«

Robert lächelte süffisant. »Wie sagt man auf Deutsch: Gelegenheit macht Diebe. Oder: Stille Wasser sind tief.«

»Schon verrückt, wie sich die Geschichten ähneln. Was du als französischer Kriegsgefangener in Deutschland erlebt hast, hat Onkel Franz als deutscher Kriegsgefangener in

Frankreich erlebt – nur war da der Krieg schon längst vorbei.«

»Irgendwie spiegelverkehrt, unsere Lebensgeschichten.«

»Ich weiß immer noch viel zu wenig von deinem Leben in der Bretagne.«

»Am besten wäre es, wenn du mich da mal besuchen würdest, dann könnte ich dir die Schauplätze meines Lebens zeigen.«

»Sehr gern. Die Bretagne soll ja sehr schön sein.«

»Auf jeden Fall. Das Klima ist zwar ziemlich rau, viel Wind und keine Palmen, aber eine wunderbare Atlantikküste – und nette Menschen. Bist du noch nie da gewesen?«

»Nein, die Schiffsreise nach Amerika war meine einzige Atlantikberührung, aber das war eben nur Wasser – Wasser und Wellen in allen Schattierungen.«

»Dann wird's aber höchste Zeit, dass du dir mal mehr Zeit für die Küste nimmst. Vielleicht solltest du gleich mit mir mitkommen. Du hast ja noch Ferien.«

»Gar keine schlechte Idee.«

»Dann kannst du vielleicht auch deine Geschwister kennenlernen – deinen Bruder und deine Schwerster.«

Sophie ließ ihren Blick nachdenklich über die lange Allee wandern. »Komische Vorstellung. Wissen die denn überhaupt von mir?«

Robert schüttelte den Kopf. »Dazu war ich wieder zu feige, aber irgendwie hat es sich auch nie ergeben.«

»Die fallen bestimmt aus allen Wolken.«

»Kann sein, aber wenn sie wieder auf dem Boden ankommen, nehmen sie dich in den Arm. Garantiert! Die stehen schließlich schon lange auf eigenen Beinen.«

»Aufregend.«

»Das ist es bestimmt. Aber auch schön.«

Um ihre Zustimmung zu signalisieren, drückte Sophie seine Hand. »Vielleicht sollten wir meine Mutter auch mitnehmen.«

»Glaubst du, dass sie das übersteht?«

Sophie zuckte die Achseln. »Mal den Arzt fragen.«

Zum Abschluss ihres Spaziergangs steuerten sie das Café mit den Gartentischen an. Bei Käsekuchen und Cappuccino erzählte Sophie ihrem Vater mehr von ihrem Amerika-Aufenthalt – von der Farm, von Adam und Mary und ihren drei netten Söhnen, von Ernst und von Alice, diesem wunderbaren Mädchen. Tränen traten ihr in die Augen, als sie von dem Selbstmord berichtete und auch das schöne Porträt erwähnte, das Alice von ihr gemalt hatte.

»Das musst du mir unbedingt zeigen, und natürlich will ich auch ein paar Stücke auf dem Klavier von dir hören. Versprochen?«

»Mol kieken.«

»Wie war es denn für dich, als du nach Deutschland zurückgekommen bist.«

»Schrecklich. Jedenfalls in der ersten Zeit. Diese kleine Dorfschule mit den Kindern, die mich zuerst behandelt haben, als käme ich von einem andern Stern. Aber wahrscheinlich war ich auch ungerecht. Ich habe ja meine amerikanischen Freunde vermisst. Zum Glück bin ich bald aufs Gymnasium gewechselt.«

»Toll, dass deine Mutter dir das ermöglicht hat.«

»Das war es wirklich. Auch Onkel Franz und Tante Hanna haben mich unterstützt. Da kann ich nicht klagen.«

»Für Bauernkinder war es damals sicher auch in Deutschland nicht selbstverständlich, dass sie eine weiterführende Schule besuchen. Schon der Kosten wegen.«

Sophie nickte. »Ja, das stimmt wohl, aber in meinem Fall war es etwas anders. An Geld hat es nämlich nicht gefehlt.«

Robert blickte überrascht auf. »Aha?«

Darauf erzählte Sophie, welche Sorgen sich ihre Mutter um die verschuldete Farm in Wisconsin gemacht hatte und wie sie sich von Ernst belogen und hintergangen fühlte.

Dann die Nachricht vom Verkauf der Kühe und die Entscheidung, in Deutschland zu bleiben. Nicht immer, betonte sie, habe sie auf Seiten ihrer Mutter gestanden. »Mein Stiefvater war ja kein schlechter Mensch. Das darfst du nicht denken. Er hat einfach so darunter gelitten, dass er in Amerika gescheitert ist – wo er doch sowieso schon das Gefühl hatte, dass er mit seinem Holzbein kein richtiger Mann mehr war. Und dann kam auch noch das Trinken dazu. Das hat ihm den Rest gegeben. Im wahrsten Sinne des Wortes.«

Robert blickte sie fragend an.

»Ungefähr ein halbes Jahr nach unserer Rückkehr nach Hademstorf haben wir die Nachricht bekommen. Das muss Anfang April 1959 gewesen sein: Ernst ist mit seinem Auto auf gerader Strecke gegen einen Baum gefahren – und er ist noch an der Unfallstelle gestorben. Er war so betrunken, dass man sich gewundert hat, wie er überhaupt so lange noch sein Auto steuern konnte.«

»Traurig.«

»Das war es wirklich. Auch für Mama war es hart. Sie hat sich schwere Vorwürfe gemacht. Und dann auch noch diese Beerdigung …« Ihre Stimme stockte. »Seine Eltern haben das alles übernommen. Er ist schon in Amerika eingeäschert worden, und die Urne wurde dann in Hannover beigesetzt, auf dem Seelhorster Friedhof. Natürlich haben sie uns dazu eingeladen – Mama war ja immer noch mit ihm verheiratet. Aber sie haben uns behandelt, als hätten wir seinen Tod verschuldet, als hätten wir ihn umgebracht. Wie den letzten Dreck haben die uns behandelt, vor allem Mama eben. Nicht mal die Hand haben sie ihr gegeben. Da ist ihr eine Kälte entgegengeschlagen, das kannst du dir nicht vorstellen. Sie hat versucht, das zu überspielen, aber ich habe genau gemerkt, wie schockiert sie war, wie sie gebebt hat. Und dann diese Szene am Grab: Der Sarg war kaum herabgesenkt, meine Mutter hatte gerade Blumen ins Grab geworfen, da ist ihr Schwiegervater auf sie zugestürzt. ›Flittchen, du‹, hat er sie angefaucht. ›Spielst hier die trauernde Witwe, dabei hast du ihn doch auf dem Gewissen. Wenn du ihn nicht im Stich gelassen hättest, wär es nie so weit gekommen. Aber für unsern Ernst hast du dich doch in Wirklichkeit nie interessiert. Nicht die Bohne! Das Einzige, was …‹

In diesem Moment ist ein Neffe von ihm gekommen und hat ihn weggedrängt und zum Schweigen gebracht. Meine Mutter war schockiert. Als sie vor ihm zurückgewichen ist, wäre sie fast ins Grab gefallen, ich konnte sie gerade noch festhalten. Natürlich sind wir sofort gefahren.«

Robert seufzte mitfühlend. »Das muss schrecklich für Alma gewesen sein.«

»Das war es. Ich glaube, das hat sie über Jahre verfolgt. Wahrscheinlich hat sie das nie richtig verkraftet. Das Schlimmste ist, dass sie sich selbst Vorwürfe gemacht hat.«

Robert trank einen Schluck von seinem Cappuccino, der längst kalt geworden war. »Und was ist aus der Farm geworden?«

»Die Farmgebäude hatte Ernst ja schon verkauft. Das Geld ist auch komplett für die Schulden draufgegangen. Das Land hatte er aber zum größten Teil noch, als er verunglückt ist. Da meine Mutter noch mit ihm verheiratet war, ist ihr alles zugefallen. Ein Anwalt hat sich darum gekümmert. Sie wollte eigentlich gar nichts damit zu tun haben, weil sie meinte, dass es sowieso von den Schulden aufgefressen wird. Und dann – dann ist es plötzlich gigantisch im Wert gestiegen, weil ein großer Teil Baugebiet geworden ist. Am Ende hat sie es für fünfzigtausend Dollar verkauft.«

»Eine stolze Summe damals.«

»Ja, da war der Dollar noch mindestens vier Mark wert, und für die Mark kriegte man auch mehr als heute.«

»Da ist deine Mutter ja richtig reich geworden.«

»Eigentlich schon. Aber sie hat das Geld nicht angerührt. Sie hat es sich auf ein Sparkonto der Kreissparkasse überweisen lassen, und da steht es heute noch. Von den Zinsen hat sie meine Schulbildung bezahlt und mich im Studium unterstützt. Das war ihr wichtig: Ich sollte es mal besser haben als sie – vielleicht wollte sie es mir auch wiedergutmachen, dass ich ihretwegen keinen Vater hatte.«

9. Kapitel

Er fühlte sich stolz und erhaben, während er hoch über dem Stoppelfeld auf dem Strohwagen stand und die Bündel entgegennahm, die Ulli und Willi ihm von unten mit der Forke anreichten. Da der Wagen auf dem unebenen Feld ruckelte, musste er besonders darauf achten, dass die Ladung ausbalanciert war – vor allem durfte er das Gleichgewicht nicht verlieren. Aber es ging gut. Er war selbst überrascht, wie gut und wie leicht ihm die Arbeit fiel. Nein, eine bessere Urlaubsbeschäftigung hätte er sich nicht vorstellen können, als hier seinen Mann zu stehen, wie man im Deutschen sagte. Er hätte jubeln, singen können.

Dabei war es wieder so heiß geworden, dass ihm die Schädeldecke brannte. Nur der Fahrtwind machte die Hitze etwas erträglicher.

Auf dem Trecker, es war nicht der alte Güldner, sondern ein etwas neueres Modell von John Deere, saß wie üblich Franz. Willi forderte seinen Vater manchmal im Befehlston auf, etwas schneller zu fahren, aber Franz behielt sein Schneckentempo bei. Was Robert durchaus recht war.

Nach einer knappen halben Stunde, der Strohwagen war bereits fünf Lagen hoch, geriet der eingespielte Ablauf buchstäblich ins Wanken. Anstatt am Ende der Schnittreihe zu wenden, fuhr Franz geradeaus weiter – weiter auf das bereits abgeerntete Nachbarfeld zu. Robert musste sich auf die Strohballen setzen, um nicht von dem stark schwankenden

Wagen zu fallen, der jetzt eine Furche passierte und sich bedrohlich hob und senkte.

Willi reagierte mit einem ärgerlichen Aufschrei. »Hey, was ist los? Bist du eingeschlafen, Papa?«

Franz erweckte nicht den Anschein, als sei die Frage bei ihm angekommen, er fuhr einfach weiter.

»Halt an, verdammt!«, schrie Willi entgeistert, und auch Ulli stieß fassungslose Rufe in Richtung Trecker aus. Als der Fahrer immer noch nicht reagierte, hechtete Willi kurzentschlossen von hinten ins offene Führerhaus des fahrenden Treckers, quetschte sich zu seinem Vater auf den Fahrersitz, nahm in einem Gewaltakt den Gang heraus und brachte den Trecker zum Stehen – nur wenige Meter vor einem Graben.

Die Hände umklammerten das Lenkrad, die angstgeweiteten Augen stierten ins Leere, das Gesicht mit den Bartstoppeln war kreidebleich.

»Was ... was soll das? Was willst du?«

Es klang wie das Lallen eines Betrunkenen, bis sich der Redestrom ganz in unverständliches Gebrabbel auflöste.

»Was ist los mit dir, Papa?«

Willi ahnte, dass die Frage nicht zu seinem Vater vordrang. Der war jetzt völlig verstummt; der Gesichtsausdruck so starr, als stünde der ganze Körper unter Strom. Als Ulli besorgt in die Fahrerkabine blickte, wagte der ältere Bruder eine erste Diagnose: »Der ist total weggetreten, wahrscheinlich Schlaganfall.«

Gemeinsam hoben sie ihren Vater vom Trecker und legten ihn am Grabenrand ins Gras. Beiden war klar, dass so schnell wie möglich ein Notarzt geholt werden musste. Zum Glück war Ulli mit seinem Mazda zum Feld gefahren, so dass er jetzt ins Dorf rasen und Hilfe herbei telefonieren konnte.

Robert saß immer noch auf dem Strohwagen. Durch Zuruf von Willi hatte er erfahren, was geschehen war; jetzt verfolgte er hilflos aus der Distanz die Rettungsbemühungen und verstand, dass er sich noch eine Weile auf dem Wagen gedulden musste, bis ihm Willi den Ladestrick zuwarf, an dem er hinuntergleiten konnte.

Während sie auf den Notarzt warteten, stellten die beiden erleichtert fest, dass Franz sich aufrichtete. Er blickte verwirrt um sich und versuchte offenbar zu verstehen, was geschehen war. Als Willi ihn jetzt noch einmal ansprach, horchte er auf und ging auf die Fragen ein – mühsam und stockend, aber einigermaßen verständlich. Plötzlich sei ihm schwindlig geworden, sagte er. Außerdem habe er nicht mehr richtig sehen können. Das sei wieder besser geworden. Viel besser. Aber die Kopfschmerzen und dieses Schwindelgefühl seien geblieben.

Willi redete beruhigend auf ihn ein: »Wird schon wieder, Papa. Gleich kommt der Doktor, und dann haben die bestimmt irgendwas, das dir auf die Beine hilft.«

»Ich brauch keinen Doktor. Ich komm auch so wieder auf die Beine. Ich hab noch nie einen Doktor gebraucht.«

»Irgendwann brauchen wir alle mal einen Doktor. Das ist nichts Schlimmes. Ulli hat den Notarzt sicher alarmiert. Gleich ist er da, dann untersuchen sie dich erst mal gründlich.«

»Dann stecken sie mich ins Krankenhaus, das kann ich mir schon denken. Aber da lauf ich wieder weg, das sag ich dir.«

So ging es noch eine Weile weiter, bis der Krankenwagen kam. Der Notarzt bestätigte den Schlaganfall-Verdacht, gab Franz eine Spritze und ließ ihn ins Krankenhaus bringen. Franz protestierte grummelnd, ließ sich aber von seinen Söhnen besänftigen.

Während des Transports erlitt er einen weiteren Schlaganfall, der auch eine vorübergehende Lähmung zur Folge hatte. Während Robert und Ullrich den Strohwagen nach Hause brachten, fuhr Willi zum Krankenhaus.

»Wird er es schaffen?«, fragte er den behandelnden Arzt.

Der Arzt lächelte. »Bestimmt. So leicht stirbt man nicht. Der kann noch viele Jahre leben.«

In der Tat ging es Franz schon wieder besser, als Willi ihn in seinem Krankenzimmer besuchte. Da er sich anfangs gegen die Behandlung gewehrt hatte und offenbar verwirrt gewesen war, hatte man seine Hände fixiert. Sowie er Willi erkannte, protestierte er wütend, dass man ihn gefangen hielt. »Wie im Gefängnis ist das hier. Ich hab doch gar nichts. Was soll ich hier?«

»Bald kommst du wieder nach Hause, Papa. Das dauert nicht mehr lange. Die wollen dich bloß ein paar Tage beobachten.«

Doch Franz zeigte wenig Einsicht – und Willi wurde es schwer ums Herz, als er seinen gefesselten Vater in dem sterilen Dreibettzimmer zurücklassen musste. Ohnehin machte er sich Vorwürfe. Denn er hatte seinen Vater wegen der Geschichte in der französischen Gefangenschaft am Vorabend zur Rede gestellt – und er hatte ihn sogar bedrängt, als der von all dem nichts wissen wollte. Vergebens. Sein Vater war hart geblieben, hatte alle Vorhaltungen für Blödsinn erklärt und ihn angefleht, ihn nicht länger »mit dem Zeug« zu quälen. »Das ist doch alles erstunken und erlogen«, hatte er gesagt. »Wenn der Franzose hier so was rumerzählt, dann soll er man schnell wieder nach Hause fahren, anstatt Unfrieden zu stiften.«

Aber da hatte sich Hanna eingeschaltet. »Warum sagst du dem Jungen nicht die Wahrheit?«

»Fängst du jetzt auch noch an? Wollt ihr mich fertigmachen?«

»Keiner will dich fertigmachen, Franz. Aber irgendwann sollte man seinen Kindern schon die Wahrheit sagen – und jetzt, wo es sowieso schon auf dem Tisch ist ...«

»Hör doch auf! Nichts als Unheil hat dieser Franzose hier angerichtet. Was will der überhaupt?« Der gequälte Gesichtsausdruck verriet, was in Franz vorging. Er sprang auf, erklärte, dass er noch die Kälber füttern müsse, und stürmte aus der Küche.

Für Hanna war es nicht neu, dass ihr Mann einfach weglief, wenn es brenzlig für ihn wurde. Doch sie blieb, und sie erklärte Willi, dass sie längst von der Sache wusste.

Vor vielen Jahren nämlich habe ihr die Postfrau einen Brief aus Frankreich gebracht, den Franz ihr gleich aus den Händen gerissen habe, sichtlich nervös. Er behauptete, der Weinbauer, bei dem er damals gearbeitet hatte, habe ihm den Brief geschrieben, leider auf Französisch, so dass er ihn nicht habe lesen können. Aber Hanna hatte genau gesehen, dass ein Frauenname auf dem Kuvert stand: Madeleine Soundso.

Und Franz hatte offenbar verstanden, worum es in dem Schreiben ging. Denn der Brief wühlte ihn derart auf, dass er die ganze folgende Nacht nicht zur Ruhe kam.

Daher hatte sie hartnäckig nachgehakt. Schließlich hatte er ihr gebeichtet, dass er während seiner Gefangenschaft ein Verhältnis mit einer jungen Französin gehabt habe. Mit Madeleine, die einige Monate nach seiner Heimkehr nach Deutschland Mutter geworden sei – Mutter eines Jungen mit dem Namen François. Seines Sohnes!

»Schon vor der Geburt hat diese Madeleine deinem Vater geschrieben. Eine Freundin hatte ihr den Brief ins Deutsche übersetzt. Darin stand auch, dass ihr Vater sie mit einem Franzosen verkuppelt hatte, der das Kind annehmen wollte. Dein Vater hat sich damals bloß kurz für die Nachricht bedankt und der jungen Frau alles Gute gewünscht.«

Daraufhin habe er vier, fünf Jahre nichts mehr von der Madame und ihrem Jungen gehört. »Aber dann ist die Ehe zwischen Madeleine und diesem Franzosen in die Brüche gegangen, und sie hat deinem Vater geschrieben, dass sie immer noch an ihn denkt und der Junge sie an ihn erinnert. Sie hatte sogar ein Foto von dem kleinen François beigelegt. Niedlicher Junge, kann man nicht anders sagen. Dass ihr Franz in Deutschland längst verheiratet war, wusste diese Madeleine natürlich nicht.«

Hanna atmete tief durch. »Ja, in der Zeit warst du schon geboren, Willi, und dein Vater hatte große Angst, dass die Französin kommen könnte und für ihren Jungen Forderungen stellt. Dabei war er doch so froh, dass er endlich einen Hoferben hatte – einen Jungen, der den Hof allein erbt und nicht mit einem andern teilen muss. Vielleicht hätte der Junge aus Frankreich den Hof sogar ganz allein bekommen. Ja, und darum ...«

»Darum?«

»Darum hat er gar nicht mehr auf den Brief geantwortet. Das ist ihm bestimmt nicht leicht gefallen, aber er wollte eben ...«

»Und du hast das alles gewusst? Ich meine ...«

Hanna nickte schuldbewusst. »Ja. Mir war auch nicht wohl dabei, aber irgendwann hat man es dann einfach vergessen. Und diese Französin hat sich auch nie mehr gemeldet.«

Willi schüttelte verstört den Kopf. »Das war wirklich nicht schön – und dass du das mitgemacht hast.«

»Das hat doch alles schon vor meiner Zeit angefangen, und im Krieg ist ja manches passiert, worüber man später bloß noch den Kopf schütteln konnte.«

»Aber das Entscheidende war nicht im Krieg! Das war lange danach.«

»Dein Vater war auf jeden Fall noch in Kriegsgefangenschaft, als es passiert ist.«

Willi strich sich mit der Hand durch seine verschwitzten Haare. »Wie bei Tante Alma. Verrückt!«

»Ja, das waren verrückte Zeiten damals.«

Robert bot sich an, in den nächsten Tagen weiter bei der Ernte zu helfen. Dazu quartierte er sich im Backhaus bei Alma ein, die froh über die Gesellschaft war.

Auch Willi freute sich. Zeitlebens hatte er sich dagegen gewehrt, den Hof weiterzuführen, nun war er doch noch in die Rolle des Betriebsleiters gerutscht und füllte die große

Scheune, die sein Vater einst gebaut hatte, um der Geburt seines Hoferben ein Denkmal zu setzen. Groß wie eine Kathedrale mit den Initialen des Erbauers für alle sichtbar hoch oben an der Straßenfront. »F W«. Das riesige Dach war an einigen Stellen schon undicht geworden, und die Eisenlettern hatten Rost angesetzt.

Aber darauf kam es nicht an. Die Arbeit musste gemacht werden, irgendwie. Gerade mit Blick auf den Schlaganfall fühlte er sich mehr als verpflichtet dazu. Dabei hatte die Arbeit längst ihren Sinn verloren. Warum zum Beispiel sollte noch das restliche Stroh eingefahren werden, wenn das Vieh sowieso bald verkauft werden würde? Aber daran wollte er jetzt nicht denken und schon gar nicht darüber sprechen. Es war sowieso alles schwer genug.

Am Abend nach dem Schlaganfall fuhr er mit seiner Mutter zum Melken. Die Luft war angenehm kühl. Über den Marschwiesen waberte eine Nebeldecke. Er beobachtete, wie sich seine Mutter mit ihrem steifen Hüftgelenk von einer Kuh zur anderen schleppte, aber trotzdem tapfer und gutgelaunt an den Zitzen zog, so dass die Milch in kräftigem Strahl in ihren Eimer schoss. Er musste daran denken, dass sie sich dagegen gesträubt hatte, die gebrauchte Melkmaschine in Betrieb zu nehmen, die er einige Jahre zuvor angeschafft hatte. Auch Alma, die ja schon Erfahrung mit der modernen Melktechnik gesammelt hatte, war nicht sonderlich interessiert daran gewesen.

»Die paar Kühe kriegen wir auch noch mit der Hand gemolken«, hatte sie gesagt. Seine Mutter hatte ihm einmal gestanden, dass es für sie nichts Schöneres gab, als an einem Sommermorgen, wenn die Vögel singen und das Gras noch feucht vom Tau glitzert, unter einer Kuh zu sitzen. »Das ist für mich Glück«, hatte sie gesagt.

Offenbar gefiel es ihr auch jetzt vor der Kulisse des aufwallenden Nebels und des sanft verglimmenden Abendrots der vertrauten Arbeit nachzugehen.

Dabei lag in der Abendstimmung schon eine Ahnung des herannahenden Herbstes – die Melancholie der letzten Sommertage. In Willi verdichtete sich das Gefühl, dass etwas zu Ende ging. Wahrscheinlich würde es das Vernünftigste sein, die Kühe schon früher zu verkaufen als geplant. Die Vorstellung, jetzt auf den letzten Metern doch noch zum Sklaven dieses Hofes zu werden, behagte ihn gar nicht. Immerhin hatte sich Ulli bereit erklärt, am nächsten Morgen mit zum Melken zu fahren. Da konnte er wenigstens mal ausschlafen.

Sein Vater wurde schon nach zwei Tagen wieder aus dem Krankenhaus entlassen. Er sah aus wie immer, fast sogar etwas besser. Gewaschen, rasiert, gekämmt und so ordentlich gekleidet, dass man ihn kaum wiedererkannte. Doch er wirkte erschöpft, als würde er eine unsichtbare Last auf seinen Schultern tragen. Trotzdem bestand er darauf, schon am Abend wieder mit Hanna zum Melken fahren. Treckerfahren verlangte ihm schließlich keinen großen Kraftakt ab. Aber er fuhr noch langsamer als zuvor.

Willi nutzte den freien Abend, um mit Robert nach Celle zu fahren. Er zeigte dem Gast das Schloss, in dem einst der Herzog von Celle residiert hatte. Er führte Robert durch die Altstadt mit den verwinkelten Fachwerkgassen und spazierte mit ihm durch den Französischen Garten. Dabei erzählte er auch von der Weigerung seines Vaters, über sein Frankreich-Abenteuer zu sprechen, und dem Gespräch mit seiner Mutter. Robert zeigte Verständnis für den alten Bauern, lobte aber auch Willi, dass er ihn auf das prekäre Thema angesprochen hatte.

»Es ist nicht gut, die Dinge immer unter den Teppich zu kehren. Irgendwann fängt es an zu stinken.« Zum Schlaganfall wäre es sicher früher oder später sowieso gekommen. Willi habe keinen Grund, sich mit Selbstvorwürfen zu martern.

Ob er seinen Halbbruder vielleicht mal irgendwann besuchen sollte?

»Warum nicht? Die Côte d'Azur ist immer eine Reise wert. Aber du solltest es nicht überstürzen. Vielleicht könntest du mich vorher in der Bretagne besuchen. Dann würde ich mitkommen.«

Alma lebte auf, als Robert zu ihr ins Backhaus zog. Sie kochte sogar wieder – servierte ihrem Gast Kartoffelpuffer, Milchsuppe, Bratkartoffeln mit Sülze oder Spiegelei. Abends saßen sie am Gartentisch neben den Hofeichen, genossen die letzten warmen Abende und tauschten ihre Erinnerungen an die Kriegstage aus. Wenn jetzt der Bussard über den Hof segelte, war es kaum mehr vorstellbar, wie damals Tiefflieger über das Dorf gebraust waren und ihre Bomben abgeworfen hatten. Aber die Eichen waren immer noch von den Granatsplittern durchsiebt, und manches, was damals geschehen war, stand Alma näher vor Augen als die Gegenwart. Nein, es war nicht alles nur furchtbar und bedrohlich gewesen. Sie zog es überhaupt vor, sich an das Schöne zu erinnern. Sie wusste doch, dass die Zeit begrenzt war. Bei all ihrer Schwäche meinte sie manchmal, eine wunderbare Musik zu hören, die sie sogar zum Mitsummen brachte. Dabei tuckerte nur ein Trecker über die Straße. Doch die Musik kam aus ihrem Innern, und fast immer mischten sich Mundharmonika-Klänge unter die leisen Melodien, und wenn der Wind durch das Eichenlaub fuhr, dann gesellte sich noch ein sanftes Rauschen zu der Musik – ein Rauschen, das von fernen Zeiten herüberzuwehen schien.

Als Robert sie fragte, ob sie ihn in die Bretagne begleiten wollte, lachte sie ihn zuerst aus. Es war ein verhaltenes, bitteres Lachen.

»Bei dir piept's wohl. Du weißt doch, was mit mir los ist.«

Man sah ihr aber an, dass die Sache damit für sie keineswegs abgetan war. Sie arbeitete weiter in ihr, beflügelte ihre Phantasie und zauberte schon bald ein fast unmerkliches Schmunzeln auf ihr blasses Gesicht.

»Ich werde dir das Meer zeigen«, versprach er ihr. Das

rührte sie so tief, dass sie nur stumm nicken konnte. Als er ihr erklärte, dass Sophie auch dabei sein würde und man die Rückbank in eine Art Bett für sie verwandeln konnte, dachte sie gar nicht mehr daran, Widerspruch einzulegen, sondern hing an seinen Lippen. Geduldig hörte sie ihn an, als er ihr erklärte, dass sie mit Sophie im Zug zurückfahren könne, und zwar die meiste Zeit in einem bequemen Schlafwagen. Zum Bahnhof werde er sie selbstverständlich mit dem Auto bringen.

Schon am nächsten Tag hatte sie sich an den Gedanken gewöhnt und konnte es kaum mehr abwarten. Wie hieß es doch in dem Märchen von den Bremer Stadtmusikanten: »Etwas Besseres als den Tod finden wir allemal.«

Sie wollte Robert noch etwas fragen, hatte es aber im nächsten Moment bereits wieder vergessen. Sie war in letzter Zeit immer etwas zerstreut.

Ihr Hausarzt runzelte zuerst skeptisch die Stirn, faltete aber nachdenklich die Hände, als Sophie ihn fragte, ob sich Almas Zustand durch die Reise verschlechtern könne. Es schien, als würde er sich bei der Antwort selbst einen Ruck geben. »Ach, ich glaube eigentlich nicht. Vielleicht gibt ihr die Reise sogar Auftrieb.«

Als er dann aber mit Sophie allein war, machte er kein Hehl daraus, dass natürlich mit dem Schlimmsten gerechnet werden müsse. »Kann schon sein, dass sie nicht lebend zurückkommt. Aber kann genauso gut sein, dass sie hier morgen früh tot im Bett liegt.« Wenn es ihr also Spaß mache, solle man ihr die Reise auf keinen Fall ausreden. »Vielleicht ist es ja das letzte Geschenk, das man ihr machen kann.«

Und dann war es so weit. Heu und Stroh waren unter Dach und Fach – vermutlich mehr, als jemals noch auf diesem Hof verbraucht werden würde. An einem dunstigen Augustmorgen stieg Alma in den großen Peugeot, in dem schon das Bettzeug auf sie wartete. Natürlich wollte sie sich nicht gleich schlafen legen. Ganz aufrecht thronte sie auf der Rückbank und winkte durch das Autofenster Willi und Hanna zu, die zur Verabschiedung auf den Hof gekommen waren. Ein eigenartiges Lächeln zitterte auf ihren Lippen, und auf ihrem Gesicht lag ein Glanz, der all ihre Falten und Runzeln überstrahlte. Vielleicht war es nur der kalte Schweiß einer Todkranken, schön sah es trotzdem aus. Mit ihrem unaufhörlichem Nicken schien sie sich selbst zu sagen, dass sie den Entschluss zu der Reise nicht bereuen musste.

Franz hatte sich irgendwo im Haus verkrochen. Alma wusste, dass er Abschiedsszenen hasste und fast immer davor flüchtete. Sie hatte sich daher schon am Vorabend von ihm verabschiedet. »Bin ja bald wieder da«, waren ihre letzten Worte gewesen. Daraufhin hatte er ihr eine gute Reise gewünscht und ihr nachdenklich zugenickt.

Sie strich über das weiße Kopfkissen, das für sie auf der Rückbank bereitlag, und sah, dass Sophie draußen auf dem Hof Willi und Hanna in die Arme schloss. Sogar Robert nahm die beiden zum Abschied in den Arm. Das schien ihr zwar ein bisschen übertrieben, gab ihr aber ein gutes Gefühl.

Als Robert seinen Peugeot mit den beiden Frauen aus dem Dorf herauslenkte, winkte sie allen zu, die sie sehen konnte. Wie eine Königin am Ende ihres Staatsbesuchs.

Nachwort

Dieses Buch ist ein Roman, aber nicht frei erfunden. Es speist sich aus Erinnerungen und somit aus realen Ereignissen, die dahinter stehen. In »Alma und der Gesang der Wolken« spiegelt sich in weiten Teilen die Geschichte meiner Familie und die Geschichte meines Dorfes wider. Das Buch knüpft an mein erstes Buch an, das bereits im Jahre 2000 erschienen ist: »Geh aus, mein Herz, und suche Freud. Die Geschichte der Bäuerin Hanna.«

Im Mittelpunkt steht diesmal Alma, in deren Lebensgeschichte manches aus dem Leben meiner Tante eingeflossen ist. Wie Alma hat auch Tante Meta mit Hilfe von Kriegsgefangenen in den letzten zwei Jahren des Zweiten Weltkriegs den Hof ihrer Familie in eigener Regie fortgeführt, während der bisherige Bauer im Krieg, beziehungsweise in französischer Kriegsgefangenschaft war. Wie die Hauptfigur dieses Romans stand auch meine Tante »ihren« Kriegsgefangenen näher als den meisten Dorfbewohnern, und entgegen der damals geltenden Vorschriften verliebte sie sich in einen der Männer aus dem »Feindesland« und brachte schließlich eine Tochter zur Welt, deren Vater Franzose war. Was heute völlig normal ist, war damals Ursache für Scham und Ausgrenzung. Doch meine Tante hat sich dadurch nicht kleinkriegen lassen. Wie Alma hat sie den Hof aus eigener Kraft wieder aufgebaut, nachdem Bomben die Kerngebäude in den letzten Kriegstagen vollständig zerstört hatten. Und wie die Romanfigur musste sie wieder in den Hintergrund treten, als ihr Bruder Franz – mein Vater – 1948 aus französischer Kriegsgefangenschaft zurückkam und seine alte Rolle als Landwirt und Betriebsleiter beanspruchte.

Ein Schicksal, das meine Tante mit vielen anderen Frauen

in der Nachkriegszeit teilt, die Großartiges leisteten, während die Männer in Krieg oder Gefangenschaft waren. Dafür bekunde ich meiner Tante stellvertretend für ihre Geschlechtsgenossinnen Respekt und Dankbarkeit und betrachte dieses Buch als eine Verbeugung vor dieser tapferen und klugen Frau.

Die Familiengeschichte ist teilweise verfremdet und durch fiktive Elemente erweitert. Näher an der Realität bewegt sich die Geschichte des Romanschauplatzes, die im Wesentlichen die Geschichte des Dorfes ist, in dem ich nach wie vor lebe. Dies gilt besonders für die Kriegs- und Nachkriegsgeschichte Hademstorfs, die sich aus den Erinnerungen vieler Zeitzeugen speist, mit denen ich noch sprechen konnte. Bei der Schilderung des Kriegsverlaufs habe ich mich zudem auf das Buch »Krieg in der Heimat« von Ulrich Saft gestützt, dem ich etliche militärische Details verdanke. Mein Exkurs über den Fall Elly Müller basiert auf Dokumenten der Niedersächsischen Landesarchivs, Abteilung Stade.

Überliefert ist auch das Kapitel über die tragische Polenhochzeit. Bis heute ist ungeklärt, woher der giftige Methylalkohol stammte und ob vielleicht doch ein Verbrechen dahinter stand. Der Zusammenhang zu dem einstigen SS-Aufseher aus meinem Dorf, den ich ohnehin stark verfremdet habe, ist jedoch erfunden.

Nicht erfunden sind die Schilderungen über die Leiden der deutschen Flüchtlinge – darunter der authentische Brief einer verzweifelten Flüchtlingsfrau sowie das Flüchtlingsschicksal Johann Königs.

Welchen Leiden die sowjetischen Kriegsgefangenen noch nach ihrer Heimkehr in die Sowjetunion durch den Terror Stalins ausgesetzt waren, dokumentieren mittlerweile zahlreiche Untersuchungen. Viele sowjetische Kriegsgefangene wie Alexei hatten daher Angst, nach dem Krieg in ihre Heimat zurückzukehren. Aus gutem Grund: Etwa zwanzig Prozent der Repatriierten wurden unter Stalin zum Tode oder jahrzehntelanger Zwangsarbeit verurteilt. Andere erhielten Haftstrafen oder wurden nach Sibirien verschleppt. Nur fünfzehn bis zwanzig Prozent erhielten die Erlaubnis heimzukehren, galten aber in ihrer Heimat fortan als Bürger zweiter Klasse. Denn wer dem Feind in die Hände fiel, war für Stalin ein Vaterlandsverräter.

Traurige Wirklichkeit ist auch, mit welcher Brutalität die deutsche Wehrmacht während ihrer Besetzung Frankreichs im Kampf gegen Partisanen vorging. So waren Geiselerschießungen, wie sie hier geschildert werden, keine Seltenheit. Nach der traurigen Bilanz der Nürnberger Prozesse wurden allein in Frankreich insgesamt 29 660 Geiseln erschossen. Nahezu ein ganzes Dorf fiel am 10. Juni 1944 in Oradour, ebenfalls in Südwestfrankreich, einem Massaker der Waffen-SS zum Opfer. Die Dorfbewohner wurden zunächst auf dem Marktplatz zusammengetrieben und dann in Gruppen von Männern sowie in einer gemeinsamen Gruppe von Frauen und Kindern aufgeteilt. Die mehr als vierhundert Frauen und Kinder wurden daraufhin in der kleinen Dorfkirche zusammengepfercht. Nach etwa eineinhalb Stunden zündeten SS-Leute eine in einer Kiste vor dem Altar befindliche Rauchbombe mit Stickgasen, was beißenden Qualm und Panik erzeugte. Als die Fenster der Kirche barsten, beschossen die SS-Männer die Eingeschlossenen. Wer zu fliehen versuchte, wurde ebenfalls erschossen. Auch Handgranaten warfen die Deutschen durch die Kirchenfenster. Schließlich wurde Feuer in der Kirche gelegt; der hölzerne Dachstuhl des Kirchturms ging in Flammen auf und das brennende Dachgebälk stürzte auf die Eingeschlossenen.

Doch dieses Buch erzählt nicht nur davon, welches Leid der Zweite Weltkrieg über die Menschen gebracht hat. Es erzählt auch davon, wie der Krieg die festgefügte Welt des Dorfes durcheinanderwirbelt und Dorfbewohner, die ihre Gemeinde bisher kaum verlassen haben in die große weite Welt hinauskatapultiert hat – sei es als Soldaten oder Flüchtlinge, sei es als Weggefährten von Kriegsgefangenen oder Nachbarn von Flüchtlingen und Vertriebenen. Almas Geschichte zeigt, welch ungeahnte Möglichkeiten sich manchen dadurch eröffneten, welche neuen Horizonte sich den Menschen auftaten, die offen dafür waren. Selbstverständlich soll der Krieg damit nicht verharmlost werden. Dennoch stimmt es auch ein wenig hoffnungsfroh, dass diese schlimme Zeit, in der die braunen Machthaber den Hass auf Menschen anderer Völker, Kulturen und Glaubensrichtungen schürten, mit seinen Spätfolgen auch Weltoffenheit und Toleranz befördert hat.

Heinrich Thies

Dank

Viele Menschen sind mir bei der Arbeit an diesem Buch behilflich gewesen. Herzlichen Dank dafür!

Für die Unterstützung bei den Recherchen zur Kriegs- und Nachkriegszeit in meinem Heimatort Hademstorf bin ich besonders dankbar meiner Cousine Luise Kehrbach, Horst Hanker, Ilse Hoffmann, Lisa Runge, Helmut Lempart, Ulrike Wiechmann-Wrede, Brigitte Kewitz, Edith Brockmann, Ute Uebrig-Brand, Johann König, Heinrich Bünger (sen.) und Christel Kuhr. In militärischen Fragen stand mir Heiner Blanke hilfreich zur Seite. Über die Geschichte des ostpreußischen Kriegskameraden meines Vaters (Willy Motzkus) konnte ich mit dessen Tochter Anita sprechen. Bei übergeordneten Fragen zum Thema der Kriegsgefangenen war mir Rolf Keller von der Gedenkstätte Bergen-Belsen behilflich und bei anderen Aspekten der Lokalgeschichte des Heidekreises unterstützen mich Stephan Heinemann und Torsten Kleiber. Beim Thema Auswanderung halfen mir der Schiffsexperte und Buchautor Harald Focke, das Deutsche Auswandererhaus in Bremerhaven, und speziell zur Situation der deutschen Auswanderer in Wisconsin gaben mir die US-Bürger Dorothy Maglick, Fred Keller und Kevin Kurdylo (alle Milwaukee) wertvolle Hinweise. Dankbar bin ich auch meinem Sohn Simon, der mich in der Idee zu dem Buch bestärkt und die ersten Schritte begleitet hat. Großen Dank schulde ich zudem meiner Lektorin Constanze Bichlmaier, die mir auf sehr einfühlsame und konstruktive Weise viele Tipps und Anregungen gegeben hat. Nicht zuletzt danke ich meiner lieben Frau Gabriele Schulte, die sich wieder die Mühe gemacht hat, als Erste das komplette Manuskript der Rohfassung zu lesen und zu redigieren.